茅盾文学奖
获奖作品全集
典藏版
The Mao Dun Literature Prize

将军吟

莫应丰 著

人民文学出版社

图书在版编目(CIP)数据

将军吟/莫应丰著.—北京：人民文学出版社,2023(2024.11重印)
(茅盾文学奖获奖作品全集：典藏版)
ISBN 978-7-02-017707-3

Ⅰ.①将… Ⅱ.①莫… Ⅲ.①长篇小说—中国—当代 Ⅳ.①I247.5

中国版本图书馆 CIP 数据核字(2022)第 246946 号

责任编辑　薛子俊
责任印制　宋佳月

出版发行　人民文学出版社
社　　址　北京市朝内大街 166 号
邮政编码　100705

印　　刷　涿州市京南印刷厂
经　　销　全国新华书店等

字　　数　482 千字
开　　本　890 毫米×1290 毫米　1/32
印　　张　20.125
印　　数　12001—15000
版　　次　1980 年 6 月北京第 1 版
印　　次　2024 年 11 月第 4 次印刷

书　　号　978-7-02-017707-3
定　　价　75.00 元

如有印装质量问题，请与本社图书销售中心调换。电话：010-65233595

出 版 说 明

一九八一年三月十四日,病中的中国作家协会主席茅盾致信作协书记处:"亲爱的同志们,为了繁荣长篇小说的创作,我将我的稿费二十五万元捐献给作协,作为设立一个长篇小说文艺奖金的基金,以奖励每年最优秀的长篇小说。我自知病将不起,我衷心地祝愿我国社会主义文学事业繁荣昌盛!"

茅盾文学奖遂成为中国当代文学的最高奖项。自一九八二年起,基本为四年一届。获奖作品反映了一九七七年以后长篇小说创作发展的轨迹和取得的成就,是卷帙浩繁的当代长篇小说文库中的翘楚之作,在读者中产生了广泛的、持续的影响。

人民文学出版社曾于一九九八年起出版"茅盾文学奖获奖书系",先后收入本社出版的获奖作品。二〇〇四年,在读者、作者、作者亲属和有关出版社的建议、推动与大力支持下,我们编辑出版了"茅盾文学奖获奖作品全集"。此后,伴随着茅盾文学奖评选的进程,我们陆续增补新获奖作品,力求完整呈现中国当代文学最高奖项的成果,使其持续成为读者心目中"茅奖"获奖作品的权威版本。现在,我们又推出"茅盾文学奖获奖作品全集(典藏版)",以满足广大读者和图书爱好者阅读、收藏的需求。

在"茅盾文学奖获奖作品全集(典藏版)"的编辑过程中,我社对所有作品进行了版式统一以及文字校勘;一些以部分卷册获奖的多卷本作品,则将整部作品收入。

感谢获奖作者、作者亲属和有关出版社,让我们共同努力,为当代长篇小说创作和出版做出自己的贡献,为广大读者提供更多的优秀作品。

人民文学出版社编辑部

目 录

第 一 章　琴声·歌声　　　1
第 二 章　将军的女儿　　　15
第 三 章　不眠之夜　　　30
第 四 章　夫妻·战友　　　46
第 五 章　私房话　　　60
第 六 章　革命行动　　　71
第 七 章　江部长　　　86
第 八 章　公审大会　　　101
第 九 章　做人难　　　116
第 十 章　能干的女人　　　132
第十一章　小船啊，小船　　　147
第十二章　驯牛记　　　165
第十三章　兵临城下　　　179
第十四章　老人心　　　195
第十五章　云吞月　　　210
第十六章　绑架　　　224

第十七章	稚子心	237
第十八章	徘徊	251
第十九章	斗争会	265
第二十章	一梦初醒	282
第二十一章	碎裂的响声	296
第二十二章	海鸥与海	310
第二十三章	狐谋	324
第二十四章	感情·理智	337
第二十五章	善与恶	351
第二十六章	流浪汉	368
第二十七章	风雪除夕夜	384
第二十八章	将军愤	400
第二十九章	悔恨	415
第 三 十 章	一见如故	431
第三十一章	铜像	444
第三十二章	新官	460
第三十三章	热情奏鸣曲	475
第三十四章	密探	493
第三十五章	苦相逢	509
第三十六章	翻云覆雨	526
第三十七章	别墅	540
第三十八章	行路难	555
第三十九章	杀呀!杀呀……	569
第 四 十 章	爱与死	582

第四十一章　四面哀歌　598
第四十二章　温泉夜　613
第四十三章　工蜂　628

第一章　琴声·歌声

中国南方有一座新城，已有十多年历史，却较少有人知道它的存在。这座不出名的新城就叫南隅市。

南隅原是一个天然渔港，后来人民解放军海军部队看上了这个地方，决定把它建成巨大的海军基地。接着，空军也来了，除了在港湾附近修建了临海机场以外，还把一个高级指挥机关搬到这里来。司令部、政治部、工程部、后勤部、大礼堂、运动场、俱乐部、招待所、军人服务社……空军的和海军的灰色平房和楼房，星罗棋布，占据着纵横数十华里的若干处山洼、平地、海岸边。又根据军事专家们的建议，陆续修建了许多民用工厂、街道和居民住宅区，把军营和民房连成一片。现在的南隅已是一座拥有四十万人口的美丽的海滨城市了！

顺着最宽大也是最繁华的海城大道，驱车往东到尽头，拐个急弯跑一段弯弯曲曲的上坡路，有一座厚实的钢筋水泥大门横跨在柏油路上。那里每一分钟都站着一个或两个严肃的哨兵。这就是空军新编第四兵团司令部。

站在大门外，会以为里面是风景区或疗养地，只见洁净的柏油路一直伸进幽深的绿林。就在那绿林深处，那幢青灰色的挂满墨绿色窗帘的四层司令部大楼里，每日在指挥着上千架歼击机和轰炸机进行惊天动地的空中训练。偶尔也有激烈的空战从旁边的地下指挥所发出命令，机群在看不见的远处腾空而起。

司令员却较少在大楼里办公，要见他需从后门出去，拐进一条更加幽静的小路。那里有一个掩映在绿林底下的小院子，里面是一座很不醒目的两层小楼，四面用高高的院墙围住。整整一个班的警卫战士住在院门旁边的平房里，平房的尽头便是车库。

难道我们误入了音乐家的住宅？怎么从楼上一个敞开着的窗洞里传出这么响亮的歌声和琴声？听歌声，是属于那种"戏剧性"的男高音，声音奔放有力。为他伴奏的琴声逊色一些，显然是由一个不大熟练的演奏者即兴弹奏的，节奏呆板，和声有些乱；不过情绪还可以，随歌声起伏，抑扬缓急大致相宜。

目前整个南隅市到处都是口号声、呐喊声、听不清内容的吵架声，打开收音机也只有《东方红》《大海航行靠舵手》、语录歌和样板戏，在这里却听到了另外一种歌声，多么新鲜又多么不协调啊！这是一首从未听到过的新歌，歌词内容听不清楚，但旋律本身的感染力和歌手高超的表现力加在一起，足以使人倾倒。你看那站在小院门旁边的警卫战士，不是已经听得发痴了吗？

歌声终止，万籁俱寂，在淡绿的灯光照耀下，小院子显得有些寒冷，好像是无人居住的。

钢琴手慢慢抬起那双穿着精瘦的黑色皮鞋的脚，无声地松开延音踏键，手肘撑在琴盖上，扭过脸来。原来是她！司令员的独生女儿彭湘湘。就因为迷恋着钢琴，使她在四年以前就戴上了这副无框白金架眼镜。那时她很怕照镜子，觉得像个女博士，与肤色白嫩、表情幼稚的面孔很不相谐。如今她已习惯了，因学历和年龄都与这眼镜大致可以相配了。她今年二十二岁，外语学院的毕业生，要不是因为文化大革命停止了毕业分配，她也许已在外交场合当翻译了。

虽然隔着一层玻璃镜片，但她那有点说不清妙处的目光，仍旧不因有阻碍而变得含糊，直射到那位唱歌的青年军人脸上，凝住五秒钟不动。青年军人感到难为情，领先眨了一下眼睛，启开轮廓鲜

明又厚实有力的双唇,表情丰富地笑笑说:

"不好吧?"

"什么不好?是唱得不好还是写得不好?"

"都包括在内。"

"唱的,不要我说了。"湘湘抬起压在琴盖上的左手,用纤长的四指反托着脸颊,轻声而刻薄地说,"我讨厌死了那种轻飘飘的男高音,女里女气的,没有一点男子气。有的人唱歌声音还喜欢抖,抖得又快,像羊子叫,听得叫人担心死了,生怕他马上断气。听那样的人唱歌真是倒霉。男声就要有个男气,声音要有劲,有弹性,喷出去像骑兵一样奔驰向前,压倒一切,冲垮一切。该强时能强,像一头威武的雄狮,该弱时能弱,又像一个温存的……丈夫。强的时候不是咋咋唬唬像草包;弱的时候又不是小里小气像做贼的。声音弱,气儿足,声音强,有控制,这样的唱歌人品行正直,心地光明。这才是才华,这才叫男性,这就是美。"

青年军人知道自己显然是属于后一类型的,对她这一褒一贬所含的言外之意也心领神会,得意地笑笑说:

"你太偏见了。"

"是偏见我也要坚持,谁的心正好长在中间?"

青年笑笑,又问:

"那么你看曲子怎么样?"

"曲子……"她想了想说,"倒是挺新鲜的。"

"词儿呢?"

"词儿也是你写的?"

"唔。"

彭湘湘重新把歌单看了一遍,略有所思,重重地放下,叹一声说:

"写得再好又有什么用?反正是见不得人。"

"怎么见不得人?"

"现在除了语录歌,还有什么可以见人的?收起来吧,算了!省得落到别人手里给你找出什么毛病来,到时候还得写检查交代,查思想,挖根子,没完没了。"

青年军人略微有些吃惊,凝神把对方看了一眼,郑重地说:

"湘湘,我发现你情绪不大对头。"

"什么不对头?我每天都是这样。"彭湘湘满不在乎地说着,站起来走到窗户跟前去,皮鞋发出吱吱的响声。

"不,"青年军人更加认真地说,"你不能用这种态度来对待文化大革命。当前有些现象看起来确实很左,但要知道,这是因为过去太右了,才有今天的太左。矫枉必须过正,不过正不能矫枉,一切的一切都是可以理解的。"

"对!一切的一切都是可以理解的。在两个月以前,我也和你一样,是这么想,也是这么说。你忘了?那个时候我哪有时间在这里和你弹琴唱歌?破'四旧',抓黑鬼,戴着红卫兵袖章冲冲杀杀,忙得很呢!"

"可现在为什么变得这样消沉?"

"因为发现自己上当了呗!我们成了保皇派呗!发现斗争矛头是要指着我们自己的爸爸妈妈呗!"

"你不能对文化大革命抱这样的态度。这可是大事呀!"

"可我看你呀,对待文化大革命的态度也不见得正确,人家都到北京串联去了,你怎么不去?革命高潮,你躲在我房里弹琴唱歌,好意思?快去吧!赵大明同志,上北京串联去!"

"我可不是逃避斗争,"赵大明自信地说,"我是遵照毛主席的教导办事,凡事问个为什么。为什么一定要到北京去呢?不去就不能听到毛主席的声音吗?大家都一齐拥到北京去,铁路负担得起?我不需要去凑那个热闹,给国家造成困难。"

"你的思想比雷锋还好。"彭湘湘说着,无精打采地坐在沙发上。

"你今天怎么老是这样?"赵大明感到诧异,略微有点生气,不过很快就烟消云散了,主动求和地走过去跟湘湘坐在一起,一本正经地说,"尽讲些怪话,任性的公主!可你要注意呀,你是首长的女儿……"

"首长的女儿怎么样?"湘湘烦躁地把肩膀一扭,摆过头来说,"别提了!连首长自己还保不住呢!"

"司令员?……怎么回事?"

"不该你知道的就不要问。"湘湘站起来走开去。

"不,"赵大明跟上来说,"对我……应该不存在什么秘密。"

"你怎么啦?你是我的什么人?我干吗都得告诉你?"

赵大明尴尬地笑一笑,不知说什么好,脸刷地红了。

"打听这,打听那,像个特务。"湘湘故意嘟囔着,"想探点消息回去告诉你们文工团造反派,好把我爸爸当成反革命揪出来,你们立功?"

赵大明目瞪口呆。

"到那时候我就是反革命的女儿,你这个革命左派再也不会站到我的钢琴跟前来了。"此话虽然不是现实,她却几乎是含着眼泪说的。

这到底是怎么回事?赵大明发痴地站着,苦苦地猜测。彭湘湘用异样的眼光望着他,像是要看透他那颗心。渐渐地,那双躲在镜片后面的眼睛,蒙上了一层忧郁的雾。

"不!"赵大明好像忽然明白过来了,激愤地说道,"你是故意这样说的,试探我,是吗?不过湘湘,我跟你接触,决不是由于你是司令员的女儿。如果你是这样看我,那我马上就走,再也不来打扰了。"说着,生气地拿起军帽,端端正正地戴上,向房门走去。

"站住!"湘湘喝令。

赵大明拉住门扣,回过头来,委屈地又说:"我愿意尊敬首长,但并不想巴结什么人。"说完扭头就走。

彭湘湘急追到门口,拉开一条门缝喊道:"把你的歌单带走!"

赵大明回来了,满脸严肃,故意不看湘湘,拿了那张歌单,匆匆地来,匆匆地去。可这时湘湘已经把房门堵住了。

"什么了不起的!"湘湘嗔怪地说,"还没有弄清楚就耍脾气了,哼!"

"那你就说个清楚嘛!"

"我能随便乱说吗?都是些党内军内的大事,谁给我乱说的特权?你还是个军人呢,这也不懂!"湘湘责备着赵大明,坐回琴凳上,有点后悔不该惹出这些麻烦来,为了使情绪得到缓和,她弹响了钢琴,悠闲地、漫不经心地在高音区反复敲着一个简单的旋律,最后扭头说,"来,把你那首歌再唱一次。"

可这时还有什么情绪唱歌呢,莫名其妙的忧伤笼罩着整个房间。幸而院子外面响起柔和的汽车喇叭声,把他们的注意力引开了。赵大明走到窗前,探出半边脸去,向门口张望。

一部黑得发亮的小轿车在路灯照耀下驶进院门,警卫战士肃然挺起胸膛,将左脚往右脚一靠,行了个哨兵的军礼。轿车无声地停在院里,车门随即打开,躬身走出一位穿空军呢制服的军人。虽然头上戴着军帽,而从鬓角仍可看出,他已经秃顶了,稀疏的花白头发已退到耳根后面去。看来他脸色不怎么好,幸而借助于衣领上那两块鲜红的领章,将红光反射到两颊,使他仍显得容光焕发。那领章,过去本来不是这个样子。两年前,在同样的位置上,缀着一对蓝底、金边、用金丝绣着两颗五星的空军中将的军衔标记。十年前更要威武得多,有金色穗带的大盖帽,金光闪闪的蓝底肩章,穿上那样的将军服,使人不得不挺起胸膛走路,否则就不像样子。

现在,他虽然不再穿那种将军服了,而那威严、稳重的军人姿态依然如旧。从他的步伐看不出他已年近六十,甚至比跟在他身后一起上楼的那位瘦高挑儿、小脑袋、顶多三十六岁的秘书还要精神得多。

将军名叫彭其。秘书姓邬,单名一个中字。

司令员和秘书踏着木板楼梯,节奏不变地上到二楼,转个弯,听到开门声,然后是关门声,再然后就静下来了。

"来吧!我们唱我们的。"湘湘为了留住赵大明多呆一会儿,催促他唱歌。

"别唱了,"赵大明却说,"司令员回来了,我得走。"

"干吗呀!像老鼠见了猫。"

"你没见?他神色很不好。"

"不要理他,我们把窗户关上。"她走去望了一眼夜色,轻轻地关好玻璃窗,又将墨绿色平绒窗帘拉拢来。

钢琴响了,头一个和弦就被她弹错,她懊丧地啧了一声说:"哎呀!把我的情绪搞没了。你别跟我啰嗦,快来唱吧!"

赵大明十分勉强地接着前奏唱了一句,唱得很糟糕,湘湘极不满意,两手齐下,在键盘上捶出一个混杂的刺耳的噪音,同时嚷道:"算了算了!你回去吧!等我爸爸死了以后你再来。"

"你干吗这样?"

"谁叫我是司令员的女儿呢,倒霉死了,话不能讲,歌不能唱,有了钢琴不能弹。你别呆在这里,走吧走吧!"说完又捶了一下琴键,那噪音比刚才更响。

走道上响起噔噔噔的脚步声,赵大明知道大事不妙,忙躲到门边去。

很重的敲门声。

彭湘湘朝房门瞥了一眼,很不高兴。

又更重地敲了两下。

赵大明不得已拉开了门。

怒气冲冲的司令员一步跨进门来,指着湘湘的背,十分恼火地说:"我告诉你……"

"司令员!"赵大明跨出一步,毕恭毕敬地立正站着,胆怯地喊了一声。

司令员要说的话被打断了,暂时强压住火气,转脸说:

"你在这里?"

"是!"

"你们文工团上北京串联的人都回来了吗?"

"听说今天晚上到。"

"你怎么没有去呢?"

"我有自己的想法。"

"哦……"司令员很注意赵大明这句话,盯看了他半分钟,好像要跟他说点什么,似乎又觉得不恰当,决定还是不说,仍旧去教训他的女儿:

"我告诉你,你就是不听话,要你读好你的英文,你偏要困在钢琴上,钢琴,钢琴,有屁用!马上锁起来,把钥匙给我!"

"不!"湘湘扭动了一下肩膀。

"不啊,好,你不,你谁的话都不听,娇气、任性,天下第一。哪天我们两个老家伙死了,看你怎么过日子。我告诉你,再听见你弹,吵得神鬼不安,我给你砸烂。"说完,急转身噔噔噔地走了。

赵大明轻轻把门关上,不知所措。

湘湘执拗地嘟囔着:"偏要弹!偏要弹!"在琴上连续擂了两个重叠的七和弦。

"湘湘!"赵大明走过来说,"别弹了吗,我看你爸爸心境很不好,别惹他生气了。"

"他心境不好怪我？偏要弹！"说着，她以从未有过的快速度，双手并用，弹着直上直下的 C 大调音阶，急得赵大明在周围转来转去，毫无办法。

又敲门了，可这回进来的不是司令员，而是他的秘书，他手上拿着一把钉锤。彭湘湘只当没有看见，把音阶弹得更快更响。

邬秘书按住琴键说：

"对不起，湘湘，你爸爸命令我把钢琴砸烂。"

"你敢?!"

"不是我敢不敢的问题，司令员的命令，我必须执行，就是错的，也要先执行了再说，这是老规矩。"

"邬秘书，"赵大明走过来说，"司令员到底怎么啦？好像这无名火有点儿……"

"怎么啦？"邬中把手一摊，"我知道也不能告诉你，首长的事你也不要乱打听，总有一天会叫你们知道的。"他转向湘湘说，"喂，湘湘，请把手拿开，我要执行命令。"

"太不近情理了，"赵大明说，"怎么能真砸呢！"

"这不能怪我。"邬秘书毫无表情地说。

"呆会儿司令员火气消了，就把这事儿忘啦！"

"那不行，你不知道他的脾气。湘湘，请走开吧！我要动手了。"邬秘书说着，已举起锤子。

彭湘湘沉不住气了，趴在键盘上，大声呼喊："妈妈！"

喊声刚落，妈妈许淑宜就来了。这是一个非常和善的老太太，但又不仅仅是单纯的老太太而已，在她身上有老革命和老共产党员的气质。肤色偏白，饱满而不浮肿，脸部轮廓是湘湘的模子，要知湘湘老了以后是什么样子，看看这位许妈妈就行了。她穿着一身比较高级但不是新的黑色毛哔叽便装，干干净净。乍看外表，她应该是很健康的人，只有当她走路的时候，才能发现她的腿不大灵便。这是在南泥湾带来的大骨节病,又加上多年积累起来的严重的风湿性关节炎。所以,她五年以前就不得不离职休养。

赵大明迎上去叫了一声"许妈妈",便搀着她走近钢琴。

"怎么啦?"许妈妈问。

"爸爸叫邬秘书把钢琴砸烂。"

"你真的就砸?"许淑宜望着邬中说。

"我没有办法,司令员的命令。"

"你走吧,把锤子给我。"许妈妈接过锤子。

"司令员会要问我的。"邬中不走。

"走吧,先不去见他,到你自己的办公室去。"

邬中只得走了。

"孩子,"许妈妈把湘湘的手臂从键盘上拉下来,"不要总是那么任性,要懂点事了,你爸爸心烦意乱得很,没见他通晚通晚地躺在藤睡椅上,不说一句话,一个劲儿地抽烟?你也不小了,大学毕业,有些女战士十八九岁就入党啦!你还像小孩子一样。"她忽而转向赵大明,"小赵你入党了吗?"

"我,还没有。"

"要靠拢组织,要求进步。"

"现在搞文化大革命,党支部都散啦!写了申请书还没有地方交哩。"

"散了一个支部,散不了我们党。兵团党委还在嘛!什么时候也不会散的。咱们自己要心不离党,参加文化大革命也要拿党员标准来要求自己。"

"妈妈你别给他上政治课了!"

"要上点政治课,我看现在有些人只知道造反造反,还不知道会造出些什么来呢。"

这里正说着话,楼下传来清脆的喊声:

"湘湘！湘湘！"

"是小炮来了。"湘湘说了声，忙去打开窗户，对下面喊道，"小炮，别叫！快上来！轻点！"

一个约有十八岁的女孩子轻手轻脚上楼来。她个儿不高，但身材匀称，留着两条随便扭成的短辫子，含着十分甜蜜的微笑，模样儿是好看的。她那轻手轻脚、鬼鬼祟祟上楼来的样子，与她的娃娃型脸蛋恰相映衬。

"怎么啦？"她鬼鬼祟祟地问。

"没什么。"湘湘接住她，把门关上。

小炮走近许淑宜，叫了一声"妈妈"，许妈妈含笑应了她。

"她怎么叫妈妈？"赵大明问彭湘湘。

湘湘还没有来得及回答，小炮已嚷起来了：

"哟！歌唱家在哩！你问我怎么叫妈妈是吗？我自己没有妈妈了，看到人家妈妈，馋得慌，叫一声，答应一声，心里舒服一点。很简单，就是这样。喂！唱个歌给我们听。"她砰的一声掀开了琴盖。

"快关上！刚才还为了这事……"赵大明说着走过去，抢先动手关琴，他担心这个重手重脚的角色在关琴的时候响声会更大。

"到底怎么回事儿？"小炮惊异地瞪着大眼，望望这个，望望那个。

"孩子，你彭伯伯怕吵，别闹了。"许淑宜温和地解释。

"唉！"小炮扫兴地说，"就是你们家规矩多。我们家才好呢！我说了算，我是司令，我爸爸要是不对我的胃口，我就造他的反！"

"小声点！"

"连说话都要小声点？哎呀！要把人憋死了。"她说话是不需要别人搭腔的，"哦！我知道了！彭伯伯日子不大好过是吧？"

"你知道啥呀！"湘湘想制止，不让她往下说。

"我不知道?"结果适得其反,"你爸爸同我爸爸在我们家里谈过那件事,我偷听来的。你爸爸在一次什么会上反了吴法宪,现在说他是反党。屁!吴法宪,我见过,胖得像头猪,反了他有什么了不起?!告诉你爸爸,别怕!"

"孩子!"许淑宜沉下脸来,"可不能这样胡说。你知道,你是兵团政委的女儿,你乱说话,你爸爸要为你担责任的。"

赵大明吃了一惊,心里想:"原来还有这样的事!"他不由得打了一个寒噤。

"回去告诉你们文工团那些人,来斗我爸爸吧!"湘湘紧盯住赵大明的眼睛说。

"小赵,"许淑宜叮嘱他,"这事儿不要到外面去讲,这是党内的事。空军党委已经开过会了,彭司令员的问题在会上已经搞清楚了,这不是又回来主持工作了?你以后到我们家来玩,无论听到什么,都不能讲出去。你虽然还没有入党,要学会保守党的机密。"

"许妈妈您放心,我知道。"赵大明诚恳地表示着。

"坏了坏了!就怪我。"小炮捶了一下自己的脑袋,为了填补损失,指着赵大明,咬紧牙说,"歌唱家,你要是讲出去了,我用剪刀剪掉你的舌头。"

许淑宜刚要开口再说小炮几句,却被小炮抢了先:"妈妈,我知道您要说什么,今天有了教训,我以后一定,一定,一定!走吧,湘湘,到我们家去,我有好吃的。"

"什么好吃的?"

"北京蜜饯。"

"什么了不起的!我不去。"

"怎么,蜜饯不好吃?我最爱吃了。"

"你爱吃的不见得人家也爱呀!"赵大明插话说。

"你算了!我爱吃的都是最高级的,最高级的东西不能一个人贪了,你懂吗?有福大家享,不吃也要吃。走走走!"她硬拖着彭湘湘往门外走,又见湘湘老是望着赵大明,她于是明白过来了,便说,"都去,都去,歌唱家也去,没问题了吧?"

走出房门以后,许淑宜叫住湘湘说:"把钢琴钥匙给我。"湘湘迟疑了一下,从衣袋里掏出钥匙来扔给了妈妈。妈妈又叮嘱了一句:"早点回来呀!"

司令员的女儿和政委的女儿手挽着手,那显得心事重重的赵大明尴尬地跟在后面,一同通过了岗哨。走出去不远,迎面碰上了管理处的老处长胡连生。

"你爸爸在家吗?"

胡处长挡在彭湘湘面前。现在明明是冬天,他却取下军帽来扇风,头顶上腾起一股热气,太阳穴上面那块大伤疤比往常更红,满脸皱纹,条条缝里噙着汗,在路灯底下闪闪发光。

湘湘支吾了一阵干脆说:

"您最好现在不要去找他。"

"我呀,什么时候想找他就什么时候去,他睡得梦见外婆了,我也要把他擂醒来。我不晓得什么司令不司令,我跟他在浏阳打土豪是一个班的,平起平坐,都是一个兵。"

"您有什么急事?"

"娘卖×的!"他显然是刚从哪里受了气来,开口便骂,"宣传部搞了个预算,向我要两万块钱搞什么红海洋绿海洋,要买红油漆到墙上去涂字,碰他娘的鬼!我不肯,他们给我扣帽子。"

"这事儿您不能反对哩!"湘湘说。

"我怕它个屁!顶多又给我把处长降到副处长吧!反正我斗大的字不识一箩筐,大官当不了,让它去!这钱,我不能给,这是人民的血汗。娘卖×的!我们在浏阳搞共产的时候,用锅烟子写标语。"

"那你就快去吧!"小炮说一声,拽着湘湘快步走,边走边说,"咱们管不了。"

就在小炮拖着湘湘离开胡处长的时候,赵大明留在原地没有跟去,回头望着那个气得骂娘的老红军,一摇一摆地走远了。看着他的背影,大明想:他过去可能当过多年的骑兵,走路的姿势好像刚从马背上下来一样。

第二章　将军的女儿

空军新编第四兵团政治委员陈镜泉的家离司令员的住处,直线距离只有三百公尺,但中间隔着一个小山嘴,道路是弯来拐去的,因而要计算路程大概在一华里以上。这个小院子和院子里面的小楼,结构同司令员的住房完全一样,就连警卫班的营房和车库也是套着同一个模子盖的。要说有什么区别的话,只有院子里的树木了,因为自然界的树木决不会有两棵长得完全一样的。

政委的家里没有歌声也没有琴声,好像是一所被废弃了的古老寺庙,惟有从好几个窗口射出柔和的灯光来,才知道里面是住着人的。小铁门已经关了,警卫战士的明亮的眼睛不知躲在哪个黑处。

陈小炮领着彭湘湘来到自己的家,踢开房门说:"坐下,我来煮咖啡。咖啡吃了长精神,要是你每天煮几回咖啡吃,说不定连眼镜都会去掉。真难看,像个知识分子,臭!"她一面说话一面毛手毛脚地做事,刚把煤油炉子端出来,已经弄得全身都是煤油气味了。

"看你,慢点儿不行?煤油浇到鞋上去了。"湘湘指出。

小炮提起脚抖了几下说:"不要紧,我这是解放鞋,脱下来洗洗就行了。像你,白袜子,黑皮鞋,油光锃亮,我当了女王也不穿它。我要当了女王,就下个命令,全国的女人都要打赤脚,我自己首先带头。那多好!连鞋都不用洗了。"

"你算了吧!别煮咖啡了,晚上喝了咖啡睡不着觉。"

"咦呀!那么娇气。你呀,最好是搬来跟我住在一起,不出一个月,保证把你改造得好好儿的。今天你一定要喝,我喝多少你喝多少,睡不着活该。"

咖啡在煮着,小炮又忙着去拿吃的。她自己有一个小衣柜,打开柜门,里面现出了壮观:所有的衣服都是揉成一把乱塞在里面,上一格的衣服把袖子拖到下一格来,下一格的塑料玩具长颈鹿把脖子伸到上一格去咬衣服,柜门一关它就压扁了,柜门一打开,它把脑袋耷拉下来。除了衣服以外,还有些盒子、罐子、筒子,铁的、纸的、塑料的,有的倒立着,有的横躺着,有的埋在衣堆里,有的已经自动开了盖,糖果饼干到处都有。

"你们家里没有耗子?"湘湘问。

"没有,养了一只很厉害的大黑猫。"

"要是没有那只大黑猫,我真愿意变只耗子同你住到一起来。"

"你来吧!欢迎!"

说话间,陈小炮已经把那些筒子、盒子都抱出来了,往床上一扔,有的滚到地下。好在还有个彭湘湘在旁边,耐心地一个个捡起来。有一个圆盒滚到床底下去了,湘湘捡不到,小炮说了声:"没用!"立刻四肢并用,往床底下一钻,摸到圆盒,在膝盖上马马虎虎蹭了两下说,"自己动手,我的手脏,你爱吃什么拿什么。"

"你自己也像耗子了。"

"怎么呢?"

"贪嘴,好吃,你还吃不吃饭哪?"

"这个,你不知道,我有我的想法。"她见彭湘湘不动手,便把那些吃食盒一个个打开,"现在,就是要吃。趁我爸爸还在,有的是钱,他又慷慨得很,随便我爱吃什么就吃什么,我得抓紧时机赶快吃。我总不能老是呆在爸爸身边哪,他也不能陪着我再活五十年六十年哪,我迟早要离开他的,他迟早会管不了我的,我要靠自己。现在我已经高中毕业,大学不招生,都搞文化革命去了,你成绩再好没有人理你。我怎么办呢？呆在家里养老？又不像你,你是大学毕业,肚子里有货,只等分配工作了。我呢？谁给我分配工作？就是给我分配,我又做得了什么？我迟早要离开爸爸的,我要想个办法自己去学点本事,要做到没有爸爸也能自己活下去。快了,就快了,我在这个小院里住不了多久了。要抓紧时机,吃！拣好的吃,想吃什么就吃什么,省得将来后悔。还有,你没见到处写着打倒走资派的标语？有多少大官儿被拖上斗争台,关进牛棚里去？你能保险你爸爸永远不进牛棚？你敢说你的钢琴绝对不会进寄卖店？别傻了,吃,只要不闹肚子就行。"

小炮只顾发她的议论,却没有注意到湘湘的情绪在急剧变化,一声深沉的长叹引起了她的注意。

"你怎么啦？"她诧异地问。

"你讲得对呀！"湘湘忧郁地说。

"可是,"小炮有点不知所措了,"我……我不该讲？"

"不。"

"干脆！"陈小炮扔掉手里的荔枝罐头,"说就说个穿。我告诉你呀,你爸爸的事还没有完呢！我听江部长跟我爸爸讲的。还不知道明儿拿他怎么整,你可要有点思想准备。哎呀！吃吧！吃吧！别唉声叹气了,叹气有啥用！你又不能当保皇派,想保也是保不住的。最好是抓紧时机,吃！来呀！"她两下就把荔枝罐头撬开了,拿了一把小刀子递给湘湘,"用刀子捅,少讲些客气。"

湘湘将小刀子伸进罐头瓶又退了出来,摇了摇头说:"不想吃。"

"你这个人这么难改造！"小炮夺回小刀子,一捅,穿上两个糖水荔枝,硬塞进湘湘嘴里去,惹得湘湘苦笑了一下。

"你看我,"那殷勤的主人自己也捅了两个放进嘴里,一口就吞掉,然后连罐子带刀子全部交给她的客人,"快接住,咖啡煮好了。"

她一边倒咖啡一边溜了客人一眼,见她又把罐头瓶放掉了,便说:"别那么多愁善感的,像林黛玉一样,没出息!你以为我们比你们好得了多少?就在你爸爸向吴法宪开火的时候,我爸爸也差点打了个电报去支援,稿子都拟好了,电码都翻成了,报务员就要按键钮的时候,爸爸听到了消息,林总表态了,说那是罢官夺权的阴谋,我爸爸才叫不要拍了。这些,上头全知道。我爸爸比你爸爸好不了多少,说不定先整垮你爸爸,回过头来再整我爸爸呢!要倒霉,咱们只是个先后问题。吃!赶快抓紧时机。就是别净穿那白袜子黑皮鞋,多不自在呀!走个路都要受拘束,弄得不好还要打起泡来。我呀,总有一天会把解放鞋都扔掉,光着脚,像渔民一样。"

主人又吃了一阵,客人仍旧不动手。

"算了!"陈小炮扔掉小刀子,"不吃荔枝,咱们来吃蜜饯,好的在后头呢!"

所有的食物都是乱扔在小柜里,惟有那北京蜜饯是压在枕头底下的。

"谁给你带来的?"湘湘问。

"江部长,宣传部的江部长,江醉章。"

"他那么关心你呀!怎么没见他给我带点什么回来?"

"那谁知道!他愿意关心就让他关心吧!有吃的,我不怕多。"

"你常到他家里去玩儿吗?"

"我才不去,那个人很讨厌!戴着个近视眼镜,进门就笑,不管你喜不喜欢他,他笑得张着个大嘴,门牙又长,牙龈又浅,像条鳄鱼。"

"人家那样看得起你,你怎么还要臭他呢?"

"我臭他?我才没有臭他哩!他本来就是那个样子嘛!"

"那你就别吃他的东西。"

"东西是东西,他是他,东西是工人做的,钱是人民给的,又不是他生出钱来,他更不会做什么吃的。东西从北京到南隅,是火车运来的,跟他有什么关系!"

"你可不要对他太不礼貌了,他现在是我们兵团最吃香的人物。他的长篇文章在报纸上发表了,广播里广播啦!写了一篇又一篇,每回都在关键时候拿出来,真会选时机。"

"我知道!就因为他会写那嗷嗷叫的文章,听说在中央找到了硬邦邦的靠山呢!你知道那靠山是谁吗?"

"听说……哎呀,你别问了,咱们甭扯那些政治上的大事,连我们的爸爸都扯不清楚,我们别去挨边。"

"不扯就不扯,吃蜜饯,快来!自己动手。盒子里有签子,干干净净,拣一根签吧!哦!忘了,要把哥哥叫来。"

小炮打开门,跑到隔壁房门口,一阵猛擂,高声大喊:"哥哥!哥哥!快来!有好吃的,听见没有?有好吃的。"接着,房里闷声闷气地问了一声:"啥好吃的呀?""不告诉你,你出来吧!我们吃完了你可别怪。"她擂一阵,叫一阵,便跑回自己房里来。刚刚坐下,又想起什么,站起来跑去打电话。她跑步的声音,推门的声音,几乎要把房子震垮了。只听她对着电话筒大喊:"我不找李副司令,我找他的女儿,李小芽,我要李小芽。"过一阵,大概是李小芽接住电话了,小炮又喊:"小芽,快到我这里来,有好吃的,湘湘也在这里,快来呀!……怎么,你害怕?怕什么呀!时间还早,不到九点钟。……不来?不来不行,我派个人来接你,等着!"呱的一声响,电话筒放下了,又去捶她哥哥的门。

"他在干啥呢?把门关得死死的。"彭湘湘说着,也走到她哥哥门口去。

门终于开了,一个戴紫框眼镜的高个子青年人露出脸来。看那样子,好像是刚从床上拖起来的,睡眼惺忪,打了个哈欠。

"小盔你在干啥呀?"湘湘问着挤进门去。

"画画儿。"

果然不假，桌上、床上、凳子上和地上，到处都是绘画纸、铅笔、木炭条、橡皮、油画笔和颜料之类的东西。日光灯管吊在能碰着眉毛的高度上，靠墙处还有一面大镜子。跟镜子一起排队的，是断了手臂的石膏人，贝多芬的石膏像，由几何块块组成的脸皮，石膏手，石膏腿，石膏脚，石膏鼻子，石膏眼睛，石膏耳朵，单单只缺石膏做的头发丝儿了。

彭湘湘拾起那些已经画满的绘画纸，一张张翻来看。

"怎么净画些石膏不画个活人呢？"

"急什么呀！先练基本功。"

"听说你们美术学院早就不准画石膏像了。"

"是的，所以我躲到家里来画。他们反正看不到，哨兵不让他们进来。"

"你也到外面画画房子什么的吗？"

"不去。"

"成天躲在这小屋里受得了？"

"我一出去就受不了，手上不拿铅笔就受不了，别的都受得了。"

"换换空气吧！"湘湘走去开窗户。

"别开！海风太大。"他抢过去挡住。

"你知道外面在干什么吗？"

"干文化大革命。"

"怎么干法的？"

"写标语，写大字报。你以为我连这也不知道？"

"写些什么？"

"写……"他扶一扶眼镜想了想，"比如'老子英雄儿好汉，老子反动儿混蛋'，别的也差不多。"

湘湘和小炮都忍不住大笑起来。

"那是半年以前的事啦！早就不时兴了！"小炮大声地说，像要把他从梦里叫醒来。

"我管他时兴不时兴，反正不会斗到我头上来。"

"你也该出去走走了。"小炮说，"我现在就给你一个机会，到李副司令家把李小芽接来。"

"不去。"

"去不去？"

摇头。

一眨眼，小炮已把一只石膏鼻子拿在手上，举过头顶，威胁说："看我砸烂你的石膏鼻子。"

"哎哎哎，我去，我去！"小盔连连作揖，"上帝呀，我怕了你，请你放下。"

"快去！"

"就去，就去。"

"走！"

哥哥小盔被妹妹小炮推出了门。

这兄妹俩的名字很有一点来头。小盔是他爸爸妈妈的头一个孩子，是在行军路上生的。夫妇俩为了给孩子取名字，各持己见，没有结果。过了一年，爸爸想出一个主意来，把刚刚学会走路的儿子抱进战利品仓库去，让他去摸，摸到什么就根据什么取名字。那孩子高兴得很，对着武器堆蹒跚过去，还没有走到就摔倒了，一头扎进一个钢盔里，于是便得了小盔这个美名。后来生了个妹妹，又如法炮制。但时候变了，全国已经解放，她爸爸也已由陆军调到空军任职，便只好把她抱到飞机大修棚去。女儿一走进大修棚，就在地下拾起一只小小的模型飞机。照理她的名字应该叫"小机"了，可是妈妈不同意，因含有"小机会主义"的意思，而且听起来以为是

"小鸡"。正在为难时,女儿把小飞机往地下一掷,正好砸在一个空炮筒上,当的一声响。好!就这样定下来了。

小炮离开小盔的房间,在走廊上看到她爸爸低着头向盥洗室走去。

"爸爸回来了?"

陈政委没有答应,也不抬头,只顾匆匆向盥洗室里走。小炮感到诧异,跟进盥洗室一看,见爸爸脸上涂满了墨汁,立刻大惊小怪地喊叫起来:"湘湘快来看哪!我爸爸画花脸了!"

彭湘湘刚刚走出去,遇上陈政委的秘书徐凯从楼下急步跑上来。徐秘书叫住陈小炮说:"小炮,快别嘻嘻哈哈了,这不是好笑的事。"

"怎么啦?"湘湘惊异地问。

徐秘书看样子气得很厉害,年轻英俊的脸涨红了,一口一口地出着粗气,半天没有答出话来。湘湘把他引进小炮房里,让他坐下消消火气,经一再追问,徐秘书才把刚才发生的事讲出来。原来是:文工团上北京串联回来的人,一下火车就直奔政治部,要把前段在文工团当过工作组的人都抓去斗。陈政委赶去做工作,他们就把他推上了斗争台。开头是高呼大吼,后来就有人把拳头伸到鼻子跟前来了。接着是领章被拔掉,帽徽被摘掉,在头上扣一顶高帽子。这还不过瘾,又拿墨汁往脸上涂,把军衣都染黑了。临了,还命令他把高帽子戴回家,以后要随喊随到,自己戴着高帽子去。就这样侮辱他,他还说这是革命行动,大方向是对的。

"你看气人不气人?"徐秘书气得胸膛一起一伏。

"嘻!"陈小炮气得提脚一跺,"我爸爸呀,他活该!"

这时,陈政委已经洗完脸,走进办公室去,把那件染污了的斜纹布军罩衣挂在墙上。小炮气鼓鼓地走进办公室,抓住一把椅子用力一掀,说道:

"爸爸,你是个糯米团。"

"轻点!"陈政委转过身来,关心着那把椅子和楼板。

他是一位独臂将军,左边的空衣袖随着身子摆动而摇晃。那条左臂一部分被日本人的炸弹炸飞了,一部分留在一个简陋的战地医院。给他开刀的是他的妻子,可惜那精通外科的妻子已经成灰了。在他脸上并没有胡处长那样的伤疤,但隐约使人感到,他有一种心上的伤痕从眼睛里透出影子来。文工团那些人的无理行为,是不会在他心上留下什么烙印的,因为这算不了什么。小炮说他是糯米团,其实从外表来看一点也不像,方方正正的脸庞,保留得完完整整的花白短发,身材不算高,可也不算矮,嗓音沉重,哪一点像糯米团呢?这位曾经扛过空军中将肩章的老人,也许有过什么与普通军人不同的经历吧?

"你就那样老老实实让他们当猴耍呀?"小炮愤愤不平。

"我没有发火,你发什么火?群众运动嘛!"政委平静地说。

"群众运动就是这样搞的?"

"要正确对待,不能这样子咋咋唬唬。"

"好,正确对待。"小炮回头把徐秘书和彭湘湘拖进办公室说,"我们也来斗他一回,给他戴高帽,抹黑脸,让他正确对待吧!"她已注意到那顶纸糊高帽就放在爸爸的办公桌上,于是走过去,抓起来就要往政委头上扣。

"不像话!"政委愠怒地说了一声。

幸好徐秘书把高帽子抢过来了,否则,不知会闹到什么地步。

陈政委见他们在抢高帽,说了一声:"莫搞破了,省得又出麻烦。"

"哎呀!"陈小炮越来越气,"算了算了!他根本不是什么政委,是个糯米团的团长。别管他!湘湘,我们吃东西去。"说着,把彭湘湘推着走了。回到自己房里,又自言自语说,"我呀,坚决要离开他,他靠不住,今天戴高帽,明天不知戴啥帽。只要有机会我就要走,自己靠自己,自己安排一切。"

"可是你看,"湘湘指着她那敞开着的小柜说,"连衣服都不会叠整齐些,生活上没有一点条理,你靠自己能行?你以为独立生活是很简单的。"

"你提得好,很对,我坚决改正。你记住今天的日子,下回你来看吧!如果我没有改正,我再也不提要离开爸爸了。你看吧!我说到做到。"

这时,陈小盔已经把李小芽引来,于是,正式摆开了蜜饯大宴。"我完成任务了。"小盔让小芽进门以后,说声就走了。

"你不吃?"

"还有个耳朵没有画完呢!"

画家的房门关得紧紧的了。

李小芽进门,能使所有的人愕然。这么漂亮的女孩子!灯光骤然昏暗起来,房子里的一切显得俗气不堪了。她还没有成年,大约是十五岁吧?但身体正在生机勃勃地发育,美丽的青春像刚刚绽开而未曾全放的花朵,色彩和芳香还在神秘莫测之中,却已经像磁铁一样开始吸引着天涯海角的蜂蝶,不知从哪个方向最先飞来。是什么魔鬼给她揉成这样恰到好处的体坯子和脸蛋蛋呢?这孩子应该是幸福的,她的前途无疑已现出魅人的光芒了——如果永远是春和日暖的话。理当如此,但愿如此!

彭湘湘怀着嫉妒和喜爱的心情,盯着她看了半分钟,而后突然把她拉到自己怀里,揉着她的小手说:"小芽,你真像一棵小豆芽。"

"什么呀!"陈小炮却不以为然,"豆芽,还粉条呢!"

湘湘不顾小炮的咋唬,缠住李小芽问:

"你妈妈欺负你吗?"

"我不叫她妈妈,我叫姨,她比我自己的妈妈小多了。"

"她对你好吗？"

小芽犹豫半天，点了点头。

"你怎么不笑一笑呢？"

"没事儿你叫人家笑什么！又不是疯子。"陈小炮又插话了。

这句话取得了意外的效果，李小芽居然露出笑容来了，把彭湘湘乐得心花怒放。可惜小芽的笑并不长久，像昙花一现，很快地谢去。

"你长大以后干什么？"湘湘又问。

"不知道。"李小芽天真地摆摆头。

"到文工团去跳舞吧！"

"你别糟蹋人了，"陈小炮大声说，"那里都是些坏蛋，别去！"

"就没有好人了？"湘湘不满地说。

"哦！有有有，还有个赵大明呢！"小炮瞟了她一眼。

李小芽在彭湘湘怀里轻轻动弹了一下，想挣脱她独自找个地方呆着去，而湘湘把她控制得很紧，使她的企图失败了。

"小芽，"湘湘又问，"你好像不高兴？"

小芽木然。

"说给姐姐听。"

"你老缠着她干啥呀？箍得那么紧，当然不高兴哪。"陈小炮摆好了筵席，"快来！吃东西吧！都是甜的，心里一甜就高兴了。"

在陈小炮的过分盛情强迫下，大家开始吃蜜饯了。她又打开门喊了几次哥哥，那醉心于画石膏像的哥哥只有声音没有人影，小炮只得用签子杵了两串各色蜜果送过去。哥哥打开一条门缝，从缝里伸出头来，张着大口，把其中一串全部鲸吞了去。对于另一串，他申明："我的手脏，不能拿。"说完便把房门扣上了。

宴会在徐徐进行，爸爸来了。

"叫叫喊喊，什么好东西啊？"陈镜泉政委像一位听任孩儿在怀里随意滚打的慈母一样,说着话慢吞吞地走进来。

"爸爸你也来吃点吧!给!"小炮伸出一根签子。

"是什么?"爸爸问。

"北京蜜饯。"

"江部长给你的吗?"

"是的。"

陈政委摇摇头说:"不吃。"

"你尝尝吧!好吃哩!"

政委表情木然,仍是摇头,没事人一样,自己找个地方坐下来,一不抽烟,二不喝茶,三不说话,他在这个场合,显得完全是一个多余的人。过了许久,他终于找到话说了:

"小芽,你爸爸怎么样?"

"我爸爸……"李小芽停止吃东西,好像在努力思考着什么,有点胆怯地开口说,"我爸爸不知怎么的,很久没有出去过,也没有人给他打电话来,他每天,在办公室里,走来走去,走来走去,夜里很晚了,我还听到他在办公室里咳嗽。他好像,好像在写什么东西,好像总是写不好。有天,秘书不在,我走进办公室去,我问爸爸,'你在写什么呀?'爸爸看看我,不讲话。我又问,'你写不出来吗?'爸爸叹了一口气。我心里很难过,就说,'爸爸,我能帮你写吗?'爸爸,忽然,一把抱住我,他哭了,没有哭出声,眼泪,就这么流,把我的头发都浸湿了。我很害怕,我从来没有看到爸爸哭过,从来没有,他是不哭的,怎么今天要哭呢?我也哭了,我不知道为什么哭了。爸爸后来说,'孩子,你喜欢你姨吗?'我说,'我,喜欢。'爸爸又说,'你要是没有爸爸了,自己能照顾自己吗?'我说,'能。'可是,我不懂,爸爸为什么要讲些这样的话呢?我又问他,爸爸说,'孩子,他们说你爸爸是叛徒。'陈伯伯,谁说我爸爸是叛徒呀?"

陈伯伯听着听着垂下了头,眼睛望着自己两脚中间的地板,长叹一口气,慢慢站起来,不答话,也不望望在座的孩子们,负重千斤似的走出去了。

湘湘和小炮都不敢再看李小芽那天真纯洁的脸,各自望着不同的地方,也许根本就没有望见什么。安静了一段时间,陈小炮首先打破沉默说:

"我说了吧!什么样的爸爸都是靠不住的。小芽的爸爸怎么样?兵团副司令,有军衔的时候是空军少将,听说还在延安他就是会开飞机的八路了。谁知道他又在哪里当了什么叛徒呢?唉!都是靠不住的,靠不住的。小芽,你搬到我们家来吧!跟我住到一起,我们自己煮饭吃,自己洗衣服,自己去找个工作,拖板车什么的,自己养活自己。你跟我一起打赤脚,剪短头发,实在没事儿给咱们干了,咱们就跳到渔船上出海打鱼去。要是翻了船就找一个岛子,搭一个棚子,挖野菜,拾蚶子,骑大海龟,捉螃蟹,有火就吃熟的,没火就吃生的……"

"行了!"湘湘打断她说,"都是些幻想。"

"幻想?是啰,可能是幻想,别想它了!"她把蜜饯签子往头顶上一挥,像扔掉什么东西一样,"可是湘湘,你完全没有想过有那么一天会要靠自己吗?你比我大四岁,你是大学毕业生,你还学了英文,连外国人的事你都知道,你告诉我,我这样想对吗?"

湘湘在沉思。

"吃!"小炮命令李小芽,"快抓紧时机,现在还有吃的。以后,我随便有点什么好吃的东西都会叫你来,要是晚上你害怕,我派我哥哥去接你。你可千万别像湘湘姐姐说的那样,像根豆芽,一碾就断了。要像一蔸野草,知道吗?踩都踩不死。吃!快吃!拣这个,这是山楂,助消化的。"

彭湘湘认真地、语气深沉地提出一个问题说:

"小炮,你怎么会这样来想问题呢?我跟你情况差不多,我可从来没有想得那样绝。我好像是这么想的:我们的父母都是共产党员,只要共产党还在,人家对这些出生入死打天下的、参加过长征的老干部总要稍微尊敬一点吧?总不会太说不过去吧?当然,最近我也在开始担心了,有时很难过,但我没有像你那样,想得那样绝。你比我小四岁,像你这么大年纪,在我们这样的家庭,这样的性格,这样想问题,我还没见过。你到底是怎么回事啊?"

倔强而又快活的陈小炮突然变得十分压抑,像因为不平而发愤似的诉说道:"我,跟你不同,你有妈妈,我没有妈妈。如果我妈妈也在的话,可能不会这样搞得房里乱糟糟的;可能也有人给我买一台钢琴;可能也像你一样,穿白袜子、黑皮鞋。不会这么野性,不会这么可怜。"她眼睛湿润了,"你的妈妈好,我的妈妈要活着,会更好,更好。你听说过吗?我妈妈死去七年多了。一九五九年反右倾的时候,他们说我妈妈反对三面红旗,是右倾机会主义分子,把她关在小屋子里,她想不通,上吊了。那时我才十岁,我看见了的,我永远不会忘记她死了以后那可怜的样子。我的妈妈!我的好妈妈呀!"她好像回到了七年以前正扑在妈妈身上悲哭时一样,眼泪簌簌涌出。她抖着手解开军装式罩衣,从旧棉袄内面的暗兜里摸出一个精精致致的小钱夹子来,嘴里还在不停地念着,"我的妈妈!我的好妈妈!……"

打开钱夹子,里面有一层透明胶膜,胶膜底下端端正正地夹着一张彩色照片,一位佩带着陆军少校军衔的不到四十岁的女同志跃然眼前。她仪表端庄,眼睛明亮,并没有微笑,却使人不觉得呆板,那抿着的嘴唇好像刚刚亲吻过女儿的脸蛋。这确实是一位好妈妈,无疑也是她丈夫的好妻子,幸福的丈夫永远失去了的好妻子。

"我妈妈原来是一个陆军医院的外科主任。"陈小炮抽泣着说,"我的性格就像我的妈妈,她心直,不讲假话,不害人,不记仇,不会巴结什么人。这都是爸爸给我们讲的。文化大革命开始的时候,我还算红五类,要我当红卫兵头头。可是后来,他们知道我妈妈是自杀死的,就骂我妈妈是叛徒,骂我是女叛徒的狗崽子。我不能容许他们侮辱我的妈妈,我跟他们辩论,我妈妈在六二年平反了,她不是叛徒,不是!可是他们偏要欺负我,把我算作花五类,我不干,我退出红卫兵。我就是要跟我妈妈划不清界限。划不清!划不清!永远划不清!我要跟我的好妈妈在一起。我的妈妈呀!"她猛地将妈妈的照片贴着胸口双手抱住,抱得紧紧的。

　　这个倔强而又快活的女孩子,流出泪来与一般人不同,每一滴都像秤砣,不仅打在她自己心上,也沉重地打在旁人心上。李小芽哭了,彭湘湘哭了,三个将军的女儿一块儿伤心地哭了。

　　在她们面前摆着不能再甜的蜜饯。煮好了的咖啡早已被人遗忘,冰凉冰凉的了……

第三章　不眠之夜

跟首长的子女交朋友是不大方便的事。凡有过与赵大明同样经历的人都会产生同样的感想。湘湘每回约他到家里去玩,他都要下一个很大的决心才行,一面往司令员那个小院里走,一面还在怀疑:这是我吗?我凭什么走近这个小院?接着,总要把可能遇见的一切考虑周到了,才迈进那个小院门。这样的约会,紧张多于幸福。

刚才陈小炮慷慨地邀请赵大明跟湘湘一起到她家里去玩,她大概估计不到赵大明是不会去的。怎么能去呢?赵大明想:"人家都是首长的女儿,在一起吃吃,玩玩,说说,笑笑,我跟着去算个什么?"凭着跟湘湘的关系,赵大明满可以大大方方地随意出入于首长的家,但他的自尊心强,觉得自己是个男子汉,不应该叨姑娘们的光。与其做一个高贵的附属品,还不如做一根自立于泥土的野艾蒿。

他有意无意地跟湘湘她们拉开了距离,后来干脆不再跟她们走了。

在湘湘家里的所见所闻,打破了他心中的宁静。他不理解,为什么给吴法宪提过意见,就可以使人这样紧张和不安,以至整个家庭的生活都充满了焦躁和忧虑?他只知道,在当前的中国,谁胆敢反对毛主席那才是最大的犯罪,却没有听说过谁也不能反对吴法宪。毛主席早就有明确的指示:不但要团结与自己意见相同的人,还要能团结与自己意见不同的人,包括反对过自己反对错了的人一道工作。毛主席的指示人人都得照办,吴法宪应该不在例外吧?那么,给他提过一点意见有什么了不起的呢?大明觉得,只要不是反对毛主席和林副主席,不是反对毛主席的革命路线,就不需要害怕。他突然产生一个勇敢的主意,想找司令员谈谈心。旁观者清啊!从小小文工团员的角度来看司令员面临的问题,也许比司令员自己看得更清楚一些。不过,他立刻就把自己的想法否定了。

他朝着回文工团的方向边走边想,用他那仅有的二十四年的人间阅历和音乐学院肄业的思想文化水平来努力弄清所遇到的问题,想着想着,入痴了。有一辆从背后开来的轿车从旁边擦身而过,他才猛然惊醒,加快了步伐。目前,全城都在响着广播喇叭,《大海航行靠舵手》的歌声被一些男的、女的、嘶哑嘈杂的吼叫声、斥骂声搅得稀碎,若隐若现地传来。这座新的城市好像变成了一口锅,锅底在烧着大火,锅里煮着稀饭,到处在冒泡,在翻滚,热气腾腾,直上星月寒空。惟有这肃默的军营,像掉进锅里的一块硬铁,沉在底下,不冒不腾。冬天的海风不如夏日活跃,与这海岸城市恰相对比地懒洋洋地荡过来,椰树和芭蕉树飒飒作响。默默无言的军官们在营道上来一个,去一个,大都是有事要去办的,无人闲逛,革命高潮中,大家都自觉地不串门了。路灯的光线有些清冷,在它的照射下,没有一样生动感人的景物。这里无人笑,无人哭,无人大声疾呼,好像所有的人都对外界漠不关心。

这块地方果真是不冒不腾,与外界毫无共鸣么?不是。你看那大红色的标语牌纷纷从身边闪过,上面写的字大都是早已被人们背熟了的。但据说还不够,胡处长的账本上,那两万块钱恐怕是不得不写进支出栏的。路过一垛围墙,墙上写着"打倒刘少奇"的标语,写字的人不知究竟有多深的仇恨,竟把奇字歪写着,故意模拟成"狗"字的样子,这就是战斗!过了围墙有一口水塘,塘里漂浮着一些东西。是荷叶吗?不是,这口塘从来没有种过藕,那是早些日子贴在墙上和树上的标语,被风刮落水中。有的原本落在路上,是被过路人踢下去的。前面的道路怎么不通了?走近去看,原来是新挂了一条标语在那里,用报纸别在绳子上,两头拴着两棵树,横挂在路面上。显然是匆忙挂上的,没有系牢,风一吹就滑下来了,离地只有两尺高。上面写着:"粉碎资产阶级反动路线!"赵大明撩起一张报纸钻过去,心想,难道他们刚下火车就开始行动了?

临近文工团大楼的时候,听到小礼堂里面有愤怒的口号声。正好兵团机关第一门诊部的军医和护士们下晚班从那里经过,有的好奇地扭头向小礼堂望一眼,有的头都不摆,默不作声走自己的路。赵大明接连堵住三个走来的人,问道:"那是在干什么?"被问者抬头一看是文工团的人,便只是摇头,不愿意讲话。

文工团那座三层的一字大楼与小礼堂连在一起,组成丁字结构。赵大明急赶几步进了大楼,来到与小礼堂相接的地方一望,大吃一惊,原来他们正在斗陈镜泉政委。一个人民解放军的将军头上,扣着一顶过去给地主、恶霸、土豪、劣绅戴的纸糊高帽,领章被拔掉了,军衣被墨汁染黑了,脸上已看不清容貌,黑一块,白一块,墨汁像挂着的眼泪还在继续滴落下来。在将军的眼面前和头顶上,时而有愤怒的拳头在攒劲挥舞。这是怎么回事?赵大明连忙揉了几下眼睛,怀疑是不是看花眼了。不!千真万确,那个被弄得狼狈不堪的老头子,正是本兵团的政治委员、独臂将军陈镜泉。

在极短的时间内,赵大明的记忆宝库中有关陈政委的一些印象接连浮现出来:

——文工团排了新节目请首长审查。陈政委坐在头排,前面摆着茶几和杯子,主任、部长们在旁边陪着,专门有两个文工团员在政委背后拿着小本子和钢笔,随时准备首长一开口就往本本上记。戏演到最紧张的时候,政委发现了问题,对台上问道:"那个演匪兵的,你那个鞋带怎么是白的?"于是,这一场戏就要重新来过。

——文工团在部队演出,那天休息,陈政委的专机在机场着陆,有人老远看见是政委来了,跑步回去告诉了团长。一分钟之内,团长已把队伍集合好,迎着政委跑上去立正报告:"报告政委同志,文工团在这里演出,来了三天,今天休息,请首长指示。"政委边走边说:"好嘛!下部队演出,休息嘛!"他从队伍前面经过,人们行注目礼迎送着他,他忽然发现了一个熟识的文工团员,笑笑说道:"小胖子,要少吃点肉啊!"说完仍旧走路,在军、师首长们簇拥下,去他该去的地方。

——有个文工团员在海城大道步行,政委的轿车从背后开来停在旁边,首长伸出头来问:"到哪里去啊?""首长,我回团去。""上车吧!"于是,这段小故事便在文工团成为永久的美谈。

——文工团在海城剧院公演《年轻的鹰》,有天陈政委陪客人看完戏来到后台,见演员们脱下飞行服,一个个大汗淋漓,热得喘不过气来。政委指示团长说:"这么热的天,你在休息室准备点冰水嘛,买点西瓜来吃嘛!"后来,每天在喝着冰水和吃着西瓜的时候,人们总忘不了陈政委的关怀。

可是现在,他怎么被弄成这样子了?人还是那个人。秘书也在旁边,不过已变成了陪斗者。怎么回事?怎么回事?怎么回事呢?拳头又挥舞起来,所有这些挥舞拳头的人,都是原来整队站好接受检阅的人,其中也有那个小胖子和那个有幸坐过他的小车的人。他们为了什么在他面前挥舞拳头?这是怎么回事?

赵大明由于没有思想准备,被这突然见到的场面惊呆了。他感觉到身上在发抖,既不是由于寒冷,又不是由于恐惧,也不是由于激动,不知是什么原因,使自己丧失了控制,像害了疟疾似的抖个不停。他提醒自己:"不要惊慌,好好儿听听,到底是怎么回事?"后来他终于明白了,原来人们是在批判反动路线。而那可恶的"反动路线"是一个看不见、摸不着的概念,批判起来缺乏形象感和动作性,革命群众的激烈的革命行动没有具体的攻击目标,显得过于温良恭俭让,正好陈镜泉政委竟敢不承认在他所领导的部队存在着反动路线,于是,高帽、拳头和墨汁,这些一般的批判武器便都一齐投向他来了。赵大明把眼睛瞪得大大的,一眨也不眨地注视着这个批斗场面。他心里迅速发生着一种奇怪的化学反应,由惊奇到理解,由理解到冲动,由冲动到麻木。现在,他不再认为那个涂了花脸的老头子是陈镜泉了,他就是可恶的反动路线。谁要配做一个无产阶级革命战士,谁就必须同反动路线进行不调和的斗争,谁姑息反动路线谁就是对毛主席极大的不忠。赵大明当然坚信自己是忠于毛主席的,他的麻木了的神经现在只剩两个含糊的印象,一个是崇高的、伟大的、庄严的、可敬爱的;另一个是卑鄙的、下贱的、恶毒的、可憎恨的。整个的世界只剩这两者,一切的事物都分属于这两者。前者在心中高高地耸立起来,它是温暖,是力量,是幸福的源泉;后者是脓疮,是蛇蝎,是眼中的钉子。那温暖正在变成火热,那力量足以使人藐视一切,那心中的幸福使人感动得流泪,情愿赴汤蹈火。冲上去!扑上去!对着那万恶的反动路线碾压过去!终于,赵大明参加到斗争陈政委的行列中去了,他高呼着口号,发自内心地痛恨着那冥顽不灵的反动路线,他也把手指头戳到陈政委的鼻子尖上去了,他也充分表现出了大脑的敏捷和口齿的流利。他忘了他是一个唱歌的,不讲究运气和发声方法,单凭着一股情绪狂吼乱叫,他正在按照某种必然的规律不能自制地行动着……

斗争会结束以后,他感到很疲劳,但这是一种兴奋着的疲劳,需要休息,又不可能休息。他的心很久还在怦怦跳着,他的脸上一直保持着由于激动而变得通红的颜色,他的嘴合不拢来,要么笑,要么讲话,要么就是张着口喘气。他在宿舍里串来串去,听那些刚从北京回来的造反者们谈论他们的见闻、经历和收获。人们的性

格都变得比以前爽快了,说话不再绕弯儿了,大都是直来直去的,听起来使人产生一种痛快感。你听那些人是怎么说的吧:

"喂,大明,你小子刚才要是不来参加斗陈镜泉,现在可没有你好过的,老实告诉你。"

"大明,别他妈的迷着那位千金小姐了,干革命要紧啊!"

"告诉你吧!如今连保皇狗都要挨斗,我们在北京,一个晚上斗了十几个保皇狗。有特制的狗头帽,嘴里含一根稻草,手上提一面锣,一边打锣一边喊,'我是可耻的保皇狗,大家不要学我的样……'嗨!你以为要正式发表声明保皇的才算保皇狗吗?不是,只要不造反的就是保皇的,就要斗他妈的保皇狗。你小子也差不多,小心着点。"

"斗他了,陈镜泉,有什么了不起!如今什么人都可以斗。他妈的……"

"这回到北京串联,每个人都经过脱胎换骨,你呢?要不要松松筋骨?"

"他妈的!从来没有这么痛快过,想怎么来就怎么来。"

"嗨嗨!嗨嗨!"赵大明不断张口笑着,津津有味地听他们讲着。这一夜,瞌睡没有了,忧愁没有了,饥饿感没有了,对过去的记忆也没有了。他觉得环境变成了新的,人也是新的,连自己的感觉神经也成了新的。新奇感压倒了一切,掩盖了一切,代替了一切。

他单独回到自己那个小房间,关上门,上床去,准备安静地想一想自己在新的形势下应该怎么办。可是思想很不集中,任何一个念头都不能深入地想下去,心中像正在放映着一部光怪陆离的电影,无头无尾,没完没了……

有人来敲他的房门,擂得通通直响,很不客气,并且听到有叫骂声。赵大明有点紧张,心想:难道因为我没有上北京串联,还是要把我当做保皇狗斗一顿?果真要斗,是没有办法逃避的,只好听天由命。但他想到,应该穿好衣服,否则挨斗的时候会冻出感冒来。为了免得人家拔领章、取帽子,他干脆换了一件没有钉领章的旧军衣穿上,根本不戴帽子。这时房门快被捶破了,他赶紧跑去拉开了门。

"他妈的!睡死了?"

人还没有进来,骂声先进来了,赵大明表示抱歉地赔着笑脸迎接。

"走!"

"上哪儿去?"

"上我家去。"

"这么晚了……"

"现在闹革命,你睡得着?"

"好,"赵大明见并不是要斗他,心里高兴,欣然应允,"我上上厕所就来。"他匆匆去了。

从头顶射来的灯光照在新兴革命家范子愚的脸上,使他显得有点瘦,因为眼窝和其他凹陷部分都是阴影。他没有戴军帽,较短的西装头从左前方翘起一撮毛来,像歪戴着一顶袖珍小高帽似的。这位革命家拿出他在舞台上的潇洒派头来,迈着八字步在赵大明的小房里踱来踱去。时而抬起手腕看看表,皱着眉头往门口望一眼。他好像依旧在剧中,在公园的路灯底下,等待与他接头的人,而那接头人显然是他惟一的部下。

赵大明回来了,范子愚劈头给了他一番开导:

"你怎么上个厕所都要这么长时间?唉?现在这年头不能这样过日子啦!人家辛辛苦苦上北京串联,你小子在家里干什么?你老实交代!我跟你说实话,要不是咱俩过去交情还可以的话,我非组织群众斗你保皇狗不可。你要知道,你没有挨斗,是我老兄给你保下来的。"他拍拍胸脯,"现在这年头可不分什么远近亲疏了,谁要保皇,去他妈的蛋!我保你是为了什么你知道吗?我要用你,你是个人才。"他突然转身,"不过你可别骄傲,有才还要看你造不造反,造反的是好样儿的,保皇的,去他妈的蛋!"

"你看我像是个保皇的吗?"

"唔,要是我看着你是个保皇相,那我也不会找你了。"范子愚说着说着,突然发现,"嗯,你这个房里怎么连一张毛主席像都没有啊?哦,你身上也没有戴毛主席像章,你是什么态度?"

"我刚才换了衣服,你没见领章都没有钉?"

"不要解释了,这不是理由。"范子愚郑重地说,"现在这年头,只要记住一条,忠于毛主席,其他,什么都可以反。"

"林副主席呢?"

"那不能反。算了算了!言多必失。走吧,到我家去,我要跟你详细谈谈,我在北京带了两瓶二锅头,还有腊肠。走吧!"

范子愚的家不在这个楼上,需要从这座丁字楼出去,下一个小坡,那里有一排平房,住的都是已经成家的文工团员。范子愚住着一个套间,目前里外都亮着灯,房门敞开着。

"他妈的!"范子愚跨进门说,"老子当兵十年,没有喝过一回醉,每回下部队演出,有酒不敢多喝,我一多喝脸就红,喝红了脸有失体统。每回过春节,食堂会餐又不准备酒。今儿个,老弟,咱们哥儿俩喝一个够。"最后一句是演戏的腔调。

"你可以喝一个够,我可不行。"赵大明说。

"怕什么呀!现在这年头谁管得了谁呀!"

范子愚搬了一条骨牌凳放到屋中间,又从书桌底下拖出两条开会时坐的简陋的小板凳来在两边放下,便去拿酒菜。原来他从北京提回来的旅行包还没有打开,酒和菜全在那里面。他拖开拉链,摸出一个酒瓶来,放在手里抛了两下(这个动作也是舞台上的),便拿到骨牌凳上磕盖子。磕了两下磕不开,他发火了,骂了一声:"你也像陈镜泉一样顽固。"骂着,在屋里扫了一眼,看见一把菜刀,大跨一步跳过去,抓住菜刀用刀背朝瓶颈砸去,啪的一声,断了。

"你在干什么?"里间有个响亮的女声。

"不关你的事。"回答得很干脆。

腊肠也拿出来了,还是整根的。他一剁成两截,递一截给赵大明说:"省得切,也省得拿盘子,用嘴咬吧!"还是赵大明提出应该拿两个杯子来,他才不得已费了一点力。

"我要跟你谈……"他喝了一口酒,艰难地吞下去,又咬了一口腊肠,思索一阵,伸出三个指头,接下去说:"三个问题,谈三个问题。第一,革命形势;第二,为什么要造反;"又为喝酒所打断,"第三,造反必须有后台。"打一个饱嗝,喷出一口酒气来,"你小子没有到北京,你可不知道我们的收获多么大呀!过去我们对文化大革命的理解太幼稚,我们都受了工作组的蒙蔽,上当了。这回我才知道,文化大革命的实质是要解决两个司令部的问题。一个是以毛主席为首的无产阶级司令部,一个是以刘少奇为首的资产阶级司令部。文化大革命一开始,刘少奇他们就犯了个大错误,以为又是抓右派,连忙到处派工作组,把矛头指向群众。我们那时候也不清楚,工作组一咋唬,就吓得龟孙子一样,心想,这回完蛋了,右派当定了。哪里知道,嗨嗨!一场大误会。现在,全国各地的无产阶级革命派都在开始反攻了,上海的'一月革命'就是无产阶级大反攻的信号。嗨呀!你可不知道哩,北京的革命形势简直太好啦!所有挨过工作组整的,现在都是造反的骨干。刘少奇搞反动路线,搬起石头砸了自己的脚,正好激发起群众的满腔怒火,烧向他们的资产阶级司令部。真是妙极了!太妙了!到头来倒霉的还是他们!"他兴奋得不可抑制,喝了一大口酒,"可你要知道,刘少奇倒了,并不等于资产阶级司令部就已经垮了。没有,远远没有。因为他们那个司令部已经搞了多少年,党里、政府里、军队里到处都有他们的人,盘根错节,复杂得很呢!到底谁是无产阶级,谁是资产阶级,全靠在群众运动中识别。不管他是谁,先斗他一下试试看,七斗八斗,就斗出来了。你可要有点思想准备,造起反来可没有那么多温良恭俭让,你得好好儿学习学习《湖南农民运动考察报告》才行。"他又喝了一口酒,幸福地闭着眼说,"唉!没有想到,我们还能参加一次这样伟大的革命。我简直觉得自己又获得了一次解放,真正的大解放!"他几乎是在欢呼。

赵大明张着口,听得入神了,不断地"哦!哦!"表示恍然大悟。他羡慕范子愚,跟着范子愚一起激动。

"我告诉你,"范子愚大喝了一口,嚼着腊肠含糊地说,"为什么要造反?除了捍卫无产阶级司令部以外,还有具体的原因。你想想,像我这样的人,当兵十年,连党员都不是,你知道是什么原因吗?就是他妈的反动路线。刘少奇资产阶级司令部,多年来推行了一条又长又臭的反动路线,把人害苦了。能入党的都是黑修养学得好的,都是刘少奇的驯服工具。我们这样的人就入不了党,大错没有,小刺儿天天有挑的,见什么不对喜欢讲,运动一来就挨大字报。倒霉的总是我们这些人,他们永世不倒霉。这回可好了,刘少奇把反动路线一搞,他们马上跟着干,全暴露了,好得很!这才清楚了吧!谁是修正主义呢?哼!这条反动路线不反掉,你就永世翻不了身。一年到头专搞群众斗群众,不知道哪一回要被人家斗垮,你以为不危险。老弟,你比我小几岁,经的事少一些,吃的亏也少一些,你可能对反动路线的危害体会还不深。我告诉你吧,甭再体会了,那玩意儿不好受!跟我一起造反吧!把那条又长又臭的反动路线冲他个稀巴烂。工作组的红人,积极分子,滚他妈的蛋!"

"你在说什么?"里间在喊。

"我在说,"他大声重复着,"工作组的,所有的,每一个红人,臭积极分子,都滚他妈的蛋!"

"你进来!搬进来说,我也听听。"女的说。

"她也要听听哩,我们家里也有个工作组的红人。好!你要听听,好!也该受受教育了。"他端起骨牌凳,"咱们进去。"

赵大明走到通里间的房门口,迟疑了一下,因女主人邹燕正坐在床头,穿一件鹅黄色的、贴肉的棉毛衫,军棉袄披在背上,这景况似乎不便于进去。而邹燕却不在乎,喊道:

"进来呀!"

"呃……好。"

进去了,背对女主人坐着。

"你说,工作组的积极分子怎么啦?都是坏人?你说清楚一点。"邹燕有意见。

范子愚瞟她一眼说:

"是不是坏人,自己去想,别到时候当个死保皇,跟着反动路线一起完蛋。"

"谁死保皇了?斗争陈政委我没有去?你上北京串联我反对你了?"

"可是工作组在的时候,你还贴我的大字报呢!"

"那是上头布置的,我不写能行?"

"行!你写吧!最好今儿晚上再写一张。保皇狗都是可恶的。"

"你别嘴里不干不净!"

"我骂保皇狗,你叫唤什么!"

"我今天非跟你搞清楚不可。"

邹燕呼地跳下床来。她下身同样穿着那种鹅黄色的棉毛裤,大概是前几年未曾发胖时买的,现在穿在身上显得太小了,那肥实的大腿,丰厚的臀部,全都不堪入目。赵大明本应在他们夫妻之间调解调解,却又怎好插手呢?只得故意望着别处,暂时回避回避。

"你说,你说,"可能是邹燕在指着范子愚的鼻子步步逼近,"死保皇,我保谁了?你说清楚,我保谁了?"

"保他妈的反动路线,工作组,刘少奇。"

"我认识刘少奇?我看见过刘少奇?我知道他搞了什么?"

"老子一辈子也忘不了,老婆写丈夫的大字报!差点把老子的家庭都拆散了。"

"你那话本来就错了嘛,什么'政治政治,不正也不直'。这话是对的?贴你的大字报贴错了?"

"还在搞反动路线,直到今天,现在,这个时候,死保皇!"

这夫妻俩的争论看样子得要持续一段时间,既然不能起调解作用,那就干脆先离开一阵吧。赵大明这么想着,悄悄地走到外面去。时间已是凌晨两点了,无论丁字楼或这里的家属平房,熄了灯的很少,高谈阔论和大吵大嚷的声音从好些个窗洞里传出来。赵大明被这一切吸引着,激励着,开始后悔当初为什么不到北京串联。北京到底是离毛主席近,到底是全国的政治中心,所有这些到过北京的人都成了全新的政治家,他们仅仅在北京呆了几天而已。"要是我也去了,"大明想,"决不会比他们落后,我还是北京人呢!"他感到自己在这些上过北京的人中间,显得像个愚蠢的老保,所以他不敢随便多说话,更不敢冒失地参加到人家的辩论中去。但他已暗自下定了决心:走着瞧吧!

后来那夫妻俩不知是怎样使他们的矛盾得到解决的,吵闹终于平息下来了。范子愚在那里喊叫,赵大明应了一声走回去,谈话继续进行。邹燕已经躺下了,怀里搂着他们惟一的还只有两岁的小儿子,面对里面,像睡着了似的。

"我讲到哪里了?"范子愚走出去把酒瓶拿来,又倒上了一杯酒。

"你第二个问题还没有谈完。"赵大明说。

"哦,是的。这回工作组整群众,整了很多黑材料,像刚才我老婆给我贴大字报那样的一些话,不都整进去了?都会进档案的,走到哪里背到哪里,一辈子甩不脱。讲错一句话,倒霉一辈子,你不反掉那条反动路线怎么行?你不把那些黑材料搞掉怎么行?"

赵大明不吃不喝,认真地听着、想着。

"你别若无其事,这回没有整到你头上你以为就永远平安无事了?哼!反动路线不打倒,你等着倒霉吧!你今年还只有二十四岁,还要活几十年,哪天一脚踏空你就完了。谁能保险一辈子不说错一句话呢?反动路线就专抓你的辫子,挑动群众斗群众,被斗上一回你就受不了。"

"可是……"赵大明反问,"那么你说,毛主席的革命路线,实质到底是什么呢?"

"这还不懂?矛头对准走资派,这就是毛主席革命路线的实质。"范子愚说,"毛主席可真是想到我们革命群众的心窝里去了!"

这话说得那么激动,那么诚恳,那么动感情,赵大明听了心中一热,也就忘了深究范子愚的定义对不对了。

"第三个问题……"范子愚指着酒杯,"你喝酒吧!慢慢儿来,我今天不想睡觉了,现在这年头,革命积极性靠自己。来,喝!腊肠吃完了还有。"他举起杯一饮而尽,"第三个问题是我重点要跟你谈的问题。我在北京遇到一个地方造反派头头,看样子背景很深,显得很老练,一副满不在乎的样子,他告诉我,造反要有后台。这个话不要公开去讲,咱们心里知道就行了。不光要有后台,还要有硬后台。聂元梓写出全国第一张革命大字报,你以为是她自己瞎碰的?不是,她有后台,早有消息说,她有人支持。这就是内幕,你懂吗?造反可不能光是咋咋唬唬,造反有造反的艺术。你说我们的后台找谁呢?"

"找陈政委?"赵大明试探地问。

"不,陈镜泉不行。刚才我们把他一斗,就知道八成啦!他拼命否认我们这里存在着反动路线,这说明什么?至少说明他路线觉悟很低,他怎么可能支持我们造反呢?说不定他正好是刘少奇那边的人呢!"

赵大明听了吃一惊,心里知道的情况不敢说。

"你看彭司令员怎么样?"范子愚说,"我早就听人讲过,彭司令员有个外号叫炮兵司令,意思是说,他正派、耿直,喜欢放大炮,跟陈老总一样。这种人,一般都是没有大问题的。"

"对了!"邹燕兴奋地坐起来说,"大明你跟彭湘湘要好,你可以经常到司令员家里去,谁也不敢阻止你,你就当联络员吧!"

"不要你多嘴,你不保皇就行了。"范子愚训斥她说。

"你不让人家革命?假洋鬼子!"

"那还要看看你的实际行动。"

"革命人人有份,造反不分先后,你听见过没有?大明,他不许咱们造反,咱们自己成立战斗队,你当头头。"

赵大明觉得他们夫妻俩很有意思,忍不住笑了。

"他是要当头头的,"范子愚说,"可不是当你们的头头。大明,我告诉你一点形势,目前我们全团已经有百分之七十的人参加了我们这个组织。还有很多人提出了申请,我现在还要考虑考虑要不要他们参加。除了我们这个组织,别的都没有搞头,都是保皇的。"他转对邹燕说,"你想参加我照顾你一下。"

"谁要你照顾!"

"那你就别参加。"

"我去找另外几个头头去。"

"好了好了,你就让她参加吧!"赵大明打了个圆场。

"看在你的面子上,"范子愚说着转对邹燕,"你放心睡觉吧!"

邹燕仍旧不睡,干脆把棉衣穿上了。

"怎么样?你当一个头头。"范子愚对赵大明说,"你负责抓宣传工作,你笔头子硬。林副主席讲,枪杆子笔杆子,干革命就靠这两杆子。就请你发挥你那笔杆子的作用吧!现在这年头,八仙过海,各显神通。再就是,你还要担负一个特殊的、非常重要的、关系到造反派命运的联络工作。不要你联络别的,专门联络上头。你看怎么样?"

"干吧!大明,别犹豫了。"邹燕也鼓动他。

赵大明到这时才算是完全明白了,说了半天,目的是在最后一句话上,"专门联络上头",原来如此!

"你表个态呀!"范子愚在催。

赵大明知道,目前自己的表情一定是很不自然的。忽然想起,他们在北京串联,难道关于彭司令员的事,连一点风声也没有听到吗?决定问问:

"老范,你们在北京有没有见到吴法宪司令员?"

"哦,见了。"范子愚激动地说,"我告诉你呀,咱们空军的吴司令员可真是叫人感动。我们在那里开过一次斗争会,主要是斗他,还有一些别的领导干部。其中吴司令员的态度最好,一再主动向台上的毛主席像请罪,叫他低头就低头,口口声声罪该万死,执行了反动路线,并一再请求革命群众教育他。他还说,无论什么时候需要批斗他,通知一声就行了,随喊随到。我们问他对斗争会有什么看法,他说,'我完全支持同志们的革命行动。大家斗我是爱护我。'你看,多有水平!跟陈镜泉完全两样。我告诉你呀,"他凑近赵大明的耳朵神秘地说,"吴法宪是无产阶级司令部的成员,绝对可靠。"

这句话等于是宣告:彭司令员是无产阶级司令部的敌人。赵大明的头脑中轰的一声响,再也不能保持平静了,他需要马上离开,关上房门独自仔细地想一想。

范子愚见他半天不做声,以为他是不敢起来造反,便进一步激发他说:"这一回,对每一个人都是一次大考试,是革命的还是反革命,是真革命还是假革命,是红的、白的还是粉红色的,都得考验出来,你看着办吧!"

赵大明含含糊糊地敷衍了几句,回宿舍去了。

转眼已到天亮,赵大明主动跑来敲开了范子愚的门,他脸色铁青,两眼通红,十分激动地对范子愚说:"老范,为了捍卫以毛主席为首的无产阶级司令部,我一定和你团结在一起,战斗在一起,胜利在一起,不管付出多大的牺牲,也在所不惜。"说到这里,声音哽住了,眼泪忍不住噙满了眼眶,他颤颤抖抖地说完最后一句话,"需要我干什么我就干什么,但是,我们不要找什么后台,革命从来不靠救世主。"

范子愚大概是没有睡醒的缘故,望着赵大明发痴,好像没有听明白似的。倒是邹燕细心,在赵大明走了以后,她对范子愚说:

"你看赵大明,到底是工人的儿子,人家对毛主席革命路线的感情多深!说着说着就流泪了,一点儿也不做作。"

第四章　夫妻·战友

当彭其决心砸烂钢琴，让邬秘书去找锤子以后，他又有点后悔了。心中感到一种痛楚，像沾着滚油似的，不仅不能甩脱，而且在慢慢化开，烧灼着将军的心，那颗在战火中熔炼出来的、比钢铁还硬的心。他不知自己为什么会发那么大的火，难道这琴声与自己心中的大事有什么直接的联系吗？难道琴声一断就能使敌人的喧嚣也随之了了吗？心中容得下十万个儿子（他的战士），难道就容不下一个女儿吗？他从一个沉重的磐石底下挣扎着抽出那颗心来，也这么偶然地想一想被他遗忘的家事和那些可怜的亲人。

他是一位将军，他同时也是一个父亲。二十二年前，在东北一个简陋的城郊农舍里，孩子的妈妈生下了女儿，用一件缴获日本人的旧军毛毯裹上。孩子的爸爸骑着马从前线回来，准备召开作战会议，在指挥所这头踱到那头，那头踱到这头，一会儿坐在火边扒着地上的柴灰，一会儿仰卧在炕上望着屋顶出神。警卫员先后三次向他报喜，他都是"唔"一声过去，好像这孩子与他是没有任何关系的。直到第二天把会开完了，他又要出去了，这才用短刷子一般的下颏胡须去把那闭着眼睛的孩子碰得哭了几声。孩子妈妈问起名字的事来，他没有时间考虑，随便说道："要准备打回老家去了！离开湖南快二十年，不光没有死，还能带个孩子回去，真不错，就叫她湘湘吧！"从那时起，一直到全国解放，在华中一个大城市定居，孩子是怎样长到能爬凳子的，他心中无数，好像只过了一夜就什么都变了，孩子也就能爬凳子了。尽管这是惟一的孩子，但父亲曾经关心过她多少？自小以来就烦着她,对她说得最多的一句话是:"出去！出去!"

现在,她是怎么混到大学毕业的,爸爸也不知道。好像所有的孩子都是这样长大的:一眨眼她就走路了,一眨眼她就背书包了,一眨眼她就比妈妈还高了,再一眨眼,也许她已经飞到什么遥远的地方去了。彭司令员目前正处在最后一次眨眼的时候,又是那么不平常的时候,却要做出这样的事来,用钉锤去捶她的心。何苦呢？他后悔了,他在内心很想把秘书叫住,叫他不要去砸了。但这一点他是无论如何做不到的,就同一颗炮弹射出了炮膛,再想收回是做不到的。必须让它去爆炸,落在哪里就在哪里爆炸,尽管那里摆着将军最心爱的一盆花。从他在红军当连长时开始,就因为这个性格使他获得了许多次看来毫无希望的胜利。这个性格随着他职务的上升而稳定下来。已是老年的人了,怎么能改变他从一生经验中凝成的个性呢？他什么时候都没有忘记他是一个军事指挥员,对待任何一件小事都联系到指挥千军万马的战役。湘湘如果是懂事的孩子,应该原谅她的爸爸。

孩子的妈妈推门进来了。

"早点休息吧,天天这样……"

他没有做声,也没有看他的妻子,半卧在藤睡椅上,望着那墙上的电灯开关。右侧茶几上有一只景泰蓝烟缸,烟缸里躺着七八根只烧了三分之一的中华牌香烟,还有一根点着的带着半寸烟灰在冒烟。许淑宜见房里空气不好,艰难地走到窗前,拉开帘子,把窗户打开一半。

"钢琴已经锁了,钥匙我拿着,再不会吵你了。"许淑宜把钢琴钥匙亮给他看。

他没有做声,只深深地吐了一口气。

"你每天这样怎么行啊!"许淑宜坐下说,"唉!我的腿又不争气,陪你出去走走都不行,你自己去散散步吧!"

"不,"彭其摇摇头说,"不要叫别人看见我这副脸。司令的情绪会影响部队。"

"你这样下去怎么办呢?"

"怎么办?等着他们来吃掉我。"

"唉!"许淑宜无可奈何地摇着头说,"你呀,你就是那个脾气改不了,见什么不对就要说,不该你关心的你要去关心。这一回,可真是要好好接受教训了!"

"你不要提这个,不要提这个。"彭其有点烦躁,"脾气,我知道,我是吃了它的亏。但是,我不能改,我改不了。参加革命四十年,我都是这个脾气,都过来了,惟独今天就过不去……"

"现在情况不同了,你还照老规矩办事。"

"什么不同了?党还是那个党,军队还是那支军队,人还是那些人。"说着,他沉思起来,喃喃念道,"是啊!有一点不同了,现在没有战争,敌人隔得远了!"

"你跟我说句实话,你到底是不是想夺吴法宪的权呢?"

"我……唉!"他深深地叹一声,无尽冤情不知从哪里说起,"你跟我在一起二十多年,难道还不知道我的为人?我不会自己去争点什么,抢点什么,我当小孩子的时候,就知道情愿自己吃点亏。二十年苦战沙场,近二十年和平司令,我哪一回把危险让给别人,把好处留给自己?你叫那些跟我一起出生入死打过来的老头子说说看嘛,彭其是个什么样的人?我还真是敢说一句硬话:行得正。"他闭上眼睛,委屈地摇着头,"可就是叫你坐不稳啊!"又坚毅地抬起头来,"我为什么要提那个意见?我是为空军着想啊!靠搞卫生出名,华而不实,形式主义,影响全军全国,为害不浅啊!要不要总结一下教训?可不可以拿到会上来谈谈?共产党嘛!唯物主义嘛!存在缺点怎么不能说呢?说了为什么要挨整呢?"

"你们到底是不是想罢吴法宪的官?"

"这……唉!这从何说起哟!"他焦头烂额,有苦难言,"吴法宪是……他的官,我们能罢得了吗?"

"那……林副主席为什么说你们是罢官夺权呢?"

"这……我直到今天也跟你一样,不知道那为什么是罢官夺权。但是,我没有权利否定林副主席的话,也不敢猜测林副主席为什么要那样说。我在主观上从来不想反对林副主席。"

"你在北京怎么不找林副主席谈谈?"

"你想得好天真啰!"

"给林副主席写封信去?"

"没有用。没有用,"他连连摆手,"你不懂,不懂啊!"

"那……那怎么办呢?我看你天天这样,会熬出病来呀!"

"唉!我这个病已经上了心,没有办法治啰!就是不算我的账了,我的病也不会好的。我担心我们党,我们军队……唉!一个人想的事太多!"

"你不要想那么多嘛!我们自己想的也不见得对。"

"是啊!当初我要是不想那么多,也就不会有现在这些苦恼了。"

"以后接受教训吧!"

"不行!等不得以后哟!光是这一回就过不去啦!"

"不是要你回来主持工作吗?"

"这是政治家的安排,懂吗?政治家的方法曲折多变,不像我这个打仗的,通!炮弹出去,不能拐弯。在这样一个运动当中,叫我带着一个错误尾巴主持工作,我管也不好,不管也不好。管错了,错上加错,不管,也是错上加错。无论我怎么样,都是完蛋。"

"不会像你这么说的吧!我们党在历史上哪有过这样复杂的时候?一个党员,只要对党忠诚,不是有意干坏事,错了,下回改正嘛！怎么会……"

"你不懂,你不懂,这是新时期的新政治,不像过去了,你还看不出来吗？你呀！……你呀……"

许淑宜低下头去,默认自己是不懂的。彭其望着她,坚硬的眼光变得柔和起来。他想起,她,一个充满热情的女学生,勇敢地离开父母,从遥远的江南,历尽艰险跑到延安去,到那里学着搞政治。那时她居然能说服一字不识的农村妇女参加抗日工作,人家都很信任她,把她看成了不起的人物,把她当成做人的老师,把她假定为共产党和八路军的具体形象。她先后引导十几个妇女跟她走上同样的道路。后来她还当过一个科学研究机关的党委书记,领导那些戴眼镜的和秃了顶的知识分子,给他们讲政治,给他们谈国际斗争,给他们当中的积极分子上党课。他们也很信任她,并且尊敬她,有不少青年人是在她签字的党委批准下加入了中国共产党,开始了他们自己的新的政治生活。她是一个这样的人,干了二十多年政治工作的人,到头来却不懂政治了。她那二十多年快三十年的政治生涯是怎么过来的呢？难道是糊里糊涂让脸上爬满了细纹不成？

许淑宜打断他的思路说：

"你知道,你的心烦意乱,影响到全家哩！"

"我知道,没有办法,难为你们了！"

"我倒没有什么,只是,你以后要少在孩子身上出气。"

彭其内疚地低下头去。

"不能什么时候都像在战场上一样,"许淑宜缓缓地说,"说怎么就怎么,不留余地。刚才要真是把钢琴砸了,我看你现在不难过？湘湘已经大学毕业了,不是小孩子了。以后,你也得把她当成大人看,她也有她的自尊心嘛！"

"不要说了！"

"不,我还是要说说,你不能把我们的女儿也拖进你那个苦恼的深潭里去。"

"要是我过不了关,她肯定是要跟着我们吃苦的。过去不该老是宠着她,受锻炼太少,经不住风浪啊!"

"只有这一个嘛!谁能想到……"

"哎,"彭其突然想起来问,"她是不是在谈恋爱?"

"是哩!"

"就是文工团那个小赵吗?"

"对。"

"小伙子倒是不错,只是……唉!你跟她讲讲吧!叫她现在不要谈,等运动过去了再说。"

"为什么?"

"要服从大局。"

"连这也要服从你呀?"

"有什么办法呢!她是司令员的女儿,一言一语都可以跟我联系起来。文工团正在造反,小赵经常到我们家来,很不合适。那些青年人都是没有吃过亏的,很容易上当受骗,自以为一切都懂,还不知会闹出一些什么乱子来。在这种时候,扯些那样的关系,合适吗?"

"那也不能叫女儿就因为这个放弃她恋爱的权利呀!"

"不能那样小资产,一切都要服从于政治。"

"你有本事,你去跟孩子谈吧!看她能不能听你的?"

"她又会埋怨我这个爸爸粗暴,不体谅她,不关心她。我总是一个罪人,在外面,在家里,到处不讨人喜欢。"他说着,站起来走到窗前去,双手背在后面,久久不动弹。这里虽是南方,春节前的气候仍要以棉袄御寒,夜风是寒冷的,他让那寒冷的夜风把头顶几根稀疏的黑发吹得飘起来。他由空军将领变得像海军将领了,舰队司令员站在指挥舰上瞭望正是这个样子。窗外是阳台,阳台上放着一盆金橘。海风使院里的大树摇晃得相当厉害,而金橘小树不受大的影响。在寒风中没有一棵大树能够结果的,倒是这小金橘树独能果实盈枝。

电话铃响了,将军不减夙日的机敏,急转身走去拿起了话筒:

"什么?斗争陈政委?……胡闹!……怎么不早告诉我?……陈政委睡了吗?……告诉他,我就来。"

他放下电话,对许淑宜说了一声,从衣帽架上取下呢军帽端端正正地戴上,大步出门,走下楼去。邹秘书见司令员有行动,立刻跟上来问:"您到哪里去?""政委那里。"秘书跑去把小车叫来。司令员说:"你不要去了,你回家吧!"说罢上车走了。

政委的秘书徐凯在门口等着,司令员一下车,他走上去行了个军礼。

"怎么不早告诉我?"司令员责备说。

"政委不让我晚上告诉您,后来还是我自作主张。"

彭司令员坚实的脚步声在楼板上一响,陈政委马上知道是他来了,立刻开门迎接。

"你这老头,这么晚了,还来做什么?"

"来给你贺喜呀!"

"贺什么喜?"

"恭喜你戴高帽了。"

"嗨嗨嗨嗨!"

"还笑!"彭其往沙发里一坐,"他们为什么要斗你呀?也讲出了一点道理没有?"

"他们本来是要抓前段当过工作组的人,我赶去做工作,就把我缠住,逼我承认搞了反动路线。这样的事怎么能信口开河呢?大事上面讲错一句话,了不得呀!我只好说,工作组有缺点错误。

哪里知道,这就把他们惹火了。"

"工作组到底是不是反动路线呢?"

"地方上的工作组,都被当做反动路线在批。我们军队的工作组是总政决定要派的呀!军队是林副主席亲自指挥,我们怎么能随便乱讲?宁肯戴高帽,也不能犯政治错误呀!"

"他们为什么那样恨工作组?是不是在那里整人太凶?"

"谁知道!前段运动是政治部管的。我给他们打了招呼,在处理人的问题上要特别慎重,不要轻易给人下结论。"

"就是啊!"彭其深有感触地说,"千万不要把好人当成坏人来整。"

"可是群众运动一来就难讲啦!"

彭其不由得心中一噤,突然问道:"帽子呢?拿来我看看。"

政委叫徐秘书打开保险柜,把高帽拿了出来。

"哦,真是宝贝呀!你怎么不派一个团把它保卫起来?"司令员接过高帽里看外看,念着上面的标语,"彻底批判资产阶级反动路线!……砸烂他的狗头!……滚他妈的蛋!"念完往地下一丢,"这个革命,水平比我们那时候高得多啊!'滚他妈的蛋'!好!好得很!这一骂,人家都怕了。"

"这是在北京学回来的。"政委说。

"我们也赶快到北京去一趟吧!落后啰!"

警卫员端来两杯茶,一杯给司令员,一杯给政委。司令员接过茶杯,揭开盖子在杯口磕了两下,闻了闻,感到香味可以,便盖上盖子,放在茶几上。

"胡老头跑去找我了。"他说。

"胡连生?"

"是啊。"

"又是什么事啊?"

"宣传部要两万块钱搞红海洋,他不肯。"

"这个人哪!……"政委感叹道。

"老毛病一世也改不掉。"司令员也说。

"这样的大事,吝啬那几个钱干什么?"

"他一提就是,'浏阳搞共产,锅烟子写标语。'我跟他讲,'你要跟上潮流!'他怎么讲?'老子跟了四十年也过来了,没有当叛徒。'你拿他有什么办法!"

"他打算怎么搞?"

"他说他晓得一个地方有红土,打算从警卫连派一个班,去拖两汽车回来。"

"你同意他了?"

"我不同意,他就骂起来,'当了官,忘了本,糟蹋军费你不心疼,我……我……我也造反了!'跳起来喊,喊完就走了。"

"唉!这个人哪,总不接受教训。"

"他要碰鬼的,你看吧!"

"唉!"陈政委想起了往事,"我们那一块子地方,同着出来搞革命的四十七个,死来死去,死得只有两个半了,我只能算半个人。"他扭动肩膀摆了摆那只空袖筒,"好多聪明的,本事大的,都一路倒下去了!就剩你、我、他。他这个冒失鬼,死了五回没有死成,一直活到如今。你能活过来就不错了,还要逞当年的好汉。如今是什么年月?你那浏阳共产的好汉拿到今天来,有什么用!我跟他讲过一万次了,他不听;我跟他摆我自己的经验教训,他不听。他还这么搞,怎么办呢?要想办法吓他一家伙,看吓得住一点不?"

"他不怕你吓,他是天不怕地不怕的。他吓得还少了?死也吓过,当分子也吓过,每回都是我们给他解救出来。他晓得反正有人给他解救,他不怕。你解救了他,他还是一样地骂你。最好把他送回浏阳去,给他盖一栋房子。"

"那呀,他又会在那里把人家骂得鸡犬不宁,哪里都能如他的意呢!"

"只怕会把他算进四类分子的圈子去。"

司令员拿起烟来,用打火机点燃,好像背部有些酸痛,向后靠着,贴在沙发上,把头抬了抬,感到舒服些了,又慢慢摆动着,接连地说:"没有办法,没有办法,没有办法。"

政委"哦"了一声,想起了新的话题,侧过身来说:

"你晓得李康的情况吗?"

"他怎么了?"

"刚才他的孩子来了,从孩子口里听来,他情绪有点反常啊!"

"怎么?"司令员注意起来。

"他抱着孩子问:'要是你没有爸爸了,你能自己照顾自己吗?'这是什么意思?"

"自杀?"

政委沉默,这两个字在他心上打下过沉重的永久的伤痛。在战场上炸掉胳膊的事,在医院里开刀的事,肉体上是怎样疼痛的,他早就忘了,不管怎样费力去回忆也讲不清楚了。但"自杀"这个词汇就同无线电对正了波长一样,无论是看到还是听到,就会立刻使隐痛发作,妻子的形象就在眼前晃动起来。眼就要昏花,四肢会松弛无力,在旁边无人的情况下,一定会流泪,甚至会影响到连吞安眠药都睡不着觉。他是政委,但不愿意同那试图自杀的人做劝解工作,他不能做那个工作,不知讲些什么话好,而且他担心在别人面前暴露他自己的秘密。司令员冒里冒失一下子就把这两个字讲出来,他慌了手脚,不知怎么把话接下去好,便装作有事的样子,站起来,走出去⋯⋯

司令员好像有所感觉,他后悔了,心里很烦乱,怎么到处是张口就要犯禁忌呢? 就像在战场上误入地雷阵一样,举步维艰。真不如打仗痛快,要死就去死,爆炸声一响,什么也不知道了;不死就冲杀上去,左劈右砍,血肉横飞,淋漓尽致。这样的年代真不好过,舒适的楼房、轿车、讲究的伙食,都不如骑马、走路、住牛棚、吃炒面的好。他多么怀念那过去的年月啊!这出生入死的一生,有点像唱戏一样,现在是已经卸了装,感到疲倦、烦渴了。他站起来,在老战友的办公室里走来走去,走来走去,也像早年思考作战方案一样,但心情已经完全两样了!他突然快走,好像在急急赶路似的。

政委回来了,果真像出去办了一点小事而让客人空等着,因此意识到很不礼貌似的,带着歉意微笑一下,掩饰得很成功地重新坐到自己的位置上。

"你去跟他谈谈吧!"他坐下说。

"唔。"司令员点头答应,也走过来坐下,"那时候从延安送到新疆国民党航校学飞行的那些人,现在都成了叛徒?"

"要是就都是,要不是就都不是,不会是哪一个人的问题。"

"这件事情真奇怪。在那个时候,国共两党时而合作,时而敌对,敌对时,国民党抓了我们的人,合作时,经过谈判,他们放人了。这放出来的人,受过坐牢的考验,本来是宝贵财富嘛!为什么宣布他们是叛徒呢?历史上早有结论,今天为什么又翻出来搞呢?"

"现在还搞不清楚,不过,恐怕也不是单单为了他们这几个人的问题,后头只怕还有文章。"

"什么文章呢?"

"一边走,一边看吧!"

"我是打仗的,头脑简单,不懂政治,搞不清楚,搞不清楚。"

"你以为搞政治的就一定搞得清楚吧?反正,听中央的,听毛主席的,不理解的也执行了再说。"

"还是在浏阳闹共产的时候好。"彭其开始忆旧,"只晓得要饭吃,要分田,要平等。都是些穷光蛋,谁的碗里也不多一份,谁也不去抢谁的,一升米是分着吃,一斗米也是分着吃。一起干的人,不管你姓张姓李,都比亲兄弟还亲。土豪劣绅跟你作对,白军跟着你屁股追,大家的生死都连在一起,死了一个同志人人哭,打了一个胜仗高兴得要死。想骂娘你就骂娘,想讲怪话你就讲怪话,那个时候根本不晓得什么叫怪话。也不见哪天夜里睡不着,只怕睡着了不得醒。回家回不得,要杀你的头;闹不团结闹不得,白军会赶来吃掉你。那个时候几单纯,几痛快!现在,太啰嗦,太麻烦,太复杂!经常有些多余事要你去想,想又想不清。我不行,我这个人不行。我早就在想,如果同意退休,我退休去,住到乡里,搞一块地给我,栽点南瓜辣椒自己吃。走遍天下,九九归原,目的还是达到了,饭有吃的了,再不得要我去烧炭了,再也没有土豪压迫我们这些人了。"

"那不行的!"

"是啰,我晓得是不行的啰!下一步我那个问题还不晓得怎么办。"

"你是要做点准备啊!"政委郑重地提醒他,"听江醉章的口气,上头对你的检查不满意啊!"

"还要我怎么讲呢?我反革命,我修正主义,我是军阀,是土匪?"

"总而言之,要做点准备好些,现在正是运动的时候……"

"罢官,撤职,开除党籍,随便怎么样,快点解决,解决了痛快些,就是不要叫文工团来揪住我胡搅。"他又将一根没有吸完的香烟在烟缸里戳熄了,扔在里面,"文工团在斗你的时候漏出一点口风来吗?他们晓得我们那些事不?"

"斗我的时候没有扯别的,只讲了反动路线。"

"鬼晓得他们在北京搞了些什么名堂!当初何必搞这么个文工团呢?自讨苦吃。戏又不会演什么戏,麻烦一皮箩。我当时就反对搞这个鬼,你硬是要搞,搞得好吧！搞到自己头上来了。"他眼睛触到挂在墙上的那件军衣,"那就是刚才挨斗时穿的衣服？"

"唔。"

司令员走过去,拿起军衣来翻动着看:"连我们斗土豪都没有这么搞过,畜生！"他把军衣重新挂上,"不行,不能让他们这样无法无天。这还得了！还像个军队？不行,这要管一管。"

"现在你管不了！"

"我还是司令,还没有撤我的职。"

"这不像平常了！"

"什么平常不平常！军队,就要令行禁止。"

"你要冷静一点,群众运动嘛！"

"什么群众运动！是群众乱动。你忍得你就忍吧！我,不论有多大的风险,也要管一管这个事。"

"你看到《红旗》杂志十二期的文章吗？还要揪军内一小撮呢！"

"看了！"

其实,陈政委有所不知,彭司令员所以这么注意文工团的动向,不仅因为文工团给兵团政委戴了高帽抹了黑,也正是因为他看了《红旗》杂志揪军内一小撮的文章,想到文工团可能迟早会要来找麻烦。一个没有什么问题的政委都这样斗了,如果他们摸到了司令员的底细会怎么斗呢？必须使他们冷静一点。不怕会上做检讨,就怕那"群众乱动"搞得你有理说不清。那些个幼稚的青年人,这样闹下去,迟早会要闹出大乱子来的,也只有使他们吃点亏,看能不能清醒一点。这样的事,非手上有权的老一辈人,谁又能做呢？

"我告诉你,我要采取行动。"司令员果断地说。

"采取什么行动？"

"使他们犯点错误。再抓几个人,杀鸡给猴看,就管教好了。"

"我不同意。"

"你不同意我不要你同意,事情不大,我干我当。"

"你又要来牛脾气了。"政委有点无可奈何的样子。

司令员不顾他,点燃一根烟夹在指缝里,点一下,说一个字,斩钉截铁地宣布:"我,要,动兵。"

"你在讲胡话。"

"不多,你放心。"他站起来,背着手坚定有力地走了几步,"调一个高炮连,暂时当步兵用,我亲自指挥。"

"你会碰鬼的。"

彭其只当没有听见,拿起军帽戴上,说声:"走了。"便头也不回地走出门去。来到台阶上,他站住,向夜空望了一眼,见已下起了霏霏细雨,有少数窗洞里亮着朦朦胧胧的灯光,心里不禁想道:"还不知哪个窗眼里在策划整人的阴谋诡计呢!"

第五章　私房话

在邬秘书的家里，目前正亮着灯，他对他老婆说："跟错了人，我要赶紧想办法……"

司令员叫他回家去，他正是求之不得。自从要他砸钢琴没有砸成，回到自己办公室以后，一直没有开房门。司令员虽然苦恼，而他秘书的苦恼也并不轻。给首长当秘书常常是有好处的，政治部有好几个部长副部长都有过当秘书的经历。只要你好好干，首长不会亏待你。但必须把人跟准，一旦跟错了人，就总有一天会树倒猢狲散。散得了还好，散不了会被压死在树下。邬中已预感到现在正是树欲倒而猢狲面临何去何从的时候。

他是一个政法学院学法律的毕业生，因家庭政治历史情况好，毕业那年遇上部队需要专业人才，就被分配到空军新编第四兵团来了。本来他应该在兵团军事法院工作，因没有入党，先安排到部队锻炼，讲明了是要他在基层解决入党问题。他来到一个航空兵基地，在场务连当了养场排的副排长。一到部队，他看到很多干部文化水平不如他高，产生一种想法，觉得在军事法院当个审判员没有什么搞头，不如在部队干下去好，像他这样的文化水平和能力，只要稍稍注意，排长、连长、营长、团长，会上得很快。但场务连的工作是很辛苦的，没过多久，他感到吃不消，便找了一个窍门，先从帮助副指导员办墙报开始，试图通过笔杆子寻出一条省力的路来。这一着棋很成功，干了几次以后，连里的宣传工作他包去了一多半，并且由于经常搞墙报，字也比以前写得好了。后来，还居然由于他善于写总结材料,使这个连队连续三年被评为"四好",并有三篇文章上了报,他自己也就入了党。这一来,师政治部看上了他,便把他调到宣传科当干事。到了宣传科,生活不像基层连队紧张,他时常研究研究报上的文章,练练毛笔字,很快就成为科里最吃香的人物。但他这时已经不满足于在这里工作了。就是提升为科长又怎么样呢?师里的科长,发展前途有限,必须到大地方去,到高级机关去。可又怎样才能去呢?他一直想不出办法,找不到机会。有回彭司令员到这个师来检查战备工作,要在这里做一个报告。报告中将谈到本师一些具体情况,这些情况的素材由师里准备,任务正好落到邬中身上。邬中喜出望外,明明是只要一些素材,他却通晚不睡,远远超出要求地把材料整好,还用并不高明但笔画清楚的毛笔字誊写得端端正正,又想了个办法亲手交给司令员,表现得军容楚楚,谈吐利索,恭敬而大方。正好司令员需要换一个秘书,居然如他所愿,看上了他。当上首长秘书果然不错,连婚姻问题都解决得很顺利,与一个颇有几分姿色的女护士结婚了。

他的妻子叫刘絮云,是兵团机关第一门诊部内科的护士。她是一个穷小学教员的女儿,因父母早丧,跟着姨妈长大。姨妈的丈夫原是一家大绸庄的股东,也早死了,于是寡妇、孤女合成了一个家庭。那寡妇可真算厉害,不但保留了丈夫的家底,还有所发展。在姨妈的言传身教影响下,刘絮云自小就聪明乖巧,很讨人喜欢。她在投考部队卫生学校时,知道部队很注重家庭出身,只把姨妈当做一般的社会关系填进履历表,居然成功。但她心里一直不踏实,担心在部队呆不长久,便决心找一个非常牢靠的、有希望青云直上的军官做丈夫,抱住了一个这样的丈夫就可以放心了!姨妈的一套处世功夫她继承得很好,苦心钻营,争取到了经常给首长送药打针的机会。在彭司令员那里,她认识了邬中,了解到邬中尚未婚配,便决定死死地把他缠住。缠了不到一年,她的目的终于达到了。结婚以后,为了使刘絮云上班方便,宿舍选在离门诊部较近的地方,邬中到司令员那里去,则需走上一华里路。

邬中冒着细雨走在路上,心烦意乱得很。他跟随彭司令员已四年了,眼看有希望调任一个团级或更高一点的职务,哪知这老头子是一株朽树,风声这么大,随时有被连根拔倒的可能。四年来跟着他,为了讨个好印象,事事主动,揣摩首长意图很成功,因而很多大事都沾了边,甚至有的主意还是他邬中想出来的。事情一爆发,难免牵累,不但凤愿付东流,还不知能不能安全脱身。为了一个丧失了作用的老头子,把自己的一切赔进去,没有必要。他待你虽然不错,因老头儿没有儿子,秘书就同儿子一样,但这是政治斗争,是从来不照顾感情和面子的。不是没有感情,是因为感情在政治斗争中无用。

邬中想着走着,不知不觉来到了自己的家,老婆已经睡了。他掏出钥匙,把门拧开,拉开灯,还在继续想着一路上的事,不禁自言自语说出声来:"怎么办好呢?"

"什么怎么办?"刘絮云原来并没有睡着。

邬中走近床边。

"跟错了人……"邬中说。

"他怎么啦?"

"老头子靠不住了。"

"你倒说清楚啊!"

"等一下跟你说。哎,你搞了晚汇报没有?"

"在门诊部搞了。"

"起来起来!"

"又要干什么?"

"起来吧!"他动手掀被子。

刘絮云抬手将他捶了一下,抗议说:"睡得好好儿的了,你干什么?"

"起来搞晚汇报。"

"不是跟你讲了？在门诊部已经搞过了。"

"快起来！你不懂,穿好衣服。"

看来刘絮云是一个很驯服的妻子,叫她起来她就起来,说她不懂她就自认不懂,老老实实坐起来穿衣服,像正式起床似的,一丝不苟,将每一粒扣子扣好。她不但是一个驯服的妻子,而且确实生得讨人爱慕,那长长的柳叶眉虽然有点近似画出来的,略显得不大自然,但还好,因是静静地横卧着,眉稍向下,有几分妩媚。当她侧身弯腰扣鞋襻的时候,将腰身一扭,尤其动人。

邬中坐在靠椅上等她起床,望着她那引人爱慕的每一个动作,细细欣赏；并娓娓开谈,把他最近一段时间获得的政治心得传授给他的妻子：

"你呀,只知道当护士,做妻子,靠丈夫,过日子,这样不行哩！像无忧无虑的花喜鹊,见丈夫回来就喳喳喳只知道欢喜。冬天快来了,你知道吗？要有一个窝,哪怕是衔几根柴棍子,松针叶子,也要筑一个窝,不然会冻死的。"

"你这是寓言,你将来会成文学家。"她温柔地瞟了丈夫一眼。

"什么文学家！臭知识分子,顶个屁！现在要当政治家,你懂吗？只有当政治家才有出息。"

刘絮云用邬中平日喝茶的杯子给他泡了一杯热茶递到他手上,邬中平淡、自然、习以为常地伸手接过茶杯,往旁边一放。

"看你,鞋湿了也不换一换。"

刘絮云心疼地责备着丈夫,转身到床后拿出一双刷得锃光闪亮的军用皮鞋,放到邬中脚边说："给！"邬中只顾谈他的心得,妻子便蹲下来,一面帮他解鞋带换鞋,一面唯唯诺诺地听着丈夫大发高论。

"我最近体会到,"邬中考究着词藻说,"政治是人间第一伟大的事物。"

"你怎么又当起哲学家来了?"

"不,这不是什么哲学,这是医学,是你们那一行。你们拿尸体来解剖,割开它的膝盖,看见了里面的筋腱,就知道人的腿为什么会动了。这就是我讲的意思。"

"讲了半天,我一点儿也听不懂。"

"先搞晚汇报吧,汇报完了,再跟你说。"

"人家都睡了。"

"那有什么关系!你只管大声唱歌,把他们通通吵醒。他们心里在骂你,但明天起来回到单位搞学习,还会提出来表扬你的。你信不信?"

刘絮云是很聪明的,不需要想多久她就能领会了。

"你准备一下吧,学哪条语录,汇报一些什么,要有意义,要把你做的好事都讲出来,别当傻瓜。"

"我知道!"刘絮云显然也是很内行的。

邬中坐着喝茶,心里在活动:现在最好办的应该是文工团那些当演员的人,他们受过专门训练,能一下子就假定自己变成老头了,一下又变成英雄了,需要哭就哭,需要笑就笑,千人万人看着也不害羞,当众同别人谈恋爱也不怕自己丈夫在台下看了吃醋。当过演员的人最好了,但又可惜,那些愚蠢的演员,也许根本没有想到在日常生活中演戏,只知道上台去演戏,有了本事不会用。其实那都是一些低级演员,是因为生就的无出息才去当专业演员。真有本事的演员不在他们那里……

"开始吧!"刘絮云在催他。

于是,一折司空见惯的小戏就开始了。

他们首先唱了《大海航行靠舵手》这首天天要唱若干次的歌。

歌声可不算美好。刘絮云的样子虽然有点像文工团员，唱起歌来就完了，原来她是这样一个嗓子：干瘪而钝突，毫无美感。难怪她平时总是细声细语讲话，若不然，像现在唱歌这样，不讲究点收敛和做作，一出声就会把男人们吓退五十里。至于邬中，则完全是一个五音不全的人。不过不要紧，唱不唱是态度问题，唱得好不好是能力问题。越是没有唱歌的能力又唱得很卖劲，就越能证明态度诚恳。

接着便由邬中领先朗诵道："首先让我们敬祝我们心中最红最红的红太阳，我们最最敬爱的伟大导师、伟大领袖、伟大统帅、伟大舵手毛主席（刘絮云加入）万寿无疆！万寿无疆！万寿无疆！"邬中又诵道："敬祝毛主席最最亲密的战友，我们敬爱的林副统帅（刘絮云加入）身体健康！永远健康！永远健康！"

先由刘絮云汇报，她念道："最高指示：'对于马克思主义的理论要能够精通它，应用它，精通的目的全在于应用。'敬爱的毛主席，我今天学习您的老三篇，学到晚上十一点半钟，三篇光辉著作我都能背了，但离您老人家要求的'精通它，应用它'还差得很远，还要继续努力。"然后是邬中大声念道："最高指示：'千万不要忘记阶级斗争。'敬爱的毛主席，我反复学习您老人家这个指示，今天又有新的体会，不但社会上有阶级斗争，我们部队也有阶级斗争。我一定遵照您的指示，在当前这场伟大的无产阶级文化大革命运动中站稳立场，擦亮眼睛，同一切反毛泽东思想的阶级敌人斗争到底。"

这一折小戏演得很成功，全宿舍的人都醒了，人们一定在私下里议论："你看，邬秘书和小刘对毛主席多忠啊！我们要好好儿向他们学习。"至于会不会有人产生反感呢？也许会有，因为正如邬秘书所说，部队也有阶级斗争嘛！

汇报完了，刘絮云问道：

"你刚才讲什么？老头子靠不住了？是哪个老头子？"

"彭司令。"

"他怎么啦？"

"告诉你了，你暂时不要跟别人讲。"

"知道。"

"他反了吴司令员，吴法宪。"

"那又不是反毛主席。"

"你哪里知道！吴司令员是林副主席非常信任的，林副主席又是毛主席的亲密战友，反吴司令员就是反毛主席，问题就严重在这里。"

"怎么还没有把他打倒呢？"

"时候没有到，不知道是在哪一天。反正是快了，自从他到北京做检讨回来，情绪反常，脾气很坏，经常唉声叹气，一句话也不说。他虽然不把在北京的情况告诉我，但我看得出来，他的账没有算清。我想这个问题非常严重，反毛主席，这还得了！这跟反革命分子是一样的性质。"他大口喝茶，精神有点紧张。

"像他这样的人反了毛主席会怎么样呢？"

"不管你官再大，不管你资格再老，谁反对毛主席就打倒谁。这话是林副主席讲的。你看，刘少奇官大不大？资格老不老？他敢反对毛主席，怎么样呢？"

刘絮云惊骇得目瞪口呆，自言自语说："没有想到。"

"你还有更没有想到的呢！"

"什么？"

"还有我……"

"你？你怎么啦？"

"我也被扯进去了。他到北京去向吴司令员开炮的发言材料是我整理的，有很多素材是我收集的，我主动提供他的。"

刘絮云脸上的气候突然变得阴沉可怖,所有的媚态一下子消失殆尽,几乎变成了另一个人,一个绝望的女人。邬中作为她的丈夫,与她共同生活三年了,从来没有看到过她这样丑陋的面孔,这样森冷的眼光。他又为妻子的反常神态大吃一惊,原来她还有这样令人害怕的一面!邬中自认了解他的妻子,这是一个过惯平静生活的女人,没有经历过忧愁和惊吓,精神上从来没有作遇上挫折的准备,忽然听到坏消息,出现反常是理所当然的。

"如果他被打成反革命,"邬中望望妻子的脸色,"我也难保不……不……"他不敢讲下去了。

刘絮云呆若木鸡,越来越显出无限的痛苦。邬中凝望了她一阵,感到她惊慌失措,便想把话题扯开,让情绪松弛一点再来谈正事。他一口把茶喝光,将杯子递到妻子的手上,央求说:

"给我添点水吧!"

谁知刘絮云把手一扒,杯子落在地下,叭的一声碎了。

"你干什么?"邬中发火了。

"倒霉!"刘絮云把臀部一扭,转过身去,嘴里像在喃喃自语,但听不清。

邬中愣住了,找不到一句可说的话,气得直喘气,抬脚将破杯子踢到一边,许久才说:

"知道今天要倒霉,当时你就别找我嘛!"

"谁找你了?不要脸!"

"喝!"他惊异地凝望着她,"今天真奇怪呀!怎么啦?这是怎么啦?"

刘絮云忽然把头一勾,双手捧着脸,痛哭起来,肩头激烈地耸动,眼泪把手绢浸湿了,哭的声音越来越大,伤心的程度越来越深。哭得邬中完全慌了手脚,在不大的房间里走来走去,六神无主。他想不透这到底是什么原因,是胆小怕事?为什么又敢于这样放声大哭而毫无顾忌呢？是性情脆弱？为什么又突然爆发那么大的脾气呢？结婚三年，直到今天晚上他才感到并不了解她。奇怪的女人！复杂的女人！

"小声点哭，注意点影响。"

可是刘絮云不理睬，她完全不顾影响，把刚才晚汇报的那一套彻底忘光了。邻居的房里在议论纷纷，有的人家把房门开得吱呀吱呀地叫。邬中急得如热锅上的蚂蚁，扑上去抓住她的双肩摇晃着，压低声音在耳边急促地连连劝说："小声点！小声点！小声点好不好？我求求你！把人家都惊醒了，不知在干什么。你冷静一点嘛！有话慢慢说清楚嘛！听见没有？"他干脆把她搂住，一条腿蹲着，另一条腿跪在地上，用自己的脸去揩她的眼泪，想用夫妻的柔情去打动她。却不料刘絮云不但不受感动，反而又厌恶又凶狠地把他一推，像弹簧一样跳起来扑上床去，掀开被子和衣盖上，埋住头，连鞋也不脱。

被子在一下一下地抖动。

邬中被推得坐倒在地下，没有立刻起来。这一推，他开始有点明白了，原来所谓爱情全是虚假的东西。当她爱你的时候，厚着脸皮缠你的时候，喋喋不休要跟你早日结婚的时候，说明你是大有希望的时候。在你身上闪着的富于诱惑力的光芒，不是你的才能、品行、相貌和健壮的身体，而是摆在你面前的机会，可以明显看到的前途。当她对你百依百顺、敬若家神、如胶似漆、形影难分的时候，也不是因为你和她在共同生活中建立了真正的友谊和恩爱，而是因为你正在一帆风顺，左右逢源。你的房梁不塌，你家的燕子就不迁。爱情原来如此！原来如此！既已看穿，倒也不用着急了，先站起来吧！让她哭一哭，哭够了再找她说话。

邬中是不抽烟的，杯子也打破了，无心再喝茶，静坐着想问题也没有必要，因为一切都已经想好了，便随便打开抽屉从里拿出一本《战地救护》的小册子来翻着看。那上面有很多图画,全是不健全的人,和人身上的破脑袋、断胳膊、伤腰身,就是没有受了伤的心应该怎样包扎这一章。刘絮云企图用两脚互蹬把皮鞋蹬掉,但由于刚才把鞋襻扣得太规矩了,蹬了好几下没有成功。邬中摆头望一眼,只当不见,仍旧翻他的书。刘絮云无奈,只好掀开被子坐起来,用手来解鞋襻。一见那倒霉的丈夫若无其事地在翻看《战地救护》,暗吃了一惊,心想:"难道他是故意试探我的?那就糟了!"她刹住抽泣,坐着静等,希望邬中早一点开口,说明真相。

邬中见时机已到,便从容不迫地将书放回原处,胸有成竹地说:

"我一进门就跟你讲了,老头子不行了,我要赶紧想办法。想办法干什么?要争取过好文化大革命这一关。不但要站稳无产阶级立场,还要有突出的贡献,而且肯定会有突出的贡献。彭其向吴司令员开火的炮弹材料虽然是我整的,但我是秘书,我的行动听他的指挥,不会追究我的责任。并且,由于我是他的秘书,我对他最了解,他有些言论记录在我的本本上,他几年来的活动我能够排出日程表来。你看是不是可以做出大贡献?"

刘絮云稍微有点后悔,不该反应得太快,应控制住情绪听他说完了再做理论就好了。但目前已经到了这个地步,后悔也没有用。

"你以为我这一下就完了吗?"邬中望着刘絮云轻蔑地一笑说,"是不是后悔不该跟我结婚?"

刘絮云羞愧地低着头,没有话说。

"要是后悔了,请不必客气,说一声,我马上同意离婚。"

刘絮云完全慌了手脚,不知怎么好了。

"要是暂时还不离婚,那么,就请你跟我合作。"邬中胸有成竹地说,"我要立功,首先要跟无产阶级司令部联系上才行;联系上了,还要取得他们的谅解和信任才行。这个事好像简单,办起来并不容易。首先要看准谁是无产阶级司令部的人。在我们兵团,明显的、可靠的只有一个。"

"谁？陈政委吗？"

"不！陈政委是边沿人物,再过去一步就跟彭其一样了。"

"那是谁呢？"

"江醉章。"

"宣传部的江部长？"

"什么江部长！他很快就不是部长啦！"

"他有些什么背景？"

"你看他的文章,一篇又一篇,每篇都赶在关键的时候发表。要是中央没有人给他打招呼,他能跟得那样紧？现在是文章吃香而不是司令吃香的时候,江醉章将来是了不得的。要是跟他联系上了,就不愁无产阶级司令部对我们不了解啦！这个工作,你要跟我合作。"

"你要我做什么？"

"你是女人……"

"女人怎么啦？"刘絮云摆出不容侵犯的架势。

"女人的光荣时代到了。你不要太傻,要敏感一点,学会在斗争中发挥自己的积极作用。眼前这个联系江醉章的工作,要请你出面。你们门诊部有的是贵重药,你会打针,今后你可以经常给江醉章送点药去。说些什么话,到时候告诉你。"

刘絮云笑了,是一种傲慢的、不可一世的怪笑。她整个的神态全变了,妩媚、温顺消失得干干净净,脸上淡漠无情,像罩上了一层灰色的面纱。

她往床上一躺,跷起脚来命令道:"给我把鞋脱了！"

邬中吃惊地望着她的脚,无可奈何地想道:"变了！一席私房话,家庭变样了！多么深刻的动荡！"

第六章　革命行动

军营里变得火红火红的了,就像那晚霞长留在这里,永不离去。每一垛墙上都写满了红色的标语和毛主席语录,每一个窗户都画着或贴着红色的"忠"字和葵花,表示像葵花向太阳那样永远忠于毛主席。夜来,营区到处是红色的灯光,因窗洞里的光线都被"忠"字染红了;日里,遍地是红色的阳光,因红色标语和语录造成了强烈的反射。胡连生处长真是个有办法的人,他在哪里弄来这么多红土?几天之内就使整个军营变成了红色的海洋。

营区里这几天警卫森严,每一个岗门都上了双岗,岗亭里面安上了直通司令员家里的电话。哨兵的手上都拿着红绿两色小旗,以指挥出入的车辆通过卫门。昨天听说广州发生了冲击军区的事件,这里闻讯,连夜在各个岗门设置了障碍——用两个树杈,上面架一根杉树,汽车来了,需要把那根杉树抬开才能通过。这是为了防止造反的群众开车来闯。各个门口都新设了一个接待站,由群众接待办公室派干部轮流值班,二十四小时不断。

一九六七年春节那天是一个值得纪念的日子,空四兵团政治部院里发生了一件大事。

天刚亮,邹燕装作有事的样子,匆匆走进政治部大门。

"哪个单位?"哨兵问。

"文工团。"

"有什么事?"

"我找江部长。"

她进去了，走进办公楼，左顾右盼到处转了一圈，然后来到宣传部那排办公室末尾的房门前站了片刻，转身走了。当她再次经过岗哨回团去的时候，接待站值班的干部望着她的背影产生了怀疑。

政治部全体部长、处长、科长和干事，在床上接到紧急通知：春节停止放假，立即进入一级战备。

上午八时半，文工团的人三个一群，五个一伙，从不同的方向朝政治部大门靠近。范子愚一声喊："走！"立刻汇成了四路纵队，唱着《造反有理》的歌，浩浩荡荡开向政治部岗门。哨兵老远挥动小红旗，示意不许通过，但队伍没有停止前进，步子迈得更宽、更整齐，歌声更响，震动着整个营区。

忽然，从院墙两侧开出一个排不带武器的战士，组成两行横队，手挽着手，严严实实地挡住岗门。接着，机关干部们也从办公楼开出了一支队伍，唱着《三大纪律八项注意》的歌，与文工团的队伍面对面走来，双方停在大门里外，中间隔着手挽手的警卫排。

门外唱着《造反有理》，门内唱着《三大纪律八项注意》，歌声循环反复，声势越来越大，互相都企图压倒对方。机关干部怎能唱得过文工团呢？他们渐渐地败下阵来，再无精力了。

群众接待站的一个值班员从墙上露出头来，把一个直流电手提式扩音器伸出墙外，混杂在歌声中向文工团的人喊话："同志们！同志们！请安静一下！请安静一下！"可是人们不理他，把歌声唱得更响。那位值班员只得将就着开始了他的宣传：

"同志们！首长要我告诉你们！请你们回团去！搞好本单位的革命！有什么问题请派代表来谈！请派代表来谈！不要冲击政治部机关！不要冲击政治部机关！"

"怎么办呢？"赵大明没有经历过这样的斗争，免不了有点心慌，把范子愚从队伍中拉出来问。

"坚决不撤退!"范子愚将手掌往下一砍。

"可是进不去呀!"

"请地方造反派来支援,把声势搞大点。"

"不!"赵大明顾虑着说,"那样一来,事情就复杂了。现在都是军人,部队内部的事,出了点问题也好办。地方造反派一来,你知道里面有些什么人?"

"什么人?造反派,革命左派。"

"恐怕……"

"你不行,你不行,"范子愚边说边挽袖子,"你没有到北京串联,还是那个保守思想,温良恭俭让,你不要管,我来。"

范子愚跑进军人俱乐部去了一阵,出来时把灯光师从队伍中叫出来,附耳向他交代了一个任务,接着又来找赵大明。

"你赶快写篇稿子,"他喘着气说,"揭露兵团的资产阶级反动路线。写上我们的要求:第一,严惩反动路线的打手——工作组组长;第二,立即把整群众的黑材料交给被整的人。要说服机关干部和战士,叫他们站到我们这边来。快!扩音器一装好就要广播。"

赵大明痛快地接受了任务,躲进俱乐部写稿去了。

院内的手提扩音器不断在重复喊着原来那些话。院外的造反者仍旧在唱歌。夹在中间的警卫战士,完全被动地没有表情地齐声诵读着毛主席语录:"加强纪律性,革命无不胜。"

陈镜泉政委和他的秘书徐凯匆匆忙忙从楼上下来,上了车,命令司机把车子往小楼后面开去,在那里钻进了一条通往地下指挥所的秘密通道。这通道不宽,仅够两部轿车并行通过。洞顶亮着柔和的灯光,洞底的道路平坦光滑,弯弯曲曲向前延伸。行车不久,便来到地下指挥所外面的停车处,司令员的黑色轿车已停在那里。

政委下了车急忙走进指挥所,司令员已坐在那里吸烟,邬秘书在挂电话,还有几个参谋和干事在旁边等着分配任务。

"我早就晓得他们会来这一手,怎么样?来了吧!连春节都不让过了。"司令员脸部表情轻松,简直还有些得意,见政委一进门就大声地迎着他说。

"情况怎么样?"政委问。

"政治部组织了一些人挡在门口,僵住了。"一个干事回答。

"要说服,要说服,要耐心说服。"

"你不要枉费心机了,"司令员说,"他们不会听你的。"

"道理讲清楚,会听的。"

"唔,你看吧!"司令员吐了一口烟,吹出去很远。

"我们今天莫发脾气呀!"政委提醒司令员说。

"不发脾气,"司令员慢悠悠地说,"你看我这个样子,像个要发脾气的吗?"

政委把一个干事叫到跟前吩咐道:"告诉电影队,把广播喇叭架起来。"又转向司令员说,"你看呢?"

"要得。"司令员说。

"那你去吧!"政委把干事派走了,又对徐凯说,"你起草一个稿子,交给政治部向文工团宣传,告诉他们,这里是海岸前线,部队担负重大的战备任务,现在又是春节期间,要提高革命警惕,不能把兵团领导机关搞得瘫痪了。内部的事好解决,不要采取这种形式。就是这些意思。"

徐凯记录下政委口授的内容,找了条凳子坐在指挥台旁边,开始起草了。

政委又把另一个干事叫来,吩咐道:"你到政治部大门口去,情况有什么变化,及时打电话告诉我。还有,把那里的实况通过作战指挥系统传送到这里来。"

那干事领命去了。

司令员像无事人一样,一只手拿着香烟,另一只手背在后面,在指挥室里踱来踱去,眼睛望着周围的墙上,发现这里也变成了"红海洋",好像有点惊奇。他见徐秘书拿着写好了的宣传稿出去了,走过来对政委说:

"你的都布置好了?"

"好了。"

"那好,先看你的吧!等你失败了,再来看我的。"

他说完,把手上的半截香烟往烟缸里一戳,转身走向一部电话机,拿起话筒说:"接高炮独立二十六师,找他们师长。"不出几秒钟,电话已接通,司令员说,"我是彭其,你的高炮连什么时候能到?……不行!一小时以内必须赶到,现在是……"他抬头看看墙上的钟,"十点三十五分。"放下电话,又对邬秘书说,"你给我找两个人来,政治部保密室主任,宣传部新闻干事。"又补充说,"要会照相的,来两个,带照相机。"

陈政委惊异地望着他,等他把一切安排完了以后,问道:

"你要做什么?"

"我呀,"他笑一笑说,"不打无准备之仗,情况是复杂的,我们要做复杂的准备。"

政治部大院门口,文工团的人已经改成四列横队原地坐下,开始了静坐示威。大门里面的机关干部也靠大路两旁整齐地坐下,在一位科长的带领下,人人手里拿着小红皮书《毛主席语录》在大声朗读,内容大都是针对文工团的非法行为的。那个灯光师已将扩音器安放在俱乐部门口,两个高音喇叭一个对着大门,一个对着政治部大楼的楼上,目前正在引电源,等电源一接上就可以哇哇大叫了。

赵大明急匆匆地从俱乐部出来,找到范子愚说:

"稿子写好了,你看看吧!"

"没有时间看,你念给我听听。"他一边听赵大明念稿子,一边对另一个造反群众说,"你赶快选一些毛主席语录,要有针对性,等一下在广播里念。"

赵大明念着他的稿子:"机关干部同志们!警卫战士同志们!请不要误会,我们到政治部不为别的,是为了找有关领导同志商谈对工作组组长的处理和解决前段运动中整群众的黑材料问题。我们是响应毛主席关于'你们要关心国家大事,要把无产阶级文化大革命进行到底'的伟大号召才这样做的。希望你们跟我们一道,共同站在毛主席革命路线一边,与资产阶级反动路线斗争到底。亲爱的同志们!我们都是毛主席的战士,我们有共同的爱和共同的恨,我们的目标是完全一致的……"

范子愚听着,不断皱起眉头,好像有一只蚂蚁爬到他背上正在不停地咬他似的。没有听完,他已经听不下去了,急急忙忙地说:

"不行不行!文质彬彬,没有一点造反劲儿,现在这年头还能这样写文章?"他接过稿子边看边说,"开头要有一条毛主席语录,还能找到一条林副主席语录就更好。毛主席语录就用'造反有理'这一条。……什么'误会'呀?改成'你们不要受走资派挑拨。'……'商谈',不行!什么年头了,还商谈?要改成'斗争'。'领导同志'改成'负责人',你知道他是不是'同志'?不要把结论下得太早了。不行,措词软弱无力,对工作组组长,要严惩,不是什么随便处理一下就完了。'希望你们',这里还要加一句,'不要做保皇狗,不当保皇兵。'……不行不行!太温和,不像个造反的样子。最后要有这样的话:'造反的欢迎一道走,保皇的滚他妈的蛋!'"

赵大明实在忍不住了,便说:"你这样,能起到宣传作用吗?能争取到人心吗?杀气腾腾,开口骂人。"

"人心？什么人心！毛主席指示最得人心。革命不是请客吃饭,是暴烈的行动。现在这年头,你还讲那些,快改吧!"

"我改不了。"赵大明固执地说,"要我写,我就是这样！要么,你自己去写。"

"嘻！书生气十足。"

"什么书生气？这是斗争策略,没有正确的策略,斗争就不能胜利。"

"嘻呀!"范子愚烦躁地说,"我还以为你是个人才呢！原来你是……"

话还没有说完,扩音器已经装好了,充当广播宣传员的邹燕在催着要广播稿。范子愚无奈,只得就地取材,在墙上撕了一张标语纸翻过来,提笔疾书,写了一些口号,交给邹燕说:"快喊！快喊！"

喇叭里的口号声震动了军营:

"彻底批判资产阶级反动路线！"

"坚决揪出军内一小撮走资派！"

"打倒兵团内挑动群众斗群众的反革命黑手！"

"要做造反派,不当保皇兵！"

"谁反对革命造反,砸烂他的狗头！"

"谁想当保皇狗,去他妈的蛋！"

"怕死不革命,革命不怕死！"

"走资派,不要躲,见见群众怕什么！"

"保皇狗,快走开！造反大军开过来！"

"……"

邹燕把这些充分体现了造反派脾气的口号反复地呼喊了多次,有点觉得不新鲜了,便把赵大明起草的那个广播稿要去。一看,她觉得很好,未经范子愚同意,就自作主张广播了。

广播稿的宣传效果远远超出了赵大明的预料,那些机关干部和警卫战士们听着听着都不做声了。他们至少是感到惊奇,居然也有这样讲道理的造反宣传品!在文工团造反群众中间也有一部分人赞成这种宣传,他们在议论纷纷。

范子愚不知忙什么去了,广播稿念了两遍才见他在扩音器那里出现,他耐着性子等邹燕把第三遍念完,立即伸手把稿子夺过来说:"够了够了!快加点火,喊口号。"

地下指挥所。

墙上挂着一排质量最优的纸盆喇叭,原是指挥作战时用来收听前线实况的,现在从其中一个喇叭里传来的是政治部门口的造反实况。一方面是政治部楼上在广播徐秘书起草的宣传材料,另一方面是邹燕的造反口号,完全压倒了对方。政委焦急地坐在藤椅上静听,显得束手无策;司令员则简直是个幸灾乐祸的样子,走来走去,时而嘲讽地笑笑。

"听见没有?"他对政委说,"不是为了什么黑材料吧!要坚决揪出军内一小撮,讲得很清楚。……怎么样?他们不感谢你吧!你是反革命黑手,你挑动群众斗群众,要打倒你。你以为戴回高帽子就完了?没有完,没有完。……好,不当保皇兵,都放下武器,缴枪不杀。……对,去他妈的蛋!……你看,他们连死都不怕,你有什么办法?……要你见群众去,你去吧,再戴回高帽子吧!……开过来了,好了不起的造反大军,看你这个走资派怎么办。"

"不像话!"陈政委居然发火了,蓦地站起来,对徐凯说,"你去传达我的意思,他们提出的要求,兵团党委将认真研究,请他们明天派代表来谈。队伍必须在半个小时以后撤退,否则,后果自负。"

徐秘书答应一声走了。

"有什么后果?"司令员走过来说,"你敢拿他们怎么样呢?"

"要查坏人,这里面有坏人。"政委说。

"好吧!"司令员坐下来,"等半小时,看看他们听不听你的命令吧。不过,据我看,这些年轻人是害了一种病,怎么说也说不服他们,只有想个办法使他们冷静下来,才好说话。"

电话铃响,有一名干部拿起了话筒,听完后报告政委说:"政委,门口报告,来了一些地方群众。"

司令员立刻站起来。

政委问:"多少人?"

"三千人以上,还有一些在源源不断朝这里赶来。"

政委惊愕得说不出话来。

"现在要看我的了。"司令员果断地说。

邬中自动走过来听命。

"你把他们叫来。"司令员说。

"是!"

邬秘书走进参谋人员休息室,旋即出来。跟在他身后的,一个是长得像非洲人的高炮连连长,一个是政治部保密室主任,另外两个背着闪光灯照相机的是宣传部新闻科的干事。他们一同来到司令员面前,分头行了军礼,站着候令。

彭司令员首先对保密室主任说:

"要你准备的东西准备好了吗?"

"准备好了。"

"不会造成重大泄密吧?"

"不会。"

"已经放进去了吗?"

"放进去了。"

"好,你走吧!"

"是!"

保密室主任走了。

司令员又对新闻干事说：

"照相机是好的吗？"

"是好的。"

"检查一下。"

"是！"

两个新闻干事将摄影镜头对准地下，各自按了一下快门，闪光灯相继闪了两下。

"报告，一切正常。"

"好，"司令员指示说，"只要他们冲进大门，就开始照相，要照得能看清每一个人的脸。进了什么地方，通通要照下来，拿了什么东西要照下来，你们自己觉得还有什么要照的，都照。"

"是！"

"慢点走，还要给你们几个兵，保护。"

他最后对高炮连连长说：

"你的人都明白意思了吗？"

"明白了，俺反复强调了。"连长是山东口音。

"唔，再选八个机灵点的小伙子，分头保护新闻干事，特别要注意，保护照相机。"

"是！"

"去吧！"

高炮连长和新闻干事急匆匆走了。指挥室里的人全都注目在司令员身上。司令员走近无可奈何的陈政委，轻松地拍拍他的肩膀说：

"你就看戏吧！有好戏看。"

"你要抓人？"

"那不一定。"

"会闹出什么后果来呢？"

"怕什么！放心！走，我们到司令部楼上观战去。搞了多年的空军,没有打过陆地仗,今天这一仗有点看头。"

政委犹豫地站立起来……

南海上空的天气与中原一带不同,冬天也会打雷下暴雨。海风呼呼地吹着,将积压在海面上的厚厚的浓云驱赶到陆地上来,笼罩着整个的南隅。雷声由远至近,时而压住空四兵团政治部大院里外的高音喇叭声。造反大军有点人心惶惶了。

地方造反派打着很大的造反红旗,队伍松散,像羊群一样从马路上拥来,临近政治部大院门口时,一齐呼起了口号,声势浩大无比。

"坚决支持解放军造反派！"

"打倒军内一小撮走资派！"

"誓与资产阶级反动路线血战到底！"

"不获全胜决不收兵！"

"……"

革命家范子愚忽然变得讲究策略了,他站在静坐的队伍前面,发表了一通演说:"造反派的战友们！革命的同志们！现在形势大好,越来越好！地方的广大革命造反派支持我们,机关干部和战士从内心里也是支持我们的,兵团一小撮走资派彻底孤立了。我们现在要'下定决心,不怕牺牲,排除万难,去争取胜利。'请同志们站起来,分头向警卫战士做工作,说服他们站在我们一边,请他们让出路来让我们通过。走资派一定要失败,胜利是属于我们的！"

赵大明从地方队伍那边急急忙忙跑来,拖着范子愚进俱乐部去,在楼梯底下喘着气说:

"不能这样搞了,赶快体面撤退,另想办法。"

"你这是右倾机会主义。"

"你那是左倾盲动主义。"

"你算了吧！"

"不行！地方来了这么多人,我们控制不了局面,一旦冲进去,后果严重啊！你想过没有？"

"他们不会冲的,是来支援的,我跟他们讲,主要是造造声势,给走资派一点压力。进院子的只有我们,他们不去。这在电话里已经讲好了。"

"你给谁打的电话？"

"大学,大学,造反派。"

"讲得出人的名字来吗？"

"我又不认识他们。"

"你看看,一旦出了事,我们找谁去？"

范子愚被问得哑口无言。赵大明激动地又说：

"老范哪,我们要珍惜毛主席给咱们的造反权利呀！如果有坏人混在地方队伍里面故意来捣乱；如果台湾派飞机到海岸线上骚扰一下,部队贻误了战机,这都会把罪名加到我们造反派头上啊！刚刚建立起来的造反组织,我们不能自己把它搞垮呀！"

范子愚这才觉得赵大明有道理,果断地说："好吧！我们去找他们各个组织的头头,请他们把队伍带到体育场坐好,最近的也要离院墙三十公尺,请他们各自维持好秩序。但斗争还要继续进行。"

范子愚不由分说,已按照他自己的主意开始行动了,其他的头头也让他一个个拖去分头找地方造反组织联系。

地方造反派开来了两部宣传车,每部车上装有四个高音喇叭。有一部车上在广播《红旗》杂志关于揪军内一小撮走资派的文章,另一部车在高呼口号。除了喇叭声还有柴油发动机的响声,把文工团的广播喇叭压得听不见了,政治部楼上的喇叭则完全变成了哑巴。文工团的造反群众一个钉住一个地向警卫战士做说服工作,战士们像聋子一样根本没有听见。地方群众的声援队伍正在缓慢地后撤到操场上去。风声更紧了,乌云正在滚滚东移,雷电不时临头劈下来,造反者们纷纷发出惊呼:"大雨要来了!大雨要来了!"

大院里面出现了异常变化,原来聚集在路旁的机关干部在渐渐退去,不久便几乎看不到人了。门口的警卫战士也在换人,换上来的全是一些皮肤黝黑的大个子兵,过去从来没有见过面。文工团的造反头头们见情况突变,产生了警惕,他们分析可能是要抓人了。队伍中有些群众出现了不安情绪,斗争面临着考验。

新兴革命家范子愚不愧是一位造反英雄,他当机立断,气概昂然地对他的同事们说:"现在到了考验我们的时候,我们是头头,群众看我们的,我们坚定,大家就坚定,我们动摇,队伍马上就会垮。我们当头头的要身先士卒,冲锋在前。来!跟我来!站到前面去!"

于是,头头们全都站到第一排去了。他们亲自出马,与警卫战士缠在一起,有的苦口婆心劝说,有的给战士扣大帽子,有的把整套整套的道理搬出来,有的嘲笑他们是保皇狗。天气在急剧地变化,眼看大雨就要来临,造反者们心情急躁起来,站在后面的也企图使自己的高明宣传让战士们能够听见,产生了向前挤的力量。就在这时,竟然有一个地方出现了缺口,战士们好像有点惊慌失措,竟未能立即堵上。范子愚振臂一挥:"走!"一声喊,拥进去了七八个人,其中有三个是头头。他们刚刚跨进大门,照相机就开始闪光。赵大明看到情况不对,立即挤进去拖住范子愚说:"快退出去!上当了!"可是范子愚不理睬,领着人直奔政治部大楼而去。等赵大明回过头来时,战士们已重新挽起手来,出不去了。不管他怎样争辩,怎样抗议,就是不给他出路。挡在外面的人担心范子愚他们吃亏,也想挤进来支援,可是无论如何也推不动那垛人墙,原来这些皮肤黝黑的大个子兵一个个像铁汉一样强壮。

范子愚领着那六个造反者冲进政治部大楼,一直朝宣传部存放文工团黑材料的那间房子跑去,机关干部们都像看稀奇似的望着他们,既不劝说,也不阻拦。范子愚原打算踢破门进去,没想到门是虚掩着的。推门一看,里面有一个不认识的军人正在清理东西,见有人来,连忙到门口来阻挡。造反者们把他一推,他像弱不禁风似的,立刻倒在地下。就在这时,闪光灯亮了一下,抬头一看,新闻干事正从窗外向里面拍照。范子愚一面找到预先侦察好的存放文工团材料的那口道具箱子,搬起来,一面命令他的部下说:"叫他把胶卷交出来。"有两个造反者跑近窗口,只见四名大个子战士站在外面,新闻干事不见了。范子愚命令:"撤退!"便由两个人抬着箱子,其他人在后面保护,急急忙忙往大门跑去。一见大门被重新堵上了,只得跑向围墙,企图越墙而过。就在这时,不知从什么地方一下子跑出来一个排的战士,将七个造反者团团围住,喝令把箱子放下。慌乱中,箱子掉在地下,里面的东西哗啦一声倒出来。造反者们大吃一惊,原来里面装的根本不是什么黑材料,都是一些打有"秘密"和"机密"字样的文件。照相机的灯光又闪了。范子愚知道已落入了圈套,向同伴们使了个眼色,扔下东西,夺路逃跑。战士们在后面吆吆喝喝,口称"别让他们跑了!"却不见认真去追,看着他们爬上墙去。

"我抗议!"

冷不防听到有人大叫一声,正在爬墙的造反者和在后面追赶的战士们都一齐摆过头来看,原来是突然出现的赵大明。他昂首挺胸站在那里,满脸通红、愤愤不平地指着忙于拍照的新闻干事和其他人嚷道:"我们怀着对毛主席的无限忠心,为捍卫毛主席革命路线而担风险,受歧视,饿肚子,忘我斗争;而你们,秉承反动路线代表人物的意旨,挖空心思设下陷阱来坑害我们。你们对得起毛主席吗?你们还配当人民解放军吗?"

"抓起他来!"大个子连长在喊。

七八个战士一哄而上,轻而易举地把赵大明扭住了。

已经爬上墙头的范子愚等人,慌忙溜下墙去,立即把赵大明被捕的消息公之于众。造反者们被激怒了,所有的广播喇叭一齐打开,高喊着愤怒的口号;所有参加静坐示威的人都呼啦一声站起来,气势汹汹地向围墙逼近;所有的拳头都挥舞起来,口号声一浪盖过一浪,与天上的电闪雷鸣汇合在一起,几乎要把这座军营整个地吞噬下去。

正当人们准备把这场斗争发展到更大规模的时候,赵大明被释放了,于是,人们又狂热地欢呼起自己的胜利来。造反者们一个个扬眉吐气,深信自己的力量是了不起的了。

风云雷电酝酿了一阵,终于酿成了一场大雨,哗的一声把豆大的雨点洒落下来。地方来声援的队伍有的开始撤退,有的虽然没有接到撤退的命令,也已经在自动散开,寻找避雨处去了,只有文工团的人还坚持在原地挨浇。

这场斗争还将怎样进行下去呢?只知前进不知后退的造反英雄范子愚也不得不正视现实,决定暂时休战。但在撤退前还发表了一个声明,由他自己抓住话筒来喊:

"兵团一小撮走资派听着:不要把我们的有计划撤退看成是失败,你们不要高兴得太早,斗争没有结束,你们如果顽抗到底,不立即把整群众的黑材料交出来,我们就要……就要叫你们和你们的反动路线一起,滚他妈的蛋!"

第七章 江部长

"奇怪!"范子愚从床上坐起来,自言自语道,"抓了又放,一晚没有动静,就这样算了?不会,不会。"

他看看表,已经是五点钟了,决定穿衣服起床。

这一晚,他没有睡在自己家里。昨天斗争失败以后,头头们进行了形势分析,估计走资派既然设下圈套,是必有阴险目的的;抓了人马上就放,这是假相,大概是见墙外人多,怕引起群众愤怒,把事态扩大了。他们估计,要重新抓人的话,可能就在当晚,因此,范子愚决定搭个临时铺,睡在办公室里,一见抓人,就立刻拿起床头的电话,通知地方造反派来救援。同时,办公室的位置在全团的中心,一有情况,便于指挥群众抵抗。

这一晚,他根本没有睡着。怎么能睡着呢?随时都要聆听外面的动静,还要思考各种新鲜而又复杂的问题。每回有人开门出来上厕所,他都要起来看看。每当查哨的警卫连干部或换岗的哨兵从文工团门口经过,他也要起床。而且这一晚做噩梦的人特别多,一会儿有人高喊口号,一会儿有人发出惊呼,这些都要吓得他突然坐起。他睡了一晚,连被子都没有热。

他是全团造反群众的第一号头头,也是最坚定的头头,一百多人的利害维系于一身,一场伟大斗争的胜负,主要看他的决心、勇敢和智谋,他怎能睡得着呢?自从开始造反以来,他好像突然发现了自己的才华,就像在早已熟悉的沙滩里发现了闪光的金子一样。那金子从来都是被沙子埋没着的,如今淘洗出来了。他意识到,将要造成全中国翻天覆地的,正是为数不多的像他这样的久埋在沙滩的金子在起决定作用,而这种可贵的沙里金,在整个空军则只有几个,因而必须珍惜自己的可贵处,让它充分闪光。要勇敢地统帅自己的队伍;要像耶稣一样唤醒还在蒙昧中的群众;要像诸葛亮一样足智多谋地去战胜曹操和周瑜;要像成吉思汗一样以气吞山河的气概去征服一切……

他开始体会到,领袖人物的日子并不是好过的,尽管这是个微不足道的小小的革命领袖。他要考虑的事情太多了,又太复杂、太困难了。初试锋芒就遭失利,士气必受影响,怎样把士气重新鼓起来呢?有人说,必须打一个胜仗才能重振军威,但那个胜仗从哪里开火?找一个怎样的敌人?有人主张把团长、政委拿来斗一斗,可以抖抖威风。但范子愚认为那是懒花猫吃死耗子,没有搞头。有人提出暂时按兵休整,先做调查研究,在兵团高级干部中找出一个反毛泽东思想的典型来,材料充足,计划周详,能够旗开得胜。范子愚也觉得不好,因为群众没有事做,组织会涣散起来;同时,那调查工作是很复杂的,说不定一年半载还没有什么结果,体现不出革命造反的轰轰烈烈的特色。还有人提出把刘少奇的《论共产党员修养》拿来发动群众逐章逐节批判,这个意见非但不能采纳,简直是保皇派的主张。

这已经不是初次失眠了,开始造反以来,没有一个晚上是睡得好的。邹燕说他瘦了,要他注意爱护点身体,他说现在这年头管不了那样多。邹燕没有办法,只好有时用煤油炉给他煮几个鸡蛋聊以补充。今天早上起床,他感到精神恍惚,在穿衣的时候,竟然头一晕,眼前一黑,跌倒了。倒在搁电话机的茶几上,电话筒被碰得摔下地来。他清醒过来,拾起话筒,口里念着:"你可不能摔坏了呀,走资派来抓人,还得靠你传消息呢!"说着,吹了吹,听了听,似乎没有坏,便搁回原处。刚刚放上,电话铃响了,把他吓了一跳。

冷静下来,才自己觉得好笑,拿起了话筒:

"喂!……是啊。……我就是。……哦!江部长!……好!……好好,……我知道,我知道。"

他顿时变得眉飞色舞,兴高采烈,一边听电话,一边赶紧扣扣子,扔下话筒便冲出门去。

一夜的大雨已经停了,办公室窗外枝头有一只早醒的麻雀,抖一抖身上的水开始第一声啼叫,仔细望着窗上那红色的忠字和葵花,它大概以为,葵花开得那样好看,中间的籽实是可以吃的?

范子愚带着头头们走进办公室把门关上,欣喜若狂地告诉他们好消息:

"江部长给我打电话了。"他特意把我字说得很重,"他对我们很关心,这么早,要我到他住的地方去,你们想想……"

头头们好像都比他迟钝。

"这还不知道?肯定是支持我们。谈话不便在办公室,所以把我叫到他住的地方去。怎么样?是不是这样?"

有人点头。

"有他的支持就好办了。"范子愚滔滔不绝地说,"反动路线的时候,他住在北京写文章,家里的事没有过问。最近又刚从北京回来不久,所有阴谋诡计他肯定没有插手。从他的文章看得出他的立场、观点和态度,他肯定是毛主席革命路线上的人。有了他的支持,我们的黑材料不怕不能到手;有了他的支持,就等于是有了中央的支持,懂吗?真是山重水复疑无路,柳暗花明又一村。原来我们怎么没有想到他呢?笨蛋!笨蛋!"他捶着自己的脑袋,"现在这年头,头脑可要灵活点才行啊!"

头头们嘀咕了几句,估计范子愚的猜测很可能是对的。

"你们在家里等着,"范子愚把风纪扣扣好,又忙着去找帽子,"江部长找我谈话的事暂时不要讲出去。"他戴好军帽,正了正,"我走了,告诉邹燕给我留两个馒头。"

江部长的家本来是在校官住宅区,那里有一套包括厨房、卫生间、储藏室和三间住房的房子,条件相当不错,他的家属都住在那里。他自己则因经常要写文章,需要一个安静的环境,便在兵团高干招待所长期占用了一套房间,外间用以写作和接待来访客人,里间是卧室。一般情况下,凡因公事要见他都不能到招待所去,只有朋友来访才是例外。他那套房间是装有电话的,有时他懒得到机关上班,便通过那部电话机指导工作。但电话也只能由他打出去,宣传部的人想摇电话来找他是做不到的,因为他不把号码告诉他们。他为了自己能用较多的精力来写文章,特意把一般的权力下放给一位副部长,日常事务都由副部长处理了。如若不是感到闲极无聊,他是不回家去的,每日三餐都在招待所吃,因为是高干招待所,伙食相当不错。他就是这样来安排他的工作和生活的。

范子愚来到快出营门的地方,拐弯上到一个小山坡上,在绿林中走了一段幽路,便到了高干招待所。大概目前没有什么要人住在里面,门卫并不森严,只有个值班的战士随便问了问就让他进去了。他按照江部长在电话里面告诉他的房间号码,上到二楼,在令人迷惑的走廊里转了好一阵,才在靠东头的一个角上找到了二〇九号房间。他轻轻敲了敲门,听见里面有拖鞋踏在地板上的响声,心有点怦怦跳。

门开了。

"哈哈!这个地方不好找吧?"江部长张口笑着,刚咬的一口面包还衔在嘴里。

范子愚站在门外恭恭敬敬行了一个军礼。

"进来进来,我知道你没有吃早餐,给你准备了一份,你进来,洗脸没有?"江部长平易近人,非常好客。

范子愚本是没有洗脸的,怕说出来难为情,便将就着说:

"洗了。"

"这里伙食还可以,今天吃的西餐,牛奶、面包、煎鸡蛋。鸡蛋是溏心的,你注意啊,不要流到身上了。吃吧!吃吧!"他指着茶几上的那份食物,脚上的拖鞋趿拉趿拉地响,"住在这里不错,饭是送进房间来的。"又催一次,"吃吧!牛奶快凉了。"

这位江部长看来在生活小节方面不怎么检点,从外表看不出他有很高的才华,笑起来果真如陈小炮描绘的那样,张着大嘴,门牙很长,不过说他像鳄鱼是有点丑化。他个子不算高,按照美术家的人体解剖学的比例来看,头显得长一点,加上现在刚从床上起来,头发没有来得及梳理,蓬松高竖,更有一种头重脚轻之感。他吃东西是不大斯文的,大口大口地吞嚼,发出呱哒呱哒的响声。

江部长热情亲切的接待使范子愚受了感动,微笑一下,端起了牛奶杯子。才喝了一口,江部长突然问道:

"你会摆弄录音机吗?"

范子愚咬了一大口面包,不能说话,点了点头。

"喏,桌上有部录音机,"江部长努努嘴说,"你去把它打开来放吧,边听边吃。"

范子愚一见录音机,心中不免生起了疑虑,这位不测深浅的江部长到底为什么要搞这次意外的接见呢?他葫芦里卖的是什么药?范子愚怀着忐忑不安的心情给录音机接上了电源。

指示灯亮了,磁带盘转动起来了,昨天在政治部大院门口示威的各种声响在录音机的喇叭里再现。

"哈哈哈哈!"江部长大笑道,"没有估计到吧,有人给你们录音了。听,听,自己听听自己过去的言论,有时候会感到害臊的。"

范子愚一边吃一边听,并不感到害臊,却为自己能够组织起一场声势如此浩大的示威而感到自豪。他以十分激动的心情听着,听着……

"停！"江部长做了个手势叫范子愚把录音机停住说,"这一段广播讲话的稿子是谁写的？"

范子愚不屑一谈地笑笑说：

"这个,不是我们造反派的文风,温文尔雅,书生气十足。"

"是谁起草的？"江部长钉着问。

"赵大明,就是那个唱歌的小赵。人倒是挺实在的,只是有点文质彬彬,学生腔。"

"不！"江部长认真地说,"我不同意你的意见,他这个不叫学生腔,这是讲究政策和策略。这个小伙子看来倒是个人才,敢于独立思考,不随大流,自己有自己的斗争风格,这就不错嘛！"

江部长对赵大明的一番夸奖,使范子愚很难堪,无言以对。

"他的立场是不是坚定的？"部长问。

"这……"范子愚边想边说,"当然,斗争还没有到最困难的时候,不过,从昨天的表现看来,赵大明是很突出的,在危险关头,他敢于挺身而出。"

"哦！"江部长明白了,"昨天被抓的就是他吧？"

"对,是他,他表现得很英勇。"

"唔,好,你继续往下听吧！"

磁带盘又转动起来,下面是一片声嘶力竭的口号声,这正是范子愚的杰作。

"你觉得怎么样？"江部长又问,"是前面那种温文尔雅好些呢,还是像这样连唬带骂的好？"

范子愚当然知道江部长的意思,惭愧地笑一笑,低下头去。

"好了！"江部长说,"把录音机关了吧！"

范子愚被江部长驱使着,被动地干这干那,心中却一点也不明白今天的接见到底是为了什么。他关了录音机继续吃饭,眼睛留神着江部长的一举一动。

江部长好像忘记了房间里还有客人,只顾埋头吃他的面包和鸡蛋。吃完了,又趿拉着拖鞋走进卫生间去抹了一下嘴巴,出来时嘴上已经衔着香烟了。他往沙发里一坐,脸上是一派悠闲和舒适的表情。范子愚愈加觉得不安,匆匆忙忙把早点吃完了,像等待审讯的囚犯一样,老老实实地呆着。

"你们昨天是怎么搞的!"江部长终于开口,以责备的口吻说,"怎么不事先给我打个招呼?"

"我们没有想到……"

"这样做很被动。"部长指出,"你看,东西没有拿到手,反而落进圈套,损伤了士气。"

"是的,我们没有经验。"

"像这样的小事,跟我讲一声就行了嘛!反动路线整了群众的那些材料,应该退给你们嘛!这不是一个对你们怎么样的问题,这是对毛主席的态度问题,是个路线问题嘛!"

"有些人可不这样看,死死抱住那点黑材料,准备秋后算账呢!"

"你也不要把人家都看成是那样,路线觉悟,提高要有个过程嘛!我已经同两个副部长讲了,把黑材料给你们,他们也都同意。"

"真的?"范子愚高兴得被自己的口水呛住了,连续咳嗽了好几声。

"你们约个时间,派两个代表去处理。"

"哎呀!要是早点请示江部长就好了!"

"不过,"江部长顺着他自己的话题说下去,"有些群众之间互相检举揭发的材料不能拿回去,就在宣传部当面烧掉。那些材料会造成群众之间的矛盾,不利于团结对敌。"

"这我……"范子愚迟疑地说,"回去找他们商量一下。"

"商量什么!革命造反派要有点气量。"

"保皇狗太可恨了!"范子愚咬牙切齿地说。

"这不行,你这个不行。"江部长很不满意地说,"政策和策略是党的生命,干革命不要政策不讲策略还行?以后再不要讲保皇狗了,要讲究策略,团结的人越多越好。你们是军内造反派,是解放军,不要跟那些学生一样,要提高点斗争水平。你是头头,尤其要注意。"

新兴革命家范子愚自从开始造反以来,还没有对任何一种批评意见点过头,今天在江部长这里老老实实地低下头去了,忙说:"以后一定注意。"

江部长又点燃一支香烟。

"你抽烟的吗?"他问。

"不会。哦,也会一点,演戏的时候有时需要抽烟。"

"那就抽一根吧!"他扔过一支烟来,"我是少不得烟的,写起文章来,熏一熏思路开阔。"部长说着,把打火机伸到对面来,范子愚连忙起身接住。

"您的文章我们都学习了。"范子愚吸了一口烟说。

"唔。"江部长跷着二郎腿,衔着烟,望着窗户外面,"你们要看一看,那不是我个人的见解,是中央的精神,知道吗?"

"是。"

"你们哪,"部长弹一弹烟灰,"要把这场文化大革命的意义搞清楚。你不要以为你们清楚了,没有清楚,没有。你们要想想问题,少搞点冲冲杀杀,到了必要的时候再来冲,再来杀。"

"部长,"范子愚大胆地问,"您说这场文化大革命的深刻意义到底在哪里?"

"这个,我不能随便解释,你们自己去理解。要认真学一学林副主席写的《〈毛主席语录〉再版前言》,不是说把文字读懂了就行,那很容易。真要弄懂,必须搞清整篇文章的内在含义,要联系党的历史,近十年来的阶级斗争实际,才能领悟。"

"我们平常太不注意学习了。"

"是的,这就是你们的毛病,以后要克服,不学习就没有方向,只知道瞎闯。"

范子愚不断点头,在认真地思考着江部长的话,他感到这些话是有很高水平的,也许他能写出那样的高水平文章,就是基于他的深刻认识。但是,自己要怎样才能提高认识,使造反具备新的水平呢?好像幼儿园的小朋友很难懂得代数的意义一样。

"还要把批判反动路线的意义搞清楚。"江部长好像是在回忆他预先准备好的谈话内容,不是望窗户,就是望墙壁,头总是偏到一边昂着向上看,"批判资产阶级反动路线,你以为就是为了批判而批判?批判不是目的,要通过批判解除群众的负担,调动革命积极性,目的还是为了下一步的斗争。你们提出什么要严惩工作组的组长,这有什么意义?出出气,是吗?气量太小了!革命造反,是严肃的事情,是政治。搞政治要有点政治家的胸怀。你首先要把这场斗争的意义搞清楚。这个斗争,在军队跟在地方,又一样,又不完全一样。这些,你们都要弄清楚。"

"可是我们这水平很难弄清楚啊。"

"不要紧嘛,多注意学习,实在不懂了就问一问。"

"我们就问您好了。"

"唔。我是支持你们的,我是支持你们的。"

"您就当我们的顾问吧!"

"哎,"部长连连摆手,"不要这样搞,这个牌子不要,你回去也不要向你们那些人宣传,你自己弄不清楚了,来问问我就行了。你要记住,这也是策略,懂得吗?"

"懂了。"

有人敲门,范子愚起身把门拉开。进来的是招待所的服务员,她抱歉地笑笑,将两份早餐餐具收走。

"你够了没有?"江部长问范子愚。

"够了。"

"不够再来一份。"

"够了够了。"

服务员走了,谈话继续进行。

"阶级斗争是复杂的,搞阶级斗争要有复杂的头脑。"江部长又说,"不要以为解放军里都很干净,一样有阶级斗争,这个地方斗起来比地方上还厉害,不要想得太天真了。"

"我们兵团……"范子愚试探地问,"怎么样啊?"

"这要靠你们自己去调查研究了,我不能包办代替。"

"昨天这件事就有鬼,明明是故意设陷阱来害我们的嘛!"

"还要看一看,不要匆忙下结论。陷阱是陷阱,但这个陷阱到底为了什么你还不清楚,是谁设的陷阱你也不知道啊。还要看一看,还要看一看。"

"我们现在有一个问题,"范子愚搓着手说,"如果这黑材料一处理了,批判反动路线的事就基本上完了,下一步还做什么好呢?一百多号人,闲着没事儿干会散掉,有些人已经提出来想回去探亲了。这……"

"探亲可以。你这个头头应该关心群众生活嘛!早去早回,话要讲清楚。下一步干什么……你也不要担心,文化大革命还在批判反动路线阶段呢,后面的斗争还没有开始。你放心,有事做的。你们可以搞点调查研究,我讲了,要调查研究。"他停顿一下又强调说,"调查研究是为了找准目标;找准目标,能使自己立于不败之地。"

"我们要不要参加地方上的造反活动呢?"

"参加地方的活动要特别注意,地方情况复杂,你很难搞清楚。

与地方群众联系要心中有数,只有对我们有利的我们才干,一般,不要去干,不要同他们搅到一起拔不出脚来。"

"哦!"范子愚突然想起,把膝盖一拍说,"有事做了。我们不是有个李副司令是叛徒吗?我们可以斗他。"

江部长站起来,趿拉趿拉地走动,又摆手,又摇头,表现得很不满意,半天才说:

"斗李康有什么意思!他的情况连档案里都有,死老虎。你呀,你呀,还要锻炼,还要学会动脑筋,这不行,这样不行,一下子,把膝头一拍就想出一个主意来了,这怎么行!文化大革命哪有这么容易的?一只死老虎,躺在路边上,你又是猎狗又是枪,又是冲又是杀,叫叫喊喊,很像个打猎的。真会打猎的不是这个样子,他要认真地去寻找野兽的脚印,要不声不响设好埋伏,然后再放出猎狗。"他最后来到范子愚跟前,弯下腰,伸出一只指头指着他的眼睛说,"要打活的老虎。"

范子愚又吃惊又不明白,傻望着部长的脸,好像在问:"活老虎在哪里呢?"

"哈哈哈!……"江部长突然大笑起来,走进卧室提出一双皮鞋来往地下一丢,口里念道,"造反派呀,造反派,造反不容易啊!唉!要造出个成绩来,得要动动脑筋啊!"他一边念着,一边脱了拖鞋换皮鞋,"现在是天翻地覆的时候,有用的人才就在这斗争中涌现啊!我希望你们文工团出几个人才。"

"您要走了吗?"

"要走了,到部里看看。最后我还要跟你谈一个问题。"他穿好鞋,让自己严肃起来,认真地说,"范子愚同志,文工团是个出干部的地方,政治部有好几个部长副部长都当过文工团员和宣传队员,我自己也是文工团员出身,过去搞过一下子文艺评论。我就主张这样,把文工团当做干部学校,只要我在这里当部长,我就要这样做。现在是锻炼人的好机会,要跟着毛主席在大风大浪里游泳,争取游过河去。好好干吧!"

范子愚深深懂得江部长的意思,这等于是告诉他,如果在革命造反中表现出色,他就可以不当那个龙套演员,而成为一个大有希望的革命接班人了。这在过去,是连做梦都想不到的好事啊!江部长的关怀使他深受感动,他看到了远处的曙光,激动得心都快跳出来了,颤颤抖抖地站起来说道:

"我一定牢牢记住您的指示。"

"不,要记住毛主席的指示,最高指示,一切以最高指示为标准。"

"那当然。"

"我们一起走吧?"部长拉开房门。

"好。"

"等等,"他又把房门关上,最后叮嘱范子愚说,"你回去,他们要问你谈了些什么,你就说,我通知你派代表来处理黑材料问题,其他不要讲。懂得吗?对谁也不要讲,没有好处,阶级斗争复杂。"

"是!我一定。"

"不过……"江部长沉吟着,"那个赵……赵什么?"

"赵大明。"

"对,那个小赵,我倒是很想找他谈一谈。呃……算了,你不要跟他讲,以后再说,以后再说。"说完拉开了房门。

他们走出招待所,一路上谈些关于样板戏的问题。江部长大发议论,他认为《沙家浜》里的阿庆嫂演得最好,对立面的刁德一也相当不错,那是个人才。范子愚也附和着他加油添醋,个别的时候还来一个表演动作,引得错身走过去的军官和战士回过头来看看他们的背影。

江部长忽然发现了一个大问题,指着围墙和水沟说:

"你看你看,红海洋变成这样了。"

范子愚向周围扫了一眼,发现不仅是围墙,所有建筑物的墙壁,一夜之间都变成红的了。昨夜大雨横飞,那用红土写在墙壁上和宣传牌上的语录和标语,都被洗得泪流满面,有的干脆红了一片,什么也看不清楚了。路面上、墙脚下、水沟里,凡是水经过的地方都是一片通红。尤其是大操场,因没有用完的红土堆放在那里,一场大雨洗来,冲得全场都是。整个军营变成红的了。

前面走来了几个人,一路看看停停在争论着什么。从走路的姿势来看,前面的一个就是那位管理处的胡处长,后面的是几个年轻干事。

渐渐听得到他们的讲话内容了。

一个宣传部的干事说:"您看,您看,成什么样子了。"

"您看,连水沟都是红的。"另一名干事说。

"你们看操场。"

"哈哈哈哈!……"胡处长大笑起来,"这就好了,太好了!你们不是要红海洋吗?这还不红?又省得费劲,不要你们去一笔一笔涂了。好!红海洋,好!"

"您对红海洋活动怎么是这个态度?"有一个干事气愤地责问。

"什么态度?我的态度还不好啊?两大卡车,你们用都用不完。天要作怪,怪我?又不是我把它洗掉的。你们快点给我洗掉,谁写上去的谁给我洗,趁着没有干。房子是我管的,我管的这些房子都不许把墙搞脏了。你们看这还像个军营吗?成了个马桶铺,到处都是红的。娘卖×的!这些年也不打仗了,当兵的连屁也不懂,营房搞成红的,还怕敌人找不到目标?你们快点给我洗干净!谁画上去的谁给我洗。"

"要用油漆就不会搞成这样了。"一个干事说。

"油漆,那更不得了。写上去了你来刮?你刮得掉?"

"您怎么老是想到要刮掉呢?"

"你晓得屁!这样的时兴我见得多了,一阵风一吹,就是一个新花样,过几天又要擦屁股。你当了几年兵?你晓得什么?趁早,快给我洗干净。"

江部长和范子愚走过来了。早就气得脸都涨红了的江部长强忍住气,走过来搭话:

"怎么啦,胡处长?"

"你还问我?搞些个鬼,红海洋绿海洋,你看看,搞得个营区像个马桶铺。"

"是你要用红土才搞成这样的。"江部长也不客气了。

"我?我早就反对你们搞这些鬼。"

"你怎么对群众热爱毛主席的行动抱这样的态度?你是个老同志,要像个老同志的样子嘛!给年轻人一些什么影响?"江醉章发火了,用指头把眼镜往上捅了一下,"不管多老的资格,也没有特权反对毛主席嘛!"

胡连生气得满脸通红,那块伤疤红得发紫了,嘴唇嗫嚅了半天没有能说出话来,他取下军帽往手掌上一拍,终于出声了,跺着脚大骂江醉章:

"娘卖×的!江醉章你这个畜生!你当了几年兵?老子在浏阳搞共产的时候,你还在夹尿片!你娘卖×的不晓得天高地厚,读了几句臭书来管教我,你晓得什么叫革命?天下是怎么来的?你当了几年文化教员就教出一个天下来了?我不怕你,你把大帽子扣到我头上来,以为我是你的部下?你还差一截。口口声声拿毛主席来吓我,你看见过毛主席没有?老子在浏阳搞共产就跟毛主席在一起。毛主席也是一个人,不是个菩萨,你们如今把他当成菩萨来敬,早请示,晚汇报,像念经一样,这哪里是共产党!好好的一个党,好好的一支军队,都是被你这一号的臭笔杆子搞坏了。一天吃饱了不做点好事,专门搞鬼,专门害人!江醉章,你莫得意,总有一天你娘卖×的会过不得关的。这些坏事都是你们搞出来的,你专门拿你那点臭文章到北京去骗人!混得过今天混不过明天,红军还没有死绝,总有一天会要对你们这些家伙再来一次浏阳共产的。老子到八十岁还要当兵,如今没有土豪打了,就打你们这些家伙。你扯起耳朵听着!赶快替我把这墙上的红泥巴洗掉,你不洗,下回打土豪跟你算总账!"

"疯子!疯子!"范子愚气愤地骂道。

"嗯,不是疯子,"江醉章阴险地咬着牙说,"这是阶级斗争。"他对那几名干事挥挥手,"不要跟他讲了,有什么好讲的!回去!"

干事们无话地离开了。

江醉章恶狠狠地向胡连生瞪了一眼,甩开大步,气冲冲地朝政治部大门走去。范子愚跟上一步说:

"他怎么这么放肆?"

"背后有人,有人给他撑腰嘛!"

"要扫掉他一点反革命气焰。"范子愚试探地说。

"唔。"已经走近大门,该分手了,江醉章回过头来说,"明天就有一个公审大会,会通知你们参加的,你去听听就知道了,那些判刑的反革命分子,言论还不如胡连生的恶毒。你们不是不知道我们兵团的阶级斗争在哪里吗?这就是阶级斗争的烟囱,找到了烟囱就找到了灶——他背后有人。"

范子愚"哦"了一声。

胡处长还在原地摔打着军帽,骂声未已:

"娘卖×的!老子不怕,砍掉脑壳碗大一个疤!"

第八章　公审大会

空四兵团直属队今天在大操场召开公审大会,开会的时间是下午两点半,除留下值班和值勤的人员以外,其他人一个也不准缺席。

从两点一刻开始,队伍从各条主要道路上开来。每一支队伍的前面都由一名大个子兵举着一块毛主席像牌引路,跟着像牌的是密集的语录牌。此外,每人还有一块忠字牌,与军用水壶交叉斜挎在身上,走起路来,那忠字牌有节律地发出啪啪啪的响声。

位于大操场一边的露天舞台经过了一番布置:眉檐上写着"敬祝伟大的导师伟大的领袖伟大的统帅伟大的舵手毛主席万寿无疆"的红底黄字标语。侧联是"大海航行靠舵手,干革命靠毛泽东思想"分列两边。红色金丝绒的中幕上挂着巨大的毛主席画像。惟有能表明大会性质的,是用绳子穿白纸写黑字的那块横联,简单写了四个字:"公审大会"。

军队开会是最准时的,七点二十八分,司令员、政委、参谋长、政治部主任、工程部长、后勤部长等主要首长从休息室走出来,按职务等级在主席台上就坐。主席台上的阵营如此整齐,这是不常有的,可见对这次大会的重视。怎么能不重视呢?这是一次捍卫毛泽东思想、严惩阶级敌人的大会呀!此类事情上面抓得很紧,要求很严,谁也不能怠慢。

政治部主任宣布开会。全场起立唱《东方红》。由于这位主任从来没有学过音乐,调子没有定好,拍子也打得太不高明,因而唱得很混乱,但都很认真。唱完歌以后便是敬祝那一套,然后才由陈镜泉政委简短地讲了几句关于大会意义的话。

公审开始了,兵团军事法院院长走上台来,手里拿着一大沓子材料。他首先威严地喊了一声:

"把罪犯带上来!"

喊声刚落,一队全副武装的战士每人押一个罪犯从化妆室走出来,在台口下面站了一横排,点点数,整整十名。

这时候,台下吼声四起:

"谁反对毛主席就打倒谁!"

"谁反对林副主席就打倒谁!"

"念念不忘阶级斗争!"

"念念不忘无产阶级专政!"

"……!"

罪犯们在挥舞着拳头的怒吼声中低头站着,面孔看不清楚。每人胸前挂着一块硬纸牌,写着他们的名字和犯罪性质,除了一人写着"行凶犯"以外,其他全部是"反革命犯"。他们在被捕以前都是军人,其中多数穿的是战士服,少数穿着军官服。帽徽和领章当然早就摘除了,一律不戴帽子,有的还剃了光头。

法院院长开始宣读他们的罪状,他呆板地念道:

"现行反革命分子张兆武,男,现年十九岁,家庭出身贫农,一九六六年三月入伍。张犯思想极端反动,一贯拒绝学习毛主席著作,仇视毛泽东思想,因散播反动言论,恶毒攻击伟大领袖毛主席,受到群众的批判斗争。张犯不但不思悔改,反而变本加厉地攻击毛泽东思想,并疯狂地当众撕毁伟大领袖毛主席的光辉画像……依法判处有期徒刑十年,开除军籍。"

宣判完就押下去。在押走之前,背枪的战士抓住罪犯的头发,强迫他把头抬起来,而他的背仍旧被压得弯拱着。这时,站在前面的人可以看清他的面孔。他不但年轻,简直是一脸的稚气,也许他来自一个什么偏僻的山区,因而泥土气息特别的足。他的家里,门头上一定还挂着光荣军属的牌子,早几天,当地群众还肯定向他的军属父母拜年了,现在,双亲正在等他的五好喜报呢!而他却是一个反革命分子,一个可恶的囚犯。劳改十年出来时,那脸上的稚气肯定该消失了。也许他在劳改营仍不知悔改,继续作恶,那么,又得加刑,加得两次,这一辈子就完了。可恨的罪犯,谁叫你自作自受呢?谁叫你死守在偏僻的山区,不早出来见见世面呢?你怎么不多读点书,也像江部长一样,透彻地认识当前的革命呢?你活该!谁也没有蓄意陷害你,包括那位宣读判决书的法院院长,他的心是公正的,他是按照有关的法律办事的。

那些誓死忠于毛主席的干部和战士们,用惊雷般的口号声把这个罪犯打发走。他们喊道:

"谁反对毛主席就砸烂谁的狗头!"

"打倒反革命分子张兆武!"

"誓死捍卫毛主席!"

"……!"

法院院长又念道:

"现行反革命分子李小毛,男,现年十八岁,家庭出身工人,一九六七年二月入伍。李犯在新兵营集训期间,用枪刺朝伟大领袖毛主席的光辉画像刺去,以发泄其刻骨仇恨,……依法判处有期徒刑八年,开除军籍。"

"现行反革命分子孙阿苟……"

坐在主席台上的陈镜泉政委心里在想着一个问题:为什么一方面是大歌大颂毛主席的光辉功绩,大树毛主席的最高威信,大学毛主席著作,大力开展忠于毛主席、忠于毛泽东思想、忠于毛主席革命路线的"三忠于"活动;而与此同时,反对毛主席和毛泽东思想的人突然变得这么多了呢？在部队开展"三忠于"教育，就是为了使每一个战士都提高觉悟，解决好正确对待毛主席的问题，却意外地冒出这么多恶毒的反对者来，这是什么道理？难道是宣传的还不够？难道是运动的声势还太小了，因此这些人还不知道这个问题的利害？不是，肯定不是，目前全兵团所有部队，都做了忠字牌背在身上跑，都实行天天读、早请示、晚汇报，只要在连队生活一天，哪怕你是另一个世界来的人，也应该懂得当前的气候了，除非你是死了的人。这些反动的家伙为什么那样难改造？他们的骨头是什么东西做成的？是铁做成的也应该在火热的群众运动中被熔化。他们为什么对毛主席怀着那样刻骨的仇恨呢？是曾经杀了他的父母？是剥夺了他一生的幸福？是前世结下的冤仇？不是，不是。他们都是工人和贫下中农的孩子，连队开忆苦思甜会，他们都有苦可诉，有甜可思。那么，他们是疯了？真是疯了就不应该判刑，而应该进精神病医院给他们治疗。但事实上他们都不是疯子。对这种奇怪现象，谁能解释清楚呢？哲学家行吗？心理学家行吗？当然，目前有一种现成的解释，就是"阶级斗争正在日益尖锐、复杂、严重"。这实际上是讲的现象，不是原因。还有一个解释法，"革命人民越是热爱，阶级敌人就越是仇恨。"这也不叫做解释，因为这些罪犯原来并不是阶级敌人，而是我们信任的对象。也还可以这样说吧？"这是国际国内阶级斗争的反映，是旧社会遗留下来的剥削阶级意识形态在腐蚀青年，使少数意志薄弱者被资产阶级争夺过去。"是的，是的，肯定是争夺过去了。但资产阶级怎么那样厉害呢？我们的宣传品那样多，我们的政治教育抓得那样紧，就算是刚从农村来的青年，农村目前也在跳"忠字舞"，竟未能把他们教育好，反而让资产阶级从我们手上抢走了！政治思想工作真难做啊！陈镜泉政委搞政治工作已经三十年了，从来没有遇到过现在这样的难题。他回忆起解放战争的时候，只要把忆苦教育一搞，只要说明解放以后将实行"土地还家",那些一字不识的农民就立刻变得无比英勇,死都不怕。就凭着那比较简单的政治思想教育,竟打出了一个新中国。现在是怎么回事呢?也许老一辈的政治工作者已经无能了?他们起作用的时代已经过去了?陈政委不禁产生了莫名的悲伤,他觉得自己是瘫软地坐在那里,对于下面的宣判,很少听清内容。他痛恨那些愚蠢的罪犯,也恨自己的无能。这些犯罪的战士和干部都是他的部下,他有责任把他们教育得不犯罪,但他没有做到,他受到一种责任感的严厉谴责。他应该原谅他们,下令不给他们判刑,教育教育,使他们以后再不犯了。但他没有那样大的权力,就算法院院长能够听你的,你自己总有一天会要代替他们受刑,你有那样的勇气吗?他知道自己没有勇气,所以他感到瘫软无力。

宣判在继续进行,又是一名战士,二十岁,贫农出身。罪名是,他把毛主席画像扔在地下,用脚去踩。他的刑期是六年。当院长宣读完以后,他自动抬起头来,当众大喊:"冤枉!"这喊声立刻被怒吼声压下去。战士把他推出会场,他这不怕死的,竟一边走一边高喊:"我冤枉哪!我冤枉哪!我冤枉哪!我不反对毛主席啊!我不敢反对毛主席啊!……"

彭其司令员的脸色在变,好像是非常仇恨和讨厌这大喊冤枉的畜生。你看他的样子多么难看!他的眼睛正在喷出火来,他的手搁在桌上紧握着拳头。他也许会突然站起来,走向那些反革命分子,一人给他们一拳吧?久而久之,你才发现他的眼睛是痴呆的,既不望那位法院院长,又不望那些背对着他的罪犯,他一眼不眨地望着队伍中比较靠后的某一个地方,好像在那里发现了一个新的反革命分子。

目前镇压新生的反革命分子,只有一宗是不好办的,人家心里在想什么很难侦察出来。就如这位彭司令员吧,他心里想的和你从他表情分析出来的完全不一样。他并没有在队伍中发现一个什么新的反革命分子,也不打算突然站起来去给罪犯们一拳头。他现在的真实情况是,有点感到眼睛发花,头脑发胀。首先,他看到一个负责押罪犯的战士自己也变成了罪犯,那雪亮的枪刺成了插在他背上的标子,立刻就要绑赴刑场执行枪决了。怎么回事呢?怎么会产生这样奇怪的错觉呢?在人们没有注意的时候,他打了一个冷战将脖子扭动了一下。后来,他又产生了更大的错觉,看到全场的干部和战士都变成罪犯了,都在大声喊着:"冤枉啊!冤枉!"这是对着他喊的,那拳头是挥向他的,所有的拳头都通过一种奇妙的电波击在他的身上和心上。最后,他感觉到自己变成了罪犯,有一个无形的、冰冷的手铐把他铐起来了,法院院长正在宣读的,也是他的罪状。他自己也想叫喊了:"冤枉啊!冤枉!"但就在这时他清醒了,重新意识到自己是司令员,正坐在主席台上监督这场宣判会。意识清醒了,头脑开始痛,他把拳头握得紧紧的,痛苦地坚持着。

　　罪犯们被一个个打发走了,法院院长正在宣读倒数第二名的罪状。这时,陈政委偏过头去对彭司令员讲了一句话:

　　"你看见没有?"

　　"什么?"司令员像从梦中惊醒。

　　"文工团要搞什么名堂了,有几个人在队伍中间走动。"

　　"在哪里?"

　　"喏,那里。"政委不便于抬起手来指,只用嘴努了一下。

　　司令员在人群里搜索了半天,眼花,看不出异常变化来,只好不理会。

　　十名罪犯全部宣判完毕,法院院长把罪状材料整理了一下,在惊天动地的口号声中走进了侧幕。主持大会的政治部主任走近陈政委说:"请政委做指示。"

话还没有说完,文工团的造反英雄范子愚从台口一纵,爬上台来,使台上台下所有的人都为之一怔。他并不向谁打个招呼,抓住话筒就开始喊话:

　　"革命的机关干部、战士同志们!今天这个公审大会开得好!开得妙!大长了革命人民的志气,大灭了阶级敌人的威风……"

　　除了正在造反的文工团员们以外,台上台下所有的人都对范子愚投来厌恶的眼光,心里都在骂他:"出什么风头!司令员、政委都坐在台上,你跑上去做总结,你算什么?"有的机关干部为了表示不满,举起手来高呼口号,继续呼着刚才送走罪犯时的那些口号,企图压住范子愚的叫喊声。

　　"静一静!同志们静一静!请大家静一静!"范子愚连嗓门都叫哑了。

　　政治部主任走过去问他:

　　"你要说什么?"

　　"我要揭发一个反革命分子。"

　　主任不好阻拦,只得随他去。

　　"静一静!请大家静一静!"大家对他的请求毫无反应,他只得不再请求了,耸人听闻地宣布说,"我要揭发一个反革命分子!我要揭发一个反革命分子!我要揭发!……"

　　台下的人开始注意他的讲话了,呼口号的人渐渐静下来,有的在交头接耳,嘀嘀咕咕。

　　"同志们!"范子愚正式开始演说,"刚才我们看到了多么触目惊心的阶级斗争啊!革命越胜利,阶级敌人越不甘心;革命群众越是热爱我们伟大的领袖毛主席,阶级敌人越是要疯狂地跳出来反对。在我们兵团,是不是所有的反革命分子都受到了惩罚呢?没有!就在我们兵团领导机关,还有一个猖狂已极的现行反革命分子,至今还逍遥法外。这个人……"范子愚从衣袋里掏出一个红皮小本子来,翻到其中的一页,"这个人明目张胆地反对群众热爱毛主席,反对宣传毛泽东思想,说毛主席也是一个人,不是菩萨;说早请示晚汇报是念经一样;污蔑红海洋是马桶铺;攻击群众热爱毛主席的革命行动是一风吹,新花样;指手画脚要人家把红海洋马上洗掉、刮掉;对坚持毛主席革命路线的好干部,他恨得咬牙切齿,说到了八十岁也要当兵,要把他们当做土豪来打。就是这样疯狂到极点的反革命分子,现在还坐在我们中间参加公审大会。同志们!在我们的身边躺着一条毒蛇,我们不把它挖出来行不行啊?"

文工团的人齐声回答:"不行!"

战士当中也有一些人跟着喊。

这显然是指的胡连生处长。胡处长目前正席地坐在他的队伍中,范子愚的揭发刚刚开头,他就意识到灾难来了,依照平常的脾气,他可能会跳起来骂人,今天不知怎么那样老实,像根木头呆坐在那里一动也不动。他直觉得浑身被细麻绳捆住了,越来越紧,一丝也不能动弹。周围所有的人都在张开血盆大口,一齐向他吼来,向他扑来,就要把他撕成碎片。他清醒地知道,往日的怒骂已经没有用了,天在崩,地在裂,谁也听不见他的声音。他好像正坐在一朵飘游着的云块上,等待忽然之间被摔下地来。

"这个人就是……"范子愚憋足一口气,然后全力喷出,"管理处的胡连生。把反革命分子胡连生带上台来!"

台下出现了一片惊慌,都在左顾右盼,想知道胡连生坐在哪里,想看又不敢正眼看着这场骇人的戏剧。台上的司令员和政治委员以及其他首长都板着面孔,谁也没有找谁商量应该怎样对待这个突来的事变,只是呆呆地望着即将发生的一切。

文工团四个大汉早就挤进管理处的队伍坐着在等待了,范子愚一喊,他们呼的一声弹跳起来,扑向胡连生,一把将他从地下提起来,由两个人分架两条胳膊,一个人左手抓住他肩头,右手按住他的脑袋,另一个人走到他前面,唰唰两下,将领章扯掉,把军帽取了。在文工团带领下的一片口号声中,这个该死的老红军被揪上了斗争台。勇士们把他拖到台口的一角,两个架手臂的勇士同时提起脚来照着他的膝窝用尽全力踹下去,他便咚的一声跪在地下了。这时候他的姿势更加难看,头被压得额头接地,手臂被拉得挺直,高高地向后抬起,背上还被踏上一只脚。这种姿势,造反派称为"驾飞机",其含义是:"打翻在地,再踏上一只脚,叫他永世不得翻身。"这种斗争方式,在北京是司空见惯的了,在南隅,地方上也许实行过,而在空四兵团,这还是首次采用。

邹燕和文工团其他一些造反男女共十多个人一齐冲上台去。由邹燕站在话筒跟前领头喊起了口号:

"打倒反革命分子胡连生!"

"谁反对毛主席就砸烂他的狗头!"

"加强无产阶级专政!"

"坚决镇压反革命分子!"

"……!"

范子愚走去在胡连生头上踹了一脚说:"胡连生,老实交代!"

"老实交代!"

"老实交代!"

这时的胡连生,脸上红得发紫,由紫变青,只听见他大口大口地喘气,说不出一句话来。

"你还要顽抗到底?"

"叫他向毛主席请罪!"

"向毛主席请罪!"

于是,四名勇士把他的胳膊一扭,揪住头发转向台内,用脚踩着他的头,对着主席台上的毛主席像,连续叩得地板咚咚地响。叩完了头,又提回原处,范子愚揪住他头发把头提得仰起来,吼道:

"睁开你的狗眼看看,广大干部、战士对毛主席无限热爱,无限信仰,无限忠诚;你这条老狗,竟敢狂犬吠日,用尽畜生的言语来攻击我们最最敬爱的毛主席,诋毁群众热爱毛主席的'三忠于'活动。我们按捺不住阶级义愤,广大干部、战士今天要跟你算清这笔账,你敢不老实交代,决不饶你!交代!说!"

台下的干部战士此刻究竟怎么样呢?是的,他们很气愤,你看,只要有人领呼口号,几千个拳头一齐举起来;他们的脸绷得铁紧,没有一个人思想开小差,没有一个人为这个该死的老红军辩护一句,没有一处在交头接耳。操场的空气好像固化了,人们都被压在这固化了的空气底下。也许正是因为对胡连生的仇恨才使空气固化的,正是需要在他的身上发泄义愤才能使空气重新复原?

怒吼声此起彼伏,仇恨的火焰从四面八方喷向胡连生。

在这仇恨的火海当中,人的性情在发生着奇妙的变化。心慈的,狠毒起来;温存的,狂暴起来;胆小的,勇猛起来;含蓄的,外露起来。仇恨的火海把所有人冶炼成同一性格,发出同一种表明其性格的嘶叫声。

这是一种神奇的现象,千万个病患者在这里接受治疗。不管他是不是愿意承认,他内心的病是实实在在的——包括那些掀起这种仇恨浪潮的人。

赵大明不就是那掀起浪潮的参加者吗?他是头头之一,当然也是策划人之一。当范子愚提出要在今天的公审大会上搞突然袭击时,赵大明有过犹豫,但毕竟没有站出来阻挠——谁也不会阻挠。而当形成决议以后,他也就发现自己心中有病了。是什么病呢?是一种常见的恻隐之心。恻隐之心,人皆有之!一想起那个老红军即将面临的悲惨命运,他的心就在微微发颤。他总是注意着那个席地坐在队伍当中的胡连生,一些零乱的思绪忽闪忽现:

……这个可怜的倔老头,几十年戎马生涯,多少回在潮湿的荒野里席地而坐,席地而卧?真是生就的苦命人,直到如今还得跟年轻人一起坐在地下,不久还将把他一脚踩住……

……过去钻进他身上的那几颗敌人的子弹全都长了眼睛,有意留下他这条命来。因为他欠下了魔鬼的债,必须在老来受一段比死还痛苦百倍的熬煎,然后才准他归天去……

……他是那样的可恨,不识时务,不辨潮流,自以为是,与新的革命风暴抗争。谁能使他清醒而免遭厄运?他愚蠢地坚持着自己的耿直、光明……

……可怜他是一个粗人,没有文化,不理解当前的伟大革命。扪心自问,很难相信他是真正的阶级敌人……

……他的心还是好的,为国家节省开支,为人民减轻负担;也许他想得正对,红海洋真会永远保持下去吗?难得有人像他这样敢说真话,而不顾自己的死活……

……他呀,他也是一个人,假如即将到来的厄运是落在自己身上呢?不堪设想,可怕的,令人战栗的……

……但是他反对毛泽东思想,千刀万剐也不足以填平他罪孽的深壑……

这些零乱的思绪一直持续到把胡连生揪上台去的时候,也是病患者们接受治疗的时候。这是一种奇特的治疗——通过蹂躏那令人同情的对象来麻醉自己的心。这也是一种改造,把那同情敌人的、属于普遍人性的错误的感情压下去。通过自己点燃的这仇恨和愤怒的火,把斗争对象烧弯,像烤炙虾子一样;把自己烧得挺直,像焙熟一条肉虫一样。这是痛快的,麻木的,轰隆轰隆如在冶炼炉中一样的。

为了掩盖心中那不愿意承认的恻隐之心,他把口号喊得最响,把样子做得最可怕,藉以表示在斗争中改造自己那非无产阶级思想和感情的决心;为了能在敌我分明的斗争台上,光荣地站在革命一边,专政者一边,而不是敌人一边或旁观者一边,他感受到一种受宠者的骄傲。

——也就在这时,赵大明发现了自己那颗年轻的心,原来也有那样复杂的、不光明的一面!

顽固不化的胡连生任你呼口号也好,揪起头发来亮相也好,在背上重重地踩也好,拎起耳朵来命令他老实听着也好,他始终是一语不发,像一个死了的人,死了而未曾僵硬的人。斗争会陷入了僵局,造反者们把要讲的话几乎讲尽了,下面不知该怎样推上新的高潮。这时,江醉章部长从侧幕里从容地走出来,做了他宣传部长该做的说服工作。

"同志们,停一停,停一停,同志们,听我讲两句。"他走近话筒,"今天,文工团的革命群众,对胡连生反毛泽东思想的罪行抱着极大的阶级义愤,采取了这个行动,是对的。对于反毛泽东思想的人,不管你资格多老,职位多高,我们都应该跟他进行坚决的斗争,这一点,我们大家都是一样。不过,我们应该遵照毛主席的指示,坚持文斗,不要武斗。同志们虽然没有打他,但是这样架起来,踏上一只脚,不利于他老老实实交代他的罪行。我建议现在放开他,让他站在这里讲。就是反革命分子,也要让他讲话嘛!讲的不对,我们就批判嘛!这样好不好呢?"他转向造反者们,"范子愚同志,你看这样好不好?"

"好,放开他。"范子愚命令部下说。

江部长从容地走下台去。

罪犯胡连生被放开了,他趴在地下,半天没有动弹。怒吼声又起,仍旧不动,等吼声平息下来以后,他才慢慢地撑着地躬身站起来。他紧闭着嘴唇向全场缓慢地扫了一眼,又回过头去看主席台,把目光停留在他的两个老战友——司令员彭其和政治委员陈镜泉身上,眼里冒出愤怒的火,久久地盯住,把牙咬得紧紧的,突然抬起

手指着他们两个,大骂着扑了过去:

"你们这两个没有心肝的家伙,坐在那里像死了一样,娘卖×的!要死一起去!"

主席台上的首长们惊愕地一齐站了起来。胡连生扑过去,隔着条桌伸手要抓陈镜泉,被旁边的参谋长一把攥住了他的手。他这时力大如牛,猛地一甩,参谋长的手被甩在桌面上,痛得触电一样缩回来。幸而文工团的造反勇士们冲上来了,架的架手臂,抱的抱腰,拖的拖脚,才把他制服住。

他在四个大力士的绑架下破口大骂:"我反,我反,我什么都反!老子生成一副反骨,十六岁就反了土豪!反来反去,我成了反革命!娘卖×的!我是反革命,你们革命,我就是要反你们这个革命!你们革得好啊!革得连是非都没有了,革得坏人当道,好人挨整!革得个军营变成了马桶铺!你们革!革嘛!革我的命!赶快把我枪毙了!彭其,你这个混账东西!你不把我枪毙我要毙了你!你赶快下令,把我枪毙!把我枪毙!"

彭司令员全身发抖,抡起拳头往条桌上一捶,喝道:

"胡连生!不要胡说八道!"

"我胡说八道,我还没有说完!"胡连生跺着脚说,"我就是要说,我不像你,不像你陈镜泉,怕死!怕丢官!怕当反革命!心里有话也不敢说!你们丢了红军的脸!丢尽了浏阳共产的脸!几千个烈士都在哭!你们害得他们哭!那个扭着颈根死的彭四保在哭!你们也把我砍了吧!我也要扭转颈根看着你们砍!你们砍了我的脑壳吧!四十年前团防局没有砍成,如今你们砍吧!砍吧!"

彭司令员命令法院院长说:"先把他关起来。"院长把手一招,上来几个年轻干事,从文工团员手里把胡连生接过来,蚂蚁抬螳螂似的把他抬走了。

狂叫声还在远处传来:"砍了我呀!砍了我呀!你们快点砍了

我呀！砍了我呀！……"

　　台下的干部、战士有的流出了眼泪，但巧妙地利用挥拳呼口号的机会，用衣袖擦去了。就连文工团那些造反勇士们也呆若木鸡地站着，许久不知道动弹。邹燕则完全忍不住了，偷跑到露天舞台后面去，紧急擦了擦眼眶，还不行，进而走进厕所去。

　　胡连生的喊叫声听不见了，口号也没有人喊了，数千人的会场鸦雀无声。政治部主任这时才想起来应该散会了，便重新来请陈政委讲话。走近一看，陈政委脸色苍白，用他那惟一的右手捂住胸口，喘不过气来，他的心脏病发作了。

　　门诊部的医生护士上来好几个，扶着陈政委上了车，开往医院去。

　　政委不行了，只得请司令员讲话。司令员恼怒地把政治部主任瞪了一眼，不置可否。假如不是在这个主席台上，他也许会大发雷霆，把桌子掀翻，把茶杯砸了，把政治部主任骂得狗血淋头。因为他太烦躁，太伤心！是什么魔鬼闯进了这个庄严肃静的军营，而改变了这里的一切？是什么力量使他这个兵团司令员丧失了掌握一个会场的权力？他被一座无形的大山压在底下，不能够动弹，眼睁睁看着那惨剧发生。他早就料到了！不识时务、不知死活的胡连生总有一天会落到这个地步，却没有料到来得这样快。当文工团的人把他架上台来打翻在地的时候，彭其的脑子炸开了，但他还有理智，知道是不能硬碰硬的。胡连生遭受的全部折磨都痛在他的心上，他不由得想起了那些死去了的人。真是寒心啊！那时候热血沸腾，一声喊，就都拿起了武器，奇迹般地在偌大一个中国建立起了今天的政权；绝大多数最初革命的人，把尸骨铺平了通向今天的道路。假如他们真有灵魂并且真能显灵的话，今天这个大操场要不黑了天才怪哩！但愿真能来那么一下，狂风大作，暴雨倾盆，山崩地裂，让一切都跟着见鬼去！他想不通，胡连生究竟犯了什么罪。就算他思想反动,是的,非常反动,可以罢他的官,撤他的职,降他的级,罚他做检讨,也用不着从精神和肉体上将他这样折磨吧？哪怕是犯了死罪,也不该遭受这般待遇呀！把他枪毙就是了,何必这么残忍地作践他！

政治部主任见司令员情绪不好,只得自己走到台前,简单说了两句,宣布散会。散会以前,照例要唱一遍《大海航行靠舵手》,然后还必须喊一阵口号。歌声一停,最先呼响口号的是警卫连,领呼人刚喊完一句,全场骚动起来。

"什么事？"刚走到台口处的彭司令员问身边的政治部主任。

主任答道："喊了一句反动口号。"

"什么反动口号？"

"谁热爱毛主席我们就和他亲,谁反对毛主席我们就和他拼,他把亲字喊成了拼。"

司令员气得脑门暴起了青筋,指着警卫连的队伍说："把他带来！"

政治部主任叫人到警卫连队伍里传达了司令员的指示,警卫连连长把正在遭到群起而攻之的那个战士带到台口来。战士早已吓得半死了,一来到司令员跟前,便哇的一声哭了,跪在台阶上。司令员走下去,骂一声："混账！"扬起手照着那年轻战士的脸狠狠地打下去,将要接触到脸上时又忽然控制住,只轻轻地落了下去。打完,他走向自己的轿车,回头对警卫连长说："把他送到我那里来,我要亲自处理。"

黑色的轿车开走了……

第九章　做人难

彭司令员回到家里,走进办公室,砰的一声把门关上,倒在藤睡椅上出了一口粗气,不动了。

他的办公室很安静,除了电话机有时要响以外,其他如办公桌、沙发、椅子、保险柜,这些东西都是不吭声的,同他一样,一动也不动。但司令员总觉得耳边有声响,有吼叫声,辱骂声,还有哭声。这三种声响有时绞在一起,成了一种嗡隆嗡隆的如螺旋桨飞机在低空飞行的声音。他想吃一片安眠药睡上一阵,但懒得起身,手和脚都像棉花一样松软无力,又像是被人驾着"飞机",想动也动弹不了。他假定那安眠药已经吃了,便闭上眼睛。眼一闭又出了怪事,办公室所有的家具都活动起来,有腿的都在走动,没有腿的便在空中浮动。那些家具不断地向他撞来,撞得他头脑一阵阵疼痛,每撞一下,嗡隆嗡隆的声音就强烈地响一下。他只得又把眼睛睁开,望望办公桌,望望沙发,望望保险柜,全都在原来的地方。他想抽一支烟,一摸衣袋,烟盒已经空了。房里有烟吗?茶几上没有,办公桌上没有,保险柜里更没有。找许淑宜要烟去?可还是懒得动弹,忍受着吧,静卧一阵再说。这时,耳里听到的声音变了,原来是钢琴的声音。是湘湘又在弹琴了?这个不懂事的孩子!敲得人烦死了,老在那个低音区滚上来,滚下去,滚上来,滚下去。讨厌!安静一下不行?他突然爆发出一股力量,从睡椅上站起来,怒气冲冲拉开门,朝女儿的房间走去。捶了两下,女儿开门了,惊愕地望着爸爸。

"你又在弹琴?"

"我什么时候弹琴了?"女儿奇怪地反问。

"是谁在弹?"

"谁也没有弹,钢琴还锁着呢!"

彭司令员朝钢琴望了一眼,琴盖扣得严严的,连琴凳都没放在跟前,他自语一句:"出鬼了?"

离开女儿的房间,又想到抽烟的事,便去捶另一张门。许淑宜开门望着他的脸正要说话,他劈头就训了她一顿。

"你怎么那样好的精神?把我的烟东藏西藏,又藏到哪里去了?"

"谁藏你的烟了!不是在办公桌上吗?"

"哪里有?"

许淑宜费力地挪动步子,领先走进办公室去。在桌上明摆着一个中华牌的罐装烟筒,她揭开盖子亮给彭其看。

"这不是?"

"真是奇怪,连眼都瞎了。"他接过烟筒,又躺到睡椅上去。

"你怎么啦?脸色那样难看。"许淑宜走过来问他。

"出去!出去!"

他也不回答,连连向门口挥手。脾气很好的许淑宜只得走了。

他点了一支烟,使劲抽了几口,放在烟缸边上,重新闭目养神。钢琴的响声小多了,房里的家具也不动了,只是头脑还在胀痛。他做着深呼吸,企图使自己平静一点,也许就不会痛了。

在这个环境优美的院子里,有一株大凤凰树正好长在司令员办公室的窗外。这种古怪的树,一到冬天就长出一种鲜红的叶子,远看像是盛开着鲜花。树上常有小鸟来嬉戏,彭司令员已经习惯于和它们相处了。今日不知怎么忽然飞来一对喜鹊,看来是正在谈恋爱,因而很快活。一只停在较高的枝上,另一只停在较低的枝上,对叫几声又把位置颠倒过去,卿卿我我,嬉笑不停。窗户猛然间往两边一扇,吓得喜鹊腾地飞起,逃到远处去。彭司令员烦躁地站在窗户跟前,嘟哝一句:"吵死人!"

见喜鹊已经飞走,他走到办公桌前坐坐,又到沙发上坐坐,再回到藤睡椅上躺下。不久又起身去抓电话机,抓起来又放下。

那对喜鹊偏偏爱上了这棵树,在别处转了一圈又飞回来,老远就互相喊喊叫叫,十分高兴地在原来玩过的枝条上站住。喳喳喳!喳喳喳!有唱不完的歌,说不完的话。彭司令员恼火已极,恨它们恨得咬牙切齿,忽然从身上掏出那支自卫的五九式小手枪,指着树上骂一声:"我叫你见鬼去!"砰!枪响了,那对情人当中的一个,乱扑了几下翅膀,斜飘到哨兵的跟前坠地,另一只逃得无影无踪了。

哨兵听见枪响,敏捷地提起半自动步枪准备应付意外,见有一只喜鹊落下来,才松了一口气。

司令员放枪以后,又产生了惋惜心情,便走到窗户跟前去看,在看到死于地下的喜鹊的同时,也看见警卫连长把那个喊了反动口号的战士带来了。他只当没有看见,走到沙发跟前坐下。

邬秘书推门进来。

"司令员,警卫连连长来了,他问……"

"告诉警卫班,给他一间小屋,让他一个人蹲到里头。"

"要不要他写个什么……"

"写。"

邬秘书转身。

"等等,你叫他们连长来一下。"

邬秘书走后不久,门外有人喊报告。

"进来!"

警卫连长进门行了礼,等着指示。

"他平常表现怎么样?"司令员问。

"全连最老实又最勤快的一个兵,只是不爱讲话,不大暴露思想。"连长简短地汇报。

"好了,你去吧!今天晚上他不回去了。"

"是!"

连长又立正行了个军礼,向后转走出了司令员的办公室。

过了不久,就到吃饭的时候了。警卫员连续来请他两次,他都说:"等一等,等一等。"后来许淑宜来了,站在门口说:

"你到底吃不吃饭呢?"

"唉!"司令员站起来,"去吧!"便跟着妻子进了餐室。

圆餐桌上摆着四小碟菜,一碗汤。其中有一样是浥红辣椒炒烟熏腊肉,这是彭其司令员最爱吃的家乡菜。浥红辣椒和烟熏腊肉在街上都是买不到的,为了让厨师学会做,他亲自动手做给他看,告诉他红辣椒要怎样才能浥得既不过酸又不太咸,到冬天拿出来吃,仍像新鲜的一样。这道菜只有他一个人爱吃,许淑宜和湘湘都不伸筷子。尤其是湘湘,她不但怕辣,而且很不喜欢那烟熏腊肉的烟子气味。

彭其和许淑宜侧面坐下,开始吃饭了。老头子手上还拿着烟,静坐着吸了几口,扔进烟缸,把桌上的菜扫了一眼,提起筷子,夹了一片红辣椒放进嘴里嚼着,便把筷子放下了。许淑宜叫湘湘给爸爸盛了一小碗米饭,放到他面前,他望了一眼没有动。

"你又有什么不高兴的事呢?"许淑宜发问。

彭其摇头。

"今天下午从哪里回来?"

"开公审大会。"

"公审大会值得你那样伤脑筋?"

"胡连生挨斗了。"

许淑宜有点吃惊,湘湘也放下调羹注意着父母的谈话,她插了

一句:

"他活该,谁叫他到处乱说!"

"你别插嘴。"妈妈制止她。

"文工团那些造反派,"爸爸望望女儿,"像土匪一样,把他不当人整。"

"那个小赵参加了没有?"妈妈问。

"参加了!"

湘湘听着,故意不动声色。

彭其端起碗扒了一口饭,又夹了一点辣椒,放下碗筷说:"今天这个会尽是出鬼,临散会了,警卫连有个战士又喊错一句口号。"

"听人讲,地方上也常有这样的事,喊错口号挨斗的,各个单位都有。有些人也不知道是有意还是无心。"许淑宜近乎自言自语地说。

"什么有意无心!"女儿发表议论,"都是精神太紧张了,本来想表现自己积极,热劲儿一来就脑筋不清醒,想做好事办了坏事。所以我根本不到学校去,免得喊错了口号挨斗。"

爸爸和妈妈都未就女儿的高论发表评论,埋头吃了一阵饭。彭其忽然想起,对女儿说:

"你吃完了吗?"

"嗯。"她点点头。

"你拿个大碗盛一碗饭,腾出一个菜盘来把各种菜都夹一点,多夹点我这个,"指沤红辣椒炒腊肉,"送到警卫班去,给那个喊错了口号的小伙子。"

湘湘应一声开始动作。

"要多盛一点饭,年轻人,能吃,四十五斤的标准。"

湘湘端着饭菜出门时,回头问:

"他在哪里？"

"你去问警卫班长,他晓得。"

湘湘走了,许淑宜就此事问彭其:

"你把他带到这里来了？"

"我不把他带来,你晓得他们连里会拿他怎么搞？老老实实一个孩子。"

湘湘去不多久,把饭菜端回来说:"他不吃,在那里哭呢！我说服不了他。"

许妈妈说:"你这个大司令员,样子吓死人,他知道你要拿他怎么处理？"

"我还打他了。"司令员心有内疚地说。

"你怎么打人呢？"

"唉！你不晓得,你不晓得。"

他的晚餐就这么算吃完了,起身到盥洗室洗了脸,重新走回办公室,在藤睡椅上躺着。

"我还打他了。"他心里继续在想,"不打他又怎么行呢？我不光打了他,我还命令法院院长把胡连生关起来了。不知道他们把他关在哪里？有人给他饭吃吗？他会吃饭吗？"

警卫员给他泡了一杯毛尖茶,他让他放在茶几上没有去动它。

胡连生扑向他和陈政委破口大骂的那些情景又在眼前闪现。"你们丢了红军的脸,丢尽了浏阳共产的脸！"这个话像一块骨头卡在司令员心里。这个放肆的胡连生,当着那么多干部、战士的面就这么大骂起来,真是一条野牛,太粗野！太不成体统！但他那嘴巴你是封不住的。他这一生里吃了多少回嘴巴的亏！当然还有别的缺点,不爱学习,爱喝酒,喝醉了就更加胡说八道,天不怕地不怕。如果不是因为他与司令员和政委是老同乡、老战友,只怕连个管理处的处长都搞不成。这个人你说他不好？他也有他的好处,不怕死,不怕丢官,不怕当反革命,革命胜利了,还保持最初闹共产时那种脾气。只是也太不能适应新形势了,肯定要被淘汰。别的你可以不勉强来适应,文化你还是要学一点吧!六〇年的时候,干部搞文化学习,总是看不见他的人,去找他,他就说:"我有这么多够了,认得自己的名字,几十年都过来了,如今就过不去?读书叫我的子女去,这么老了,读什么书!读了也记不住。"你拿他有什么办法呢?他一点也不晓得读书的重要性,不晓得现在一些问题比那时复杂得多,没有点文化,不学着转点弯子想问题,就要倒这样的霉。唉!这个蠢家伙!该不会还在那里胡闹吧?

电话铃响,司令员走去拿起话筒:

"是我,……唔,……唔,……唔,他吃了饭吗?……要强迫他吃点饭。……不要带他来,我不见他。"

话筒放下了,正是法院院长打来的,胡连生在那里大吵大闹,要见司令员。这时候怎么能见他?他仗着跟司令员是老战友,异常放肆,不顾一切。他又从来不讲究什么策略和方式方法,一味地任着性子行动,这时候让他到这里来有什么好处?若要救他就不能见他。

彭其把眼睛一闭,胡连生在拘留所大吵大闹的样子好像看得清清楚楚。虽然司令员从来没有去视察过拘留所,他假定那里有一个钉了铁条的窗户洞,胡连生便在那窗户洞里对着外面大骂,把口水喷到看守他的战士的脸上来。他会骂些什么呢?无非是白天那些老话。不过,白天骂人的话里提到一个彭四保,是能打动彭其和陈镜泉的心的。那年在浏阳打土豪,彭四保也是他们一起的。农军要在文家市会师,开往井冈山去,而彭其、陈镜泉和胡连生正执行任务追捕一个大土豪去了,因此没有得到通知。彭四保与他们几个年龄相近,最是要好,自告奋勇要把他们找回来,然后再一同去赶队伍。找到以后,四人朝文家市方向奔去,哪知白军已到处设卡盘查了。走到一个叫做伏牛岭的地方,遇上了白军的暗哨,彭四保叫他们快走,由他一个人与白军纠缠,并约定在前面不远的一座山上等候。三个人一路疾跑,听见背后不断有枪声,到了约定的山上以后,一等不来,二等不来,整整挨过了一晚。次日清晨,知道没有希望了,只得含泪离开,继续去追赶队伍。一路上经过千难万险,终于上了井冈山。这三个人夜夜悬念着彭四保的下落,后来从浏阳逃出来的同志嘴里知道,彭四保被白军捉住,押到文家市牛马场杀头了。在砍头的时候,彭四保把脖子扭过来对后面的刽子手说:"快点!老子要看着你砍,过二十年我又是一条好汉,夺过刀来再砍你们的头。"那刽子手吓得手一软,大刀落在地下。换一个刽子手又来,彭四保仍是扭着头,骂道:"胆小鬼!砍哪!老子变鬼了好上山去报信,明日杀下山来,一个还我二十个。"彭四保要是能活到今天,他的性子可能跟胡连生差不多。不过也难说,四十年里,风风雨雨,人是会变的。不要说别人了,就说彭其自己,要是去年那个空军党委会放到今年来开,他也不会那么傻里傻气去向吴法宪开炮。目前拿这个胡连生怎么办呢?这个蠢家伙,专门给你出难题。就这么关下去?给他戴一顶反革命帽子?给他判几年刑?可他究竟又犯了什么罪呢?他无故杀人了?他贪污了?他抢别人东西了?当了小偷?他九死一生参加革命四十年,换一个讲话的权利都不行吗?是不行,当然不行,不要说他只当了个处长,你当了司令也不行。能行的只有像彭四保他们,变成鬼了,随便你想讲什么就讲什么,想去骂谁就骂谁。今夜里,彭四保可能正在骂彭其,骂他没有良心,看着别人把胡连生不当人来整,你这个司令一个屁都不敢放……

司令员拿起了电话:

"给我拨门诊部。"他等了片刻,"门诊部吗?……找你们主任。……你是值班员吗?……你去把你们主任找到,要他到我这里来一下，我是司令员。"

他放下电话，在办公室里随便走动走动，有点像当年在陆军当纵队司令的时候，正在考虑一个出奇制胜的作战方案那样。那时他要年轻多了，脑子的效能很高，虽然也常常沉思默想，但动作很机敏，从注视地图到叉手靠在椅背上，从静坐转变为走动，从吸烟到忽然扔掉烟头，都是很快的，断然决然的。现在却不然，他的动作慢起来了，使人感到是在敌人的地雷阵里建起的司令部，不能随便乱动。而他自己感觉到的是，年纪大了，精力不支了，脑子的效能急剧地低落下来，往往一件小事要做很长时间的思考。惟一保持了过去那种风格的是，一旦思考成熟，便果断做出决定，再也改变不了。

他在窗前看到门诊部主任方鲁通过了门卫，将要提步登楼时，遇上了邬秘书，被邬秘书挡住寒暄。司令员皱起了眉头。

邬秘书带着方鲁来到司令员办公室。司令员叫方鲁坐下，问道：

"下午送陈政委到医院去，你去了吗？"

"我去了。"方鲁回答。

"他的情况怎么样？"

"是因为受了刺激，引起心脏病发作，大问题没有，在那里休息两天就可以回来。只是，他这个病，要尽量让他心情平静一点，不要经常受刺激就好。"

"是啊。"

邬中按照平常的惯例，掏出保密本来坐在一侧准备记下司令员布置的任务，便于以后协助检查督促。

"你回去吧！这里没有事。"司令员向他下了逐客令。

秘书只得收起保密本走了。

"你还等一等，还有事。"司令员对方鲁说。

"您身体不舒服吗?"方鲁主动发问,他以为司令员夜晚叫他来,除了看病不会有别的。

"不,不。"司令员摇着头说。

方主任一看不是为了治病,估计是要布置什么工作了,便拿出记录本来。

"你拿这个干什么?我最不喜欢随便讲点什么都要去记。过去打仗的时候,哪有那样多笔记本!记多了还怕落到敌人手里去。无论布置什么任务,都是记在脑子里,脑壳一挨了炮弹就算了。"

方鲁被司令员的幽默言谈引笑了。

"你,过去是学什么行当的呀?"司令员问。

"一直在部队工作,人手不够,有时要无牛得拿马耕田,什么都摸过一下。"

"那你会不会治神经病呢?"

"神经病……像神经官能症这样的病,现在还没有什么特效药啊!"

"不是,不是,我是讲癫子,癫子。"

"疯子啊?那叫精神病。"

"对对对,就是你们讲的那种精神病。会吗?"

"我们门诊部没有治疗精神分裂症的条件。"

"我不要治,我只要你看一下,一个人是不是疯子,这你会看吧?"

"这当然会啰!"

"哦,就是这样,就是这样。"

"给谁看哪?"

"不要急,你不要急。"司令员说着,拿出一支烟来,他知道方鲁是不吸烟的,便没有给他。刚要点燃,又想起了别的,忙把烟放下,"慢点,我有烟抽,你一点吃的都没有,给你泡杯茶吧!"说完他自己起身泡茶去了。

方鲁怎能要司令员给他泡茶呢?连忙起身想去夺杯子,说着:"司令员,这怎么行!要泡我自己动手。"

"怎么不行?要是我到了你的家里,你给我泡茶不?"

"那当然哪!"

"坐那里去,你是我请来的客嘛!"

司令员把茶端来,方鲁起身双手接上。

"唉!"司令员坐下,"革命革到现在,上下级关系有点隔膜了。你们这些人呢,也总是首长首长,恭恭敬敬,其实那心里,不见得买我这老头子的账。"

"那不,"方鲁说,"我不知别人怎么样,我是觉得,一些老首长,都是身经百战出生入死打天下的英雄,现在革命胜利了,应该尊敬他们。而且我还觉得,老一辈的人有一种朴实的本质,那是在革命战争的艰苦条件下养成的。现在出来的人,就是缺那点朴实的美德,花花草草太多。"

"要是那个老头子有一天被打倒了呢?"

"就是被打倒了也应该客观评价他的一生,不能因为他今天倒了,前几十年都是反革命。"

"你这个话不见得是对的呀!"

"我反正跟司令员讲……"方鲁笑笑说。

"是啊,"司令员点点头,"我是同意你这个看法的。"

一个喝茶,一个抽烟,相对沉默了一阵。

"今天的公审大会你去了吗?"司令员问。

"去了。"

"胡连生挨斗你看到了吗?"

"看到了,文工团那些人……"方鲁摇头。

这时,邬秘书轻轻地、脚步完全无声地走进来,好像有事请示,见正在谈话又不好插嘴,便静静地站在门口等待机会。司令员背对门口,没有看见他。

"你看他是反革命吗?"司令员继续问方鲁。

"那些话当然是错误的,不过……"

"你觉得他……是不是有点反常呢?"

"唔……"方鲁竭力思考着说,"好像……"

"反常,他很反常,你给他看看病好吗? 是不是疯了?"

司令员走向藤睡椅去端自己的茶杯,发现邬中站在门口,略微吃惊地说:"你怎么还在这里?"

"我来请示,警卫连那个战士怎么办呢?"

"我自己来处理,你快回去! 这里没有事了。"

"是!"

秘书走了。

司令员端起茶杯目送着他的背影拐弯下了楼,他走去把门关紧,扣上。

"这样,"他喝了一口茶坐下,继续说,"你给他诊断一下。要真是精神病,就开一个诊断证明,该治疗就去治疗,该休养就去休养,怎么样? 他是一个老干部,干了四十年了,有了病,我们要给他看哪,不能不管哪!"

"是,我知道了。"方鲁郑重地点头。

"他可能不承认他有病,也不会让你给他看,怎么办呢? 你就告诉他,是我叫你去给他看病的。总而言之,你要想办法给他看成这个病。"

"我一定做到。"方鲁表示着决心。

"那好,诊断结果及时告诉我。"

方鲁向司令员告别,司令员伸出手来同他握手,相互握得紧紧的……当这个四十多岁的门诊部主任下楼以后,司令员走到窗口去,望着他通过门卫,一直走到看不见影子为止。他好像办完了一件大事似的,抬起双手做了一个小动作的扩胸运动,身上的疲劳减轻了许多。在办公室走了走,又开门走到外面去,从这头走到那头,那头走到这头,后来在女儿房门口停住了。敲了一下门,女儿出来。

"湘湘,"爸爸温和地说,"那个小伙子没有吃饭怎么办哪?"

"你说怎么办呢?"

"要给他搞点吃的。你去跟厨师讲一声吧,叫他下一碗面,要半斤,记住,少了不行。煎两个荷包蛋,再把我那个腊肉搞一点。你快去吧!"

"他要是又不吃怎么办呢?"

"会吃的,我端去给他吃。"

女儿找厨师去了,彭其拧开卧室的房门,走了进去。许淑宜坐在床上,用被子盖着腿,戴上老花镜在那里看报。老头子走过去,远远地端详了一阵。

"什么报啊?"

"大学生办的造反报。"

"现在什么人都可以办报了。文章写得怎么样啊?"

"讲道理的少,骂人的多。"

"革命嘛!"司令员讽刺地说,"革命不是请客吃饭,就是这些打架骂娘嘛!"

"你又胡说了。"

"在家里讲一讲,到外面去你以为我还这么讲吗?我不会像胡连生一样,蠢得要死。"

湘湘在敲门,爸爸走去开了。

"我跟厨师讲了,已经在做。"女儿说完就要走。

"慢点,孩子,你来,我跟你讲个话。"爸爸指了指一把椅子,叫女儿坐下。

"讲什么?"

"你……"他把许淑宜手上的报纸拿掉,"你也听听。我跟你讲,孩子,经常到这里玩的那个文工团的小赵,不怎么好啊!"

湘湘立刻低下头去,脸上阴云密布。

"怎么啦?"妈妈不明白地问。

"那天冲政治部,有他一个。"彭其不由分辩地说,"以后,不要把他喊到我们家里来,起码,这文化大革命当中不要喊他来。他们文工团那些人……"他伤心地连连摇头,"心肠不好。"

这话触发了湘湘的心病,她并不为赵大明争辩,只是紧紧地咬住嘴唇,转过身去。妈妈估计,她多半已在偷偷地流泪了,免不了心疼女儿,便对老头子说:

"文工团的人也并不是个个都坏嘛!"

"不管如何,"彭其坚决地说,"这是非常时期,不能感情用事。"

湘湘既不为赵大明辩解,也不点头同意爸爸的话,猛然间站起来,拉开门走了出去。

"你看你,"许淑宜埋怨彭其说,"你刺痛了她的心,知道吗?"

彭其难过地闭了一下眼睛。

"女儿不小啦!"许淑宜说,"我看她这些日子老是闭门不出,身体也在消瘦下去。问她是什么事,她总是不愿意说,多半是为了那个小赵。你不跟她说,小赵也不会来的,自从锁上钢琴的那天从我们这里走了以后,再也没有来过了。"

彭其听了,心中更觉难受,好像一切罪孽都是自己的过错。为了减轻心理上的负担,只好不想它,提起了另外的事:

"你到医院去看看陈镜泉吧!"

"他怎么啦?"

"下午看着斗胡连生,他受不了那个刺激,心脏病又发了。你去看看他,趁着旁边无人的时候,告诉他,我已经做出安排,给胡连生搞一个精神病的诊断,把他也送到医院去。你叫他给医院那方面打个招呼,不要让胡连生受罪,他那条命能够活到今天,已经是万幸啊!"

许淑宜连连点头,准备明天一早就去。

彭其从卧室里出来,下了楼,散步似的走进厨房,正好厨师已把面条做好,他拿双筷子挑开来看了看,觉得满意,便端着去找那个警卫连战士。警卫班长把司令员带到拘押那个战士的地方,司令员推门走了进去。战士一看司令员端着一大碗面条来了,颤颤抖抖,不知所措,眼泪夺眶而出。

"打了你,受了委屈吧?"司令员放下面条说。

"不是,不是,首长,您打得一点也不痛。"

司令员笑了,指着面条说:"你赶快把这碗面条吃掉,要不,我还会打人的。"

夜已深沉,微风习习,南方这说不上寒冷的初春是可以当做秋天看待的,这时在野地里散散步,比总是关在房子里要好。司令员这个小院子,虽然不过几亩见方,但比起办公室和走廊来,还是要宽大多了。他在房前的那片地方转来转去,时而看看正在站岗的是哪一个战士,时而去听听警卫班宿舍里的鼾声,时而又独自想想问题,心里念道:

"也会有人来关心我这个老头子吗?"

忽而又记起了那个正在吃面条的战士,漫步来到他窗前,探头望了一下。战士发现司令员又来了,忙把门拉开。

"吃完了吗?"他走进来。

"吃完了。"

"够不够?"

"吃得很饱。"

"你叫什么名字?"

"我叫杨春喜。"

"十九岁了?"司令员端详他一阵,揣摩着问。

"是的,首长,我十九岁。"

"你好像是湖南人?"

"我家里在湖南浏阳县。"

"哦!我们是同乡。"

"您也是浏阳人?"战士改用浏阳土话。

"唔。"司令员点头,看了看表,"你快睡觉吧!年轻人爱睡。"说完站起来要走。

"我不能睡,"战士心情沉重地说,"还要写检查。"

"写了几个字没有?"

"刚开个头。"

"拿给我看看。"

杨春喜战战兢兢地把他那张仅仅抄了一条语录的检查草稿递给司令员。司令员接过来凑到电灯底下,拿得离眼睛两尺远,看了一下说:

"字还写得可以。"讲完就把那张纸装进自己衣袋里,"算了!写这么多就够了。你睡觉吧!明天我叫你们指导员来把你领回去,没有事了,你不要害怕,放心睡觉,听见吗?"

杨春喜连"听见了"这简单的三个字都说不出来,咽喉被一种什么东西哽住了,只是深深地点了两下头。

司令员向小楼走去,后面的战士望着他,联想起自己的父亲。

此时,老头子在想:"你可以放心睡觉了,我还不可以呢!"

第十章 能干的女人

门诊部治疗室灯光透亮，刘絮云坐在堆满注射器械的方桌一边埋头做算术。她的面前摆着一本《毛泽东著作选读》甲种本，书页翻开了，上面画满了红杠。右侧还有一本红色塑料皮的笔记本，密密麻麻写满了小字，依照日记的格式注明着每一段小字是哪年哪月哪日写的。这是她的学习心得笔记。细看文字，发现心得部分比抄书的部分少得多。她在认真计算今天写的字数，每行二十三个字，共有四十四行，用乘法一运算，得数是一千零一十二个字。这太少了，还需要写多少才行呢？她的总计划是每月要写五万字，三天就应有五千字，每天需写上近一千七百字才行。一千七百减去已写的一千零一十二，尚有六百来个字的任务没有完成。六百除以二十三，得数二十六点五。行了，今天晚上还写二十七行便超额完成任务了。坚持照此下去，每月五万，一年便可以写成六十万字的心得笔记。数字是最能说明问题的，检验你学习毛主席著作的态度如何，心得笔记最具雄辩的力量。不久前，由江部长倡议、宣传部主办的一个活学活用毛泽东思想先进事迹展览会上，有一个在油库执勤的战士，由于学习时间充裕，自文化大革命开始以来，已写了二十万字的心得笔记。全部在展览会上摆出来。个别的警句还用美术字抄录在展览牌上，供参观者学习。据说那个战士现在已经破格提拔为指导员。刘絮云想："我只要像现在这样坚持下去，一年以后，我的成绩肯定会超过他。"

有人推门进来，吓得她把那张写满了演算数字的处方笺揉成一团,攥在手里,再回头去看,原来是邬中来了。

"写什么?看我一来就那么紧张。"邬中逼近她说。

"给别人写情书。"

"看看。"丈夫伸出手来。

"不给你看又怎么样呢?"

"看看嘛!"

刘絮云轻蔑地哼了一声,将纸团照着丈夫脸上掷去:"醋罐子,看吧!"

纸团落在地下,邬中拾起来打开一看,先是不明白,后来见她桌上摆着心得笔记本,便恍然大悟,将纸团扔进清洁桶里,提起了正事。

"里间有人吗?"他指着用白绸六折屏围着的治疗室里间小声问道。

"没有,怎么?"刘絮云反问。

邬中去搬凳子。

"这么晚了,还跑来干什么?"她又问。

"机会来了。"邬中坐下说,"你还没有去找江部长吧?"

"没有。"

"现在应该去找他了。"

"什么事?"

"胡连生那头活猪乱跳乱叫撞到江部长身上了。公审会上文工团那些人斗他,你以为是他们自发的吧?不是,肯定不是,他们关心的是向反动路线开火,现在突然冒出来斗胡连生,决不是他们自己的主意;江部长上台制止武斗讲的那段话你注意听没有?我从他的话里感觉出,他是真正的指挥者;另外,范子愚那些人是什么人的话都听不进的,江部长一讲马上就住手了,这说明他们已经不是无头苍蝇了,很可能已经取得江部长的支持和暗中指导。不要小看了范子愚这些人,有点头脑,有点眼力。这样一来,他们的造反就有希望了。看起来,他们已经走在我们的前面,我们要赶快同江部长联系上。"

"你说机会来了,是什么机会呀?"

"胡连生大骂江部长,江部长恨他不?"

"唔。"

"江部长指挥文工团斗了他,把他关进拘留所,就这样完了吗?"

"那还要怎么样呢?"

"一个有大量反动言论的现行反革命分子,已经发现了,就这么暂时拘留,不做处理,交代得过去?"

"总会有个处理的。"

"对了,现在就有人在策划巧妙的办法,要保他逍遥法外了。"

"谁?"

"等一等。你说江部长对这个消息感不感兴趣?"

"那他当然关心哪!"

"好,机会来了,我们有了见面礼了,就去把这个绝密消息告诉他。目前,知道这件事情的只有三个人,一个是策划者,一个是执行者,还有一个就是我。"

"你倒是讲清楚啊,到底是怎么回事呢?"

"好,我现在就跟你讲。有开水吗?"

刘絮云起身拿了个玻璃杯去倒开水。

邬中抑制不住心中的激动,坐也坐不稳了,手和脚在微微颤动。刘絮云把开水递给他,他伸手接住,抖得洒了一地,一大口喝去,呛得咳了一声,把水喷得满桌皆是,嘴上也挂满了水,忙用左手去抹掉。

"你怎么啦?这么激动,像个能办大事的样子?"刘絮云责备着他,拿抹布将桌上的水抹掉。

邬中重新坐下,按住胸口强制自己平静一些,将事情的首尾细细讲清:

"老头子把你们的主任方鲁叫去了,要他给胡连生看病,开一张精神病诊断证明。这样,胡连生的胡说八道就一笔勾销了。再把他送到一个什么疗养院去,离开这个地方,等风平浪静了再回来。你看这一手高明不高明?"

"是哪一个老头子?"

"当然是彭老头。"

"你也在旁边?"

"我看老头子深夜把你们主任找去,一定有什么鬼,便找个借口溜进去听,听来的。"

"我明天就去找江部长。"

"不,"邬中摆手说,"明天,你们主任很可能会去给胡连生看病,你争取跟去,看他们是怎么搞的,然后,把所有这些情况全部报告江部长。"

"好吧!"刘絮云在智力方面还是佩服邬中的。

邬中又喝了两口水,缓一口气接着说:

"你到江部长那里去的时候,注意给他带点高级药品去。"

"知道。"

"还要谈一谈他的文章怎么好。"

"这不要你讲。"

"还有,你要代替我表白一下,你记住,别忘了呀!来来,好好儿听,思想不要开小差。"

"听着呢!"刘絮云厌烦地将肩头一扭。

"第一,你要告诉他,说我对他非常敬佩;第二,要说明,我,决心忠于毛主席,坚决同彭其划清界限,并且要暗示,我已经有了一些准备;第三,你要表明这样的意思,我们夫妻两个是志同道合的,跟定江部长,死不变心。记住了吗?"

"记住了。"

"说一遍给我听。"

"那么不相信我,你自己去!"

"相信你,相信你。"邬中站起来绕到她面前说,"不过,话要说得自然一点,巧妙一点,别直来直去的。"

"不要你担心。"

"好,我相信你的能力。"他又喝口水,将玻璃杯往桌上一放,"我回去了。"拉开房门以前,他先从窗口往外面扫了一眼,然后才迅速地闪身出去。忽然又回头,推开门说:"江部长在高干招待所的房间号码是:二〇九,记上。"

隔一天以后,上午九点多钟,刘絮云背着一个药箱往高干招待所走去,心里在默念着:"二〇九,二〇九……"她穿着一套新军装。这是没有办法的,是军人就必须穿军装,不能随意挑选时装艳服来打扮自己。只有星期天除外,而今天是星期三。但是刘絮云是心地灵巧的人,她能够根据现有的条件使自己色彩夺目一些。办法也很简单,就是在单军装里面穿一件荷花色的束领薄毛衣,贴身着乳白色的衬衫。这样一来,妩媚柔和的色彩便从军装的小翻领空处露出一只明眸笑眼来,产生一种引人极想见到她全部真容的神奇魅力。除此,她的军衣也经过了一点小小的加工,因被服厂的设计师太不注意形体美,女式单军装显得长了一些,刘絮云将它改短了一寸。并不需要重新裁剪,只需向内折进去,用细针缲上就行了。经过加工以后,惟一的缺点是衣袋变得很短了,除了小手绢再不能放别的东西。而这又何妨呢?损失两个衣袋却能使人的体态婀娜十分。可别小看了衣着上的些微讲究,同样的军装,通过恰当的修饰和衬托,便能使你在众多的女兵中鹤立鸡群,惹人叹羡,这是经过了千百次验证的。

刘絮云敲开二〇九号房门,又一次得到验证。江部长意外地见到她来,打量着她全身上下,张着大口半天没有说出话来。

倒是刘絮云大方,说了声:"江部长,我来看您了。"将身子一扭,擦着部长的手臂挤进门去。

"好好好,好,你来,你来了,好,好。"看来这位江部长很有点惊慌,"你,你坐吧!你坐。"

其实,刘絮云早就坐下了。

"江部长,您身体好吗?"她细声细语地开着小口说话。

"好,我身体好啊。"

"嘻嘻!我看您就不怎么太好。"

"怎么?你看出我有病了?"江部长低头往自己身上扫了一眼。

"倒不一定是马上就有什么大病,不过您可要注意啊!您的领导工作本来就重,还要写文章。这写文章可是伤神得很哪!您看那些不动脑筋的,一个个胖得像猪一样,您就胖不起来。能保持现在这样不胖不瘦,结实有力,皮肤滋润,肌肉丰满,就很难得了。我看一百个写文章的也没有一个能像您这样健康的。有些人也称是写文章的,其实连个屁也放不出,样子可吓人哩!瘦得像根干柴,像从棺材里拖出来的一样,哪能像您这样!"

"哈哈哈哈!……"江部长毫不收敛地大笑起来,挺起胸脯,半握拳头,做出全身有力的样子,在房间里迈开了官步,"是吗?你真会讲话。不过,你讲的也是事实,我现在能吃能睡,好像还跟三十岁的时候一样,有人说我像一头公牛。"

"那您的夫人不就变成母牛了?"

"这是笑话啰!笑话啰!"

"不过您也还是要注意,您天天开晚班吧?"

"呃……有时候要开一点晚班。"

"开晚班可不是好事儿啊！一个晚班,半两人参还补不上。"

"是啊,是啊。"

"人家都在夫妻孩子热被窝,您还要辛勤地工作,真是不公平。"

"不要紧,不要紧,那不要紧,干革命嘛！"

"我就喜欢打抱不平,"刘絮云愤愤地说,"我们那位方主任就只知道巴结职位高的,最近到了五盒鹿茸精注射液,他要我赶快送去给彭司令和陈政委。我心里想,什么好药都是先照顾他们,他们用得了那么多？正好,五盒,是个单数,给他们怎么分呢？我想了一下,算了！给他们一人两盒,余下一盒我带到您这儿来了。"

"你准备？……"

"我想,我们兵团工作最辛苦的是江部长,贡献最大的也是江部长。哪像司令员、政委他们,前有秘书,后有警卫,信口说一声,人家就忙得不亦乐乎,那工作有什么伤神费力的！像您一样,用脑子,写文章,开晚班,熬心血,工作比他们累一百倍；写出来的文章在指导全国的运动,贡献也比他们大得多啊！可就是没有人想到您。我这回也要造反了,偏要自作主张留下一盒给您。反正没有关系,谁也不会去找首长查数的。"

"那可就感谢你了,小刘,像你这样敢作敢为的,不多,不多。"

"可我为了这脾气吃了不少亏呢！"刘絮云一面打开药箱取药,一面滔滔地说,"我们那位方主任就不喜欢我这种直性子人。我经常放他的炮,那个人报复心强,把我看成眼中钉了,总是跟我过不去,害得我到现在还没有入党。"

"是吗？"江部长关心地问。

"当然哪,我们这样的人,毛主席著作学习心得写了几大本也没有人说半句鼓励的话,经常学习到深夜,人家还说你是故意这样搞的。有什么办法呢，领导上对你有看法，你永世也翻不了身。"

"呃……"江部长在思索，"这个问题……"

"算了！江部长，您也别为我操心了，您是宣传部长，又管不了我们门诊部。"她已拿出一个小小玻璃管，敲断了，"来吧！我先给您打一针，剩下的就放在您这里，我以后每天来给您打一次，一盒是十支，要连续打十天，您有时间吧？"

"有，有时间，我每天都在这里。"

"来吧！请您准备好。"

于是，江部长便歪坐在沙发扶手上，让刘絮云给他打针。进针时皱了一下眉头，却立刻又笑了，猥亵地说："小刘啊，你真有一双魔手，不但不痛，还舒服得很，噫呀！"

"打针这玩意儿，也搞了这么多年了，"刘絮云拔出针管说，"还叫人痛，那还了得！"

她收好注射器，便把那盒鹿茸精递给江部长："给，您藏好吧！"

江部长接过鹿茸精注射液盒子，仔细看那盒上的说明文字，连连说道："我正好需要，正好需要。"

刘絮云动作利索地把药箱里的东西清理好，扣上盖子。

"哎，你别走！"江部长有点着急地说，"坐一下，再坐一下，急什么呢？我听你谈谈，你讲的问题很有意思。"

"我不会走的，部长，我还有要紧事要告诉您呢！"刘絮云半侧着身子坐下。

"那好，什么要紧事？对我讲吧！"

"这个事儿……"她把脖子扭动了一下，"哎呀！我有点害怕。"

"怕什么！我这个人，最好商量，又最通情达理，什么事不敢跟别人讲的，都可以跟我讲。江部长不是坏人。"

"那当然哪！您要是坏人，我还不到您这儿来呢！"

"是嘛！那你就讲嘛！"

刘絮云仍旧忸怩了一阵,才胆怯怯地说道:"那个挨了斗的胡处长……他会怎么样您知道吗?"

"我不知道。他是司令、政委的老战友,不知他们会怎样处理他。"

"他呀!他没事儿啦!"

"怎么?"江醉章吃惊地站起来。

"他是精神病!"

"什么精神病!明明是反革命。"

"那是您讲的,您讲的就能算数了?人家有诊断证明书。"

"谁给他搞的?"

"就是我们那位方主任,方鲁,是他亲自诊断的。"

"有鬼!有鬼!这里面有鬼!"

"鬼还不小呢!"

"你知道底细吗?"

"我呀!不知道,我一个护士知道啥呀!"

"小刘,"江部长重新坐下,严肃地谈起话来,"虽然那些刻苦学习,写心得笔记,平时做好事,都是重要的。但是,考验一个人是不是忠于毛主席,主要还要看他在阶级斗争中的表现,感情如何,立场如何,态度如何。我希望你参加到阶级斗争中来,不要觉得自己是个护士。很少有人天生是政治家的,你就比如江青同志,她原来是从事文艺工作的嘛!现在成为文化大革命的伟大旗手。江青同志是革命的女同志的光辉榜样。"

"这我知道。不过,我这样的人有什么大用呢?只怕还反而把事情弄坏了。"

"不要自暴自弃,男同志能办到的事,女同志也一样能办到,现在时代不同了,你记得毛主席说的那个话吗?"

"记得!可我……我总觉得我很幼稚,没有一个人教着我,带着我,我是不行的。"

"你相不相信江部长呢?"

"那还用说!"

"那你就听我的,知道什么,快给我讲。"

"我可不知道该不该讲,我反正是那么个直性子,我就讲给您听吧!"

"唔,好。"

"前天晚上,彭司令员把我们方主任叫去了,关起房门嘿嘿嘿讲了很久。方主任一回来就慌手慌脚。昨天上班的时候,他带着听诊器、处方笺,还跑到病历档案室把胡连生的病历本取出来,匆匆忙忙往外走。我一看就知道有鬼。正好,胡连生还有几针治风湿病的中药注射剂在我手里没有打完,就以给他打针为借口,在主任去了不久,我也撞去了,看了他全部诊断过程。那个姓胡的根本不承认他是精神病,大骂有人在背后搞他的鬼,有意要害他。真是头猪,人家要救他,他还不知道。"

"很好!很好!很好!"江部长激动、高兴而紧张地说,"小刘,你立了一大功。好!好哇!你是忠于毛主席的,又很能干,很聪明,好!好!"

"可是,我也只能做这么一点事了。"

"不,你以后可以做大事。你……有条件,有很好的条件。"

"全靠您带着我了。"

"带着你,带着你,一定要让你锻炼出来。"

江部长开始沉思了,伸出一个指头,在空中这样划一下,那样点一下,时而绕一个半圆,时而又往膝盖上一戳。刘絮云静坐在那里痴痴地看着,像不懂事的孩子怀着崇敬和迫切的心情,看着能干的爸爸在给她做一件新奇玩具一样。

"呃……"江部长找出了一个疑点,"你怎么知道彭其跟方鲁谈话的事啊？"

"邬中讲给我听的。"

"哦，对对，邬秘书，他的情报是最可靠的。"

"他开头还不愿意告诉我呢！露出半句话来就连忙收住，深怕我知道了到外面去乱说。哼！不告诉我能行？那就别想到我床上睡觉。"

"邬中这个人……他现在怎么样啊？"

"他呀！思想负担挺重的，回到家里经常愁眉苦脸不说一句话。我反复追问，才知道是彭司令员犯了大错误。他是他的秘书，怎么能不着急呢！首长出了事，秘书还跑得了？江部长，您能不能帮助帮助他呀？"

"我……那要看他自己。"

"他对您倒是挺尊敬的，经常跟我讲，我们兵团最有水平最有能力的干部只有江部长了。但他又不敢多跟您接近，有顾虑，怕您不信任他。我跟他说，你怕什么！又不是别的，都是为了党的事业。谁反对毛泽东思想，我们就跟他划清界限，谁忠于毛主席，我们就跟他亲近。后来，他同意我的了，很想找您谈谈，但是没有机会。"

"你告诉他，随时来都可以，我，很愿意跟他谈谈。"

"那我就告诉他了？"

"可以可以。应该这样，小刘，应该这样，要发挥自己的作用，在伟大的斗争当中锻炼自己，考验自己，你这一些事都办得很不错。"

刘絮云像虔诚的教徒在神甫那里接受了洗礼，又感激、又幸福、又庄重地站起身，准备把药箱背上离开这个地方了。江部长连忙走上前去抓住她的药箱背带往下一压说：

"坐下坐下，你别走，就在这里吃饭，这里很方便，我跟服务员讲一声就行了,他们会送到房间里来。"

刘絮云半推半就地坐下了。

"唔,好啊!"江部长点了一支烟,贪婪地饱吸着,在房里转来转去,十分得意地自语道,"正义的事业总是要胜利的,正义的事业是深得人心的。想不到你这个……"他瞟了刘絮云一眼,见她很是驯服地蜜笑着,便大胆说出他那句不应该说的话来,"想不到你这个美人儿能主动参加办大事!真想不到!想不到!"

刘絮云听了这话并不显得反感,只是更甜美地笑笑。江醉章见她如此,便对面坐下,大胆地欣赏起来。那隐藏在小翻领底下的乳白色与荷花色相谐的精巧服饰,使人感到她浑身都是柔软的,浸透温香的。

"哦,差点忘了。"刘絮云很会掐准时机来冲破这种不良气氛,"部长,我还没有告诉您呢!方主任下午两点钟就会把胡连生送进医院去。"

"是吗?好,想想,看看我们应该怎么办。我们……"

他又伸出指头来开始画弧线了……

下午一点四十五分,刘絮云来到拘留所,要求看守战士给她开开门去给胡连生打针。

"救死扶伤,实行革命的人道主义。"她对警卫战士说,"什么样的罪犯也要给他治病,就是明天要枪毙的人,今天有病还要治。"

警卫战士为她开了门。

"胡处长,您吃了饭没有?"她跨进门表示关心地问。

"没有。"胡连生像放炮一样放出这两个字来。

"是他们不给您饭吃,还是您自己不吃呢?"

"我自己不吃,我要绝食,彭其不来看我,我就死在这里。"

"那可不成啊!人家司令员工作那样忙,谁知要轮到哪一天才能来看您呢！等到他有空来了,您已经死了,有话也说不清了呀!"

"他忙什么,我还不晓得!娘卖×的!他当司令,我当反革命,都是一起出来参加革命的。娘卖×的!想见他一面都见不到。"

"哎呀!您这些事情我就管不着了,我是个护士,只会打针换药缠绷带。您的风湿注射药还有五针,我只知道每天要给您打一针,来吧!饭可以不吃,病还是要治的呀!"刘絮云在药箱里翻来翻去,好像怎么也找不到一样东西似的,急得时而抬手看看表。

"算了!你不要给我打了。现在我的身上尽是火,一身都是火,还打什么风湿针!"

"这个,我不能听您的,我是护士,我有我的职责。"仍旧在药箱里翻来翻去。

东西还没有翻到,外面开来了一部轿车,方鲁打开车门走出来,在他后面还有两个高炮连的大个子战士。

"方主任来了!"看守战士立正行了个礼。

"通知你了吗?"方鲁走近战士说,"他现在要进医院去。"

"通知了,我知道了。"战士说,"你们门诊部有个护士在给他打针。"

方鲁愣了一下,急迫地跨进门去。

"方主任,他不愿意打针,您看这……"刘絮云做出焦急和不满的神态,她手里拿着针管。

"那就算了吧!"

"那怎么行呢?"

"他马上就要进医院去了,到那里再说。"

"医院是医院,我们给他的治疗还是要完成哪!"

"行了,行了,你回去吧!"方鲁朝门外一指,不容分说。

刘絮云悻悻地背着药箱出去。

方鲁走近胡连生,耐心地劝说:"胡处长,昨天检查以后,我们经过了会诊,您确实有病,经请示兵团首长,决定请您住院治疗。您要有耐心,疾病这东西只能这样,既来之,则安之,不要性急,脾气也要控制控制。有病的时候,要心平气和,尽量和医护人员配合好,才能把病治好;心情过于烦躁对病情不利。您看呢?现在已经来车了,就请您上车,我陪您一起去。医院也联系好了,是我们自己的医院,那里的医生护士都知道您是老红军,会尊敬您的,一定会尽最好的条件为您治病,让您在那里安静休养。家里也不要担心,兵团首长已经做了安排。您到医院以后,家属可以随时去看望,在这里多不方便呢!您看怎么样,跟我们一起上车吧!"

胡连生想了一下,问道:"你们请示了哪个首长?"

"我们只是按照组织原则向兵团党委打的报告,批复也是党委,到底是哪个首长……恐怕不是个人的意见吧?"

"这是阴谋,我不去!我要跟彭其见面。"

"怎么是阴谋呢,您想到哪儿去了?"

"你以为我不知道,好好的一个人,把你当疯子关起来,你喊天不应,呼地不灵,完了!这一世就完了!"

"不是这样,不是这样,胡处长,您一定要想清楚,冷静地想一想看,到底是医院好些呢?还是关在这里好些呢?您想想看。"

"我关在这里?我为什么要关在这里?我要出去,我要工作。"

"不行的!您不要想得太简单了。现在怎么能出去呢?谁敢让您出去呢?"

"我讲了吧!你们就是阴谋,就是为了不让我出去才把我关进医院。不去!坚决不去!我要亲自见彭其,彭其不在就把陈镜泉喊来。"

"陈政委也住在医院里,他的心脏病发作了。"

"哪个医院?"

"就是您要去的那个医院。"

胡连生又想了想说:"不！你们骗我的,想把我骗到那里去。不去！坚决不去！"

无论方鲁怎样反复解释,胡连生认定他们是搞阴谋,磨了快一个小时,毫无进展。方鲁早就料到了这一点,因而带了两个高炮连战士同来。没有办法,只得采取强制手段了,便把战士叫进来,打个招呼说:"胡处长,您现在神志不太清醒,我们为了给您治好病,只得暂时不顾礼貌了。"话一说完,两名大个子战士迅速走过来,抬起胡连生就跑。

没有吃饭的胡连生无力挣扎,只能将仅有的力量拿来破口大骂:

"你们是强盗！你们是一些土匪！娘卖×的！只会搞阴谋。我没有病,我好得很,你们偏要害死我。强盗！我要揭发你们,我要到北京去告你们。红军还没有死绝！总会剩得几个有良心的人！娘卖×的！彭其这个小子,变了！陈镜泉,变了！变成了土匪！成了阴谋家！你们勾结在一起,要把红军杀绝！你们就杀吧！杀吧！莫这样害我呀！杀吧！……"

两个战士已把他抬进轿车,方鲁打开前车门坐进去。不料让胡连生抽出一只手来,照着方鲁的脸一巴掌打下去,骂道:"老子揍死你这个阴谋家！"方鲁挨了一下,伸手捧住脸,痛苦地望着这个可怜的精神病患者。当胡连生举起另一只手又打下去的时候,刘絮云突然从另一个车门挤进来,将那只手紧紧抱住了。

方鲁说:"你下去！"

"不行,他还要打人。"刘絮云全力以赴。

另一个高炮连战士因要绕过车尾从那边车门进来,落在刘絮云后面了。等战士一上车,刘絮云抢先下了命令:

"开车！"

第十一章 小船啊，小船

在这个轰轰烈烈的年头，无休无止的轰轰烈烈的白天和夜晚，陪伴湘湘的却是寂寞、忧伤和烦闷。自从那天把钢琴锁上以后，再也没有打开过。她虽然任性，却也有些怜悯她那不幸的爸爸，无意跟他作对。

她每天睡得很晏才起床，总是像睡眠不足的样子，无精打采，神情恍惚，轻易不露笑容。她很少出门，对街上发生的一切都不感兴趣；上头又有规定，军人的直系亲属不许参加地方的群众组织，湘湘正好落得个逍遥运动之外。同是青年人，为什么她对如火如荼的斗争是那样冷漠？她的同学对她很不理解，偶尔遇上，总要说："你为什么那样沉得住气呀？"湘湘淡淡地一笑，算是做了回答。她不愿意看见，也不愿意听见哪个著名的大干部垮台挨斗的消息，她对那些狂热的造反群众总是怀着怨艾和猜忌。她仿佛觉得，她的温暖的家就像一条漂泊在惊涛骇浪中的小船，随时都可能被浪头打翻；而那些造反者们便正是掀起巨浪的妖孽。

过春节这天她破例起得很早，换上一身新衣裳，坐在窗户跟前望着小院门出神，冷风掀动窗帘，拂打着她的脸。她相信，今天大概不会有什么斗争，因为这是个传统的、最隆重的节日，红卫兵也未曾把它宣布为"四旧"加以废除。她幻想着能像去年春节那天一样，赵大明兴致勃勃地来到小院门外，对着这个窗户招手，领她到文化广场去看舞狮子，到海滩上去吹海风。可是，白白地望了半天，来的却是陈小炮。她带来了文工团围困政治部大院的消息，并邀湘湘同去看热闹。湘湘没好气地把小炮撵出房门,砰的一声把门关上。下午,淘气的陈小炮打来一个电话,幸灾乐祸地说:"湘湘,告诉你好消息,你的歌唱家真棒,成了了不起的造反英雄呢!"湘湘在电话里回敬道:"你瞎说些什么?"小炮说:"我才不是瞎说哩!叫你来看你又不来,来瞧瞧吧!喇叭哇喇哇喇地正在叫唤,向他致敬哩!那些妖里妖气的舞蹈演员把他东一拖西一拽,快要分成八块啦!"湘湘听不下去了,把话筒一扔,又把自己关进那个小房间里去。

　　大雨滂沱,把最后一点希望之火彻底浇灭了,湘湘不得不相信小炮说的是真话。别的人愿意不过春节,疯疯癫癫闹造反,湘湘管不着;而赵大明也成了这样,湘湘是不能容忍的。她走进母亲的卧室里,关上房门,拿起电话,很快便听到了那个亲切的、很有共鸣的男声。湘湘说:"今天是什么日子你记得吗?"赵大明当然不会不知道今天是春节。湘湘又说:"去年的今天你说过什么话?"赵大明愣了半天,才忽然记起去年春节那天,在离开海滩的时候约定,下一个春节再来。当时吹着很大的海风,把他们冻得索索发抖,可湘湘却说那里的空气特好,阳光也比别处暖和。"记得!"大明在电话里说,"可是今年跟去年不同了,大家都在过革命化春节……"啪的一声,湘湘把电话挂断了。她要让赵大明明白,已经生他的气了,无论他怎么说都没有用了;她用这样的方式迫使赵大明马上到她这里来。过去每逢这种情况,大明总是立即赶来,该解释的解释,该道歉的道歉,一直要到湘湘重新露出笑容来了,风波才算平息。湘湘自负地认为,赵大明决不会不来,于是回到自己的房里,等待他来敲门。一等不到,再等不到,雨停了,天黑了,城市已经酣然入睡了,湘湘的希望破灭了!

　　这是一个多么不幸的春节!这是一个多么不祥的预兆!湘湘感到,那条生活的小船颠簸得更加厉害了,海浪正在升高,一切都可能失去。她闷闷不乐地把自己关在房间里,一天又一天,赵大明连影子都不见。她怨恨着,诅咒着,拿出笔来胡乱地写着:"……不管你嘴里说得多么甜美,我可知道,生活中充满了虚伪……"写了撕掉,撕了又写,最后还是不敢装进信封寄出去,怕白纸黑字落到多事的人手里,惹来不意的横祸。无论如何她要和他谈一次,但无论如何又不愿意像求人似的主动去找他。那天她实在控制不住了,便到文工团去找她原来的钢琴老师,推说自己家里的琴被爸爸锁了,手痒得慌,不得已。她钻进一个琴房,把门关上,弹响了赵大明那首歌曲的旋律。这个方法果然很灵,不久就有人来敲门了。湘湘明知是赵大明,却要故意让他多敲几下,才去把门拉开。

"你来了!"赵大明用求和的眼光望着湘湘轻声说。

"我可不是来找你的,你走吧!"

"湘湘,我知道你误会了。"大明低着头说,"但是,我相信你是信任我的。"听不到湘湘的反应,又说,"短短的几天里,情况变得很复杂,我不能到你们家去。"

"我知道!"湘湘委屈地含着泪说,"谁也没有责怪你,谁也不想沾你什么光,谁也不会成为你的包袱。你走吧!走吧!"

"不!湘湘,你还是误会了,你听我说呀!"

湘湘使劲擂响了钢琴,快速,粗野,狂躁,不成旋律。如奔腾的野马,如正在倒塌的房屋。赵大明熟知她的脾气,只好耐着性子,等待她到了疲劳的时候再开口。谁知她弹着弹着,越想越伤心,越想越不能谅解他。忽然擂了一个混杂的噪音,扭转头来说:

"我知道,你要跟我们划清界限,怕我们影响了你的前途。走吧!不连累你,快走!你快走!"

"湘湘……湘湘……你听我说清楚呀!"

"我清楚得很,你走吧!走吧!"她一面说着,一面把赵大明往门口推,最后居然拉开房门,干脆把他推了出去。回头插上门闩,用背顶上,后悔了,伤心地哭了。

她开始怨恨自己,每一句话都讲错了,每一步行动都是不正确的。既然来了,想跟他谈谈,为什么又要把他赶走呢?你成了一个无法理解的人!

谁来理解她呀!人家都还在羡慕她得天独厚呢!一位赫赫司令员的独生女,家庭的宠儿,社会的宠儿,也许还是造物之神的宠儿。她有那样好的爸爸和妈妈,有那样舒适的环境和房子,不用说物质生活多么丰富,就连她的名字都是娇贵的象征。世人都以为只有自己才苦恼,别人都是幸福的,谁又能体会到湘湘的不幸呢!她的不幸就在于她原来太幸运了,世界上没有绝对的、永远的好事。爸爸的垮台之日虽然并没有到来,但不祥的预兆已经越来越明显了。她变得非常敏感,能从爸爸的一个眼神或半句话里看出他的心病已有多么严重。她预感到人跟人的关系会发生一次巨大的变化,孤独像乌云的阴影一样正在移近这个动荡的家庭。过去的朋友有的将永不再来,有的会假装不认识,有的则完全站到对立的一边去,反口咬来,叫你最是吃不消。爸爸已经不止一次地打过招呼了,要准备应付最坏的情况,在困难中顽强地生活下去。一想起来就觉得可怕,困难中将是什么样子呢?困难中最需要有人理解,有人同情,有人心心相照,带来希望和勇气。湘湘感到可以慰藉的是,在这个弥漫着敌对情绪的世界上,她已经有了最知心的人。他像一堆篝火燃烧在她的心里,使她感觉不到有严寒到来的威胁;他像一个力量之神跟随在她的左右,使她永远也不会弱小与孤单。她虔诚地信赖着他,从来没有想过哪一天他会背离湘湘而去。可面前的现实是多么严峻啊!他正在参加那种掀起恶浪的游戏,在其中当一个时髦的英雄。一个是革命者,一个是革命对象的女儿,鸿沟不是已经赫然在目了吗?不!这应该不是现实,而是幻影,不能够让它变成现实。她相信自己的力量,相信那神圣的爱是可以融化一切的。可是她竟然是那样荒唐,人家来了,却把他赶走。这大概是魔鬼在起作用,驱使她做出这种不可思议的事来!她吃惊地望着空荡荡的四壁,抚弄着自己那双纤长白嫩的手,心在往下坠,往下坠,她痛苦地扪住胸口,闭上眼睛,眼泪爬满了苍白的面颊。

后来她拖着沉重的两腿离开了琴房,离开了那个令人伤感的丁字楼,不声不响回家去。现在日子不长,才五点多钟,天已将黑了。湘湘来到司令部大院的后门外,那里有一片稀疏的竹林,竹林旁边那条曲折的小路是湘湘回家的捷径。海风时强时弱地吹来,把竹子摇得飒飒作响,好像有蟒蛇或猛兽正在那里蠢蠢欲动。她忽然发现竹丛后面有人,不禁倒抽了一口冷气,扭头就往回跑。

"湘湘!"

背后在喊,是那个最熟悉、最亲切的嗓音,湘湘顿时觉得两腿无力,差点儿瘫倒在地上。

赵大明急跑几步来到她身边,迫不及待、生怕失去机会地滔滔说道:

"湘湘,你一定要听我把话说完,我有很多话要对你说。首先你要消除误会,我没有变,我不会变,我永远是原来的那个人。你相信吗?你如果不相信我,我想跟你说的话都没有用。你点一点头,就表示你还相信我,行吗?那样,我才好说下去。你快点头啊!"

湘湘这一回可接受了教训,再不敢轻易把他赶走。但是她不愿意点头,不能轻易地点头。她生气地噘着嘴,故意不看人,像要躲开他似的,把身子一扭,走进旁边的小竹林里去。赵大明聪明地跟在后面。

这片小竹林是营区和郊区菜地的缓冲带,是一个无人看管的长条形天然公园。老百姓不大到这里来,因离营区太近,恐怕引起嫌疑,招来盘问,惹出不必要的麻烦。因此,这里自然而然成了不挂牌子的军人公园。有些勤快人从老远的地方搬来些砖头石块,到处都可以供人就座。目前是早春时节,气候还有些冷,一般人都不会到这里来吹风,所以十分寂静。

赵大明拿出一张废纸来铺到一块曾经是墓碑的大石条上,示意湘湘坐下,自己隔着一些距离坐在旁边,看了看左右无人,压低嗓子说道:

"湘湘,请你原谅我。我一直想找你好好儿谈谈,但我确实不能到你家里去,你自己又不愿意出门,我见不到你的面啊!"

"为什么不能到我们家去?会把你吃了?会叫你背上什么不好的名声?"

"不是!"赵大明急红了脸,连忙解释说,"一开始,范子愚就想通过我和你的关系,找你爸爸当我们的后台,你知道吗?"

湘湘惊愕地摆过头来。

"如果我还是经常到你们家来,"大明接着说,"对你,对我,特别是对你爸爸,都是很不好,很不好的。"他见湘湘在认真听着,低头又说,"他们不知道你爸爸犯了错误,还以为……"

"以为什么?"

"以为你爸爸是……是毛主席……无产阶级司令部的人哩!"

"你说我爸爸是什么人?"湘湘顿时火起。

"你别动不动就发火呀!"

"你说嘛,我爸爸到底是什么人?你给他定个什么案?他是国民党?他是台湾派来的?"

"你激动什么呢!光激动又不解决问题。"

湘湘生气地把身子扭过去。

"我这么想,"大明接着又说,"你爸爸的情绪那样反常,精神负担那样重,估计问题肯定是不小的。我还听范子愚说,吴法宪司令员是无产阶级司令部的重要成员。你懂吗?"

"我……懂了!"湘湘眼睛湿润地说,"我完全懂了!我的爸爸……是你们的敌人。"

"不,我不是说……"

"你不要再说了!"她大声嚷了起来,立刻又发现自己嗓门太大,控制着说,"所以你不能到我们家来,你要洗清自己。"

"不!不是!我是担心人家抓辫子,说我们是你爸爸操纵的御用组织,这对我们大家,对你爸爸,都是很不利的。我是头头,运动结束以前,最好是不到你们家去,免得给大家招来不必要的麻烦。你冷静地想想吧!不能光是感情用事。"他生怕湘湘不让他说完似的,急急忙忙一口气说下来。

"你永远也不要到我们家去了。"

"为什么?"

"因为我们是你们的敌人。"

"不,湘湘,你不能老是带着一种情绪,要正确对待文化大革命,在大问题上可不能任性啊!你爸爸的问题,咱不能老是那样消极地对待,抱着一种准备挨整的思想,那可不是解决问题的办法。只要他自己主观上不是反党,犯了错误是可以改正的嘛!相信党,相信群众,相信毛主席,什么问题都好解决。"

"你这些大道理不要对我说,去对我爸爸说吧!"

"如果他愿意听我说的话……"赵大明慷慨地说,"我,现在就去。"说着就站起来。

"得了吧!"湘湘说,"就凭你当了这几天兵,你懂得多少政治?"

"群众是真正的英雄。司令员也不见得什么时候都比我们小兵高明。"

"你当然高明哪!群众领袖,造反头头,英雄好汉,多了不起呀!司令员比得了你?"

赵大明听得恼火,脸色在变,一时找不出回敬的话来。

"赵大明,"湘湘不容辩解地说,"要么,你赶快别当那个头头;要么,你就永远不要见我了。"

"干吗呀?"

"我不能看着你把我爸爸揪去,像对待胡处长那样,不当人。"

"光会感情用事。"

"感情……感情?"湘湘气得发抖,站起来,痴痴地、狠狠地瞪着赵大明,颤抖着说,"你……你……你太没有感情!"一句话说完,眼睛已被泪水糊住了,"怪我自己太蠢,太痴,以感情待人。可是人家……一块木头,一个没有知觉的死人。我就是要感情用事,就是要,谁也没有权利剥夺我对我爸爸的感情。谁要伤害我的感情,我要恨他,我恨,恨他一辈子。我现在全明白了!一切美好的,都是短暂的。当我们的小船遇上顺风的时候,什么人都来了;当海里掀起惊涛骇浪的时候,什么人都走了。人家不是对我们的小船有感情,只是因为他有时需要,有时不需要。我全明白了!有些人是根本没有感情的。"说着,忽地坐下去,捧住脸激烈地抽泣。

赵大明被这一阵突来的风暴惊呆了,半天没有言语。他有点害怕,他感到苦恼,却以为自己是清醒的。他也被湘湘的话触动了心中的感情,一阵热,一阵凉,一阵发麻,一阵昏眩。但那要求在这场触及灵魂的大革命中改造自己的决心,并没有因感情冲动而改变,很快地,理智恢复了健全,他想以革命者健康的感情推心置腹地劝慰湘湘,说:

"湘湘,我理解,我也……难过。真是触及灵魂啊!可这还刚刚是个开始,甚至还没有开始呢!我这段时间也经历了很大的痛苦,你知道吗?就感情而言,我愿意每日每时跟你在一起,但是不能啊!林副主席说文化大革命是一场触及灵魂的大革命,每一个人都逃脱不了,也不应该逃脱。触及灵魂是有痛苦的,如果没有痛苦,思想改造不是太容易了吗? 为什么还要来文化大革命呢? 湘湘,现在不是任性的时候了,我不能光是任着性子放纵自己那些没有经过改造的、原始状态的、或者说小资产阶级的感情需要啊! 所以,我要控制,要理智地看待你、我,还有和你爸爸之间的关系。世界上没有超阶级的爱! 湘湘,最近一段时间我想过很多很多,我对这场革命已经有了一些认识。我理解,这是通向共产主义的必由之路,为了将来世世代代能过上美好的生活,我们是光荣的吃苦者,是心甘情愿的献身者。我们这一代,就是这样。主动改造自己,这是聪明的;被动地让人家来改造,那是愚蠢的。湘湘! 我希望我们都能顺利地过好文化大革命这一关。我是多么心切呀!"

湘湘没有停止她的抽泣,赵大明的侃侃而谈不过是一首哀歌的伴奏而已。

"对于司令员,"大明说下去,"不管我们作为他的亲属也好,革命队伍中的长辈和晚辈的关系也好,如果我们是真心实意爱他、尊敬他,我们就要帮助他过好眼前这一关。革命老同志可不像我们青年这样容易接受改造,他们的背上有包袱,他们的改造会比我们更痛苦。我几乎每天每夜都在默默地想,最好是司令员能够主动地、高姿态地解决自己的问题,就像吴法宪司令员对待群众运动的态度一样。那样该有多好呢! 群众满意,自己也不背包袱,轻装上阵,继续革命,对革命,对自己,对我们大家,都有好处。湘湘,你劝劝你的爸爸吧!"

"你是故意装糊涂还是真有那样天真? 哪有那么多好人好心肠! 那么简单就完了?"

"不! 只能这样,只能相信群众相信党,要不然,问题怎么解决呢?"

"怎么解决? 告诉你们那些造反英雄,把我爸爸抓去,打他个半死,逼着他承认他是反党、反社会主义、反革命分子,开除军籍,送去劳改,拉去枪毙。"

"别说气话,湘湘!"赵大明慷慨激昂地说,"假如到了那一天,你爸爸真是不能够自己教育自己,需要群众运动来帮助他的时候,我只能站在斗争的前列,不能逃避,不能当老保,不能帮助他坚持错误。不过,这都是为了惩前毖后,治病救人。"

"好……好……好……"湘湘气得浑身颤抖,吃力地站起来,用一种陌生的和警惕的眼光注视着赵大明,一步步往后面退去,顺手挽住一根小箭竹,咔吧!折断了,一点一点撕成细篾丝,狠狠地说,"革命家……伪君子……我恨!"她爆发似的大喊,"我恨你!你给我滚!我再也不要看见你!"接着是类似笑声的哭声。

不迟不早,邹燕从小路上吆喝着走来:

"喝!这是怎么啦?有了矛盾斗私批修嘛!别这样……"

湘湘猛一扭头,朝小路上狂奔而去。在她站过的地方,只剩半截撕裂了的小箭竹。

邹燕被这情景吓呆了,望望这边,望望那边,喃喃自语道:"我不该来?"她通知赵大明说,范子愚要她来找他,头头们开紧急会议。赵大明像没有听见似的,望着那半截小箭竹发痴。

"你们到底怎么啦?"

"完了!"大明沉重地说。

湘湘一路疾跑回家,扎进自己的房间,倒在床上,贴着枕头,呜呜地哭泣。

眼镜片湿了,枕头湿了……

妈妈已经三次来敲她的房门,她就是不开,独自哼着她的忧愁的歌:小船啊!孤独可怜的小船啊!……

她没有吃晚饭,连水都没有喝进去一口。天早就黑了,电灯也没有开。她觉得自己的体躯已不属于自己所有,像画框里的人儿——一些线条和颜色。她觉得这个地方不是自己的房间,而是一个凄风惨惨的山谷,是狼虎和魔怪出没的地方。她觉得目前整个世界最不幸的人就是她了,人们都对她那样歧视、冷淡,那样的不公平。

司令员那坚定有力的脚步声在楼道上响起来,接着还能听见他高声嚷嚷,震得走廊两壁嗡嗡作响:

"打开收音机!快打开收音机!听重要广播。老太婆!快来听啊!"

接着,收音机响了,唱了一段样板戏以后,便是嘟嘟嘟报时的信号,下面响起了庄严浑厚的《东方红》乐曲。

"快来呀!有好消息!"司令员还在喊。

湘湘被这异常的情况吸引了,心中那悲哀的歌暂时停止吟唱,顺手拨响了放在床头边的半导体收音机。

传出这样一些话来:

"……一小撮走资本主义道路的当权派,他们和社会上的牛鬼蛇神勾结起来,刮起反革命妖风,向无产阶级司令部,向坚决支持革命左派的人民解放军福州三军部队……发动了新的反扑。……我们正告那一小撮别有用心的人,你们把矛头指向真正的无产阶级革命派,指向革命的领导干部,指向真正支持革命左派的中国人民解放军,你们是决没有好下场的!……"

在湘湘看来,这算什么好消息呢!全是一样的大喊大叫。她不需要这个,不想从其中找到什么希望和慰藉,也不相信这会给她带来什么力量和信心。她想象中的最好的社论还从来没有听见过,大概是很难听到的。她需要音乐,一种缠绵的、如歌如诉的,哭泣的、回旋婉转的,悲壮的、汹涌澎湃的,暴戾的、放纵无羁的……她需要感情的寄托。

她终于度过了一个难熬的夜晚,天亮的时候,才发现这一夜是穿着衣服睡的。

　　她忽然又觉得没有必要那样折磨自己。为了谁？为了爸爸？为了这个家？为了那已经失去了的人？一概都是枉然。爸爸有那样大的权力，他还保不住自己的安全，你去操心有什么用！这个家，正如陈小炮说的，迟早总得离开，要自己靠自己，维持了今天，维持不了一百年。至于那失去了的人，既然那么容易失去，就一定不是宝贵的。不过，他那体现着男性之美的歌声却总是赶不开。无论坐着，站着，躺着，歌声总是在耳际缭绕，那不曾揭盖的钢琴也经常自动地伴随着歌声响起来。

　　"他不体谅我，我也决不饶恕他。决不！"她咬紧牙关一再地发誓。

　　这一天，湘湘的爸爸显得很忙碌。走道上脚步声频繁，还有人在跑上跑下，电话铃也不断地响。以前只有在部队有战斗行动的时候才这样。湘湘不知道外面发生了什么，便走出她的小天地。一眼就望见那个大个子高炮连长在楼下走来走去，好像是在等待司令员召见，准备接受任务。办公室里好像有陈政委说话的声音，湘湘溜过去听了听。

　　陈政委在说：

　　"……你有没有把握呢？现在是运动期间，一举一动都是政治路线问题呀！"

　　"我有可靠的消息，"司令员说，"老帅们在京西宾馆跟他们面对面干起来了，到底有人敢说话。你放心，老帅们的意见，毛主席会重视的。你研究了那篇社论吗？运动正在转向。"

　　"你的意思是？……"

　　"我要抓人，抓反革命。冲击军事机关，盗窃机要文件，该不该抓？"

　　"你那样做……"

"嗨嗨！你不要担心。"接下去是一阵耳语，只有他们自己听见。

不久，陈政委走了，江部长接踵而来。司令员还在走廊里就开始布置任务：

"告诉你，我要在文工团抓人，你要做的有三件事：第一，组织一个五人调查组，从明天起进驻文工团，一是查清冲击政治部机关的来龙去脉，二是宣传《人民日报》社论，教育他们以后再不要冲击军事机关了；第二，你叫新闻干事把上次拍的那些照片放大复制一套，贴在俱乐部门口，造一造舆论；第三，你把照片上这些人的名字搞确实，打印一百零七份，晚上十点钟交给高炮连连长。抓紧时间，去吧！"

江醉章应了声"是"，却迟疑着不走。

"你还有什么事？"司令员问。

"我……"江醉章似有难处地欲说不说。

"不要吞吞吐吐，有困难快讲！"

"是这么回事，我，又写了一篇文章，北京来电话催了，叫我明天亲自送去。这些工作，家里还有两个副部长，我马上去向他们传达，保证样样落实。"

"你又写了什么文章？"

"与运动有关的，中央布置的任务。请您审查一下吧！"

"我不看，我不看，你去你的。"

"那我就照这么办了？"

"可以。"

"是！"

江部长走后，大个子连长才被叫上楼来。

再精明的指挥员也有疏忽的时候。彭司令员没有想到，就在他做出周密部署的同时，有人已把军情刺探了去。

湘湘听说要在文工团抓人,开始时吃了一惊,接着便是幸灾乐祸,暗暗地想,"早就该抓了,不然,总有一天会把火烧进这个小院里来。让他们足足地吃一回苦头吧!咎由自取,活该!"可是,想来想去,心里总有些不安。她明知那心中的不安是什么原因,却偏要欺骗自己,"决不是为了他,我才不为他着急呢!他无情无义待我,我干吗那样痴心?我跟他已经没有关系了。把他也抓去吧!我高兴。"

名单上到底有没有赵大明,这个问题引起了湘湘的严重关注。说不清到底是什么原因,她非得弄清楚不可。在爸爸向大个子高炮连长布置任务的时候,她从门外望见,爸爸的手上拿着一些照片,但看不清上面是哪些人。她情急智生,假装给陈小炮打电话,闯进爸爸的办公室,拿起话筒,眼睛却紧紧地盯着那些照片。司令员把照片一翻,湘湘手上的话筒差一点脱手摔到地下。这不正是他吗?果然要抓他!

湘湘扔下电话,钻进自己房里,顶着门,用双手扪住胸口,心在剧烈地蹦跳。"果然要抓他!"她自言自语,一遍又一遍地说着,神经质地颤抖起来。

这意味着什么?戴上反革命帽子?判几年徒刑?多么可怕呀!常识告诉她,死是不可怕的,最可怕的是戴帽子。湘湘急得在小房间里转来转去,把对赵大明的怨恨全部忘得干干净净了。她想不出什么好的办法来,心慌意乱地出了房门。正好听见爸爸在对高炮连长说:"……枪要上刺刀,不要显得心慈手软,缩手缩脚,要有点红色恐怖气氛,懂吗?你告诉战士们,这些人都是有真凭实据的现行反革命分子,要认真对待。"听了这些话,湘湘吓得腿都软了,她望着爸爸那倔犟固执的背影,心中愤恨地嘟囔着:"就你心狠,手段毒辣,人家干了点错事,你就想害他一辈子。"

时间一分钟一分钟地过去,离动手抓人的时候越来越近了。

用什么办法来打救赵大明呢？湘湘急得发疯了。晚上九点多钟的时候,她终于下了决心,迅速从衣柜里拿了件短外套往身上一披,将灯拉熄,关上门,轻步走到楼下,来到警卫班宿舍门口,招手把班长叫出来。

"班长,我请你帮我办一件事。"

"什么事？"

"十分钟以后,你给我打一个电话到文工团去,告诉赵大明,就说营门口有人找他,叫他马上出去接待。"

"这是？……"班长不明白地瞪着眼睛问。

"是我个人的事,请你帮帮忙,班长。"

"好吧！"

"他叫赵大明,你记住了没有？"

"记住了。"

湘湘交代完毕,快步出门,跑步来到营门外,在马路上溜达,等待,不时看看手表,总觉得时间过得太慢。

赵大明一路小跑赶来,见是湘湘在等他,说不出的惊喜。湘湘扭头就往外面走,赵大明紧紧跟上。

"你到底还是冷静下来了。"大明边走边说。

湘湘却根本不搭理,只顾急急忙忙走路,一直来到大街上才停步站住,见左右无人,神色紧张地说：

"你快走！离开南隅,最好到北京去,躲一段时间再回来。不要回团里去了,直接上火车站,身上有钱没有？"不等对方答复,她已从自己身上掏出几张十块钱的票子来,塞给赵大明,催着说,"走吧！快！不要叫人看见。"

赵大明摸不着头脑,反问道：

"出了什么事？"

"别问了,你快走吧！"

"不明白目的,我怎么能走呢?"

"现在不能告诉你,等你到北京以后,回你自己家里去等我的信吧!"

"我不能盲目行动。"

"你到底相不相信我?"湘湘急得涨红了脸。

"相信你,湘湘,但你也要相信我呀!"

"我就是不能相信你。"

这时,一辆吉普车从营区里面急速开出来,湘湘把赵大明拖到隐蔽的墙角里,用拳头擂在他胸脯上,急出眼泪来了,带着哭声说:"快走吧! 不然就来不及了!"

吉普车呼的一声从面前急驰过去,车灯的雪亮的光照见湘湘苍白的脸,照见了赵大明惊惧的眼睛。

"我知道了!"赵大明说,"资产阶级在开始反扑,革命左派要经受考验了,对吗?"

"快走吧! 快走吧!"

"是大规模的血腥镇压,抓人,杀人,对不对?"

"别管那么多了!"

"不,如果人家已经下了决心镇压,逃也逃不脱。"

"你先走吧! 躲过这个风头,往后的事包给我。"

"你有什么办法?"

"我向我爸爸求情,以死求情,让他宽恕你。他会的,他没有第二个女儿呀! 大明,你理不理解我的心?"湘湘失声哭了。

赵大明感动得热泪夺眶而出,突然把湘湘往自己胸前一拉,搂住她的双肩,剧烈颤抖着,断断续续地说:

"湘湘!好湘湘! 我理解你……可是我们……注定了要在悲欢离合中……经受……熬煎……"

湘湘猛烈地抽泣,好像没有听懂。

"我不明白,"大明伤心地淌着泪说,"你爸爸为什么要做出这样的决定呀?他糊涂了!他……我多么希望他能顺利地过好文化大革命这一关呀!可是他……他走上了镇压群众运动的犯罪道路!"

湘湘哭得更厉害。

"时候不早,快回去吧,湘湘!"大明用手绢揩着湘湘的眼泪说,"如果还来得及的话,你劝劝你的爸爸,不要这样做。为了我们,为了他自己,你跟妈妈讲一讲,劝劝他吧!"

湘湘无力地摇着头。大明也知道这些努力都是徒劳,一个不可抗拒的力量把一切都安排好了。他仓促地把湘湘的头发吻了一下,将她缓缓推开,一步一步地往后面退着退着……

"你?……"湘湘向前面伸出一只手来,祈求地、无可奈何地望着他昏昏糊糊的身影离开。

"回去吧,湘湘!他不会宽恕我,也不会纵容你的,他下了决心要抓,逃到天涯海角也会被他找到。再说,我不能只顾自己,我们还有一个组织。再见吧!我的湘湘……"猛一转身,头也不回地一直快跑而去。

湘湘眼睛一花,差点跌倒,瘫软无力地倚在墙上……

赵大明跑回团里,把消息告诉了头头们。有的主张逃跑,有的主张到北京告状去,有的主张立即通知地方造反派前来支援,有的则什么主张也没有了。

有人拿起电话机,想拨一个电话出去,发现电话线已被掐断了。有人考虑到是不是已经戒严,便跑到门岗去看。一点也不错,那里只许进,不许出。整个营区笼罩在一种紧张和恐怖的气氛中。

毫无疑问,任何想逃脱这场灾难的企图,都是不会成功的。

所有造反的一百多人全部在排练厅集合,听范子愚激愤异常

地宣布:

"同志们！无产阶级革命派的战友们！军内走资派狗急跳墙,就要向我们动屠刀了！"

会场上轰的一声,像捅破了一个蜂窝。有的吓得发抖;有的怒不可遏;有的挥舞拳头,声称要跟走资派拼了;有的想开溜而又不敢;有的正在发呆。

抓人的队伍来了。一色大个子山东兵,提着步枪,在丁字楼周围跑步运动,很快将大楼团团围住。只见刺刀林立,闪着吓人的寒光。

充满正义的自信心、又怀着委屈心理的造反者们,热泪盈眶地狂呼着口号:

"毛主席万岁！"

"毛主席万万岁！"

范子愚领头唱起了《革命不怕死》的歌,部分人颤颤抖抖地跟着哼唱,声音参差不齐,一边唱着,一边惶惑地左看右看。才唱了几句,被大个子高炮连长一声猛喝吓得戛然中止。连长的身后,是一大排背着枪面部没有表情的战士。

不知有多少人在心里嘀咕:"难道真是错了吗？"

第十二章 驯牛记

"江部长回来了!"

"回来了。"

"江部长回来了!"

"回来了。"

"怎么这么快就回来了?"

"飞机去,飞机回,那还不快!"

江醉章在政治部院里出现,昂着头,张着口,笑着向对他行礼和打招呼的人连连点头,因为他没有戴军帽,不能举手还礼。

"江部长,您的文章通过了吧?"

"通过了,通过了。"

"江部长,北京怎么样?"

"北京好啊!"

他像不管部的部长一样,这里看看,那里看看,哈哈笑得满楼都响了。转了一圈便走出院子来,潇洒自在地往高干招待所走去,忽听背后又有人叫他。

"江部长!"

回头一看,是背着药箱的刘絮云。

"江部长,您这么快就回来了!"刘絮云吱扭吱扭跑上来,像见了久别的亲人一样。

"快呀?这算什么快!飞机去,飞机回,工作又顺利。"

"那当然啰!您的工作还有不顺利的?"

"哈哈哈哈！……"

"江部长,您走也不告诉我一声,害得我那天到招待所跑了好几趟。我要给您打针哪,去一趟,不在,去一趟,不在,后来才听说您上北京了。"

"哈哈！对不起！对不起！我也不知道走得那样急,害得你空跑了。"

"那倒没有什么。只是,您这一去,这针又停了几天没有打,效果可能差点儿哩!"

"不要紧,不要紧,工作嘛！还是工作第一嘛!"

"您现在到哪儿去?"

"招待所。"

"回家看看没有?"

"家有什么好看的!"

"您的夫人不会有意见?"

"她呀！管不了我。"

"那,现在可以去给您打针吗?"

"可以,去吧！我还带了一篓子雪梨回来,去尝尝吧!"

他们进了招待所,打开二〇九号房间走进去。

"江部长,文工团抓人的事您知道吗?"

"我当然知道。"

"您说这事儿?……"

"这个事办得好,办得非常的好,抓！最好多抓一点,能杀他一个两个,那更好。"

"您是这样看的?"

"是这样看的。"

"那我就不懂了,"刘絮云取下药箱放在沙发上,"造反有理,是毛主席讲的,人家是响应毛主席的号召起来造反的,彭司令就最怕他们造反,所以找了个借口抓人,您怎么说这是非常好的呢?"

"哈哈哈!……小刘啊,你呀,不行,不行!"江醉章大笑着打开写字台下面的小柜,提出一篓子雪梨来,"你那个脑袋呀,也像这雪梨一样,单纯,光有点甜味,不会想问题。不行,小刘啊,不行。"他点点雪梨,又敲敲脑袋,举止洒脱得很。

"我是不行嘛!要是行的话,还要您带着?"

"要是你,能把错综复杂的政治斗争,像了解一个梨子一样,"他提着梨柄,将它车得转了两个圈,"那就行了。不需要剖开来看,就知道里面是什么样子,把皮一削,就大胆地咬去。"他将那个梨子递给刘絮云,"吃吧!你自己削,我这里有小刀。"

刘絮云含笑接过梨子和小刀。

"为什么你不用剖开梨子就知道梨子里面是什么样子呢?就是因为你过去吃过梨子,有经验了。"江部长滔滔不绝地侃侃而谈,"这就是实践论,懂得吗?要实践,从实践中得来经验,现在,你有了实践的机会啦!你很快就会变得聪明起来。"

刘絮云一边削梨,一边老老实实地听着,没有插话。

"我现在告诉你吧!为什么抓人是好事,甚至于杀几个人更好呢?道理就在这一条:'哪里有压迫,哪里就有反抗。'压迫得越厉害,反抗起来越凶。懂了吗?抓人是不是好事?"

"哦!"刘絮云恍然大悟。

"有时候甚至于这样,如果你需要打倒一个人,你首先给他很大的权力,让他在行使权力时多得罪一些人,再来打倒他就比较容易了。现在有很多人还不知道这个道理,将来也还有人不知道,永远会有那样的笨蛋存在。"

"随便听您讲点什么都能受很大的教育,您真是个伟大的理论家。"

"哎,不能这么说,这可是要注意的。毛主席才是伟大的理论家,我们这些人就是看如何学好他老人家的思想,如何领会得深一些。"

刘絮云已削好那个梨子,递给江部长说:

"您吃吧!"

"不不,你吃,你吃。"

"我可以再削嘛!"

"噢,也好,吃一个小刘给我削的梨子,可能更甜一些。"他接过梨子,张着大口一下就咬去了三分之一,嚼得甜水从嘴角流出来,还要说话,"甜!更甜!我从来没有吃过这么甜的梨子。"

"我这手,可能有点酒精气味呀。"

"唔,好!酒精气味也甜,甜得很。"

"嘻嘻嘻!……您真风趣,我看有才华的人都是很风趣的。"

"是吗?唔,那是。为什么有才华的人都很风趣呢?因为……他心里很明白,把一切事物都看得很透彻,人家要费尽全力来对付的事,对他来讲,就像好玩似的,因为他玩惯了,什么严肃的问题,都可以玩出味来,所以,从别人眼里看他,就是叫做风趣。"

"您连风趣都能讲出理论来。"

"什么东西都有理论。"

江部长已经将那个梨子啃光,随便将剩余部分扔在地板上,走进卫生间去揩手。刘絮云也削好了第二个梨子,自己吃上了。

"小刘啊,"江部长从卫生间走出来,"今天不是碰到你,我还会专门去找你呢!"

"什么事啊?"

"怎么没见邬中到我这里来过?"

"他这一向忙着哩,日里跟着司令员不能随便走动,晚上回到家里天天开晚班。"

"他开晚班做什么?"

"好像是过去一些什么笔记本哪,材料稿子啊,誊的誊,抄的抄,整理的整理。"

"哦!是个有心人,有心人。"

"他说他想把那些事情搞完了再来跟您谈。"

"你叫他现在就来。"

"为什么这样急?"

"要开火了。"

"打仗?"

"打政治仗。"

"跟谁打?"

"彭其。"

"他?上头有精神了?"

江醉章走去将房门扣死,刘絮云也紧张地拿出手绢来将手揩干。

"这一回,要这样。"江醉章做了一个横砍的动作。

"杀掉他?"

"不,是彻底打倒。"

"怎么打法呢?"

"现在还没有通知兵团党委,先把意图告诉我了。我的任务很重,包括你,还有邬中,我们要组织一支骨干力量。不能看得太简单了,彭其是老奸巨猾的,他不会轻易交代问题,不把他的最关紧要的材料挖出来,就不能把他掀倒。你知道,目标是目标,能不能达到还要靠努力。一定要有一支坚强的骨干力量,还要有得力的助手。看来,事态的发展对我们非常有利,形势是大好的。尤其是这回文工团抓人,抓得好,给我们抓出一支同盟军来了。但是这一些人很不好掌握,他们是一条没有驯化的牛,要靠我们去做驯化工作,要紧紧抓住他们的头头,头头就是牛鼻子。把牛鼻子控制住了,这条牛有很大的力气,我们只要在后面掌犁就行了,不听话时就给一鞭子。我考虑,你要参加一点驯牛的工作。先不要拿鞭子,要拿青草,拿一把又绿又嫩的青草,懂得吗?"

"我一定在江部长领导下,积极参加这场斗争。请部长观察我,考验我,是不是忠于毛主席。"刘絮云宣誓说。

"好,很好。"江部长也很严肃,"不要看人人都在口里喊,忠于毛主席,忠于毛主席,多数人是假的,真的当中也有一部分是靠不住的,一有点风浪就会动摇。我们要在空四兵团建立一支誓死忠于毛主席的中坚力量,要连死都不怕,你做得到吗?"

"您还不相信我?"

"相信你,你前面两件事都做得很好。那实际上就是给你的考验,证明你不但有鲜明的立场,而且有一定的聪明才智。希望你今后发挥更大的作用。"

"您就交给我任务吧!驯牛怎么驯法?"

"等一等,你先给我把邬中找来。"

"现在就去?"

"不,不要去,打个电话问问,看他在不在彭其那里,如果在,你就叫他回家一趟,你在家里跟他谈。"

"好,我现在就打。"她走近写字台拿起话筒拨了一个司令员的保密电话,"喂!……我是絮云你听不出来?"她捂住话筒对江醉章说,"他在。"继续对话筒讲话,"你中午能回来一下吗?……家里来信了,有些事要跟你商量,你一定要回呀!"她放下话筒,"会回,会回。"

"唔……这样,"江醉章思考着说,"不要叫他到招待所来,我们另外约一个地方,这里目标太大,你来是打针,人家不会怀疑,他来就不好了,他是彭其的秘书,谁都注意。到哪里去呢?到……"

"哎,我想到一个地方。"

"哪里?"

"郊区,金波湾附近有一座坟山。"

"哦!我知道。"

"那个地方最好,树很多,地形也凸凸凹凹很不平,有回我们搞战地救护演习到那里去了,吓得要命,不光有坟,还有许多大坛子,摆得到处都是,里面装着尸骨,这是他们这里的习惯。那个地方离这里很远,只有一个海军仓库在附近,我们空军根本没有人到那边去。坟山里去两个人也不会有人怀疑,是去看祖坟的嘛!谁还不让?"

"对!好,就到那里去。穿便衣,你告诉他,穿便衣。时间呢?"

"时间,要跟他碰头以后才能定。"

"行!你中午,不,下午,中午我要睡午觉。下午两点钟,准时摇一个电话给我,我这个电话是内部电话,三〇七,你不要告诉别人。"

"我呢?我也去吗?"

"你不要去,目标太大。你还有别的任务。"

"驯牛?"

"对,驯牛。你知道,范子愚他们被抓起来了,头头都不在,剩下的都是一些喽啰,这两天,他们的思想一定很混乱,你要想办法叫他们不再混乱,要把抓人事件的策划者告诉他们,激发他们的仇恨,用统一的仇恨把他们团结起来。你要注意,不要把陈镜泉扯进去,这个人目前还有用,公开的名目还是以他为领导,你一个护士不能领导兵团的运动,我这个部长也不行。但是我们心里要清楚,他,也是不干净的,我们要在斗争中监督他,考验他,看他的态度如何。目前呢,无论在什么场合,要适当地树他的威信,你去驯牛的时候也是这样。注意,这些都是内部情况,自己知道就行了,要绝对保密。"

"知道。"

"目前还不要把彭其那些底细告诉文工团的人,那些人靠不住,没有头脑,会到处乱讲的,说不定马上就写大字报贴出来,那就会打乱部署,造成混乱。你只需要引导他们仇视彭其就行,要誓死与他为敌。这一点要掌握好。"

"我知道了。"

"你准备怎样入手呢?"

"我先找邹燕,她是范子愚的老婆,这两天一定连觉都睡不着,很容易点起火来。我跟她过去也比较熟,好说话。"

"行,这样行。"

"时间不早了,先给您打针吧!"

"好。"

打完针以后,江醉章边系裤子边说:"行动要快,斗彭其的通知很快就会下来,我们一定要抢在前面,把一切准备工作做好。"

刘絮云收拾好注射器,背上药箱,首次那么正规地向江部长行了个军礼,离开了二〇九号房间。

下午两点半,她推开另一扇房门走进去。

"哟!床上被子都没有叠,什么事儿那么忙啊?"

坐在窗前写字的邹燕扭过头来,勉强笑了笑说:

"你别提了,哪有心思!这还是早上起床扔在那儿的。"

"我以为你刚睡了午觉起来呢!"

"还睡午觉,连晚上的觉都不想睡。"

刘絮云放下药箱,立刻去帮邹燕叠被子。

"哎哎,这不像话。"邹燕起身阻拦。

"你怕什么?"刘絮云提起被子一抖说,"人在不顺心的时候谁还不是这样,越是这时候,越要有人来看看,聊聊,心里也舒服一点呀。我这个人哪,就是这么个脾气,人家步步登天的时候,我走路碰上了都懒得同他打招呼,免得他以为你想求他点什么,人家倒霉的时候,我偏要跟他接近。你们前一段造反顺利的时候,你看我来过没有?那时候,我不会想起你们。现在你们倒霉了,机关干部一提起文工团就摇头,一碰到你们就躲得远远的。我就讨厌死那些人了,都是势利眼,深怕自己沾边。"她已叠好被子,"你们的孩子呢?"

"放托儿所去了。"

"范子愚坐牢了,家里有什么困难?"

"困难倒没有什么,只是这……"

"你这是在写什么?"

"写揭发材料,要把那次事件的前后经过详详细细搞清楚。"

"你在反戈一击呀?"

"大家都反戈一击啦!又不只是我。"

刘絮云自己找了一条凳子坐下。邹燕原以为她是从门口路过,随便拐进来看看就会走的,没有料到她竟坐下了,便十分抱歉地张罗起来,忙去拿了杯子,放上茶叶,一提热水瓶,里面是空的。

"你看我,连开水都忘了去打。"

"你别把我当客人了,坐下吧!咱们聊聊。"刘絮云拽着邹燕的衣角拖到对面坐下,"我是去给首长打针,现在首长正忙着,要等一下才去,不着急,我陪你坐坐。"

"小刘啊,"邹燕心情沉重地说,"我们这回的错误可不小呢!把机密文件都搬出来啦!虽说原来并不是想去抢机密文件,但现在事实已经造成了。这可是个严肃的问题呀!我也来部队七年了,从来没有发生过这样的事,那时候也不知怎么大家都头脑发晕了。"

"没有什么大不了的。"

"你可不知道呀！问题可复杂啦！地方还来了那么多人,谁知背后还有没有什么目的呢？"

"地方的人是怎么来的？"

"还不是我们范子愚打电话叫来的！"

"是范子愚叫来的,背后有没有鬼你还不清楚？"

"听他说是没有什么别的,就是请他们来造造声势,但谁敢说实际情况就是这样呢！阶级斗争这么复杂。"

"再复杂也瞒不了他的老婆。"

"那可不一定呢！现在看问题可得复杂点儿,家庭也有阶级斗争呢！"

"你怎么一下子变得连自己丈夫都不相信了？"

"现在,只能绝对相信毛主席,相信毛泽东思想,其他,都要以阶级斗争的眼光来分析着看。"

"哎呀,算了！"刘絮云表示扫兴地站起来,提起药箱要走,"你的觉悟这么高,还要我在这里坐着干啥？走,兜兜风去。你快点反戈一击吧！我不打扰你了。"

"别走,别走,"邹燕拖着她说,"坐会儿吧！坐会儿吧！我一个人也怪苦闷的。"

"什么苦闷？划清界限,反戈一击,重新站队,改邪归正,做个好人,这不就得了？"

"你别走,坐吧！好像你还有点看法似的,给我说说。"

"我可不敢乱说呀！"刘絮云放下药箱,"你明天向我反戈一击怎么办呢？"

"别开玩笑了,咱们随便扯淡的。"

"我还以为,"刘絮云坐下,在房里扫了一眼说,"一个好好的家庭,夫妻俩都是话剧演员,精神生活丰富,物质生活也不赖,才一个孩子,同在一起工作,多好啊！就因为响应毛主席的号召,起来造反了,批了他们的反动路线,一下子就要害得你男的坐牢,女的写检讨,弄得家不像个家,夫妻不是夫妻,我以为你会很气愤呢!哪知道你觉悟那么高,还在投入反戈一击的战斗。"

"这你就不知道了。"邹燕那响亮的嗓门压得很低,"像你说的那些,你以为我没有感觉?我就不想平平稳稳地过日子?有戏咱去上个角色,没有角色咱就跑跑龙套,实在连龙套都跑不上,咱就搞搞道具服装什么的。我这个人没有什么大想法,只想政治上过得去,工作上能完成分配给我的任务,生活上保持现在这个水平,就什么都好了。但是,这不容易呀!你就说政治上能过得去这一点吧,就不容易做到。工作组在的时候,你说我要不要写人家的大字报?不写就过不去啦!造反的时候,你说我要不要去参加?参加了,叫我去喊口号,我去不去?不去,那又过不去啦!再说现在吧,造反造出问题来了,要把内幕查清,我知道的那些内幕写不写?不写又过不去啦!你看看,真难哪!你难道就没有体会过这些难处?当然,你们门诊部不搞'四大',没有这么些复杂事情。"

"燕子,"刘絮云亲切地称呼她说,"你这些话,有些是对的,有些可不见得全对呀!我可是个直性子人哪!"

"你说吧!"

"政治上的问题,有时候过不去是坏事,有时候,过不去才是好事呢!这就要分是什么时候,看什么情况了。你就比如这一回,我看哪,过不去更好。"

"那为什么呢?"

"你忘了?什么叫反动路线?"

"群众斗群众。"

"对嘛!你这不又是群众斗群众了?把你丈夫抓去关起来,还要你在家里写材料斗他,真狠毒!"

"你可要小声点说呀!隔壁要有人听到,还会以为是我说的呢!"

"你呀,胆子太小。唉!可惜我们门诊部不搞'四大',要是我碰到你这样的问题呀!我首先去搞清到底是谁那么狠毒,想些个鬼主意来害我们。我才不去揭发我的丈夫呢!我帮着你去整我自己的丈夫?把他整死了,孩子没有爸爸谁来养活他?我才不呢!哼!我呀,我非要把那个仇人找到不可,是你害得我家破人亡,害得我有冤还伸不得,我要找到了那个仇人哪,不见得马上咬你一口,总有一天你也会有倒霉的时候,到那天我再来报复你,一倍的还十倍。"

"那样怎么行呢?不成了报私仇了?"

"燕子啊,你真是天真。我跟你年岁差不多,我可不像你这么单纯。当然,我知道的事情要比你多一些。你以为那些大干部、大首长都是真正的马列主义吧?才不是呢!鬼多得很,口里一套,心里一套,害起人来什么阴谋都使得出。"

"真的呀!?"

"可不是真的,我还骗你?"

"这我可想都不敢想,我总以为,首长嘛!老革命嘛!水平是最高的,思想是最革命化的,说话办事都是最有原则的……"

"屁!"

"你知道那么多,讲点给咱听听。"

"那我可不敢,我要是敢的呀,你早就不会在这里老老实实写揭发材料了,你会去找他斗争去了,你们团里的人都不会反戈一击了。"

"哟!你的消息那么重要!你一定要给我讲,不讲不放你走。"

"我刚才说什么了?"她突然装傻。

"别装糊涂了,快说吧!"

"我啥也没有说,你听错了,别拖我,我要打针去。"说着,她背起药箱,老远地要伸手去开门。

"不,不行,今天我非把你留住不可。"邹燕挡住门,像打架似的将刘絮云直往里推。

刘絮云不得已坐下了,刚要张口说话又突然改变主意,站起来说:"算了,我……我忘了。"

"不,你根本不是忘了,你是怕我……"

"把老实话跟你说吧,事情太大了,那个人呢,又是个歹毒心肠的人,我犯不着去惹他。"

"他是谁呀?"

"你别问了,我只问问你,你们倒是知不知道这回抓人是谁搞的?"

"知道!还不是兵团党委、彭司令员、陈政委他们!"

"屁!党委才不干这个事儿呢!"

"不是党委?"

"不是!"

"没有经过研究的?"

"研究啥呀!我就知道陈政委是不同意抓人的。"

"难道是……彭司令员独断专行?"

"那我不知道。反正,我们这里有这么一个人,是有名的,空军一霸,一天到晚板起个面孔,样子像很正派,心里最毒了!什么害人的事都是他搞的。有时候,他还装得很关心你,好像胸怀宽大,其实啊,像猫咬了耗子一样,把你咬得半死,再放开你玩玩,等他玩够了,再一口吃掉。我真想叫我们邬中调动一个工作,呆在这地方太危险,别看我现在自由自在地在跟你说话,过几天说不定我的命运也跟你一样。跟一个吃人魔王呆在一起,还能有你的好日子过?"

"对了,"邹燕插话说,"你爱人是彭司令员的秘书,你知道的情况一定很多。"

"那我可得说清楚,我们邬中从来不跟我谈这些。我自己经常给首长打针,就不兴我自己了解一点啊?"

邹燕在想问题了,她望望自己写的那份揭发材料,生气地拿起来往箱盖上一扔,自语道:"我们这些人真是可怜,啥也不知道。"

"完全不了解一点可不行啊!有时还会把狼当成外婆呢!"

"他会拿我们范子愚怎么整?"

"那谁知道呢!主意在他肚子里。这个人哪,可会装正经了,有些肮脏内幕,你们听了都会吃惊呢!"

"什么内幕?"

"哎呀!"刘絮云忽然显得很紧张,"不不不,我没有讲,我可没有讲啊!说清楚,我今天啥也没有讲,反正只有你和我两个,没有旁证人,你要是揭发我,我不承认,那就是你的啦!"她走去把那一沓被邹燕扔到箱盖上的材料纸拿过来,"写吧!向他投降吧!现在还得投降,你不投降怎么办?他手上的权大得很,想把你生吃了决不许叫一声。不过呀,一个人也不要做得太绝了,坏事做绝,总有倒霉的一天,到他倒霉的那天,谁也不会饶他,狗都会来咬一口。"

邹燕心神不定,刘絮云出门,她都没有去送。

第十三章　兵临城下

窗棂上有一只南方特有的巨大的越冬蚊子在吃力地爬动，细长的腿伸向前边左边右边探探摸摸，犹豫不定。它大概看到窗外有阳光，试图飞出去取暖，不知道这透明的玻璃是钻不过去的。这只幸运的蚊子，曾经平安地度过了漫长的寒冬，也许麻痹大意出来得太早了，竟会在春暖花开以前挣扎不过去，遗憾地死在这窗棂上？

蚊子的动作没有声音，整个房间也没有声音。陈镜泉政委刚刚放下电话，手还没有从电话机上移开，在微微发抖。他的秘书徐凯惊疑地站在旁边注视着首长的表情，两人谁也不说话。

电话来自北京，指定要陈政委亲自接听，通话的时间不短，内容肯定非常重要，因陈政委那颤抖的声音和负罪的态度是很少见到的，放下电话以后，像这样痴呆地站着也是从未有过的。

"什么事啊？"徐秘书谨慎地小声问。

陈政委移转身，坐进沙发里，继续凝神。

过了许久，秘书又问："什么事啊？"

陈政委仍旧没有说话，徐秘书只得静静地站着，等候首长开口。

"你坐下。"政委指了指旁边的沙发说。

徐秘书轻轻移动步子坐下来，侧身望着政委。

"看样子，这回他要完了。"政委说。

"谁呀？"

"彭其。"

"有些什么指示下来?"

"责问我们为什么不督促他继续交代问题;批评我们麻木不仁,没有路线观念;还指示我们……"政委竭力回忆原话,"指示我们召开党委全会,把问题在会上摊开,听听委员们的意见。还有……"他声音发抖了,"对我个人也提出了要求,要接受毛主席和林副主席的考察。"

"我去把专用记录本拿来?"徐秘书说。

"对,快拿来,要把原话记上。"

徐秘书打开保险柜,拿出一个专门记录上级首长电话的保密本来,抽出钢笔写上日期、时间、来话人姓名、受话人姓名,便静等着政委从头开始回忆。

陈政委看来已有点未老先衰了,记忆力相当不好,每回记出一句话来,总叫秘书先不要记上,揣摩半天,确定是不是原话,要十拿九稳才往上面写。这样,整个电话内容用去了整整一个小时才回忆起来记录清楚了。

徐秘书把本子一合说:

"原来也并没有说要督促他继续交代问题,怎么现在……"他有点胆怯,经过一阵迟疑,终于勇敢地说出来,"怎么现在又来了责问呢?"

"是啊,看起来……我……太不敏感,太……迟钝,也太……太爱按常规办事了。"

徐秘书本是有看法的,但不便过多插嘴,只是听着。

"现在的斗争形势变了,工作方法……也要变,也变了。要透彻领会意图,光看字面上,言语中间,不行,不行,不行了!没有向你交代,你就以为不要督促,这……这就是麻木不仁,就是……没有路线观念。看起来,意思是要你们自己主动。不一定都要向你交代,你要表示自己有一颗忠心,就要主动去打击……打击那失去信任的人。我今天……才晓得,不敏感,太迟钝,跟不上形势了!……唉!……"

"现在您打算怎么办呢?"秘书担忧地说。

"你年轻,你头脑敏感一些,你好好把那些原话嚼一嚼,把味道都告诉我。这一回一定要透彻领会,领会透了再看怎么办。你好好看看吧!我现在有点头昏,要静坐一阵。"

"您是不是又感到身体……我找医生来吧?"

"不,不要去找,你赶快做你的事吧!"

"身体不行要早看,别等到……"

"不要讲话了,你不要讲话了,我坐一坐就会好的。"

陈政委靠在沙发里半躺着,闭上眼睛,健全的右手搁在沙发扶手上,左边的空袖筒,上半截直垂下来,下半截搭在扶手上,人不动,它也不动。

徐秘书翻开专用记录本,反复默念着刚刚记下的电话内容,从字面上和字里行间以及文字的背后、反面各个角度进行深入的研究。时而转头看看身边的首长,脸上流露出怜悯之情,又不好唉声叹气,又不能随便表达自己的不平和同情,只能像电子计算机一样客观严格地进行工作。他深知任何感情的因素都是不能带到工作中来的,凭感情办事不仅可能受到首长的责难,而且有时也可能影响到首长对事物的判断。秘书工作就是这么一种机械、严肃和要求精密的工作。徐秘书至今感到适应这门工作有点吃力,虽然明知不能带感情,有时仍旧避免不了,只是尽量选择在小问题上表现出来就是了。他年纪很轻,是个工科大学的肄业生,应征入伍,当了四年雷达兵,又做了三年的秘书工作,比起邱中来,没有那样精明,但小伙子好学认真,进步挺快,在秘书们中间他是最虚心、最老实的一个。直到现在,他的工作效率仍比其他人低一些。但这点无妨,因为陈政委的个性也是不喜欢快的,宁肯慢一点,要搞得稳妥一点,徐秘书便正好投合了他的胃口。年轻的秘书也已经二十六岁了,首长曾经征求他意见要不要给他找个对象,一提起他就脸红,连说:"不要,不要。"自称:"还小呢!"你看他那个认真的样子,像小学生坐在考场里一样,看一看,想一想,没有写什么字,大概全记在心里了。

"你搞出点眉目来了吗?"政委闭着眼睛问。

"您好些了?"秘书反问。

"好些了,听你讲讲看。"政委单手撑着扶手坐直了一些,转头望着徐凯。

"我不知道对不对……"

"讲吧!"

"您刚才说的没有错啊!确实是那么回事。"徐秘书抛弃了所有顾忌,将自己的心得全部谈出来,"我想起那次北京的会议对彭司令员的评价是:'有一些初步认识,但态度欠端正,回去边工作边想想自己的问题,想到什么,写信来也可,人来也可。实在没有了,就算了。'这个话灵活性很大。也可以重点注意'实在没有了,就算了'这一句,也可以从'有一些初步认识,态度欠端正'这里面多想想没有说出来的下文。对于犯错误的人来说,应该注重认识只是初步,态度还欠端正这一面,而不应该以为实在没有就算了。还告诉你'写信去也行,人去也行',等了你这么长时间,你为什么不去呢?这是就犯错误的当事人而言。旁人呢?跟他在一起工作又深深了解他情况的人呢?就是说政委您,也以为他算了,跟他和平共处。这就是上面说的麻木不仁。党委呢?你们的书记犯了这么大的错误,是带着这样的结论回来的,你们还像过去一样尊重他,听他的摆布,不与他进行斗争,这也就是麻木不仁。另外,前些时候江部长从北京回来,曾经带回来一种暗示,说上头对彭司令员的态度很不满意,这就进一步告诉我们了,根本不要抱着'算了'的幻想,赶快同他进行斗争。但我们还是没有动,可见麻木不仁到了什么程度。今天的电话里在'麻木不仁'的后面还有一句'没有路线观念',我看这句话不能小看了,如果是对一个普通战士说'没有路线观念',那么今后就把路线观念建立起来就是了。对于高级干部,事情就不是这么简单。"

"对,对,对!"政委接过话来说,"你革命那么多年,你了解党内斗争历史,你应该深知'路线'二字的真实含义,可是你却没有这个观念,这意味着什么呢?是真正没有路线观念吗?表现出没有这个观念,就是有另一种观念,头脑不是空的嘛!你既然没有正确的观念、态度、立场,那你是什么呢?是属于哪一边的呢?"

"还有,"徐秘书继续说,"今天的电话要求我们'召开党委全会,把问题在会上摊开,听听委员们的意见。'这个话从字面上看来,很容易做到,开上一两天会就可以了。但是如果真是这么提提意见就了事,那以后更不好交账。问题摊开,可以理解成就把发生的事情原本讲给大家听,让大家都知道一下;也可以理解成,摊开问题起一个发动群众的作用,重点放在发动群众上面。发动群众干什么?要求彭司令员听听这些被发动起来的人的意见。这些意见可以是就事论事地批评他一下,也可以是认为他根本不老实,企图蒙混过关,于是就要对他展开新的斗争,要把他斗得老实起来,交代彻底,大家再也没有意见了才算完。大家对会议抱什么态度,取决于主持会议的人怎么动员,怎么引导。简单地说,这次会议可以开成一般的听取意见会,也可以开成斗争会。看样子,需要的是后一种会,而不是前一种会。光听听意见解决什么问题呢?何必要开全会呢?而且,就是斗争会,也还要斗出成绩来,成绩好坏的标准,就是看最后能不能……"

"你说下去。"

"政委,我怕,我不忍心说出口啊!"秘书忍不住流泪了,慌慌张张掏出手绢来揩了揩,"唉!没有想到,司令员他……他这回过不去了!"说不下去,停了停,勉强控制住感情,又说,"就是这样,要千方百计把他打倒,打倒了,会就算开好了,打不倒他,会就失败了。我看结论就是这样。"

"你等一等,我……安静安静。"陈政委抬起手来把眼窝按了几下,强忍住没有失态。

徐秘书停止说话,恍恍惚惚地走去在政委的茶杯里添满开水,端过来放到侧面茶几上,重新坐在原处,叹了一声呆着不动。

"你还是讲吧!"政委说,"你从旁边来看,分析分析,有好处。"

秘书稍事回忆,接着说:

"最后一个内容是,要您接受考察。这个话很清楚,就是给你一个机会——斗彭,你去表现自己吧!看你怎么表现。为什么要考察你呢?因为在去年的'罢官夺权'斗争中,你是暧昧的,你那份没有拍出去的电报还是一笔账欠在那里;前段对彭的态度又是暧昧的,你这个人到底怎么样啊?好,现在再给你一个机会,也许是最后的一次机会了。目前摆在面前的,有两种结局:要么倒一个,要么倒两个。彭,是倒定了的,陈,就看你的态度,积极斗彭,陈可能保住,不斗,彭、陈一起倒。陈是不能代替彭的,不能说,让我倒,让他留着吧!这种谦让是没有用的。我考虑,这个电话的实质就是这样。"

"就是讲,我要想不倒,就必须把彭打倒?"

"是的。"

"我必须动员大家想尽办法来把他掀翻?"

"唔。"

"我除了这条路,再没有路走了?"

"余下的,只有垮台的路。"

"垮台是什么味道?"

"那……"

"是反党分子吗?"

"也可能叫'三反分子'。"

"还有没有党籍?"

"靠不住了。"

"让不让你退休?"

"现在不会同意的。"

"我只有一条路了,只有一条路了,我在战场上几十年,还没有碰到过这样死死的围困。这比那战场上的围困厉害得多啊!这是政治重围,政治重围,兵临城下了!……唉!……"

"政委,"徐凯内疚地说,"我……可能分析得不对,可能太绝对了。"

"不,复杂的斗争也把你的分析头脑锻炼出来了。你的分析完全是对的。"

"可是,"徐秘书说,"我做出的结论非常可怕,连我自己都胆战心惊。在我的结论当中,等于是把彭司令员枪毙了,等于是把您逼上了悬崖。这个结果是冷酷无情的,但是我,从心里……接受不了。我在您面前说,无所顾忌,我有点温情主义,我同情他,也为您很难过。政委,我……我年纪太轻,我感到自己还干不了这样复杂的事,您能不能?……"

"你想离开我?"

"我……"他很难出口。

"你走吧!警卫员也走,厨师也走,司机也走,大家都能走,只有我走不脱,没有地方走。"

秘书缄默。

院子里响起一阵毫无收敛的大笑声,徐凯侧耳听听说:

"江部长来了。"

"你出去一下,"政委说,"叫他现在不要进来,说我身体不舒服,有事叫他等一阵。"

院子里,陈小炮打着赤脚,裤管卷到膝窝下,头上包一条毛巾,举起锄头正在挖土。江部长走进岗门,老远就哈哈大笑走近陈小炮说:

"小炮,你在演兄妹开荒啊?还有哥哥呢?"

"哥哥画画儿,他靠画儿吃饭。"

"那你就靠种地吃饭?"

"是的,我自己种,自己吃,吃不完的才给别人吃。"

"你会搞吗?"

"警卫班有师傅。"

这时,徐秘书已走下楼来,与江部长打了个招呼说:"政委身体不太舒服,要稍微休息一阵,您有事请等一等。"

"好,我不急。"江部长说完,在陈小炮的地边蹲下来。

"小心脑袋!我这锄头可不长眼睛的。"

吓得江部长连退数步,又哈哈笑了一回,把肩上一个时髦的黑色人造革背包取下来,拍了拍说:

"小炮,又给你带吃的来了!"

"有吃的欢迎!"陈小炮不停止挥锄。

"还有玩的呢!"

"玩的?啥好玩的?"

"你休息休息吧,上楼去拿给你看。"

"我就完了,等一等吧!"

陈小炮加快挥锄,弄得泥土四溅,竟有一小团掉进江部长衣领里面去了,江部长放下提包连忙抖衣服,把小炮乐得大笑起来。不久,她的地挖完了,将锄头往墙边一扔,拍拍手说:"上去吧!"

江部长跟着陈小炮上了楼,走进她的房间,见房里整齐有序,感到吃惊。

"小炮,你最近请了个保姆吧?"

"这么大人了,为什么还要靠保姆?"

"房间里整齐多了。"

"靠自己,喏,就这双手,要改变自己的生活。"

"好!有志气!"

"有什么吃的快拿来吧!"

"你这么性急呀!"

江部长坐在椅子上,扯开了拉链,搬出来一个相当大的硬纸盒。

"这么多!吃得了?"小炮惊呼。

"哈哈!你吃吃看。"江部长打开纸盒,搬出一样东西来。

原来是一门炮,玩具火箭炮。高低机,方向机,瞄准镜,击发按钮,火箭,靶子,样样俱全。

江部长说:"你不是叫小炮吗?我就送你一门炮,好不好?"

"这玩意儿倒有点意思,"小炮高兴地凑拢来,"能打吗?"

"当然能打,不能打还叫炮?"

江部长耐心地把炮安装起来,将靶子——一副单杠上挂着两个戴钢盔的木板人——放在三公尺远的前方,一边讲解,一边操作,开始了实弹射击。

"你看,这是瞄准镜,中间有个十字叉,要对准前面的瞄准具,再对准单杠上的人,三点成一线,这是摇升降的,这是摇方向的,看看,对准了没有?"

"对准了。"小炮瞄了瞄说。

"好,再把火箭装上,先装上火箭再瞄也可以,检查一次,有没有移动位置,行了,开炮吧!按这里。"

陈小炮将炮钮一按,火箭立刻直射出去,叭的一声,戴钢盔的小人便翻个跟斗倒立着了。

"嘻嘻!有意思,有意思,我再来一下。"

陈小炮高兴得手舞足蹈,接二连三不知疲倦地当起炮兵来。江部长张着大嘴笑个不停。玩了一阵以后,又开始拿吃的了,像上回一样,也是一个用透明塑料纸裹着的硬纸盒。

"是什么?"

"蜜饯什锦果。"

"好极了!"

陈小炮把盒子接过来,又往枕头底下一塞。无论玩的也好,吃的也好,她都毫不客气地收下了,并且连谢谢二字都没有。好像江部长是个小商贩,小炮是用钱从他手上买的,买卖做完了,你就可以走了。

房门被徐徐推开,陈政委站在门口。江部长立刻起身叫了声"政委"。

"到办公室去坐吧!"政委说。

"好。"

"你又给她带什么来了?"

"一个玩具,一点吃的。"

"不要这么就着她来,这么大了,又是玩,又是吃。"

"那不要紧的。"

说着话,他们走进了办公室。

"已经给你泡了一杯茶,在这里。"陈政委指了指茶杯,自己先坐下,然后吩咐江醉章,"你坐吧!"

"好。"

"你这回去北京,是哪一天回的?"

"回来好几天了,一些啰唆事拖住了,没有及时来汇报。"

"文章怎么样?"

"文章放在那里了,行不行,再说吧!"

"你在北京还听到了什么消息没有?"

"消息?"江醉章装着糊涂说,"造反派那些消息?"

"不,跟我们有关系的。"

"噢!别的没有听到什么,只是,还是过去那个说法,好像对彭司令员的态度……"摇头。

"唔。"

陈政委沉默。江醉章不断偷看他脸上的表情,拿出一支烟来点着,又把烟缸从茶几的下一层搬到上面一层来。只顾抽烟,不主动讲话,像是在等着陈政委开口。

"你还有什么要跟我讲的没有?"政委问。

"我……主要是看政委有什么指示。"

"你就没有讲的了?"

"我……"他摇头,"没有。"

"文工团抓了那些人,你怎么想?"

"首长决定要抓的,我们照着执行就是了。"

"查了几天,查出什么问题来没有?"

"好像还没有查出什么大问题。"

"明天要把人放掉,你去跟他们谈谈,一个个地谈,要他们接受教训,不再这样搞了,集中精力搞好本单位的斗批改。"

"是。"

"他们那些材料处理了吧?"

"处理了,早就处理了。"

"要多管一管文工团,你对文化大革命比较了解。又要放手发动群众,又不能完全不管。"

"是,我过去管得不够。"

"另外,你是党委委员,我告诉你一件事。北京来了电话……"

江醉章脸上做出了敏捷的反应,特别注意地听着下文。

"……要我们召开一个党委全会,"政委慢慢地说,"把彭的问题摊开来,听听委员们的意见。"

"是今天打来的电话?"

"唔,就是刚才。你对这件事有什么看法?"

"我……"江醉章迟疑地说,"没有好好想过,政委您看怎么搞法呢?"

"会是肯定要开的。"政委说。

"那当然。"

"而且还要快,尽量早点开始,不然就被动了。全体委员到齐,起码要提前三天通知。今天下午开个常委会,明天通知的话,要在四天以后才能开会。不知常委们的意见怎么样,还要部队不出事才好。开会的时候,我想,先传达电话指示精神,让彭也听听。然后呢,委员们先讨论一下,深刻领会指示意图,同时跟彭做点个别工作,让他有所准备,再来开展思想斗争。我自己初步考虑是这样搞,还没有跟常委商量。你看这行不行?你既然来了,我就先听听你的意见。"

"我……"江醉章十分谦谨地说,"政委考虑的当然对啰!"

"那不一定。"

"不过,"江醉章紧接着就转弯了,"现在不比平常,现在是文化大革命期间,正是大搞群众运动的时候,有些事情恐怕不一定能那么按部就班,规规矩矩了,群众一发动起来,很可能打破我们的计划,到时候怎么对待呢?比如,机关干部要知道了消息,贴出大字报来怎么办?文工团知道了,要来揪斗怎么办?委员们如果认为你陈政委划框框定调子,企图保彭过关,怎么办?恐怕这都是要做好思想准备的。很可能不能按照预想的计划去搞,很有可能要跟群众发生矛盾,你叫他这样,他偏要那样,你叫他不要搞的,他偏要去搞,碰到那样的情况,您抱什么态度呢?像彭一样,派兵抓人?组织一部分人去斗争另一部分人?都是不行的,如要真正实行'正确对待群众',只能因势利导,不能泼冷水,不能打击群众的积极性。我考虑,在文化大革命期间,只能是这样来办事。"

"唔,"政委连点了几下头说,"你提出这些可能出现的情况很好,思想有这个准备是必要的。但是,要做工作,机关干部也好,党委内部也好,文工团也好,都要做工作,说服他们不要打乱党委的部署。你,多注意注意文工团,他们能够听你的。"

"那很难讲,我控制不了他们,还有点怕他们,他们一发脾气,就不管你张三李四。"

"不能够怕,就是给你戴高帽,你也要戴着高帽做工作。"

"我尽力来办。"

一时无话了,江醉章看样子有点坐不住,像有什么急事挂在心上似的,屁股在沙发里磨来磨去。一看陈政委,好像他的话并没有说完。江醉章终于不顾他了,忽地站起来说:"政委,我走了。"没有等政委说是与不是,他已经走出了门,也不再跟陈小炮告别,急步下楼去,匆匆出了小院门。

陈政委目送江醉章出去以后,自语了一句:"他这是什么意思?群众……群众……群众会怎么样?会把彭其活吞了?"他想起了彭其,他的老战友,四十年同路走过来的老战友。他回忆起那段往事来:

彭其十五岁就死了父亲,母亲改嫁,他自己养活自己。一无田,二无土,租了人家的柴山来学着烧炭,像野人一样,住在山上的窑棚里度过了好几年。陈镜泉比他幸运,双亲都在,还读了四年书,但后来因缴不起学费,只得回家做工。做工得要找条门路,正好彭其来邀他入伙,条件是,彭其教陈镜泉烧炭,陈镜泉教彭其认字。在山上朝夕相处整整三年,文化水平相等了,烧炭的本事也相当了。有时用绳套套一只麂子吃烤肉,享天福;有时挖几个笋子煮白水,一样吃得香。那年搞农会,两兄弟商量下山来入了伙,发挥的作用还真不小,又能写标语,又能算账;又会烧炭,给自卫军打梭镖,什么事情都干过。每天夜里,两人头挨头睡在一起,谈起共产来想得天花乱坠,好像明天就是共产世界了。后来听说共产还并不容易,搞得不好就要被捉去杀头。兄弟俩实在太喜欢那个共产世界了,便决心不顾一切,一定要干到底,谁也不许半路开溜。为了建立一种信用,用麂皮做了两个连在一起的皮荷包,你一针我一针,一天缝几针,便把它缝好了。又用扒火的铁筷子烧红,在麂皮荷包上烫了几个字,左边:"努力共产。"右边:"努力共产。"中间:"死结同心。"用剪刀从中间一剪开,便成了两个皮荷包,每个荷包上都有半个"死结同心"和一个"努力共产"。剪开麂皮荷包的时候,两个人还说了几句这样的话:"这一世,我们兄弟砍头一起砍,分田一起分,有饭各一碗,无米两肚空,革命革到底,誓死结同心。"

现在,革命革到底了吗?可是那死结的同心先要散了,真是万万没有想到。年轻的时候做些可笑事,但年轻的时候心地也真单纯哪!人到老年,恐怕很少有人记得青年时候的盟约,因为时代变了,条件变了,双方的处境都变了,对世界和人生的理解也大不相同了,会觉得那只是小孩子的儿戏,不可认真。而彭、陈两个的同心,实在与一般的儿戏不同。四十七个只剩了三个,这对同心还没有散,多不容易啊!同心的目标是要努力共产,共产还没有实现,工作还同在一起,大可以继续努力干下去,这样宝贵而又符合实际情况的同心,为什么也要遗忘,也要叫它散了呢?陈政委想起这些,难过得心如刀绞,想去找谁说说话,又无人知道这一段历史,只有那胡连生是可以说说的,他又成了"疯子",难道还能找彭其去说这个吗?那就真正是小孩子了!他产生了一种古怪心情,好像庙里的孤僧一样，寂寞得不知怎样打发日子，竟毫无目的地敲开了儿子小盔的门。

小盔埋头在画石膏像，见爸爸进来也不理睬。陈政委看着他画了一阵，忽然提出说：

"你画个烧炭的试试看。"

"什么烧炭的？"

"就是那山上烧柴炭的，搭一个人字棚住上，在里面烧起火，一条麂子腿，腌了盐的，用藤条吊在火上烤，烤得喷香，两个青年人，一个撕一块肉在吃，还抢，你抢我的，我抢你的，笑得要死。"

"这我画不了。"小盔说，"美术是空间艺术，不是时间艺术，还要画出过程来，不成了动画片？"

"什么空间时间！"政委感到扫兴，自语一句出了门。

他慢慢地在走廊里移步，感觉到走廊很宽，又很高，回声嗡嗡地响，像教堂一样，特别令人寂寞，又特别瘆人，还使人特别感到空空荡荡，有点心慌。实际上，这个走廊的高度和宽度都很适宜，只是今天随人的心情变化而变化罢了。政委害怕这个走廊，便躲进小炮的房间里去。小炮在那里穿针引线，咬着牙干得正起劲，一定要把自己那双裂了口的解放鞋补好。政委没有对她的行为产生兴趣，不觉得这样很好，也不觉得这是多余，痴痴地望着她穿了几针，突然问道：

"小炮你也跟别人结过什么同心吗？"

"什么？铜心？"

"哎。"

"还铁心呢！铜心！"

陈政委没有笑，像耳聋听不见似的，觉得无味，站起来又走，只得仍旧走回办公室，这里站站，那里站站，最后决定去摸电话。好像那电话是漏电的，把手一伸，又收回来，又一伸，碰了一下，又收回来。后来还是勇敢地抓了起来,拨了号码问:"彭……彭……"一句话还没有说完,电话里响起了邬中的一串机关炮似的回话声。

"是政委吗?司令员暂时不在这里,不知到哪里去了,只说叫我守电话,没有叫我跟去。我还以为到您那里去了,老战友谈谈知心话,不便叫我听见呢!他没有去,那我就搞不清楚了。您有什么指示能给我讲的我就记下来告诉他,要是不能对我讲,等他回来要不要请他到您那里去一趟呢?政委,如果需要保密,最好是请他到您那里去,现在阶级斗争复杂,电话不保险啊!"

陈政委气得嘴唇发乌,一个字也没有说,将电话筒使劲一掼,许久没有动弹。

第十四章 老人心

彭司令员的黑轿车开到文工团那座丁字楼前停下。

他躬身走出车门,把墙上的标语扫了一眼,便踏上台阶。他的步履在什么时候都是有劲的,最近以来尤其是这样。使人感到他目前时运正好,一切都顺心如意,牢牢地掌握着中国南方一大片制空权。他眼睛平视,像箭一样犀利地射向目光所及,表情总是那么严肃,最近以来尤其如此,使人觉得他比以前任何时候都更加强健、机敏、尊严可畏,是不容侵犯的。他走着笔直的路,进入小礼堂。宣传部有位正在文工团领导运动的副部长,叫了声"起立"的口令,全会场肃然站起。司令员听完副部长的简短报告,便走到讲台前去。

"坐下!"

他下完命令,挺直腰杆端座在藤椅上,将一百多名文工团员依座位顺序一个个打量清楚,二十分钟内没有开始说话。

会场的气氛显得很紧张,表情丰富的文工团员们全都板着面孔,一动也不动,像两军对垒,正要开火之前。过细审视每个人的神态,却各有不同,有的是严肃,有的是矜持,有的是过分紧张,有的显露出畏惧心理,有的怀有敌意,有的像是愤愤不平,有的闪着挑衅的眼光,有的在勉强掩饰心中的不满,有的好像处于睡眠状态,有的类似悲哭以后的痴呆,有的简直以为自己是被告席上的罪犯,有的在竭力以冷静的表面态度掩盖着得意洋洋的内心活动。人是复杂的动物,人群更加复杂得多,无论你多么复杂,无论你们相互之间的区别是多么微小，也蒙混不了司令员那十分老练和敏锐的眼光，将你们一个个区别清楚。

他把眼光移到最后一排末尾的位置上，看到一个微胖的女演员手里抱着一个孩子。

"怎么开会还要带孩子啊？"司令员说了第一句话。

"报告首长！"那个女同志抱着孩子站起来，"孩子的爸爸被抓去坐牢了，成了反革命，托儿所的阿姨对他另眼相看，我只好抱回来。"

"他的爸爸是谁？"司令员问旁边的副部长。

"范子愚。她是范子愚的爱人，叫邹燕，话剧演员。"副部长回答说。

"托儿所的阿姨会这样做吗？"司令员问。

"我没有说假话。"邹燕仍站在那里说。

"你，"司令员指着副部长说，"带着邹燕同志把孩子送回托儿所，告诉那里的阿姨，司令员讲的，这个孩子的爸爸不是反革命。今后，就是对反革命的孩子，也要一视同仁，孩子不负父亲的政治责任。"他一字一板地说，每个字都经过了考究，就像在指挥作战中，口头发布命令，报务员直接译成电文发拍出去时一样。

邹燕说的未必是真话，她是带着气说话的，也许是故意这么做出来给司令员看的。这一点，文工团有一些人心里明白，那位副部长也有所感觉。司令员也同样觉得蹊跷，他权且把这件事当成真的，认真对待，妥善处理。倒使邹燕感到十分意外，副部长领她到托儿所去，她迟疑慢走，有点慌张。司令员看着她离开会场的表情和动作，心里暗笑了一下。

一部有车篷的卡车开到小礼堂旁边停住，首先跳下来的是背枪的战士，后面便是那八个被捕的文工团造反者。高炮连连长走出驾驶室，简单说了几句，便由每一个战士押一名罪犯，从侧门走

进小礼堂。会场第一排座位是预先为他们准备好的,一个挨一个地坐下。连长向司令员行了礼,报告说:

"请首长指示,我们还有什么任务?"

"没有了。你们回去吧!"

战士们在连长带领下离开了会场。

司令员又更加过细地将这八名被捕者巡视了一阵。当看到范子愚时,他盯住半分钟不动,好像企图穿透头发头皮和颅骨,看清里面的脑髓到底是由什么做成的。当看到赵大明时,他的眼光一下子软了下来,像锋利的长剑猛然淬了火,眨了一下眼睛,从他身上闪过去。

"范子愚同志,受苦了吧?"司令员带着捉弄的微笑说。

"没什么,"他说,"跟出差一样。"

"怎么那样宽待你们?"

"谁知道!被子是招待所的,一间房住四个人,还可以聊天,就是不让出去,伙食比文工团还好。"

"这个高炮连连长肯定是你们的同伙。"

这些回答使得全场的人莫名其妙,啼笑皆非,到底是玩的什么把戏呢?大家产生了很大的兴趣,紧张情绪在迅速地消散,有的人开始交头接耳,有的在窃窃发笑。

"不要笑,"司令员严肃地说,"这是政治斗争,是严肃的事情。你们想跟我斗,我告诉你们,我是老奸巨猾的,身经百战,有丰富的经验,你们这些小孩子,不知天高地厚,怎么样?演习了一回吧!失败了,当俘虏,乖乖地住临时招待所去。"

宣传部副部长和邹燕送完孩子回来。邹燕见会场情绪变了,有点诧异,仍走到原来的位置坐下,与旁边的战友嘀咕了几句,又挺起脖子望望坐在第一排的范子愚,安静下来了。

司令员正在说话:

"……我要讲你们不懂政治,你们不会相信的,心里还会骂我,以为我是故意搞得神乎其神来吓你们。你们自己觉得自己很精通,语录背得很多,报上文章也很熟悉,头脑聪明,反应快,一下子就懂了。依我看,你们越是觉得很容易懂的,一下子就讲得出一套的,就越是没有懂,晓得吗?你要我解释一下,为什么是这样呢?那我解释不清,只能靠你们自己去积累经验。钉子碰多了,你就会懂了。有一些革命几十年的,当了大官的,到头来,也还是不懂。你们说政治是什么?……谁回答一下……范子愚,你告诉我,政治是什么?"

范子愚想了想,用一条毛主席语录来回答说:"'政治,不论革命的和反革命的,都是阶级对阶级的斗争,不是少数个人的行为。'这是毛主席讲的。"

"对,阶级对阶级的斗争。"司令员说,"阶级对阶级的斗争是你死我活的斗争,要砍脑壳的。我们最初搞革命的时候,砍掉土豪劣绅的脑壳不少,他们后来搞报复,砍掉我们的脑壳就更多。我问你们,你们搞政治,做了砍脑壳的准备没有?范子愚,你讲讲看,你是怎么准备的?"

"我没有做砍脑壳的准备。"范子愚说,"毛主席号召造反的,谁敢砍我们的脑壳?坐牢的准备是有的,一搞反动路线,我们就要坐牢,但坐不了多久,毛主席会救我们出来。"

"唔……"司令员沉吟,点着一支烟,干脆把烟盒放在讲台上,连连吸烟,停了一分钟没有说话,"你……想得也对呀,所以,你就那么天不怕,地不怕。但是……我劝你,还要把准备做得充分一些。现在当然不作兴砍脑壳了,你……准备还要充分一点,还要充分一点。"他好像有许多话不便明说,所以断断续续,而且话外有音,"你刚才讲,一搞反动路线,你们就要坐牢,是不是说,我这回就是搞的反动路线啊?"

没有人回答。

"是不是啊?"

仍没有人回答。

"沉默就是反抗,你们不做声,就是对我的反动路线不满,就是说,我这回抓你们是叫反动路线,是吧?"

还是没有人说话。

"我这个不是反动路线,这叫做与人为善。为什么是与人为善呢? 我今天要把全部内幕告诉你们。"

大家都十分注意,静静地听着。

"这个阴谋是谁搞的? 不要去猜了,彭其搞的,就是彭其这个老奸巨猾的老头子搞的。你们要销毁工作组搞的那些材料,你就讲嘛! 派代表来谈判嘛! 那个问题不大嘛! 要那些东西干什么! 谁也不想在文工团抓出反革命来。那点小事,只要你们心平气和地说一声就完了。后来不是给你们烧了吗? 没有什么东西,都是你们自己写的大字报、小字报。一只蚂蚁,你们把它看成了大象,偏不好讲好说,在范司令指挥下……"

有人发笑。

"……经过周密策划,想显一显造反派的威风,还调来地方队伍,喝哟! 人马众多,声势浩大,想把我这个老头子吓一跳,好向你们投降。我才不呢! 我不会投降。稍施一点小计,你就上当了,想去抢材料,抢出来的是机密文件。你说我抓人抓得对不对? 当然是对的,我的道理比你硬得多,你盗窃机密文件,我不抓人? 我不抓几个头头,怎么把背景查清楚? 谁晓得后面有没有阶级敌人? 不抓人还行? 不抓人我就失职了,你们看对不对?"

很多人笑了。

"现在想起来觉得好笑吧! 你们不要笑。就这一点点小计谋,可以叫你们笑,也可以叫你们哭。我听说有些人已经哭了,哭过以后,现在又来笑。我讲了你们是小孩子你们不相信,是不是呢?现在晓得了吧!不过,本来也可以只叫你们哭,不叫你们笑的。如果彭其这个老头子厉害一点,他有心要害你们的话,也做得到。你盗窃机密文件嘛,有照片为证,你赖也赖不脱,够不够资格开除军籍呀?开除了你,你再闹去吧!但是,彭其这个老头子没有那么狠心,他跟你们是同志,不是死对头。范子愚,我同你有什么仇?我们没有仇,我们是战友,只是职位不同。我为什么要害你呢?害掉你,我们的队伍少了一个人,是人多一点好还是人少一点好呢?刚才邹燕同志把孩子抱到会场上来向我示威……"

邹燕难为情地笑了,前面的人都回过头去看她,一片笑声。

"你以为我不晓得你那是示威呀?我晓得,一看就晓得。马上,我就拿出一手来对付你,你倒反而不好办了,是不是?"

宣传部副部长插话说:"我们到了托儿所,把司令员的话一传达,那里的阿姨很奇怪,都说:'我们没有把她的孩子另眼相看哪!'"

又引起一片笑声,邹燕脸红了。

"言归正传。"司令员接着说,"我刚才讲我那个不叫反动路线,是叫与人为善,还没有讲清楚。同志们,我为什么要搞这么一次演习呢?因为,不搞这次演习,你们不会冷静起来,我想劝劝你们都做不到,不会有今天这样的老老实实开会的场面,我一讲,你们就会喊打倒,话也讲不成。这次演习是很必要的,通过这次演习,你们下一步的运动会把水平提高一点。还有,我想通过这次演习说明两个问题:一个是,军队里头不能随便冲冲打打,这个地方一动就是机密,一动就关系到国家的安全。军队的纪律很严格,执行起纪律来是很厉害的,过去打仗的时候,我叫你去冲锋你不去,再讲一次你还不去,我就当场枪毙你。军队要打仗,没有纪律不行。再一个是,你们对待政治斗争要抱谨慎态度,要防止上当。我搞了一个小小的阴谋,你们就上当了,碰上比我更高明的角色来引诱你们怎么办呢?你敢吹牛保证不上当?我看邹燕同志就上当了,为什么要对我示威呀?谁在你背后摇了一扇子吧?"

邹燕低头不语,有些人在默默沉思,有些人觉得司令员的话都很新鲜,听得张起口,眼都不眨。

"我晓得,我像神仙一样,跟诸葛亮一样,没有看见的事我都晓得。我们这里是不平静的,现在哪个地方都不平静,哪个地方都有野心家、阴谋家。你们不要以为凡是对你们笑的都是好人,不要以为支持造反的都是好人。要小心上当,小心上当,还讲一次,小心上当。比你们高明的角色多得很,比我高明的角色也多得很,要小心上当!"

邬秘书从大门外走进来,轻手轻脚坐在最后一排,除司令员以外,其他人都没有发现他来了。

"要小心上当!"他重复说,"你晓得人家肚子里想什么呢?知人知面不知心啊!听说有一种自杀的方法很有味,就是在静脉注射吗啡,开头你会兴奋,舒服得很,后来就昏迷了,自己不晓得自己是怎么死的。高明的阴谋家想害你,他就给你打吗啡。你们上过这样的当没有?过去可能没有,这样的当只能上一回,来不得第二回。"

听众席上有很多人在偷偷地看表,已是下午五点半了,正是开饭的时候。但司令员没有看过一回表,谈兴正浓,大概还以为早得很呢!

"怎么?有点坐不住了?"他也看出了会场上的动荡,"可以走,也可以留下来听,可以去上厕所,随便。今天是集体谈心,就像我到了你们家里一样,这不是做报告。有些话我想了很久,一直想跟你们谈谈,没有机会。平常我不大到你们这里来,演戏唱歌出不了大事,还有政委把关,我放得心。现在你们搞政治,我放不得心,看你们做了几件事,更使我放不得心。所以要谈谈,一定要谈谈。是真话,愿意走的可以走,不要顾虑。"

除了有些上厕所的以外,其他人都不走,虽然饿着肚子,也没有人提出吃了饭再说。

"我告诉你们,我这个老头子也是不懂政治的,我对你们讲,要你们小心,我自己就很不小心。我犯了错误你们晓得吗?……有人晓得吗?……听到过一点风声吗?"

听他这一说,全都瞪着眼睛,表示惊讶,连范子愚都吃了一惊,小声问旁边的赵大明说:"什么错误?"赵大明回答:"听他说吧!"

"看样子还没有走漏消息。"司令员观察一阵以后,做出了判断,"我现在告诉你们,省得再去打听了。我犯了错误,在去年的一次高级会议上,我说错了话,知道吗?你们文工团员说错两句话不要紧,我作为一个司令员是不能说错话的。到底说错了什么话,同志们不要去打听。军人要遵守保密规定。"

邬秘书将小本子放在膝盖上,眼睛望着讲话的司令员,手在飞快地记录。

"不要记,不要记!"司令员发现了,"我今天是集体谈心,不要记,谁也不要记。"

大家都不知道是谁在记,左顾右盼地望了一阵。邬中站起来走出去了,不久又回来。

"当然,毛主席和林副主席谅解我了,原谅我不懂,无知,认识了就行了,所以还叫我回来主持工作。不过,下不为例,下不为例。我把这些事告诉你们有好处,省得你们哪一天听到一点风声就把我揪住不放。部队有战备任务,司令员天天挨斗,工作怎么搞啊?范子愚同志,你说是吗?"

"我们原来根本没有想过要斗司令员。"范子愚望望他的同事说。

其他人也点了头。

"要是有人在背后唆使一声,你们肯定会来斗的,驾飞机,戴高帽,叩头,把这个老头子整死他算了!反正也活不了几年了……唉!……"

司令员眼圈红了,情绪有些反常,嘴唇翕动了好一阵,却没有说出话来。听众当中有些感情脆弱的女同志跟着红了眼睛,其他人都静静地听着,气氛沉闷得很。就在这时,江醉章来了,他也和邬秘书一样,在后面找了个位子坐下,不吭一声。

"这个驾飞机……不好,……踏上一只脚……不好,不好,很不好。你们是解放军,是革命军人,人民群众很尊敬你们,你们怎么这样粗野呢?不好,很不好,这不晓得是什么人发明的,我肯定它不是好人想出来的主意,是一个与共产党有仇恨的人想出来的。他心里的仇恨埋了多年,没有机会发泄,今天一看,你们共产党的干部也有被打倒的一天,好!老子正找不到出气的机会,狠狠地整你一下子,从肉体上折磨你,从人格上侮辱你。如果准许杀人的话,拿钝刀子一块一块地割死你。同志们,你们跟那个发明者不同,你们是热爱共产党的,你们自己就是解放军,你们为什么要学他们的样呢?当然,那个发明人很狡猾,他说只有这样才是革命,谁不这样做,就叫你保皇狗,也把你拿来驾飞机,你干不干?所以,我……能够理解同志们,但是今天讲清楚,以后不要那样做了。这样做,从效果来看也不好。你就讲那天斗争胡连生吧!你们斗得他承认了错误没有?越斗越骂娘。当然,现在查清他有精神病,不正常,已经治病去了。同志们,我再讲一次,不要把那些仇恨共产党的人发明的东西学过来。要有点感情,要讲点道理,起码,也要有点同情心。你们那回斗陈政委,把墨水往他脸上倒,谁这样对待过你呀?陈政委在你脸上倒过墨水吗?你为什么要这样呢?他只有一只手,你是两只手,他一只手挡不住你的两只手,如果他那只左手没有扔在战场上,也可能好一点,能够抬起来挡一挡。可是……同志啊!你年轻力壮,两手健全,要去欺负一个残疾人。如果你们也把陈政委驾飞机,踏上一只脚,只要被我看见,我会开枪,我的枪法很准,也给你打掉一只手。不是讲假话,不是吓人的,我这个老头子做得出。不为别的,因为我有感情,有点同情心。如果一枪打响,我自己要成为反革命的话,我第二枪就指着自己的太阳穴打。去他娘的!省得心里难受……唉!……你们碰到一个好人,碰到他头上,像妈妈一样的人,阿弥陀佛!……你要晓得,陈政委这样的人能活到今天不容易啊!胡连生思想反动,他能够活到今天也不容易啊!今天为什么一定要消灭这九死一生留下来的几个老、弱、病、残!何苦呢?老头子年纪大了,一餐只吃二两米,吃不了多少,你分一点点给他吃就不肯啊?要快点把他整死,反正你是多余的,没有用了,还喜欢碍事,绊手绊脚。是的,讨厌!杀死他算了!……"

有个坐在最后一排的文工团员轻步走到前面来,在宣传部副部长耳边嘀咕了一句。副部长立刻站起来,向小礼堂门口走去。陈镜泉政委抖动着空袖筒无声地出现在门口,注目看着正在讲话的彭司令员。副部长迎上去,江醉章迎上去,文工团员们都回头向后面看去。彭司令员也发现政委来了,望了一眼,没有打招呼,讲话暂时中断。他又拿起一支烟,在还有一寸长的烟头上接火,借机稍事休息。由于手在发抖,烟和烟头对不到一起,费了很久时间才把烟点着。连续吸了几口都喷出来了,大概是因为烟吸得太多,使口腔苦涩,舌头麻木,做了个难受的表情,像吃了辣椒一样。

陈政委问副部长说:

"司令员是什么时候来的?"

"下午四点。"副部长回答。

"一来就在这里讲话?"

"唔,中间没有休息。"

"吃了饭吗?"

"还没有呢。"

陈政委看了看表,说一声:"快七点钟了。"并未同江醉章打招呼,走到会场前面来,早有一个文工团员从办公室搬来一把藤椅放在那里了。

"吃了饭再讲吧!"政委在藤椅旁边站住,对司令员说,"你自己肚子不饿?"

司令员不愿意人家打断他的话,他要把憋在心里已有很长时间的愤怨一下子倒出来,半点不留,便没有理会政委的建议,继续滔滔地说下去:

"就是他,这个一只手的老头子,日本人的炸弹皮本来是飞到他脑壳上来的,正好他卧倒的地方是一个斜坡,身子往前面滑了一下,才救住了脑壳断了这只手。如果不滑那一下,就没有脑壳再戴你们的高帽子了。他现在心脏病很严重,不晓得马克思会在哪一天召见。他一没有野心,二不侵犯别人的利益,党叫他当了这个兵团政委,他就老老实实地当,卖出命来搞工作。他一餐只吃一小碗饭,跟我一样,爱吃点辣椒,别的也没有什么要求。一定要整死他做什么?他这一世吃的苦还不够吗?让他坐一坐汽车,吃点合味的辣椒菜,这就看不过去了?把他那部轿车拿来公用,你们也坐不下呀!顶多能坐四个人,何苦呢?何苦呢?"

"不要讲这些了。"政委坐在藤椅上插话。

"好,我不讲你,我讲我自己。我这个人跟他不同,没有他那样的涵养。我是有脾气的,是一个犟人,要不是犟,我也不会搞革命了。你们拿我戴戴高帽子试试,也给我涂点墨水试试看,我身上有枪。"他激动得不可遏制地把小手枪掏出来,往讲台上一放,"这家伙不是进攻武器,是自卫用的,我要自卫了,我就要放,谁碰上谁就倒霉。"

陈政委见他讲些这样的话,急得坐立不安,想提醒他一句,又当着这么多人不便说,只得反复催促道:

"吃了饭再讲吧!吃了饭再讲吧!"

"不,我不吃饭,我肚子饱得很。大家也陪陪我,受点饿肚子的锻炼。军队打起仗来是要经常饿肚子的,餐把饭不吃,小事一桩。我要把话讲完,不讲完心里过不得。"他又回复到原来的话题上去,"不要欺人太甚,逼人太狠,把人逼到死路上了,就会不顾一切的。人在生死关头力气最大,年轻时同敌人拼刺刀,能把刺刀挑弯,把枪托打断,平时你要我挑弯一把刺刀我做不到,只有在那个时候,不是你死就是我死,我身上的劲不知从哪里来的。到了那个时候,去他娘的!拼死一个不亏本,拼死两个,我赚一个。万里长征都走过来了,反正这条命是捡来的,快到六十的人了,死了也值得。兵团司令,我不稀奇,当了好多年了,什么味道我也尝过了。你以为这司令好当,是美差吧?这是一个苦差,苦得很,麻烦得很,还不如解放战争时候当那个骑马的纵队司令好过,硝烟里滚,火光里钻,今天在这里,明天在那里,上下级,同志间,都很亲密,谁也不给谁戴高帽,谁也不夺谁的权,要死就死在敌人的炮火底下,不死就杀得他尸横遍野。我这个人只爱过那样的日子,不爱现在这一套,看起来,我是过时了,是没有用的了。我真想打个报告辞职,去他娘的!九九归原,回家种田去。但是,我辞掉不干,谁来干?要你范司令来干?那我不放心,讲实在的话,我不放心。你们没有打过仗,敌人一来,你们只会瞎搞一气,你的口号喊得再响,敌人也不会吓得跑回去,你大喊砸烂他的狗头,他才不怕哩!还不一定是谁砸烂谁的狗头。我不放心,我们这上千架飞机不能叫你来指挥,也不能叫你们江部长指挥。他只会写文章,写的那文章我看不懂,也不晓得好在哪里。我是一个蛮人,是莽汉,只晓得一些简单道理,只晓得人民要我们守住这块天,我不能把它丢掉。你那个文章能把敌人吓退,我这个司令就让给你当,你吓不退,我就不能让。所以,我不辞职,我要干下去,我明天还要下部队去检查战备。最近一段时间,部队只晓得敲锣打鼓,唱语录歌,放鞭炮欢呼最新指示发表……"

陈政委在旁边使眼色,彭司令员只顾望着会场讲话,没有注意到。政委又是咳嗽又是弄得藤椅吱吱地响,他仍是没有注意到。最后,从来不吸烟的陈政委站起来走近讲台去拿烟,彭司令员见有一只手伸向他的烟盒,这才注意到了,侧脸一看,是他,觉得奇怪。

"你怎么也吸起烟来了?"

"熏一熏,脑壳清醒一点。"他说着,接过彭司令员的半截烟头来点烟,借机背对会场,挤了两下眼睛。

彭司令员领悟了他的意思,赶快补救说:

"当然,毛主席发表了最新指示,这是应该欢呼的,敲锣鼓,放鞭炮,唱语录歌,都应该,应该。我不是讲这些要不得,我只是讲,鞭炮要放,高射炮、机关炮也要放一放,过久了不放,会放不响的,炮管里会生锈。我要到部队看看去,明天就去,要同干部、战士商量商量,能不能抽点时间来放放高射炮?我是司令你是兵,职位不同,责任是一致的,都是为人民守住这块天。"他忽然提高声调,"同志,你晓得农民种田好辛苦?你晓得这飞机高射炮是怎么造出来的?你到农村去参加一期抢收抢种,到工厂去看看翻砂工人的劳动吧!我们要对得起他们,口号要喊,事情也要做,战备还要搞。农民顶着黄火大太阳在插田,满以为一个月给你四十五斤米,养活你了,在守卫,不要担心祸从天降,没有想到我这个司令挨斗去了,你那个兵喊口号去了,敌人的飞机把炸弹扔到了农民的背上,他死了还不晓得是怎么死的。你就那样无心肝,不晓得可怜可怜那些老老实实的农民?你我都是一些混世魔王,混账鬼!同志,我告诉你,我不怕你斗,你斗得我只剩一口气了,我还要进指挥所,你要我死,我就死在岗位上。我打了四十年仗,死了无数回,死了又活,活转来又打,打不死的程咬金。你说我犯了错误我就改,说改就改,下回再不那样搞了,你不相信我,我自己相信自己,一定改好。当了四十年共产党,连个错误都改不了吗?那样不争气?那样没有骨头?"他再次提高声调,"同志们,我请你们下部队去走走,排一点鼓舞斗志的好节目,像抢渡泸定桥那时一样,把行军鼓动一搞,部队嗷嗷叫,一天一夜走完二百四十里,饿着肚子打胜仗。去给部队鼓鼓劲吧!把战备搞好,把训练抓起来。我老头子跟着你们一起去,要斗,你们就在路上斗,我不坐专机,也不坐轿车,跟你们一起坐在卡车上,斗起来方便。斗完了,我们跳下汽车就合作,鼓动部队搞练兵……"

"坚决响应兵团首长的号召——!"

忽然有人领头喊起口号,司令员一看,是邹燕,她涨红着脸,显得很激动。有些人跟着她喊了,有些人没有反应过来。

接着又有人喊:

"学习老红军的革命传统!"

"加强战备,保卫无产阶级文化大革命!"

接二连三地响起了一片口号声。心情复杂的江醉章举手也不好,不举也不好,左右为难地跟着喊声举起一半,口虽张开着,却没有声音。他终于耐不住了,站起身走出礼堂去。一背过脸来,颜色就变得极端难看,牙巴骨咬得紧紧的,眼镜快滑到鼻尖上来了。他急急忙忙走进文工团办公室,有一个值班员坐在那里。

"去把范子愚喊出来。"他气冲冲地对值班员说。

值班员应了声"是",起身欲走,江部长把他叫住,补充说:

"告诉他,接电话。"

"到哪里接电话?"值班员不明白地问。

"就在这里。"江部长指着未曾响铃的电话机说。

值班员显然还是没有懂,望望电话,又望望部长,最后终于醒悟了似的,"哦"了一声,走出办公室。

第十五章　云吞月

经受了初次挫败的新兴革命家范子愚离开会场一头撞进办公室,抓起电话机就喊:

"喂!喂!见鬼了!是谁给我打电话?"

"在这里。"江部长推开里间的房门,向范子愚招了一下手。

范子愚开头愣了一下,随即明白过来,放下电话筒走进了里间。

"你有什么收获?"江部长扣紧房门问道。

"收获?"范子愚想了想,坐下说,"抓去住了几天临时招待所也好,吃一堑,长一智,今后讲究点策略,免得让人抓辫子。"

"那你很感谢他啰?"

"谁呀?"

"彭其,整个圈套是他一手布置的,又是他突然决定把你们放出来的,既往不咎,宽大为怀,你打算怎么办呢?"

"我……"

"赶快代表你们那些被捕的在会上表个态吧!"

"这……"

"犹豫什么!快去!向他投降,向他学习,响应他的号召,下部队演出去,文化大革命不要搞了,去吧!多喊几句口号,同彭其团结在一起,战斗在一起,胜利在一起。去吧!"

江醉章说着,往藤椅上一坐,跷起二郎腿,拿出一支烟来在烟盒上擂得叭叭地响,眼睛望着窗外,发出一声冷笑。范子愚知道江部长话里包含着曲折,一时慌了神,不知该说什么,只是竭力思考着整个事件的各种含义,揣摩江部长话中的真实意图,脸上蒙了一层羞愧和蠢笨的颜色。他望着江部长独自抽烟,很想伸手要一支,却不便开口,尴尬异常地坐着,把两只手压在大腿底下,希望听到这位高明的部长能进一步把话说明,以便做出适当的反应。

"你怎么还不去?"江部长转过头来鄙夷地望他一眼。

"我们……很……幼稚,"范子愚吞吞吐吐地说,"缺乏政治斗争的经验,请江部长……"

"要我干什么!我有什么用!你们去向老红军学习嘛!他们有四十年党龄,参加过长征,资本足得很!性格又直爽,革命责任心又强,还平易近人,和蔼可亲,讲话能打动人心,通情达理,富有人情味,克己奉公,又是爱民模范。找他请示去吧!他能给你指明正确方向。听着他的,大家都可以平平稳稳按照常规过日子,官是官,兵是兵,一团和气,多好!你看是吗?"

范子愚终于明白过来了,接着江部长的话做出了果断的回答:

"这不好。毛主席说,共产党的哲学就是斗争哲学。"

"哦,你还懂得这个?哈哈哈!……"江部长笑了几声又忽然收敛起来,望了望窗外。

小礼堂传来混杂的地板响声,接着,走廊里也有了脚步声,没有人大声说话,更不像往常一样,会一散,歌声朗朗。范子愚小声说:

"散会了。"

江部长抬手看了看表,哼了一声说:

"从下午四点到晚上八点,整整四个小时,精神足啊!从来没见过他是这样,从秋收起义讲到文化大革命,从死人讲到活人,从北京讲到南隅,从工人讲到农民……"他突然回过头来盯住范子愚的眼睛问道,"你看他这是为什么?"

"为了……"范子愚思索半天,找不出一句能够高度概括的话来。

"垂死挣扎!"江部长把烟头往地下一扔,站起身在小房里走来走去,得意地狞笑了一阵。

范子愚吃了一惊,全身震动了一下,望着江部长的动作和表情,像木头一样痴呆了。"垂死挣扎"四个字在他心里翻腾:这个成语一般是用在敌人身上的,难道这个老头子就是敌人?他不是说毛主席和林副主席谅解他了吗?他不是表示要坚决改正错误吗?怎么回事呢?究竟还有些什么不明白的底细呢?

"哼哼!"江部长望着外面的路灯,阴森森地自语道,"他连肚子都不饿了。"

"你吃点东西吧?"

陈政委走进自己家里的办公室,对随他一起进门的彭司令员提出建议说。

"不吃,不想吃。"彭司令员坐进沙发里,把军帽取下来。

政委没有依他,复又走出办公室,准备叫警卫员通知厨师给司令员做饭。正好遇上小炮,便截住她说:"你去告诉厨房准备一个人的饭菜。""给谁吃啊?""你彭伯伯到现在还没有吃饭。""彭伯伯?那好,请他尝尝我自己做的吧!""你那个不行。""怎么不行?去吧!去吧!你们说话去,十分钟就来了。"陈小炮手忙脚乱地走进自己房间开始折腾起来。

"你今天……"政委回到办公室,指着彭其说,"讲得太多了。"说完坐下。

"一言既出,驷马难追。讲了就讲了,我就是这个样子。"司令员脸上有点发红。

"怎么不跟我打个招呼呢?"

"跟你打招呼？依得你什么也做不成，前怕狼后怕虎，抬脚怕踩了蚂蚁。不能跟你商量。"

"你晓得现在是什么年月？人家还听你这个司令的？"

"不听？我们变成什么了？还是不是军队？是羊群？鸭群？连羊群鸭群都还有个头羊头鸭。只要不撤我的职，我就要当好这个头羊。"

"唉！……"陈政委深叹一声，"你把事情办坏了，办坏了，办得不好收拾了。"

"坏在哪里？"

"你何必讲那些？信口开河，还怕他们抓不到你的辫子？"

"要抓就抓，躲是躲不脱的，砸烂这个脑壳只有两斤半。"

"你还在硬，真是不识时务。如今不是打土豪的时候了，那个时候被敌人捉去杀了头，是光荣的烈士；现在呢，你跟谁硬？情况变了，我们的脾气也要变。要压住一点，压住一点，争取有个好一些的结论。"

"是什么就是什么，革命的成不了反革命，反革命的也冒充不了革命。"

"不行，你不行，你到这个时候了还转不过弯来，你会倒霉的。不得了，你这个人不得了。"陈政委焦急得几乎要发火了，"讲话也不注意一点，毛病百出，什么'真想辞职'，什么'去他娘的！拼死一个不够本，拼死两个赚一个'，是什么话呀？还要议论部队欢呼最新指示发表的事，这是能够随便议论的？东扯西扯，把江醉章也扯进去讲一通，他是红人，你晓得吗？你怎么那样不清醒呢？你这个人不得了，还以为都是你的部下，真不得了，你去收拾吧！我拿你没有办法。"

彭其听了这些话，沉思起来，他深深懂得老战友的埋怨是出于好心，有点感到后悔了。倒不是后悔由于多话会给自己带来什么恶果,主要还是考虑到战友的难处。过去也常有这样的情况:司令员处事不慎,发一顿火拍拍屁股走了,余下的麻烦总是由政委去收拾。有时,你只说错一句话,他能为了扭转这句话的影响,费去一年半载的功夫。而今天这些错话更不同往常,都是涉及大是大非的事,战友的耐性再好,又怎能把它扭转呢?怎能使那一百多人全部消除印象呢?是不是可以另找机会去补救一下?不行了。一言既出,驷马难追。人家也会这么看待。

"你不要以为他们喊了几句口号拥护你,就万事大吉了。"政委见司令员无话,停了一阵又说,"那是一时冲动,信不得的,过后有人一煽风,马上就变了,你信不信?我跟你打赌。"

这时候,在文工团办公室里,谈话还在进行。受训者除了范子愚以外,又多了一个邹燕,她是给范子愚送饭来的。

"我告诉你们,"江部长在说,"彭其把他的问题轻描淡写为'讲错了话',根本不是那么回事,他伙同一帮人向以吴司令员为首的空军党委发动猖狂进攻。林副主席亲自过问,指出彭其等人的错误性质是'罢官夺权'。你们知道这句话的分量吗?罢官是罢吴法宪司令员的官,夺权是夺空军党委的权。我告诉你们,吴司令员是无产阶级司令部的人,空军的权就是林副主席的权。你们想想,彭其的问题是那样简单吗?他是一个阴谋家、野心家,是埋在空军的一颗定时炸弹。"

范子愚和邹燕听了,吓得目瞪口呆。

"我头脑简单,"邹燕喃喃地说,"我还以为彭其是讲的真话呢,听他一说,我心里就……"

"就被感动了,是吗?"江部长跷腿坐在藤椅上抽烟,他弹了弹烟灰,斜眼望着邹燕说,"你那么一感动,带头把口号一喊,整个会场的情绪都变了,同你们的司令一呼一应,真精彩!邹燕同志,你干得好,干得好啊!以后多干几回这样的好事,彭司令会记得你的,会培养你入党,叫你当他的亲信,好处大得很!你就跟他走吧!怎么样?下定决心,明确表态,不要含含糊糊。"

邹燕委屈得将鼻子一缩,抽泣起来,憋不住放出了一排重炮:

"江部长,您不要这样说,我……我一个文工团员,知道啥呀!您是首长,要教育我们,怎么这样挖苦人家呢?"她气得全身都在抖动,"我参加革命只有这几天,本来就蠢,又加上你们这些事情又……又那么复杂,我干不了。这样也不对,那样也不对,受不完的蒙蔽,写不完的检讨,一天变得几个样,不知听谁的好,总是我们这些群众倒霉。他说要我们下部队演出,正合了我的口味,我早就想不干这个麻烦得要死的造反了,我是演戏的,只会演戏,演好我的群众角色,也对得起党,对得起毛主席;范子愚也出来了,平平安安,再不要闯祸了。我就是这么想的,所以我喊了那句口号,拥护下部队演出。怎么的呢?千错万错,您批评就是了,可不该这样挖苦咱。"她越说越伤心,最后竟泣不成声了。

"你这是干啥?"范子愚端着那一碗显然是邹燕刚刚送来的饭菜,在一旁狼吞虎咽,将不锈钢的饭勺往碗边上一敲,呵斥他的妻子,"谁叫你那样无头苍蝇一样,乱撞乱叫的,神经质!"

"你住嘴!谁惹你说话了?"邹燕提脚一跺,将满肚子的怨气喷向她的丈夫。

"呃……不不不!"江醉章站起来,用拿烟的手向双方摆了几下,"范子愚同志,你快吃饭。你,邹燕同志,坐下,坐下,冷静一点,咱们好好谈谈。"他搬来一条凳子,"坐下,不要激动,不要激动。"等邹燕坐下来以后,他自己也坐到原来的位置上,歪着身子,表示忏悔地说,"邹燕同志,你……讲得对,我刚才是不该那样,错了就改,错了就改,好吗?你不要把我那个话记在心里。我……也是一时有气,言语不当。"他感到检讨已经够了,便扭转话头,"不过,你那个消极想法不行。原来我并不知道你们有这些思想,对你们帮助不够,这是我的责任。今天把思想暴露出来,这很好嘛!找出了思想根源,便于带着问题去活学活用毛主席著作,我相信你能够解决。林副主席说,这场革命是触及人们灵魂的伟大革命,既然是触及灵魂的革命,就免不了有一些不舒服。为什么会左摇右摆,觉得这也不是那也不是呢?这正好说明我们的思想还没有无产阶级化,碰到具体问题辨不清真假,弄不清方向。你不要着急,要相信毛泽东思想的巨大威力,只要认真做到活学活用,把毛泽东思想真正学到手,就会变成不易受蒙蔽的人。就如我吧!同样跟你们坐在一起听彭其讲话,怎么就不受感动而保持清醒呢?因为我到底比你们多学了一点毛泽东思想。这个,不要自卑,人人学得到,只要下决心就行。你今天做错了一件事,不要紧嘛!把它当做教训记在心里,就会变成你的思想财富。你们的江部长不会因为你办了一回错事就把你另眼相看,不会的,你放心!相反,那种什么也不干,什么错误也不犯的人我倒不喜欢,要那样的废物干什么?邹燕同志,打起精神来,下一步的斗争还激烈得很,真正考验我们忠不忠于毛主席的时候还没有到来。但是也快了,可不要当逃兵啊!"

邹燕停止了抽泣,在认真听着江部长的教诲,她感到部长的话是理论和觉悟的结晶。不听不明白,一听就豁然开朗。他能够写出那样高水平的文章,通过文章对全国的运动起着一定作用,原来并不是偶然的,也不单纯是他的笔头子硬,主要还是因为他对毛泽东思想有透彻了解,能运用自如。他的话虽然包含着很深的理论,却又能深入浅出,使人一听就懂。这位江部长是值得敬佩的,为什么要计较他一时言语不当呢?他是首长你是文工团员,他对你发点脾气有什么了不起的!邹燕终于消气了,掏出手绢来把眼泪擦干,暗地里埋怨自己耍了孩子气。她何尝不想通过参加文化大革命,跟着毛主席在大风大浪中游泳,把自己锻炼成有觉悟、有水平的战士呢?她和无数的普通工人、农民、战士和年轻的知识分子一样觉得在当今世界上,最光荣、最神圣、最伟大的事业,就是学习、运用和捍卫光辉的毛泽东思想,任何苟且偷安、麻木松懈和企图回避斗争的想法,都是极端卑鄙、龌龊,简直是下流不堪。她不知道自己怎么会产生那样没出息的念头,演戏、演戏、演戏,当群众演员,不要政治,不要灵魂,像一个没有生命的简单工具。可耻!可悲!赶快打消那令人羞愧的邪念吧!

范子愚早已吃完饭了,把碗放掉,静坐在那里,希望那位高水平的江部长还能讲点什么。他虽然觉得自己比那最易随风倒的妻子要高明得多,而在江部长面前,仍是幼稚可笑的,且不要忙着去开导邹燕了,还是听听江部长的高论吧!

江部长果然发表了新的理论性言谈。

"这是以人性论来代替阶级论。"他一针见血地指出,"彭其这样的人是资产阶级民主革命时期参加到革命队伍中来的,灵魂深处还是个资产阶级王国,根本不懂马克思主义的阶级论,至今还是以资产阶级人性论在指导他的言行。不分好歹的什么'老革命'、'可怜的老头子'、'良心'、'同情心',无原则的什么'感情',这都是彻头彻尾的资产阶级人性论。人性这东西是很容易叫人上当的,只要你的头脑中没有牢固树立起阶级论的观念,你就很容易被资产阶级人性论俘虏过去。今天的会上到底有几个人看穿了彭其的把戏?有几个人不被他那一番富有感情的言谈所打动?呼口号的时候,开头邹燕喊那一句,有些人没有举手,到后来,全都举手了。我夹在你们中间,不好怎么办,也只得举了半只手。你们看人性这东西厉害不厉害。"他看了看邹燕和范子愚的表情,进一步指出,"范子愚同志,今天的事情暴露了你们造反派一个非常要命的弱点,就是不爱学习,坐不下来,安静不了,只喜欢冲冲杀杀。这样不行。在这场文化大革命当中,谁重视了学习,谁就能较好地把自己锻炼成无产阶级革命事业的接班人。否则,革命胜利了,你还是原样子,甚至于被革命的潮流淘汰。"

"部长,"范子愚一点就明,"我们下一步先搞一段学习,把队伍休整休整,内容就是学习无产阶级阶级论,批判资产阶级人性论,您看怎么样?"

"对,"江部长肯定地说,"要把毛主席关于阶级和阶级斗争的语录深入学习一下,最近报纸上不是登载了不少批判刘少奇黑'修养'的文章吗?黑'修养'那就是人性论,你们可以把这些大批判文章读一读再联系彭其的讲话进行批判。"

"直接批他呀?"邹燕插问。

"对,批他,就是批他。空军党委最近还来了电话,就要开始斗他了。你们去想想,应该怎么办?"

"我们明天就开始学习和批判。"范子愚说。

"不,明天太迟,思想中了毒,不能过夜,今天晚上就开始。"江部长说。

"有的人可能睡觉了。"邹燕表示担心。

"睡觉了也要喊醒来,"江部长坚持着,"灌了满脑子的毒,睡到床上会胡思乱想的,越想越上当。"

范子愚夫妇领了江部长的指示出去了,江部长独自留在这里,也准备回他的二〇九号房间去。临出门以前,他自语了一句:"看看到底是我的斗争哲学厉害,还是你的感情哲学厉害,哼!"

"……从感情来讲……"陈镜泉政委在这句话上卡住了,久久没有接上下文,只得绕开这个题目,"不,不讲这些了,讲了也没有用。本来,接到电话的当天——就是昨天下午——我就想跟你谈谈,找你没有找到。昨天晚上,我通宵没有合眼,睡不着啊!"

彭其司令员呆坐在旁边,脸色苍白,眼睛散视,手上的香烟在白白燃烧,白烟灰已有半寸长一截,过了许久,才颤颤抖抖地提出一串问题。

"据你看,电话的意思,就是要把我打倒?"

"只怕……是这样的。"

"罢我的官?"

"唔。"政委痛苦地点头。

"开除我四十年党龄的党籍?"

"要争取保留,一定要争取保留。"

"怎么样才能保留呢?"

"态度要好,你要注意,在会上不能发火,不能讲怪话,千万千万,不要拿破罐子破摔的态度。"政委苦口婆心地说,"我要尽到我的责任,要对你负责,也是对党负责。我只能站在旁边,客观地对你讲清楚,你要听我的,不听我的会碰鬼。"

"什么样子才叫态度好呢?把自己臭骂一顿?我是反革命?我是国民党?我是蒋介石?我是王八蛋?"

"不行,不行,不行。"政委连连摆手,"你这个还是怨气,不叫做态度好。你要……你要……"他说不下去了。

"我要怎么样?你讲啊!……快讲啊!"

"你要使他们不费很大的劲,就能把你从这个兵团司令的宝座上……"

"赶下去,是吗?"

政委又是痛苦地一点头。

"那就是讲,我要不等人家屈打就成招,承认我是有预谋、有计划、有组织地搞'罢官夺权',是这样吗?"

"我不知怎么讲了,我不讲了,我再不讲了。"政委苦着脸连连摇头,说完用独手蒙住前额,撑在膝头上。

"不行!"彭司令员又将半截香烟往烟缸里一戳,愤怒地站起来,"那是搞鬼,那是自己骗自己!我是共产党员,我是当兵打仗出身的,不会搞那一套。要砍要杀,面对面的来,想叫我自己把颈子伸到他们架好了的刀口上去,是痴心妄想。他们有本事就来砍嘛!一不打箍,二不包铁,明摆在这里,大大方方上来嘛!靠什么暗箭呢!"

陈小炮端着一些吃的闯进门来,开头愣了一下,一眨眼就恢复了正常,紧锣密鼓地向彭司令员走去,边走边说:

"彭伯伯,您干吗发火呀?是有人要打倒您是吗?别怕!倒就倒,又不是叫您去死,怕什么!倒了还痛快些,省得操心,反正今天不倒明天倒,迟倒还不如早倒的好呢!到您动不了的时候再倒,谁来照顾您?现在正好,还能够动,跟我一起下乡种田去,怎么样?您倒了,我可有伴儿了。"她将一个搪瓷盖钵和一个竹篾饭篓放在茶几上,招了一下手说,"快来!彭伯伯,吃一吃我这乡下人做的饭。喏,这是馒头,可不要当普通馒头吃了,里面掺了一些土豆面,是我自己做的。到乡下去当农民,哪有那么多白面吃!能有土豆面掺和着就不错了!快来锻炼锻炼吧!别老吃您那将军菜了!吃不了几天啦!喏,这是汤,用鸡蛋做的汤,放了不少味精,要依着乡下人的规矩,这味精可就没啦!我怕您一下子适应不了,慢慢转弯儿吧!来,汤勺也有,别饿着肚子倒下去,到时候爬不起来。"

彭其以惊奇、喜悦和深受感染的眼光望着这个年仅十八、个子不高的女孩子,愣住半天没有说出话来。最后,他响应了她的建议,拿起一个颜色不佳的馒头说:"小炮,你讲得好!好!"说完便大口啃嚼起来。

文工团的小礼堂里重新亮起灯光,百多号人又坐得满满的了,范子愚在大声地说话:

"同志们！革命造反派的战友们！现在这年头不能按常规作息了,只有在斗争间歇的时候我们才能睡觉,现在不行,要搞学习。"

"明天搞不行吗?"有人打着哈欠说。

"不行！学习不能过夜。我们革命造反派不光要能够冲杀上阵,还要做活学活用毛泽东思想的模范,要坐得住,静得下来。无产阶级文化大革命是毛主席对马克思列宁主义的……的创造性发展,是史无前例的伟大革命,怎么能不注重学习呢?"

"还是好好儿想一想彭司令员讲的那些话吧！"又有人提出异议。

"正是为了这个,"范子愚说,"我们才要搞学习。学什么呢?学毛主席关于阶级和阶级斗争的论述,批判资产阶级人性论。不要以为我是心血来潮,我这是有根据的。同志们！我们的斗争还艰巨得很呢！要做好思想准备,真革命假革命,考验的机会就要来了！"

"到底怎么回事啊？说个半截又不说清楚,害得人怪难受的。"有人埋怨说。

"会跟你说清楚的,不要着急。造反造到现在这年头了,亏也吃了,牢也坐了,要提高点水平,不能老是咋咋唬唬,斗争要有步骤,一步一步地来。我不会蒙蔽你们,放心好了！先拿出书来学习,学完原著再把彭司令员的话拿来对照对照,想想问题,讨论讨论。在通过讨论武装好思想的基础上,我再把一件大事告诉大家。现在,要全心全意搞学习,谁反对学习谁就是反对毛泽东思想。"他抡起拳头往讲台上砸下去。

陈镜泉政委把电话筒重重地按下去,松开手,扭转身。

"什么事?"正在啃着最后一个馒头的彭司令员关切地问道。

"丢脸！丢脸！丢尽了空军的脸！"陈政委无头无尾地说。

"快讲清楚。"

"骰山基地让台湾两架战斗侦察机剃了光头去了！"

"剃光头？"司令员火了，把没有啃完的馒头往桌上一放。

陈政委进一步说明："两架敌机从海面上超低空飞来，一到海边就突然拉起来直插骰山基地，在基地上空来了个俯冲，贴着跑道剃一个光头跑了。"

"雷达兵干什么去了？"

"学习去了，写心得笔记去了。"

"飞行员干什么去了？"

"搞'三忠于'活动去了。"

"高炮部队干什么去了？"

"正在搞晚汇报。"

"乱弹琴！乱弹琴！"司令员气得火冒三丈，"当兵不打仗，净搞鬼！会要亡国的！"

"我明天下去看看。"政委说。

"我去！"司令员拿起自己的军帽往头上一扣，好像现在就要出发似的。

"不，"政委摆着手说，"你不要去，还是我去。问题出在政治上，是我的责任。"

"我是司令，贻误战机，是我的责任。"

"你不能去，你要好好在家里想想自己的问题。过几天就要开党委会了，你现在还往部队跑，怎么行呢？"

"我有什么问题？我的问题就是剃光头！我是个司令，不是政治家，部队剃了光头是我的罪。我要去赎罪，要对得起人民对得起党，不能当混世魔王，不能把人民的江山拿来当钢盔，只图保住自己的脑壳不挨打，要有点心肝！"

"你压压火好不好？压一压,压一压,我真怕你。"陈政委焦急地追着他说,"你这个样子,下到部队又会乱讲话,怎么收场呢？你怎么得了啊？"

"什么不得了？再剃得一回光头我就不得了！这也怕,那也怕,讲不能讲,动不能动,这些鬼名堂比敌人还狠！去他娘的！我不怕！怕丢官,还怕不怕丢江山?!"

一轮明月高挂在中天,在走动,向着一片黑云大胆地迎上去,黑云龇着一排利齿在等着它。它不躲闪,不绕开,也不停止前进,反射着太阳的光芒,想把黑云烤化。但这是徒劳,只照白了一线云边,眼看它就要被活活地吞下去了！

第十六章 绑架

南方的陆地真美!

彭其将军坐在他的专机上,将前额贴紧机窗玻璃,贪婪地俯瞰着地面上千变万化的色彩,露出了微笑。

他这架双引擎的螺旋桨飞机曾经载着他几乎游遍了整个中国。黄河中下游的莽莽平原,江南一大片烟波水网,西北高原的浩瀚戈壁,南岭丛山海浪般的峰波,都以各自的不同格调互相区别得清清楚楚地印在这位老红军的记忆中。他有一种奇怪的感觉,好像飞机的轰鸣声是随着地面景物的变化而变化着的。当横越黄河的时候,飞机唱着浑厚延绵的低音合唱曲;当低飞于江南水网地带时,听到的是琴声和雨声;当翱翔于戈壁、草原之上,耳边时而有牧笛高吟,时而又是大风呼啸;当遇上南岭屏障,飞机高高腾起时,直觉得海浪松涛交相起伏,给人以壮丽辽阔之感,一切忧愁都随浩波远逝。从南隅东飞,经骰山沿海一线,彭其的专机来往最多,所有地形地物早就在他心中画成一张图了。惟有一样他是永远记不清的,就是那地面上变幻无穷的颜色。去年春天,那条小河的水是湛蓝湛蓝的,今天来看,变成一线灰白了;早上望见海滨金光跳跃,傍晚又变得深沉莫测了;那一大块荔枝林园年年五月是红绿相间,一片杂紫,但有时偏红有时偏绿,叫人捉摸不定;即使是那些大体为灰色的蜿蜒如带的公路,也像百节蛇一样,一段与一段颜色不同,因受着沿途不同景物的影响,对比和渗透使它千差万错。当然,粗心人是看不出变化来的。彭其将军细细玩赏着天空下面这幅丰采多姿的图画,凝神在窗前,像古玩鉴赏家一样爱不忍释。这是祖国的大地,是自己领兵守卫着的花园!辛勤的工匠们在日夜奔波劳累,热汗浇了一地,变出这许多丰姿异彩来。有谁来蹴一脚,就可能荒掉一片,那是绝对不能允许的!他感到自己乘坐的飞机是一块盾牌,非常灵活。在昊空中巡弋比关在办公室里舒服得多,开朗得多,连呼吸都通畅得多。每一个汗毛孔都在挥散着郁气,使心地坦坦荡荡,洁净如洗。你看大地是那样广博,天空是那样高远无边,一个人算得了什么?就如一粒尘埃,落进海里不会影响海水的颜色,浮在空中也遮不住太阳的光芒。尘埃时而扬起,时而落下,亿万年如此反复,无须慨叹、赞美、树碑立传,平平常常而已。但人与尘埃究竟不同,人有思想和精神,是尘埃乃至飞禽走兽所不能共有的。人只要有了忘我的精神,热爱人民的精神,就能把自己的肉体看做如尘埃一般微小,扬起落下都无关紧要。彭其将军此时的微笑正是出于这种心情。

专机来到骰山机场着陆,司令员走出机舱,径直朝外场值班室走去。老资格的地勤战士很远就从他走路的姿势看出了来人是谁,互相传递着消息:"彭司令员来了,师长政委要挨㖞了。"

他在外场值班室向值班飞行员详细询问各种情况,不断地点头,不断地皱眉思索,拿出中华牌香烟来一人分给一支。

他从值班室出来,正好遇上一部轿车开到他面前停下,里面走出师长和政委向他行礼。他装作没有看见,向停机坪望了一眼,直对塔台走去,又绕过塔台走向跑道。失职的师长和政委尴尬地跟在他后面追来。

他在宽阔的跑道上弯下腰去,拾起一粒绿豆大的沙子,气得怒瞪着眼睛像看见了敌人一样。回身指着师长命令道:"去把场务连连长喊来!"师长跑步到塔台打了一个电话,场务连连长箭一般跑来了,一边喘气一边听着司令员的严厉批评。

他横过滑行道，走向飞机大修棚。师长、政委跟在司令员后面，轿车又跟在师长、政委的后面，排成了一列奇怪的队伍。

大修棚里，有一部冲床在冲压毛主席像章，另有几个女兵正在用护士的注射器将珐琅质涂料注到像章面上去。战士把各类品种的毛主席像章选了一大堆送给司令员，司令员频频摆手："不要，不要，不要。"他问战士，从开始做像章以来一共用去了多少铝镁合金，战士说："不多，只用了半架飞机的材料。"

他上了轿车，开到基地办公楼前停下，在师长、政委陪同下，走进了他们的办公室。他把军帽取下来往办公桌上一扔，发火了，开头是质问，后来便是滔滔不绝的谈话，师政委要把他的指示记下来，他制止了。

夜晚，仍是在师长、政委的陪同下，用小车把他送到了附近的一个雷达阵地。雷达连的指导员正在向全连战士讲课。司令员问："讲什么课？"指导员答："学习毛主席和林副主席关于突出政治的指示，批判单纯军事观点。"司令员把脸气红了，憋了半天才憋出一句话来："你批吧！批吧！把你的雷达砸烂算了！要它做什么！"

他还要到雷达团团部去，告诉他们团长要撤掉这个指导员的职务，车到半途，又改变主意不去了。

第二天起床军号一吹，他命令师长搞了一次师部机关的紧急集合。师长亲自整理队伍，司令员在队前讲了话。声音越讲越大，情绪越来越激动，队伍中瞪着一对对惊讶的眼睛。

他又上了专机飞到另一个基地，看到那里的飞行员在做地面弹射跳伞练习，他非常欢喜，兴高采烈地与飞行员们打招呼，讲话，比比划划。最后还竟然亲自坐进假设机舱，也参加跳了一次，随着一声巨大的爆炸声响过，气浪把白烟推向四周，彭司令员乘坐的弹射座椅从白烟中心冲出来，射上数丈高的空中，停在滑梯顶端。他低头望着地面的飞行员们，一阵哈哈大笑。

他乘车来到一个驻守海岸线的防空兵高射炮团,老远就看到红旗飘舞,听到锣鼓喧天。小车驶进忠字牌楼,只见战士们夹道站立在两旁,高呼着如下的口号:"热烈欢迎兵团首长前来视察!""高炮战士永远忠于毛主席!""突出政治,狠抓根本,创造更多的四好连队!"……司令员叫司机停车,走出车门,便有团长、政委前来迎接,他指着他们的鼻子斥问道:"是从哪里学来的这一套?赶快撤了!上阵地去!"

　　他走到一个高炮连阵地,见营棚前面的平地上用红白两色碎石头镶了一个天安门的图案,用葵花和忠字团团围在四周,并有一副对联摆在左右两侧,写道:"战士忠于毛主席,日夜守卫天安门。"司令员对连队干部说,"你们用什么来守卫天安门呢?就凭这红旗锣鼓?当心敌人把你的天安门炸了!"

　　他的专机又离开机场跑道,射向万里无云的天空,变小,变小,渐渐消失……

　　邬秘书推开那扇外面摆着金橘盆景的窗户,伸出特有的小脑袋朝门卫和前面的小道望了一眼,揉揉眼睛,伸着懒腰打了一个哈欠。在他的身后,保险柜敞开着厚铁门,里面的文件、地图、本本、夹夹堆得一团稀糟,有的滑在地下,有的搬到了办公桌上。桌面上摆着一个没有印页码的本子,显然不是保密本,有一支金属笔套紫红色笔管的自来水笔脱帽躺在旁边。他伸完懒腰,又走回办公桌前坐下,飞快地抄录着什么。显然是连续写过很多字了,没有写上几行便扔掉钢笔揉搓着手指和手腕,又打了一个哈欠。

　　这次司令员下部队视察,没有叫他同去,他也并不主动要求同往,跟往常的情况有点不同。虽然首长不在,但他仍旧很忙,甚至比首长在时还辛苦得多。人人都知道司令员下部队去了,很少有人打电话来,倒是他自己常常把电话摇出去,每摇一次电话就检查一次房门，看看是否关严了。他也经常离开这里，但白天出去的少，晚上出去的多。几天以来，他走路的步子加快了，为了快些走路，还脱掉皮鞋换上了解放鞋。尽管那么忙碌，每天还要反反复复地去向许淑宜问寒问暖，跟彭湘湘搭讪着讲几句话，司令员家里的一切大小事务他都很关心，要办的事情都办得十分妥当。他是一个很能干的人，表面上沉默寡言，实际上心地灵巧，举止利落，工作效率很高。

电话铃响了。邬秘书略微感到惊异，走去看了看房门，便急步回头拿起了话筒，只听他对话筒说了一句话："……回来了？好！"

他放下话筒，神色十分紧张，立刻把摊在桌面上的本子收起来，将那些文件和材料胡乱地一抱，扔进保险柜去，两手齐下，忙着整理。还没有整理完毕，忽然想起了什么，小跑奔向电话机，拿起话筒拨了一个号码，少顷，他在电话里说了一句无头无尾的叫人无法理解的话：

"就是现在，同昨天说的一样，听见了吗？……好了。"

他放下电话，又去收拾保险柜，不知为什么那样慌乱紧张，草草整理了一下，砰的一声关上铁门，刚要上锁，又把门打开，原来那个不该放进去的本子也放进去了。他锁好柜门，抬手看看表，又在办公室里这头望到那头，这边望到那边，最后走去把窗户关紧，拉上帘子，把军帽正了一正，检查了一次风纪扣，再次看看表，便走出了司令员的办公室。

他首先向许淑宜报喜：

"司令员回来了，我马上去接他。"

又敲开彭湘湘的房门说：

"湘湘，你爸爸回来了，我去接他，你去吗？"

然后，他碎步下楼，叫司机把车开出来，打开车门钻进去，说了声："临海机场。"

刘絮云背着药箱吱扭吱扭出现在司令员的小院门外,百般妩媚地向警卫战士点了点头,便扭进院子来了。她来到楼上,直接走进了许淑宜的房间。

"许妈妈!您好啊?"

"是絮云啊!你来找邬中?"许淑宜放下手上的《资本论》,摘下眼镜说。

"我才不找他哩!他虽然不算个什么人物,可工作重要啊!家里的芝麻小事,用得着耽误他的时间?"

"你坐吧!"

"好!"她把屁股一歪便坐下了,"许妈妈,您的风湿药我给您带来了。"

"麻烦你了。"

"这还用客气?"刘絮云打开药箱,东翻西找,拿出一大堆药物来,有瓶装的,有硬纸盒的,还有玻璃管的,一边翻药一边说,"我总是给您留心着,有什么新出品的好药想给您拿点儿来,可是这一段时间不知怎么的了,制药厂好像都关门儿了。"

"这就行了,够麻烦你的了。"许淑宜接过那些药物说,"我这腿也没有什么治头,能保住现在这个样子就不错了,站得起,还能走几步路,不要人扶,已经是万幸了。"

说了一会儿话,听到轿车的喇叭声响了,刘絮云掏出手绢来无目的地在手背上擦了又擦。

司令员上了楼,不看女儿,也不看妻子,径直走进了办公室。刘絮云随后跟进来。

"报告!"她在司令员面前不敢轻佻,认真地像个军人立正站在门口。

"进来吧!"司令员脱下军帽说。

刘絮云走了进去,闪电一般地与邬中交换了一下眼色,便站在办公室中间等待司令员转过身来。

"你有事吗?"司令员问。

"我们方主任叫我来一下,问问首长从部队回来身体怎么样。"

"方鲁怎么晓得我现在回来?"

"呃……"刘絮云慌了,幸而她很聪明,立刻找到了合理的解释,"是这样,邬中打电话告诉我了,我就告诉了方主任,方主任才叫我来的。"

"叫你来,你会看病吗?他自己怎么不来?"

"他……他有事脱不了身,叫我先来问问,如果您身体不大好,他马上赶来,如果没有什么,就……就不用来了。"

"没有什么,"司令员坐下,端起邬中给他准备的热茶,揭开盖子轻轻敲了两下,闻了闻香味,"你告诉他,不要把人看得那样娇贵,下部队转了一圈有什么了不起!经不得一点风雨还能带兵?有病我会自己找他,不找他,就说明我没有病。"

"是。"

照理,刘絮云是可以走了,可她毫无想走的意思,磨蹭了半天,找出一句话来。

"司令员,"她走了过去,"您在部队这几天睡眠情况好不好?"她不用吩咐便挨着司令员坐下去。

"好,好,比睡在家里还好。"

"要不要一点安眠药?"

"安眠药还有的是。"

"我这里有一种比以前那些更好的。"刘絮云说着,不怕麻烦地解开药箱的扣襻,准备取药了。

"不要,不要,你不要拿。"司令员看来有点不耐烦。

刘絮云只得重新把扣襻扣好。

"你们两口子回去吧!"司令员关心地说。

"急啥呀！还这么早哩！"她借机看了看表,转头盯着司令员的脸,好像有什么重大发现,大惊小怪地说,"呀！司令员,您好像……"

"我怎么了？"

"您好像脸色不大好,是有病瞒着我们吧？"

"我没有病。"他再次声明。

"不,"刘絮云死皮赖脸地缠着他,"我给您探探脉吧！别的我不会,探脉还能探出点道道来。"

彭司令员把手一收,干脆下了逐客令：

"小刘,你要没有事了就回去,你们两个都回去,我要静坐一阵,休息一下子,回去吧！"

刘絮云望了邬中一眼,邬中不易被人察觉地皱了一下眉头,而后看着刘絮云的眼睛说："你回去吧！司令员没有病,你就回去告诉方主任嘛！免得他不放心。"

"那我走了。"刘絮云站起来,按照正规的一套,行了个军礼,向后转走了出去。

剩下勉强留在这里的邬秘书也有一点尴尬,正好在这时,彭其提出了问话。

"我走了这几天,有什么事吗？"

"别的没有什么,只是……陈政委已通知下面的党委委员赶到兵团来开会。"

"开我的会？"

"是的。他还说,等您一回来,马上要开个常委会。"

"你给他打个电话,告诉他,我回来了。"

"不用了,我去接您以前已经告诉他了。"

彭司令员显然又让自己的思想回到了老问题上,一下子坠入了痛苦和愤慨的困境。他产生一种童话般的幻觉,好像自己忽然重新穿上了战士的军服,胸前斜挎着子弹带和米袋子,腰间挂着手榴弹,脚上穿着草鞋,手上的步枪上着刺刀,枪托上有一个烧煳的疤。他的左右前后都是同他一起冲锋的战士,喊杀声哇哇响成一片。就在这一片英勇冲杀的呐喊声中,有一个魔鬼的声音老是在背后低沉嘶哑地嘀咕着:"注意他,彭其这个家伙,他妨碍你,把他干掉!快点干掉!就下手!马上!快!快!"他又感到,在硝烟弥漫、火光冲天的阵地上,从自己的战壕里时时闪着一种冷森森的幽光。有时还能发觉,那幽光是从一对绿色的眼睛里射出来的,仔细一看又不见了,当你不注意时,绿眼睛就在你身旁一闪一闪。到底那对眼睛长在谁的脸上呢?他完全进入了梦中,睁着眼进入了梦中,他感到胸口受到压抑,拼力挣扎,一点也不能动弹;又想呼救,向周围的战友呼救,但无论怎样也喊不出声来。对于魔鬼的嘀咕也好,绿眼睛闪闪忽忽的幽光也好,其他人全都不闻不见。他不是单纯地为自己担惊害怕,而主要的是想提醒所有的人,要是都能这么敏锐地感觉到,大家齐心合力来找一找那对怪眼睛;翻开石头,拨开杂草,寻出那魔鬼藏身的洞穴,清除这些干扰,以便集中注意力和火力,这支军队才能打胜仗。

呼喊始终没有成功,挣扎终于胜利了,他猛然像昨天在航空部队练习弹射跳伞时一样蹦起来,戴上军帽急步朝门外走去。

"到哪儿去?"邬中急忙抢步挡在他前面。

"到陈政委那里去。"他没有停步。

"陈政委不在家。"

"你怎么晓得?"

"呃……是这样……"邬中语塞。

"你刚才不是还把我回来的消息告诉他了吗?"

"是的,我是打电话去的,接电话的是徐凯,他说政委不在,我就告诉他了。"

彭司令员回转身来,站在原地没有动,深深吸了两口气,好像要辨闻一种奇怪的气味似的。就在刚才,他隐约感到那对森冷的绿眼睛似乎在哪个墙角里闪了一下,仔细一看,又不见了。他思索了片刻,便向电话机走去。邬中又赶在前面抢先拿起了话筒,结结巴巴地说:

"打电话我……我来吧!您坐下休……息好了。"

彭司令员又一次感到绿色的幽光就在身边一闪,引起了更大的注意,为了查清核实,他伸手来接话筒,坚持要自己亲自拨电话。邬中紧张得手在发抖,无可奈何地将话筒递给司令员,却在对方没有接住的时候先松手了,话筒啪的一声掉在地下。他连忙弯腰拾起来,又是拍,又是打,又是吹气,又是喊话,连连念道:"糟了!糟了!可能摔坏了。"

是了!绿色的幽光终于找到了,就是他!从这个日夜跟随自己的秘书的眼睛里射出来。那奇怪的气味也辨闻清楚了,原来在办公桌旁边,在电话机那里,在保险柜跟前,在沙发上,藤椅上,整个办公室里,到处夹杂着那种气味,一种蛇腥气味。司令员像瞄准目标似的紧紧盯住邬中的小脑袋,步步倒退,一直退到沙发跟前,忽然大喝一声:

"邬中!"

邬中放下电话筒,被这一声大喝震得一噤:

"您……您这是……您怎么啦?"

"你,是……"司令员一个字一个字地咬紧说,"特务!"

"司令员!司令员!"邬中像呼救似的喊起来,"您怎么啦?精神不好?快休息去吧!我去找医生。"说着,试图从这里溜走。

"站住!"

司令员一声命令,吓得邬中不敢动弹。双方紧张地僵持着。正在这时,卧室里的电话铃接连不断地响起来,把他们两人的注意力都吸引过去,才使得这里的空气稍微缓和一点。

许淑宜接了电话,蹒跚着走出卧室,把电话的内容告诉彭其。

"海军来的电话。"她一五一十地说,"请你和陈政委到海军基地去一下,他们的舰队司令员来了,想同你们交换一下地方支左的情况。还有个意思,就是要请你们去尝尝从西沙群岛弄来的稀有海味,其中有一样是海龟蛋。电话里讲,本来他们的舰队司令要亲自来接你们的,正好往西沙方向巡逻的舰艇与美国海军相遇,随时要听取海上发来的报告,不能离开。还说,给陈政委的电话已经打通,他答应去了,咱们这里的电话摇了好半天不通,后来才改摇到卧室去的。完了,守机员还问了一下电话机的情况,马上就会来修。"说完以后,她问,"你去不去呢?"

司令员考虑了一下,决定说:"去,不去不好。"说完就起身要走。

"司令员,我……"邬中以哀求的眼光望着他说。

"你怎么?"

"我是想……"

"去吧!我不怕你监视,你越是要监视我,我越要时刻带着你走,给你创造条件。光明正大,搞什么暗鬼!"

在这样的情况下,邬秘书怎好跟着司令员去呢?而他却居然厚着脸皮跟着上了轿车。

黑色的轿车穿过三道营门,开上了繁华的海城大道。街上的景色又起了变化,到处写满了"打倒谭震林"的标语,更多的标语上写着"打倒南隅的谭震林!"据说就是那个谭震林,和一班在中央工作的不怕死的老帅、老干部,公开反对文化大革命,因此前一段在全国出现了一个短暂的低潮。这就是后来才知道的所谓"二月逆流"。看来谭震林他们已经失败了,造反派重新取得了优势,故而南隅的造反声势又再度高涨起来。轿车开得很慢,因彭司令员想看看两旁的标语。

　　过了海城大道,密集的商店没有了,这一带多半是一些机关和宿舍,再过去便是一排排的工厂。轿车不断地按喇叭,有时还被挡住不能前进。交通秩序很混乱,自行车大摇大摆地在街中心并排行驶,汽车来了也不让道。公共汽车不兴买票了,挤不上车的青年人有的坐在窗口上,头和脚伸在窗口外头;有的吊在车门外,大声地唱着造反的歌。在有些地方,愤怒的人群互相对骂,挽起袖子,挥舞着拳头,眼看就有可能动武了。有时还能遇上装着高音喇叭的宣传车斜挡在马路中间,必须跳下车,十分谨慎地与造反司机说客气话,才能闪出路来让你勉强通过。

　　费尽周折,好容易才把轿车开上了没有阻拦的沿海公路,司机松了一口气,加快速度朝前驶去。不久来到一个茂密的香蕉林岭下,远远地望见岭上亮着一盏马灯。轿车爬着斜坡上去,见有四个大约是初中学生的女孩子站在公路两旁。其中的一个,手上拿着一面小红旗,频频向轿车挥摆。公路上横绊着一根粗草绳挡住了去路。司机把车停下来,邬秘书钻出车门去向女孩子问话。

　　"什么事啊?"

　　"请背一段毛主席语录再走。"拿小旗的女孩子回答。

　　"里面坐的是部队首长,"邬秘书愠怒地说,"有急事,快把草绳放开!"

　　"不行!"女孩子大声说,"不管多大的官,都要背毛主席语录。"

　　彭司令员恼火地从车上下来,走上前去,强压住火,低头对女孩子说:

　　"小同学,这不叫革命,晓得吗?"

　　"什么才叫革命?"拿小旗的说。

　　"只有你懂得革命吧?"另一个说。

　　"多大的官呀!了不起!"又是她们当中的一个。

司机一见这情况也火了,干脆熄了火,走下车,想去说她们几句。

谁也没有料到,这时从公路两侧的香蕉林里悄悄地走出来十几个健壮的青年人,摸到轿车背后,其中一个把手一挥,一齐分头扑向前面的三个军人。由于毫无防备,三个人同时就擒了。司令员被五条大汉夹着,张口一叫,嘴里被塞进了一条毛巾,他还没有弄清怎么回事,就被人抬进香蕉林去了。邬秘书和司机经过一番挣扎,也被用绳子反绑着手,两人连在一起,吊在轿车上。邬秘书一直在竭力呼喊,连嗓子都喊哑了,绑架者哈哈大笑,并不理他。

捆绑完毕,一个操着标准普通话的暴徒指着他的俘虏说:"回去告诉你们的陈镜泉政委,叫他不要担心,我们不是台湾来的特务,我们是北京来的造反派,番号是:揪军战斗兵团第三支队。你们的彭司令是一个军内走资派,罪恶滔天,至今不悔改。你们那个政委是一个没有用的人,毫无路线斗争观念,走资派就睡在他身边,他麻木不仁。以毛主席为首的无产阶级司令部不相信他了,派了我们专门从北京赶到南隅来逮捕彭其。告诉你们的陈政委,叫他不要找人,也没有必要向北京报告,我们会把彭其带回北京去,交给无产阶级司令部依法处置。再见了!"

暴徒们疾跑而去,四个女孩子也早就不见影了。前面不远处有一辆卡车突然亮起了车灯,发动以后,风驰电掣般往金波湾方向驶到转弯处不见了。

第十七章 稚子心

一部海军的卡车从金波湾方向开来,上了香蕉岭,见路中间有一辆黑色轿车挡路,两名空军人员被绑在车前,坐在地下呼喊,司机吃了一惊,刹住车跳下来询问。

"出什么事了?"

"遇上暴徒,快给我们把绳子解开。"邬秘书回答说。

"受损失没有?"

"把我们司令员抓走了。"

"往哪里跑的?"海军司机一边解绳一边问。

"前面,你来的方向,一部卡车,上面坐了十几个人,大概还有四个女孩子,你看见没有?"

"没有啊。"

绳子解开了,邬秘书和司机站起来,甩了甩被捆得麻木的手。

"要不要我帮着去追一追?"海军司机主动提出说。

"不用了,"邬秘书说,"已经追不上了。"

海军司机跳上卡车,仍旧赶自己的路。邬秘书钻进轿车命令司机说:

"开海军基地。"

司机踩油门时迟疑了一下,问道:"还不快点回去报告陈政委?"

"陈政委在海军基地,快点!金波湾。"

从这里到海军基地司令部还有十公里以上,轿车飞速行驶,只用了五分钟就赶到了。

海军基地,从值班员到基地主任、政委和许多机关干部,一齐受到了震动:空军的彭其司令员被拦路绑架走了!

基地主任和政委立即接见了邬中,说明所谓舰队司令请客商谈的事完全是伪造的,陈镜泉政委也根本没有到海军基地来。他们帮助邬中把电话接通,邬中在电话里向陈镜泉政委简单报告了刚才发生的事件,陈政委命令他立即回去详细报告事件的细节。

黑色轿车飞驰回到空四兵团司令部,直接开进了陈政委的小院子。邬中上气不接下气地疾步上楼去,在楼梯上遇见陈小炮。

"邬秘书,出什么事了?"小炮挡住他问。

"彭司令员被绑架了。"

"什么人?"

"不知道,地方的群众。"

邬中绕开陈小炮,飞步来到陈政委的办公室,见徐秘书正在拨电话,陈政委焦急地站在旁边。电话终于拨通了,徐秘书与受话者联系上以后,便把话筒交给陈政委。

"局长同志吗?"陈政委接过话筒说,"我是空军第四兵团政治委员陈镜泉。大概半点钟以前,我们空四兵团司令员彭其同志,在坐车到海军基地去的路上,被一些地方群众绑架走了。请你们公安机关协助我们在各条出城的公路上检查一下车辆。……有困难吗?……"他放下话筒对徐秘书说,"现在地方公安机关不灵了,连把人找拢来都困难,怎么办呢?"他想了一想,又拿起话筒说,"局长同志,无论怎么样也要请你们协助一下。……好,我叫一个同志把情况告诉你。"他把话筒递给邬中,"你来讲。"

邬中接过电话,将事件的前后经过,时间、地点、人物,汽车的去向等各方面不厌其烦地说得清清楚楚,陈政委在旁边再三提醒他:"简明扼要,不要太啰唆。"而邬中越想简练便越是语无伦次,费去了更多的时间。

电话还没有打完,那个山东籍的黑汉子高炮连长赶来了。政委命令他说:"立即全连出动,分头到火车站、长途汽车站、民航机场、海上客运码头、内河客运码头,各个地方都去检查、守候。注意,要跟人家讲清楚意思,不要发生误会。快去吧!"

高炮连长领了任务退出办公室,在门口踩了陈小炮的脚,小炮哎哟叫了一声,徐秘书把门关上。

政委坐下来问邬中:

"你估计是什么人干的?"

"很难讲,听口音,有的是北方人,有的是本地人,那四个女孩子都是本地人。"

"看见有我们文工团的人吗?"徐凯问。

"没有。"邬中非常注意地望了徐凯一眼,强调说,"没有一个穿军衣的,也没有一个人是见过面的,都不认识。"

"你先回去吧!"政委说,"先不要告诉他的家属,省得惊慌。"

邬秘书完成了任务,感到很轻松,漫步通过走廊,下了楼梯,钻进彭司令员的黑轿车,在后排座位上半躺着,扪住胸口吁了一口气,露出了微笑。即将开车时,陈小炮拉开车门钻进来,对邬秘书说:

"送我一下好吗?"

"到哪里去?"

"李副司令家里。"

"干什么?"

"找李小芽玩儿。"

"好吧!"邬中应允了,吩咐司机,"开李副司令员家里。"

许淑宜今夜改变了往常的习惯,没有用被子盖着腿坐在床上,而是在走廊里慢慢走动着,从这头到那头,不断打回转。一则因为天气暖和了,南隅的四月同中原的六月差不多,只能穿一件单衣,午后最热时甚至穿衬衣都要出汗,在这样的季节,许淑宜的腿关节稍微舒服一点;二则刚才彭其大声怒斥邬秘书的反常行为使她心里非常不安,自从丈夫乘车到海军基地去以后,她一直坐不住,在想着一些非常可怕的事,有越来越多的迹象使她产生了可能发生灾难的预感。

她是一个资历不浅而比较单纯的人,直到不久前还以为彭其的问题已经搞清楚了,坚信毛主席"惩前毖后,治病救人"的方针,她想,无论是谁,都会不折不扣地按照这个方针办事。过去,她自己在领导一个科学研究机关时,对任何犯错误的人都是这样做的。目前看起来,事情正在起着变化,至少,她感到别人的做法与她的做法是不大相同的。彭其在下部队检查工作的前一个晚上曾经把北京打给陈政委的电话内容告诉了她,这几天里,她把那个电话的全文背得烂熟了,并且将一句句话掰开来,拆散了,反复数十次地进行研究,她得出来的结论是并不十分可怕的。而彭其却耸人听闻地要她做好最坏的准备,甚至要打算由她单独带着女儿去过完余下的日子。她想,怎么可能呢?他毕生精力都贡献在自己参加发起的这场革命中,而革命竟要调过头来把他吃掉,岂不是太奇怪了吗?但她一直在不断注意地方造反派的小报,从一些似是而非的理论中好像也感觉到的确是到了一个反常的时代,一切原来不合理的事物,现在都变成最合理的了,原来合理的,反过来成了非常荒谬的。她弄不清,世间的事物怎么会经常产生一些这样的颠三倒四的变化。如果说全国解放是开辟了一个新的历史阶段,因而带来了是非观念的大变化,那是容易理解的,因为已经由一个新的政权取代了旧的政权,原来被压迫的阶级变成了当权的阶级。但是现在的变化怎么去理解呢?难道也要更换政权了吗?难道阶级关系又将重新颠倒过去了吗？地方上每一个单位的领导人都被打倒了，将要出现的新掌权者又是一个什么阶级呢？共产党是无产阶级的先锋队，那些无党派的造反头头能划归到一个统一的阶级范畴里去吗？许淑宜是钻研过理论的，她被当前的理论问题弄得很窘，只好用一句话来解脱自己："相信毛主席。"

有关这些复杂的理论问题，她在昨天晚上入睡的时候已经下决心再不想了，今天所想的都是眼前的现实。她深深了解，彭其是一个很坚强的人，也是脾气很倔的人。坚强可以使人在狂风暴雨的摧残下不倒不折不弯腰；但脾气倔，可不见得是一种好性格，目前看起来，彭其的倔劲上升了，要是有人采取侮辱性的形式斗争他，他会怎么样呢？真叫人担心啊！夫妻虽然是人类关系中最密切的一种关系，但遇上承担社会责任以及个人的喜怒哀乐时，是无法互相代替的。要是能够代替就好了，或者能把两个人的处境交换一下就好了。而这只是幻想，是由于现实的希望达到了极穷而变化成为虚幻的东西，没有任何实际的价值。

轿车回来了，尽管司机着力不弄出声响来，许淑宜仍能听见。虽然她那当将军的丈夫一天到晚忙于军事上的大事，每每回家总是往办公室里钻，不像那些小家小户有那么多亲近温存的机会，但是，只要那部黑色轿车进了这个院子，丈夫的脚步声在楼梯上一响，她就感到身边有着他的体温，空气中充溢着他身上那种特殊的令人喜悦的气味。如果是在愁闷的时候，就会立即开朗起来；如果是在困惑的时候，就会马上明白起来。彭其的脚步声经常是噔噔噔没有多大变化的，部队打了胜仗也好，他正在生气也好，或许平平常常什么事都没有发生过也好，他登上楼梯的脚步声从来没有变化过。果真是毫无变化的吗？这只是一般人的感觉，而许淑宜一听，便能把他在各种不同心情时的脚步声区别得清清楚楚，但要她讲出区别的特征来却做不到。今天是怎么啦？小车开进院子这么久了,还不见彭其上楼,也没有听到他与战士说话的声音,难道是产生了幻觉,小车并没有回来?她心里像电火花一样闪跳了一下。又是不正常的现象,近来经常出现一些大大小小的不正常,不祥的预感像滚雪球似的,步步增大,日趋醒目了。电火花一闪,雪球又滚动了一回。

许淑宜很不放心,困难地走下楼去,找到小车司机一问,司机告诉她:"司令员在海军基地,今晚可能不会回来,邬秘书要我把车开回来。"

这样的回答能令人满意吗?不满意也只能这样了。

她在院子里望见女儿的窗户亮着灯,心中又念起她了。这孩子近来一天到晚关门不出,也是心情很不好,怪可怜见的。是啊,你这个妈妈能够日夜为她爸爸担心,就不兴女儿牵挂她心上的小伙子吗?小赵那孩子将来要是能成的话,只怕也跟彭其一样,倔得很。唉!母女的命运是一样的……

不!妈妈想得太简单了!女儿的命运怎能比得上她!

那安静的小房里,连地板都没有听到响一声——自从她晚饭后关紧房门,一直到现在。

她在写诗,她忽然间变成了一个诗人。那天晚上离开赵大明回到家里,一首浸饱了眼泪的长诗便积郁在心中,闷得她坐卧不宁,非立即吐出来不可。可那使心儿碎裂的诗啊,那么不易出来,像春蚕作茧,悠啊,悠啊,每悠动一回,便牵肠挂肚地难受。

她心里像一个不平静的海洋,小船漂泊在苦涩的水里,颠簸在翻滚的浪涛上。

她已经把他看透了,过去的一切都是假的。他不过是为了想成为司令员的女婿才装得那样诚实,骗取了湘湘宝贵的信任。他爱的是司令员的地位和权力,不是爱他的女儿。湘湘不过是一座小桥,仅配为人家垫脚,多么可悲!世界上还有人能像她这么悲惨吗?她简直觉得不可能再有。她恨着赵大明,也怨着自己的爸爸。假如没有一个这样的爸爸,假如他是一个普通的工人或农民,那么谁也不需要来巴结他,湘湘也就不会碰到骗子了。谁说首长的儿女真幸福?最不幸的恰恰是他们。湘湘羡慕文工团那些年轻的女演员,羡慕她的女同学。她们是多么自由!想爱谁就去爱谁,想干什么就干什么,没有警备森严的小院子的限制,没有人把她们当成过河的桥或上楼的梯子。她们不需要因爸爸成为走资派而承受突然失恋的痛苦。

这是真正的痛苦!

除了恨他以外,她还老是要被他的影子和声音纠缠着,折磨着,使她透不过气来。尤其是他的歌声,那是美的象征,爱的诱饵,是魔鬼化装成王子的微笑。她抵挡不住那些甜蜜的回忆对她的伤害,她怜悯地抚摩着自己那颗害了痴病的心。她希望自己的判断是错误的,赵大明还是从前的那一个。

不!她不能够这样开脱他,谅解他,他对她的辜负已把她的自尊心摧残得再不能复原了。为了什么一定要总是向着他,不顾一切地护着他?他不需要你那一片赤诚的心,就像山上的树不需要藤来缠它一样;它本来以为,你不缠它就不能生存下去,它没有你的纠缠却能活得更好。凭什么要做那不能自立的藤?洗涮掉被人轻视的耻辱,堵死那心灵上的创孔,愤愤地抬起不堪羞辱的头……

她把这些都写成了诗,译成英文记录下来保存着,以便能将原稿烧成灰烬,散落在苦涩的海水里……

偏偏有人要来打扰她,房门被敲得笃笃地响。她厌烦地极不情愿地走去开了门,站在门口的是陈小炮,后面跟着李小芽。这两位都是她平常很喜欢的人,但是今天,她对这两位客人的到来并不抱欢迎态度,冷冷地问一声:"干啥呀?"

小炮拉着小芽进了门,鼓着神色紧张的眼睛问:

"你知道了吗?"

"什么事知不知道?"

"你们到现在还不知道?"

"什么事嘛?"

陈小炮满以为她们早知道了,所以来帮她们母女俩想想办法,不料湘湘还蒙在鼓里,这可怎么办呢?也许是自己的政委爸爸有意暂时瞒着她们的,那么,自作主张跑来把事情捅穿,会产生什么后果呢?她望望李小芽,李小芽也望着她,两人都愣了。彭湘湘在一旁看到这些景况,隐约预感到可能是发生了不幸的事件。

"什么事呢?"她摇着陈小炮的肩头说,"快跟我说呀!快说呀!"

小炮又一想:管它哩!捅穿就捅穿,大不了挨一顿㳘,反正已经说出一半来了,别叫她们受罪了。但也可能许妈妈已经知道,只是没有告诉湘湘?不管是什么情况,捅穿就捅穿。

"快把你妈妈找来吧!"她说。

湘湘没有迟疑,立刻找妈妈去了。

不明白事理的李小芽,一直不知道为什么需要她来走一趟。在路上,小炮已经把彭伯伯被绑架的事告诉她了,但是彭伯伯被绑架,要一个十五岁的李小芽到他家里来能有什么作用呢?一路问小炮,小炮只是说:"到那里商量了再说吧!"

彭湘湘扶着许妈妈来了,小炮迎上去叫了一声"妈妈",也参与搀扶着她坐到湘湘的床沿上。

"什么事啊,孩子?"许妈妈坐下来问。

"您也不知道?"小炮更加惊讶。

"你说给我听听,是什么事?"

"彭伯伯……"

"什么?"许妈妈受了震动,"他怎么啦?"

李小芽抢先把谜底揭穿说：

"彭伯伯被别人抓走了。"

"什么?!"母女同时一怔。

陈小炮便把她从邬秘书嘴里得来的消息，以及后来站在爸爸办公室门口偷听来的一切情况详细地告诉了许妈妈。最后还说：

"许妈妈，您别着急，我们想个办法把彭伯伯找回来。"

"孩子，你想得太简单了。"许淑宜缓慢沉重地说。

湘湘开头没有做声，不久便脆弱地哭起来，靠着她母亲坐下去，抽泣连声地说：

"妈妈，怎么办呢？怎么办呢？你快想个办法出来呀！"

"别哭！"陈小炮喝一声道，"哭什么！哭又哭不出办法来。快把眼泪擦干，我们来想想办法。他妈的！想欺负咱们，咱们没那么老实。他们搞阴谋诡计，咱们也搞阴谋诡计，怕什么！来，小芽，你坐下，我也坐下，咱们现在开一个会。"她搬了条凳子给李小芽，又给自己搬来一把椅子。

"孩子，"许妈妈看了陈小炮那个劲头，不免苦笑了一下说，"你以为这是你们小姐妹闹着玩儿的吧？这是政治斗争，靠咱们这几个人有个什么用处哟！孩子，你把小芽送回去，时候不早了。"

"不！"陈小炮倔犟地说，"妈妈，您太……太有点妈妈了，怎么那样看不起自己？您是一个党委书记，就一点儿用都没有啊？您别灰心，咱们能想出办法来。第一，"她掰着指头说，"先估计一下，可能是什么人干的；第二，派一个人打进他们里头去，搞情报；第三，摸到了情报，我再去鼓动我爸爸，派部队把他抢回来；第四，彭伯伯回来以后，我们大家都来参加做保卫工作，再不让人家把他抢走了。我们也参加文化大革命，专门当保皇派，不受蒙蔽的保皇派。您看怎么样？"

许妈妈没有做声。

"你看呢?"她又问湘湘。

湘湘也不说话。

"哎呀!怎么不开口呢?"陈小炮焦急地说,"要不你们就干脆别说,先听我的吧!我已经想好了一个主意。是什么人干的?我看肯定不是什么北京来人,北京来人怎么会有卡车?肯定是本地人故意撒的谎。还可能根本不是什么地方群众,地方群众怎么那样了解军队的事情?说不定就是咱们内部的人,脱了军装穿便衣干的。谁会干这个呢?只有文工团,他们在造反嘛!没事儿好干了,不干这个干啥呢?肯定是他们,没错,你看吧!"

听她说得头头是道,许淑宜开始注意她的话了。而彭湘湘,则更是被她打开了心窍,忽然想起自己还认识几个文工团的人,便说:

"我去问问。"

"问谁?问赵大明吗?"小炮不屑地哼了一下说,"你还相信他呀,人家现在正在造反,当头头,还记得你这个走资派的女儿!别傻呵呵了!"她说着说着,想起来要喝水,便自己动手倒了一杯,不管冷热一口喝下去,烫得她连忙吐出来,将杯子搁下凉着。

"你说吧,孩子,"许淑宜对小炮说,"你把你的想法说完,让我听听。"

"我想了个办法,看行不行?"小炮胸有成竹地说,"要找赵大明去问,他肯定不会告诉我们,可是我们可以利用他,通过他的关系派一个特务到文工团去,成天跟他们混在一起,总会有人露出话来的,一定能找到彭伯伯关在什么地方。"

"太天真了,孩子,还派特务。"许淑宜说完站起来。

"您到哪儿去?"陈小炮急了。

"我去给你爸爸打个电话,要不,……我自己到他那里去一下……"许淑宜心神不宁,拿不定主意。

"别去了,"小炮说,"我爸爸可能是有意暂时瞒着你们,怕你们着急,您这一去,他会问您怎么知道的,那我怎么办呢?"

"是这样?"许淑宜焦急地思虑着。

"还是听我讲完吧!保准能行。"陈小炮热心地劝慰着。

可是许淑宜不想听她的主意了,她感到这是小孩子的想法,并且也不宜参与小孩子们可能干出来的各种恶作剧,哪怕确有用处也罢。但她也不想阻挠她们,只得避开不听,且回到卧室去等着吧!陈政委会想办法把他找到的。"要早点找到就好啊!不然他不知会受些什么折磨呢!"她想着,自顾自地走出去了。

"你快说吧!"湘湘催促小炮,打破了暂时的沉默。

"好,我说。"小炮见许妈妈不在了,更加大胆起来,"你们都听我的。湘湘你不能出面,老老实实呆在家里,急也没用。小芽你就当特务。"

"要我当特务,我不干。"李小芽觉得特务是一种最丑恶的人。

"傻瓜!"小炮说,"又不是要你去当美蒋特务,这是当我们自己的特务,彭伯伯的特务,我爸爸的特务,我们保皇派的特务,知道吗?这样的特务很光荣。你不是长得挺像个演员的模样儿吗?过去我反对你去学跳舞,这回用得着你去了,就到文工团找人学跳舞去,跟他们混熟。他们会喜欢你的,一看你这样儿就想把你搂住。你年纪又小,像个啥事儿也不懂的布娃娃,他们不会想到你是当特务去的,根本不会防备你,说不定当着你的面还大谈他们的秘密呢!怎么去法我也想好了,你不是认识赵大明吗?就去找赵大明,要他给你介绍一个跳舞的老师,就像湘湘以前在文工团学弹钢琴一样,缠住那老师不放。跳舞得要好好儿学,别的都装傻,越傻越好,只要心里明白着就行了。每天向我报告一次情况,不要到我家里来,你就在你们家里打电话给我。电话里不能说特务的事,只能说跳舞的事,知道吗?一探到了消息就马上到我家来,面对面地讲。就是这样。"

"我还认识文工团一个人。"小芽伸出一个指头说。

"谁呀?"

"叫邹燕,那回我跟陈伯伯到他们那儿看戏,邹燕挺喜欢我的,把我带到她房间里玩儿。她那回就问我喜不喜欢跳舞,我说我不知道。"

"好!"陈小炮高兴得一下子跳起来,"真是太好了!有这么巧的事儿,彭伯伯一定能找到。你就去找那个邹燕,没错,就找她。"

"可是……"李小芽表现出为难。

"你还有什么可是啊?"

"可是我自己的爸爸怎么办呢?"

"你爸爸又怎么啦?"湘湘问。

"他老是那样,唉声叹气的,头发长了也不剪,胡子也不刮,样子有点吓人。每天要把我叫到他办公室去几回,啥事儿也没有,就那么望着我,我真为我的爸爸难过。"

"告诉你爸爸,叫他别怕,总会搞清楚的。这么久了,也没有拿他怎么样,怕什么!"小炮说。

"唉!"湘湘叹气。

"你就知道叹气,靠着你呀,啥事儿也办不成。小芽,找个时间,我去跟你爸爸谈话去,干吗呀!没什么了不起!该剃头就剃头,该刮胡子就刮胡子。你爸爸要不相信我呢,我就……"她稍微想想,"我就去跟我爸爸说一说,要他去跟他谈。不管怎么样,你那个特务一定要去当。"

"好吧!"李小芽勇敢地答应了。

"明天就去。"

"行。"

"你还有意见吗?"最后才问湘湘。

"我……"湘湘抑郁地说,"心里乱得很,什么想法也没有了,什么意见也没有了。"

"你是怎么想的?"

与此同时,陈政委和徐秘书也在深入商讨刚才发生的事件,看来已讨论了很长时间。政委想听听秘书的结论和他所选定的办法。

"很清楚,"秘书说,"不但肯定是内部人干的,而且有高级干部参加,他们背后可能还有更深的背景。正好在召开党委会之前把人劫走,不可能是为了保他过关,肯定是对着您政委来的。党委会开不成,看您怎样向北京交账。一面在打倒彭其,一面开始拆您的墙脚,一环套一环地逼上来了。我们现在一定要想尽办法把他找回来,党委会还是要开。"

"要向北京报告一下。"政委说。

"是要报告。"

"你起草一个电话稿子吧,省得信口开河把话讲错了,现在做事处处要注意。"

"好。"

"哦,你还是讲你的,又打乱了。"

"办法……"徐秘书继续说,"别的种种办法都不大可靠,这么大个南隅市,你知道他们把他藏在哪里呢?到底还在不在南隅也还很难说。公安局和高炮连,堵住路口、车站去检查,多半是靠不住的,整个行动策划得很周密,不会不防着我们这一手。最好还是对文工团的人多做说服工作,讲清利害关系,要他们把人交出来。"

"他们不听你的!"

"我想了一下,有一个人可以做做工作。"

"哪一个?"

"叫赵大明。前段整风的时候,从他们内部一些揭发材料看出来,那个赵大明比较讲道理。我好像还听小炮说过,赵大明跟司令员的女儿要好。"

"有这样的事?"对于陈政委来说,这是新发现,"那好,你去找他谈谈,不过要注意,现在他的处境一定很尴尬,你办事要谨慎,晓得吗?不要使他为难。"

徐秘书点头接受了任务,但心里在想:要怎样才能不使他为难呢?

第十八章　徘徊

文工团又是一个不眠之夜。

自从开始造反以来，夜不安眠是正常的现象，如果发现他们连续几天能安静地睡觉了，那就说明形势不妙。范子愚等人被捕的那一段是造反以来最平静的阶段，每到晚上十点钟，几乎所有窗户都黑了灯，丁字大楼和小礼堂好像也跟着造反者们一起睡熟了。而那一段恰恰是暂停造反的时期。因此，大致可以得出一个结论：夜不成眠是造反胜利的标志；正常睡觉是造反者倒霉的象征。

如果向他们当中随便一个普通群众问一个问题："你们为什么那么大的劲头？"他肯定会不假思索地回答："捍卫毛主席革命路线，豁出命来也心甘情愿。"要是进一步追问："除了这普遍的原因以外，你个人还有什么具体原因？"他一定会拒绝回答。为什么要拒绝回答呢？情况各有不同。有的是的的确确说不清楚，整个行为都是糊里糊涂被别人牵着走的；有的在心里藏着一些复杂的但又不很明确的种种原因，不但没有对别人讲过，连自己也没有认真清理过；有的则明确得很，把造反当成一条意外发现的通天小道，快钻快跑，抢到前面去，可望登上青云；还有的是各种情况都挨着一点边，这种人表现出来的是，忽然一蹦几十丈，忽然又销声匿迹了，忽然甘当小卒，忽然又猛想当头头。大概除此以外还有许多种类型，人是复杂的动物，人的思想是丰富多彩的，不可能像植物学那样详细的分门别类。至于"捍卫毛主席革命路线，豁出命来也心甘情愿"这个普遍的动机，也许大多数人都不是讲的假话。林彪副主席不是说世界几百年中国几千年才出了毛主席这样一个伟大的天才吗？除了林副主席以外，还有多少人具备这样高水平的历史和政治的知识？你不懂得历史，不懂政治，就只有相信当代伟人的话，因为你没有根据能提出怀疑。林副主席又说，中国七亿人口，必须有一个统一的思想。这也是很能教育人的，一个人口众多、幅员广大的国家，如果没有一种统一的思想，不是一定要走向分裂吗？中国人是不喜欢分裂的，所以很容易接受这种"统一"的观念。到底统一在一种什么思想之下比较好呢？普通群众没有专门研究过，也没有条件去进行研究，只得相信伟人的话了。况且，提出这些独特见解的伟人，不仅是个理论家，还是一位掌管军权的人，他的理论有枪杆子做后盾，使理论本身的威力扩大了千倍万倍。在当今中国，对这个理论连窃窃怀疑都是不可能的，不会的，还要努力争取机会表现自己绝无二心才对。于是，"捍卫毛主席革命路线，豁出命来也心甘情愿"的豪言壮语，并非假话，确实反映了真实思想。伟人的话是不容置疑的，当今这位握枪的伟人说出了从未有人说过的新话，是新生事物的一种，具有勃勃向上的生命力，它带来了更换一切传统观念的可能性，没有任何实际经验能够证明它是荒谬的。除了一些通今博古的老朽和思想钻进牛角尖的人，一般群众是不会表示反对的。也许在今后的实践中可能遇上无情的现实，构成否定这些新话的理由。一部分人可能在内心产生怀疑，但只要伟人手上永远握着枪，这点暗中的怀疑是微不足道的。倘使无情的现实遇得太多了，伟人的理论给人民带来痛苦，乃至无法生活下去了，那么，即使你仍旧握着枪，也会变得没有用处。这是以后可能出现的事，现在来说还太早了。现在，崭新的理论还刚刚诞生，也许将要遇上的现实都是十分满意的，在没有实践之前，只能相信理论的逻辑。大多数普通造反者都是这样想的，也是这样做的，因而都是诚实的人。他们对新理论和新事物抱着一种新鲜感,凡是有新鲜感的事物,都一定会使人兴奋。于是,一贯不积极的,现在积极起来;一贯玩世不恭的,现在认真起来;已经灰心失望的人,现在有了新的勇气。在这一阵子,人们所有的力量和智慧都发挥出来了,人身上全部热能都贯注于一处,自然要出现奇迹,夜不安眠算得了什么呢?完全是合情合理的。

在这个新的不眠之夜,赵大明不知别人在干些什么,他单独干的是一项非常困难的工作。

晚上八点多钟,范子愚忽然给他一项任务,要他立即动手写一个造反小结,把经验教训好好总结一下,并且规定第二天晚上就要向大家宣读,因此需要连夜赶写。还说:"现在这年头,不能按常规过日子,说干就干,马上动手,革命胜利了再来睡觉。别的事不要你管,天塌下来我们顶着,思想专一,写好这个小结。到时候我叫人给你把夜餐送来,还有什么困难马上提出,立即给你解决。"赵大明很受感动,连说没有困难,一口答应下来。

其实,早两天赵大明就曾经建议要来这么一次小结,当时范子愚和其他几个头头都不以为然,这项建议被束之高阁了。今天怎么突然起了变化?是什么人使范子愚变得明智起来的?赵大明不知底细,只是有点感到奇怪。

这篇文章非常难写。要肯定造反的大方向始终是对的,又要严肃地指出已经偏离方向的种种问题;要充分说明成绩是主要的,又不能因此而掩盖了缺点错误;要把少数人的先见之明写出来,又要使大多数人接受得了;要依照常规那一套说明永远是形势大好,越来越好,又要提醒大家注意,前方的道路是曲折的。依照实际情况是,教训多于经验,问题大于成绩。但照实写来,怎能为大家所接受呢?不照实写,总结的作用又在哪里呢?赵大明知道,有一种规矩是需要遵守的,无论什么时候,必须大谈光明面,涉及阴暗面时需要特别小心,弄得不好就是右倾。从来没有听说过吹牛皮、说大话是叫左倾。"左倾"这个词只在历史上有过,现实生活中是不存在的。如果有人发现存在着左倾,那只能说明他思想右倾。

最近几天来,赵大明有点感到害怕,担心自己的思想发生了右倾。在那天晚上被抓去坐牢的时候,他面不改色,大步地走向囚车,真有一种革命家的气概。在被拘禁的那几天里,有的人哭哭啼啼,一个劲儿地检查又检查,交代又交代,生怕叫他在招待所老住下去。而赵大明却老老实实地遵循着"坚持真理、修正错误"的原则,有一说一,有二说二。这在后来是为人们所称道的。变化发生在彭司令员在文工团全体大会的数小时谈话以后。那次谈话,司令员在赵大明心目中的形象完全变了,过去从外表看,感到他是一个不好接近的人;后来又听说他犯了错误,更觉得他的毛病太多了;到了他下令抓人的时候,这个老头子简直成了个十恶不赦的罪人。可是,那几小时谈话把他的心搅乱了,甚至连头脑中一些基本观念都在开始动摇。他同情老头子,赞成老头子讲的那些杂乱无章的道理,他为自己的幼稚无知而感到惭愧。他想起了湘湘,想起那天晚上与湘湘分手的时候……可是,后来听范子愚传达了江部长的意见,又针对老头子的讲话学习了毛主席的教导,赵大明的心里更乱了!从理性出发,老头子重新变成了可恶的人。他的讲话,不过是用人性论来骗取幼稚的青年人的同情而已。为了使他老实交代问题,改正错误,回到毛主席革命路线上来,还需要同他做斗争。但是,那奇怪的"人性论"怎么会那样厉害呀!要逃脱它的俘虏又怎么那样困难哪!难道赵大明参加文化大革命,心还不诚吗?难道斗私批修的决心还不大吗?不,他不承认,他坚信自己的胸怀是坦白的,他没有欺骗自己,也不准备欺骗任何人。他一直以为,人之最值得骄傲者,在于他是正直的、纯真的、心地光明的。那么,却又为什么轻易地成了资产阶级人性论的俘虏呢?人性论啊,神通广大的魔鬼!因此他感到害怕,似乎他自己身上有一种很难察觉的病正在悄悄地作祟。这个病是不是就叫"右倾"？

他吃力地写着那篇文章，感到很难写，写一张，撕掉，再写一张，又撕掉……时间已到零点三十分，大楼里却并没有安静下来，常常有急急忙忙的脚步声走进走出。也不像平常那样哼着歌子打打闹闹开玩笑，所有在走动的人都显得又忙碌又紧张，偶尔还有嘀嘀咕咕的说话声。"这是在干什么？"赵大明想，"我是头头，我怎么不知道呢？是不是有什么事儿瞒着我？"他笼上钢笔，准备出去找人问一问。正在这时，有人来敲门，他走去开了，邹燕端着一碗热气腾腾的面条进来。赵大明接住面条问：

"外面在干什么？"

"谁知道！"

"是不是有什么事儿瞒着我？"

"哟！什么事儿要瞒着你呀，你又不是外人。"

听她这一说，赵大明不好再问了。但他总是有一种不好的预感，心里很乱，莫名其妙地担心着会发生什么不幸的事情。

"写得怎么样了？"邹燕拿起一张画得很乱的稿纸问。

"不好写，才开了个头，不满意，得重来。"

"又不是登《红旗》杂志，那么讲究干啥呀！"

"不，"赵大明认真地说，"不写就拉倒，要写就写好它，真能起点作用。"

"别那么认真了！"

赵大明听出，邹燕的话里好像有什么弦外之音，更加觉得奇怪，便盯住邹燕，想从她脸上看出点什么来。邹燕也察觉了赵大明的异常反应，连忙引开话题说：

"大明，你跟彭湘湘的关系到底怎么样了？"

赵大明埋头吃着面条，不做声。

"你们过去是不是都谈妥了？"

"什么谈妥?"

"就是说是不是明确了那种关系?"

"不知道。"

"那天在小竹林里,为了什么事儿?"

赵大明过去就不愿意跟别人谈起他和湘湘的事,现在更加忌讳了。原因是很复杂的,只有他自己知道。

"就那样崩了?"邹燕又问。

仍不做答。

"那回抓人的事儿,你是怎么打听到消息的?是不是你又到彭司令员家里去了?"

"你这是干什么?"赵大明有些生气,"老钉着我问,问个没完。"

"哟!想到哪儿去了!不问不问,再不问你了。"邹燕觉得扫兴,半天没有言语,后来终于熬不住寂寞,自言自语地又说,"唉!看着是个好事儿,谁知又……"

赵大明注意听着,感到话中有话,见邹燕不往下讲,便主动问她:

"你说什么?"

"嗐!没说什么。我只说呀,大明,你跟彭湘湘那事儿,趁早算了!别惹些个麻烦到身上。"她见赵大明瞪着一双大眼,进而又说,"人家是掌上明珠,千金小姐,那娇贵的脾气儿你消受不了。一会儿好了,一会儿崩了,朝三暮四的没个准儿,害得你神魂颠倒,笑一阵,哭一阵,最后还说不定只是拿你开开心解解闷呢!像你这样的小伙子还怕找不到一个称心如意的人儿,何必背那个政治包袱呢!"

"什么?"赵大明吃惊地反问。

邹燕发现自己失言,忽然收住,再也不说了。赵大明已经听懂她说的意思,预感到自己将面临一种困难的处境,但他不愿意违背自己的良心,不能容忍别人对湘湘加以不公正的评论。不管后果怎么样,先得把想说的话说了。

"我知道你是一番好意,"他难以抑制地激动地说,"我也知道是什么原因促使你跟我说这番话的。但是我要说,我不能为了自己而伤害一颗纯洁无辜的心。我相信革命并不需要我们昧着良心做事。哪怕我跟她从此再不见面了,我也没有必要对她进行卑鄙的诽谤。别人怎么说,那是别人的事,我的权力管不住别人的嘴巴,但我有权管住自己。是的,我和她有矛盾,矛盾可能还不小,也许完全没有调和的余地。但这决不意味着我和她要互相伤害,像惟利是图的奸商一样,无情无义,自私,残忍。"

邹燕听了这些话,早已尴尬地红着脸,说不出话来了。赵大明也似乎知道自己出言不慎,误伤了旁人,却又无法控制自己。不等邹燕开口,他接着又追问道:

"是不是由于我和湘湘的关系,引起了他们对我的不信任?"

邹燕有些惊慌,不知怎样才好。

"是不是有什么秘密瞒着我?是不是以写小结为名把我关在这里不让出去?"

赵大明一连串的追问,嗓门越来越大,把邹燕吓得连连后退。

"哎呀!我真怕你。"邹燕拿了碗筷,边走边回头说,"人家好心好意劝劝你,还不是为了你好?你那么激动,冲着我来,犯得着吗?我可不敢再跟你说什么了。"这时她已走到门边,拉开门,侧身出去,哐的一声,门又扣上了。

赵大明感到内疚,但已无法挽回了,望着房门发了一阵呆,扭头坐下,抱着头进入了痛苦的思索。在这个非常的革命年月,最光荣、最幸福的人是处于主宰地位的革命者;如若能成为革命的外围成员,也是可以感受到幸运的;不幸的是那些被革命宣布为敌人而剥夺了革命权利的人,或那些正在被革命另眼相看,从而即将丧失原来的光荣地位的人。赵大明此时虽不知道究竟发生了什么,而自己正在蒙受冤枉,大概是肯定无疑的。他感到坦然,因决无任何一点对不起革命的地方;他又觉得受了侮辱,一个没有瑕疵的革命者竟落到这样的境地。他诅咒着范子愚和其他那些没有头脑的盲动主义者,比往常任何一天都更加看不起他们。他也在苦苦地想着他和湘湘之间的事,眼前一片迷茫,心中隐隐作痛。在这种情况下,他哪有心思写那个东西!但也不愿意就去找人打听什么消息或提出什么质问,心一横,想道:"管它呢!看把我怎么样。"干脆往床上一倒,睡觉了。

他半睡半醒地挨过了好几个小时,起床时已是八点多钟了。他赶紧洗了个脸,跑到食堂去,原来并没有按时开饭,许多人还在睡梦中呢!

早餐以后,有人告诉他一个消息,说政治部收发室打来电话,那里有人找他。他想起上次湘湘约他在营门外见面正是这样传递消息的,难道今天又是她?一想到她,心里就有一种说不出来的滋味,又希望是她,又担心真是她。不管如何,他一听到消息,马上就往那里跑去了。

传达室并没有湘湘,一个公务员问清他的姓名以后,告诉他到党委办公室去。他怀着惴惴不安的心情来到党委办公室门口,迎接他的是陈政委的秘书徐凯。

"彭湘湘托我向你问好。"徐秘书盯着赵大明的眼睛,一面说一面与他握手。

赵大明保持着警惕,只答以微笑,不敢随便开口。

他们来到里面一间小屋里,关上房门。徐秘书特别郑重地说:

"赵大明同志,我想请你帮我一个忙。"

"我?帮你的忙?"

"对。"

"我帮得上吗？"

"帮得上，只有你能帮得上。"

"你先说说是什么事吧！"

"是这样，"徐秘书胸有成竹地说，"兵团党委就要开会解决彭司令员的问题，正好彭司令员失踪了，你看这……"

"失踪了？"赵大明吃一惊。

"你不知道吗？"徐秘书盯着他的眼睛问。

"不……不知道。"赵大明一边想着一边说，突然好像一切都明白了，猛地站起身，说道，"我去找他们。"话音刚落，人已到走廊里去了。

他一路气冲冲地回到文工团，四处寻找范子愚。他打听到范子愚和其他头头们都躲在第一钢琴室里开密会，火气更大了，来到门口，把房门狠狠地捶了两下，不见有动静，又更重地一阵猛擂，才有人把门拉开一条缝。赵大明用力一推，房门扇过去碰在墙上。室内的几个人大惊失色，望着站在门口的怒气冲冲的赵大明，半天无话。

赵大明目不转睛地盯着范子愚，板着面孔走进去，坐在琴凳上。

"哎，大明，"范子愚结结巴巴地说，"你……你怎么啦？那个……小，小结写……写好了吗？"

赵大明把他横了一眼，爆炸般地说：

"算啦！想把我怎么样，就说直的，别他妈的哄哄骗骗，把人家当成三岁娃娃。"

"这……这从哪里说起呀？"范子愚把手一摊，装糊涂地说。

"别装了！"赵大明吼一声说，"就从昨天晚上绑架彭其说起吧！为什么瞒着我？搞什么鬼？"

"这……嗐！"范子愚毫无思想准备，根本说不出一句像样的话来。

"太没意思了!"赵大明气鼓鼓地说,"一块儿造反,一块儿坐牢,到头来被自己人踢在一边,当敌人看待。"

"别……别误会,大明,"范子愚说,"我们是……考虑到你……你和彭湘湘的关系,觉得……还是……采取回避政策比较……比较好一些。"

"得了吧!回避政策,这是剥夺人家的革命权利。"

"别……"

"既然是这样,你们开除我好了。没有你们的批准,我一样革命,谁也没有权利不许我捍卫毛主席革命路线。"赵大明说完,把琴盖一撑站起来,最后瞪了范子愚一眼,气呼呼地走了出去。

他来到自己房间,把门关死,重重地坐在床沿上,喘着气。他一方面感到痛快,把要表露的颜色都表露出来了,要说的话都说了,让他们受着吧!活该!另一方面又有点忐忑不安,心在着慌地跳着。难道当真就这样与他们分道扬镳?除了造反派就是保守派,脱离这边去参加那边是不可思议的,一个有政治道德的人决不干这种蠢事。那么,拉一些人出来,重新建立一个独立的组织?又将逃不脱分裂造反派的罪名,会失去很大一部分群众的同情。要么,只有当逍遥派了。可是,在这个轰轰烈烈的革命年头,每一个有血气的青年,都要关心国家大事,逍遥派连保守派都不如,是伟大时代的可耻逃兵。赵大明当然不会当逍遥派,这是毫无疑问的。

忽然想起,是不是可以去找江部长谈谈?对!这是一个办法。他立即动身,到高干招待所去。

他是头一次来找江部长,所以有些胆怯,站在门口迟疑,想把要讲的话全部想好了才去敲门。不料有人正好从里面出来,把房门拉开了。

"哟!江部长,您看巧不巧,赵大明来啦!"说话的是邹燕,就是她从门里出来,说完就走了。

赵大明望着邹燕走去的背影,觉得很奇怪,不知她是来干什么的。

"进来呀!小赵,快进来!"

江部长一声热情的招呼,使赵大明感到不需要拘束,连忙进门,向江部长行了个军礼。

"坐下,坐下,随便一点,我这个人不喜欢搞得那么等级森严。"江部长说着,与赵大明相对而坐,拿出香烟来,"抽烟吗?哦!你是歌唱家,要保护嗓子。"说完给自己点烟。

"江部长,"赵大明委屈地说,"我不明白,看一个人是不是坚定的革命派,到底凭着什么?是凭着他曾经跟什么样的人接触过,还是看他在现实斗争中的表现?"

"我已经知道了,知道了,你讲的是什么事,我早就知道了。哈哈哈哈!"江部长大声笑着,"小赵,不要激动,你根本用不着那么激动,早就有群众为你打抱不平了嘛!说明你很得人心嘛!"

赵大明木然,不知江部长是什么意思。

"你以为邹燕到我这里来干什么?"部长问。

赵大明摇头,表示无从知道。

"正是为了你来的。她刚才告诉我,说是……她亲眼看见,你和彭其的那个女儿发生了原则分歧。她要保她的父亲,你要坚持原则立场,要她大义灭亲,所以就谈不到一起,哭哭啼啼分手了。有这样的事吗?"

赵大明点头承认。

"她还告诉我,说那回彭其要在文工团抓人,也是你首先把消息带回文工团,并且告诉大家,罪魁祸首就是彭其,鼓励造反派群众跟彭其斗争到底,是吗?"

赵大明默认了。

"群众的眼睛是雪亮的!邹燕是范子愚的老婆吧?"

"唔。"

"连她都不同意范子愚对你的态度,可见你很有群众基础啊!"江部长细眯着眼睛品了一会儿烟,"你知道范子愚背着你搞了些什么吗?"

"他们绑架了彭其。"

"哦!"江部长又像知道又像不知道地说,"这个事……总的来说,大方向还是对的。不过范子愚这个人哪,敢想敢干,但毛病也不少,真把一个重大的责任交给他,恐怕有困难。我记得还是在你们到政治部门口静坐的第二天,他到我这里来,我就跟他讲过,要他转告你,我想跟你谈谈。他告诉你没有?"

"没有。"

"唔,这个人哪,靠不住,办事不牢。"

江部长在讲话中一味地贬抑范子愚,这使赵大明很吃惊,有点不知怎样才好。

"我有很深的印象,"江部长指着自己的脑袋说,"那回你们在政治部门口造反,有一段说服机关干部的广播讲话是你起草的,很有水平,有理有利有节。当时我就想找到这个起草人谈谈,后来事情一忙就忘了。我还批评过范子愚,他那种'滚他妈的蛋'不是战斗,是骂街。"

赵大明把自己前来诉冤的动机忘得干干净净了,反过来莫名其妙地感到有点对不起范子愚,心里很不安,恨不得马上就走。

"你二十几了?"

"二十四。"

"唔,这是个可塑性很大的年龄。"部长说,"范子愚那种不相信自己战友的搞法,是孤家寡人政策,没有无产阶级的胸怀。革命都像他那样搞,是不会成功的。你也要注意,不要把这点小小的不愉快拿去扩大了,要讲团结,讲风格,要注意在革命斗争的实践中锻炼自己。"这时,江部长格外认真又十分亲切地把手伸过来,按在赵大明的手背上,轻轻拍了两下说,"小赵啊,你们这个年龄真幸福啊!正在选择道路、决定前途的关键时候,遇上了这场伟大的革命,有机会充分发挥才能,你们可以说是前途似锦。不过,也会有人在这个时候摔下去,再也爬不起来。关键是站在哪一边,坚定不坚定。我们这里条件很好啊!有活老虎躺在身边,只要我们敢打,就有可能成为打虎英雄。而且,我们有无产阶级司令部的直线领导。江部长不是在你面前说瞎话,你懂吗?"

赵大明努力咀嚼着这些话里的实际含意,似懂非懂地点了点头。

"不要背包袱,"部长接着说,"跟彭其的女儿谈过恋爱有什么了不起!莫说是闹崩了,就是没有闹崩,也不应该让她影响你的前途嘛!彭其的女儿,根据党的政策,是属于可以教育好的子女,我们不能把她推向敌人那边去。如果我们的团结教育工作搞得好,她能够主动出来检举她的父亲,那么,我想她也完全可以入党。至于你,就更不用多虑。我……老早就发现你是一个人才,你能够为无产阶级司令部做出较大的贡献,我正在考虑……呃,以后再说吧,唉!看你自己,完全看你自己。范子愚那里,我会批评他。你回去吧!要团结,不要跟他们闹分裂。"

赵大明两腿不由自主地颤抖着离开了江部长的房间,在下楼梯的时候一脚踏空摔了一跤。他不知道这是怎么回事,打好了腹稿的那许多话一句也没有讲,居然就可以走了,而且切盼着马上就走。江部长像一个神灵似的使人敬畏,他给你铺开了一幅开满鲜花和隐藏着陷阱的图景。他说的那伟大的革命在这里从虚幻的轮廓变成了具体的通天的桥和入地的洞,你好像忽然从梦境回到了现实中来。不知怎么那充塞在胸膛和血管中的沸腾的激情,在冷却中凝成了固体。这是一种怪东西,使人增长年岁。

"可以教育好的子女?"大明在心中念叨着,疑惑、畏惧、不忍、担忧……感情与理智在展开搏斗。

他信步——至少是没有明确目的地走到了通往彭家的那条路上,在小竹林里徘徊。希望遇见她,又害怕她真的出现;更加担心着那些大惊小怪的文工团的多事佬。

真跟约好了似的,湘湘那匆匆急走的身影在小路上一闪,正从外面回来。

"湘湘,等一等!"

赵大明鼓足勇气喊一声追了上去,使彭湘湘吃了一惊。啊!她脸色苍白如纸,眼圈发黑,瘦了!大明忍不住心中一颤。

"怎么还有时间到这儿来?"湘湘字字含怨地说。

"湘湘!"大明用请求谅解的眼光注视着她,柔情地说,"我们只能把宝贵的感情溶化在伟大时代的洪流之中。只能这样,湘湘!"

"除了这,还有什么具体的事要告诉我吗?"

"我想……我希望……在两个阶级、两个司令部的生死搏斗中,你不要做无辜的牺牲者。"

"是不是要我用绞索勒死我的爸爸?"

"不!不……"

"你们把他关在什么地方?"

"我不知道,真的,我不知道。"

"那好,谢谢你!"

湘湘无限怨恨地把赵大明盯了一眼,毅然扭转身去,提步就走,再也不回头。

赵大明一声呼喊没有叫出来,头一晕,身子撞在一棵竹子上。竹子受到撼动,发出唰的一声巨响。

第十九章 斗争会

几个青年架着一个用麻袋套着上半身的穿蓝色呢裤的人走进了一间小房,他们解开绳子,将麻袋取掉,彭其露出脸来。又有一个青年把塞在他嘴里的毛巾抽掉,说声:"在这里呆着吧!"便都出去了,门外有挂锁的响声。

彭其站在原地,将这间房子打量了一下。这是一个大约为十六平方米的正方形小房间,里面陈设简单,一张单人床,一张写字台,一把藤椅。床上的被褥都是军用品,很干净,有两个枕头。桌上有一盏台灯,一个墨水瓶,一支蘸水笔,一支铅笔,一个烟灰缸和一个喝茶的瓷盖杯,桌脚边地上有一只铁壳热水瓶。回头一看,见门背后挂着一黄一白两条崭新的毛巾,联想到洗脚的需要。又见床底下原来还放着一双拖鞋。房子只有一扇窗户,是钉了铁条的,窗玻璃用有色的书面纸贴得严严实实,不透一点光线,无法知道外面的景色。除了刚才进来的这扇房门以外,在斜对过还有一扇门。彭其好奇地走去把那扇门拉开看了看,里面是卫生间,有抽水马桶、澡盆和脸盆。他想,这大概是一个什么招待所。但又有点不像,因为招待所里面凡属有卫生间的房间都是给高干住的,陈设不会这么简陋。他走出卫生间,坐到藤椅上,随便拉开写字台的抽屉看看,见里面放着一个纸包,解开来看,是茶叶,还是比较高级的一种。

看了这一些情况,彭其觉得奇怪了,为什么要安排得这么舒适,招待得这样周到呢?难道绑架者并无敌意,而是为了保护你吗？从来没有听说过哪个地方的造反派对待走资派是这样殷勤的。他推想了各种可能，最后想到：是不是陈镜泉布下的计策？大概他知道有人要来揪斗你，为了遮人耳目，安排了一幕绑架的戏剧，私自把你藏到一个隐蔽的地方，一面对外宣布彭其失踪，一面暗地派人保护，以避开这一段风浪？他越想越觉得这种可能性很大，因为绑架过程也能证明这一点。那么准确，那么周密，那么了解内情，整个行动利利索索，没有丝毫误差，肯定是高明老练的人在暗地里布置和指挥，绝非一般喊喊叫叫的造反派所能做到的。

"是啊！到底是死结同心的老战友，有感情啊！"他不禁为之慨叹，从浏阳共产的友情想到当前的互相处境，眼眶湿润了。四十年坎坷道路，四十年风火硝烟，多少次在患难中同舟共济！多少次为共同胜利举臂高呼！多少回服从组织需要各奔一处，又多少回在行军路上意外相逢！天南地北心心相印，两个麂皮荷包一直保留到今。在一起无话不谈，你心就是我心。由于性格不同，常有摩擦，一硬一软，相辅相成，总是不能分歧到三天以上。即便是现在，眼看大难临头，谁也不敢来同情相助，只有他敢冒这极大的风险。你预先为什么不暗示一下或干脆说明呢？不不不，你是对的，你想得稳妥周到，你是细心人。但是，躲过了今天能躲过明天吗？躲到天涯海角也逃不脱如来佛的手掌心，只怕越躲越麻烦啊！你到底是怎样打算的？下一步又怎么办呢？你现在变了，有话喜欢藏在心里，那么谨慎小心，只做不说。恐怕你并不了解形势的变化呀！这一场斗争的目的你弄清楚没有？彭其是要倒的，谁也救不了的，谁来救谁就一起沉潭，你不能只念友情，不顾后果呀！何必要白白赔进去一个呢？你到底是怎么想的？人隔两地，有话不能通，急煞人了！你是派谁在执行这项任务？那个人靠得住吗？他不会反戈一击吗？他可以传递一点消息吗？等等看，看看联系人是谁，还要察言观色，看准了再下决心。

有人在开锁,彭其切断思路,密切注意门口,等着来人。

范子愚进来了。

彭其暗吃一惊。

来者虽没有行礼,但态度和善,仍旧称他为司令员,坐到床沿上,开始说明来意。

"司令员,对不起你,我们搞了一个不礼貌的行动。"

"不要紧,这不要紧。"

"我们不是恶意,是为了帮助你,给你创造了一个比较安静的环境,你觉得还好吗?"

"好,很好。"

"这样,就不会有人给你打电话了,不会有那些啰里啰唆的事来缠你了,你可以专心专意地写交代材料。陈政委可能跟你谈了,北京对你的态度不满意,讲老实话,听说很不满意,你就住在这里好好儿想想吧!首先端正态度,要知道,这回不能蒙混过关了,北京是下了决心的,非要把问题搞清楚不可。你要看清形势,不要估计错了;还要认真想一想毛主席惩前毖后治病救人的方针,争取宽大处理,顽抗是没有好结果的。北京掌握了你们大量的材料,别以为用纸能包住火,包不住的,你不交代别人交代,态度好坏就看谁先谁后,谁讲谁不讲。就是这个意思,你现在先好好儿想一想,也可以写一写交代材料,抽屉里有纸。已经交代过的不要再写了,要写就得写新的。你看怎么样?"

"好,我晓得了。"

"生活方面有什么问题向我们提出来,有病也对我们讲,我们有办法给你治病。你喜欢喝茶已经准备了茶叶,在抽屉里。"

"我看到了。"

"那是开水,一百度。抽烟的问题,等一下就会给你送一条中华烟来。你也许很晚不能睡,可能要饿的,也会给你送来一些面包。其他还有什么要求就对我说,我们去办来。"

"谢谢你,范子愚同志,你们对我很关心,对我太好了!我没有什么要求,只希望你多来跟我讲讲话,帮助我打开一点思路。"

"那可以。"

"对,对,人在困难的时候,要有人帮助。你们年轻,思想新,敏感,跟我谈谈,有好处,大有好处。"

"那就这样吧!"范子愚站起来说,"再讲一次,我们是好意,不是害你,你一定要彻底交代,包括野心、行动计划、串联情况、最后的目的,所有这些都要交代出来,不然,北京会抓住不放,十年二十年也过不了关。惟一的办法是争取时间,早一点交代,有希望得一个宽大处理,要不然,革命几十年就完啦!现在这年头,可不管你资格多老,官儿多大。我走了,明天再来。"说完便开门出去,重新锁上了门。

彭其听着听着,觉得有点不是味了,怎么能规定必须交代野心、行动计划、串联情况、最后目的呢?没有也要交代吗?难道要捏造一些事实便于他们把你打倒?哪有那样的道理!陈镜泉怎么信任范子愚这样的草头王呢?真糊涂啊!这些造反派是没有头脑的,既不懂政治斗争,又毛毛躁躁,只会乱冲乱打,做事是不管后果的,只图眼前痛快。左起来左得要命,唬他一下子就吓得慌了手脚。他们这种毛孩子怎么能干这样的事呢?陈镜泉啊,你真糊涂!要想办法与他联系上,提醒他不能这样搞,这些人会出卖你的。他们没有什么固定的信仰,也不讲情义,谁知会干出什么事来!

他想定主意以后,打开抽屉拿出一张纸,不写称呼,也不写落款,只写了一句含含糊糊的话:

> 我这个地方不好,会出鬼,会把大家都吃掉,赶快让我回去。

写好以后,又怕对方看不懂,为了把意思讲得更明确一些,又在"会出鬼"的前面加了"靠不住"三个字。看了一遍,还是觉得太含糊,陈镜泉如果以为光是地方不好,另外给你换个地方呢?是的,不能这样写,要重写一张。他趁点烟之便,就着火将写好的纸条烧了,另外又草拟一个稿子:

> 我要回去,停止工作专门写几天也可以。这样做后果不好,在这个地方,人员环境都复杂,我不能好好写交代材料。

写好以后,反复看了几遍,便放在桌上,静坐着思考。他把整个事件的前前后后详细回忆了一遍,包括在犯错误以前曾经同一些什么人说了些什么话,都尽可能翻出来,站在客观的立场上进行分析。无论怎么引申,怎么联系,也构不成有预谋有计划有组织的反党行动。但是他们无论如何不信任你,没有任何根据地怀疑你,硬要你无中生有写交代,写些什么呢?真像范子愚说的,去捏造事实吗?那不行,捏造事实会害了别人,会把与你相关的人都扯进去。为了一个人骨头软,害得很多人跟着倒霉,不行!彭其九死一生活到五十八岁,从来没有害过软骨病,要砍头可以,要低三下四顺着人家的胃口来不行。一是一,二是二,有什么交代什么,要罢官,要坐牢,要砍头,随你的便!

他经过一番回忆,又想起了一些过去忘了交代的内容,但也并不是很关紧要的,其实写不写都可以。为了使他们感到有进展,还是写一写吧!另外,对于错误的性质可以尽量把纲上高一点,不怕大帽子厉害。反正他们是喜欢扣帽子的,干脆自己给自己扣上,省得他们费力了。帽子是不要用钱买的,扣得再多也不会把人压垮。这一夜,他几乎没有睡觉,想出一句写一句,断断续续也用蚕豆大的字写了五张纸。

天快亮时开始睡觉,一个文工团员给他送早餐来,他惊醒了,提出要范子愚来一趟。

九时半,范子愚来了。彭其本来想托他把那个纸条带给陈政委去,但为了保险,再听听范子愚的言谈,观察一下,看他到底能不能做这样的事。范子愚仍像昨晚一样,态度和善,讲话声调不高,但总是难免常常露出"造反派脾气"的影子来。司令员把他当成知心朋友看待,向他谈到自己的苦恼、想法和问题的全部过程以及范子愚所不知道的一些空军内部情况。当谈到需要实事求是时,他说:

"在什么问题上都要实事求是。过去在陆军打仗,每回侦察兵汇报,我都是要他们把原始情况讲给我听,不要带分析,也不要什么估计。分析估计要不要呢?要,把原始材料摆出来以后,大家再来研究。如果情况搞得不真实,根据猜测来下决心,军队一动就要吃大亏,搞得不好全军覆没。人的问题上也是一样,不实事求是,就会对党的事业不利。坏人当成好人,好人打成坏人,这样的事搞多了,会把党的组织成分改变。没有的事硬讲成有,好人不就被打成坏人了吗?失掉一个好同志,党就少一分力量。运动一来,总有一些人不喜欢实事求是,这个习惯不得了,不知是从哪里染来的毛病。"

"就是,"范子愚被触发了心病,激动得忘乎所以,大发起议论来,"去年搞反动路线的时候,很多人不实事求是,害死人。有回我跟政治干事闹意见,吼了他几句:'你还政治干事,你算什么政治干事?一天到晚政治政治,我看你呀,不正也不直'。后来在运动当中,他给我贴大字报,就变成了'政治政治,不正也不直。'我老婆在旁边听到,又没听清楚,也急急忙忙写一张大字报证明我确实讲过这个话。你看这……连我老婆都跑出来证明,我还说得清楚吗?差点为了这些事被打成反革命。不实事求是的人最可恼,他妈的!我要是手上有权,非得整一整那些张口胡说诬赖好人的人不可。"

范子愚越说越激动,便从床沿上跳起来,呼呼喘气,在小房间里走来走去,口里还在反复骂道:"想起来就恨,想起来就恨……"

彭其看他这样,暗想道:"这个人不能干大事,决不能干大事,纸条算了,不要叫他递了。"

"哦!"范子愚忽然意识到他是在跟走资派谈话,马上坐回床沿上去,转变成严肃的态度说,"话虽这么说,实事求是不等于不要交代问题,你的问题还是要好好儿交代。已经写了一点没有?"

"记起一点就写一点,还没有整理。"彭其冷冷地说。

范子愚拿起桌上的纸张,一目十行地看了一下,扔回原处,很不满意地说:"你的态度还有问题,这样的东西还要你写什么?我提醒你,不要辜负了我们的好心,这是好机会,不要错过了。现在这年头,谁能这样耐心跟你谈话?你是碰上我们了,要不啊,哼!你看着办吧!"说完走了。

彭其变得非常失望,在范子愚走了以后,他一个劲地抽烟,开始怀疑这件事是不是陈镜泉干的了。决心从现在起,什么也不说,什么也不写,倒要看看下面将如何发展。一下午过去了,一个晚上又过去了,第三天上午,有个文工团员进来问他写的情况怎么样,他只摇了摇头。晚餐时给他送来的是一碗面条,上面盖着厚厚一层鲜美的鸡肉和蘑菇,面汤表面浮着一层黄油,显然是鸡汤面。他一边吃一边想,越想越糊涂,到底是搞的什么鬼呢?像招待上宾一样,生活上对你这么好;写的检查材料又不满意,非要捏造事实不可。是恶意还是好意呢?是害你还是护你呢?是陈镜泉搞的还是别人搞的呢?左猜右猜猜不透。他看到那个准备递给陈镜泉的纸条还放在桌上,感到不妥,吃完面条便用打火机点着,放在烟灰缸里。

忽然,外面走廊上像炮兵阵地开火了似的一阵轰响,彭其一噤,烟头从手上震落在地上。接着,嘭的一声,房门被踢开,冲进来好几条大汉。一张张恶煞似的面孔用打雷般的嗓音一齐吼道:

"彭其!你这个反革命分子,到今天还不老实,走!见群众去!"

话音刚落,几个人像饿虎似的张牙舞爪扑上来,拔掉领章,夹起他就走。军帽掉了,衣扣拉开了,皮鞋也踩脱了一只。耳边轰轰地作响,都是滚雷般的口号声。他不知人们夹着他是从哪里走的,经过哪些地方,来到了什么所在,只觉得好像忽然从悬崖上推下来,噗的一声摔得趴在地上。轰隆轰隆像山崩地塌,压顶而来,不知是什么声音,眼前直觉得金光一闪,便再也听不见了……

　　不知过了多久,彭其清醒过来,睁眼一看,眼前是水泥地,有零零落落的木屑铺在地上。灯光通亮,但听不见耳边有声音,暗想:"是把我换个地方关起来?"想还没有想完,已看见前面有脚了,一双又一双,大的,小的,都是皮鞋和解放鞋,零乱地站着。稍一抬头,又看见了蓝色的军裤,接着便是军衣,再然后才看清面孔,男的和女的,都是将要吃人的面孔。原来是他们——文工团的造反者。他强撑着地,颤颤抖抖地企图站起来,没有成功,这时,有人从两边提着他的胳膊帮了一下忙,使他直立起来了。他看见,这是一间从来没有见过的六角形房子,里面十分杂乱,有破家具,有烂筐子,有木屑、锯末、刨花,也有一些完好的凳椅。墙上贴满了标语和漫画,全部是与彭其有关的,尤其是那些漫画,秃顶的大脑袋,打着赤膊,口里喷出鹅蛋大一滴的口水。正前方一块墙上没有贴这些东西,只有一张毛主席画像,用图钉钉在很高的地方。彭其仰头望着,痴呆地望着。

　　"向毛主席请罪!"

　　有一个人带头,其他人也跟着吼了一声。

　　"我……请罪!"他吐字含糊但很响亮地说了这三个字。

　　"低头!"

　　"会……低头的。"说完把头一勾,腰身却挺得笔直。

　　"彭其!"挽着袖子、把军帽戴在后脑勺上的范子愚走到他面前恶狠狠地说道,"你这个顽固不化的反革命分子,竟敢把群众当成阿斗,欺我们心软,对你太客气是吗？群众是不好惹的！今天晚上要跟你算总账！你要是知趣的,就老实交代你的罪行,否则,我们今天就拼上了！"

"打倒彭其！"

"打倒反革命分子彭其！"

"彭其,交代！"

"交代！"

"交代！"

一声喊,愤怒的人们把他团团围住,无数个拳头挥到他头顶上,额前,眼前,鼻子跟前,只是还没有一个是挨着了皮肉的。彭其像庙里的判官一样,板着面孔,连眼都不眨地站着,任他们怎样张牙舞爪,他好像视而不见,听而不闻。当怒吼的高潮过去以后,他仍旧仰头望着毛主席,更加含糊不清地说：

"毛主席,我向你……交代！"

"说！"

"快说！"

"我们等不及了！"

"没那么好的耐性。"

"同志们！大家安静安静。"范子愚喊道,"彭其已经表示要向毛主席交代了,我们就听他交代吧！耐心一点,暂时不要喊口号,让他坐下说好不好？"

"坐下吧！"

这时,有一个女学员给他把掉了的那只皮鞋拿来了,他望了那女孩子一眼,是一张带着稚气的面孔。又有人以平和的声调提醒他："把扣子扣上。"一看,那是一个三十多岁的男同志,脸上并无敌意。彭其的心里闪动了一个非常复杂的念头,说不清是什么意思,尝不出是什么滋味。

人们搀着他走到旁边去,那里不规则地摆着好几条凳子,让他坐的是一把有靠背的椅子。他平稳地坐下了,简直是坐在刨花堆里。面前是一个高高的破竹篓,堆满了刨花,左侧地上是木屑和刨花混在一起,脚下也是踩着松软的刨花。他开头有点奇怪,后来一看别人都坐在刨花里面,也就不奇怪了。大概是仓促安排的,没有来得及收拾吧?

　　"说!"

　　"快说!不要搞鬼!想到什么说什么。"

　　彭其像嚼什么东西似的动了几下嘴,然后张开口,用手指着嘴里:

　　"啊……啊……啊……"

　　"怎么啦?"范子愚问。

　　"啊……啊……"

　　有几个人走来看了看,都说:"舌头硬了。"

　　造反者虽然个个像凶神恶煞,其实多数人都是肉做的心,看到这位昨日的司令员今天变成这样,许多人默默不言了。他们在想些什么呢?谁也不知道。也许有人正在内心叹息,但这叹息是不能出声的。岂止是彭其受难!斗他的人想叹息不能出声,憋在心里难道就好受吗?

　　大家自然而然同意彭其休息一会儿再讲,有人还把他的茶杯端来,他一饮而尽。

　　舌头恢复正常以后,他开始交代了,断断续续地说:

　　"我,骂过吴法宪是……猪……猪司令。我……说过,搞政治的人,不……不懂军事,不能……当司令。我讲过,要为……国家着想,要为空军……着想。我们空军……很年轻,实战不多,还在……建设……发展阶段,要有一个……真能干事的人……来领导。我说过,政治不能……代替军事。部队光喊口号不行,人家……

不怕你,你要真能打两下子,还要能把敌人打败,他才不敢来侵犯。我们越不搞军事训练,敌人越欢喜。你看,前几天就跑到殽山基地来剃了一个光头。我是一建空军就穿了蓝裤子,空军搞得好不好,我怎么能不关心呢?"

"等一等,你是在放毒!还在用资产阶级单纯军事观点来蛊惑人心。"

"我不是资产阶级,我是烧炭出身的,十五岁开始烧炭,烧到十八岁,搞共产去了。我连资本家都没有见过,见得多的是国民党的俘虏,有很多现在还留在我们部队。我……"

灯光师从门外进来,把范子愚叫了出去。

"江部长叫你快去。"

"干什么呀?"

"他发火了。"

范子愚跟着灯光师下了一道楼梯,走进六角房底下的那一间房里。

"你们是怎么搞的!"江部长气鼓鼓地劈头责问。

"怎么啦?"范子愚不解。

"你听听,他在讲些什么?"

江部长指着一部正在转动的录音机,送话线从窗户外面牵来,显然是连在楼上六角形房间里的。录音机旁站着邬中、刘絮云和掌管录音机的灯光师。录音机监听喇叭里传出彭其的讲话:

"……我的思想根源是农民意识,我们红军里头,一百个人就有九十九个是农民,要不就是农民出身的,读了几年'人之初'的……"

"要他讲这些干什么?……唉?"江部长近乎愤怒,"简直是浪费磁带。我下午是怎么跟你交代的?你都忘了?"

"这个老狐狸,真狡猾!"刘絮云卖弄本事地说,"可惜我不能在场,我要在呀,哼!得叫他老实点儿。"

邬中从衣袋里掏出一个本子来,撕了一页交给范子愚说:"就按这上面提问,不要让他啰里啰唆。"

"要抓住要害,抓住要害。"江部长强调说,"早就对你讲了,要害是有计划、有组织地搞罢官夺权,你忘了?"

范子愚被训得无以对答,他在这里变成笨蛋了,跟平常呼风唤雨的气派大不相称。他接过邬中给他的那张纸,仔细看了一遍,装进衣袋,慌忙上楼去。这一顿挨训使他窝了一肚子火,他把它全部发泄给彭其。

"彭其!"他踹开门恶狠狠地说,"你这个老狐狸,是想死还是想活?你把我们当阿斗,胡说些什么?"又喊了句口号,"打倒彭其!"

"打倒彭其!"

"不许胡扯了!"他想了想纸条上面的题目说,"我问你,你们是怎样阴谋勾结,策划篡夺空军领导权的?"

"我没有阴谋,我不想当空军司令,我在党委会上发表意见错了,路线觉悟不高,不懂政治。"

"你不老实!"

"如果我不老实,就会顺着你们的意思来。那不行,同志们,那样做对党的事业没有好处。"

"还在耍他的臭威风!"有人喊。

"这不是威风,这是态度冷静。越是压力大,越要冷静对待。"

"他妈的!"范子愚咬牙切齿冲了上去,"我还从来没有见过你这样顽固不化的反动派,站起来!别太舒服了!同志们,彭其这么不老实,我们怎么办?"

"打翻在地,踏上一只脚!"几个惯于动手动脚的人,吼了一声冲上去,就要动武了。

"同志们!"赵大明猛然间挺身而出,站到会场中间大声说,"彭其在耍阴谋,我们不要上他的当。他刚才说压力大是什么意思?是为以后推翻今天的交代打埋伏。到时候他会说,你们用武斗来压我嘛,压得我只好乱说一通嘛。同志们!彭其是老奸巨猾的,我们的头脑要复杂一点,不能上他的当。"他说着,感到全身的血管都在膨胀,额头上沁出毛毛汗来。他弄不清自己的冲动到底是为了什么,是为了斗争的需要,还是为了使彭其少受皮肉之苦?说完后,他在心里嘀咕着鼓励自己:"不管怎么样,这是对的,毛主席早就说了,要文斗,不要武斗。"

那几个准备动武的大力士,听赵大明如此一说,便恶狠狠地吼了几声,也就作罢,各归原位去了。

楼下那间房里,江部长正在着急地走来走去。他听到有人气势汹汹地吼叫起来,准备搞武斗,急得把脚一跺,嚷道:"这些草包,除了这,再也不会别的。用武斗对付彭其,蠢家伙!这一手能使他屈服?"他正想再把范子愚叫来开导开导,却听到了赵大明的声音,部长喃喃自语道:"就这么一个有头脑的人了。"

楼上的六角杂屋里,斗争在继续进行。彭其正在不慌不忙地说:

"……我是一个大炮筒子,人家都叫我彭大炮,我心里有意见就藏不住,定要讲出来才舒服。但是,我没有组织,没有计划,我没有找其他人串联过。"

"其他人是一些什么人?"

"就是同我一起犯同样错误的那些人。"

"你们那些人是一个阴谋集团。"

"坐在一起开会,提的意见又差不多,看起来以为是一个集团,实际上谁也没有通过气,你是你,我是我,各讲各的。一个人带了头,大家意见相同,就跟着讲了。"

"是谁带的头?"

"这个,北京晓得,不要我讲了。"

"我再问你,"范子愚背转身去,偷偷把邬中给他的纸条看了一下说,"一九六五年七月十七日,你在上海碰到了谁?"

"我想想看,"彭其感到惊讶,范子愚从哪里弄来这么具体的年月日呢?不久,他想起来了,"哦,那回我在上海碰到过空二兵团的司令。"

"你们关在招待所一间小屋里,谈到凌晨三点多钟。"

"谈得那么晚?我没有注意时间。"

"谈了些什么?"

"当时刘亚楼死了不久,我们在回忆他的一生经历,刘亚楼那些七七八八的事我晓得很多。"

"还谈了什么?"

"还谈了……刘亚楼死后,谁来当司令的问题。"

"好,就这样说下去,到底是怎么谈的,清清楚楚地讲出来。"范子愚感到胜利有希望了,找了条凳子坐下来。

"他说可能会叫吴当司令,我说不行,吴是个草包,没有能力,只会吹吹拍拍。"

"他恶毒攻击毛主席和林副主席,反动透顶!"有人揭穿说。

"不!"彭其立即声明,"我不是讲的毛主席跟林副主席,我没有那么大的胆子。我是讲,刘亚楼是司令,他是政委,他当政委一点原则也没有,只会顺着刘亚楼,到处吹他捧他。"

"你们还讲了些什么?"

"还讲了……是我讲的,我说毛主席跟林副主席要选准人才就好,空军需要一个有能力的人来当一把手。"

"你们想到的那个有能力的人是谁?"

"我们不敢具体议论,那是毛主席跟林副主席的事。"

"你不老实!"

"要阴谋!"

"快说!"

"说!"

"说!"

万炮齐鸣轰了上来。

"我们确实不敢讲,但是我心里有想法,没有讲给他听。"彭其仍旧保持着镇静。

"你心里是怎么想的?"

"我想,最好提一个懂得一点飞行业务的干部。"

"那个人是谁?"

"没有提到具体的人。"

"你心里总有个对象。"

"心里是有,心里想的不能讲出来。"

"你又不老实!"

"同志们,你们仔细想想,"彭其诚恳地说,"好好的一个同志,跟我从来没有什么勾结,只是我在心里想过一下,认为他可以当司令,现在我自己犯了错误,如果把他的名字讲出来,会无缘无故害了他,何苦呢!他一不搞阴谋,二不提意见,就是我在心里那样想过一下,又要引起对他的怀疑,节外生枝惹出一些麻烦来,那又何苦呢?这个我不讲了。"

"要讲!"有人不答应。

"你们一定有联系。"还有人提出了怀疑。

"讲!不讲不行。"范子愚命令说。

"不能讲。"彭其坚持着。

"要讲。"

"不能讲。"

"讲!"

"不能讲。"

灯光师又来叫范子愚了,范子愚怀着惴惴不安的心情下楼去,刚一进门,江部长迎面走来,递给他一张被烧去多半的残纸片。

"你看看。"

范子愚接过来一看,上面有几个这样的字:"……后果不好……我不能好好……交代……"

"怎么样?"江部长得意地笑着。

"是彭其的字。"范子愚惊喜地说,"在哪里捡到的?"

"在他的房里,放在烟灰缸里想烧掉,没有烧完。"

"这么说,他早就打定主意不好好交代?"

"铁证如山。"

"这个老狐狸,"刘絮云火上浇油地说,"要不是江部长细心,差点被他毁灭了罪证,哼!碰错人了,碰上江部长。"

"哈哈哈!……"江醉章忘乎所以地大笑起来。

"小声点!"邬中提醒说。

范子愚拿着残纸片在想:"糟糕!铁的证据证明他不老实,我们的麻烦更大了,还有什么办法能叫他老实起来呢?我想不出办法来了,糟糕!"

正在这时,江部长忽然把大腿一拍,脱口喊道:"有了!"使在场的人都吃了一惊。他把范子愚拉到身边,诡秘地对他说:"快去!抓住他话里的一切疑点往下追,不要搞得他不说话了,让他尽量地多说。只要他滔滔不绝地说下去,我们就胜利了。"

范子愚眨着眼睛,表示他还没有弄明白。江部长催道:"快去吧!照着做就是了。"

范子愚回到斗争会上,不折不扣地按江部长的指示办,相当成功,引得彭其断断续续讲了许多话。但群众听了有些纳闷,让他讲那么多废话干什么?从他的话里似乎听不出他有什么大错误。

一个相当文明的斗争会结束了,几个文工团员把彭其送回原来的房间里去。他一路看到,这是一座完全陌生的楼房,楼梯上和走廊里都没有灯,也许是有意拉熄了。房子外面也是漆黑一片,什么也看不清楚。

他走进小房间,发现情况变了:床上垫的已不是软绵绵的褥子,换上了一床草席,枕头没有了,需要自己想办法解决,茶叶拿走了,热水瓶不在了,台灯也从桌上消失,藤椅也换成了骨牌凳。他现在急需要喝水,最好有一杯浓茶,茶呢?水呢?好在杯子没有拿走,他想起卫生间有自来水,便拿着杯子进去,连灌了两大杯。出来时用毛巾擦着嘴,望着这变化了的环境自言自语:

"难道这也是陈镜泉安排的?不……不……"

第二十章　一梦初醒

军人俱乐部门口有一个很大的墙报栏。过去是用来张贴电影广告和体育海报的，文化革命一开始，它就变成了毛泽东思想宣传栏。在这个宣传栏里，除了经常可以看到大红纸贴金字的毛主席最新指示以外，还有一个题为"活学活用毛泽东思想好人好事赞"的专栏，介绍兵团直属队在活学活用毛泽东思想的群众运动中涌现出来的先进人物和事迹。专栏每月更新一次，每次表扬的人数，最少一个，最多五个。虽然这仅仅是墙报而已，但一般人也还是希望能把自己的名字写到上面去。因为那是很光彩的；还因为那也许是从战士到干部或从干事到科长的第一个吉兆。

今天，专栏又换了新内容，头一个光荣的名字就是文工团的赵大明。有人一大早就来向赵大明道喜，他却以为人家跟他开玩笑，怎么说也不相信。后来，说的人多了，他不得不当真，便走到俱乐部门口去看。

宣传栏前围了不少的人，这在往常是少见的。人们一边看一边议论，显然是对某项新闻产生了特别的兴趣。赵大明悄悄走过去，只听有人在说："谁也没有规定正在造反的群众不能成为活学活用毛泽东思想的积极分子，不过一般人对文工团的造反看不惯就是了，以为他们都是青面獠牙。还是江部长水平高，他就敢于把造反派的人拿来表扬。"旁边有人默默地听着，有的附和两句，还有的在谈论另外的话题。赵大明瞪大眼睛往宣传栏里一看，只见在自己的名字下面写着这样一些内容：

……在急风暴雨般的群众运动的洪流中,他始终不放松活学活用毛泽东思想,坚持斗私批修,加倍努力地改造非无产阶级世界观。他在你死我活的阶级斗争和路线斗争中,坚定地站在无产阶级一边,站在以毛主席为代表的无产阶级革命路线一边。他自觉地与兵团那个最大的资产阶级代表人物划清界限,不被假心假意的恩赐所收买,不为甜言蜜语所软化,不做资产阶级人性论的俘虏,从个人感情的泥沼中勇敢地拔出脚来。他时刻以革命先烈那种敢叫头颅落地、不怕美女缠身的英雄气概来勉励自己,决心在复杂的对敌斗争中,做一个永远忠于毛主席的好战士……

看着看着,赵大明惊得发呆了,他简直不敢相信自己的眼睛。"这是我吗?我有这样高大吗?"他反复自问,心在不安地跳着,脸上发烧。为了不让别人发现他,招致难堪,他转身就走。说来也怪,好像仅在一个早上,整个院子里的每一个人都认识了赵大明,包括那些从来不打交道、也很少碰面的干部家属在内。他们都以异样的眼光望着他,对他微笑,指着他的背影或侧影议论纷纷。他忽然间产生一种奇怪的心理,希望这个院子里只剩他一个人。假如除他以外还有另外的一个,哪怕那是个小孩儿,他也要难为情。他不明白,他在想……

越是怕碰上熟人就越是要碰上熟人。陈小炮从他身边急走过去,装着没有看见他似的,连头也不摆一下。赵大明暗自庆幸,心想:"谢天谢地,要是被她看出我来,不知会怎么样。"谁知就在这时,已经走到前面去的陈小炮猛然回过头来,用利剑般的眼光望着他,大声地说:

"歌唱家,想当官儿了?"

赵大明脸一红,急走几步赶上去,想使她把说话的声调降低一点。

"喂!"陈小炮可一点也不照顾他的面子,仍旧那么大声,"想当官儿别这么下作,我去跟我爸爸讲一声,赏个大官儿给你。"

"你这是什么话!"赵大明生气地说。

"我这是人话。"小炮说,"可不像有些人,良心长到背上去了,专讲鬼话。"

赵大明知道,她肯定是在宣传栏那里看了来的,便解释说:

"小炮,那不是我自己的意思,真的不是。我不知道是谁搞的,根本没有告诉我,把我吹上了天,我自己看了也脸红!"

"得了吧!你还脸红,知道脸红的人,就不会像现在这样。"

"你冤枉我了。"

"我冤枉了你?"小炮愤怒地说,"算了!没有工夫跟你说那么多。"说完,扭头就走。才走了几步,又停住,回过头来,变了一个腔调问道,"好吧!如果你想证明你还是一个好人,那我问你一个问题,你敢告诉我真话吗?"

"你说说看吧!"

"你们把彭司令员搞到哪儿去了?"

"这……这个事儿……"

"别吞吞吐吐的,要说就说,不说拉倒。"

"小炮,你别急呀!"赵大明哭丧着脸说,"我现在脑子里一片混乱,乱糟糟,一切的一切都不知怎么办好了。"

陈小炮轻蔑地抿嘴一笑,昂着头,扬长而去。

赵大明急得张口结舌,想叫住陈小炮再说几句,可就是出不了声,真像他刚才说的那样,脑子里一片混乱。他知道,小炮马上就会跑到湘湘那里去,把一切都告诉她。那样,将会引出怎样的结果来呢?他想去找湘湘,抢在小炮的前面,将宣传栏的事解释清楚。可是,在这个时候又怎好到湘湘家里去呢?湘湘要是提出想看看她爸爸怎么办?假如带她去了,江部长会怎么样?范子恩他们会怎么样?假如当面欺骗她,说自己不知道地方,那又是多么可耻啊！不行，不能去。他犹豫了一阵，又提起脚来，继续往前走。宣传栏上的那几句话在脑子里反复出现："……不被假心假意的恩赐所收买，不为甜言蜜语所软化……从个人感情的泥沼中拔出脚来……不怕美女缠身……"这些话的意思再明显不过了，这是对湘湘的侮辱，是对彭其一家人的恶毒诽谤。是谁这样做的呢？怎么能这样干呢？怎么可以不征求本人意见呢？天真的赵大明又气又急又不明白，直想哭。他忽然得出了一个结论，失声喊出来："啊！这是强迫我接受一种安排。"到这时，他已感到生活太复杂了，人也太复杂了，政治、路线、阶级斗争，也许这一切都是非常复杂的？二十四岁的赵大明，头一回被复杂的现实弄得这样苦恼。他愤怒，他想不顾一切，要表明自己的态度，于是便去找江部长。

江部长在二〇九号房里接待了他。

"怎么啦？"部长见他涨红着脸，气咻咻地走进来，有点吃惊。

"部长，我……"赵大明低着头说，"我不要那个表扬。"

"为什么？"

"太不实事求是，影响多不好啊，这是谁搞的嘛？吹上了天，瞎说一通。"

"是我搞的。"江部长站起来说，"我亲自写的。"

赵大明一听，吓得不敢做声了。

"怎么？"江部长盯着赵大明的眼睛说，"我写得不对吗？"

"不，不是。"赵大明结结巴巴地说，"我是……我觉得……我自己没有那样好，我……我不配，我不配这样的夸奖。"

"不要老是我，我，我，"江部长打断他的话说，"我们自己都从属于一定的阶级，是一定的政治路线上的螺丝钉。今后，对这个'我'字，要好好地重新认识。"他板着面孔，十分严肃，"你以为这个受表扬是你个人的事吗？这是革命的事，是这场伟大革命当中的一件小事。可以说是微不足道的，但它有它自己的意义。"

"我觉悟很低。"赵大明喃喃地说。

"不要这样讲话,这是没有出息的话。你应该有较高的觉悟,因为你不蠢嘛!坐下吧,我正要找你认真地谈谈。"

赵大明忐忑不安地坐在沙发里。

"我要祝贺你。"江部长自己也坐下,拿出烟来点着,态度变得温和多了,"用一句老古话来说,'天将降大任于斯人也。'懂吗?我经过一段时间的观察,发现范子愚这个人不行,只能凑凑热闹。培养一个人才真难哪!首先是不容易发现。愿意革命的人倒是不少,有能力的就太少啦!你年轻,有点头脑,人也还老实,今后可以担负一些重要点的工作。"

"我只学过唱歌。"赵大明提醒江部长注意。

"你要做好改行的准备。"江部长说,"这不是我个人对你的要求,也不是凭你自己的兴趣所能决定的。这是无产阶级司令部对你做出的安排。"说到这句话,江部长特别郑重其事。接着又说,"你要斗私批修,服从革命的需要,宣誓把自己的一生贡献给捍卫毛主席革命路线的伟大斗争。"

"我连党员都不是,部长您知道吗?"

"我看了你的档案,你的基本条件很好,入党不难。现在最重要的不是看一个人是不是党员,党员里面还有不少是喂饱了'黑修养'的呢!最重要的是需要一颗绝对忠于无产阶级司令部的心。有这个准备吗?"

赵大明茫然,轻轻地摆了摆头。

"那么,你是盲目参加造反的?"

赵大明又摇了摇头。

"我很喜欢你这一点。"江部长恳切地说,"有一是一,有二是二,不讲假话,不骗人。这是一个优点,要保持下去。还有什么想不通的吗?都提出来。"

"我还是不明白,"赵大明说,"我觉得自己的活学活用没有搞好,得实事求是。"

"实事求是不是革命的目的,它只是革命的一种方法和策略,怎么能把实事求是摆到不适当的地位呢!现在革命需要你当活学活用的积极分子,你懂吗?"

赵大明困难地领会着江部长话里的意思,他被弄得非常窘迫。

"宣传栏上的这篇文章,使彭其那个女儿死了心,再也不会来缠你了,我帮你解除了一个负担,你高兴吗?"

赵大明无言,努力掩饰着内心的痛苦。

"你应该高兴。"江部长说,"任何一个有理智的青年,都不会听凭一种危险的男女接触发展下去而断送自己的政治前途。"他紧紧盯住赵大明的眼睛,"年轻人,这个事情很重要啊!世界上没有无缘无故的爱,我们的感情都从属于一定的阶级。你们文工团没有结婚的姑娘多得很嘛!你看上了哪一个,就跟江部长说一声,我代表组织出面给你做介绍,一般来说,不会不同意的。你相信江部长吗?"

赵大明低垂着头,叫人几乎看不见他的脸。

"考虑考虑吧!有没有决心献身于无产阶级司令部?你坐在这里想,我出去买烟,就回来。"部长交代一声走了。

赵大明感到,他的脚手已被绳子捆住,嘴巴已被棉花塞住,胸口已被石头压住。根本就不存在选择的余地,一切都已经安排好了,还有什么考虑的呢!他又想起了湘湘,趁着身边无人,让眼泪畅快地流出来。不过马上就意识到不能放肆,因为是在江部长的房里。幸好收敛得早,江部长很快就回来了。

"考虑得怎么样了?"

"不需要考虑。"赵大明说。

"那么你的意思?……"

"接受无产阶级司令部的安排。"

"唔……"江部长缓慢地点着头,暗自感叹道:"真是个聪明的小伙子啊!他已经懂得了诀窍:克制自我,原是为了自我。消极地接受强迫克制,不如积极地主动克制。前者是蠢人,后者是英雄啊!他是英雄的料子!"不过,江部长也不见得全对,他毕竟不知道赵大明心里在想什么。部长默默地把赵大明观察了很有一阵,突然问道:

"假如彭其的女儿厚着脸皮再来缠你,你怎么办?"

赵大明很快就回答说:"只要她知道宣传栏上的事,她一定恨死我了。要是她来找我,肯定是为了别的什么目的,我当然要站稳无产阶级立场。不过,请部长放心,她早就不理我了。世界上没有无缘无故的爱呀!"他是那样冷静,有条有理,使人觉得他已成为一个脱离了原始人性的有严格教养的青年。

现在,江醉章觉得可以向他交代任务了,便带着赵大明走进里间的卧室,站着对他说:"无产阶级司令部对你寄予极大的希望,今后将有一系列的重要工作交给你做,你要在工作中接受考验。"他又把他带到写字台跟前,指着上面的录音机说,"这是斗争彭其的实况录音,你把它整理成文字材料。要抓住要害,简明扼要,字数控制在三千字以内。"又说,"必须在明天晚上以前完成任务,时间很紧,加一个晚班。"最后,他加重语气叮嘱说,"你注意,要绝对保密,除我以外,不要对任何人讲。你就在这里工作,把两层房门都闩上,有人来叫门,你不要理他。"临走,又告诉他,吃饭也在这房里,由服务员送来。

江部长走了。赵大明伫立在窗前看着他走出了招待所的大门。这时候,寂寞的房间像冰窟,像监狱,呆在这里的赵大明,恰似一个孤独的囚徒。他惶恐不安地左看右看,从里间走到外间,又走进卫生间去,连床底下也撩起床单来看了一遍,他好像觉得这是一个闹鬼的地方。

他呆坐在写字台前,眼睛一眨也不眨地望着一个虚幻的目标,僵住了。他痛苦地想道:"我刚才说了些什么呀!是真话吗?是心甘情愿的吗?我多么可耻啊!"他意识到,自己已不是一个自主的人了,一种远远超出他个人能力的力量控制了他。他明知这是一个卑鄙的阴谋,是蛮横地剥夺了他作为一个普通人的起码的自决权,他却不得不接受这种安排,简直无法表达内心的抗议。"无产阶级司令部",这个神圣的名词,为什么跟蹂躏心灵的如此重大的罪恶联系在一起?在这个名词的威吓下,为什么连自己纯真的品质也改变了?说假话,这可不是赵大明的个性特征啊!过去他是多么嫉恨那种喜欢投机取巧、油嘴滑舌的人!他当真能接受江部长的安排吗?不!他正在为湘湘受了无端的侮辱而万分惭愧,他恨死了这个不可一世的霸王江醉章。在这个问题上,他可不管他是哪个司令部的人了。但是他知道,自己是一个弱者,发一通脾气,指着江醉章的鼻子痛骂一场,是不会带来好处的。因为他是无产阶级司令部的有功之臣,反对他等于是反对无产阶级司令部。这是在短暂的革命造反经历中,人人都已懂得的普通常识。

他想冲出房间,到湘湘那里去,把宣传栏的真相跟她讲清楚。但这是不行的,江醉章的神通那样广大,难道他不会在附近安一只眼睛?如果被他知道了,会带来怎样的恶果?大明知道,在这个可怖的房间里,是不能够轻举妄动的。他忽然想到了那部电话机,能不能给湘湘打一个电话?他来到电话机跟前,犹豫了很久,才战战兢兢地拿起话筒。刚刚凑到耳朵跟前,便只听守机员在问:"是江部长吗?您要哪里?"赵大明吓得赶紧放下。一个声音在看不见的角落冷笑一声说话了:"哼!小伙子,要革命就得这样,哪能如你自己想象的那样天真烂漫!"这当然是幻觉,但足以使赵大明老实起来了。

他不得不开始工作。

录音机转动起来,造反者的吼叫声和彭其从容不迫的说话声交替出现。赵大明把一本稿纸摆在面前,时而摘记一些有用的内容。

听着听着,他吃了一惊,立即按了一下录音机上的键钮,使它停住,再倒回去一些,重来。只听彭其的声音说出这样一句话来:"我找其他人串联过……"说得清清楚楚,一点也不含糊。大明记得,那天在斗争会上,无论怎么说,彭其也不承认找其他人串联过。大概只要不是傻瓜便应该知道,"串联过"这三个字等于是承认有组织、有预谋,他怎么会乱说一通呢!但这是录音机,不容置疑。

大明用铅笔把这句话记在纸上,在下面划了一根很粗的横杠,继续往下听。不久,又有一段话令人惊愕。记得原来是这样说的:"……坐在一起开会,提的意见又差不多,看起来是像一个集团。实际上谁也没有通过气,你是你,我是我,各讲各的。一个人带了头,大家意见相同,就跟着讲了。"现在却变成了:"坐在一起开会,提意见,一个人带头,大家跟着讲,看起来是……一个集团。"这样一变,岂不是完全供认不讳了?赵大明把录音机停下,呆坐着沉思起来:这是怎么回事?是魔鬼的意志吗?多么可怕!

录音机静静地躺着,好像为了保守机密而缄默无言。但它本身的性能正在暗示人们知道:只需要再有一部录音机,将磁带转录一遍,去掉一部分多余的句子和字眼,并把顺序按照需要调整一下,就会产生神奇的结果。这个游戏是很容易做到的,但能想出这种主意来的,却不是简单的人物。

赵大明的头脑中轰的一声爆发了原子弹,疑问一个套一个,急速地产生了连锁反应,把整个的观念境界全部搅乱了。原来还有这样的事!原来这也是在革命!原来在那座披着金色阳光的庄严和神秘的大山之上还有这样黑暗的深沟!"哦……是这样!是这样!"他默想着,在房间里走动,"我以为生活是跟书上说的一样;我以为只有我的思想是不够纯真的,需要加紧改造;我以为我正在为着一个崇高的理想而投入到光荣的圣战;我以为越是高级的便越是光明磊落的;我以为我找到了生活的良友和思想的楷模;我以为我的克制和服从总应有一些价值;我以为我的敌人原是最丑恶者,我的首长是属于完美高大的一类;我以为人们都是忠诚老实的……"他到外间去,往沙发里一躺,把两手交叉抱在胸前,自嘲地笑起来,歇斯底里地摇晃着头。后来他停止了这种轻慢的举动,冷静下来,从合理的方面去想想。也许这是理直气壮的,因为"对敌人没有忠诚可言?"但他原来并不是敌人,是通过强加罪名才使他变成了敌人的。那么为什么一定要使他变成一个"敌人"呢?因为只有在他成了"敌人"的时候才能把他打倒。毛主席关于"实事求是"的教导和"惩前毖后,治病救人"的政策在这里被当做与现实毫不相干的理论了。他们到底是在遵循哪一个主义、哪一条路线、哪一种道德标准?他们难道可以不受任何约束地为所欲为?同是共产党员,有的人不许说话,有的人享有随心所欲的特权。这一无情的现实,那样鲜明地对比着,摆在赵大明的面前。

乱了!乱了!联系到宣传栏的事,更加乱了!一个向来信奉宣传工作者的诚意的人,一旦发现自己遭到了捉弄,便将把过去的虔诚变成今天的愤怒。过程虽然是很短的,而变化却是惊人的。赵大明望着洁白无瑕的墙壁,吟诗般地说道:"昨天,我和你都是一样;今天,对不起!我要失陪了!生活在我的心灵上涂抹了复杂的颜色和曲折的线条!我是一个人,我不能和你一样了!"

他不得不强迫自己冷静下来,恢复正常的理智,去进行那项"无产阶级司令部"交给他的光荣的工作。他冷静地思考着,像编剧本一样煞有介事地写着。从上午到下午,从下午到晚上,眨眼已经是第二天了。在整个的工作当中,他觉得自己置身在一出丑剧的舞台上。丑剧在反复地这样演着：一条癞皮狗，骑在一个美丽的姑娘头上，耀武扬威地在闹市中游行。狗向众人宣布，那姑娘是它的老婆，它怎样把她从野人驯养成家人，怎样用米汤和锅巴将她喂大，目前她怎样表示忠于丈夫，发誓绝无二心等等……赵大明一直觉得自己身体很不舒适，感到恶心，昏眩，脉搏跳得很快。他一边写着坑人的字眼，一边为受害者啜泣：当他冒着生命危险参加浏阳共产的时候，他那一分力量多么宝贵！当长征走过草地，红军只剩两三万人的时候，他活着是多么值得庆幸！当大军南下统一中华的时候，他这个纵队司令是多么不可缺少！当时日推移到今天，权力就是一切的时候，他活着便成了某些人的心腹之患。他的这一生啊！苦难多于幸福的一生！

　　材料提前写完了，赵大明望着自己写下的那一个个肮脏的字，直想痛哭一场才好。他恨不得把这个材料连同录音磁带一起，点一把火烧了。但他知道，那样做，不仅纯粹是徒劳，还会把自己这个见证人也毁灭掉。他知道，这件事情的背景一定是很深的，主宰人绝不仅仅是江醉章。他知道，那个强大的对手既然可以把彭其一口吞下去，那么，附带着吞进一个小小文工团员并不难。他懂得了：头脑要复杂一些，再复杂一些，千万不可幼稚，不可轻举妄动。他苦苦地寻思着战胜邪恶的办法，急得在两间屋里团团转。江醉章不知什么时候会来，他一来，一切都迟了。屋里的空气为什么那样腥龌？闷得人直想把胸膛扒开来。不管他的禁令了，无论如何也要打开房门换换空气，否则会憋死在这里。他把房门一拉，正好看到范子愚站在门口，冷不防吓了一跳。心里想："是不是江醉章叫他来监视我的？"范子愚也显得有点吃惊，一边跨进房门一边问：

　　"你怎么在这里？江部长呢？"

　　"江部长不在。"赵大明堵在门边，明显地不想让他进来。

　　范子愚已察觉出一些蹊跷来了，伸长脖子往里间瞧，并不顾赵大明的阻挡走了进去。赵大明只得退一步挡在通往里间的门口,慌忙说:"有什么事告诉我吧,等部长回来了,我马上转告。"谁知范子愚根本不理睬,他已看见了里间那张写字台上的稿纸、钢笔等物,脸色有些异样地硬把赵大明扒开,要往里走。赵大明只好摊牌了。

"老范,实说了吧!江部长把房间让给我在这儿工作。"

"什么工作搞得那么神秘?"范子愚说着,还是想进去。

"你不能进去。"赵大明干脆把通往里间的门关上,严肃地说,"江部长规定,按保密条令办事,不需要你知道的,请不要看,也不要打听。这并不是不信任,是为了斗争需要。"

"我也在写材料,怎么就没有规定要保密?"

"你?你写什么?"

"记录、整理斗争彭其的录音磁带。"

赵大明一听,愣住了。这是怎么回事呢?为什么要搞两套?

"你整理好了吗?"他问。

"嗐!"范子愚说,"好几个人忙了一夜,算不了什么整材料,只是把彭其的交代记录下来了。"

"带来了吗?"

"带来了,想给江部长看看,要他点头,才能把磁带洗掉。"

"为什么要把磁带洗掉?"

"江部长说,最好不要让人知道我们使用了录音机。"

"江部长,江部长,江部长究竟在玩什么把戏呢?"赵大明在心里默念着,怎么也猜不透。他灵机一动,想出一个计策来,忙对范子愚说:

"这样吧,你把那个材料留下,江部长一回来,我马上交给他。"

"也行。"范子愚打了个哈欠说,"我太累了!实在懒得去找他。"说着便把一卷材料纸交给赵大明。

赵大明接过来,一目十行地翻看了几页。一看就明白了,原来这才是真实的,原始的,没有经过篡改的。

范子愚站起来要走。赵大明忽又改变主意说:"算了,你还是亲自交给江部长吧!因为他交代过,他自己不在的时候,不要让别人走进这个房间,连房门也不要开,我怕他回来说我。"范子愚接过那卷材料纸,发着牢骚说:"搞得神乎其神,玩什么鬼?"他一边退着离开去,一边满腹狐疑地打量着赵大明。赵大明把门关上,站在那里发呆。

这是又一个新情况,简直是眼花缭乱,应接不暇。难道所有的人都在受着江醉章的捉弄?他又为什么要捉弄人家呢?"不会是无缘无故的。"大明自言自语地说出声来,"他要捉弄我,我也不能太老实。"他看了看手表,时间还早,决定立即动手,把自己写的那份材料誊抄一遍,留下底稿,准备告状。可是,他马上又想起,向谁去告状呢?也许接受你状子的人就是被你告发的人。只有把希望寄托在将来某一天,是非曲直恢复了本来面貌,好人扬眉吐气,坏人受到审判的那一天。不过,看起来希望甚微。目前正在建筑着一座碉堡,下决心把基础打进深深的地下去,用钢筋水泥牢牢浇筑,做好了千年不朽的准备。碉堡还没有完工,就盼着它的坍倒之日,岂不是太渺茫了?渺茫也罢,留一手总比毫无准备的好。

等到他把该做的事都做完以后,已到快要吃晚饭的时候了,他浑身无力地斜靠在沙发里打盹。门上的钥匙孔响了一下,门开了,江部长机警地走进来,把门关上。

"辛苦了吧?"他望着睡眼惺忪的赵大明,关怀地问着走了过去,"写完了没有?"

"完了。"

"给我看看。"

"在里间写字台上。"

江部长走到里间去,把那份材料过了过目,似乎也还满意,出来时说:"有个事忘了给你打个招呼,范子愚他们也争着要整这个材料,我想他们肯定整不好,就没有把他们那个当回事,让他们自己搞去。你回文工团不要跟他们谈起你在这里的工作,知道吗?"

"知道。"

江部长把那份材料锁进一个抽屉里,忽然想起:

"你这是誊清了的吗?"

"誊清了。"

"草稿呢?"

"烧了。"

"烧在哪里?"

"卫生间。"

精明的江部长立即走进卫生间去看,果然在抽水马桶里面看见了一些纸灰,于是自言自语地说:"唔,是个有用的人。"

第二十一章　碎裂的响声

"爸爸,你来一下。"

陈小炮推开她爸爸办公室的门,见里面除了徐秘书以外,还有几个不认识的军人,她有话不便当着众人说,便招手叫陈政委出来。

陈政委现在哪有心思去管孩子的事!他为彭其的下落至今没有查明而急得焦头烂额。各部队来的党委委员们都已前来报到,现住在招待所,预备会已经开完,北京指示已经传达,分组讨论已搞了一天,而唱反面主角的人至今没有下落。委员们一天来询问几次,热心的委员还主动帮助陈政委分析情况,出主意,想办法,但是彭其的线索一点也找不到。政委甚至动员了保卫部的人全体出动,其他地方都好办,就是文工团攻不进去。因文工团员对政治部的干事都非常面熟,尽管多半叫不出名字,但只要一露面,都知道是政治部的人,立刻就抱着警惕了。各部队的委员们甚至提出,请求从他们部队派人来帮助寻找,但陈政委总觉得这点小事应该并不复杂,用不着从部队抽人。

"你跟那个赵大明谈的结果怎么样呢?"陈政委问徐秘书。

徐秘书说:"连赵大明也被排除在外,因为他们都知道赵大明跟彭湘湘的关系。这两天连赵大明都失踪了。"

"这些人搞得很严密。"政委说,"现在的造反派跟前一段时间不同了,听说在地方上也是一样,普遍变得聪明一些了。"

"政委,"徐秘书又一次提醒说,"北京已经连续来了两次电话催彭其新交代的材料!"

"是啊,这怎么办呢?"

陈政委急得团团转,徐秘书和其他几个被派出去侦察的保卫干事也拿不出任何办法来。

"爸爸,你来一下。"陈小炮又在门口招手。

陈政委仍旧不理她,对徐秘书说:

"江醉章那里情况怎么样?"

"他答应去找文工团的人谈谈,我已经问他两次了,他都说工作做不通。"

"你打个电话叫他到我这里来。"

"好。"

徐秘书应一声,便给宣传部打了电话,宣传部的值班员回答说,江部长在他自己家里,他们负责去通知他。

"你们把侦察的情况讲一讲。"政委问在场的三个保卫干事。

其中一个三十多岁的军人回答说:"这两天一到吃晚饭的时候,就从地方单位开来一部卡车,文工团的人吃完晚饭就带着乐器、道具、化妆用品分两批坐车走了。我们记住汽车的号码到公安局交通大队去查,查到了汽车的单位,但是那个单位对我们说,他们那部汽车早就失踪了,是被造反派抢走的。第二天,我们用摩托车跟在汽车后面追去,发现那部汽车开进了工学院的大门。但事后经过了解,彭其根本不在那里,文工团的人也没有在工学院演出过。我们估计,汽车可能是从前门进去,又从后门出来悄悄开到别的地方去了。昨天晚上,我们又想去跟踪,结果,汽车没有来,文工团的人也没有出去,安安稳稳睡觉了,一夜没有动静。"

"你找文工团与范子愚他们对立的组织打听过吗?"陈政委问徐凯。

"打听过,"徐凯汇报说,"他们互相之间像仇人一样,根本摸不到风。"

这可怎么办呢？陈政委只得布置保卫干事们继续侦察,并要徐秘书进一步做好文工团对立派组织的工作,要他们协助找一找彭其的下落。

"爸爸,你来一下,我有大事儿告诉你。"陈小炮再次在门外鬼鬼祟祟地招手。

陈政委见女儿连续几次来叫他,引起了注意,估计着可能真有什么要紧事,便把保卫干事们打发走,随后出去跟女儿说话。

"你来,到我房间里去。"小炮招一下手,在前面引着爸爸朝自己房里走。

"什么事啊?"

"你马上就知道了,进来吧!"

政委走进女儿的房间,见李小芽坐在小炮的床沿上。那孩子很有礼貌地站起来叫了声"陈伯伯",便胆怯怯地望着地板,也不敢坐下。

"坐吧,孩子!"

陈政委叫她坐,她才又重新坐下去。

政委正要开口问问李康的情况,陈小炮抢先说话了。

"爸爸,"她关上门,神秘地说,"我们找到了彭伯伯。"

"真的?"

"是真的。"

"在什么地方?"

"就在我们跟前,旁边那个山包后面,亚热带植物研究所。"

"你们怎么找到的?"

"我们派特务到文工团去了。"

"特务？什么特务？"

"喏,就是她,她就是特务。"小炮指着李小芽。

陈政委望着李小芽那天真可爱的样子，忍不住笑起来，他问李小芽：

"孩子，你小炮姐姐讲的是真话吗？"

"不是真话，"小芽申辩道，"我不是特务，我是到文工团学跳舞去的。"

"跳舞是打掩护的，你的真正任务是当特务，你不承认？"

"那是你给我安的。"小芽不服气。

"你怕背特务名声？我不怕，我就是特务头子，喏，在这里，"陈小炮拍了拍胸脯，"他们造反派要抓特务，就到这儿来，我躲都不躲，我可以公开告诉他们，我就是我们保皇派的特务头子。"

"什么保皇派！乱讲！"陈政委斥责他的女儿。

"保皇派怎么的？"小炮像只小公鸡一样摆出了与父亲辩论一场的架势，"你别以为保皇派不好，没有我们，你还找不到彭伯伯呢！"

"你那个情报靠得住吗？"陈政委问李小芽。

"他不信，你就把情况讲给他听，"自称特务头子的陈小炮命令她的部下说，"叫他了解了解我们保皇派的厉害，说吧！"

李小芽原原本本地说：

"小炮姐姐要我到文工团去学跳舞，我认识邹燕，我就去找邹燕。邹燕给我介绍了一个老师，我就天天在那里学跳舞。他们都愿意跟我说话儿，带我到他们宿舍玩儿，还经常在他们食堂吃饭，他们不让我回家。前两天，一吃完晚饭就有汽车来接他们出去演出，我想跟着去看，他们不肯，说晚上回来太晚了，不能去，不管我怎么缠，怎么耍赖，总是不让我去。小炮姐姐要我找彭伯伯，我找不到，急死了。昨天，他们不出去演出了，都在团里，啥事儿也没有，我就一直在那里玩儿。玩到很晚了，邹燕说要送我回家，有人对她说：'算了，反正你们范子愚不在家里睡，你就让她睡你这里吧！这么晚了，别回去了。'我问邹燕范子愚在哪里睡觉,她不告诉我,我问范子愚干什么去了,她也不告诉我。我就真的在她那里睡觉了。刚睡下不久,范子愚回来了,邹燕起来开门,把我惊醒了。我听他们在外间说话儿,范子愚说：'快点,给我点吃的,今晚上跟彭其谈话,可能会搞得很晚。'邹燕说：'家里啥也没有,你到食堂去要吧！'范子愚说：'炊事员睡觉啦！'邹燕说：'你把他叫醒来嘛！'后来范子愚要走了,又对邹燕说：'明天上午我在那里睡觉,有事儿打电话去叫我。'邹燕说：'号码是多少？我忘了。'范子愚说：'36970'。说完就走了。我在床上偷偷的高兴,让我知道电话号码啦！我知道电话号码啦！要不是躺在床上,我会跳起来。后来邹燕就来睡觉了,我故意装作睡得很熟的样子,心里老是嘀咕着那个电话号码,36970,36970……第二天一起床我就说我要回家,什么回家呀！我要来找小炮姐姐呢！邹燕不肯,我偷偷地跑了。一直跑到你们家门口来了,我一想,电话号码是多少？糟糕！忘了！怎么也想不起来了,急得我差点儿哭起来。怎么办呢？我不敢进门来,我怕小炮姐姐骂我无用。后来我只得回自己家去,一路上还在想电话号码,还是想不起来。我在家看了看爸爸,吃了点东西,又往文工团跑,又在那里混了一上午。中午,他们又要我在文工团吃饭,吃了饭,我就到邹燕家去。邹燕打开水去了,我这里看看,那里看看,忽然,看到墙上那张月历上好像写着一排数字,仔细一看,是36970,我一下子就记起来了,正是昨晚上范子愚告诉她的那个电话。我赶快跑到文工团去查电话表,一查,就是亚热带植物研究所,我就马上跑来告诉了小炮姐姐。"

"你不会搞错吧？"陈政委问。

"不会错,36970,亚热带植物研究所,保证不错。"

"爸爸,你看怎么样？"小炮得意扬扬地说,"少不了我们保皇派吧？现在呀,公安局靠不住了,你们的保卫部也没有用了,得看我们的,我们什么地方都能钻进去。中央有规定,不许我们部队子弟参加地方造反,我们就在家里组织保皇派,保爹保妈。没那么老实,他们想来打倒就让他们打倒? 不行! 我们自己保护自己。爸爸,如果有人想搞你的鬼,你就告诉我一声。"

"不要总是胡讲乱讲!"

"好吧! 不讲了,咱们实实在在地干。"

"孩子,"陈政委最后对李小芽说,"你帮我们做了一件大事。不过,以后不要再去当'特务'了。"说完便离开。

待陈政委走后,陈小炮不平地说:"你看我爸爸这个人,真是个糯米团团长,帮他做了事,他还规定你不准再做,胆小得要命,深怕被耗子咬了耳朵。别听他的,以后我们该干什么还干什么,文工团跳舞你还得去,如果突然不去了,他们会怀疑的,再有什么事儿就不好办了。"

陈政委意外地获知了彭司令员的下落,虽然没有当着孩子们的面表现出非常高兴,而内心却有一种"踏破铁鞋无觅处,得来全不费功夫"的特别喜悦。他走出女儿房间以后,暗自微笑了。回到办公室时,见江醉章已坐在那里等着,政委见面就说:

"你叫文工团赶快给我把人送回来。"

江部长站起来,赔着笑,表示十分为难地把两手一摊,叹了一口气说:

"跟他们打交道,真是困难得很,麻烦得很。只能来软的,不能来硬的,动不动他们来了造反派脾气,开口就是'舍得一身剐,敢把皇帝拉下马'。我尽量压住火,跟他们耐心商量,所有头头都谈了话。我讲,'同志们的革命积极性是好的,我支持你们一切符合毛泽东思想的革命行动。'我还讲,'兵团党委是支持你们的,陈政委很关心你们,希望你们在大风大浪里受到锻炼,希望你们跟党委一条心,部队的党组织还没有瘫痪,文化大革命要在党的领导下进行。陈政委亲自领导兵团的运动,你们要听他的话……'"

"你怎么总是打着我的牌子?"

"不这样做他们能相信?我这个宣传部长他们能看在眼里?头一次找范子愚谈话的时候,我还没有开口,他先发制人,埋怨兵团党委不支持他们,具体地讲,就是陈政委不支持他们。他要我首先表态,是支持他们就有话好说,不支持就无话可谈。我怎么办呢?我只好说支持了。"

"你再去告诉他们,限他们从现在起,到明天早晨七点钟以前必须把人送回来。否则,一切后果,他们自负。"

"您还不晓得彭其关在哪里呢!讲话这么硬……"

"我晓得了。"

"真的?"

"不是真的还能是假的?"

"怎么找到的?"

"没有不透风的墙。"

"其实……"江醉章紧急思谋,担心陈政委已知道一切,便随机应变地说,"我也找到了。"

"怎么不来告诉我呢?"

"情况是这样的,很复杂。我前天晚上就找到了,还去参加了一场斗争会,斗完以后我就叫他们把人送回来,他们说没有斗完,第二天还要继续,斗完了再送。我想,那就等他们一下吧。到昨天,斗争会没有开,我又去催他们,他们说推迟一天,到今天晚上开。我一看既然他们答应送回来了,也就没有及时来汇报。"

"他们斗的情况怎么样?"陈政委关心地问。

"可能有点进展,不过,好像进展不大。"

"人没有吃亏吧?"

"没有,我知道斗争会是坚持了文斗的,没有动武,我做了工作。"

"他们打不打算整材料？"

"会整的,范子愚讲过。"

"整好了怎么办？交给谁呢？"

"范子愚要直接送到北京去,我跟他讲了,'你不要往北京送,交给兵团党委就行了。'不知他们听不听。"

"再去做做工作。"

"好,我去想办法说服他们。"

徐秘书请陈政委接电话,告诉他又是北京来的。陈政委一听北京二字,心情就立即紧张起来,胆怯地走了过去,拿起听话筒还没有开始说话,先摆出了一个准备挨批评的样子。

江醉章点燃一支香烟,估摸着陈政委是怎样知道彭其下落的,推测他是不是掌握了整个事件的内幕,下一步该怎样应付新的变化。从陈政委的谈话中,好像他对内幕还并不了解,就是真被他了解到了,江醉章想:"也没有什么了不起,我的后台比你硬,你能拿我怎么样呢？你要是知趣的,就不要跟我过不去。"他盘算着,明天早晨把人送回来问题不大,赵大明的材料已经整好,让你们热热闹闹再开一段党委会吧！江某的请功表在明天就可以送到北京。留给陈的材料也已经准备好了,什么时候合适什么时候给他。至于原打算再就胡连生问题斗一下彭其,以补充一条使他垮台的罪状,看来搞不成了。那也不要紧,另外再想办法,反正胡连生是个草包,可以从他身上打开缺口。还有什么呢？好像没有什么了,一切都能称心如愿,一切突然变化都能应付自如。江醉章看着陈镜泉的背影,望望徐秘书那年轻的脸,更加感到自己是一个无敌的强者,是实际中的掌握兵团命运的人。他简直有点藐视陈镜泉,觉得他太软弱,太无能,已近乎腐朽了。那只空袖筒好像并不是在炮火中炸掉的,而是在政治风火中,被他江醉章轻轻一扭便摘掉了,他像纸人那样毫无反抗的能力。但有一点是江醉章从来没有想过的,究竟是什么关键的原因使陈镜泉那样软弱,使江醉章那样强悍有力?可能会在什么时候,强者会变成弱者,弱者反过来成为强者?他无须思考这些,在他看来,那样一天简直是不可能到来的。他深信自己的思想敏感,眼光远大;他瞧不起这些过了时的人物,为他们的被整被斗被逼得焦头烂额而怀着幸灾乐祸的心理。

"情况变了。"陈政委放下电话说,"批评我们迟迟不开党委会,说开不成就不开算了,明天把彭其送到北京去,他的问题拿到那里解决。叫我也做好准备,等候通知,赶到北京参加斗彭。"

"党委委员都叫他们回去?"徐秘书问。

"已经来了……"陈政委沉吟片刻,"还是开吧,开个半天也行,别的事做不了,就给彭其做点端正态度的工作吧!明天上午开,你通知一下。下午再派飞机把彭其送去。"

"那我到文工团做工作去。"江醉章站起来要走。

"你跟他们讲硬的,"政委说,"不通也要通,马上把彭其送回来。"

"好,反正是不能影响明天上午的党委会。"江醉章说完走了。

第二天早晨七点十分,彭其又坐上了他那部黑色轿车开进了司令部大院,在范子愚等造反者和郐中的陪同下,登上司令部大楼的最高一层,朝党委办公室走去。来自各部队的兵团党委委员们已在相继走进会议室,这些人都是认识彭其的,有不少是由他一手提拔起来的军、师级干部。他们走出会议室来到宽大的走廊上迎接这位目前还没有撤职的司令员,但这次迎接跟往常的情况已大不相同了。往常,人们一个个庄严地立正站着,向他行礼,他挨个同他们握手相见,然后,他便走进会议室,坐在主席座位上,开会前照例要扯一扯天南地北近来发生的大事件,随便问问部队的情况,然后才正式宣布开会。今天则是一次尴尬的相见,几乎没有人向他行礼,只有极少的几个人小声跟他打了个招呼,称一声"司令员"。各自的心理活动也不相同,有的是想尽早看看他的脸色和身体情况,是不是在文工团吃苦受罪了;有的是想通过自己的眼神向他传递一点心里话,或表示关心,或提醒他不要紧张,或暗示他在交代问题时要实事求是,所有这些眼神,彭其所能理解的只有"友好"二字;有的怀着好奇心,想知道一个威武的司令在倒霉的时候是什么样子;也有的过去曾与他发生过强烈的冲突,受过他的冤枉训斥,挨过他的处分,这些人多多少少带有一点幸灾乐祸的感情。彭其的情绪当然不会有过去那样好,兴致也不如以前高涨。也许是感到羞愧?也许是胆战心惊?也许是愤愤之情未已?也许是对所有的人怀着敌意?反正他不与任何一个人握手,也不微笑,甚至很少注意站在他左右的是什么人。但他不低头,不驼背,也不减慢走路的速度,不放轻脚步,姿态仍旧如前,板着面孔,好像大家都已深深地得罪了他。只有遇见那个别与他打招呼的人他才用很小的动作点一点头。走近会议室门口时,听见江醉章在里面哈哈大笑,与人高谈阔论某种重大的理论问题,彭其好像猛然遇上有人在里面揭开粪坑舀粪,不由得恶心地皱了一下眉头。

正在这时,独臂的陈政委跟着他后面追来,抢到他前面说道:"先到那间办公室里坐坐。"

他们走进了一间小办公室,面对面坐下,旁无第三者。

陈政委仔细望着彭其的脸,明显地感觉到,仅仅五天时间,他瘦多了,也显出苍老的颜色来了。部队工作中的问题,作战指挥中的问题,任何一种困难的处境都没有使他产生过这么大的变化。多年来,这对战友也时常相别一个月,两个月,每次重新见面时都感觉不出年龄有变化,而这短短的五天,怎么会使人变化这么大呢?他还看到,他的额前有一个肿块,心中禁不住一酸,立刻联想起斗争胡连生的那个场面。这肿块像是一根尖利的刺,直戳在政委心中,又如一块吸铁石,把他的目光久久吸在那里。他希望老战友能把眼睛转过来,两人相视,交换一下心里的情报,但彭其始终不认真看他一眼,总是望着旁边的某个地方发痴。这是什么原因呢?他为什么要躲着战友的视线呢?一般来说,这是表示不友好或者是正在专心于自己的冥思。你是属于哪一种?是前者,那你误会了;是后者,应该交流交流。不过也许哪一种也不是。五天不见(当然,还要加上彭其下部队检查工作的三天),在这开会前的仓促相遇的短暂时间里,应该说些什么?本来陈政委是预先想好了一套的,现在看来,那些话都不合适,而且也都记不起来了,只记得一个印象,好像是要把开会的目的告诉他,但就连那目的也一时说不清楚了。尤其是头一句话不知讲什么好,讲句表示关心的话?不合适;讲一些官场辞令?也不合适。讲什么呢?怪不得有一种普遍规律叫做万事开头难哩!确实是这样。凝滞了很久,陈政委不知怎么突然未经选择地冒出一句话来。

"你额头上那个包是怎么搞的?"

彭其还没有回答,走进来江醉章。

"政委,"江醉章当着彭其的面说,"文工团范子愚他们想请示一下,按照您的指示,人已经送来了,斗争会的材料过两天就可以交来,他们问是不是可以回去,还有什么别的问题要他们……"

"什么时候变得这样规矩了?"陈政委打断他的话,心里有点窝火。

"他们说,"江醉章很平静,"自从被抓去坐牢受了教育以后,再不敢犯以前的错误了,凡事服从兵团党委的领导。"

"叫他们快走!快走!我怕他们。"

这样,江醉章才无话可说,倒退了出去。

自江醉章进来以后,彭其的脸色更加难看了,半侧脸死死盯住那张办公桌,桌面上有块玻璃板,玻璃板底下压着一张机场夜景的彩色印刷照片,是从《解放军画报》上剪下来的。彭其没有注意照片,却奇怪地盯着桌子的一个角。好像那是一把曾经在他身上剐过肉的刀子;那是一颗使人痛恨又不能碰它一碰的魔鬼的獠牙;那是一个造成全部痛苦的无名罪孽的根蒂。他紧咬着牙,紧闭着嘴,随时准备暴跳起来猛扑上去似的瞪着那个地方,全不以为面前还坐着一个人。陈政委看出了他的表情在突然地恶化。这使他更加为难,头一句话更不知如何说好了。产生恶化的原因是什么呢?大概与江醉章那几句话不无关系,从他的话里听来,好像这绑架事件是在兵团党委领导下进行的,也就是陈镜泉指挥的。但是陈政委不知道彭其到底受了些什么折磨,因而也不能理解他目前这样的态度。这一对战友现在需要有一个合适的机会进行一次长谈,才能把真相揭穿,而委员们正在等着开会,哪有时间来扯呢!况且,就从现在起,这一对战友的关系发生了很大的变化,一个是罪人,也可以说是阶级敌人或路线敌人;另一个则是执行着无产阶级司令部的指示,带领群众来与他进行斗争的指挥者。这两者之间怎么好像以前一样回顾旧日的战友之情呢?怎样达成互相谅解以消除种种误会和隔阂呢?从理论上来说,他们两人不存在什么需要消除隔阂的问题了,因为是敌对的两条路线上的两个敌对的人。"不是东风压倒西风,就是西风压倒东风,在路线问题上没有调和的余地",因此,企图消除误解和隔阂的想法是错误的。就彭其来说,如果他想重新与陈镜泉搞好关系,那就是态度不老实的表现,就是以资产阶级人性论来腐蚀无产阶级的干部,削弱无产阶级的战斗力;就陈镜泉来讲,如果他要与彭其消除隔阂,那就等于是在战场上拆除工事,把敌人请到自己的防线以内来喝接风酒,是属于投降叛变的性质。看起来,由于这两人目前各自所处的地位,客观上已使他们不能互相交心了。即使其中有一个敢于冒犯禁忌,试图交一交心,也不知对方的态度如何,万一只是一厢情愿,你就非常难堪了;如果交心谈话被一个第三者听见,两个人都要倒霉了。无论从什么角度来看,今天的谈话不可能变成一次交心活动,只能是公事公办,打一阵官腔,没有任何感情的成分能在其中起作用。

尽管如此,陈政委还是坚持从额头上的包开始谈起。

"你额头上那个包是怎么搞的?"

他正在等着彭其的回答,江醉章又进来了。

"政委,大家推我来请示,党委会还开不开呀?"

"怎么不开呢!"

"可是时间已经八点多了。"

"就开始,就开始,你不要来打扰我。"陈政委很少有这样不耐烦的时候。

江醉章碰了一鼻子灰,却不觉得难为情,坦然自在地退了出去。

彭其仍旧盯着办公桌那只角,一语不发。

陈镜泉无奈,只得谈起正事来,他不带感情地说:"北京来电话,要你今天到北京报到。本来要开几天党委全会,现在开不成了,只能用一上午时间让你向大家表个态,大家也对你提点希望,希望你这次上京要把态度搞端正一些。这个工作我们不能不做,是个责任问题。等一下你先听听大家的意见,然后自己表示一下态度,会就这样开,你有什么意见吗?"

彭其像木头似的没有反应。

"中午你回家看看,准备几套换洗衣服,把家里的事安排安排,下午两点上飞机,你看怎么样?"

还是不做声,连点头摇头都没有。

"你额头上那个包是怎么搞的?"政委为了打破僵局,又问起老话。

江醉章第三次从门外伸进头来报告：

"政委,有些同志要到服务社买东西去。"

"不要去了,开会!"

心烦意乱的陈政委呼地站起来。

海面上乌云翻滚,突来一阵强风吹进办公室,是哪个粗心人没有把窗钩挂好,哐的一声,碎了一块玻璃,丁零零落在地上。陈政委转过脸去,看见满地碎玻璃,惋惜地叹了一声。有几块碎片落在彭司令员的脚边,他挪动穿着黑色皮鞋的脚,踩在一块玻璃片上站起身,脚下喊喊嚓嚓发出碎裂的响声。

第二十二章 海鸥与海

茫茫大雾笼罩着南隅,使这座海滨城市变得神秘莫测。汽车亮着车灯在雾里缓慢穿行,像旧时的乡间元宵节夜晚,花灯人海,鼓乐喧嚣,十分热闹。每一座建筑物都升高了,望不到顶端;颜色也都变得深沉了,带来一种庄严肃穆的感觉。最初,太阳不知藏在哪里,后来,渐渐地从混沌的天隅现出一大片柔和的乳白色光亮,雾气变成袅烟缕缕,徐徐上升,太阳的轮廓越来越清晰,终于把炽热的光又送回大地来了。这时,人们忙着脱衣衫,戴草帽,汽车熄了车灯快快地跑。

大雾消散,阳光穿透玻璃窗,照到范子愚的床上,他似醒非醒,大动作地翻身,将一床提花毛巾毯夹在两腿之间。昨夜他是九点钟上床的,一躺下就着了,睡得同死了一样。他真辛苦啊!大概至少有七个夜晚不是通宵就是熬到三四点钟才能睡觉,多年来积累的剩余精力,在这一段时间里全部用完了。再坚持一天,一定会晕倒在地,爬不起来。这种苦干精神是自发产生的,因为他从来没有受到过这么大的器重,从来没有担负过这样大的责任,从来没有接触过那样高级的党内机密。在这一段时间里,他让自己的才能得到了最充分的发挥,尽管经常受到江部长的训斥;在这段时间里,他从江醉章和邬中的身上学到了许多新鲜知识,使他感到自己的头颅比以前饱满多了;在这段时间里,他还得到一种满足,很多人在他的指挥下团团转动,指东到东,指西到西,这是权力欲的满足。短短的几天,做的都是二十八年来从未做过的事,虽然很辛苦,但辛苦得十分幸福。彭其已经送走了,扫尾的工作也做完了,一场激战暂告段落,敌人又不是手里拿枪的军队,不怕他重新集结,反攻上来,只管大胆地睡觉,痛痛快快地睡一个饱觉。

邹燕把稀饭、馒头、酱菜放在写字台上,自己躲到老远的地方去了。那馒头最先是冒着热气的,后来不冒热气了,再后来便结了一层硬皮,而范子愚还是没有起床,也没有看见桌上的食物。

太阳光照着他的脸,他做了一个烤火的梦,像是在炉前炼铁,又像是用开水洗脸,他耐不住了,终于半醒过来,隐约知道是阳光的照射,打了一个大翻身,滚进床角落去,又睡着了。但这回睡得不深,外面小孩子的嬉闹,隔壁哼歌的声音,偶尔有汽车从门前开过去,种种声响都听见了。只是手脚不能动,像被贴紧在床上,挪动一丝一毫都不可能。身上的筋肉好像都放在香水里或醇酒里泡过一回,有一种极轻微的痒搔搔的感觉,舒服死了。鼻子嗅到的气味像檀香,像饭香,像茶香,也舒服死了。越来越舒服,越来越清醒,脑子开始活动,想起一些甜蜜的问题:"胜利了,干了一件大事,造反上了正道。……这回很高明,人家再不能说我们造反派只会冲冲打打了,整个斗争组织得很严密,有戏剧的节奏,有突起,有铺垫,有高潮,有尾声。很高明,确实很高明。……那些机关干部算得了什么?部长、处长们算得了什么?你们有机会接触这样的大事吗?你们有能力把这样的大事办好吗?……陈政委也不过如此,老老实实的老头子,被我们捉弄了一番。……彭其,自称老奸巨猾的彭其,滑不出我们的手掌心,他很狼狈,原形毕露,也不过如此,摘掉领章帽徽就是普普通通的老头子。……不过,他有点可怜,唉!人到了那个时候为什么连舌头都硬了?大概只有年纪大的人才会那样。把他送走啦!我的任务完成啦!他倒定了,倒定了,现在这年头,倒一个人算得了什么?……他倒下去了,我们应该分点胜利果实,我能得到什么?江醉章可没有讲过,只说是培养接班人,接谁的班?当然不会接彭其的班……他不会是骗人的吧?他妈的!这个人很滑头,到时候会把你忘了。得要提醒他,靠自己努力,不能放松。……我在这里睡觉,他在那里干什么?他妈的!别把功绩独吞了。我提出要到北京去送材料,他怎么迟迟不答复?一定有鬼。还有那个轻易不放屁的邬中,是个厉害角色。……文化大革命完了,还要我演低级特工人员?他们唱主角,我永远是反面的、低级的,他妈的!不行!不能睡了,找江醉章去。"他忽然坐起,揉揉眼睛,像紧急集合时一样快速地穿衣服,用湿毛巾擦一下脸,懒得漱口,看见馒头稀饭,咕嘟咕嘟连喝数口,三口一个馒头,另外拿一个在手里,急急忙忙走出去,目标高干招待所。

他来到二〇九号房门口,敲了一阵门,里面没有反应,又打了个电话到宣传部去,宣传部的值班员说:"今天是星期天。"范子愚早就忘记日子了,几个月来从未有过星期天,经值班员一提醒,才想起来今天大家都是不上班的。

他出了高干招待所,七弯八拐来到校官宿舍区(因这里在未取消军衔以前住的都是校级军官,故名校官宿舍区,现在早就没有军衔了,校官宿舍区的名称还保留着)。经打听,找到了江部长的家,但他家里人不知道他到哪里去了,昨天晚上根本没有回家。

转念一想,大概邬中和刘絮云知道他的下落,便到门诊部宿舍去找邬中,不料邬中两口子一大早就锁上房门走了。刘絮云是不是在门诊部值班呢?邻居证实说,这个星期天没有她的值班任务。

这时,范子愚已经敏感到有一出新的阴谋戏剧正背着他在排演之中。为什么在这个星期天,那三个重要人物同时失踪了呢?当然也许是偶然的,各有各的事去了,但范子愚情愿不这样想。自从参与了巧妙地绑架彭其以来,他看人看事的眼光变了,对于阴暗面和阴暗角落不再是瞎子了,而且特别注意着那些地方。

他心里想着事,走路没有抬头,差点踩上前面一个人的脚后跟。抬头一看,"糟了!真是冤家路窄,他怎么回来了?"

胡连生走路一摇一摆,像刚从马背上下来一样。他当了一回反革命,又当了一回疯子,重新在军营里出现,自然要引起人们注意,认识他的与他打个招呼,不认识的目送着他过去。有的问他怎么回来了,他答复说:"搞他不清,都是些阴谋诡计,娘卖×的!彭其找不到,陈镜泉也找不到,都搞阴谋去了。"

范子愚不敢跟他碰面,旁边又没有岔路走,只得有意放慢脚步,想跟他把距离拉开一些。不知胡连生为了什么突然转身往回走。范子愚吃了一惊,两人的目光碰到一起了。他担心这个疯疯癫癫的老头会当面骂他一顿,或者干脆动手打人。怎么办呢?也转过身来往回走?显得太怕他;迎面走上去?又怕发生不愉快的冲突。正在犹豫不决时,胡连生开口了,喊了一声:"革命家!"便擦身走了过去,并没有采取报复行动。范子愚既没有答应,也没有表示反感,非常难堪地假笑了一下,便各走各的路。走出去相当距离以后,范子愚回头望了一眼,心里在想:"这个人倒是一个好人,就是不突出政治,嘴巴讨厌,但心地善良,不搞阴谋诡计。"

"江醉章他们搞什么去了?又在策划什么阴谋?"他低头想着,身影倒映在大水塘平静的水面上,无力地移动着⋯⋯

这一天,连海面都是比较平静的,海上餐厅那座船形的建筑在海水里投下相对稳定的影子。一阵哈哈大笑声从船头一个窗洞里传出来。

"哈哈哈!⋯⋯小刘你真会讲话,你这张嘴呀,比这糖醋鱼还甜。"江醉章夹起一块糖醋鱼送进嘴里。

邬中在他侧面站起来,提起酒瓶给江醉章斟酒。刘絮云不喝酒也不吃菜,手上拿着一块果绿色的小手绢,斯斯文文在嘴角揩了一下,甜美地笑笑。他们三人都是穿的便衣,江醉章穿得很朴素,一件白府绸长袖衬衣,卷起了袖子,下面就是平常穿的蓝色布军裤;邬中的天蓝色的确良衬衣看来是头一次上身,那凡尔丁的灰色长裤则有点旧了;惟有刘絮云的穿着特别讲究,颜色并不以鲜艳见长,却以特殊的黑色丝绸小褂使她在水上餐厅的全部女顾客中突出来。那件小褂非常合身,长一分短一分都会使她的身段失色。有了这件小褂,下身的穿着可以随便了,哪怕是配一条打了补丁的破军裤,刘絮云仍是刘絮云,不跟别人一样。

"这可不是我说得好听,事实比我说的还好。"刘絮云赞美道,"要是把您跟陈政委调换一个位子,那我们这儿的面貌就会大不相同了,全军都会要鼓着眼睛看我们。"

"你小声一点,"邬中提醒说,"这里是公共场所。"

"就是要在公共场所,才好谈大事。"江醉章把筷子倒过来指着天上,眼睛则盯着那一盘盐焗鸡。

"江部长,"刘絮云降低了声调说,"我到现在还没有懂,把录音改掉了,他到那里不承认怎么办?"

"哈哈哈!……"江部长喝一口酒咽下肚说,"好办不好办,关键在领导意图,领导如果要护他,就是他真那样讲也不能算数;如果决心要打倒他,随便你改录音也好,写假旁证也好,只要能达到目的,所有假的都会变成真的。而且我们这个录音还有一个特殊作用,能够用他的交代去压其他人。彭其交代了,你还想不承认?其他人当中只要有一个人生拉硬扯交代出另外一些重要材料来,又可以反过来再压彭其,再压别的人,这个反党阴谋集团就定案了。"

"真的呀?"

"太幼稚了,小刘,你太幼稚了。"江醉章把筷子一放,准备点烟。

这个海上餐厅不知是什么人设计的,想法非常别致。一条弯弯弯曲曲的桥廊从岸边伸进百公尺以外的海湾里,一条具有民族特色的游船停在桥廊尽头。其实,那船是不能动的,就像远处那个油轮码头一样,用钢筋水泥的桥桩打进海底,托起上面的建筑物。涨潮的时候,海水淹近船舷,退潮时,船就浮上来了,好像卸完了货物似的。船的主舱是一个大餐厅,船尾是厨房,船头有三间互相隔开的小房,每间只有一张餐桌,专供购买名贵海味的顾客使用。江部长今天特别慷慨,要了一个燕窝汤,所以获得了在这个小间用餐的权利。一般情况下,这里是安静的,只是间或有好奇的游客伸进头来望一眼。

"陈政委已经跟我谈了,"江部长忽而又以平常的部长派头说话,"他因为要随时准备到北京去参加斗彭,家里的运动要有一个人管一管,这个任务落到了我头上。虽然就职务来讲,我不合适,但现在是路线第一。我听说中央文革小组还有二十三级的干部呢!我这样的正师级干部……"

"就是到中央文革去也是骨干力量,不当个副组长也要当个分组的组长。"刘絮云及时接上他的话,加了适当的补充。

"陈政委可能就是考虑到目前是'文革'非常时期才做了这样的安排。"江部长接着说,"我一接手,第一件事就是把胡连生放出来,实行开明政治。"

"把他放回来干什么?"邬中问。

"这个等一下跟你们讲。"

"你别打岔,听江部长说吧!"刘絮云斥责她的丈夫。

"第二件事就是派一个人到北京当斗彭的联络员,把那里的情况随时向陈政委报告,以便他做好准备,免得北京一来通知要他去时心中无数。这件事陈政委已经同意了。"

"派谁去?"刘絮云问。

"你看我会派谁?"

"派文工团的……"

"不，"江部长连续摇头，"那些人靠不住，总有一天会出卖你，他们是水上浮萍。只有一个人，我正在考验他，如果行的话，将来准备培养培养。"他没有说出那个人的名字来，"范子愚这样的，不行，不行，是草头王，做不了大事。他昨天还缠住我死活要求到北京去送材料，我怎么能叫他去呢！"

"您到底叫谁去？"刘絮云又问。

邬中已猜到八九成，但他不说，连忙给江部长斟满了酒。

"你去。"江部长指着邬中说，"明天就走，带着那两盘磁带，那份材料，彭其写的那张废纸片。还有，我要写一封亲笔信给你，当面交给首长。别的话你就不要讲，我会把所有要讲的话写在信上，包括向首长介绍你的情况。"

"怎么要他向陈政委汇报呢？"刘絮云又问。

"哈哈哈！……小刘，你怎么那样天真？"江部长以长辈的身份说，"你说不向陈政委汇报怎么行呢？他是兵团政委，党委副书记，彭其垮了，他就是第一把交椅，你不向他汇报，这个人能够派出去吗？我江醉章有权单独派一个人到北京当联络员？当然啰，邬中你心中要明白，你的主要任务……"

"这我知道。"邬中点头。

"这样看来，我就没事儿了？唉！我一个护士，能干啥呀！到时候年纪大了，把军装一脱，能到地方医院混碗饭吃就不错了。"刘絮云丧气地往旁边一扭，说些不三不四的话，以刺激江醉章。

"你又耍小孩子脾气了。"江醉章不以为然地说，"你在这场斗争当中发挥了很大的作用，无产阶级司令部不会忘记你。谁讲了一个护士没有用？现在就是要培养女同志，你不了解，你还想不到其中的重大意义。"

两个好奇的男学生伸进头来，看到桌上摆着那么多菜，却只有三个人吃,他们露出了惊讶的神色,其中一个将另一个扯了一下,走到船头嘀咕去了。三个穿便衣的军人目送他们走开,谁也没有说话。

"我们也去看看海色吧!"

江部长兴致盎然提出建议,邬中和刘絮云自然不会反对,于是,三人相继跨出了小门。

海水一片墨蓝,往远看,颜色更加深重,再远一些却又变了,被朦朦胧胧的雾色冲淡。在这种情况下,天和水没有明显的界线,好像是互相溶化在一起似的。太阳的光芒穿透疏淡的薄雾,比往常更显得辉煌,乍看起来,造成这辉煌景色的不是太阳,而是海水的功绩。两侧的海岸线像两条细长的臂膀向左右斜伸出去,又像是大鹏展开双翅,正在云雾里翱翔。港湾外面的两个小岛犹如乌龟和螃蟹在那里斗法,岛上不知有什么,远远地望去,那是另外一个世界,使人产生一种幻想,希望能长出翅膀来,飞到那里去看看。灰蓝色的海军舰艇似隐似露沿远处的曲岸摆成一线,它们绝不来惊扰海上餐厅和桥廊上的顾客和游人。浪花抚摩着船舷,每一次伸出手来都跟上次的形状、姿势、动作不同,但它是那样深深爱慕着这条永不启航的船,摸一千次、一万次,仍不满足。这里是海鸥聚集的地方,它们那轻盈的长翅膀好像经常互相搅打在一起,但实际上谁也没有把谁打落下去。如果有一只海鸥突然与水面接触了,那是它自己愿意去的,因为发现了一样可以啄食的东西。

邬中望着海水不禁慨然,发表了一段议论:

"我看这海水有点像一床软缎面的棉被,把海底世界盖得严严实实,连缝都不露一条。从上面看,它很平静,闪闪发光,又很漂亮;实际上棉被底下很肮脏,臭虫、跳蚤、虱子,不知有多少。望了这么久,不见有一条鱼蹦到水面上来,也没见哪个地方忽然掀起大浪,不识海性的人以为底下什么也没有;有点海洋知识的人才知道,里面每一秒钟都在进行厮杀,大鱼吃小鱼,小鱼吃虾米,虾米不知又吃什么。一方面是厮杀,一方面是努力求生存,杀掉弱者是因为强者要生存,逃避强者的追杀,是弱者求生存的办法。还有的既没有杀死别人的本领,又没有逃开被杀的本领,就只好拼命多生儿女,像对虾就是这样。如果有一年所有的海洋动物都发誓不吃对虾,也不吃对虾卵,可能全世界的海洋都会被对虾塞满了。所以,我看大鱼吃小鱼,小鱼吃虾米是不能改变的,一旦改变就会成灾害。不知到底什么东西是海中之王,海要真有一个王就好了。因为海王能主宰一切,它可以叫它的百姓过得好一点,长得肥大一点,多繁殖一些后代;也可以相反。要是渔民能找到那个海王,跟它达成协议,请它使它的百姓把日子过好一些,渔业收成就会大大增加。唉!可惜这是胡思乱想⋯⋯"

江醉章听着他的议论,开头还没有怎么注意,到后来,他简直有些吃惊了,从侧面仔细望着邬中那淡漠的面孔,在心里叨念着:"我以为他真是个只会做不会说的人,哪里知道,他一旦开了口,还能滔滔不绝。说出话来那样古怪,这个人心里不简单,不简单,不能把他看得太老实了⋯⋯"

邬中暗中发现江部长已在神态异常地注意着他,意识到不该多话,便匆匆收束了,赶紧寻思补救办法。他问自己:"你为什么不择场合大发起议论来?⋯⋯是因为他派你到北京去,心里按捺不住高兴,由得意到忘形,犯了自己的禁忌。糟糕!很糟糕!"

"我才知道你是个天才,"江部长说,"你的话有很深的哲理,你⋯⋯看人看事看得很透啊!"

"呵呵!您以为是我自己的?"邬中谦逊地摇摇头。

"不是你的是谁的?"

"我从一本书上背下来的。"

"什么书?"

"是一本小说,还是念初中的时候看的,里头有这么一段话,我们有些同学还把它抄下来,很多人都会背了。"

"什么小说?我怎么没见过?"

"是外国人写的,好像叫什么《海盗……》什么什么吧,后面还有四个字,是一个外国人的名字,我记不得了。"

"哦……"江醉章将信将疑,不了了之。

在他们两个男人一问一答的时候,没有听到刘絮云插一句嘴。江醉章忽然记起了她,略微感到奇怪,最爱说话的人怎么没有说一句?回头一看,她靠在另一侧的船边,望着那些抢食的海鸥发愣。

"小刘,你怎么啦?"江醉章走过去问。

"唉!"刘絮云心情灰暗地叹了一声。

"想起什么不高兴的事了?"

"您看这海鸥,多可怜!"刘絮云话中有话地说,"不断地扇翅膀,守着这个地方,好容易才从船上扔下一点残菜剩饭来,为了一根臭鱼肠子,你争我抢像得了宝贝似的。唉!靠人家过日子真可怜!人家不扔给你,你就吃不上。"

江醉章品出她的话里五味俱全,不好发表什么评论,只是说:"进去吧!服务员会把菜盘子收掉的。"

他们重新回到餐桌边坐下,各想各的心事,好一阵没有人开口。仍是江醉章打破了沉默,他问刘絮云说:

"胡连生在医院里的事,你负责到底了没有?我因为专心专意管彭其那个事去了,这一段时间忘了问问你。"

"怎么没有呢!您要我做的我样样都做到了。"

"搞了电疗吗?"

"搞啦!那个精神科主任被我一哄一吓就怕得要命,马上把他当成真疯子来治。"

"好,好,我这回把胡连生放出来是有用的,你担心你没有立功的机会,怎么会没有呢?"

"有啥呀!"刘絮云生气地一扭,"我们这样的人倒是听话,您江部长要我干啥我就干啥,可是到头来还是受人欺负。您不知道我们方主任多么恨我,我写了那么多心得笔记,他不但装聋作哑不为你说一句好话,还在会上含沙射影说什么有些人学习态度不端正。有他压在我头上,我永世别想翻身。唉!算了!打个复员报告,一走了事。"

"不要这样,不要这样,这是小孩子脾气。"江醉章把头伸过来,小声说道,"你那件事情要继续搞下去,我把胡连生放出来,就是为了给你找一个立功的机会。"

"只要我今天还没有复员,还得给江部长当一天走卒啰!"刘絮云言语尖酸地瞟了江醉章一眼。

"什么话!"江部长装出一本正经的样子,"这是为了捍卫无产阶级司令部,是严肃的阶级斗争和路线斗争,怎么是为我做走卒呢?小刘,这话没有政治,你可得注意。"

"我说错了。"

坐在那边的邬中只顾自己吃菜,不插一句嘴,好像他们谈论的问题与他毫无关系。

"这样,"江部长挪了挪凳子,与刘絮云附耳嘀咕了半天,不断地说,"懂得吗?……"

刘絮云微笑地点头,又点头……

范子愚找江醉章找不到,找邬中和刘絮云也找不到,上午扑空,下午又去,还是扑空。直到晚饭后,他又想到二〇九号房间去,正好在路上碰见邬中,只见他拿着一个黑色的空旅行包,匆匆忙忙往家里走。范子愚截住他,问他干什么去,回答说是陈政委派他到北京当斗彭联络员。问江部长在不在招待所,回答说不在。范子愚不相信,仍往招待所走,终于找到了江醉章。但这位部长不但不接受他上京的要求,而且还打了一阵官腔,什么搞好本单位和本部门的斗批改之类,还故弄玄虚地说什么下一步还有重大任务等等。

范子愚越来越犯疑,立即赶回文工团去,拖住赵大明钻进了离营区不远的望海公园。

文化大革命开始的时候,公园里一些属于四旧和有四旧嫌疑的建筑物和美术装饰都被砸烂了,至今没有修复。管理人员都参加革命去了,公园成了垃圾堆。因此游人越来越少,只有个别不识时务的情侣有时光顾一下;那些在钢笔上刻名字的自由职业者,曾在公园门口大捞了一笔,那还是红卫兵大串联的时候,现在也不来了。

范子愚提脚踏在一只睡倒了的石狮子头上,脱掉衬衣说:

"我们上当了,你知道吗?"

"上什么当?"

"人家把我们当工具使,使完了扔到一边。"

"到底怎么回事儿?"

"我两次三番向江醉章提出,要求上北京送材料,他不让我去,派邬中去了。"

"那有什么关系!不去就不去嘛!人家邬秘书比咱们老练,办事牢靠些,要是我领导运动也会这么办。"

"你太天真,秀才,秀才,书生气十足。"

"什么书生气十足!"赵大明不服,"咱们能干什么就干点什么,不要咱们干的就不干,免得干不好捅娄子。"

"可是咱们干的事不少啦!想退是退不回去的,只能进,不能退,进就是胜利,退就是倒霉,保守派一得势,咱们还是原样子,连原样子都保不住了。"

"你又有什么新想法呢?"

"我想,革命靠自己,他妈的!"范子愚将衬衣往肩上一搭,"现在这年头不能太老实了,老实人要吃亏。我刚才又去找江醉章,他满口大道理,一下变成正人君子了。我看这个人非常滑头,靠他是靠不住的,我们要自己想办法为自己争前途。我为了这事儿想了一整天,越想越担心。你想想看,直到目前为止,兵团党委从来没有对我们表示过明确的支持,北京也不了解我们的情况,只有这个江醉章支持我们,他又是这么个态度,实用主义。文化大革命总是要结束的,到时候评起功过来,谁来为我们说一句话?走资派得罪了,保守派也得罪了,我们如果不取得彻底胜利,不把文工团的权掌过来,到时候还是老保翻天,那就糟糕了!一有机会,就得死在他们手上。"

"那你想怎么办呢?"

"我要到北京去。"

"去干什么?"

"邬中能去,我也能去。他送材料,我也送材料。我比他还多一项任务,就是要直接跟北京拉上关系,说明斗彭的整个行动是我们干的,材料也是我们整的。让首长知道我们的功劳,我们就立于不败之地了。否则……真可怕呀!"

赵大明听范子愚这样一说,真是感慨万千。他不由得想起范子愚从北京串联回来那天晚上的情景,那时候,他们可都没有想到今天这一步啊!造反才有几天?处境变了,人也变了,风风雨雨留在走过来的路上,斗争的漩涡把人们裹胁到陌生的地方来了!自信所向无敌的造反司令居然已经开始为前途担忧;自己这虔诚的青年革命者也已丧失了当时的热情,变得沉默寡言了。可怜的范子愚还蒙在鼓里,以为他们整理的那个材料有什么用处,他做梦也想不到,录音带已经做了巧妙的复制加工。赵大明多么想把真相告诉他呀!但他知道,告诉了范子愚是十分危险的,他会愤怒,会找江醉章大吵大闹,会闹出不可收拾的乱子来。其结果,决不会是江醉章倒霉,无产阶级司令部的人犯再大的错误也不会倒霉的。要怎样才能使范子愚明白过来呢?除非是大家都离开了这个营区,逃到江醉章的势力范围以外去。不,也许……

"你怎么不讲话呀?"范子愚感到奇怪,异样地打量着赵大明说,"最近两天我发现你心里有事。"

"别扯远了!"赵大明岔开他说,"要去你就去吧,不过最好是带着录音磁带去。"

范子愚一听他提起录音磁带,后悔得猛捶自己的头,原来他已经急急忙忙根据江醉章的指示把磁带洗掉了。

"没有办法,只好找你帮忙。"范子愚说,"其实也不是给我帮忙,是我们大家的事。你躲在二〇九号房间到底是整的什么材料?能不能给我一份带到北京去?"

赵大明吓了一跳,那个材料怎么能让他带到北京去?谁知他会交给什么人!可目前怎么回答他呢?只好含含糊糊地说:"你搞错了,那不是什么好材料,不,那跟彭其没有关系。"

范子愚明显地感到,他不是讲的真话。昨天的亲密战友,今天变得这样冷漠、疏远、不交心,难免使他产生孤独、凄凉之感,更加激发起他要靠自己的努力去争取光明前途的决心。临走前,他慨叹一声说:

"唉!斗争越复杂,朋友越不齐心,算了,算了!"

第二十三章 狐谋

自从江醉章掌管空军第四兵团领导机关的文化大革命运动以来，革命的气氛大大上升了。这位宣传部长十分重视舆论的作用，他牢牢掌握着各种舆论工具，让它们充分发挥战斗作用。他批准文工团两派群众组织在司令部和政治部院里搭设巨大的长廊式宣传栏；他指示群众来访接待办公室把各种有关文化大革命的方针政策的文件和文章用大字抄录下来张贴在接待室门口；他专门建立了一个毛泽东思想宣传广播站，从宣传部和电影队抽调专人负责，一面向机关干部宣传文化大革命的大好形势，一面对来访的地方群众宣传毛泽东思想，同时还起着一种指导兵团机关文化大革命的气象台的作用。

最近几天，各种舆论工具一齐动用，集中火力轰向彭其反党阴谋集团。虽然没有一张大字报、一幅标语、一件广播稿是官方署名的，都是用某某战士、某某群众组织的名义，而在实际上，所有这些宣传品全是江部长直接和间接向有关人员授意起草的。如果出现了干扰大方向的宣传品，很快就会被覆盖，而在广播站，则根本不可能让你出笼。意味深长的是，在许多宣传品当中夹杂着吹捧和美化江醉章的语言，很快就造成了一种印象，江醉章是毛主席革命路线的坚定执行者，江醉章是无产阶级司令部在空四兵团的特派员。不知这些宣传品的产生背景究竟如何，从效果来看，宣传的作用确实是大，没有一个人敢公开对江醉章怀疑和不尊敬，尽管有些人在内心厌恶极了。

近日来出现的关于"彭其反党阴谋集团"的提法在机关干部中引起了骚动,一般认为这不是指的彭其等人在全空军的那个集团,因为那个集团还不是以彭其为首,目前这个提法很像是指彭其在空四兵团有一个什么集团。这样就造成了一种十分紧张的气氛,很多过去同彭司令员关系比较密切的各级干部都在人人自危;一些企图通过这场斗争使自己得以升迁的积极分子,则像猎犬一样在寻找目标,等候机会,随时准备扑向某个该死的斑鸠、野兔。一向被人们看不惯的正在造反的文工团,现在变得香起来了,无论什么人都不能把他们小看,就是有反感也只能压在心里,不可以表露出来。很多与文工团有各种关系的人都在利用他们的关系,企图探听一点消息。有许多文工团员在机关干部中结识了新的朋友。

刘絮云近来也成了十分引人注目的人物,因为谁都知道邬中已经反戈一击,并且荣任驻京联络员;同时也有不少人知道她与江部长关系不错。因此,随便她走到哪里,哪里都要笑脸相迎。还有一些原来与她并不相识的人,也通过各种机会同她接触,把关系搞好。现在,只要她在营区一走,与她打招呼和留住攀谈的人使她应接不暇;只要随便露出一句什么关系到"反党阴谋集团"的话,都会惹起人们猜测半天。

现在,刘絮云又背着她的药箱走出了门诊部。

"小刘,到哪儿去呀?"

"有事去。"

"小刘,邬秘书来信了吗?"

"没有。"

"小刘,怎么不到我们家去玩儿?"

"没有时间。"

"刘絮云同志,等一等……"

"对不起,我有急事。"

刘絮云简直是讨厌死了,没有一回从门诊部出来不被人半路拦住,都是无话找话说,谁有那闲工夫跟他们聊天呢!她给自己制定了一条方针,对那些讨厌的纠缠者必须冷淡,有的干脆不理他,不管他男的女的,不管他官大官小。也许有人会在背后议论,说刘絮云架子大了如何如何,那也没办法,让他议论去吧!要想做到人人满意是不可能的,只要跟关键人物搞好关系就行了。当然,第一个关键人物就是江部长,第二个才是陈政委,但陈政委已经上北京去了,目前全兵团任何一个人的重要性都不在江部长之上,而她与江部长的关系,那还用说吗!这样,就是得罪了所有的人也无关紧要。她虽然讨厌那些过分热情的纠缠者;同时却又对那太不热情的人,则不仅是讨厌,简直是怀有敌意。就如她的顶头上司,门诊部主任方鲁,这个人太不识时务,那么多人都看得起刘絮云,惟他一人看不起,至今还官气十足,强调什么组织纪律,经常批评她在上班的时候找不到人。刘絮云认为,他的一本正经只是表面现象,内心的实质是仇视这场革命,利用职权来给积极分子制造困难,这同刘少奇搞资产阶级反动路线转移斗争大方向的性质是一样的,她暗暗在心中下了结论:方鲁是我们门诊部的刘少奇。

她走在路上,遇到的人源源不断,抬头一看前面来的人更多,并有个别的已在老远的地方望着她微笑了。"讨厌!"她暗自骂了一声,钻进了邹燕的房间。

邹燕正在抄大字报,内容是关于胡连生精神病问题的。本来在没有贴出去以前是保密的,因见来人是刘絮云,便不加遮掩。

"大家的积极性怎么样?"刘絮云开门见山地问。

"什么积极性怎么样?"邹燕反问。

刘絮云朝大字报努了努嘴。

"这个呀?"邹燕明白了,"要说比起斗彭其的时候,劲儿要差些了,但是要干起来大家还是会干的。现在大伙儿都有一种担心,什么事儿都干了,好的坏的都有,文化大革命老是没个完,谁知还要干些什么呢?最好是现在就结束文化大革命,刚刚斗了彭其,有点功劳,就拿这点功劳来写总结吧!大家都可以得一个好点儿的鉴定,辛辛苦苦闹一场,也算可以了。但是偏偏没完没了,还得干下去,要是在今后又干一些错事怎么办呢?把功劳抵消不算,只怕还会落一个受蒙蔽的下场。"

"这不对,是革命到头的思想。你没有听江部长说?我们搞的是在无产阶级专政条件下的继续革命,打倒一个彭其,革命就完了?要是出现新的走资派呢?你可得跟大家做做工作,江部长讲了,要准备革命一辈子,斗争一辈子。眼前连一个彭其都还没有最后打倒呢!你不把他彻底打倒,他明天又回来了,还当他的司令,他不报复你们才怪哩!所以才要继续搞胡连生的精神病问题,目的还是为了打倒彭其嘛!就想收兵怎么行!"

"这你放心,大家还是会干的,这不,大字报在抄呢!等江部长一点头,咱就贴出去。"

"那好吧!你就快抄吧!要快点儿,不然就跟不上战略部署了。我走啦!"

刘絮云就这么站着说说话走了,最近以来她总是这样忙忙碌碌的。邹燕知道她忙,既不留她多说几句,也不送她出门,反正是常来常往的,也就平平淡淡了。

下班的人流过去了,刘絮云的道路比较通畅了,她把药箱放在家里,到食堂打了一点饭回宿舍关起门来吃(这也是为了躲避过分热情的人们)。吃完饭,洗洗脸,又背着药箱离开了家。她专拣那不常走人的小路走,低头看着自己的脚,前面有人来也装作没有看见。总算一路顺利地来到了校官宿舍区第三栋楼上三楼,拉开一张纱门,又推开一张板门,走了进去。

这里是胡连生处长的家。胡处长也住着一套四间的房子,他家里比江部长家里要空荡得多,因为人口少,东西也少,房间的布置也不像江部长那样讲究,基本上像个乡下人一样。他只有一个老伴,是解放以后结的亲,没有文化,年纪比他小五岁,原是个寡妇,有一个儿子,带来跟着胡处长姓胡了。那老伴既是夫人又是保姆,跟胡处长结婚以后没有再生,带来的儿子已经独立工作,把小家庭安在武汉,因此胡处长家里只有两个人。每当有客人来访,老伴总认为是找胡处长谈重大工作,从不来打扰。当时不闻,过后不问,只在客人刚来时泡一杯茶,然后就躲到隔壁去,或到厨房里做饭去。

胡处长独自一人坐在一间空屋里吃饭。所以称为空屋,是因为这房间的布置实在太简陋了。屋正中放一张小圆桌,有一条腿是新安上的没有上漆,墙边摆了两把沙发式样的木椅子,中间连茶几都没有,此外就是那两条供他们老两口吃饭时坐的骨牌凳了。这凳也是旧的,凳面上有铁钉和锤子敲得凹下去的痕迹。本来他这一级干部是能配给全套家具的,而且他手上又正好掌握着这方面的大权,但这老头很倔,偏要把人家不要的破烂东西搬回自己家来,新的一样也不要。他的理论是:"我是个粗人,只用得粗东西。"

饭桌上摆着三样菜,一样是鱼,一样是笋干炒肉,一样是辣椒蒸肉皮。这最后一样是他近年来最爱吃的菜。对于这,他也有理论:"参加革命前,老子做长工,连猪毛都吃不到;当红军以后,三餐难得一餐饱;现在,娘卖×的!肉吃得不爱了,要吃肉皮。"为了他这个癖好,老伴吃了不少亏,每回他要吃肉皮了,就要买不少的肉,不管肥的瘦的,几乎要老伴一个人承担。目前,老伴显然是早就吃饱饭做事去了,剩他一人在喝酒,每夹一点菜送进嘴里,就把筷子放掉,望着光溜溜的墙壁出神。

"胡处长,我来看您了。"

刘絮云像是突然从天上掉下来的一个亲戚,亲亲热热地喊了一声,跨进门去。

"不要讲得好听,有什么人会来看我？不晓得又是什么阴谋。"胡处长可不客气,扭头望了刘絮云一眼,仍对着他原来的方向说话。

"您是怎么啦？把所有的人都看成阴谋家啦？我小刘在您的领导下干了这么多年,什么时候搞过阴谋？"刘絮云说着,坐在他对面的骨牌凳上。

"过去不会搞阴谋的,如今都学会了,好人剩得不多,我看透了。"他端起杯子喝了一口酒。

"您看我是好人呢还是坏人？"

"那你自己晓得,我懒得去一个个调查。"

胡处长的老伴及时把茶送来了,就放在饭桌上,造成一种两人对饮的令人误会的场面。刘絮云谦恭地欠欠身表示感谢,将药箱取下来放到墙边的木椅子上。

"处长,"总是由刘絮云找话开头,"您的风湿病……"

"没有了,没有了,什么病也没有了,如今只有肝火,吃药治不好的,喝口酒还能压一压。"

"您虽然好了,可我不能不关心啊！本来领导上只叫我给首长打针送药,都是副参谋长副主任以上的,还轮不上您哩！我自己看着过不去,你副参谋长怎么的了？您当过红军吗？胡处长是浏阳共产的老干部,跟司令员、政委都是一起,就没有人关心关心他,等级观念太强了,我就喜欢打抱不平……"

"你不要讲了,你打抱不平有什么用？你顶多给我送点药来,还能做什么？我如今不是要治病,我要讲话,不准我讲话我的病就来了。"

"那您就讲嘛！讲给我小刘听嘛！"

"讲给你听？你明天又来斗争我,打翻在地,踏上一只脚。"

"我才不干那个。"

"哼！不干,不干的更高明,专干阴谋诡计,害死人。"

刘絮云觉得将话老往自己身上扯不太妙,要转弯谈谈别的才好,便提起医院的事情。

"您在医院过得还好吗?"

"好！好得很,再去一回我就死在那里了。"

"怎么啦?"

"怎么拉,怎么扯,"他憋足一口气,突然喷出来,"把你当人?"

"没有给您用电疗吧?"

"什么电疗？电刑！好好生生一个人,给你上电刑,不晓得犯了什么法。"

"我可没有尝过那个滋味儿。"

"你去尝尝吧！我讲不出。娘卖×的！老子五次受伤,没有一回受过这么大的罪。"

"我那回陪您去,还特意跟他们主任说了不要给您用电疗,怎么又用了呢？这些人哪,没有一点无产阶级感情,我看这里面是不是有人搞鬼哟?"

"有！就是有人搞鬼,是一个大鬼。"

"是谁搞您的鬼？您知道吗?"

"怎么不知道！知道得清清楚楚。"

"那是谁呢?"

"是谁,我不能告诉你。早两天来问,我会讲,今天,我不讲了。"

"那是为什么?"

"人家已经倒了霉,我不能落井下石。"

"那是谁呀？我们这儿谁也没有倒霉呀！"

"你不晓得,你在门诊部怎么晓得！哦！你的男人是邬中吧?"

"是啊!"

"那你怎么不晓得?"

"您是说彭司令员吧?"

"就是,就是。"

"嘻嘻嘻!……"刘絮云快活地甜笑起来,"我说您怎么那么大火哩,原来您是怀疑他搞你的鬼呀!您错啦!怪错人啦!彭司令员本来是好心,他叫我们方主任给您看看病,好把您从拘留所接出来送去疗养,风声一过您就可以回来。谁知我们那位方主任心里想什么,借了这个机会想把您害成傻子。您想,好好一个人给你用电疗,你的神经受得了?没有变傻子是您体质好,不然,您还能这么清醒?"

"你讲的是真话?"胡连生放下筷子望着刘絮云。

"唉!"刘絮云只顾自己往下说,"也难怪您觉得到处都是阴谋诡计,我们这儿搞阴谋诡计的可真是不少,自从您出事儿以后,管理处长的位置就空出来啦!师一级的职位,谁不羡慕啊!在管理处下属的一批科团级干部就算我们方主任级别最高,人缘关系最好,我不知道他有什么想法。"

"你在门诊部工作,你应该晓得嘛!"

"我又没有钻进他肚子里去;再说,我那回到医院讲了不给您用电疗,他知道以后还恨着我呢!处长,您给我想个办法调调工作吧!我不想在那儿干了。"

"慢点讲你的工作问题,你先给我讲清楚,你怎么晓得彭其的本意是……"

"我当然晓得,邬中不告诉我呀?"

"哦!是的。"

到此,胡连生的注意力已被刘絮云的谈话紧紧吸引住了,他停止喝酒,也不吃东西,专心致志来思考其中的各种复杂因果和前后左右的联系。虽然他刚才喝了酒,但喝得不多,只达到他的海量的四分之一,在这样的情况下不但不会影响思维,还会因酒的兴奋作用促使他敏感灵活。目前事实上却不是这样,他感到思路紊乱,反应迟钝,刘絮云讲的问题不能在他头脑中清晰解剖开来,费了很大力气还是模棱两可,得不出准确的和肯定的答案,看来是电疗在他身上起作用了。他最后只得摇摇头说:

"搞不清楚,搞不清楚,你不要跟我讲了,我搞不清楚。"

"您是不是疯子这您搞得清楚吧?"

"那我清楚,我不是疯子,我心里明白得很。"

"他们把好人拿来搞电疗,这是事实吧?"

"这是真的,我一世也不会忘记。"

"是我们方主任把您送去的,这个您记得吧?"

"记得,两个大个子兵抱着我上车,我还打了方鲁一个耳光。"

刘絮云噗嗤一笑,故意用言语刺激他发火,说道:

"我说您哪,现在这一阵子好像是什么都记得,过两天您就啥也记不住啦!我倒是相信我们方主任的诊断,他说您是疯子,我看不假,休息一段以后还得去上电疗,不上电疗怎么行呢?有病不给您治怎么行呢?"

"你住嘴!"胡处长果然发火了,"我要揭发他们的阴谋,娘卖×的江醉章,不晓得他跟什么人勾结在一起,要把我们红军杀绝。彭其成了反党集团,陈镜泉逼得连话都不敢讲,我,成了疯子,娘卖×的!想用电疗把我整死。都是他们搞的,都是这些臭笔杆子野心家,一肚子的鬼。我要上北京去,我要去告发他们。红军还没有死绝,我到北京总能找到几个人。你看我告不告?我一定要告。他们想夺权,想翻天,想把我们都打倒,好让他们来。你以为我很想当这个管理处长?我早就不想当了,没有文化,工作困难,但是你要来抢,我就不给,坚决不给!我要交就交给一个好人,能做好事的人,阴谋家,不交!"

"您不交能行?您是疯子,谁还听你的?"

"再听见有人讲我是疯子,我就要打他娘卖×的!"

"人家有证据,我们方主任是医生,他诊断您是疯子有科学道理,您说您不是疯子您有什么道理?有什么根据?"

"我心里清楚,这就是证明,我能把那几天的事一五一十讲出来。方鲁是怎么给我看病的,他怎么把我送到医院去的,我心里想些什么,我都能讲得清清楚楚,哪里有一个疯子是那样清楚的?方鲁给我看病,他看什么病?问了我几句就下结论了。"

"他还给您做了脑电图,证明是您过去留在里面的一小块弹片引起思维紊乱。人家有科学根据。"

"屁!他给我做什么脑电图?我在那个拘留所,做什么脑电图?"

"后来在医院给您做了。"

"医院做了,我晓得,是做了一个。我怕他们搞鬼,做完以后,我把脑电图抢过来,在正中间按了一个指印,故意按得很重,是这只右手的大拇指。你们可以叫保卫部化验化验,有我的指印就是我的,没有我的指印就是假的。我早就防了他们一手,想搞假的搞不成。你以为我不清醒吧?你看我清醒不清醒?我清醒得很。"

"是真的?"

"当然是真的。"

"太好啦!"刘絮云意外地听到这个情况,高兴得不加掩饰地脱口而出。

"跟阴谋家打交道,就是要动点脑筋。"胡连生也为自己的高招十分得意。

"您这个话能不能写出来?"

"写出来做什么?"

"写出来去告状,要求保卫部门化验脑电图。我们邬中目前正在北京,我可以帮您寄给他,一直告到北京去。"

"我不要他去告,要告我自己去。"

"您总得写出来呀,不写,人家怎么拿去研究?"

"我不会写。"

"您就说吧!我来给您写。"刘絮云说着便拿出钢笔来了。

"不,不要你写,我又认不得几个字,谁晓得你写些什么!"

刘絮云有点着急了,眼看就要得到的意外成功却又遇上了困难。怎样才能使他钻进圈套呢?他对任何人都抱着戒心,他又是那样不易受挑拨,他自以为正直,其实是个蠢人。对待这种正直的蠢人,因受了损害而变得十分过敏的人,要用什么办法才能诱使他上当?这是一个难题,是从来没有遇到过的难题。精明的刘絮云这时感到自己的脑子不好用了,在一个蠢人面前显出了自己更愚蠢,这是万万没有想到的。她一时想不出很好的办法,只得拿出最后的也是不太可靠的一手来试试了。

"处长,"她说,"现在有很多同志为您打抱不平,其中也有我一个,大伙儿都担心您可能过一段又要去上电刑,一个老红军,受过五次伤,六十以上的人了,哪里经得起那样的折磨!大伙儿商量着,要把这件事情搞清楚,我们门诊部很多医生护士都对方主任搞阴谋害人很不满意,可能会要找他问个清楚的,到时候您能不能当着大家的面作证?"

"作什么证?"

"就是刚才讲的指印的问题,您只要把您在脑电图上按过指印的事儿一讲就行了,一查就会查出真假来。其实,您不讲也行,反正以后去受电刑又不是我们去,我们不过是在旁边看不过去,才冒着得罪方主任的风险,自己站出来说公道话,您实在要不能作证我们就算了,公道话也别说了,自己管着自己,何必操那些闲心!您不作证,大伙儿都被动,目的是为了您不再受电刑,您倒反而害得我们搬起石头砸自己的脚。"

"就是要我证明按了指印?"

"是啊!"

"那有什么不能证明!我是在上面按了指印嘛!又不是假话。"

"到时候我来请您去作证,您能去吗?"

"那有什么不能去?就是要搞清楚嘛!真的就是真的,假的就是假的嘛!我讲了的话我都负责,我不怕惹祸,脑壳掉了碗大一个疤。"

"那好,咱们就说定啦!"

"要说什么定!我该去的我就去,我该讲的我就讲,我不会搞阴谋。"

"到底还是胡处长,"刘絮云把最熟练的一招拿出来了,"真是个爽快人!人家都说,咱们兵团只有胡处长最光明正大,这话可是一点也不假……"

"不要给我灌米汤,想把我灌糊涂了?不听,不听!"胡处长重新拿起酒杯,"你要没有事了,走也要得,坐一下也要得,想吃酒也要得,就是不要灌米汤。"

他这一说,把刘絮云的嘴巴堵得死死的了,走也不好,坐也难堪,喝酒更不能,一时不知怎么办。嘴里无话,心里着慌,只得又拿出一条小手绢来,毫无目的地在手背上揩了又揩,揩了又揩……

门被推得轻声叫了一下,胡处长只顾喝酒,没有注意;刘絮云敏感到了,密切注意着来人是谁。

万万没有想到,进来的是从不登门的赵大明。

赵大明究竟来干什么?只有他自己心里知道,反正他不可能是来找刘絮云,而是拜访胡处长的。可是,当他愣了一下又冷静下来开口说话时,才知道他正好是找刘絮云的。

"哎呀!"他说,"找得我好苦!我猜想你可能到这儿来了,果然不错。"

"找我干什么?"

"还不是为了咱们的事!"

胡处长抬头看了看赵大明,只知道他是唱歌的,唱得不错,但不知道他叫什么名字。没有打招呼,也没有请他就坐。

"胡处长,您喝酒啊?"赵大明有礼貌地搭讪一句。

"唔。"胡处长不热情也不反感,只是显得有点架子。

"我跟你说呀,"赵大明对刘絮云说,"我们的人可是等得不耐烦了,这个来催,那个来催,一定要我找你问问什么时候行动,要是北京来电话催反党集团的补充材料,我们还没有搞出证据来……"

"出去说,出去说,这些事儿不要打扰胡处长了。"刘絮云焦急地瞪了赵大明一眼,立刻起身。

"你们讲嘛!什么阴谋诡计我也不听。"胡处长埋头选着肉皮说。

可是刘絮云已经拉着赵大明走到门口了,回过头来向胡处长道了声"再见",便急急忙忙走下楼去。

胡连生抬头望着他们两个离开,忽然产生了怀疑,心里在想:"什么?北京……反党集团……补充材料……证据?……有鬼!有鬼!阴谋诡计,要防他们一手。"

第二十四章　感情·理智

五月的北京不冷不热,而徐秘书受不了。他在几小时之内从南方海边飞到北京来,气候整整相差一个季节。单纯是冷热的变化只要多穿点衣服就行了,最要命的是湿度变化之大使人无法适应。昨天上午在南方上飞机,他穿一件单军装还汗流满面,因空气潮湿,全身没有干过,而且总是感到脸上、脖子上到处是黏糊糊的,那滋味不太好受。他指望到北京以后可以过得非常舒服,刚下飞机时也确实是满意的,可是不久,干燥使他受不了。其实,五月的北京并不是干燥季节,对本地人来说,这是比较舒服的日子;而南方人跑到这里来,恨不得马上回去。徐秘书不停地洗脸,陈政委离开招待所以后,他几乎一直在洗脸。总觉得脸上很快就会开裂,眼睑里面无时不夹着灰尘,很少咳嗽的人也有点咳嗽了。他看到那些从兰州来的军人活蹦欢跳,非常羡慕他们,问他们那里怎么样,回答是:比北京干燥。徐秘书暗自嘀咕:"可不要把我调到兰州去。"

二十六岁的徐秘书已经跟随陈政委到北京来过多次了,永远不能适应这里的气候,无论春夏秋冬四季,任何时候来都是一样。北京是文化大革命的中心,这里每天都有最新最快的爆炸新闻,大字报的编辑们往往是画一个硝烟四散、弹片横飞的图案,旁边写上"爆炸新闻"或"最新消息"的字样,以引起读者们重视。凡有这类大字报出现,照例是要围上一大堆人的,一般从外地来到北京的造反者,最注意的就是这类大字报。而徐凯却并不抓紧陈政委不在的时机上街去走走,对爆炸新闻虽也有兴趣,但他能够控制自己。他只是一个秘书,又是很年轻的秘书,首长身上的重大责任不需要他分担什么,他只要按照要求认真地办事,像邬秘书一样,任何时候也不激动,不发愁,不着急,不失眠,有条不紊地行使职责就行了。但这个小伙子有一个至今不能克服的毛病,就是常常要带点感情到工作中去。他从道理上知道,秘书工作不宜带感情,而实际上总是做不到。从南隅飞到北京,陈政委一路上沉默寡言,就连飞临文化大革命搞得最热闹的武汉上空,也不探头看看底下的情况,始终那么默默地坐着,闭目养神。徐秘书知道,他的闭目并不是为了养神,而是为了当前的斗争。他的处境非常困难,身体又很不好,要承受来自上头的压力,又要抗住来自前后左右的夹力,还要抵御心脏病的威胁。徐秘书见他那样负担沉重的样子,感到当政委不如他当秘书好,但这两者是不能交换的。

刚刚安排好住处,政委就到首长那里去了,这么长时间还没有回来,真叫人担心。首长又会谈些什么呢?是批评还是希望?是研究问题还是布置任务?是单纯要他参加斗彭,还是他自己也需要写检查?无论是哪种情况都是很难办的,一个难字无论怎样也摆不脱。徐秘书有一种思想准备,就是尽可能为政委出出主意,想想办法,减轻他一点负担。年轻的秘书怀着一颗诚挚的心,他敬重老年人,尤其是身经百战的老首长;他同情处境艰难的人,包括对被认为是反党分子的彭其。他逐渐意识到软心肠是干不了大事的,但又毫无办法,下一千次决心也硬不起来,目前他已向自己的缺点投降了,让它去吧!干不了大事就不干大事,能做点什么就做点什么算了。

邬中来了,他夹着一个黑色的皮包,先把头伸进来望一眼,然后才抬脚进门。两个秘书见面,先一般地互问了几句,然后便谈起了正事。

"彭怎么样？"徐凯问。

"什么怎么样？"

"斗他的情况怎么样？"

"态度不好。"

"还是态度不好？"

"这个人完了！"邬秘书坐在床沿上，将皮包贴住肚皮，双手抱住，"不是一般的态度不好，简直是非常恶劣，首长十分不满，下决心要把他整过来，他再这么坚持顽抗下去，光凭这态度和现有的材料就完全可以定性了。"

"是怎么斗的？"

"分组斗，每组只有一个对象，其他人都集中攻他一个，各组斗出来的材料又互相交换作为炮弹，每天都有新炮弹，每天都有很厉害的斗争会。反党集团那几个人，一个个都瘦下去了，有的是硬顶，有的是软抗，几乎没有一个是态度好的。"

"彭在这里交代了一点新的东西吗？"

"没有，别说交代新的了，过去已经交代了的，现在又想推翻，别人交代了的，他也不承认，他就是属于硬顶的一个典型。"

"会还要开多久？"

"那还早呢！陈政委他们这一批人不是刚刚来吗？早得很，你要准备在这里久住。"

"久住倒没有什么，只怕久斗……"徐秘书表现出一种难以捉摸的心情。

"久斗怎么啦？"

"久斗……会受不了。"

"又不是斗你。"

"当然不是斗我，斗别人也受不了啊！"

"你怕厌烦是吗？"

"不是。"

"那是什么?"

徐秘书想说又没有说,不说又压抑得很,扪住鼻子打了一个喷嚏,借机离开了几秒钟。等他再回到邬秘书身边时,邬中问他:

"政委什么时候回来?"

"谁知道呢,已经去了很久。"

"我是在这里等他呢,还是过一阵再来?"

"你就等着吧,说不定快回了。"

他们两人的关系看来并不十分亲热,问一句,答一句,常常出现冷场。有时为了避冷,徐凯要邬中谈谈北京的见闻,邬中尽谈些小市民趣味的内容,诸如北京的菜市场跟南隅不同,都是用磅秤称菜哪,什么这里的啤酒是论升卖的哪,关于烤鸭要好几个人才能吃完一只哪,王府井百货商店的商品都是来自全国各地哪,大栅栏可以买到价廉物美的皮货哪,还有北京人说话口齿不清哪等等……听着听着,徐凯就腻了,他要邬中换一个话题谈谈文化大革命的事,邬中没有说的,于是又冷场了。

徐凯心里老早就怀着一个疑问,一直想问问邬中,一直也没有问,今天两人呆在一起完全无事,便想趁此机会问问他,多次几乎开口,又多次咽下去。最后一次,终于有四个字从嘴边滑出来:

"我想问你……"

"问我什么?"

"哎……"

"怎么吞吞吐吐,像个女人?"

这句话刺激了徐凯,表明邬中很瞧不起他,他一气之下,鼓足了勇气。

"我问你,司令员现在成了这个样子,你是他的秘书,跟随他好几年了,你难道一点儿也不同情他?"

"你这是什么意思?"邬中警觉起来,"你是说我必然同情彭其,必然与他划不清界限是吗?"

"不是!你不要误会,我知道你把界限划得很清楚,所以我才想问你,怎么能够一下子就划清界限的?"

"小徐,你到底年轻几岁。这有什么奇怪呢?这样的事又不是我开的先例,我们生活在这个年代,这个年代的特点就是这样嘛!你难道还是孔夫子那一套?有些人之间是共事多年的战友,彼此都曾经有过非常信赖的关系,一旦发生了大是大非的矛盾就决不留情面。只有这样才是正确的,因为是阶级斗争,你死我活的大事。"

"当然,划清界限是正确的,但是人与人之间相处久了会产生感情,就像离开学校或离开一个连队的时候,同学和战友到车站送你,总有一些人流眼泪,除非是群众关系极坏的人。为什么在关系到一个人今后命运的大事上面,就没有那样的感情呢?真是奇怪,我有时钻进牛角尖去了,怎么想也想不通,你说这是什么道理?"

"我没有研究过,也觉得你提出这样的问题来很奇怪,你是怎么啦,小徐?是不是有点同情彭其呀?"

"你都不同情,我同情他干啥?"

"其实,感情是表明一个人蒙昧、愚蠢的东西。"邬中随口一溜便是警句,他停了停,想不再往下说,最后还是说了,"你看小孩子,他没有知识,他的感情最浓厚、最纯洁;一般的芸芸众生也是父子、夫妻、朋友、亲戚,千丝万缕扯不清。凡是大智大勇者都是没有感情只有理智的。你研究过历史吗?古代的帝王有多少父子兄弟之间互相残杀的?林副主席谈政变的那篇讲话中就举了很多例子。所以,在大是大非问题上就不能讲感情。你我虽然级别不高,但我们的工作都是关系到大是大非的,可不能儿女情长,要增强一点斗争性啊!"

"有时候还有这么一种奇怪现象,"徐凯说,"道理是懂得,至少听见过看见过吧!但是一到实际问题中,经常要费很大的劲来战胜感情的纠缠,我怀疑我这个人会连离婚的勇气都没有。"

"你现在谈离婚太早了。"

"我是这么比喻。"

"小徐,我觉得你今天有点奇怪。"邬中像发现了秘密似的注视着徐凯说,"你大概是面临什么不幸吧?要么就是已经遇到了什么感情上的难题?再不,你是担心陈政委?……"

"要是陈政委突然倒了,我就复员。"

"你那么天真?真像个小孩子,没有一点理智,我担心你还会自杀呢!"

"自杀倒不至于。"

"到了那个时候,你想复员也不行,你了解情况,能马上让你复员吗?要复员可以,先得参加一段斗争,把他打倒了你再走,像我现在这样。"

"你做了复员的准备?"

"我?不知道。"

邬中再不说话了,他感到今天已经说得太多,又违犯了自己的禁忌。"言多必失",这是他自文化大革命开始以来的座右铭,当然是偷偷放在心里的座右铭,不敢真正贴到办公桌上。他也有他的矛盾,一方面要规定自己尽量少讲话;同时又有很多最新的心得很想能有机会同别人交流交流。有时,在某个特定的环境下,受到某种诱惑和启发,就不知不觉地流露出一些来,但这些流露出来的部分大都是非常肤浅的和经过了修饰的。在他心里,还有一个保险柜,钥匙已经化成铁水了,绝对不能打开,那里面藏的究竟是一些什么,只有他自己知道。他认为,保险柜不仅是他一个人有,就连那在他看来是天真幼稚的徐凯,心里难道就没有一个保险柜吗?

今天他提出的感情问题,很可能就是从保险柜缝里露出来的一张纸角。他觉得,所不同的是,各人心中的保险柜用处不同。有的人把东西藏进保险柜,准备沉到海底去;有的人把保险柜里的图纸付诸实施;还有的人犹犹豫豫,缩手缩脚,想用又不大胆用,最后等于不用。他自己是属于付诸实施的一类,心中既然藏着宝,就要让它发挥作用。沉海的是蠢人,犹豫的是庸人,只有能付诸实施的人才是英雄豪杰。

徐凯坐在沙发里,将背部、头部和双手都贴紧在沙发的各个部位。这种坐的姿势同陈政委在伤脑筋的时候是一模一样的。他并不是有意模仿陈政委,而是不知不觉就坐成了这个样子。当陈政委在的时候,这种姿势不会在他身上出现,只当政委不在时,思想和精神处于自由自在、无所拘束的情况下才会这样。此时邬中不讲话,他也不讲话。他没有想到什么保险柜的问题,而是在继续追赶着奇妙的感情姑娘舍不得放手。感情是一个女妖,是具有无限诱惑力的妖化美女,在任何情况下她都不让你看清她的面目,只让你看见背影。那背影无论怎样形容其婀娜多姿也不过分,具有看不见的神力、魔力,吸引着你丧失自制的功能,孜孜不倦地追赶着她。你总想看清她的面孔,但你永远也追不上,永远也看不清。她就是这么奇怪,这么讨厌,这么害人,令人陷入痛苦和陶醉。有人认为只有男女相恋的感情才是这样,其实不然,还有许多种感情,何尝不是这样?如果不是对于后代有感情,就不会有人植树了;如果不是对于真理有感情,就不会情愿抛头颅、洒热血了。为什么有些人可以没有感情呢?他与感情是两块同极对置的磁铁吗?磁铁也只有在同极对置的时候才能相斥,把其中一块调过头来也同样会吸引到一起。邬中是反对感情的,究其实,他难道真是没有任何感情?也许他对同志没有感情,对人民没有感情,对他的父母兄弟可以没有感情,对与他关系最密切的妻子也可以冷漠无情。但是,所有这些无情都有它的反面,不爱大家就是因为太爱自己;不爱人民就是爱着人民的敌人;不爱美好的事物就是正在迷恋着丑恶的事物。每个人都离不开感情的纠缠。与其改弦易辙去追求邬中的感情,还不如继续保留徐凯的感情。爱一爱他人吧!总比光爱自己好些。徐凯决定我行我素,不被邬中牵引。

对坐无言是难堪的,邬中决定暂时离开这里,约定过一会儿再来。

他走后不久,陈政委回来了,徐秘书密切注意着他走路的动作,如果他心里轻松愉快,那只空袖筒是会摆动的,如果空袖筒直垂着不动,就不要问政委心情如何了。政委走进门,空袖筒底下像吊了一个铅球一样,这铅球因为在心里装不下,分了一部分放进袖筒里。

"什么时候了?"政委第一句话是问的时间。

"九点半了。"徐秘书看看表说。

"我去了几个小时?"

"三个小时,是六点半去的。"

"邬中没有来吧?"

"来了,又走了,等一会儿还会来的。"

徐秘书接过政委手上的皮包,自己拿着,待政委坐下以后,他也在床沿坐下,正要开口问问情况,政委先说了。

"我上当了!"他眼睛发呆地望着前方说。

"……"徐秘书要问的话没有问出来。

"被人家耍了一顿。"

"谁呢?"

陈政委摆摆手,表示叫秘书不要插嘴,他要一直说下去。

"我把文工团范子愚他们交来的材料送去,人家看了,退回给我,说这是保守派搞的。保守派,要保彭其,才把这样的材料送来。"

我问他们掌握了一些什么材料,他们只是笑,笑得不诚恳,像拿我开心一样。"

"您把彭的失踪,党委委员坐等开会找不到批斗对象这些情况都汇报了吗?"

"汇报了。人家听了也是笑,我不晓得他们笑什么,我活了这么多年,第一回送给人戏弄。戏弄完了,我到现在还是莫名其妙,只看见人家笑,我一点也笑不起来,好像是……我洗脸没有洗干净。"

"他们肯定得到了重要材料。"

"谁晓得!"

"他们又是从哪里得来的呢?"

"谁晓得!"

"一定有人搞鬼。"

"谁晓得!"

徐秘书苦苦思索,陈政委默默无言,过了一阵,政委打断了秘书的思路。

"有开水吗?"他问。

"刚送来的。"

"替我泡一杯浓茶吧,我不想动。"

秘书马上去泡茶,但心里还在想着复杂的问题,竟把开水倒多了,漫出了杯子。他泡好茶,端给陈政委,又去找了一块抹布把桌面揩干。

"是文工团捉弄我们了?"徐凯提出猜测。

"他们要这样搞做什么呢?"

"是啊,"秘书同意说,"他们斗彭斗出了成绩应该大肆张扬,应该让兵团党委知道,因为最后决定他们命运的还是兵团党委,瞒着党委,弄些假材料来哄党委,这有什么意义呢? 难道他们有两种材料？有用的直接送北京,无用的拿来哄你陈政委？为什么要这样做呢？是野心太大？是报复你陈政委？"

"我有什么对不起他们的？"

"是啊！他们实在没有必要。"

陈政委喝了一口茶,又喝一口茶,看看杯子里的茶叶,放下杯子说：

"小徐,你看我是不是一个多疑的人？"

"您不是多疑,是太相信人,太老实了。"

"可是最近我起了疑心。"

"疑心什么？"

"我们兵团好像有一个地下党。"

"地下党？"

"就是讲,除了公开的党委以外,还有一个不公开的领导核心。"

"如果真有这样的事,那是非组织活动。"徐秘书禁不住愤慨地说,"要查明,取缔,采取组织措施,坚决打击！"

"嗨嗨！"陈政委苦笑着摇摇头,"你太简单了！现在的事不能拿平常的老规矩来看,就比如地方上的文化大革命,各级党委都瘫痪了,书记歇凉了,委员参加群众组织去了,但这个革命还是在党的领导下搞的,这不奇怪了？平常来看,这不合道理,现在来看,这是正常的,因为……"他没有说出来。

"这是地方上的事,我们是军队,军队的党委还没有垮。"

"军队跟地方,情况有点不同,道理都是一样,有一个大道理在管住这一切。"

"地方的文化大革命是毛主席亲自领导,我们军队里搞出另外一个地下党来,是谁领导的呢？"

"你晓得他没有人领导？没有人领导,他怎么能直接把东西捅到北京来？谁跟他接头？谁认他的账？没有人领导,他有那样大的胆子？敢叫我们开不成党委会？"

"这样的话,把党委解散算了!"徐秘书愤愤不平。

"不要充好汉,"陈政委规劝徐秘书说,"不要讲这样的话。我在那里被人家耍笑,你怕我心里不火？有火也要罩住,冒不得的。你以为你是马克思主义,你以为你党性很强,那是你自己以为,别人不承认。"

"我要不跟着您就好了,"徐秘书使着性子说,"那我也到地方上造反去,自己创立一种主义,当头头。"

"乱讲!"

徐秘书只得不说话了,又给陈政委添了一点水,自己一不爱喝茶,二不会抽烟,白白地坐着,时间很难磨,只得还是找句话来说。

"他们到底得到了一些什么重要材料呢？"

"不晓得。"

"又要瞒着您,又要叫您来参加斗彭,这到底是玩的什么把戏嘛？"

"不会总是瞒着我的,瞒了今天,明天就不瞒了,明天要我参加斗彭,什么都会晓得的。我还是斗彭那个组的组长呢!"

"要您当组长？"

"组长,木脑壳组长,主持一下会议。怎么斗法,他们有一整套计划,不要我管。"

"那也好,就当个木脑壳组长吧!"

"不行!讲了,要我在斗彭当中接受考察。"

"您带来的材料是保彭的,这个考察肯定不及格嘛!"

"是啊,怎么能及格呢？你帮我想想办法,我怎么考及格呢？嗓子大一些？多骂他几句娘？多喊几句'你不老实!不老实'？这样能及格吗？"

"把我也难住了。唉!"

年轻的秘书能给陈政委想出什么好办法来呢?他当然不行。陈政委只好不为难他了,他准备今夜基本上不睡觉,以便好好想一想。但思路很难集中到怎样接受考察的问题上去,一静下来就容易想起彭其,想起彭其和自己的关系以及目前的难堪处境。他自言自语道:"要我当组长斗彭其,那些干将算是我的部下,我要服从他们,又要指挥他们,还要受他们监视。他们要杀他,要借用我的刀,刀把上写有陈镜泉的名字,要亮给彭其看。……这是什么考察?大概对我的考察就是这个,看我同情他不?看我跟他暗送秋波不?看我一刀斩得干脆不?就是这样,这就是对我的考察,并不要我拿出什么像样的炮弹来,他们已经有了,大概足够了。我的任务就是这样,这个任务比送炮弹还难。我会经不起啊!经不起啊!太重感情啰!……"

"政委,"徐秘书接着他的自语说,"我为您出不了什么主意,心里只想分担一斤一两,用不上劲,但是我还是想用一点劲试试看。刚才您没有回来以前,我同邬秘书谈了半天的感情问题,他的理论对您可能有点用。我问他,彭司令员倒了,他为什么能一下子就把界限划得那么清楚,他回答说:'这有什么奇怪呢?这样的事又不是我开的先例,我们生活在这个年代,这个年代的特点就是这样嘛!你难道还是孔夫子那一套?有些人之间是共事多年的战友,彼此都曾经有过非常信赖的关系,一旦发生了大是大非的矛盾就决不留情面。只有这样才是正确的,因为是阶级斗争,你死我活的大事。'他能够同司令员划清界限,毫不留情地站出来同他进行斗争,原因就是这样。您能不能也学学他这样子呢?"

"哼!学他,你想学他吗?"

"政委,"徐凯内疚地说,"我不该说,我是违背自己的心讲这个话的。看您急成那个样子,我也急得心里像猫抓一样,可我只能站在旁边干着急,不能为您分担一点,又想不出什么好办法来,就乱出馊主意,真是到了黔驴技穷的地步。其实,我对邬秘书那样做,一直不能理解,要我学他我学不到。人总是有感情的,不爱别人就是因为太爱自己,要我像他那样只爱自己,对旁人都没有感情,我会僵了,硬了,活不成了。"

"你不要讲这些了,"政委说,"这些话讲得越多,对我当前越没有好处。邬中的话是对的,像我碰到这样的难题,只有照邬中那样才能过得去。他还算是聪明的,能够总结出道理来,我就总结不出;他也算是有本事的,不光能那样做,做过以后心里还不难过,这我也是做不到的。你不要以为他错了,他很有理智,他确实是这个年代的英雄,会要出很多这样的英雄,你看吧!"

他们正在说着,邬中撞了进来。

"政委!"邬中立正行了一个礼。

"你坐吧!"政委指了指沙发。

邬中坐下,因不想谈更多的问题,便抢先提出话来请示,打算请示完了立刻就走。

"政委,您自己来了,小徐也来了,我是不是可以回去呢?"

"你怎么一坐下就提回去的事?"政委略有不满。

"我看着……"邬中看看表,"时间不早了,您要休息,我不好久坐,所以……"他很快就找到了理由。

其实政委也并不想留他多说,便开门见山提出了早就想找他了解的问题。

"你来的时候,是不是带来一些斗彭的材料?"他问。

"我?没有啊。"邬中并不惊慌。

"没有?"政委不太客气。

"是没有啊!"看来邬中是早就胸有成竹了,"只是……我出发的时候,江部长交给我一包东西要我带给首长,我也没有问是什么,估计是吃的吧?"

"文工团有人到北京来吗?"

"我不知道。"

"你还有什么问题,讲吧!"政委显然不想从他嘴里问到什么东西了。

"我没有别的问题了,"邬中也巴不得这样,"就是刚才我请示的,我现在能不能回南隅去?"

"回去,回去!"政委朝门外把手一挥,干脆利索地答复了他。

"那我走了。"

邬秘书站起来,行了一个礼,再没有多讲话,退出了政委的房间。政委没有回礼,没有点头,也没有看他是怎样走出去的,自己站起来往里间走去。

徐秘书说了一声"您早点休息吧!"也走回自己下榻的房间去。

过了一阵,徐秘书气喘吁吁地推门进来,报告陈政委说:

"我刚才好像听到文工团造反派那个头头范子愚跟门卫吵架的声音,马上跑下去看,人已经不在了,我往两头马路上追了一段没有追上。"

"他们也来了?"政委微怔一下,想了想说,"这个地方有一块肥肉啊!"

第二十五章　善与恶

　　这一天晚饭后,门诊部宿舍比往常热闹得多,不少人家都来了文工团的客人,真是凑巧,不约而同都到门诊部来串门儿。医生和文艺工作者都是知识分子,本来就比较容易接近,加上文工团那些人身体娇贵的不少,尤其是女同志,稍有一点不适,就要认真对待,马上问病求医,于是,很多人是互相混熟了的。医生护士们很欢迎文工团员到他们家里来玩,因为他们总是带着笑声来的,能一下子把你家的寂寞和忧愁驱逐到海那边去。特别是有几个话剧演员,他能当着你的面模仿你平日的语言、动作和不良习惯乃至生理缺陷,好像你变成他,他变成你了,惹得旁人捧腹大笑,羞得你自己无地自容。还有的善于讲故事,不需要有故事台本,也不需要有离奇的情节,就是日常发生的琐事,人人都司空见惯了的一些小事,被他们拿去一讲,就立刻生动起来,配以适当的表情和动作,就使你感到身临其境了。他们一来,就必然要打破这个宿舍的宁静,破坏所有的家庭——因人们都不再以家庭为组合单位了,而是围得一堆一堆的。从某种意义上来讲,这种场面比看舞台上的演出要精彩些,因为在正式上台演出时,每一个节目都必须突出政治,而在这里是允许没有政治的。

　　目前,在刘絮云家里,有一个话剧演员正在讲述公鸡追求母鸡的整个程序,以及一只公鸡同时领着好几只母鸡的时候,是怎样区别对待的。看来他确实是认真观察了鸡的生活,讲得头头是道,表演得栩栩如生,他自己完全变成一只公鸡了。在另外几家房里,有的在回忆他们在舞台上忘了台词、没有拿道具、误场了、掉了鞋子等等逸事;有的在描述某次与农民联欢时,一个可爱的山歌手做出了种种引人发笑的事;有的在大谈其天南地北的见闻,加油添醋,还不使你感觉出有假来;也有的是在为了自己的某种慢性病,借此机会向医生打听最有效的疗法。

刘絮云自己家里有客人,她却不在那里陪着,这一家串到那一家,那一家又串回这一家,每一个精彩的故事她都没有听完,每一个来访的客人她都打过招呼了。她像一个舞台监督,又像是群众游艺场的总经理,她非常忙碌,不知在忙些什么。

门诊部主任方鲁的家里没有来客人,因为他是主任,即使文工团员来到他家里了,也不会像在别处那样放肆,现在是,根本没有来。方主任也没有被笑声吸引过去看热闹,他目前心情不太好,独自坐在卧室里想问题。自从军营里各种舆论工具出现了"彭其反党阴谋集团"的提法以来,他有点提心吊胆。到底这个阴谋集团包括一些什么人呢?要与彭其有什么样的关系才算是他那个集团的成员呢?从道理上来讲,应该是参加过他的反党阴谋活动才能算,一般的因工作关系接触多一些不应该认为有问题。但是有一点是使方主任不大放心的,就是胡连生的精神病问题。其实,他对胡连生的同情是在斗争会上就产生了,也闪过一下想把他诊断为精神病以避免负政治责任的念头,但他不敢。后来司令员交给他任务,他的胆子就大了,总算把胡连生从拘留所迁进了医院,从囚犯变成了病人。现在由于彭其的倒台,会不会把那件事抖搂出来呢?如果抖落出来了,最倒霉的还不是他方鲁,而是那个恶毒攻击毛泽东思想的胡连生。方鲁可能会因为听信彭其的指使而背上一口黑锅,但他相信,除此以外别人也找不到他与彭其的特殊关系;至于经常给司令员看病,那是工作,谁也不好横加什么罪名。他如果采取主动,自己去揭发彭其指使他干的事情,完全可以把自己洗清白,但是方鲁的脾气也属于彭其那一类,弯的少,直的多,一般常理常情他很容易接受,就是路线观念很差,明知很差,还不准备加强一点。

方鲁是山东人,由于走南闯北离开家乡二十多年了,口音已完全改变,普通话讲得比较好。最初他参加地方上的抗日工作,解放战争时期才到部队来。他的医术是在战争中学的,建国以后又专门到医学院进修了几年。这人是个典型的业务领导,从来不大过问政治。虽然如此,但党性和组织观念都很强,是因为从战争中带来了习惯,永远忘不了。对于目前出现的许多新生事物,他几乎样样都反感,而且不善于掩饰,总要从脸上嘴上暴露出来,当然还能掌握一定的分寸,所以没有出大问题。

最近有一些鬼现象引起了他的警惕:门诊部低声耳语的情况多起来了,每当见他一到,一切就平静下来,使他不能不怀疑这些耳语是否与自己有关。那个心得笔记写得最多的刘絮云显得特别活跃,常常这家进那家出,很晚还在嘀咕。也有人向方主任提出过这样的建议:"赶快给刘絮云评一个活学活用毛主席著作的积极分子吧!"方主任认为:"不行,光是抄书,凑字数,这不叫活学活用。"人家又说:"给她评上吧!评上了好一些,不评上不好,你知道吗?""我不知道,我要看行动,不看她怎样抄书。""唉!"提建议者无可奈何,只得叹口气说,"方主任啊方主任,你会倒霉的!"方鲁对于这些好心的劝告至今没有接受,他今后也不准备接受。

热闹的宿舍里突然响起一声使人毛骨悚然的口号:"打倒彭其反党阴谋集团!"接着,所有正在讲故事和扯闲话的文工团员立即中断他们的表演,全部拥到走廊上来,相继喊起了同样的口号,门诊部的人也有参加呼喊的。

方鲁不知出了什么事,停止思考,起身准备出门看看,不料外面有人推门进来了,都是刚才在左右各家闲聊瞎扯的文工团员们。

"哦?"方鲁愣了一下,然后客气地说,"进来进来,坐吧!来这么多人,房子小了一点。"

"方主任,我们可轻易不到您这儿来呀!"有个领头的说。

"嗨嗨!嗨嗨!……以后多来嘛!以后多来嘛!"方鲁明知来者不善,也只得应付着跟他们说话。

"今天是无事不登三宝殿。"领头的说。

"什么事啊?"

"想找您谈一个问题。"

"好啊,什么问题?……哎,大家坐嘛!凳子上,床上,都可以坐。"

客人们并不怎么讲客气,脸上也没有笑容,好像是来查户口的,其实很清楚,大家都不必客套。方主任也已看出客套是多余的了,他干脆不提什么喝茶之类的问题,严肃庄重地站在写字台前,将每一张面孔都看了一遍,有的知道姓名,有的只是面熟,有的还曾经为了病和药的事向方主任求过情,并得到了他的帮助。一看到这样的面孔,方主任不免多望他一眼,那被望的人只得讪讪地低下头去,发现鞋带系得不合适,连忙弯下腰去重新系过。

"方主任,"领头的说,"现在是文化大革命,你知道吗?"

"这怎么不知道呢!"

"我们空四兵团出了一个反党阴谋集团,你知道吗?"

"知道,标语、大字报到处写着。"

"是谁为首啊?"

"彭司令员。"

"什么彭司令员!彭其,你还跟他划不清界限!"客人当中有一个插了这么一句。

"危险啊!方主任。"还是领头的说。

"我跟他有什么划不清的?"方鲁理直气壮地说,"他当司令我看病,他倒台了我少一个病人。"

"你们的关系就是这么简单?"

"那你说还怎么样?"

"不要装糊涂了!"又有一个插话者。

方鲁并不示弱地朝这个插话者瞪了一眼。

这时,假装无意撞进来的刘絮云大惊小怪地喊了起来:

"你们这是怎么啦?空气那么紧张,脸上都那么严肃,找我们方主任干啥呀?发生了什么矛盾?咱也能听听吗?"她说着,挨邹燕坐下了。

"我们想问问方主任,他跟彭其的关系问题。"

"哦!是这个呀!那是得问问。方主任,你平常跟彭其的关系可不错呀!现在彭其倒了,你也该讲个清楚啦!"刘絮云说。

"我没有什么要讲清楚的,工作关系,明摆着,谁都知道。"

"不见得吧!"还是刘絮云,"你给胡连生看病的事大家知道吗?能不能公开说说啊?"

"我一天不知要看多少病,都要说吗?"方鲁一点也不倒威。

有几个门诊部的人挤在门口,像是看热闹,又像是有目的来的。

"进来呀!"刘絮云向他们招手,"人家文工团的同志以忠于毛主席革命路线的实际行动为咱们做出榜样,咱们要向他们学习呀!为了弄清方主任跟彭其的特殊关系,文工团的同志带头啦!咱们门诊部的人路线觉悟就这么低?进来吧!'凡是错误的思想,凡是毒草,凡是牛鬼蛇神,都应该进行批判,决不能让它们自由泛滥。'事情出在我们门诊部,我们不能不管。"

门口的人多数进来了,也有少数大概确实是属于看热闹的,听刘絮云这么一说,热闹也不看了,赶紧溜开去。仍旧留在门外的,只有几个小孩子了。

"方主任,"刘絮云又说,"跟大家说个清楚吧,你是怎么给胡连生看病的?"

"没什么说的。"

"嗬!这么硬啊!连彭其都投降了,你还硬啊!你以为人家不知道?还想蒙混过关哪!哼!只怕群众不答应。文工团的同志专门找你问问,你就是这样对待他们的?同志们,他这样行不行啊?"

"不行,要讲清楚。"

"同志们,"方主任对文工团的人说,"请你们不要管门诊部的事,我们这里的事很复杂。"他说着,瞪了刘絮云一眼。

"哟!"刘絮云呼地站起来,"管不得呀!哼!那么厉害呀!只许你们勾结起来反毛主席,就不许革命群众找你们问问清楚?偏要问,今天你不讲清楚,我们就不离开这个房间。别把群众当阿斗,告诉你,群众是不好欺负的。彭其又怎么样?胡连生又怎么样?资格比你老点儿吧!一样打翻在地,踏上一只脚,可不讲什么客气的。说!"她露出咬牙切齿的凶相来,大吼了一声。

"是真是假你就说清楚嘛!"有一个文工团员以不太厉害的口气说。

"好,"方鲁不理刘絮云,专对文工团的人说,"同志们,你们不了解情况,我把情况告诉你们。那天你们斗胡连生的时候,我在台下看着,觉得他有点反常,可能是神经有毛病,在当时那个情况下,我不便扰动会场。后来陈政委心脏病发作,我送他到医院去。回来以后,正想去向司令员请示一下,要求给胡处长看看病,恰好司令员打电话来要我去,他向我详细问了陈政委的病情。趁那个机会,我就提出要给胡处长看病的事,司令员同意了。第二天我到拘留所去给他初步看了一下,觉得是精神病,情况我写在他的病历本上了。这样就决定送医院。到了医院以后,我怕诊断不准确,又在那里给他做了一个脑电图,证明是他过去留在头部的一小块碎弹片发生移动,影响了正常的思维活动。情况就是这样,大家清楚了吗?"

"别听他胡说!"刘絮云像包打天下的英雄一样跳到文工团员们的前面,左手反叉着腰,右手抬起来怒指着方鲁,恨不能把他吃下去:"明明是彭其要你去给他看病的,你明明知道他不是精神病,你在拘留所跟胡连生的谈话我都听见了,你赖不脱!你给他做的脑电图是假的,你把真的毁掉,拿一个真精神病人的脑电图写上胡连生的名字。"她转向众人,"同志们,你们听听,他们就是这样搞阴谋诡计的,装得像个正人君子,满肚子坏水,直到现在还在欺骗群众,把我们大家当成猪了。"又转过去对着方鲁,"睁开你的狗眼,看清形势,现在不是彭其的天下了,门诊部也不是你姓方的天下了,你要想图个好下场就老实交代,不然,广大群众决不饶你!"

"你代表谁呀?"方鲁毫不示弱,"只听见你一个人叫叫喊喊,血口喷人,脑电图是假的,你拿出证据来!拿不出证据,就是政治陷害。"

"嗬哟!直到现在还这么嚣张,还在仗着彭其的势啊!你放心,会拿出证据来的,你着什么急?现在,先得扭扭你的态度再说。同志们!"她再一次向文工团的群众进行煽动,"方鲁看不起咱们,把咱们当成阿斗,欺咱们软弱无能,咱们能够答应他吗?说呀!咱们怕他啦?"

文工团的人响应得并不热烈,有些人对刘絮云产生了反感,但面前是关系彭其反党阴谋集团的一件大事,刘絮云虽不好,而她是毛主席无产阶级司令部的人,因此,不太整齐地口号声吼向了方鲁。

"坦白从宽,抗拒从严!"

"一定要砸烂彭其反党阴谋集团!"

"方鲁必须老实交代!"

"任何人不许对抗群众运动!"

刘絮云觉得这些口号都不够劲,自己领头叫了一声更响亮的:

"打倒反革命分子!"

可是文工团的群众没有人跟着喊。

"谁?"方鲁怒视着刘絮云问。

"你!"刘絮云凶恶地指着他。

"我是什么?"

"反革命分子。"

"你再说一次!"

"谁跟彭其勾结在一起反对毛主席,谁就是反革命分子,你就是!"

"你再说一次!"方鲁像霹雳般吼来。

"我说了你,怎么啦?怎么啦?想吃人?张牙舞爪,嗬哟!我们这儿成了刘少奇的天下了!反革命分子这么嚣张!我叫你嚣张!"

得不到群众支持的刘絮云,只得孤注一掷了,她像狼一样扑向方鲁,举手向方鲁的脸上打去。方鲁把手抬起来一挡,动都不需要动一下,就使刘絮云感到她的手臂要断了。恼羞成怒的刘絮云,再没有别的高招了,将手臂往怀里一抱,蹲下去,哭了起来,边哭边骂:

"反革命分子,狗急跳墙,打人啊!他敢打人啊!毛主席,为了捍卫无产阶级革命路线,我们还要挨打呀!这里的反动路线嚣张得冒烟啦!彭其的死党统治了空四兵团,坏人当道,好人挨打,群众也死绝了,没有人敢说话了,害怕反革命分子报复,害怕他打人。你打吧!打死我我也要忠于毛主席,变成鬼我也要咬断你反革命分子的脖子⋯⋯"

有一个女医生来到门外,想把她的一个十来岁的儿子从门口拖开，那孩子不愿意走，母亲训斥了几句，还不走，母亲来火了，发生了另一起打人事件，传来另一种哭声。

文工团的领头人向邹燕示意，要她把刘絮云扶起来引到别处去。邹燕领命，俯身劝慰了几句，要扶她起来。刘絮云这时也不知她的戏如何继续往下演，邹燕来扶，正好找到台阶好下，便顺水推舟地跟着邹燕走了。

文工团的造反者，几个月以来对各式各样的革命行动都已经熟悉了，体会过了，新鲜感在逐日消退，代之而来的是疲劳和厌烦。最近，新兴革命家范子愚上北京去了，他一走好像把造反精神全带走了，余下的人们都显得有气无力，使人感到，这个新兴的革命组织已过早地发展到了强弩之末的阶段。今天的行动只来了少部分人，就连这愿意来的少部分人也信心不足；又加之刘絮云包打天下，搞了一场并不高明的使人扫兴的表演，使得大家更是像泄了气的皮球，有的人甚至感到害臊，惟愿早早脱离这场纠葛。好在领头人还能坚持挺下去，才不至于不欢而散。

"这样吧！"领头人说，"大家都冷静一点，我们今天的行动是想把问题搞清楚，问题没有查清以前，咱们也不下结论。为了搞清问题，方主任，请你把有关的东西让我们看看，比如你的笔记本、你的日记，还有别的各种有关的东西。"

"我明白你们的意思，"方鲁平心静气地说，"请你自己去看好了，我不需要一样样拿给你们。这是钥匙，我房里的所有柜子、箱子、抽屉都可以打开，给！"他从衣袋里掏出一串钥匙交给了领头人。

"请你到那边屋里呆一会儿。"

有两个造反者领着方鲁到另一间房里去了。

刘絮云被邹燕拉着回到了自己的家。她一进房间，把门关上，便凶狠异常地将满腹恼怒发泄在邹燕身上。

"你们的人都死绝了?"

"怎么啦?"

"睁眼看着反革命分子打人,你们连屁都不放一个。"

"是你去打他,他只挡了一下嘛!"

"什么?我打他?你的立场可鲜明啊!站在反革命分子一边,为他说话,你最好写张大字报贴出去。"

"这是真实情况嘛!大家都看着的。"

"还说!"

"……"邹燕无话。

"你一定是内奸,你老实说,是怎样跟方鲁勾结起来的?他对你许了什么愿?"

"你要这样说,那就随便你去,本来是共同战斗的战友,斗争还没有完,就怀疑起自己人来。我害怕了,不敢跟你一起搞了,你爱怎么着就怎么着吧!我回去,硬要说咱是老保也没有法子。"邹燕说着,拉门要走。

"别走!"

刘絮云慌了手脚,急忙把邹燕拽住,一时又不知说句什么话好,只得连连叹气,"唉!真是,唉!真是……"这时她不得不把威风降低了,改变成温和的埋怨声调对邹燕说:

"斗争那么复杂,同志间言语不到的那么计较干啥呀!这还不是常有的事?可别叫敌人看笑话,咱们自己内部,有话好说。"

邹燕没有说什么。

"你们怎么只来了这几个人呢?"刘絮云又问。

"有些人不愿意来,说是门诊部的事,咱们别管!"

"你们要做做思想工作嘛!路线斗争不分你们单位还是我单位,谁反对毛主席革命路线就是我们大家的敌人。"

"你去跟他们说说吧,我们说不清楚。"

"怎么头头也不来呢?"

"那不是头头?领我们来的就是头头嘛!"

"赵大明呢?"

"赵大明检查大字报去了。"

"怎么偏偏在这个时候检查大字报?"

"因为都是方鲁问题的大字报,今晚斗完方鲁就要贴出去的,他说要严格一点,过细检查一下,有毛病的不能贴出去。"

"唉!范子愚一不在,你们就蛇无头了,赵大明像个学究一样,只会咬文嚼字。唉!阶级斗争真困难!哦!"她发现此话不当,"你可别这么想,虽然你们文工团走了范子愚,但我们兵团领导机关还有坚强的文革领导小组,以江部长为首的,只要江部长领导着运动,我们就一定胜利。"

邹燕仍是有气无力,默默的懒于做声。

抄家的人们正在努力工作。他们把所有箱笼抽屉全部打开,将里面能够写字的东西全部拿出来翻看。连床底下,柜子背后,相框背面,所有可能藏住一个小本子或一张纸片的地方都检查了一遍,没有发现他们需要的东西。记录本在书架上摆了一大排,一个个都要翻遍是要费时间的,人们一人分一本,专心致志地检查着。有些人并不认真找东西,却对书架上的某些医学书籍产生了兴趣。尤其是其中有一本《法医学》是最受欢迎的,这本书在书店的公开书架上买不到,专供有关专业人员使用,文工团的演员们从来还没有听说过有这么一门学问,一看就产生兴趣了,好几个人围在一起,都想争着拿在自己手里看。那上面讲到一些大家都感兴趣的问题,比如:食物中毒死去的人,有什么样的特征,各种不同的毒物又如何从尸体上区别出来;自杀上吊跟他杀勒死这两种死因怎样从颈部的伤痕区别开来;强奸与通奸怎样通过检查身体做出准确判断等等。

抄家正在进行，刘絮云来了，她叮嘱大家说："抓紧时间，快点搜查，完了还有事呢！"又走到方鲁呆着的房间，指着方鲁说："你不要得意，马上就给你把假脑电图的证据拿来。"说完她就走了。

在方鲁所有的笔记本上，到处都记录着他的医学业务，有的还是五十年代他在医学院进修时用过的笔记；有的记录着各种奇奇怪怪的病例；有的写着某次某次会诊的情况；还有的是抄录着一些中医中药学知识。在这些笔记本中，也有着不少能够引人发生兴趣的东西，特别是那些奇奇怪怪的病例，如果是一个刚出学校门的实习医生得到这么一本，他会高兴得跳起来。在他这里，翻不到一本毛主席著作学习心得，也没有日记之类的东西，更找不到手抄诗本和歌本。仅仅在那些医学业务记录本上又怎能查出他与彭其勾结的证据来呢？这次抄家显然要失败了，但人们并没有立即宣告结束搜查工作，因为《法医学》和病历故事还没有看完。

搜查工作的领头人把大家叫回原来的房间，方鲁也过这边来了。不久，房门打开，走进来不可一世的刘絮云，随后跟来的是胡连生处长。

"同志们，"刘絮云振振有词地说，"敌人都是不老实的，他们不会自己缴械投降，你不打，他就不倒。方鲁这个反党阴谋分子，在胡处长问题上，跟某些人勾结在一起，制造假病案，要尽了阴谋诡计，斟换脑电图，以假的冒称真的，直到现在还要负隅顽抗。同志们！我现在要揭穿他的阴谋。胡处长当时在医院做脑电图的时候，就已经防着他们搞阴谋诡计了，所以，做完以后，他把脑电图拿过来，用右手的大拇指在正中间按了一个指印。现在，给胡处长做精神病结论的那张脑电图已经请保卫部化验过了，上面根本找不到胡处长的指印，证明那张脑电图是假的。我把胡处长请来了，让他来作证吧！请他说一说，他是怎样在脑电图上按指印的。"

方鲁听了她这一段话，着实大吃一惊，他万万没有想到胡处长是那样细心,也万万没有想到刘絮云能掌握这些情况,问题变得非常复杂又非常难办了。目前还存有一丝希望,好歹的关键全看胡连生,他要是果然当众申明按过指印,就很难把真相继续掩盖下去,倒霉的不仅是他方鲁和彭其,更悲惨的是胡连生自己;他要是知道其中的利害关系,明确声明没有那回事,那就化险为夷了。胡连生不至于那样糊涂吧?不过这个人很难讲啊!他是从来不以为反对红海洋就是反革命的,自始至终恨着把他搞成精神病的人,他很可能在这个场合作证。要怎样暗示他一下呢?方鲁急得将衬衣都汗湿了。

胡处长被刘絮云从家里拖来,一路上反复表示他愿意作证,还是那句老话,"真的就是真的,假的就是假的。"走进门见到这个场面,他愣住了,原来又是文工团那些人。在他看来,这些人都是一些不懂事的小孩子,又受了坏人挑拨,变得十分淘气,有理也跟他们说不清。他又联想到,前两天赵大明到他家里去找刘絮云,说到"反党集团……补充材料……证据……"这样一些话,他心里犯疑了,暗自嘀咕着:"娘卖×的!只怕是要害彭其吧?反党集团不是彭其又是哪一个呢?要我来作证,就是要我拿出证据来打倒他吧?娘卖×的!又是一个阴谋。"正在想着,又听刘絮云提到方鲁"跟某些人勾结在一起",某些人是谁?为什么不讲出名字来?你就公开讲嘛!"阴谋!"他又敲了一下警钟。但是,"真的就是真的,假的就是假的。"怎么办呢?讲还是不讲呢?……

"胡处长,"方鲁决心要暗示他一下,"您如果感到头脑不太清醒的话……"

"你干什么?干什么?"刘絮云及时切断他的话,"想暗示他?叫他不要说真话?同志们,我们可得注意着,不许他搞鬼。"

"你们到底在搞什么鬼呀?哎?"胡处长发言了,"方鲁要跟我讲话,怎么讲不得?讲嘛!你讲得他就讲得嘛!有话就要讲出来,不讲,病就来了。你讲吧!"

刘絮云又着急又不能得罪胡连生,恨不得使方鲁立刻变成哑巴,但没有办法,他已经开口了。

"胡处长,"方鲁接着刚才的话说,"您如果感到头脑不太清醒的话,先回去睡觉吧!可不能随便说话呀!说错了会把问题弄得很复杂,您知道吗?"

"怎么不能讲话?我清醒得很,我就是要讲,不讲话,病就来了。"

"对!"刘絮云趁热打铁地鼓动说,"胡处长,别听他的,他专搞阴谋,咱们要揭穿他,您快说吧!"

"我先问你一句话。"胡处长对刘絮云说。

"问什么话?"刘絮云不耐烦。

"你刚才讲,他跟什么人勾结在一起?某些人是哪个?"

"这个您就别问了。"

"我要问,只准你问我,就不准我问你呀?"

"您先把脑电图的事说了吧!说完以后我再告诉您。"

"不,不告诉我我不讲。"胡处长找了个地方坐下,紧闭着嘴。

"他跟反党分子……"

邹燕等得不耐烦了,几乎把彭其的名字讲出来,被刘絮云在背后摆手制止住。可是,这个动作叫胡连生看见了,他又在心里敲了一次警钟:"阴谋!"

胡处长点破天机说:

"你们是讲,他跟彭其勾结在一起,是吗?我晓得了!我早就晓得,外头到处有标语。小刘,讲正经话吧!你要我来证明什么?我忘记了,你再讲给我听听。"

"不是说请您来谈谈脑电图的事吗?"

"什么脑电图?"

"就是方主任给您做的脑电图。"

"脑电图,怎么了?你要?"

"哎呀!刚才在路上还跟您讲好了的,请您当着大家的面,把您在脑电图上按指印的事儿说说。"

"我按指印做什么?"

"您怎么啦?"刘絮云急得沉不住气了,"都说好了的,怎么又装糊涂了?"

"我才不糊涂,清醒得很。"

"那您就讲嘛!"

"讲,讲,讲,你要我讲什么?"胡处长发火了。

"讲你按了指印。"刘絮云只差一点没有跳起来。

"你听谁讲我按了指印?"

"听你自己讲的。"

"哪一天?"

"前两天,在你家里,刚才你还讲了。"

"刚才我讲我按了指印?你们这么多人都听见了吗?"

在场的文工团造反者被这个场面弄糊涂了,也不知是上了刘絮云的当呢还是上了胡连生的当,总之他们都感到自己已经上当。邹燕代表着大家的心情向刘絮云提出了疑问:

"小刘,到底是怎么回事嘛?"

"这个老……"刘絮云准备骂一声"老鬼",又意识到不能把路堵死了,立刻改口说,"这个老同志是有一点糊涂,刚才还对我说得清清楚楚的,现在又忘了。"

"我糊涂什么!我记得清清楚楚,刚才在路上,你还告诉我了,说我在什么脑电图上按了指印。"

"是我告诉你的?"

"不是你还是鬼?"

"好,好,好啊!"刘絮云知道彻底破产了,撕破脸皮吼道,"胡连生!你……你……你随便吧!"她气得说不成话了。

好在文工团那位造反头头及时站出来为刘絮云解开了重围,他走到胡连生面前说:

"胡处长,您要是忠于毛主席,您就把真话说给大家听。"

"真话就是按指印是吗?像写卖身契一样,是吗?好嘛!我忠于毛主席,我不敢不忠,你们拿一张图来嘛!我给你按一个。"

"滚!"刘絮云再无办法了,只得撒泼,扑向胡连生,恨不能将他吞下去。

胡连生平心静气地站起来,说道:"你要滚,你就滚,我,是走来的,我还要走回去。"他说着向门外走去,"娘卖×的!到处是阴谋,走到哪里,哪里就有阴谋。让你们搞阴谋去,你们爱搞到天亮就天亮,我要睡觉了,睡着了,看鬼阴谋去。娘卖×的!阴谋跟着你跑,你走到哪里,它追到哪里,你死了,他跟着你屁股追到马克思那里去,娘卖×的!我要到北京去告你们,看着吧!我要告你们……"

文工团员们望着胡连生的背影,一个个哑然。只有方鲁抑制不住内心的高兴,当众露出了微笑。

"你别笑得太早。大家别走了,等着吧!"

刘絮云咬牙切齿地瞪了方鲁一眼,又叮嘱大家一句,便一扭一扭地快步离开了这个房间。

还等着干什么呢?文工团的造反群众纷纷埋怨他们的头头,并且就当着方鲁的面,一点也不怕丢丑。那头头也被问得张口结舌,只会小声地说一句话:"回去再说!回去再说!"有的造反者仍惦记着那本精彩的《法医学》,不管三七二十一,又围到一起翻阅起来。方鲁见大家都不找他的麻烦了,便去整理书架,好像今晚根本没有发生过什么事情。

不久,刘絮云带着一个三十多岁的军人走进来,那军人对方鲁说：

"方鲁同志，根据群众的检举揭发，你跟彭其有不正常的联系，从明天起，停职接受审查。"

"哪里的决定？"

"机关文革领导小组。"

"是江醉章吧？"

"我说的是机关文革领导小组。"

有人赶紧将《法医学》合拢，扔到书架上，悄悄绕过站在屋中间的人，跨过横躺在地上的凳子，不做声，走了。

第二十六章　流浪汉

北京城里到处有空军的驻地,每一个地方都不让范子愚进去。

就在邬中带着录音磁带、信件、材料等坐飞机上北京的那天,范子愚也买了一张飞机票。他在候机室门口老远望见邬中坐在里面,知道跟他坐同一架飞机,决心尽量避免同他见面。上飞机以后,邬中坐在较前面的位置上,范子愚的座位在最后一排,这样,范子愚便掌握了主动。但是,两个熟人同坐一架飞机,航程那样远,中途还要停下来加油、休息,要想互不见面几乎是不可能的;然而也奇怪,邬中好像完全没有发现范子愚,两人同机,一直没有打照面,互相装着糊涂来到了北京。在北京机场着陆以后,印有"中国民航"字样的大轿车要把乘客送到市中心去,这回两人躲不开了,只得都装着吃惊地应酬了几句:

"你也来了?"

"你也来了?"

"你来干什么?"

"我当联络员,你呢?"

"我也当联络员。"

"你准备住哪儿去?"

"报到了再说吧!你呢?"

"我还没有定。"

旁人听了他们的对话,又见他们都是穿的便衣,以为是群众组织派驻北京的联络员,因为那段时间全国各地大一些的群众组织都派有自己的联络员长期留驻北京,此类事情已司空见惯。

下车以后,两人分手了。邬中深怕范子愚跟着他走,范子愚也正好不愿意跟邬中在一起,两人各自怀着鬼胎,很自然地各奔东西而去。

范子愚在王府井大街从这家商店转到那家商店,又在小饭馆里随便吃了点东西,才跳上公共汽车到空军司令部去。下车以后,他打开旅行包,把军装拿出来穿上,大摇大摆地走进了空军司令部大门,来到文革接待办公室。办公室的值班人员正在打电话,他对电话里说:

"……叫什么名字?……范子愚?……哦!草头底下一个氾滥的氾,儿子的子,愚蠢的愚,知道了,我记一下。"

"什么什么?是我的电话?"范子愚伸过手去。

"你是谁?"值班员愕然发问。

"我就是范子愚。"

"你?……"值班员立刻把电话筒放掉。

"放掉干什么?是我的电话吗?"

"不是!"值班员走向他说,"范子愚同志,你是刚从南隅来的吧?"

"是啊。"

"请你过三个小时以后到这里来一下,领今晚十二点半的火车票,回南隅。"

"谁说的?"

"首长指示。"

"我要见首长。"

"不行,首长很忙,不能见你。"

"我有重要材料要交给首长。"

"材料请留在这里。"

"不能,我要亲手交给首长。"

"已经说了,首长很忙,不能见你。"

范子愚在接待室磨了整整两个小时,值班员干脆不理他了,无论他说什么,只装没有听见。最后他只得决定离开,想找个地方先住下再说。这时,值班员又不让他走了,说车票很快就会到。范子愚不理睬,悻悻地走了。

他来到一个空军招待所,门卫把他挡住:

"身份证。"

范子愚摸了半天,竟忘记带身份证了,连忙声明说:

"我有介绍信。"

"请拿来看看。"

范子愚将一张用信笺写的介绍信递给哨兵,哨兵一看,是群众造反组织的公章,笑了,退回给他说:

"这个不行。"

"怎么不行?"

"上头规定的,不行。"

"这是什么规定?"

正当他与哨兵争论得将要发火时,传达室走出来一名战士,向他提出说:

"请把介绍信给我看看。"

"看吧!"范子愚顺手塞给他。

那战士很快地看了一眼,还给他说:

"范子愚同志,请你立刻到文革接待办公室去领火车票。"

"我不去,我要在这里住。"

"这里不能住。"

"为什么不能住?"

"没有床位了。"

"我进去看看。"

"不行。"

费了很多口舌,也吵架了,把造反精神全拿出来了,但是"秀才遇上兵,有理讲不清",他只得又从这里离开。

在另一个招待所门口,哨兵也要看他的身份证,他仍是将介绍信交出来,回答的更加干脆:"快去领火车票,不然来不及了。"他又吵了一阵,又是同样的结果。

这一夜,他把所有的空军招待所都找遍了,每一个地方都是一样回答,更可恼的是,每当他悻悻地走开时,后面的人还要指着他的背议论半天。

后来,他想到了赵大明的家,能不能到他家里暂时住上一晚呢?过去听赵大明说过,他的家就在前门附近,但忘了是什么胡同多少号,也不记得赵大明的父亲叫什么名字,走的时候又没有注意把这些打听清楚。前门附近有多大的范围?盲目去打听一个姓赵的,那不等于是海底捞针吗?这个不行,还得去想别的办法。

"找旅馆去吧!"他想。于是,又凭着那张造反组织的介绍信去找旅馆。时间已是下半夜了,旅馆一般都住满了人;有的把门关死了,连个值班的也没有;有的倒是有床位,但认为他的介绍信不行;有的劝说他找空军招待所去;有的把他指到附近的陆军和海军招待所;有的干脆说:"你还是到车站呆一会儿,买张车票回去吧!现在北京人多,挤不进。"

最后他果然听信了那个服务员的话,来到火车站,在通宵服务的餐馆里吃了点东西,便走进候车室去,坐着打了个瞌睡就天亮了。他当然是不会去买车票的,岂肯甘心就此回去!

第二天,他又按照昨晚的路线,从文革接待室到每个招待所重新走一趟,遭遇比昨天更加悲惨。傍晚时,他凭着那封造反组织的介绍信,找到清华大学去,在那里大摆了一通造反的困难遭遇,大骂空军文革接待办公室的某些人,得到了造反学生的同情,留他在那里住了一晚。

第三天,他改变路线,先从招待所走起,最后才到文革接待办公室去。这回更是糟糕,连空军司令部大院都进不了了,那里的哨兵得到了特别通知。

第四天,他万般无奈,只得冒险去找邬秘书,谁知所有空军招待所都不让他查登记簿。就在这一天,发生了更大的不幸,他身上带着的一百多元旅费全部被扒手借去了,仅剩三块多钱零星票子,不够两天吃饭用的。怎么办呢?范子愚急得躲在小胡同拐角处哭了一场,有的过路人望他一眼,有的连望都不望。这天晚上,他又在火车站度过。

第五天傍晚,他在火车站闲逛,无意中听两个正在接车的空军军官谈到陈镜泉政委已经来京的消息,并探听到所住的地方。他抱着最后一线希望来找陈政委,谁知传达室的战士已跟他打过多次交道了,一见他来就皱起了眉头,根本不打算对他诚恳相待,他刚刚提出要找陈政委的要求,对方便连说"没有,没有,走吧!走吧!"范子愚怒火千丈,在那里大发了一顿脾气,事已做绝,只得气冲冲地走了。可他并不知道,就在他大吵大闹的时候,邬中从陈政委房里出来,躲着看了他全部表演;他也没有想到,当他离开招待所时,徐凯跟在他后面追,没有追上。

现在不要说身上带着的材料能不能送给首长的事了,也不要考虑造反组织的前途如何了,眼前连吃饭的钱都没有了,怎么办呢?到今天他才开始后悔,应该在当夜领了那张车票回南隅去,那一天就走了,后来的不幸都可以免除。他想着想着,想出了最后一个办法,便去寻找空军政治部文工团的驻地。因过去从来没有去过,他先找到一个地方文艺团体打听到地址,再往那里走——现在已经不能坐公共汽车了。

在空政文工团,他还是凭着那份造反组织的介绍信联系上了。他在那里把自己的造反组织的情况,怎样积极斗彭其以及此次来京的目的一一做了介绍。接待他的人考虑到在斗彭问题上他们是一致的观点,便表示愿意帮他的忙,当时就热情留他吃住,并且不收他的饭钱。但当他提出要借钱并且数量还不小时,人家坦率地把难处告诉了他,他到底没有带身份证和正式的军人通行证,仅凭一纸造反派介绍信是不好借钱的。后来又为他想出了另一个办法,由他们出面与上头联系,上头的回答仍是说可以给他一张火车票,借钱不行,要见首长更不行。范子愚只得向现实低头,在那里领到了当夜上车的火车票,由于碍着面子,不敢再找人麻烦了,虽已身无半文,也硬着头皮离开了空政文工团。

他步行在繁华闹市,无心看那些"爆炸新闻"和"最新消息"。每遇上饭馆时就绕开走,害怕闻见那饭香、菜香和酒香;每看见人们大包大包地在商店买东西他就产生嫉妒,希望也有一个扒手把他们的腰包掏光;每当一群一群的操外地口音的造反者擦身而过时,他就暗自给他们算命,看看离倒霉的日子还有多远;每当有一部漂亮的无轨电车从身边开过时,他就幻想将来总有一天是不需要买车票的,眼前非买车票不可,最好突然停电,大家都坐不成。范子愚从来不知道肚子和钱包一齐空空是什么滋味,这回扎扎实实地尝试了一下。他想起,那些在外流窜的农民,站在饭桌边痴愣愣地望着人家吃饭,希望剩下一个骨头,一口残汤或一口饭,人家一站起他就伸过手去,那样的羞辱是怎能忍受的?也许因为他们没有文化,没有确立起羞耻观念吧?他又想起那些万恶的扒手,他们是怎样思考问题的?专门做着损人利己的勾当,于心何忍?也许那一百多块钱早就不在扒手身上了,多半交进了饭馆售票员的钱箱子里。到此,他又突然产生一种奇怪的念头,觉得可以到任何饭馆去找那些售票员姑娘,对她们说:"同志,你那钱箱里有我的钱,请随便给我一点东西吃吧!"他苦笑了一下,意识到自己已经想入非非了。这时,从旁边的小胡同里走出一个姑娘,范子愚不小心踩着了她的脚尖,那姑娘怒目瞪眼熊了他一句:"看着点儿!"范子愚没有回答,望着她昂头挺胸一扭一摆地走远去,类似刘絮云穿便衣的时候那种不可一世的卖弄风骚的派头,他在心里骂道:"什么了不起!还不一定是哪个小工厂里叠纸盒的呢!要是我范某人没有结婚,你求我不上。哼!我演起外国特务来派头比你足多了!又是一个刘絮云,他妈的!"接着,又碰上一个戴眼镜的,张着大嘴在街上哈哈大笑,范子愚迎面走去,他也不让道,一直到几乎撞上满怀了,范子愚只得自己闪开。心里又骂道:"他妈的!活像江醉章,瞧他那洋洋得意的样子。也不知是哪个倒霉的跟他走在一起,今天笑,明天闹,后天气得你驴子叫。看着吧!准是那样。"忽然,他又老远地望见了一个人的身影很像邬中,瘦长个子,小脑袋,穿的是便衣。不看不像,越看越像,心中不禁生起一把无名火:"他妈的!害得我满街流浪,到处不让进,准是你搞的鬼,小脑袋的人都是阴险的家伙!老子不能放过你。"他放开脚步跟随那人追去,快要追上时,从后面开来一部公共汽车,正停在小脑袋的前方不远处,小脑袋跑了几步,最后一个挤上了车;而范子愚也在这时赶到,不问青红皂白,拽住那个人从车上拖下来。那人回头一看,互不相识,转身再要上车,车已经开走,便发火了,大声呵斥道:"你长了眼睛没有?""对不起!对不起!看错人了。"范子愚只得忙赔不是,不等那人消火,忙红着脸走开了,老远还听到背后在骂骂咧咧。这一系列的遭遇,使范子愚得出了一个结论:北京人坏透了,没有一个好的。他悻悻地暗自嘀咕:"瞧着吧!等我回到南隅,吃饱了饭,穿上我的军用响底皮鞋,也到街上去抖抖威风,他妈的!不在你们这北京丢人了!"忽而又想起,也许穿上军装会好些,便拐进一家照相馆,装着等候照相或照完相出来的样子,从容不迫地拉开旅行包,取出一件新军装来穿上,站在镜子面前一照,效果不太好,一来军装皱得不像样子,二来面容憔悴,像犯了错误的人。也许总比穿便衣好些吧!"要是能吃点饭就精神抖擞了。"他这么想着,走出了照相馆。

来到火车站,他抬手看了看表,原来忘了上发条,表早就停了,幸而北京车站有很大的钟楼,那里随时都有标准时间可以对表。对好表以后,他算了一下时间,离开车的零点三十分还有四个小时,这四个小时怎么度过呢?要是身上有钱,可以躲进小饭馆去,一角钱一杯的啤酒买上他三杯五杯,再来点腊肠、叉烧或火腿,独自找一个偏僻的座位,"他妈的!老子就在这里享福啦!"想起这些,口水就来了,越来越多,越来越通畅,简直每一秒钟都要咽一次。口水咽得越多,肚子便越是饥饿难忍,这时候要是能有五分钱买一根冰棍吃吃,那也是极大的享受,但那五分钱从哪儿来呢?他又把所有的衣袋裤袋摸了一遍,的的确确身无半文。平时并不经常吸烟的范子愚,现在陡然产生了烟瘾,极想得到一支哪怕是最低级的香烟,于是产生了一种奢望,想在车站混熟一个会抽烟的人,以便从他那里得到一两支香烟的赠予。可是话又得说回来,一两支香烟怎么能使你挺住五十多个小时不吃饭坐回南隅呢?他一面在车站广场上低头漫步,一面在做着一个奇怪的算术题。有回他随小分队下部队演出,汽车在一个荒无人烟的地方抛锚了,到了该吃饭的时候没有饭吃,饿了整整五个小时。他清楚地记得,头一个小时饿得咕咕叫,喉咙眼里快要伸出手来了;第二个小时感到四肢无力,既不想喝水,又不想抽烟,一心想啃一个硬馒头;第三个小时已经说不出话来了,脑子嗡嗡地叫,闭上眼睛就能看见火花,但并不觉得肚子怎么饿;第四个小时几乎已不省人事,像害了大病似的,只希望能静静地躺着,全身每一个骨节都要有所倚靠就好;第五个小时又到了下一个吃饭的时间,糟了!浑身颤抖起来,一时想逮住从头顶飞过的麻雀,一时又希望从草丛里钻出一条蛇来,不管是什么,能够逮住的就要拿来吃,哪怕是吃生的也好,哪怕是喝一点血也好。那五个小时就是这样的难受,那么五十多个小时又怎样度过呢?一共有十一个这样的过程,抗住了一个过程,还有十个过程,不断地看到别人吃饭,不断地闻到糖香、果香、糕点香……范子愚担心着,他可能会在第三或第五个饥饿过程时不顾一切去抢别人的东西吃,于是,人家就要愤怒,差点挨打,后来一看,是解放军,便原谅了。然后就问起原因,大家都表示同情,解囊相助,于是,钱哪,面包啊,水果啊,巧克力糖啊,烧鸡啊,烤鸭啊,葡萄酒啊,让你吃都吃不完,真美!美极啦!……他露出了微笑,抬头看了看路灯,"这是北京车站,不是在车厢里,周围没有一张同情的面孔,没有钱,没有面包,没有水果、巧克力,什么也没有,只有水泥地,梦,完全是幻想出来的美梦……"他这么想着,快走了几步,盲目走进了售票厅。

售票厅里排着若干长队在买车票,也有不少军人夹杂在其中。范子愚在专售南方车票的几条队伍中挨个儿打量每一张面孔,特别是军人的面孔,又特别是空军的面孔,希望能找到一个熟人,借几块钱在车上好吃饭。几条队伍都查完了,没有一个是曾经见过面的。怎么办呢?他又想出一个主意来,决定站在窗口附近等着,看看哪一个空军人员买票到南隅去,然后相机而行。等了约半个小时,终于有一名穿蓝色军裤的战士买了一张南隅车票,他立刻凑上去跟他打招呼:

"同志,你也到南隅?"

"是啊,你呢?"

"我也是,咱们同路。"

"是哪趟车?"

"零点三十分的。"

"咱们正好一道。"

"到候车室去吧!"

"不,我还要到招待所取东西,早着呢!"

那个战士很有礼貌地挥挥手走了,可是范子愚在心里骂了他一句:"他妈的!"转念一想,也罢,反正他还会来的,就到候车室去等着他吧!好容易找到一个对象,可不能叫他轻易溜走了。

来到候车室,那里坐满了人,范子愚担心错过与战士接头的机会,在进口处挤出一个位子来坐着,又用旅行包为战士占据一个空位子,目不转睛地望着外面,等着他的债主到来。有时他也抽出一两秒钟来向后面扫一眼,无意中发现在最靠里面的一角好像有一双眼睛在对他闪着光,他心里嘀咕:"不会又是一个扒手盯上我了吧?没有关系,现在我没有钱了。"不过他还是提高了警惕,用手护着旅行包,不敢挪动一下。

"革命家!"

范子愚听到背后有人叫了一声,差点回过头去,因为在南隅时,有不少人是这么叫他的,但他不相信在这里也会有人叫他"革命家",便只当与己无关,仍旧望着债主将要出现的方向。

"革命家!"

又叫了一声,嗓音低沉嘶哑。

"耳朵聋了?"

还是那个声音,看来的的确确是叫范子愚,他这才回过头去,一看,又惊又喜又难为情,原来是他!

"胡处长!"范子愚羞红着脸叫了一声,避开他的眼光。

"你到哪里去?"胡处长问。

"回南隅去,您呢?"

"也是的。"

胡处长穿着一身宽大的副一号军装,手上提着小旅行包,还有一只线网袋背在背上,里面装有一些纸盒纸包之类的东西。范子愚朝线网袋瞟了一眼,想道:"那里有吃的。"

"把东西提起来,我坐坐。"胡处长提出要求说。

范子愚虽然身无半文,又正好遇上一位财神爷,岂不是太好了!可是他情愿不碰上他,因为在公审大会上斗他的情景还历历在目,要是这老头提起往事来怎好说话呢?即使他不提往事,范子愚也害怕与他目光相遇。但现在,他竟然主动提出要跟你坐在一起,你难道能不理他吗?只得连忙把旅行包拿开,让胡处长坐下去。

"你是来搞什么的?"胡处长问他。

"我?呃……"范子愚目前所干的任何一种工作都不宜向胡处长提起,他只得随便撒了个谎,"到北京来看样板戏。"

"看到了吗?"

"看到了,看到了。"

"好看吗?"

"好看,好看。"

"你们自己也演一个嘛!光看别人的?"

"是啊,要演哪!"

一问一答,只听见声音,没有看脸色,革命家成了个腼腆的乡下姑娘。

"你来了几天了?"胡处长又问。

"好几天了。"

"住在什么地方?"

"住在……呃……"可怎么好说呢?

"吞吞吐吐,又是搞阴谋,走到哪里,阴谋就跟到哪里,娘卖×的!我还说碰到个熟人,这两天坐车有话讲了,又是阴谋,跟着你屁股追,算了!我还是坐到我那个角落里去。"胡处长说着,站起身,提着东西要走。

"别走,别走!处长,"范子愚连忙站起来把他拉住,到这时,双方才互望了两秒钟,"您坐吧!我也怪寂寞的,有些事咱们在车上慢慢说吧!"

"不坐,我到我的老地方去,我怕你们,阴谋诡计太多。"固执的胡处长坚持提着东西走了。

范子愚惋惜地望着他的背影,一直目送他走到最靠里边的一个角落。他回头又看了看门口,还不见债主到来,有点心慌了,经过一段犹豫,只得厚着脸皮找到胡连生那里去。

"处长,您别生气,"他靠近胡连生坐下说,"我们那回对您太……唉!我们太幼稚了,现在想起来,真是不该那样做。那一阵子也不知道怎么了,革命啊,当左派呀,什么都干得出来,真是,唉!真是……您可别记我们的仇,我们年轻哪!"

"记仇?记什么仇?我要是记仇的人,就不会找上你来讲话了。我记你们的仇?要不是参加革命去了,我的儿子比你还大,我记你们的仇做什么!你们当了几年兵?懂得什么革命?搞错回把两回,有什么好记仇的!"

"是啊,处长,我……"

"不要讲你们了,"胡处长只顾说自己的,"就是彭其我也不记他的仇,他害得我背一个疯子的名声,还给我上电疗,娘卖×的!我记他的仇了吗?我不记,如今阴谋诡计太多,他也有他的难处,我原谅他,我晓得他不好搞。不光不记他的仇,我还要……"他仔细望望范子愚的面孔,"讲给你听了,你会不会又去搞鬼?"

"处长,请您放心,我再不会害您了。"范子愚诚恳地说。

"靠不住,"胡处长摇着头,"你们这些年轻人,都是墙头草,风吹两边倒的,又来个搞阴谋的在你耳边头一熏,你又倒了。"

"您说得对呀!老处长,"范子愚深有感慨地点着头,特别强调了一下老处长的老字,"我们太容易上当,太天真……唉!"

"你的感慨倒不少!"

"您知道,我这回在北京被人害了,害得我满街流浪,只差一点没有要饭了。"

"怎么搞的?"胡处长瞪着惊奇的眼睛看着他。

"害得我几个晚上没有睡觉,这里混一天,那里混一天,钱包也被扒了,现在身无半文。"

"你吃了饭没有?"

"饭,吃了,在空政文工团吃的,也没有收我的钱。"

"买了车票吗?"

"车票有了,零点三十分的。"

"你到底碰了什么鬼呀?"

"一言难尽,一言难尽,唉!……"

"不要着急,碰见我了,你就不怕了,我这里有钱,你先拿点去吧!"胡处长从上面的衣袋里随便一拖,拖出来几张十元的票子,往范子愚手上一塞,"拿去,如今还没有到共产主义,没钱是活不成的。"

"不要这么多,处长,我不要这么多,有一张就够了,只要能在车上有饭吃。"范子愚留下一张,其余的都要还给胡处长。

"放你那里吧!"胡处长将手一摆说,"都放在我一个人身上,再碰一个扒手就完了,大家都会吃不成。"

范子愚只得将钱装进口袋,谨慎地扣上袋扣。

"你姓什么?我还搞不清呢!"

"我叫范子愚。"

"吃饭的饭?"

"不是,草头底下一个泛(氾)滥的泛(氾)。"

"吃饭,还有鱼……"胡处长自言自语念道,"算了算了,我记不得,我还是叫你革命家。"他又突然想起,"革命家,离开车还有很久吧?"

"还有三个小时。"范子愚看了看表。

"走!"胡处长站起来,"吃酒去,有做伴的了,心里高兴,娘卖×的!老子也受了几天气,消消气去!"

他们来到车站斜对面一家通宵服务的小食店里。这时顾客已不多,有的餐桌还空着,范子愚在靠墙的一个偏僻角落选好了位子,将自己的和胡处长的行李搁在凳上,便说:"老处长您坐着吧!我去办来。"在范子愚正与熟食柜的服务员商量选菜和买酒时,胡处长对他喊道:"有肉皮没有?你问问有肉皮没有?"

不久,范子愚将熟菜端来了,一盘红肠,一盘卤牛肉,一盘猪肝,还有两份卤猪蹄,他抱歉地说:"买不到肉皮,这猪蹄可以吧?"胡处长只得将就着说:"马马虎虎。"接着,范子愚又把酒拿来了,一种是二锅头,一种是啤酒。

"娘卖×的!"胡处长喝了一口二锅头说,"在北京好几天,没有这么痛快过一回。"

范子愚端起啤酒杯子,不禁慨然,刚才还在幻想着如果身上有钱,躲进这里来,买上两杯啤酒,面对熟菜碟子,"他妈的!老子就在这里享福啦!"不料一转眼就变成了现实,生活真是千变万化的呀!正在这时,听见胡处长讲话,便接上去问道:

"您这回来北京,到底是干啥呀?"

"我?"胡处长忙着咬猪蹄,"讲给你听了,你回去斗我不?"

"老处长,您不要再提那些事了,我心里难过。"

"那我就告诉你吧!娘卖×的!我怄了一肚子的火,正想找人讲一讲,不讲给别人听听,硬是过不得。你晓得,我跟彭其、陈镜泉是同一个村里一起搞共产出来的,四十七个人死得只剩我们三个了。剩下这三个人还要你搞我,我搞你。彭其把我搞成疯子,不管他是好意还是恶意,反正我好好生生一个人,成了疯子,挨电疗。陈镜泉又要带头整彭其,还带了材料住到北京来整,家里的训练、打仗都不管了。我呢,一天到黑寻他们骂娘,骂他们没有良心,搞阴谋。你看,这样搞来搞去有什么味道,何不少搞点鬼,你也不骂我我也不害你呢?再过几年我们这些人就要进土了,这样搞下去,到了阴间地府还会打鬼架。唉!……"他长叹一声,喝了口酒,"彭其在北京挨整,陈镜泉跟着屁股来整他,家里在那里趁火打劫,又搞新阴谋。我看了实在过不得,没有人同意,我自己拿钱买了张车票到北京来,想找一找红军时候的老人,找一找我们浏阳共产的老战友,商量商量,到毛主席那里反映点情况吧!我的官太小,他们有的当了部长副部长,总比我好些,去讲几句话吧!哪晓得,我一到北京,那些人通通打倒了,都是走资派,连人都找不到。有些地方还把我当坏人,小造反崽子抓住我盘问半天。娘卖×的!我真想打人,又一想,打他也没有用,都是屁也不懂的小孩子!唉!……"又叹一口气,又喝一口酒,"后来我想算了!不去找他们告状了,还是去帮彭其讲几句话吧!快点让他写一个检讨,回去管住那个摊子,家里搞得一塌糊涂啦!哪晓得,这个也不见我,那个也不见我,都把我嫌臭狗屎一样。娘卖×的!到后来,哨兵干脆不许我进去,我革命四十年,进门都进不了,到处把我当疯子,还笑我!你说气人不气人?唉!……"又灌了一大口二锅头,"我再一想,找不到他们,我找陈镜泉总还要得吧!屁!陈镜泉也找不到,这个讲住在那里,那个讲住在这里,把我当把戏耍,娘卖×的!我要不是在车站碰到你呀,一个亲人都没有了。革命家,你还看得起我这个疯子老头,真是少有的好人,少有的好人哪!"

"老处长,"范子愚心酸地噙着眼泪说,"您这些话……唉!揪心啊!真是……不知道心里是什么滋味。我们真是像您讲的,是小孩子,不懂世事,胡吵胡闹,做了很多不该做的事。唉!不知道啊！……不知道你们平时想些什么，也不知道他们想什么，都以为像我们自己一样想事的，真是，唉！真是……"他仰起头，将一大杯啤酒一口灌下去，"您在北京碰足了钉子，我碰的钉子比您更惨。"

"你碰了什么钉子？"

于是，范子愚不再避讳胡处长，把他上北京来的真实目的以及如何遭到冷遇的全部过程叙述了一遍。

"你开头是骗我的！"胡处长听完以后说。

"是的，对您讲假话了。"

"以后不要讲假话，革命家，官当得小一点不要紧，人要直，不能歪，要记住，你们还年轻，学歪了，将来会害人的。"

"是啊，是啊……"

一对冤家，邂逅相遇，在患难中成了能讲真话的好友，对酌对饮，互吐衷肠，时间过得很快。等他们回到候车室时，只差四十多分钟就要开车了，因没有通知进站，他们仍旧坐回原来的地方。这时大部分人已经登上另外的车次走了，候车室显得冷冷清清。胡连生和范子愚都已喝得半醉，话兴的高潮也过去了，默默地坐在那里，静等广播喇叭里喊出进站的通知。他们两人大概近几天都未能畅快地睡觉，因而一坐下来就打瞌睡。一个穿白褂的女服务员推着一部吸尘机来到他们跟前，顺便提醒了一句："同志，别睡着了，就要进站了！"

服务员离开以后，他们左右再无旁人，好像是谁把他们遗忘在那个角落里了——一个是老红军战士，一个是新兴革命家。

吸尘机在向前推进。前方有一个漂亮的巧克力糖纸盒，原已被皮鞋踢踏得不成样子了，现在又遇上吸尘机，被搅得翻来滚去。仅在十分钟以前，它还被一个孩子珍惜地抱在怀里，因为里面还有最后一块巧克力糖。现在，巧克力既然没有了，纸盒已丧失了作用，扔在地下有碍清洁美观，因而必须把它扫进垃圾桶去。

第二十七章　风雪除夕夜

夏天过去是秋天，秋天完了是冬天，又跟去年一样，西北风把雪片搅得满天飞舞，在整个中国，只有岭南除外。

半年时间，论日子不到二百天，对于十分经老的地球来说，简直没有什么感觉。比如你家门前有一座石山，你小时候去爬，它是那样高，老了去爬，它还是那样高。除非遇上了人工开凿，否则，每一条石缝都是原来的样子。对于石山，它能感觉到二百天的变化吗？又如天安门前的金水桥，每天不知有多少脚在它身上踩过来踩过去，它静静地躺在那里，你夏天来走，它是那么厚，冬天来走，它还是那么厚。它能感觉出二百天人间事物的迁移吗？至于气候的更替，那是年年一样，周而复始，在石头和建筑物看来，季节是个走马灯，老是那几幅图画在原地转圈圈，走马灯还是走马灯，也没有什么变化。最能感出变化来的是人，去年冬天跟今年冬天不一样，昨天中午跟今天中午不一样。

在这不到二百天的时间里，中国的变化是翻天覆地的。像一口大铁锅煮着一锅杂烩，里面的各种菜肴在不断地翻上来沉下去，头一次上来轮廓清楚，第二次上来表面模糊，第三次上来变了颜色，第四次上来也许已经面目全非了。各种政治色彩的人物就同各种菜肴一样，每次浮上来面貌不同，绝不像季节一般周而复始。那些便于贴大字报的墙壁上，虽然撕去一张换上一张，都是大字报，但每一张的内容都不相同。同是一个人，曾在这里贴过若干张大字报，决不会有两张完全一样的。他的经历在丰富中，他的认识在发展中,他的思想在变化中,无论如何不会变得与去年同一天的思想状况完全一样。在这不到二百天的时间里,有些人经历了质的变化:原来是指挥别人的,现在可能被别人监禁了;原来是默默无闻的,现在可能成了风云人物;原来是生龙活虎的,现在可能变成残废了。每人都在变化,每人的变化又不同,可见人世间多么丰富多彩。

好大的雪呀! 西北风呼呼地吼叫着,将漫天飞雪和一九六八年春节一道儿送来,北京这座古老的都城,被厚厚的风雪覆盖了。紫禁城的红墙金瓦建筑,像一群大鹏在风雪中搏击,不肯退缩躲闪,不甘被时风时雨埋没。电缆裹着厚厚一层冰凌,依旧在传递电流,点亮万家灯火。每一个屋顶都被冻得刷白,在寒风中发出金属般的鸣声;而每一家房里都是热气腾腾,敲杯击盏,奏出新春的欢乐。街头的车辆虽已减少了,道上的行人却比往日更多,尤其是孩子们,生命力无比强盛,像是要把冰雪闹化,闹出一个美丽的新春。对于大字报、大标语和墙头漫画,今天没有人注意,好像那是一场古老的游戏,已被现代人遗忘了,人们陶醉在似有似无似隐似现的某种幻想当中。谁也说不清楚,谁也无法描绘,总之是期待冰消雪化,百花复开,盼望能变一个样子就好;也许一场嬉闹过去,乐极生悲,炉火熄了,房里房外是一样的冰冷!

要说除夕是团圆之夜,也不尽然。中南海的警卫战士难道没有家吗?商店里正在忙碌着的售货员难道没有家吗?驱车在线路上行驶的司机难道没有家吗?这些人都是职业规定了他们不能及时与家人团聚的;但也有不因职业限制而放弃团圆的,五十六岁的赵开发老头就属于这一类。

车间早就走空了,这个已有四十年工龄的机修钳工,因为想把那台织布机的故障彻底排除,以便节后开工时能正常运转,他还留在那里磨磨蹭蹭,专心致志地工作,忘记了时间。有人给他送吃的来，他摆手谢绝了，笑笑说："留着肚子，回家吃好的，儿子也回来啦！家里还有客人呢！"不知不觉，已到凌晨两点，他才洗手换衣，回家过年去。

他跳下车，一股强大的西北风搅起飞雪，呼的一声迎面扑来，他没有站住，跌倒在地，脱口喊出声来："好大的风啊！"他从雪地里爬起来，紧了紧大衣，一步步向天安门方向走近。这条长安街有它最热闹的时候，也有它十分宁静的时候。每年五月一日和十月一日，这里是不能随便走人的，精心装扮的彩车和服色艳丽的队伍以及全副武装的军队和民兵，把大街填满了，再没有比那时更火热的场面。当潇潇雨下，夜色深沉的时候，长安街像一条静静的长河，彩色的车灯倒映在湿地上，如来往穿梭的流星，只看见光亮，几乎没有什么声响。在这种风雪弥漫的夜晚，长安街简直有些荒僻，跟大兴安岭一条笔直的山沟差不多，不同的是有街灯排队。老北京赵开发倒是顶喜欢这种荒僻景象的，因为一年三百六十五天，难得有几天这样的荒僻。

他老远朝着步步移近的天安门望去，被那里的奇景吸引住了。西北风从城墙顶上猛扑下来，刮起刚刚落下的雪花，在观礼台上飞旋。呜呜的吼叫声像正在演奏着描写古代战争的交响乐，马嘶人叫，血肉横飞，听得叫人胆战心惊。他忽然觉得那是一座大舞台。十九年来，那里上演了数十次惊天动地的戏剧啊！舞台在风雪中变得朦朦胧胧，若隐若现，过去上演的戏剧在闪闪忽忽地还原，消失，还原，消失，被风雪送回来，又被风雪卷走了。他本来可以再坐一站车，但目前走得正当发热的时候，何必停步静等呢？走一走吧，趁旁无惊扰，看看那戏剧还原的虚影，也是除夕夜的另一种欢乐。

在这个舞台上，近一年多以来上演的戏剧最多，赵开发每天上班要从这里走过，被他亲眼看见的也最多。有时上演的是有声有色的戏,有时上演着另一种看不见人物活动的戏。大标语经常更换,常常是把重大发展阶段的有路标意义的口号贴在这里,在路标后面有多少悲欢离合是看不见的。赵开发已经司空见惯了,他感到每一块路标都与自己关系不大。他的生活十九年来没有改变过节奏,上班,做工,下班,无论路标怎样翻新,社会生活的车轮怎样停停走走,碾过碎石段、泥泞段、平直段、弯曲段、上坡段、下坡段,他的生活节奏就像放在车上的一口闹钟,不因车轮速度的改变而改变,也不受马达的高唱与低吟的影响。"我是做工的,不做工就是吃冤枉。"这是他的哲学。

人在安静的时候可能产生不寻常的兴趣,对从来不关心的事物也许会关心起来。赵开发由于一路幻想着天安门上的戏剧,竟对这每天多次见面的老地方发生了一种初次来访的好奇心理。也许是想走近看看,风雪中果有那些幻影再现吗?也许是想了解一下有没有贴出新的标语,不知是哪种原因,他决定不抄捷径,要从天安门前一直走过去。

一路走,一路侧脸望着城楼,什么戏剧也没有,只有雪白的一片,那红粉墙在风雪中冻死了。比较生动的是金水桥上的桥栏,由于结了一层厚冰,像经过了重新雕琢似的。雪地上有两行深深的脚印从不同的方向延伸到金水桥上,桥上的雪被践踏得稀糟,形成了一个很大的雪坑。是什么人在这大风雪的夜里来到金水桥上?难道这时候也有游人吗?真是太奇怪了。赵开发停步细看了一阵,狐疑不解。忽然觉得耳边好像有声音,便把棉帽护耳提起来,仔细一听,那声音更真切了,像是害重病的人在床上呻吟。他猛然打了一个冷战,感到毛骨悚然,难道这风雪之夜,果然能使天安门上的戏剧重演?也许在明代、清代,数百年前在这里停放过皇宫里的病人,现在夜深人静,居然听见从前的呻吟了?这样的事近乎荒谬,但也不是不可能的,早就听说故宫博物院有人在月黑风清的夜晚看见过宫娥侍女轻盈飘逸的幻影,听见过丁零丁零的环佩声。是不是风雪之夜也能听到呢?这可从来没有听说过。

赵开发战栗着,望望大街两头,不见一个行人,也没有车辆开来,只有旋风裹着鹅毛大雪呼呼地吼叫,更觉得十倍瘆人。他决心不再听下去了,赶快离开这里,回家暖一暖身子去。哪知正当他提步要走时,听到一声比刚才的呻吟大了几倍的"哎哟",并且辨明了发出声音的地方是在金水桥底下。这时,他已感到不是什么怪异事了,也许是有人在桥下遇难,便鼓足勇气,顺着那行脚印走到桥上去。低头一看,雪白的玉带河里果然躺着一个人,身上虽然盖着雪,而仍旧依稀可辨。是什么人呢?深夜两点多钟,独自冒着风雪来到金水桥上做什么呢?又是怎样摔下玉带河的呢?不管怎么样,遇难者正在呻吟,证明他没有死,必须赶紧设法救人。

玉带河四面是陡壁,围着栏杆,深约丈余。现在,河里虽已结冰积雪,想下去仍是很不容易的,又加上栏杆结冰了,伸手就滑。老头救人心切,忍冻把自己的大衣脱下来,搭在栏杆上,借大衣的帮助,跳下河去。

那个不幸的遇难者脸朝下躺着,好像已经察觉有人向他走近,他竭力扭动颈部,或许想侧过头来看看,但只微微动了一下,尝试没有成功。赵开发俯身拂去他身上的雪,捧着他的头往旁边侧过来,再将他整个身子扶得翻了一个边,他又"哎哟"一声。在微弱的雪光下,能模糊地看见遇难者的单呢帽上缀着一颗红五星,赵开发吃了一惊,难道是军人?他更感到奇异,也觉得救人的责任更重了。

"来人哪! ……来人哪! ……"

赵开发站立起来,大声向广场和长安街两头呼唤,颤颤抖抖的呼救声被北风搅碎,被雪花压下地来,根本传不出去;连叫好几声,听不到有人响应。没有办法,只好靠个人的努力了。这位老工人是富于经验的,他靠近遇难者躺下去,将遇难者的手臂抬起来搭到自己肩上,再扶着他的身子,让他平稳地移到自己背上来,背稳以后,便吃力地站起来,向陡壁移动。他一面将遇难者往上面送,一面叫他伸手攀住栏杆,哪知那不幸的人已经冻得手足僵硬了,连神志都处于半昏迷状态,根本起不了什么作用。这可把赵开发难坏了。不过,人在急时,力大无比,终于让他创造了奇迹,把遇难者的上半身送到栏杆上面去了,像一件衣服似的搭在栏杆上。

上岸以后,赵开发已经精疲力竭,只得把遇难者平放在雪地上稍事休息。到这时他才真正看清了被他救扶的人,原是一个年近六十的老年人,马裤呢、驼绒里的草绿色军大衣好像是头一回穿上身,下颏底下的呢军制服领上露出红领章的一角。从遇难者的年龄和穿着可以看出,他不仅是一个军人,而且是高级干部!这使得赵开发又吃了一惊,意识到刚才在金水桥发生的不幸事件远非一般性的谋杀或自杀,分量之重,关系之大,目前还无法估计。老机修钳工像触电一般浑身抖颤了一下,连忙用自己的大衣扯成临时的半壁帐篷,挡住呼呼的北风,一眼不眨地注视着遇难者的脸。

他应该立刻把他送进医院去,可是他的的确确已把全部体力用光了,必须喘息一阵;他应该首先弄清遇难者究竟伤在哪里,可这时他竟忘了,事情太大,使他痴呆。以"不做工就是吃冤枉"为行动指南的赵开发老头,感到今夜的遭遇如同山崩地裂,忽然压垮了他家的房子一样,非常可怕。他十五岁进纺织厂当勤杂工,像毛驴一样任人骑,任人打,任人扔一把麸子或草梗吊住性命混到一九四九年。人民解放军开进北京那天,街上锣鼓喧天,红旗猎猎,工人们大都走上街头参加欢迎队伍去了,三十七岁的赵开发只在工厂的铁栅栏后面窃窃望一望那骑在高头大马上的穿黄棉袄的军人。他不大相信,这些骑马拿枪的军人会给他带来什么好处。他从小住在北京,见过的军人可不少了,有戴平顶帽的北洋军,有穿黄衣服的国军,有穿大皮靴的日本军,有像黑衣强盗似的满洲军,还有各式各样的警察、宪兵和不穿军装腰间别着手枪的密探。所有那些军人都没有给他带来好处,有的呵斥过他,有的鞭打过他,有的强迫他脱下衣服搜身。所以,他对军人从来没有好感。可是自从人民解放军进驻北京以后,没有打过他,没有骂过他,更没有强迫搜他的身。并且在不久以后,他由勤杂工变成了机修钳工。工资增加了,生活变好了,儿子也上学了。从此他才认定一个道理,军队也并非都是坏的,他把自己的生活变化全部归功于一九四九年进城的人民解放军。只是在后来,经过许多政治学习以后,才知道还有共产党,还有决定一切的毛主席。但是印象最深的还是那有鲜明标志的解放军。二十年来,那支军队经过了几次改装,一会儿戴鸭舌帽,一会儿戴船形帽,一会儿佩肩章,一会儿佩领章,近几年来又忽然把帽徽领章都改了。无论怎么变来变去,赵开发总觉得他们当中所有的人过去都是穿大棉袄佩白底红边符号的,只有那一身穿戴最好看。当然他也并不反对穿呢大衣,因为赵开发自己已有皮大衣了,难道那骑高头大马走进北京城的军人们就不可以穿一穿呢大衣?他是一个老实人,老实人的感情最为真挚,也最持久。他热爱解放军,敬佩所有穿军装的人,相信在解放军里一切都十分高尚、纯洁,所有的人都非常有教养,懂礼貌,爱护老百姓,在他们里面绝不会有嫉妒、猜疑、尔虞我诈。因此,当他的独生儿子也有幸参军时,他高兴得不得了。自从儿子参军以后,赵开发已百无忧虑了,好好地做工,安宁舒适地过日子,准备在退休以后,也依附儿子搬到部队去住。文化大革命以来,他曾看见过一种传单,上面有军队的大干部挨斗的照片,为了这,还专门给儿子写过一封信,要他尊敬首长,不要胡闹,不学坏样子。可是儿子回信时并没有正面谈到这方面的问题。儿子已参军四年了,总共只回来了两次。每次回来,赵开发总要问他看见过大首长没有,问他们部队有没有在一九四九年骑着高头大马进北京的人，现在的情况怎么样，多大年纪了，身体好不好，问得他儿子常常答不上来。老头早几年就跟儿子讲过，他要到他们部队去一趟，看看他们是怎样过日子的，尤其要见一见他们的首长，讲几句话，坐在一起呆上半个小时，那是很大的光荣。由于厂里的生产总是那么忙，他一直找不到机会去看儿子，也一直没有跟他们的首长在一起坐过。今天他意外地遇见了一个军队的首长，并且成了这位首长的救命恩人，赵开发简直怀疑这是一场梦。天安门上的戏剧，金水桥下的呻吟，都是不可能发生的怪事，简直太荒唐，太难令人置信了。可是，那不幸的遇难者看得见，摸得着，并且睁开了眼睛，还说了一句听不清的话。

"你说什么？"赵开发凑近他的脸问道。

"……"

遇难者的话仍旧含混不清，后来他移动了无力的手臂，颤颤抖抖指着自己的头。赵开发这才注意到，军人的帽子掉了，已经秃顶的头在风雪中挨冻。老工人立刻产生负罪的羞愧感，怎么那样粗心！他连忙取下自己的棉帽，戴在军人的头上。

"不……"军人说清了一个字，还摆了摆手。

赵开发猜想，他大概是不愿意叫救他的人挨冻，便安慰他说：

"不要紧的，我家离这儿不远，来，我背你，先到我家里暖和暖和吧！"

"不……"军人仍是摆手，又指着自己的头。

赵开发这才想到，他可能是要自己的军帽。幸而那军帽就落在上岸的地方，老工人给他把呢军帽拾回来，戴在他头上。这时，遇难者在全力挣扎着想把双手抬起来移到头部去，赵开发不明白他要干什么，盲目地托着他的手臂帮了一下忙。军人将双手移近帽檐，企图用手指将帽檐捏住，那手已完全冻僵了，十指无法并拢，经过一番无效的努力，最后只碰在帽檐边上，推得军帽动了一下。

赵开发这才明白了,原来是帽子没有戴正。

"军人哪!军人哪!……"老工人赞叹着,背起了不幸的军人。

他的家在前门附近的一条胡同里,此去并不很远。赵开发背起遇难者左右看看,仍不见街上有人,便只得径直朝自己家里走去。他感到背上的人似乎已经晕过去了,那沉重的头部被颠簸得一摆一摆,比背着一个健全人沉重得多。

到家了。这是一个古老的四合院,紧闭着大门。赵开发腾出手来,吃力地摸到钥匙,捅开了门。北屋那相连的两间房是他的家,他穿过小院子,气喘吁吁来到自己房门口,敲着玻璃连连喊叫:

"快起来!开门!出事儿了!"

家里人大概一直在等他回来,等得太晚,刚刚睡下去,因此很难叫醒。

"听见没有?起来起来!"他把玻璃门擂得哐哐地响。

屋里亮灯了,一个青年人从床上坐起来。原来是他!赵大明。

赵大明开了门,帮父亲将遇难者扶着躺在床上。

床里边睡着的人也被惊醒了,揉了一下眼睛坐起来,啊!怎么他也在这里躺着?这个新兴革命家,半年前在北京连钱包都丢了,怎么不接受教训又来了呢?

遇难的军人被放到床上平稳地仰面躺着,赵大明和范子愚一看他的面孔,同时吃惊地叫道:"是他!"

"他是谁?"赵开发问。

"我们的司令员。"儿子回答。

赵开发张着嘴既没有出声,又不合拢,痴呆地望着他儿子。

此时没有人注意范子愚,要是有人留心观察,会发现这个新兴革命家的面部表情的急剧变化中隐藏着复杂的内心活动。

自从半年前在北京碰尽了钉子,与胡连生同车回到南隅以后,他所领导的造反组织几乎毫无作为。半年来,有些人沉醉在精制各种三忠于纪念品的活动中,男的学会了绣花,女的发展了电影胶片的编织工艺。有些人在培植草菇和栽种菠萝、木瓜等果木种植工作上取得了可喜的成绩,为大家挣来了吃的。还有些人学会了木工手艺或把毛笔字练得相当棒了。大多数造反者已经丧尽了最初采取革命行动时那种新鲜感和高度的热情,神经变得比较迟钝甚至有些麻木了。着急的是少数几个头头,他们已骑上了虎背,很难下来。这当中尤以范子愚为甚。一号头头范子愚在几经风霜以后,常常私下里对邹燕说,早知造反这样复杂,开头真不该起端,但同时他又鼓动邹燕和他的战友们,不能放弃斗争,麻痹大意。可以少惹一些新事端,但过去曾经做过的事必须坚持到底,不到底,人家就可以反过来算你过去的账。他认为,造反派决不能承认自己曾经有错误,相反,必须利用一切机会宣传自己的行为都是正确的。近半年来,他们的造反组织,除了此项宣传以外,再没有干别的。事实上,无论他们怎样宣传,反对他们的舆论已日渐高涨起来。那位全力支持他们、并与他们共同战斗的江醉章部长再也不来问津了,很久以来连人都找不到,就是碰见了,也是打一通官腔,没有半句体己话可说。范子愚从北京遇难时起就对江醉章丧失了信心,意识到自己投错了靠山。往后那些日子越来越证明姓江的是个阴险家伙。不久前,他专门召集全体造反派战友开了两天两夜旷日持久的讨论会,研究造反组织的前途和命运,商量自救的办法。大多数人都已意识到前方有危险,隐隐约约听见了挖陷阱的响声,比如常听机关干部们提到"你们与地方群众组织的联系如何如何……""你们冲击政治机关的背景如何如何……"等等说法。这些就是陷阱,就是定时炸弹,不知哪一天时间一到,就会翻天覆地,大难临头。怎么办呢?难道就这样坐以待毙吗?讨论来讨论去,会议越开越泄气,到会的人数也越来越少了。在濒临崩溃的紧急关头,范子愚努力鼓足气宣布了他的战略决策。他认为,造反派要想不垮台,必须紧紧把握住革命的大方向,只要大方向始终正确,有一些错误也可以得到谅解。即使上头不谅解,也有理由与他辩论辩论。正确的大方向应该是什么?广义地说太笼统了,要非常具体才行;具体说来,空四兵团的革命造反大方向就是斗彭,始终坚持斗彭,就不怕人家说你是胡闹。其他造反者们拿不出更高明的招数,也就只好同意了范子愚的战略决策。于是便产生了再次上京的行动。

不能说范子愚他们神通不大,虽然并没有派代表常驻北京,但北京发生的事他们都能知道,斗彭的进展情况他们也约略知道一些。最近,陈政委接到通知,要他上京参加一次对彭其等反党分子的决战会议,会议结束以后,彭其将押回南隅,继续隔离监护,检查交代他的罪行。这个消息被范子愚他们打听到了,决心把隔离监护、督促彭其写交代材料的任务抢到手,这样,就能证明本造反组织自始至终把住了斗彭的大方向。怎样才能争取到这个任务呢?找陈政委正面要求,他会信任吗?找江醉章,他会理睬吗?范子愚认为,不能书生气十足,"人家不给,咱就抢,现在这年头,自己的命运由自己决定。"因此决定立即派人上京。范子愚接受了上回的教训,人生地不熟,贸然闯到北京去是要吃亏的,所以这回他坚决要拖住赵大明同来。赵大明家在北京,至少不愁没有地方落脚。本来,赵大明能有机会在春节期间回北京与父母团聚,这是难得的好机会,但由于此行任务尴尬,他一再找理由推托,怎奈范子愚不顾一切,强行把他拖上了火车。到京以后,范子愚两腿不闲,钻山打洞想摸到彭其何日回南隅的情报,摸来摸去,只知道会议已在春节前开完,而彭其的启程日期无法知道,他为此非常焦急,除夕夜的盛席都未能尽兴尽欢。万万没有料到,彭其被赵大明的父亲背回家来了。

"真是天无绝人之路!"

范子愚望着昏迷的彭其,像站在一坛突然从地下挖出来的金子面前,那样惊喜,那样眼馋,那样情不自禁地想立刻动手。

赵开发老头听说这就是儿子那个部队的司令,已经惊奇得不知所以,又见范子愚讲出这样的话,做出这样的表情来,更加愕然。他望着范子愚的脸,像见见公鸡游水似的感到奇怪。

"您是在哪儿发现他的?"儿子问。

"金水桥底下。"

"知道他哪儿受伤了吗?"

"不知道,好像……"赵开发估摸着说,"可能是冻的。"

"范子愚,"赵大明穿上军用绒衣说,"你去捅捅炉子,把火烧大一点。"说着便动手取下彭其的军帽,察看了他的头部,侧脸对父亲说,"头没有受伤。"

接着,他又解开他的大衣,将他的两条手臂从大衣袖筒里脱出来,分别做了几个屈伸的动作,发现两臂是完好的。又解开层层纽扣,伸进手去摸了摸他的胸脯和两肋,也没有发现异常。按按心脏,跳动的节律稍慢一点,呼吸情况同熟睡的人相似,这大概也是正常的。后来,他搬起了他的右腿,能屈能伸,也是好的。当抬起另一条腿的时候,赵大明惊叫了一声。

"怎么啦?"

"膝关节骨折。"赵大明揩着额上的汗珠说,"要赶快送医院。"

赵大娘从里间走出来,见了这意外场面,急得在屋里团团转,不知所措。她忽然想起,对老伴说:

"你还站着发什么呆!快去借担架车吧!隔壁看门的张老头准还在喝酒,他们单位有担架车,上回西屋的李师傅爱人生孩子,就是借他们担架车送去的。你快去吧!"

赵开发如梦初醒,连忙借担架车去了。

范子愚慌手慌脚找到自己的大衣、棉衣、棉裤,将每一个衣兜

裤兜都掏了一遍,最后在挎包里找到一份列车时刻表,看了一阵说:

"赵大明,早晨六点有一趟开往广西的快车,我们干脆,把彭其带走,送到桂林空军医院去。同时给南隅拍一个电报,叫家里来人,在桂林等着我们。正好今天是春节,很少有人坐车,买两张软卧车票,让他在车上躺着,四十来个小时就到了。"

"这样行吗?"赵大明说。

"怎么不行!别那么前怕狼后怕虎的了,现在这年头,跟打仗一样,办事要果断。"

"可他还昏迷着呢!除了膝关节骨折,还不知内脏有没有摔出什么毛病来,不马上送医院,在车上出了事怎么办?"

"出不了事,金水桥只有那样高,要是年轻人摔下去,根本不会骨折。"他又强调说,"现在的问题是,如果把他送进北京的随便哪家医院,空军司令部马上就会来人,陈政委还在北京,他也会来,彭其就再也别想落到我们手上了。如果把他带走,送到桂林,我们的人把他控制住,一边治病,一边叫他交代,我们可能从他身上得到一点新材料。要是怕桂林空军医院还靠不住的话,干脆,到柳州,送进地方医院,那就神不知鬼不觉了。我们只要从他嘴里捞到了金水桥跳河的新材料,不怕空军党委不认账。"

"可我们是从北京把他劫走的,到时候不给咱们扣上打砸抢的帽子?"

"哪个造反派不搞打砸抢?再说,我们又不是到招待所把他抢出来的,我们是在路上捡的。"

范子愚说出"在路上捡的"这几个字,使赵大明心里挨了重重的一击。唉!一位曾经为创建人民共和国立下了汗马功劳的将军,今天竟变成了一只被猎人疏忽的已经中弹的伤野鸭。让路人拾到,喜出望外,赶紧夹着它溜走,回去拔毛,剖肚,享用一顿不花钱不费力的美餐。赵大明的心像送进绞肉机去了,但当着范子愚的面,又不能将痛苦流露到脸面上来,他只得装傻,像没有睡醒的人一样,反应很迟钝,理解力很差。范子愚说得够清楚了,他却装着不懂,痴呆地望着对方。

"你怎么啦?"范子愚奇怪地盯住他问。

"我……"赵大明皱起眉头,"我还不懂。"

"你是故意装糊涂吧?"范子愚无情地点破他的痛处说,"我知道了!赵大明,你跟我们演了很长时间的戏,演得不错啊,伙计!但是在关键的时候你露馅儿了。你为了同情他,不顾我们造反派的命运,装糊涂,不同我合作,我没有冤枉你吧?"

"随便你怎么认为。"

赵大明只得这样说,说完靠餐桌坐下,望着母亲在为昏睡不醒的彭司令员细心扣上衣扣。

"其实,"范子愚坐在赵大明对面,委婉地转弯子说,"我与彭其有什么冤仇呢?他受伤了,本来是要就近送医院才对,在火车上耽搁四十多个小时,不但要叫他受罪,而且对治伤可能不利,这些我也都知道。他要不是彭其,而是别的不相干的人,我会马上抬着他送医院去,比你的动作还快;他要是不关系到我们自己的命运,我也没有必要做这样的缺德事了。可是赵大明,这是路线斗争啊!现在这年头,在路线斗争的大事上可不能温情脉脉,你对彭其温情脉脉,人家就要问你为什么那样。人家对咱们可是不讲温情的呀!我要提醒你,别以为咱们今后会平安无事,你听说没有?现在出现了一种'揪坏头头'的说法啦!你能保证我们这个组织将来不揪坏头头?谁是坏头头呢?如果让江醉章知道你同情彭其,他发现你欺骗了他,你这个坏头头就逃不了啦。咱们是战友,我是好心关照你,你看着办吧!"

这时,赵开发已披着一身雪花两手空空回来了,他推开门说:

"隔壁的担架车坏了,张老头在挂电话叫救护车来。"

"大爷,不能惊动救护车。"范子愚蓦地站起来,拽住赵开发边走边说,"快带我去,电话在哪儿?快!"

赵开发莫名其妙地被范子愚拽走了。

屋里,赵大娘似懂非懂地听到范子愚刚才那些话,觉得很奇怪,便向儿子细问由来。赵大明想说又说不清楚,最后什么也没有说,急得一忽儿站起,一忽儿坐下。母亲看到儿子这番景象,更是摸不着头脑了。

不久,范子愚在前,赵开发在后,匆匆走了回来。赵大爷一路问着:"小范,这是怎么啦?到底怎么啦?为啥不要救护车?你说呀!"范子愚搪塞着说:"大爷,您别问了,是有原因的,现在说不清楚。"说着话,范子愚已走上台阶,他看到墙根有一只长形的柳条筐,装着一些引火的劈柴,灵机一动给它派上了用场。他把劈柴抱出来放到一边,将柳条筐拿进屋来,往地上一扔,拍拍手,对赵大明说:

"快找根绳子,有杠子没有?就用这个,抬到火车站去。"

"抬什么?"赵开发奇怪地问。

"抬他。"范子愚指了指躺在床上的彭其。

赵开发和他的老伴同时一怔,以为是听错了。

"你说什么?"老头重问一次。

"大爷,"范子愚强作耐心地解释道,"我们要把他带回南方去,他是一个走资派,我们的同志在等着斗他,当然,也会给他治病的。早上六点的火车,现在时间不多了,您帮我们找根绳子吧!"

"是这样!"赵开发转脸望着自己的儿子,眼里冒出愤怒的火来。

赵大明在父亲的眼光逼迫下,躲躲闪闪,不敢正视,想解释又碍于范子愚在场,他陷入了十分难堪的境地,求饶似的叫了一声:

"爸爸！……"

范子愚忙着整理自己的东西，一面忙活，一面催促赵大明："快点！时间不多了，把他送回去，你再回来度假也行。快找绳子！"

赵大明此时如乱箭穿胸，几乎要晕倒了，为了避开父亲那越来越令人害怕的眼光，他胆怯地移动着视线，偶然在衣柜顶上触到一根露出五寸尾巴的粗麻绳，忽然像疯了一样，伸手拽住麻绳用力一扯。麻绳是压在一个装零星工具的小箱子底下的，小箱子被麻绳带动，从柜顶上滚下来，哐！哗啦！响成一片。赵大明这才感到松快了一点，他正是要把积郁在胸中的炽热的岩浆，通过绳子，传递给小箱子，让它摔下来，借它的力量爆响，喷出去。

"你敢！"赵开发逼近儿子。

"爸爸！"赵大明吼叫着嚷道，"您知道吗？这是路线斗争，是铁面无情的。他是走资派，他罪该万死！他不是人！你不要把他当人！他是一只挨了枪弹的野鸭子，被我们捡了便宜，赶快拔毛，把锅烧红，放上油，等着，没有什么客气讲，不能温情脉脉！您懂吗？您那么糊涂？不要挡着我！让开！谁同情他谁就跟他一样，不是人！"

赵开发一语不发，扑上前来，扬起手，照着儿子的脸打下去。响声过后，赵大明放声恸哭起来。只有这样，他才有理由嚎哭；只有这样，他的哭才不会叫范子愚看出破绽来。他感谢亲爱的爸爸，"您终于会意了，让我能够大胆地哭一场了。"

第二十八章 将军愤

彭其是怎样摔下玉带河的？故事要回头细叙。

他在北京已经住了半年,半年里没有离开过特为他准备的那一套房间,半年没有呼吸过户外的新鲜空气,半年没有晒过太阳。他瘦了,皮肤白了,左腕上被手表长年盖住而形成的白印消失了。半年来没有擦过皮鞋,因为不见灰尘,不需要擦它。半年来没有同第二个人一起吃过饭,沤红辣椒和烟熏腊肉的味道已经记不起来了。这半年他过着隐居生活,像不得志的秀才,下决心关起门来著书立说,写字台上每天摆着纸笔,只见他常常坐在台前沉思。他的著作进展极慢,烟缸里的烟头倒掉又填满,倒掉又填满,桌上的稿纸却很少更换,烟头比字多出一百倍。他在这里住了半年,新的朋友只结识了七个,其中四个是轮番跟他谈话的,三个是负责监护他的。监护他的朋友他能叫出姓氏来,谈话的朋友连姓都不知道。他当了半年的俘虏,半年囚犯,半年木乃伊。

最初,他经历了一段轰轰烈烈的生活,每天有十几个人围着他,机关枪和大炮无休止地向他射来,日复一日,渐渐地听觉开始麻木,害了慢性耳聋病。向他发动攻势的指挥人就是他过去的亲密战友陈镜泉,他看见他不断吹号、擂鼓、挥动指挥旗,驱使炮手们拼命地轰。要是别人当这个指挥,他彭其也许会老实一点,恰恰在陈镜泉面前,他要挺直腰杆更硬三分。他当然不知道陈镜泉是怎样被人操纵的,他只能看见前台的表演。人家把他在南隅挨斗的实况录音放给他听,他大吃了一惊,立刻跳起来大骂:"阴谋!他娘的阴谋！我不是这样讲的！有人搞鬼！害人！"在他的回击下,陈镜泉表情呆板,面无人色。彭其暗自得意,耻笑对手无能,所用的手段十分拙劣,做贼心虚,经不起反击。可他又上当了,哪知陈镜泉只是一块盾牌,盾牌虽被刺伤了,躲在后面的勇士却安然无恙。录音带放了一次又一次,彭其气得连话都不愿意说了,不管人家怎么吼叫,他紧闭着嘴唇,就是不张开。而在人们不注意的时候,他偷偷向周总理写了一封信,愤怒诉说了所有冤情。可是,谁能为他去传递呢？他只得把它藏在身上,等待有利的时机。

热闹的阶段过去了,围攻的队伍不见了,陈镜泉也不再露面了。继之而来的是和风细雨,像黄梅季节的天气,不冷不热,天天一样,持之以恒。那四个专与他谈话的朋友就是在这段时间认识的。他们四个人好像是同一个妈妈生的,性格一样的温柔,态度一样的和善,进门脸带三分笑,出门回身一点头,说话轻声细语,举止文质彬彬,坚持委婉规劝,颇为体己贴心。怄火了,不生气,受了冷遇也不灰心。他们窃窃私语地告诉彭其,叫他不要过于忧虑,要爱护身体,晚上好好睡觉。只要承认了有组织有计划地反党,并表示接受教训,就可以既往不咎,一笔勾销。他们表示对红军老干部十分尊敬,并且把不知从哪里听来的关于彭其过去的英雄故事拿来津津乐道。这几个人真是可爱极了,使彭其对他们产生了好感。但是,无中生有的事实他不能承认,恐怕就连许淑宜或湘湘来劝他,他也不会承认的。他是有感情的人,用感情来打动他,他不会不动;但他更加重视原则性,要是把感情和原则放到天平上来称,那么感情就变得几乎没有重量了。他在几十年行伍生活中,最忌恨一个"假"字,假敌情可以诱使你兴师动众,千里扑空,乃至全军覆没。他感谢他们态度友好,但宁死不说假话,说一千遍一万遍也动摇不了他要说真话的决心。

后来那四个可爱的朋友再不露面了,最后一次离开时也没有说明一下。彭其与他们相处已经习以为常,每天吃过早餐就等着他们的到来,像等待情人一样。一天等不到,两天等不到,他感受到一种类似失恋的孤单。从此,他只好找监护人说话。三个监护人都是青年军官,也像是同一个妈妈生的,一样地沉默寡言,常常半天不讲一句话。彭其主动找他们攀谈,顶多是你问一句他答一句,决不随便发挥,更不高谈阔论。开头,彭其曾经把他们看做敌人,因为他们执行着狱卒的任务,而自己则是被看守的囚犯,囚犯与狱卒之间,怎能不互相敌对呢!日子一长,敌对情绪逐渐模糊起来,以后反而萌发友谊之情了,你说怪也不怪。究其实,从敌对到友谊是很自然的现象,因为敌对的基础本来就很薄弱。从彭其的角度来看,这几个充当狱卒的青年与自己本无旧怨新仇,要不是有人把他们派来,他们大概决不会主动要求到这里来。与其说他们是敌人,还不如说他们是敌人手上的一把锁。如果有朝一日你把你的敌人击败了,他被你关进囚笼了,你也可以用这把锁来锁住他,不让他逃走;从监护人的角度来看,你这个被关的老头子对他并无威胁。你没有批评过他们,没有打骂过他们,没有夺走他们任何一点利益,他们恨着你干啥呢?归根结蒂,彭其与监护人之间暂时处于敌对地位完全是第三者所为,他们任何一方本来根本不需要这样。所以,时间一长,监护人和被监护人渐渐地打成一片了。彭其管他们叫小刘、小崔、小郭;他们几个也由原来的称呼彭其为"哎"改称为"彭司令员"了。从此,小刘去了小崔来,小崔去了小郭来,总是有一个人陪伴着彭其,使他不感到寂寞。

　　日子像萤火虫的屁股一样,亮一下,黑一下,亮一下,黑一下……每当开始亮时,彭其就得起床,然后是洗脸,吃饭,聊天,吃饭,静坐,吃饭,沉思……到黑了以后他又得上床,然后又亮了,然后又黑了……有时他想,把这个萤火虫的屁股砍掉,扔进大海去,省得它害得人一时爬起,一时躺下,折腾个没完没了。要是永远是黑的,就可以永远睡着不起来,多省事呢!

　　萤火虫还是那样亮一下,黑一下,亮一下,黑一下……不知不觉,彭其感到天气在起变化,早上起来必须穿毛背心了。他以为已到了初冬,因为近十年一直住在南隅,那里是要到初冬才偶然穿一穿毛衣的。后来向小刘一打听,才知道刚刚阳历九月初,离中秋节还有一些日子。于是他想起了月儿团圆的事。记得那年在井冈山,适逢中秋节没有战事,由陈镜泉提议把本村同来的四十六个同志(原是四十七个,彭四保未上井冈山就牺牲了)都找拢来,虽然没有月饼,不妨赏赏清月,围坐一起,互相勉励将革命干到底。除了九个人因部队不在这里和三个人需要执行任务以外,其他三十四人都到齐了。大家约定,革命胜利以后,一定要在中秋节来一次大团圆。那时候想得多么天真!打仗岂有不死人的!大团圆哪里会有呢!除非全部死光了,才可以在九泉之下团圆。不过,死了的虽然不能参加团圆,活着的三个却已团圆过多次,每次团圆都要把已经牺牲了的四十四人尽所能知地回忆起来。印象最深的除了扭着颈子死的彭四保以外,还有一个从小当叫花子最后仍是饿死的王一棍。王一棍本来不是他的正名,而是外号,因为有一年春节出门讨米,连破布袋子都被狗拖走了,仅剩一根打狗棍,所以得来王一棍的诨名。到后来参加共产了,人家还是那么叫他,连彭其也记不清他的正名了。"再也莫想团圆了!"彭其叹着气想道,"只怕就从今年中秋节起,月儿永久不圆了!"

　　萤火虫的屁股还是亮一下,黑一下,亮一下,黑一下……真正到了中秋节那天,彭其却又忘了。晚上小崔来接班的时候,偷偷塞给他一个广东产的叉烧月饼。老将军捧着月饼,面对窗户,泫然泪下。这一夜西风飒飒,月色昏朦,空气干燥,寒气袭人。彭其不能开窗望月,因为窗户被钉死了,他只透过玻璃凝视着凄冷的街灯。由于有屋顶挡着,看不见街灯下的行人,但他猜想,大概人们都在低着头走路,望月的绝少。他胡思乱想,忽然想到月里的嫦娥去了。嫦娥躲进月宫大约有四千多年了吧?她怎么不感到寂寞呢?也许那孜孜不倦忙于伐桂的吴刚,也像小崔、小刘、小郭一样是月宫的一把锁?嫦娥所以不寂寞,多半是因为有吴刚陪伴;彭其所以不会寂寞到死,就因为有小刘、小郭、小崔。去他娘的!本来有妻有女,有战友,有上十万部队,却也要像嫦娥那样孤单。想起他的部队,就想到那些穿云破雾的英雄,他本来可以下一道命令,叫他们向一切囚笼开火,甚至向月宫挑战,但他与部队的联系已被割断了,英雄们听不见他的声音。要是陈镜泉仍像过去那样知心,他本来可以传递司令员的号令,可是他变了,站到对立面去了,指挥别人的队伍去了。什么团圆团圆,人跟人永远不会有长久的和气与团圆。盼望团圆是因为吃够了分离的苦,团圆过后,接着来的又是分离,"死结同心"是孩子的想法。干燥的空气蒸发了彭其脸上的泪水,新涌出来的眼泪又在被空气蒸发,他连月饼的包装纸都没有剥掉,双手捏住一掰,成了两半。天上的昏月还在团圆……

前天他意外地得到关怀,可以暂时离开这个鸟笼似的房间了,并有轿车来接,原来是又要开会了。老战友和新对头都在,陈镜泉也来了,但彭其假装没有看见他。这次的会议开得比较干脆,主持人三言两语就把会议的宗旨讲完了。只有两个议题:一、先由彭其在会上再做一次交代,也就是一次决定他自己命运的交代,他是否愿意改悔就此一举了;二、根据他的交代情况,大家再评论一番,提出对他的处理意见。主持人问他要不要再考虑考虑,彭其立即答复说不需要考虑了。接着,他便把过去交代过的一些老话重述了一遍,仍旧是"茅坑里的石头"。于是,大家便愤怒地开始发言了。几乎每一个发言者都是义愤填膺,怒不可遏的,好像他们每个人都被彭其挖掉了祖坟。关于处理意见,大都提得比较左,有的主张开除他军籍,有的主张开除党籍,有的主张党籍军籍一起开除,甚至有的建议给他戴上反革命帽子,送回原籍去。对于这些处理意见,彭其像都听清了,又像都没有听见,仍跟半年前一样,慢性耳聋病一点也不见好转。会议开了一上午,午休以后接着又开。下午的会更简单了,只宣读了一项命令,内容是撤销彭其党内外一切职务,保留党籍和军籍,以观后效。组织处理要比大家的意见仁慈得多。

从此以后,彭其就是彭其,正如邹燕就叫邹燕,陈小炮就叫陈小炮一样,名字下面再没有什么头衔了。受了严厉而又冤枉处分的彭其,这时的心情应该非常痛苦,而事实上恰恰相反,他非但不痛苦,反而感到一身轻快。名字下面的头衔,他已背了快四十年了,走上井冈山就当班长,以后步步上升,官衔越来越大,最后达到了兵团司令一级。在没有撤职以前,有时碰到挫折,也曾经羡慕过普通战士,他们只要听口令就行了,省事得很,轻松得很。每当出现这种想法,他就立刻责备自己,认为是贪图安逸,是革命意志衰退的表现。尽管那官衔从某种意义上来说等于是背上的包袱,官衔越大,包袱越重,如果力气小于包袱,人就会压得趴下起不来。而彭其总是勉励自己竭尽全力来背,感到吃劲时便咬牙挺一挺,总算没有把包袱扔掉。今天突然把背了四十年的大小包袱一下子卸得干干净净了,而且又不是自己扔掉的,而是人家强行给他卸下来的,他不需要自责,不因觉得无能而惭愧,这岂不是该他享清福的时候了吗?因此,他体味到老牛卸去牛轭一般的松快感。散会以后,有些发言很左的同事寻找机会向他表示安慰,有的问他身体怎么样,有的偷偷递过来同情的眼光,有的望着他感情复杂地叹一口气。对于这些,他全不以为然,觉得他们都是多此一举,如果允许他笑的话,他会对他们报以轻松的一笑。他带着这样的特别心情,走到了旧历年的尽端,准备和新到的春天见面。

狂暴的大风雪在院子里旋转,载送彭其的轿车披着雪花贴地爬进了岗门。彭其推开车门钻出来,仰头望了望天空,迈着他固有的军人健步,踏上台阶,登上木板楼梯。今日他的脚步比往常更重,好像要借助于脚步声把刚刚发生的大事告诉所有的人。实际效果正好相反,人们看到他步伐有力,表情泰然,以为他的问题已经搞清楚了。不了解前因的人甚至会猜测他大概刚从指挥所回来,就在不久前,他指挥的战斗取得了巨大的胜利。监护人小崔跟在他后面,也恰似他的秘书,一切都跟正常的时候一样。

晚餐后,小崔给彭其泡了一杯浓茶,两人相对而坐,扯起闲话来。

"小崔,"彭其先说,"我把你害了。"

"怎么说呢?"

"家家都在过年,你不能回家吃团圆饭。"

"要是我回家团圆去了,您一个人不是更寂寞吗?"

"我不寂寞。"彭其慨然,引出了长篇大论,"如果被打倒的只有我一个,那我真正会寂寞死了。现在是倒下的比站着的多得多,那站着的才是寂寞呢!我寂寞什么!光就军队来讲,高级干部倒了的跟半倒的占了一半;地方上倒的更多,大到政治局委员,小到支部书记,不倒的数得出几个来?如果那些倒了的人组织一个在野共产党,要比在朝党大得多。看起来,在野党的人越来越多了,今天推一个过来,明天推一个过来,像滚雪球一样,越滚越大;在朝党呢,越来越精了,剩下的都是精华,了不得!小崔啊,我这是随便扯淡,你莫去告我的密呀!你一告,我老头子就死在你手里了。"

"我刚才在想爱人要生孩子了,您说什么,我根本没有听见。"小崔故意这么说。

"没有听见好,最好是变成聋子,再把眼睛瞎掉就更好。又瞎又聋你就当不得大官了,不会有什么人来眼红你的帽子。脑壳上戴一顶乌纱帽,搞得不好连颈子都会被别人割断,他想要你的帽子嘛！你又舍不得给他嘛！他怎么办呢，只好割你的颈子。你连脑壳都没有了，再也戴不成帽子了，也就不会想法把帽子抢回来了，这样子，人家才放心。你看吧！你看我的话讲得准不准吧！我是晓得的，心里清白得很。刚才他们把我的帽子取走了，我感到一身轻快，跟孙猴子取掉了紧箍咒一样，他娘的！今年我过一个痛快年。只是不跟家里人在一起，如果在家里，我要把收音机打开，哦！不必了，现在收音机不播音乐。我呀，我叫我们湘湘弹钢琴，把那个文工团的小赵喊来唱歌。我自己挽起袖子杀鸡杀鸭，我样样都晓得搞，只是丢生了。娘的！我们也喝酒，喝他个烂醉如泥，反正我屁也不是了，明天又不要进指挥所，夜里也不要挨着电话机睡觉。我解放了，自由了，过了年准备一根钓竿，戴顶草帽子钓鱼去，到了冬天我再买一支猎枪，打不到斑鸠打麻雀，你看多痛快，你看这样的日子好过不好过？小崔呀，只怕你日后还得不来我这点幸福呢！我打了四十年仗，平时一听那些青年人讲起什么幸福幸福我就厌烦，今天我自己也晓得幸福了。不过……"

彭其忽而呆呆地望着墙壁，脸上的表情由苦中乐变成乐中苦。香烟在他手上燃烧，烟灰落下来掉在深蓝色呢军裤上，他没有察觉。也许那烟灰是被他脉搏的跳动震落下来的吧？看得出太阳穴上方那根凸出的血管正在强烈地搏动。他似乎感到嘴唇干枯，便伸出舌尖来舔了一舔，却忘了手边有一杯香茶。坐在对面的监护人小崔也被他忘了，好像这屋里只剩他自己一人，此外就是墙壁，雪白的墙壁。过了一阵，他又开始讲话了，不再是跟任何旁人交流心得，而是一种自语，当着小崔的面自言自语：

"……帽子倒是丢了，颈子还在，还有危险。有这个颈子，人家就晓得你还在出气，只要还在出气，他总会怀疑你想把帽子抢回去，他是睡不着觉的。这个颈子蛮讨嫌，自己要割又割不下来，等人家来割又不晓得要等到哪一天去，他又不把信的。过去的人可以当和尚,住进和尚庙,谁也不来找你,一切灾祸都可以免除;现在你就是想当和尚,庙里也不敢收你,你是共产党员,无神论者,怎么能当和尚呢?钓鱼,打猎,搞不得,搞不得,说明你身体还好,谁晓得你到哪一天才会死呢!搞不得。那我做什么去?住疗养院?也不好,'哦,你还蛮爱护你的身体呀!养好了打算干什么?你这个小子,心里有鬼,不甘心。'只有一个办法……"他本想说躺进棺材里去,但这时他记起了对面坐着的监护人,恐怕把此话说出来会引起小崔精神紧张,便临时转口说,"没有什么好办法,没有,没有,只好等着……"

西北风打着响亮的嗯哨在户外狂奔乱窜。不怕冷的孩子们点燃单响爆竹,东响一下,西响一下,像战场上两军僵持互放冷枪时一样。打开房门便有油香从门缝里传进来,军官们都和自己的妻子在忙于烹调各自喜欢的菜肴,剁饺子馅的将砧板敲得如鼓响。每个家庭都有自己的烦恼,到了这一天,所有的烦恼都被暂时搁置。中国人的祖先很聪明,为自己和后代创造了那许多节日,并给这些节日规定了各种各样的欢度形式。大概节日的创立者多半是穷人,因为他们一年难得温饱,烦恼诸多,想出法子来快活一下,尽其所能吃点好的,也让苦累的身心得以休息。今天谁最需要有这种休息呢?这当然很难说得准确,因为在你熟悉的人中间有最需要休息者,而你不熟悉的人当中存在着更多更需要休息的人。就我们所知,彭其是最需要得到休息的人。上一次春节他还在当司令,头上的紧箍咒箍得正紧。今天是时候了,应该与亲人同享一天欢乐,吃点好的,抛弃一切苦恼,做一回无忧无虑的人。可是他不能回家去,他的节日被别人剥夺了。原来这节日也跟帽子连在一起,帽子既已拿走,节日也随之而去了。

"小崔,我们也来过年吧!"彭其不想伤心事了,忽然像年轻人一样拍了一下膝盖站起来说,"你能搞到酒吗?搞点酒来,我们一起对酌。"

"您要喝酒我可以跟他们说说看,但是我不能喝。"

"那就麻烦你去搞一点来吧!"

小崔暂时离开这里,出去很短的时间就回了。随后便有人送了一瓶葡萄酒来。

"可没有菜呀!"小崔抱歉地说。

"不要,不要。"彭其连连摆手。

他喝酒了,没有杯子便拿着瓶子灌,刚灌了两口脸就红了。

"您不会喝酒?"小崔见他这么容易脸红,便问他。

"这还有什么会不会的!人人都会。你看!"他咬住酒瓶又灌了一大口,像吞刀子一样吞了进去。

这是瓶葡萄酒,不是烈性酒,可他只喝了三分之一已经足够了。他把酒瓶放在写字台上,兴致盎然地转身对小崔说:

"小崔,你唱个歌吧!"

"唱什么歌?"

"唱……"他自己唱出声来了,"打倒土豪,打倒土豪,分田地,分田地……"一边唱还一边打拍子。

"我不会,"小崔说,"这是红军时代的歌,现在很少有人会唱。"

"我相反,只会唱红军的歌,现在的歌都不会。"

"您休息吧!时间也不早啦!"

"早,早得很。我心里高兴,你晓得吗?脑壳上没有紧箍咒了,一身轻快,就像刚参加红军的时候一样,年轻了。我告诉你,我刚当了几天红军就立了一大功。那回我就凭着一个手榴弹,"他顺手摸起了没有加盖的酒瓶,"冲进团防局去了,我喊了一声:'举起手来!'"他高举着酒瓶。

"酒倒出来了!"小崔及时喊道。

葡萄酒顺着彭其的袖筒流下来,咕噜咕噜洒了一地。小崔一喊,彭其吓了一跳,将酒瓶对着墙壁用力掷去,叭的一声,碎玻璃四散飞开。彭其痴呆地望着地下。

"您不该喝酒,快睡觉去吧!"

小崔把他推进里间,放倒在床上。彭其也随他摆布,没有吱声。

为了打扫玻璃碎片,小崔找扫把去了。彭其忽然想起,这不是很好的机会吗?趁机飞出这个鸟笼,去找一找可靠的又能够见到总理的人,把那封信递出去。醉意正浓,行为果断,他立即从床上坐起来,戴上军帽,披上大衣,跟跟跄跄走出门去,下了楼,来到院子里。大风把他的大衣吹得飞起来,他将大衣扣好。他迈开有力的步子迎着风走去,踢得雪花四溅,留下一行深深的脚印。门口站岗的是一个新兵,见有首长走来,老远就准备行礼。彭其走过来,摆着手说:"不要行礼,我也跟你一样,是普通一兵。"哨兵见首长这么和蔼,很受感动,站得更直了,他问了一声:"首长到哪儿去?"彭其回答说:"房间里暖气太热,闷得头昏,出来吹吹风,凉快凉快。"他一边说着,一边信步走出了岗门。

这是一条狭窄的小街,行人将地上的雪践踏得紧实了。寒风顺着街巷转弯儿吹过来,彭其迎着来风的方向走。他感到这大风雪正是他目前最需要的东西,就像夏天在南隅需要站在水龙头底下放开冷水冲凉一样。冷水冲凉只能洗去身上的汗和灰,风雪冲凉可以把心里洗净,将噩梦冲醒。他需要呐喊,北风的呼啸代替了他;他需要奔跑,雪花的横飞代替了他。他所需要的一切都在这风雪中得到了。

他一时不知往哪个方向走才好,大街上行人太多,他专拣小胡同边走边想。北京的胡同常常是笔直的,这头跟那头一样宽,大多数的胡同都能够对穿,也有所谓死胡同走着走着没有路了,遇上这样的情况他就回头再走。他所遇见的人越来越少,行人越少他越引人注意,因为他目前的穿戴还说明着他昨天的身份。人们不懂,为什么一个部队的大干部深夜在小胡同里匆匆急走,时常有人回过头来望着他。他一路听见放爆竹的声音,碰杯的声音,欢笑的声音,所有这些他都不关心,认为这是另一个世界的人们在按照他们自己的规矩过日子,而他,是行走在无人的荒山沟里,狂暴的风雪,冰冷的世界,快要毁灭的地球。

他有时也从军营门口走过,感到哨兵正瞪着仇恨的眼睛望着他,他在心里回击道:"瞪着我做什么?想吃人?以为我是反革命?那还早,我还有军籍,还有党籍,你不敢拿我怎么样。"有的军营是关着门的,哨兵躲在门里看不见,门边贴着这样的对联:"红军传统继万代,主席光辉照千秋。"他想,这些花样都是自欺欺人的,红军传统继万代,写对联的人晓得屁!红军同甘共苦,亲如兄弟,现在呢?红军实实在在,朴素单纯,现在的人呢?红军知错就改,才能胜利,现在有些人你能讲他一个不字吗?他也是红军,他还是第一代的人,他就已经变了,你还想继万代,痴心妄想。至于主席光辉照千秋,那当然好哇!不过也要费点劲才行。对于这,彭其不敢随便议论,也不敢偷偷在心里胡思乱想。佛教徒讲过,你心中恶念一闪,如来佛就会知道,死了到阎王爷那里报到还要算账的。

他不想这些,也不看这些了,顶着风只顾走路。猛一抬头看见了一条大街,再往远看,便见到天安门了,他放慢脚步,低头想起了头一次进北京的情景。他当时是一个纵队司令,他的部队参加了对北平的围困。傅作义将军宣布起义,北平和平解放了,解放大军开进北京城。那天,他把棕刷般的胡子刮得溜光,头发也经过剪修,换了一套干净的半新军服穿上。装束好了,还找理发员借镜子来照了一下,他发现自己头一回显得那么英俊、威武,战士们说了些打趣的话,惹得他哈哈大笑起来。由于部队连续打了几次大胜仗,战利品很多,缴获的汽车已经不少了,但彭其不愿意坐车,他要骑马,认为吉普车太矮小,只有蒙古大马才相配。他记得,进城时看到大街两旁人山人海,欢呼雷动,产生了这样一种心情:你们这些人哪! 解放一个北平就高兴成这个样子,要是我们解放了全国呢? 要是到了社会主义社会呢? 要是世界大同,实现了共产主义呢? 留着点劲吧! 后头的好事还多呢! 够你们欢呼的啦! 那时他信心十足,根本没有料到还有今日的坎坷。

西北风在他耳边呼啸,他陷入了梦幻之中,好像这就是当年欢呼大军进城的鼎沸的人声,鞭炮声,秧歌锣鼓声,他以为自己仍骑在马背上,因此走着走着偏离了人行道,斜着迈向街心。不料在人行道边沿一脚踏空,同时一滑,把他摔倒了。两手插进雪里,冷流顺着手臂传到心房,那发热的心像红铁淬进冷水中,骤然变青,变凉,变成死硬一团。一切幻影倏而消失,风雪扑面盖来,眼前荒凉凄惨。他不由得对自己产生了怜悯之情,把带雪的双手抬到眼前看看,摸摸,好像这血肉生动的手马上就要与他永别了。

爬起来,拍拍身上的雪,他又朝前面走,来到了天安门广场。广场上风雪飞扬,呼呼地吼叫,好像是一个白色的人海正在狂跳着欢呼:"彭其来了!""来了! 来了!"彭其激动得簌地流出两行冰冷的眼泪,走进了广场。他清楚地记得,这里可以站立五十万人。五十万父老兄弟总是那么高兴地欢呼,一到这个地方就欢呼,他们共同有着一颗多么纯真的心啊! "来了! 来了!"彭其颤颤抖抖地走进了假想的人群当中,惭愧地流着眼泪,心中在诉说:"你们为什么要对我欢呼啊?!"

他知道,他还清醒,他想控制自己,因而向着一个有实体的目标走去,那是高耸在昏黑的夜空中的人民英雄纪念碑。

纪念碑下面的浮雕在雪光反射下依稀可辨,他凑近浮雕,像看走马灯似的围着转了一圈又一圈。雕刻中所反映的历史阶段他都经历了,各次著名战役有很多他都参加了。这浮雕好像是他自己的历史画卷,又像是根据他的回忆所记录下来的历史。雕塑中的许多人物他似乎都认识,又都叫不出名字来了。有的雕像正在举手一挥,高喊着:"前进!前进!"大约那挥手的战友已经战死在沙场。他在前进中死去,把他的愿望化成永久的形象,留在这常常聚集人群的地方。前进!可是,前进是要付出代价的,不是有那样多的人倒在前进的路上了吗?从南到北,从北到南,前进在一条有多少迂回曲折的道路上啊!忽然间,浮雕变了!变成了现在的人,年轻一代的造反者,在拼死战斗,又倒下一些人了!他们也一样在高喊着"前进!前进!"这条通向天堂的路是多么漫长!有没有快捷的路?可不可以少倒下一些人?都是这历尽苦难的民族的子孙啊!人们盼望,人们斗争,人们为着一个目标,付出了多大的牺牲!假如真有主宰大自然的力量之神,他应该受到感动了!不可辜负这个忠厚老实的民族啊!

他想放声呼喊,让狂暴的风雪听见,让黑蒙蒙的天穹听见。他下了台阶,拼出全力来顶着寒风奔跑。大风把他扑倒,想用雪花将他埋葬,但他是那样顽强不屈,倒下去又爬起来,在茫茫雪地里蹚出一行颠颠扑扑的深深的脚印。

跑着跑着,他被天安门城楼挡住,抬头一望,城楼上也是一片雪白。他总共有三次在这里参加过观礼,每一次所站的位置都记得很清楚。左边是谁,右边是谁,毛主席怎样微笑着向他们招手,这一切都好像重新出现在眼前。"我到这里来干什么?是留恋光荣的过去,总想到这个地方来接受更大的荣誉吗?如果是为了荣誉活在世上,那现在就可以死了。"他倒真是不想冤枉地活着——如果活着仅仅是因为还有冤枉需要有人来背。要活着!哪怕是把耻辱二字刺在脸上也要顽强地活着;为了消灭人世间的冤枉和不平,还需要背着冤枉好好地活下去。假如一个将军也无处洗清冤枉,老百姓中间的冤枉怎么办?假如一个将军也要被冤枉夺去生命,普通百姓有了冤枉怎么活呀!冤枉,不平,四十年奋战就是为了不再看到冤枉和不平,怎么搞来搞去还有啊?谁来回答?谁来回答?谁把这含泪的问号带到能做出解答的地方?

呼——!大北风以压倒一切的威力猛扑下来,把彭其推到栏杆边上,然后它又尖叫一声窜上半空中去,将掳去的雪花碾碎成细末,洒向天安门城楼。

雪已积得很厚了,并且结成了冰,栏杆比平时矮了将近一尺。彭其倚着栏杆半坐在上面,感到精力已近衰竭了。到底找谁去?城墙上贴满了打倒这个那个的标语,谁又知道谁还没有倒?也许当你满怀希望去敲开某扇大门的时候,接待你的正是在那里等着抓你的人。他不免担心着那封信的命运,忽然觉得它好像已经不在身上了,便解开大衣,伸手到里面去摸。就在这时,有一股突来的强风裹着棉球样的雪花迎面扑来,使他睁不开眼睛,他连忙把头摆过去,用手来遮。谁知那魔鬼派来的风已把他的大衣吹得鼓起来,像扯起了风篷一样。他哪能挺得住呀;呼的一声狂啸,一眨眼就不见人了。

冰封雪盖的玉带河,差一点过早地埋葬了这位将军。

第二十九章 悔恨

电话铃已经响了半分钟,徐秘书紧裹着被子还在吧嗒吧嗒地咂嘴。他和陈政委在这个招待所过了个冷冷清清的除夕夜,没有吃点什么,也没有玩点什么。空军党委办公室曾经送来两张样板戏的戏票,他们也许是忘了,也许是兴趣不大,戏票至今还原样未动地摆在茶几上。看戏的时间被用来谈天了,谈到彭其的撤职和他今后的命运,谈到陈政委的苦恼,一直到零点过后才睡下去。现在已是凌晨四点钟了,年轻的徐秘书连续几天欠了瞌睡的债,正在集中偿还,沉睡到九层地下去了。

"小徐,接电话。"

陈政委在里间连续叫了三次,由于隔着一层门,声音又不大,未能把徐秘书叫醒。

电话铃歇息了一阵复又响起来,徐秘书这才惊醒,猛地坐起来,拿起了话筒。

"喂!……是啊!……什么?"他的声音突然发生了变化,"没有,没有来过,是什么时候?……"

他放下话筒,一骨碌爬起床,扯亮电灯,推开陈政委的门,急迫地报告说:

"彭司令员失踪了。"

"什么?"

"彭司令员失踪了。"秘书重复一遍。

陈政委早已坐起来了,他知道深夜来电话是必有要事的,正在把毛衣穿上。听到彭其失踪的惊人消息,他加快了穿衣的动作,一边从床上下来,一边问情况。

"是什么时候?"

"晚上十一点左右。"

"过了这样久,怎么才打电话来?"

"不是为了告诉您消息,是问司令员到这里来过没有。电话是监护彭司令员的小崔打来的。"

"还有些什么情况?"陈政委声音有些发抖,穿衣的动作很慌乱。

"没有说别的,小崔急得直想哭。"

陈政委像准备出征一样,连鞋带都特意扣得紧紧的,把军帽戴好,将大衣拿在手上。虽然只有一只手,动作很迅速。

徐秘书见政委如此,自己也赶快穿好了衣服。

政委搂着大衣从里间走出来,口里念道:"唉!这个老头子啊!这个犟老头子啊!你又搞什么名堂了?"他急得在房里团团转,而后停下,求救似的望着自己的年轻秘书,好像在期待他拿出最好的主意来。徐秘书能有什么主意呢?首长焦急,他也心慌,直垂着两手,毫无办法。

陈政委忽然想起,是不是钻到哪个老战友那里吐苦水去了?便扔掉大衣,开始打电话。彭其在北京的所有知己陈镜泉无一不熟识,多半在部队,也有在国务院的,他首先从部队找起,以职务大小和关系亲疏为序,问了一家又一家,每个接电话的人都很惊奇。

电话查询无着,还有什么别的办法吗?政委和秘书面面相觑,谁也不能启发谁,呆立了半天,几乎连眼都不眨一下。

"你估计他会?……"政委说。

"不会想绝了吧?"秘书猜测着说。

"难讲。"政委沉重地说,"这个人性子暴,宁折不弯,什么都做得出来。"

"唉!……"

"小徐,他要是走了绝路,我回去怎么向许淑宜交代?他跟你一起在北京,他死了,你活着回来……"

"不会吧?不会吧?"徐秘书怀着良好的愿望。

"叫部车来,我们出去一下。"政委决定。

"到哪里去呢?"

"总不能……他那里下落不明,你在这里睡大觉吧!四十多年,生死与共,到今天,死活都不问吗?"

徐秘书叫来了汽车,政委和他穿上大衣,默默无声地走下楼去。司机问开往哪里,政委说:"出去再看吧!"出了门,他叫司机开慢一点,慢到要能看清街上的每一个行人。所去的目标是不清楚的,一边移动车子,一边考虑去向。

这时风雪已减小了许多,呼啸声没有了,雪片变得稀少零散,显然进入了大风雪的尾声阶段。街上几乎没有行人,偶尔遇见一个两个大概都是餐馆工作人员赶去上早班的。有时也遇上不可思议的人,既不像有什么急事,也不像出外旅行,孤零零在大街上闲逛,表情麻木,步履松弛。这么大的城市,可以想见,什么人什么事都会有的,像彭其那样过不了除夕夜的人难道是绝无仅有吗?文化大革命以来究竟有多少人死于非命,谁也无法估计,大概也不会有人想到要做这项统计。中国是世界上人口最多的国家,死掉相当于一个小国的人口,在这里是不现形的。陈政委不知听谁说过,近一年多以来,火葬场出现了两次忙碌的高潮。一次是文化大革命初期,送往火葬场的尸体大都是死于自杀的,往往没有亲人哭送,处理也很草率,有很多是不需要留骨灰的;另一次高潮是去年下半年,死者多半是青年,或者因为中弹,或者捅穿了胸膛,或者砸破了脑袋,或者肢体不全。这些死者大都有很多人送葬,花圈不少,追悼仪式相当隆重,因为他们都是武斗的英雄。每遇上一个奇怪的行人,陈政委都要加倍仔细地打量他一下,哪怕穿着和走路的姿势完全不像彭其。

无目的地转了一些地方以后,政委想到了火车站和铁路,于是,车往那里开去。徐凯在各个候车室里转了一圈,摇着头钻进轿车。政委提出要到铁路线上看看,担心那个犟老头子会不会躺在铁轨上。司机说铁路旁边不能行车,政委便叫他把车开到公路和铁路的交叉口上去。

铁路线上堆着厚雪,只有铁轨还裸露在外面,此时沿着铁路去寻找一个失踪的人,不但希望渺茫,而且每迈动一步都非常困难。

"政委……"徐凯望望铁路线,又望望政委的脸,意思是说,你看这能走吗?

政委没有吱声,抬腿踩进了深雪中。他穿的是浅口皮鞋,立刻有雪粒灌进鞋里去了,他顾不得,好像彭其就在前面不远处横躺在路轨上,等待他迅速赶去。只见空袖筒在雪垄上飘飘摆摆,两个人影扑扑腾腾地向远处走去。

"政委,"徐凯说,"您看这里并没有什么脚印。"

政委不睬。

"下雪以后还没有人走过。"徐凯又说。

政委像没有听见。

"政委,我们不要走了,他没有到这里来。"徐凯赶上一步,想挡住政委。

陈政委提步一转,干脆走到枕木上去了,徐凯也只得跟随他走上枕木。枕木上的雪层浅多了,但高低不平,走起来仍很困难,陈政委毫不在意,加快步子往前面疾走。

"这很危险!"徐凯气喘吁吁地吐着白雾提醒说。

陈政委只有喘气的声音。

远处有火车叫了一声。徐凯警告说:"火车来了,快走下面去。"

陈政委还是没有听见,加快步子小跑起来。他忘记了自己的年龄和身上的病,忘记了这是不许走人的地方,几乎也忘记了跌跌撞撞直往前奔的目的。他怀着一种负罪的心理,一种想通过糟践自己来减轻压抑的心理,麻木不仁地拖动两腿。他丧失了自制的能力,大脑已经休息,代之以一根发条在牵动四肢。他听不见自己走路的响声,感觉不出背后还有人跟着,雪花在鞋里融化他不知冰冷,寒风削面几乎要撕下他的耳朵他不知疼痛。这有什么意义呢?走了这么远不见有任何踪迹,还走到哪里去呢?你能走到这条铁路的尽端吗?往南一直可以走到海边去,往北可以通过西伯利亚直到欧洲。你有什么根据确认他躺在铁轨上呢?即使真在铁轨上,他也早就分身几段了,你把他找到又有什么用?陈政委意识不到他的行动是盲目的,他的理智冻僵在酷寒的空气里,惟有四肢还在被发条牵动着不住地动弹。

火车又叫了一声,距离已经很近了,车灯的光柱照得冰树的枝丫闪闪烁烁,铁轨在脚边震动起来。

"快下去!背后来车了!"徐秘书大喊了一声。

陈政委仍往前走。

"呜——!"火车汽笛在背后长鸣,带着呼呼的风声扑上来了。

陈政委加快了脚步。

"政委!"

徐秘书抢上前去,拽住了政委左边的空袖筒,来不及说明,往路边一拖。政委差一点跌倒,徐秘书将他抱住。火车呼啸着擦身飞驰过去,声浪如天崩地塌从头顶压下来,徐秘书心有余悸,抱着陈政委止不住剧烈地颤抖。

火车过去了,谁也没有看清是客车还是货车,陈政委从麻木中清醒过来,感到全身无力,手指僵硬地散开,发抖。

"政委,快回去,您的病又要发作了。"徐秘书焦急地喊道。

"不,不要……"陈政委把徐凯的手推开,自语道,"是我害的他……"

"怎么是您害他呢?"

"你不晓得,小徐,你还不晓得我们那些事,我们是死结同心一起参加共产的。这个半年,我……我拿刀子杀他。他不晓得我的难处,我跟他没有机会在一起谈谈,他以为我是自己要杀他的,他看到我……我当组长,我喊起来比别人的嗓子还大,我总是讲'不老实!不老实!'我早就看出来了,他不恨别人,恨我,他恨我,他想不通,我刺伤他的心了,是我的罪过啊!我的罪过啊!小徐,你晓得吗?是我的罪过啊!"

"您别想得太……政委,现在还不能断定他是自杀了,说不定是到哪个地方告状去了呢。"徐秘书竭力安慰自己的首长。

"不,他到哪里告状?他又不是不晓得,那些人都是泥菩萨过河,自身还难保呢!他不会去找什么人,只好找马克思。我晓得,小徐,你不要宽我的心了。我害了他呀!我害了他呀!我不该到北京来,两次都不该来。"

"不来怎么行呢?"

"住疗养院,早住进疗养院就好了,我不该呀!我害了他呀!"

"政委!"徐凯声音颤抖,流出泪来了,"我们往回走吧!我看您的心脏病……快回去吧!要是您有个三长两短,我怎么交代呢?政委,您要为我想想,回去吧!我搀着您走。"

陈政委怜悯地望望徐凯的脸,缓慢移转身子,服从了自己的秘书。在徐凯搀扶下,一路往回走,还在不停地重复念叨着:"我害了他呀!我害了他呀!……"

将要回到轿车去以前,徐凯提醒说:"政委,上车以后不要再念这些话了,压一压自己的情绪,没有办法呀!你知道司机是什么人呢?咱们从来没有见过他,如果他是带任务来的……现在处处都要注意,没有必要多赔进去一个人,一点好处也没有。您看呢?政委,您要控制,有话回招待所再说吧!"

陈政委到底是能忍耐的人,听徐凯一说,将利弊一权衡,觉得在理,便点了点头。

轿车开动了。根据陈政委的要求,暂不回招待所去,至于到什么地方去找,他实在没有主意,只好叫司机决定,认为哪里应该去看看就往哪里开。一路上,徐秘书与司机多说了几句话,内容大致是:彭其失踪所以叫陈政委十分着急,是因为彭其在空四兵团的党羽还没有查清,如果任其隐藏下去,将是后患。不能叫彭其轻易地死掉,必须把他找回来,带回南隅还要继续斗下去。司机似乎不太关心这些,也许是徐凯多心了。

从冰天雪地的夜晚过渡到天明,天空变化是不明显的,只是街上的车辆和行人逐渐多起来了,才引起了注意。天上不再下雪了,只剩干燥的西北风还在吹得树枝上的冰棍互相撞击发出丁冬丁冬的响声。昨夜大多数人都睡得很晚,因此早起的人不多,使人感到这个新春是懒洋洋来到这座城市的,没有受到特别热烈的欢迎;当然也不会把它拒之于门外,各家各户迟早总有人开门走出来。街上终于热闹起来了。

轿车在大道上缓慢地行驶,好像它是属于去年的,已走到终点了,油尽火熄了,仅剩一点惯性还能使它最后滚动几下。

"停车!"徐秘书突然喊道。

"什么事?"陈政委眼前闪过一道希望的火光。

"我看见一个人。"秘书说。

"是他吗?"

"不是。"

车停了。徐秘书来不及把一切说明,急忙拉开车门跳下去,往车后一阵急跑。陈政委推开车门,看着他跑上人行道,绕到一个穿棉军大衣的空军干部前面,回过头来,两人站住说话。不久,徐凯带着那个军人朝轿车走来,一直来到跟前,陈政委才看清了,他是文工团的造反头头范子愚。

"政委!"范子愚行了一个军礼。

徐秘书抢先报告消息说:"人找到了。"

"在哪里?"陈政委惊喜得不可抑制,居然跳下车来。

"到车上去说吧,外面太冷。"

徐秘书把政委劝上车,又叫范子愚坐进来,再吩咐司机把车开到路边去。

"他在天安门跳河了。"范子愚说。

"什么?"陈政委又是一惊。

徐秘书担心着政委的病,便对范子愚说:"快把他怎样得救的过程说清楚。"

范子愚简单地说:"他跳河了,没有死,只摔断了一条腿,遇上一个下晚班的老工人把他救起来背回家去了。"

"在哪里?"政委问。

"在赵大明家里,那老工人正好是赵大明的父亲。"

"现在还在那里吗?"

"可能送医院了。"

"哪家医院?"

"不知道。"

"你怎么晓得这些情况的?"

"我……"范子愚低下头来,因有难以言说之处,踌躇了一阵,"我正好住在他们家里,亲眼看到的。"

"开车!到赵大明家里去。"陈政委命令说,"小范你指路。"

轿车开动了,徐秘书提出异议说:

"政委,先回招待所去吧!反正人已经进了医院,现在可能正在动手术,去也没有用。再说,赵大明和他父亲可能都到医院去了。"

"车子转去看看不要紧嘛!"陈政委坚持。

"不,"徐秘书扯了扯政委的衣袖,"要首先回去把消息报告空军党委,要去就跟他们一起去。"

陈政委想了想,觉得秘书考虑得周到,便同意了。他问范子愚:

"你还有事吗?"

"我想向政委……"范子愚吞吞吐吐地说,"汇报一点事儿。"

"什么事?"

"是……是很重要的事,要慢慢儿说才说得清楚。"

"就让他跟我们到招待所去吧!"徐秘书建议。

陈政委点了头。于是,轿车开回了招待所。

吃过早餐以后,陈政委问范子愚要汇报什么,范子愚仍旧吞吞吐吐,不时望一望坐在旁边的徐秘书。徐秘书领悟了他的意思,知道他是不想让第三个人知道,便找了个借口离开说:"我有点事。"

徐秘书走了,范子愚这才汇报。他有点拘束地打了一阵腹稿说:

"政委,我们那次斗彭的材料有两种,您知道吗?"

"什么两种?"

"交给您的是一种比较真实的,另外还有一卷录音磁带,内容厉害得多,没有给您,是江部长叫邬中送来的。"

对于两种材料的事,陈政委当然早就知道了,他所不知道的是,究竟为什么两种材料内容不同,录音磁带是给谁送来的。范子愚谈到"交给您的是一种比较真实的",那么,难道那卷录音磁带是不真实的吗？明明每一句话都是彭其的声音，怎么能够假造呢？陈政委疑惑不解。

"你讲什么？交给我的那个是比较真实的，磁带呢？真不真实？"政委问。

范子愚支吾着，表情有些慌张。

"讲嘛！有什么难处？"

"我不知道……"范子愚迟疑着说，"我该不该……讲这样的事。"

"是什么就讲什么，我还没有撤职嘛！彭其倒了，我是代理书记，你不跟我讲跟谁讲呢？不要怕，是什么样子就照实讲。"

"那卷磁带是假的。"范子愚终于下了决心，"是根据原始磁带复制出来的，把当中一些不要的话跟不要的字抹掉了，再一接起来，内容大变。"

"这是真的吗？"

"是真的，我听赵大明偷偷告诉我的，他亲自整理过那个材料。"

"磁带也是那个赵大明复制的吗？"

"不是，复制磁带的人不知道是谁，只有江部长知道。"

陈政委已经气得全身打颤了，但他努力控制着，因为面前坐着范子愚。现在不能发火，不能把内心的愤慨表露出来，要冷静，把一切内幕问清楚。

"为什么要搞一种真的，又搞一种假的？怎么不都搞假的呢？"

"那一份真实的材料没有什么油水，打不倒彭其，只能拿来哄一哄您，真要打倒彭其，得靠那卷磁带。"

"这是你们江部长讲的吗？"

"不，他没有说过这样的话，这是我这么想的。"

陈政委沉思起来，他已透过刚才听说的阴谋，看出了深厚的背景,并已预感到这是个一箭双雕的把戏,首先打倒彭其,然后就要轮到他陈镜泉了。或许不是同样采取打倒的办法,那么,又将是什么呢?

"你们那回绑架彭其,到底是谁想出来的主意?"

"也是江部长,还有邬秘书。邬秘书这个人办法很多,您别看他不怎么爱说话。"

"哦!"陈政委深深点头说,"果真是这样!"

范子愚不断偷看陈政委的表情,他怀着惴惴不安的心理,不知自己的汇报会带来什么样的结果。一见陈政委表情平静,稍微放心一点;但他又想,知人知面不知心,这是普遍的规律,谁知这个陈政委是个什么样的人呢?表面那么和善,肚子里是不是也跟江醉章一样呢?他所以决心把内幕告诉陈政委,一方面是恨着江醉章,担心姓江的过河拆桥,将他摔死在桥下;一方面是想通过此举靠拢陈政委,江醉章真要拆桥时,能得到陈政委的关照。事情做过以后,他又有些后悔了,担心这个陈政委是不忠厚的人。他心里害怕起来,开始发抖,像冷得不行似的,连牙齿都在打架了。

"你还有什么要跟我讲的吗?"政委问。

"没有了。"

"那你走吧!我安静地想一想。"政委说着,闭上了眼睛。

怎么能就走呢?就这么走了会留下什么样的后果呢?想要说的话都说完了吗?预先想了些什么?哎呀,真糟糕!范子愚由发抖变得开始出汗了,感到自己是在涉水过河,河水茫茫,不知深浅,你看叫人担心不担心?

"你还有什么事?"政委见他迟疑不走,又问。

"政委,"范子愚鼓足勇气说,"我犯了错误,幼稚无知上当了,一开始就把您冤枉斗了一顿……"

"这个不要紧,我不怪你们。"

"不，我自己想起来难过。"范子愚深怕政委不要他讲了，加快了说话的速度，"后来我错得更远，不该相信江醉章。他把我们当枪使，一切鬼主意都是他出的，事情过后他又把我们扔到一边不管了。原来要用我们的时候，又是表态支持，又是蜜糖又是酒，还用什么培养接班人来引诱；事情做完以后他满口官腔，到处捉弄我们。这个人坏得很，他将来一定会反过来害我们的。政委，我很害怕，好像他的影子随时都跟在我后头跑，他要是知道我把内幕告诉您了，一定会害死我，您能不能……您可不能把我说出去，不然的话……"

"他怎么样？"政委气得面部肌肉不停地抽搐，"我今天还是政委，是代理书记。"

"不行啊！"范子愚摇摇头说，"您虽然是政委，但您没有靠山；他虽然是个部长，他的靠山硬得很啊！"

"什么话！"陈政委气得站起来走到窗户跟前去，然后回过头来，"靠山靠山，歪门邪道！"

"我说错了。"范子愚后悔地低下头去。

陈政委意识到不该当着范子愚的面冲动起来，便缓和口气说："你放心，你向我汇报是正确的，江醉章也不能无缘无故地陷害你，还有原则嘛！还有组织嘛！将来到运动后期，你自己要认真总结一下，有错误要吸取教训，通过运动锻炼，思想上要有提高。回去以后赶快实现大联合，搞好本单位斗批改，不要东搞西搞，要克服私心杂念。"

"是！"范子愚点头应诺。

"你这回到北京来做什么？"

"是……"范子愚边想边说，"是为了……为了彭其来的。我们想……想请政委同意，彭其回南隅以后，交给我们。"

"做什么？"

"我们这个组织造反不久就开始斗彭了,斗彭是我们的大方向,我们想,要把这个大方向抓到底。以后斗彭的情况,我们直接向政委汇报,再不上江醉章的当了。请政委同意我们的要求,始终抓住大方向,免得江醉章找借口整我们。"

"你这个不对,"政委指示说,"斗彭是大方向,大联合不是大方向?搞好本单位斗批改不是大方向?怎么还要七搞八搞呢!斗彭的事党委要专门组织班子,你们不要管这些。要听话,回去赶快联合,要斗私批修,做自我批评,不要总是一贯正确。"

徐秘书推门进来了。范子愚似乎还有话说,又觉得政委已经把路子堵死,什么话也说不进了,磨蹭了片刻,不得已站起来。

"政委,我走了。"他垂着手说。

"走吧!快点回去,不要在北京久留。"

"是!"

范子愚两腿无力地移近门边,回头望望,无可奈何地开门走出去。

他这是造反以来第三次上北京了。头一次,他在这里当英雄,树立了崛起造反的雄心壮志;第二次,他被自己的后台捉弄了一番,不得不接受胡连生的施舍,才得以不饿肚子;这一次,又不料遇上一个普通工人打破了他的梦想,他只得反戈一击,把后台出卖了。通过三次上京的不同遭遇,他终于开始认识到,造反恐怕是没有前途的。这个可怜的新兴革命家,从兴起到衰落,前后只有一年时间,多么短暂!他现在已经预感到逃不脱"昙花一现"的命运了。最使他不可理解的是赵开发老头的态度,一个老工人,也就是平常说的那种最可靠的阶级,最吃香的身份,革命性最彻底的分子,对走资派和造反派的态度竟是那样鲜明,毫不掩饰地站在彭其一边,这是什么道理呢?难道赵开发不是属于革命的工农兵中的一分子吗?他四十年工龄还不算,谁又能算得上呢?理论和实际有时还存在这么大的距离呀！这可是没有想到的。赵开发那一个重重的耳光,虽然是打在他儿子的脸上,但是范子愚清楚,真应该感觉到疼痛的不是赵大明,而是他这个在赵家做客的人。那一耳光把一切都打乱了,也把他这个处于挣扎线上的造反头头打醒了。但是,初醒的人也还会有一个神智迷糊的阶段,目前范子愚正处在这个阶段。他把斗彭的内幕告诉陈政委了,事后却不知道这一举动应该不应该;他已放弃劫持彭其的计划了,但又不想马上回南隅去;他口头上当着陈政委答应了回去实行大联合,从房里出来立刻就忘了。他昏昏沉沉走出了招待所,想起上次被扒的教训,连忙将手伸进棉衣暗口袋摸了摸,还好,邹燕细心,用针缝上了,可以放心。他现在不想到赵大明家里去,那么到哪里去呢？边走边拿主意吧！

在陈政委的临时卧房里,他和秘书又像往常那样面对面坐着。徐秘书表示吃惊地说了一声:"原来是这样！"显然是陈政委已经把范子愚谈的情况告诉他了。

"我这个政委成了江醉章手上的木脑壳,他想把你怎么玩就怎么玩。"陈政委愤懑地说。

"我看光他自己不会有这么大的胆量。"

"这当然。如果上面无人,谁收他单独送来的材料呢！文章啊！文章啊！他靠文章成了暴发户,犯了天大的错误你也莫想把他拉下马。现在是和平年代哟！枪杆子没有用啰！唉！我搞了几十年军队,没有时间学理论,在文章面前你只好投降。枪是硬家伙,文章是软家伙;枪是呆家伙,文章是活的。硬的搞不过软的,呆的搞不过活的,没有办法,只好认输。"

"可是他们这样卑鄙,用伪造录音来打倒一个人,这行吗？还有没有真理？"

"什么真理？哪里有真理！文章能写得像,连撒谎都是真理。"

"我想不通。"

"你以为我想得通？不通又有什么办法呢？"

"政委,您太软弱了!"徐秘书直率地埋怨了一句,将脸侧过去。

陈政委震动了一下,注目望着年轻的秘书。这个秘书跟随自己好几年了,从来还没有这样大胆过。他的批评是对的,只有他最了解你的长处和短处,他是从无数事实中得出来的结论,难道你能否定吗？你自己的女儿也说你是糯米团团长,难道女儿不了解你吗？要感谢小徐,他敲了你一冷棍,把你敲醒了。在彭其问题上,你把自己弄到那样被动,那样尴尬的地步,都应该归咎于你的软弱,从此你应该强硬一点。政委受到徐凯的激将,产生了一种勇气。

"我要揭露他们。"他坚定地说,"靠这样卑鄙的阴谋诡计来整人,不行！开了这个先例,以后还有什么真假是非？想打倒谁就打倒谁,没有事实就给你捏造,这样搞下去,还能剩一个好人？"

"您到哪里去揭露他们？"

"我想……"陈政委郑重地、勇敢中夹着胆怯成分地说,"我早就想去见见林副主席,不晓得……会不会愿意见我。"

"这可是一件大事。"徐秘书语气庄重地说,"不过……"

"我晓得,可能做不到,我的表现肯定汇报上去了,凭我这个面貌……能去吗？"

"管他行不行,先约约看嘛!"

"对,约约看,如果接见我了……"

"那就说明您还是站得住的。"

"如果不接见我,我就趁早报病退休,不要占住茅坑不拉屎了。"

"要是接见您了,您准备说些什么呢？可得想周到一些呀!"

"到时候再察言观色,是什么情况讲什么话。主要是把彭其的事讲一讲,把他们伪造录音的阴谋揭出来。这些事,首长不一定晓得,人家不会告诉他的。我要去讲。当然,要想好怎么讲法。彭其……不得了啊!老账还没有算清,又欠新账。跳什么河嘛!将军一跳身败名裂。有了那个反党的罪名就够你背的了,又要来一个叛党行为。唉!要救救他,不然的话,连扣两顶帽子,他会连党籍都保不住。"说着说着,感到刻不容缓,好像林副主席已经来电话召见他了,忽然想起一件事,"哎,小徐,我们带来的那几盒像章还没有递上去吧?"

"没有。"

"快拿出来看看,原先打算托吴胖子转交上去,现在不了,我自己去送,做个见面礼。"

徐秘书打开行李包,拿出两个用金丝绒装饰起来的精制的像章盒,形状像精装书本,上面有"敬祝毛主席万寿无疆"的金字,打开书本,里面排列着各式各样的毛主席像章二十四枚,金光闪闪,精巧夺目,制作水平要算全国第一流的了。陈政委摘下一枚翻开反面看看,只见一个空心忠字摆在中央,下面有一排小字:"空军第四兵团宣传部敬献"。他把像章放回原处,说道:"江醉章,到处都是江醉章。"

外间电话铃响,徐秘书跑去通话以后回来说:"他们也把他找到了,正准备接回空军总医院。"

"你问了有大人物去看他吗?"

"问了,接话人觉得奇怪,一个叛徒,谁去看他!"

"我要去看他。"陈政委蓦地站起来,决心不顾一切。

"您想过没有,见了他说些什么呢?"徐秘书提醒说。

是啊,讲些什么呢?陈政委呆立着默想起来。讲些同情他的话吗?你敢!把伪造录音的事告诉他吗?你敢!去批评他几句吗?他会叫你滚蛋。讲些什么呢?什么也不能讲。已经决心强硬起来的陈政委,软绵绵地重新坐下去,手指又在发抖了……

第三十章 一见如故

赵开发老头将一个大口暖瓶盖上,按紧了,回过头来问他儿子说:

"他最欢喜吃什么?"

"爱吃辣椒,"赵大明夹了一个饺子送进嘴里说,"他是湖南人。"

"吃不吃蒜?"又问。

"这我不知道。"

"带点儿去。"赵开发自语着,摘了两个蒜球装进衣袋里。

这个家庭正在吃饭。说不上是早餐还是午餐,时间是上午十点左右。大概他们父子俩刚从医院回来,两餐并作一餐吃了。

"大明,"赵开发穿着皮大衣说,"你快点儿吃,去看看你们的司令员,别学那些坏样儿。谁还没有个不顺畅的时候?一人有难大伙儿相帮,就是不认识的过路人有困难了,咱也得伸出手来呀!甭说他是你的首长了。快点儿!看看他去,他没准现在正疼着哩!我跟他打了一晚的交道,还没有和他说句话儿,找他唠嗑唠嗑去,分散他点儿痛苦。"

说话间,赵大明已经扔下筷子,将自己的军用挎包倒空了,从草提包里拣了几个大苹果放进去,穿上大衣说:"走吧!"

父子俩走出门,出了小胡同,坐上公共汽车,在铺满雪的大街上转了两个弯便到了。下车以后,父亲说声:"看看有辣椒酱没有。"领先挤进了一家食品商店。酱品柜里陈列着各种牌号的辣酱,有四川产的,有广东产的,有湖南产的。赵开发拣售价最高的湖南产的辣椒酱买了一瓶,放进儿子的挎包里。

他们走到医院的住院部门口被值班的挡住了。同时被挡住的还有两个空军干部。其中的一个掏出介绍信来说:"我们是空军司令部的,要找你们医院的负责同志。"值班的问:"是外调吗?""不是,我们空军有一个人住在你们这里抢救,是来联系准备接回我们自己医院去。"当值班同志看介绍信的时候,赵开发附耳对儿子说:"跟他们去,看看怎么说。"当空军干部被放行进去,赵大明也随后跟进,好像他们三名空军人员是一起来的。

剩下赵开发老头,值班的不让他进去,因为允许探病的时间规定是下午两点半到五点。赵开发开始与值班人磨起嘴皮来。他把昨晚在金水桥下救人的故事讲给值班人听,引起了值班人的兴趣。然后谈到今天是春节,家家都在过节,一个不幸的人无亲无故住在医院里,也没有人来看看他……赵开发还没有说完已把值班人打动了,连连点头说:"是啊!是啊!你进去吧!"于是,他就进去了。

赵开发早就将路线、病房号码默记在心里了,他一点不错地来到病房门口,推门进去。

医院根据彭其的服装和年龄,知道他是部队的高级干部,因此特为他安排了一个设备较好、环境安静的单间。这时,彭其已换上病号服静卧在床上,左腿装上了夹板。他闭着眼睛,像是睡着了的样子,前额上爬满了汗珠。赵开发走近床前,低头看了看,把暖瓶放在小柜上,脱了大衣,找来一条毛巾,便去给彭其擦汗。

彭其睁开眼睛,见给他擦汗的不是护士,而是一个老头,有些诧异。

"痛得受不住吧?"赵开发关心地问。

彭其没有回答,仍注目望着这个不相识的好心人,努力回忆曾经在哪里见过,但回忆不起来。

"你是？……"他问。

"我是一个工人。"

赵开发回答以后，走去将毛巾放下，搬了一把椅子坐到床边来。

"你到底是？……"彭其还在疑惑中。

"嗨嗨！"赵开发笑笑。

他正准备将自己的姓名身份以及他们之间的间接关系告诉彭其，护士进来了。

"就是他救了您。"护士介绍说。

彭其"哦"了一声，呆呆地望着这位救命恩人，没有立刻表示感激之情，只是五味俱全地长叹了一声。

赵开发转头对护士说：

"护士同志，他痛得很厉害，有什么办法没有？"

"是要有点痛的，"护士说，"止痛药吃多了也不好。"她问彭其，"您看呢？要的话我给您一点儿。"

"不要。"

护士走了。彭其仍望着他的救命恩人，好像有什么不可思议之处，半晌才开口说话：“你……"说着便想竭力抬起头来。

"别动！"赵开发做了个往下按的动作说，"安静点儿躺着吧！"

彭其依顺了他，眨了几下眼睛，眼眶变红了。

"吃了点儿东西没有？"赵开发问。

彭其将头摆动了一下。

"要吃点儿东西呀！司令员，人是铁，饭是钢，一顿不吃饿得慌啊！"

"老同志，我不是司令员，我什么也不是，我叫彭其。"

"您怎么啦？"

"我撤职了，一刮到底。"

"撤职了有啥要紧的！像我，从来没当过官儿，不一样活到五十六了？也挺好的。别那么想不开，得要吃，吃饱了才好养伤。要是我呀，少了一个馒头，这一天干活儿就没劲儿，甭说您这样了。"赵开发将放在桌上的大口暖瓶提过来，继续说，"今天是过年您知道吗？家家户户正热闹着哩！一家子老小，在一块儿吃点好的，看看戏，逛逛街，一年就这么一回呀！可您住在这医院里，离家几千里路，多寂寞呀！司令员，您就算是在我们家里过年吧！我们家今儿吃饺子，我给您送来了，暖瓶装着，还是热的呢！您也甭坐起来了，躺着吧！我去借双筷子来，我给您喂。"说完便起身去借筷子。

"哎，老同志，"彭其从被子里抽出一只手来招着，"你来，你先坐坐，吃饺子的事等一下再讲吧！来，坐，我听你谈谈。"

赵开发走回来坐下了。

"老同志，我还不知道你姓什么呢！"

"我姓赵，叫赵开发，就是开花的开，发芽的发。"

"哦！赵师傅吧？"

"对，他们都是这么叫我的。我是修机器的，机修钳工，一天到黑两手油，今儿是过年，洗了洗。"

"老赵师傅，"彭其感慨地说，"你，刚才讲得很好，再给我讲讲吧！"

"我？嗨嗨！司令员，我可是不会说话的人，我们车间开会，您去问，哪回见我好好儿发过言？随便唠嗑可以，就是那发言我发不来，说不到理儿上。"

"不，不要那些大道理，要讲大道理，我可能比你会讲一些。不过我这个人也是不喜欢讲大道理的，爱讲实在。你的话就很实在。"

"嗨嗨！您别见笑，我是个老粗，粗人只会讲点实话儿。我干的那活，也是实活儿啊！一个螺钉拧得不实，那机器就得出毛病。

干了几十年,惯了,走个路都要把脚跟儿踏实了再提。嗨嗨!我会说个啥呢?您等着,我借筷子去。"赵开发说着又要起身。

"坐,坐,赵师傅,你不要走开。"彭其伸手拽住了赵开发的衣角,"你坐,我也讲个实话,解放以来,我差不多……是啊,没有跟工人农民坐在一起好好谈过一回,一年四季跟当兵的打交道,又差不多都是一些干部,道理讲得多,太多,太多,开口就是那一套。"

"您的工作跟咱不同啊!您是首长我是工人,您很忙,要不是躺在病床上,哪有时间闲聊天呢!"

"你批评得好啊!"彭其诚恳地说,"工作忙不是理由,战争年代工作忙不忙?总不会比这些年松快吧!那时候我还经常跟房东、民工、向导扯淡,这些年住在军营里,连老百姓都见不到啰!见到了也没有想到跟他们谈谈。你批评得好啊!"

"不,不,彭司令员……"

"老赵师傅,你再不要叫我彭司令员,叫我老彭吧!我参加革命以前也是工人,烧炭的工人。就叫我老彭,好吗?"

"呃……好,好吧!"赵师傅不大好意思地笑笑,点了头。

"赵师傅,你还是把我当大官看,太拘束。你不是讲吗,我是在你们家过年,是你的客人,就把我当做老朋友吧!"

"嗨嗨!我有这样儿的老朋友可就好了。我儿子也在部队,我早想去看看他们是怎么过日子的,还想见见他们首长呢!一直也没有去成,没想到……"

"你儿子在哪个部队?"

"嗨嗨!嗨嗨!……"

赵开发有时也还挺逗的,说到这里,他竟卖起关子来了。

"到底是哪个部队呀?"彭其追问。

"也是空军。"

"哪里的空军?看我认识他们首长不,如果是我认识的,我去讲一声,请他接你到部队去玩玩。"

"甭费事儿了,这就行啦!见到了您,真是做梦都想不到啊!"

彭其似乎感到一阵剧烈的疼痛,额上又沁出汗来。赵开发再次把毛巾拿来给他擦汗。

"疼得很厉害吧!"

"不,还好,老赵师傅,你讲话吧!讲啊,随便讲点什么。"

"唉!"赵开发叹了一声,"好好儿的,要跑到外面去自找苦吃。"

"你不晓得啊!"彭其一言难尽地说。

"我怎么不知道!不是为了撤职吗?顶多是还受了一点冤枉吧?那有什么呢!受了冤枉就说嘛!没有人听你的,你就跟我说嘛!我们工人讲公道,有啥不平的事儿跟我们说。你要是怕以后的日子过不下去,我们大伙儿凑合凑合,帮帮忙,怕啥呀!总有一天会搞清楚的,不会冤枉一辈子,你放心!"

"唉!……"彭其叹口气,苦笑了一下。

"要是我,我就不跳河,反正是做工的,做工吃饭,我做了工你不能不给我饭吃,我要不做工,光想拿钱吃饭,那就是吃冤枉。你把我怎么整都行,总不能整得不叫我干活吧!只要我不搞反革命我就不会坐牢,只要不坐牢我就能干活,总能养活自己,不吃冤枉。"

"不,不是这样。"彭其说,"我不是自己跳下去的,我才不跳呢!"

"那是怎么下去的?"

"我坐在栏杆上,风吹的。不过,人家肯定会咬定我是自杀,我又说不清楚啦!"彭其说着,嘴唇颤抖起来,"你为什么要救我呀?"

"哪有见死不救的呢!我看见你了,不把你救起来,还算个人吗?"

"你知道我是不是坏人哟?"

"我看你穿的是军衣,是解放军,就知道不是坏人。北京解放的时候,我看着你们的队伍进城,带兵的骑着高头大马,也就三十几岁的人。自从他们来了以后,我的日子就变好啦!我总是记得那些人,这一辈子也忘不了。我这么掰指头一算,那些人现在的年纪跟你差不多呀!唉!可惜现在不知道都在哪里,要能见见他们就好了。我一看见你呀,就把你当成那些人了。"

彭其听着听着,变得神采飞扬,精神振奋起来,激动地拽住赵开发的手,摇晃着说:

"赵师傅,我正是那回带部队进北京的呀!正是骑的蒙古大马呀!"

"是吗?!"赵开发惊喜得站了起来。

"就是啊!那天我还特地把胡子剃光了。"

"哎呀!你看,你看,"赵开发重新注目过细打量着彭其说,"你看凑巧不凑巧,还真是啊!我总担心着,到哪儿去找啊?哎!送到我跟前来了!成了好朋友啦!哎!老彭啊!你怎么不早说呀?"

"嘿嘿嘿!……"彭其高兴地笑了,也亲热地称呼着对方说,"老赵啊!我认识了你,心里也很高兴啊!"

"唔!——"赵师傅抿着嘴连点几下头说,"秃顶啦!过得快呀!可不是吗,二十年啦!"

"快点,老赵,把饺子给我吃吧!我肚子饿了。"

"哦!"赵开发这才又突然想起,连说,"该揍,该揍,只顾说话去了。"说着立即走出门借筷子去了。

彭其目送他出去以后,咬咬牙忍住腿的疼痛,仰望着天花板感慨无穷地连叹几口气。

赵开发拿着筷子进来,边走边说:"老彭啊,看样子你得一口吃一个呀!这玩意儿不大好夹。"他做着夹饺子的动作,揭开了大口暖瓶,抱到床前来,"你看,滑得很呢!弄得不好会掉到床上去。你准备好,把口张开。"

两个新朋友,一边喂饺子吃,一边笑个不停,好像孩子们做游戏一样,都变得年轻了。

"老彭啊,"赵开发边喂饺子边说,"我说句不该说的话,您要是没有撤职,我还捞不上机会给您喂一喂饺子呢!你工作忙,见见面都难哪!就是见了面,我也不敢叫你老彭啊!嗨嗨嗨!……"

"嘿嘿!是啊!"彭其大口嚼着饺子说,"我要不是背这个冤枉,也不会结识你这个朋友啊!看起来,还是要受点处分好。"

"话又说回来,冤枉受了处分,还得搞清楚。要把身体养好啊!"

"对!对!对!"

"哦,忘了。"赵开发将已经夹着的一个饺子放掉,"我听说你是湖南人,爱吃辣的,还给你买了辣椒酱呢!"

"你想得真周到。"

"不过,还在我儿子的挎包里,他一会儿就来了,你等一等吧!"

"你儿子也来了?"

"来了,一会儿会来看你的。"忽又想起,"哦,你吃不吃蒜?"

"你要我吃什么我就吃什么。"

"好,我带了蒜来了,吃饺子少不了蒜。可惜不好带醋,要有点儿醋就更好了。"

"这就是享神仙的福了!"

赵开发从大衣兜里摸出蒜球来,掰开,熟练地将皮剥去。

"我的手……你不怕脏吧?"

"拿来。"彭其伸手接住一粒蒜瓣,看都不看,扔进了嘴里,"呀!好辣,快给我一个饺子。"

"来了,来了。"赵开发忙不迭地扔了蒜球又拿筷子。

病房的门缓缓张开,没有引起注意。赵大明站在门口,见里面的两个长辈打得正热火,咧嘴微笑着。

首先发现赵大明的是彭其,他很惊讶,正在咀嚼的嘴闭住不动,愕然望着门口。

"司令员!"赵大明轻声叫了一声,走进病房,行了一个军礼。

"你怎么来了?"彭其诧异地问。

"来看看您。"

赵开发见儿子来了,忙说:"快把辣椒酱拿来!"

"什么?"彭其大惊,两手往床上一按,想挣扎着坐起来,忙问赵开发,"他就是你的儿子?"

"司令员,"赵大明抢先说,"这是我爸爸。"

彭其惊愕得张口合不拢,半天才出声:"哦!哎呀!老赵啊!老赵啊!老赵啊!……"

"怎么啦?"赵开发被弄糊涂了,瞪眼望着情绪激动得反常的彭其,"到底怎么啦?"

"你不要叫我吃饺子了,老赵,等一等,等一等。"

"你们倒是说个清楚啊!"赵开发有点着急了。

"我讲给你听,"彭其将赵开发的手拉了一下,"是这样子的,你这个儿子常到我家里去。"

"怎么?他当了你的秘书?"

"不是,不是。他,认识我的女儿。我有个独生女,叫湘湘,会弹钢琴,晓得吗?小赵呢,常到我们家里去,我们湘湘弹琴,他就唱歌,晓得吗?就是这样子的。"

"还有这样的事?"赵开发似乎不敢相信。

"是真的,老赵,是真的。"

"大明啊,"赵开发严肃地叮嘱儿子说,"以后要少到司令员家里去吵闹,司令员工作很忙,要懂事。"

"不!不,小赵,你只管去。"彭其抑制不住高兴地转对赵开发说,"老赵,青年人的事,我们这些老头子少管一些。"

"那也不像话呀！"

"什么不像话？"

"经常到司令员家里去吵闹,这算什么呢？"

"你怎么又是司令员了？我讲了,你叫我老彭嘛！老赵,想不到我跟你是初见面的老关系呀！"

"嗨嗨！那敢情好。"赵开发憨笑着。

"有回,我要抓小赵去坐牢……"彭其回忆说。

"什么？他坐过牢？"赵开发吃惊了。

"你莫急,听我讲啊。"彭其解释说,"我是吓他们的,他们造反,有点乱造,我做样子抓了几个人,也有你儿子。喝！我们湘湘晓得了,又哭又闹,饭都不吃,还要她妈妈来向我求情。哼！我是铁面无情,公事公办。老赵,当领导的只能这样啊！"

赵开发还在似懂非懂之中,又一次叮嘱儿子说:"大明,以后要注意点儿,不要欺负司令员的女儿。人家是独生女儿,又是司令员的孩子,是要娇贵点儿,别闹成那样。"

"哎呀！你不懂,不懂,你这个老头子,不懂。"彭其着急了,"你不要担心,小赵没有什么错误。"他转而问赵大明,"小赵,你来北京以前见到我们湘湘没有？"

"没有。"赵大明抑郁地摇了摇头。

"你很长时间没有到我家里去了吗？"

"唔。"

"为什么呢？"

"司令员,"赵大明十分为难而又痛苦地说,"您应该知道我的处境。我……有些话……可能要过去很久才能对您说清楚。您要相信我,又要请您暂时谅解我。"

"什么呀？"赵开发不耐烦地说,"念了几天书,就那样吞吞吐吐,咬文嚼字的,还不如不念的好。"

"不!"彭其说,"你不要怪他。老赵,他讲的我懂,我懂,唉! 不好办哪! 人人都不好办哪! 唉——!"长叹了一声。

赵开发望望彭其,又望望儿子,莫名其妙地眨眨眼睛,他估计这里面有一言难尽的许多原因,便不再插嘴,留待以后慢慢了解去。

"哎,你跟着那两人去了吗?"他问儿子。

"去了。"赵大明说,"他们跟医院的负责人谈着谈着,嗓门大起来,发生了争论,我听到一些。"

"怎么样呢?"

"他们坚持要把彭司令员转到空军总医院去……"

"谁呀? 是谁呀?"彭其急问。

"是这么回事,"赵开发解释道,"我们刚才进大门的时候,遇见两个空军,跟值班的说是为你的事来的,我叫大明跟去听听。"

"他们怎么讲?"彭其问赵大明。

"他们说……"赵大明犹豫了一下,决定说简单些,"反正他们是要把您转去,医院不肯,说这时候转院不利于治疗,争论起来了。"

"他们到底讲了什么,你告诉我。"彭其坚持着问。

"他们说您……"

"我怎么?"

"说您是反党分子,又是叛徒,不能当做一般病人看待,不能单纯治病,要跟您斗争。所以要转回空军总医院去,便于掌握。医院负责人拿出毛主席语录来对付他们,'救死扶伤,实行革命的人道主义',坚持不同意把您接走。最后达成妥协,由空军派两个人来陪着您。"

"哼!"彭其轻蔑地一笑,"真高明,我又多了一条罪状,叛徒。现在连腿都断了,还不放心,如临大敌。"

"老彭,你甭着急,"赵开发愤愤不平地说,"他们来陪你,我也来陪你,你是我送来的,我有理由。你放心,他们不敢拿你怎么样,不治好病,咱不走。"

"你也放心,老赵,"彭其咬紧牙说,"我要认真把腿治好,还要练出劲来,身体要练得劲板板的。你讲得对呀!就当我还是个烧炭的,我还有党籍,还有军籍,比烧炭时的政治地位还高。打算他们把我的党籍军籍都搞掉,掉得精光一身,也不比烧炭的时候差。他们越想我死,我越不死,我要活到九十岁,还有三十来年。三十年总能看到这出戏的结果吧!好戏啊!死了可惜呀!老赵,多活几年,跟我一起看戏吧!"

腿伤又在剧烈作痛,额上的汗珠在闪着亮光,由于激动和微笑,使亮光跳动起来。

护士进来了,问他感觉怎么样,他回答说:"很好。"问他要不要止一止痛,他坚强地说:"不要。"

这时候,赵大明忽然扭过头去,剧烈地抽泣起来,使两个长辈吃了一惊。彭其拉拉赵开发的手,暗示他不要去打扰他,让他畅快地流掉那早已噙满眼眶的眼泪吧!将军知道,像大明这样的青年人,在这个时候回想起自己一年来做过的事,会哭的!懂得哭,证明他是聪明的。不过,还有一点,将军是不知道的,他大概以为,湘湘与大明还是经常在一起弹琴唱歌,哪里知道,那一对冤家已经有半年不说话了!

赵开发老头打破沉默,抱起暖瓶问彭其说:

"老彭,还吃饺子吗?"

"先放着,等一下再吃,一回吃多了,不好消化。"为了引开赵大明的注意力,他吩咐说,"小赵给我买一条烟来,差点的不要紧,我现在是烧炭的了。再给我买点洗脸漱口的用具。你如果能找到那本小说。叫什么?叫……哦!《钢铁是怎样炼成的》,给我找来,我闲着没事在床上看看。"

赵大明应了一声，擦干眼泪，取下挎包，将辣椒酱和苹果拿出来，放在小柜抽屉里，转身出门了。

赵开发老头又用毛巾给彭其擦汗。彭其露出孩子般友爱的笑容。

阳光透过窗口射进病房来，天气复晴了。无论大风雪来势多么猛烈，它只能逞凶于一时，只有阳光才是永恒的。即使在昏黑的风雪天，也并非阳光不存在了，不过暂时被浓云挡住了而已。浓云一散，阳光还是阳光，多么明亮的阳光！

第三十一章　铜像

早春的南隅。阳光明媚,万物复苏。农人们已脱下臃肿的衣着,打赤脚下田了;躲在洞穴里冬眠的蛇、蛙、蛤蚧也开始探头张望,勇敢的早就出来游耍了。

这已是文化大革命的第三个年头。

陈镜泉政委的小院子一切如故,安静得像深山里的孤庙。警卫战士们习惯于小声说话或干脆默默无言,小心谨慎地守卫着这个地方。

一阵格格的笑声冲破宁静,同时听到楼梯嘣咚嘣咚一阵急响,接着便看见陈小炮拖着彭湘湘从楼梯口出来。

"你来看,你来看!不相信啊!你眼睛长哪儿去了?喏,看吧!"

她拽着彭湘湘直往菜地跑,湘湘被拖得一路趔趄,不停地喊:"慢点!慢点!"

陈小炮穿着她妈妈遗下来的军装,尽管有些大,不太合身,她为了纪念妈妈,不愿意改小。目前时节说不上热,她过早地卷起了袖子,将丰满结实的小半截手臂裸露在外面。彭湘湘似乎已起了一些变化,衣着不如从前讲究了。上身是灰色的薄棉袄,下身是深咖啡色的料子裤,虽也还保留着裤线,却不是那么刀刃一般鲜明了。她大概接受了陈小炮的意见,今天没有穿白袜子,走到了另一个极端——黑袜子和黑布鞋。

"你看,我吹牛没有?"陈小炮指着面前的一片白菜地说,"是不赖吧?"

"赖是不赖,你说比郊区菜农种的菜还好,那是吹牛。"

"走!看看去!"陈小炮又把湘湘一拖,"出去不远就能看到,他们的白菜比我的小多了。"

"算了!你行!"湘湘不耐烦地说。

"哼!不知道行不行,反正我的白菜种成功了,没有白干。"她弯腰拔去一根杂草,"氮肥是长茎叶的,白菜全是叶子,多浇人粪没错,有空儿我就浇它一回,哪个生产队有我这么充足的肥料?我这是用肥料堆起来的。"

"你干吗不种卷心大白菜?"

"我干吗要种那玩意儿?还得用草去捆,长得别别扭扭,拘束得喘不过气来。这个多好!自由自在,四面张开,见太阳就晒,见雨就淋,不躲闪,不害羞,手臂伸得直直的,爱长多长就长多长,谁也奈何不了它。"

"跟你自己一样。"湘湘冷不防揶揄她一句。

陈小炮也不示弱,立刻回敬:

"那卷心大白菜跟你一样。"

墙脚后面钻出一群小鸡,啾啾叫着,直奔陈小炮而来。

"嘘!"陈小炮驱赶着它们骂道,"尽想吃现成的,不行!虫子出洞了,找虫子去!"

"你还喂鸡呀?"湘湘很诧异。

"怎么?我不能喂鸡?"

"营区不准喂鸡。"

"他准不准喂鸡我不知道,反正谁也不能反对我自力更生,自己养活自己。"

"公鸡格格地叫,还像个军营吗?"

"到它能叫的时候我就宰了吃,怕什么!我不光要喂鸡,还想喂猪呢!"

"你拿什么来喂呀?"

"喏,白菜,我有这么多白菜。"

"光白菜也不行啊!还得要粮食呢!"

"粮食?……粮食我没有。可我……我不能自己少吃一点儿?"

湘湘被引得发笑了,评论说:"你太天真了,简直是小孩儿办酒席。"

陈小炮也觉得自己的话有点可笑,跟着湘湘无邪地笑起来。忽然看到一棵长得特别肥大的白菜,惊喜地蹲下去,扶起最长的一片叶子赞叹道:"哎呀!你看,你这一辈子见过这么大的白菜吗?"湘湘没有说话。小炮也不在乎,想起来要用尺量量,便调头对楼上喊:"哥哥!哥哥!哥哥!你打开窗户,听见没有?打开窗户。"

陈小盔推窗露出头来。他的头发大约已有一个多月未曾修剪,长得盖住耳朵了,茂盛程度不亚于陈小炮的白菜。他的眼镜已滑到了鼻梁中部,框子的上边与眼睫毛发生了冲突。他动手将眼镜往上推了推,不耐烦地对妹妹喊道:

"叫什么?有话快说,颜料快干了。"他舞动了一下手上的油画笔。

"你有尺吗?给我一根尺。"小炮喊。

"你不会自己上来拿?"

"省得跑路,你扔给我吧!"她说着跑到窗口底下去。

陈小盔缩进去不久,拿了一支五十公分的有机玻璃尺扔下来,又把窗户关上。

陈小炮伸手接住透明尺,惊叫一声:"哎呀!沾了我一手的油画颜料。什么透明尺啊!一点儿也不透明。"说着,顺手扯了一把野草,将透明尺揩了个半透明,再擦擦手,便回到菜地去量白菜。

白菜叶子是很脆的,需要特别细心才行,她一边拉直菜叶,一边不停地念念叨叨:"慢点儿,慢点儿。你可别淘气呀,别那么娇不滴滴儿的。伸直,伸直,对了。你知道么?你是我的救命草,我要靠着你们活命的。我爸爸是糯米团长,靠他靠不住,别看他今天没有倒,明天会倒的。他倒了我怎么办?我难道去要饭不成?人家也是自己劳动得来的,我去伸手白要好意思?我也有手,我不会劳动?……好家伙!这么长啊!我要是能把稻子也种得这么好,那就不愁没饭吃啦!你别骄傲,有什么了不起!只有你长得好?将来我种的稻子比你还棒。瞧着吧!我很快就要当农民去,就要种稻子了,不定今年,不定明年。我要把你们结的种子带下乡去,分给社员们,一人种一点。等我又会种粮食又会种菜了,我爸爸倒了就不怕啦!没有人给他饭吃,我给!他养活过我,我也来养活他。"

当她说到"他倒了我怎么办"的时候,彭湘湘脸上罩上了阴云,无声地叹了一口气,眼神变得痴呆起来。听了一会儿,她挪动脚步走向门岗去。黑色的布鞋上带着一根小草,由于脚步很轻,久久没有抖落。

陈小炮的话还在背后传来:

"……好好儿长吧!那个糯米团长在指望着你们呢!连我哥哥也要指望着你们呢!他画的那些萝卜白菜是只能看不能吃的,肚子饿了还得靠你们。湘湘,你将来要是没法儿活了,我支援你。听见吗?湘湘!湘湘!"

到这时她才扭头来望,不见了湘湘。她站起来,向四周扫望了一遍,还是不见。最后她望岗门外面,才看见湘湘正在柏油小路上无力地拖动着步子。她扔掉手上的尺,抽身追了出去。

"你怎么啦?不说一声就走了。"追上以后,她问。

"唉!"湘湘头也不抬地叹了一声说,"你真快活。"

"不快活又怎么办呢?把自己愁死?"

湘湘没有回答,问起了别的话:

"你爸爸一点信儿都没有?"

"跟你说了,没有。没有就是没有。"

"还不知我爸爸现在怎么样了,去了半年啦!连信都不让他写一封回来,那些人真狠!还不知是死是活呢!"

"我爸爸也是,"小炮抱怨说,"在北京住什么地方也不告诉我一下,想给他写信都没法寄。他要是死在北京了,还不知到哪儿去找呢!"

"你别说这些了,好不好?"

湘湘听不得"死在北京"这一类不吉利的话,这些话只能使她忧心更重。陈小炮一时想不出什么安慰她的办法,只得默默地送她一段路。

一部深灰色的轿车在前方拐弯处一闪,朝这里开来了。

"我爸爸的车!"陈小炮惊叫一声,接着说,"难道我爸爸回来了?他们怎么没告诉我一声呢?"

轿车开到了她们跟前,刹住。陈政委推开车门说:

"到哪里去?"

"爸爸,"陈小炮拉着彭湘湘的手走近车门说,"湘湘正要问你事呢!"又转对湘湘,"你快问吧!"

"什么事啊,湘湘?"陈政委主动问她了。

"陈伯伯,我……"刚刚开口,她已哽咽得说不成话了。

"你什么事啊?"

"我爸爸……他怎么样了?"

"他……"陈政委迟疑着,"他的情况我会告诉你妈妈的,你莫着急。"

"干脆点说吧!"陈小炮插话,"他是不是能活着回来?"

"你讲些什么!"政委训斥他的女儿,"怎么不活着回来呢!乱插嘴！湘湘,回去告诉你妈妈,要她放心,具体情况我会告诉她的。"

说完车就开了。彭湘湘无可奈何地走回家去。陈小炮也无精打采地往回走。走了几步,忽然调头追上湘湘说:"让我去问,问到了我就来告诉你们。"

陈政委登上楼梯来到走廊上,被那里的变化吸引住了,原来走廊两壁挂满了油画。大的约有半公尺见方,小的只有巴掌大。有的画着茶具;有的是煮饭的钢精锅和汤勺、碟子;有的是一个很脏的枕头,旁边放一个布娃娃;有的是胡萝卜跟白菜摆在一起;还有的是花瓶里开着一种破破烂烂的花朵;更有那根本不知道是什么东西的,只见斑斑点点涂得满纸皆是。所有这些艺术品都是用很厚的颜料堆起来的,有些画面上还看得出用刀子刮过的痕迹。实物的轮廓大都不怎么清晰,光线也都是很暗淡的,尤其是背景,几乎都是漆黑一片。

"变成美术馆了。"陈政委一边欣赏着,一边独自议论开来,"我一不在家,你们就大闹天宫。……这是什么东西嘛,鬼画符,鬼画符……"

陈小盔不知怎么也能听见走廊上来了人,开门一看是爸爸回来了,便慌了手脚,叫一声"爸爸"以后,立刻动手将他的美术作品展览会拆除。

"你怎么不画一个人呢?"父亲问。

"还没有到时候哩!先得把静物画好了,再来画动物。"

"狗啊?猫啊?老鼠啊?"

"不光是这些,人也是动物,能动的物嘛!"陈小盔说着,抬起手臂做了个一伸一缩的动作,表示他自己就是属于能动的物。说话的时候,眼睛盯着正在活动的手臂,没有忘记观察臂部肌肉在运动中的变化。

父亲望他一眼,觉得好笑,开门走进了办公室。

陈小炮跑上楼来,走进盥洗室洗了洗手,准备去找爸爸打听彭伯伯的情况。哪知徐秘书正好走进办公室,回手将门一带,把陈小炮关在门外。

"政委您是先休息休息还是？……"徐秘书问。

"不,"政委说,"这是大事,耽搁一分钟都不好,要赶快把江醉章叫来,要他准备一篇广播稿,马上报告特大喜讯。"

在徐秘书拨电话的时候,司机将政委的行李送上楼来。除行李以外,还有一个纸板箱子。陈政委叫司机将纸箱打开,从里面搬出一个精致的小木箱来；再打开木箱,只见填满了泡沫塑料屑；掏尽泡沫塑料屑,便露出一尊青铜的毛主席胸像,高约三十公分。

"这是林副主席送我的,是林副主席送我的。"政委高兴地反复强调着塑像的来由,以使司机知道。

司机激动得"哦！""呀！""啧啧！""啊！"不知说什么好,离开首长办公室时还再三回头瞻望。

陈政委坐在沙发上,凝望着青铜塑像,脸上的气候由晴朗到阴沉,又由阴沉到晴朗,像悲剧和喜剧交错上演的舞台。这变化着的舞台色彩反映了他在北京的一段戏剧性遭遇。首先是,他惊喜地得到了林彪的召见。头天预约,第二天就叫他去了,副统帅如此恩厚,简直做梦都没有想到。拜见以前,他想好了整套汇报词,把彭其遭受冤屈的内容巧妙地夹带进去,哪知见面以后,谈话的计划完全被搅乱了。副统帅一开始就提到彭其,并表示此人非打倒不可,"阴谋家"、"野心家",结论早已下定。

陈镜泉只来得及说了一句:"我们听到下面反映了他一些不同的情况",副统帅便连连摆手,表示不要听。还指示陈镜泉要站稳立场,跟他划清界限,在针锋相对的斗争中接受毛主席的进一步考察。这样一来,陈镜泉无法再为彭其辩护了,即使客观地反映伪造录音的情况也必定会被看做彭其的同党,那么,政治生命就已临终了。在谈话中,副统帅还提到江醉章的名字,看来是某个具有特殊地位的人将江醉章介绍给他了,他必须重用此人。副统帅暗示陈镜泉,在政治敏感性方面要向江醉章学习;不可把江醉章当成一般的下级看待。最后,副统帅夸赞了他们的像章做得好,再一次提到宣传部长江醉章很有能力。为了表示答谢,副统帅将某个军区敬送给他的毛主席铜像转赠陈镜泉。这次会见,特别是赠送铜像的事对陈镜泉是意义重大的,可以看做一笔资本或一张王牌,用来与江醉章抗衡,料他江醉章日后应该收敛一点了。这次会见,也使陈镜泉企图庇护彭其的梦想彻底破灭,想起老战友的悲惨命运,他心中总是压着一块石头。近几天来,他每时每刻都处在矛盾当中,得意和忧虑两种不同的心情常常交替出现,有时是复杂地交织在一起。目前,徐秘书已经通知江醉章马上到这里来,陈镜泉决心不让江醉章看出他心中的忧虑,便离开沙发站起来,在办公室里踱来踱去,让那只空袖筒轻盈地摆动起来。

真正得意而毫无半点忧虑的人,只有江醉章。政委一回来立刻就召见他,使他感到自己的重要。他放下电话,傲慢地微笑了一下,叫了一部小车,叼着烟钻进车门,命令司机说:"到陈镜泉家里。"竟情不自禁地当着司机的面表示他对陈政委的藐视,连称呼都不带职务了。小车开进陈政委的小院子,江醉章一根香烟还没有吸完。他轻松潇洒、东张西望地马马虎虎上楼去,满不在乎地把烟灰弹落在洁净如洗的走廊楼板上。来到陈小盔门口时,见门底下露出一张油画的一角,弯腰抽出来,端在面前赏玩了一阵。画的是一个衣架,衣架上挂着一顶呢军帽,一件呢军装,还有一件军用雨衣,背景是墙壁的一角,上半部为石灰粉墙,下半部装镶着木板,并能看出透明漆的反光来。江醉章对美术一窍不通,只能看个像与不像,他大概认为这幅画是画得不像的,因而鄙夷地一笑,随便扔在地下了。

　　他走近陈政委的办公室,敲了两下门,徐秘书将门打开。一见室内的情况,江醉章暗吃一惊。陈政委在窗前踱来踱去,将仅有的一只手靠在背后,使腰杆挺得直直的,昂着头,透窗望着高高的天空。脚步坚定有力,脸上闪着胜利的光彩。他此时的气概酷似尚未倒霉的彭其,而在陈镜泉的生活中,是极少有这种景象的。江醉章一时变得简直有些胆战心惊了,他想,难道是政局发生了突然变化?难道是伪造录音的计谋被戳穿了?难道?……他站在门口已有数秒钟时间了,陈政委连头都不摆过来望他一眼,更使他心虚胆怯起来,连忙用手指悄悄地把烟头捏熄,然后按照正规的程序,喊了一声"报告"。而陈政委直到这时还不回头看他,只冷冷地说了一声:"进来吧!"

　　江醉章走进去,先是忐忑不安地站着,后又自我决定坐下来。他想从徐秘书脸上看出一点消息,但徐秘书既不客气又不冷淡,只顾来往于保险柜和办公桌之间,像往常一样做着他的例行工作。最后,他向江醉章不冷不热地微笑了一下,便走出办公室去了。

　　"你做什么去了?怎么这么久才来?"陈政委半晌才转过身来与江醉章说话。

　　"我……"江醉章立刻站起,认真行了一个军礼说,"我动作……太拖沓。"

　　陈政委走过来,也不叫江醉章坐下,只顾自己坐进沙发里,端起茶杯,呷了一口。然后转脸望着江醉章,以不可捉摸的眼神久久地望着。实际上,陈政委是在想,身边的这个阴谋家可不能等闲视之,可不能让他再得一逞。而江醉章却以为这是一场狂风暴雨般突然训斥的前奏。

　　"彭其跳河了。"陈政委平淡地说。

　　"啊?"江醉章吃了一惊,接着便开始估计这个消息与自己的利害如何,仍在未卜吉凶之中,遂问,"死了吗?"

"没有,断了一条腿。"

江醉章更害怕了,不要命的彭其还活着,他绝对不会善罢甘休的,是不是已经引出了什么乱子呢?

"你的工作要变动一下,有思想准备吗?"陈政委又冷不防提起了意外的话题。

"我……"江醉章推测,多半因事已败露,要受处分了,心情更加紧张,几乎说不成话,"我……没有……没有准备。"

"军委命令你为兵团政治部主任。"

江醉章简直以为自己听错了,震惊了一下,反问道:

"什么?"

"命令你为兵团政治部主任。"陈政委重述一遍,"我先口头告诉你,马上要开常委会宣布这个命令。哦!你还是兵团党委常委,原来的主任工作有调动。"

到这时,江醉章才把军帽取下来,往旁边的沙发上一摔,深深地吁了一口气,竟然肆无忌惮地大笑起来:

"哈哈哈!……我怎么行呢!我怎么行呢!也不知是谁提的名。不过,话又说回来,现在看一个干部,关键的只有一条,是否忠于毛主席,我从主观上是努力使自己绝对忠于毛主席的。毛主席和林副主席既然决定给我把担子加重一点,我当然不能怕苦怕累,就是有些困难也要勇敢地担起来。只是,我太没有思想准备了,有点感到突然,没有料到主席和副统帅会这样信任我。惭愧呀!惭愧呀!以后要好好工作,还要加强斗争性才行,不然,会辜负了毛主席和林副主席的一番希望啊!"

陈政委对江醉章得意忘形的大笑和不加掩饰的狂妄态度厌恶到顶点了,他扭头望着别处,拿起茶杯盖子在杯口上敲得叮叮地响,样子像是要叩掉杯盖上的水珠,实际上是借着响声表示他不能忍受。

"政委,"江醉章叭地拨亮打火机,跷着腿说,"彭其这一跳,就给自己定性啦!这种人总是以为自己聪明,又总是搬起石头砸自己的脚,这就是辩证法。"

陈政委懒于答理。

"我们这里还有一个李康,是个包袱,搞得不好也学彭其的样子,推开窗子一跳,那就成双成对啦!"江醉章只顾往下说,根本没有注意陈镜泉的脸色,"这个人要早一天搞走才好,放在这里担责任。政委呀,你在北京问过没有?他们这批叛徒怎么处理呢?晾了这么长时间,还不见来一个免职的命令,军委到底是怎么考虑的?"

"我不晓得。"

"你呀,可能是年纪大了一点,这个地方……"江醉章敲着自己的头,"……缺少一点灵敏性。看着彭其跳河了,你就应该想到李康嘛!怎么不提一提李康的问题呢?早处理早了事,还老是这么拖着,夜长梦多,谁知他会想些什么?"

江醉章以训导下级的口气对待陈政委,把陈政委气得连眼珠都快要暴出来了。他不理江醉章的混话,决心打出自己的王牌,压一压对手的邪气。忽然以命令的口吻说道:

"你马上起草一个广播稿,在开饭的时候广播,报告一项特大喜讯。"

"什么特大喜讯?"

"林副主席接见了我,还送给我一尊毛主席铜像。"

"是真的?"江醉章惊得目瞪口呆。

"你不相信?"陈政委横瞪他一眼。

"呃,不,我怎么不相信呢?呃……"江醉章有些惊慌失措,尴尬地赔着笑脸,"呃……就是那个吗?"他抬手指着办公桌上的青铜塑像。

"唔。"陈政委半天才答理。

这个消息对于江醉章来说,简直是无情的打击。他原以为陈镜泉今后只是他手上的木偶,哪知这个软弱无能的独臂人悄悄跟副统帅挂上了钩。谁知他不声不响做了些什么特殊贡献呢?能得到副统帅的礼物可不是简单的事情。江醉章后悔刚才不该过分放肆,但事已过去,无法收回,只得相机而行,在今后设法补救了。

"我马上就去起草,"他谨慎地站起来说,"这不仅是政委的光荣,也是我们全兵团的最大幸福。我写好以后,请政委亲自审查?"

"唔。"政委拿着架子,连头都不点。

"那么,我先去吧?"

"去吧!"

陈政委的冷淡态度更使江醉章心情紧张,一面小心地向门口移动步子,一面还在心里嘀咕:"要小心点! 不能得罪他,还需要设法把内幕搞清楚,才能确定自己对他的态度。"想着走着,出了门来到走廊上,不小心踩上了刚才被自己扔在地上的那张油画,猛然想出一个能够奉承陈镜泉的主意来。他当即拾起油画,转身重回办公室来到陈政委面前说:

"政委,小盔的油画画得不错啊!"

"鬼画符。"

"不,我看比我们宣传部美术创作组那几个人的功夫还扎实一些。"

"我不懂这些东西。"

"我倒是有个想法。"江醉章竭力装作自然地说,"小盔学校里反正也不上课,将来这批学生还不知怎么安排,正好我们宣传部美术创作组缺人,还想到外面去找呢! 眼面前就有一个现成的人才何必不用呢? 干脆给小盔办一个入伍的手续。"

"我不晓得他自己怎么想的。"

"我以后问问他看,要是他同意的话,我就给他办了。"

"你快去起草吧!"

"是!"

陈政委下了逐客令,江醉章只得离开,边走边下定决心:"要把这件事做成,反正又不要我付工资。"

陈小炮一直在自己房间从门缝里注意着爸爸的办公室。江醉章啰里啰唆,很久不走,把她急坏了,已有好几次在心里咒骂这条戴眼镜的鳄鱼。现在见他走了,办公室只剩爸爸一人,正是探问彭伯伯情况的好机会,便机敏地钻出房门,进了爸爸的办公室。一眼望见放在桌上的铜像,便从铜像问起。

"爸爸,这是哪儿来的?"

"林副主席送我的。"

"什么?他干吗送个铜像给你呀?"

"你晓得什么!"

"哦!"陈小炮迅速转动着脑子,立刻得出一种可能的结论,"我知道了!你撕破脸皮,昧着良心,跟彭伯伯斗,斗得很坚决,立了大功。彭伯伯被你斗倒了,你就捞到了好处,是吗?"

"你晓得什么!"陈政委痛苦地痉挛着,吼向女儿,"出去!出去!"

陈小炮一想,不好,该问的话还没有问到呢!一开口就弄僵了,怎么办呢?便决定暂时委屈一点,自己收回刚说的话。

"爸爸,我……我说错了,冤枉您了。"说完,表示后悔地低下头来。

女儿毕竟是女儿,女儿在父亲面前说错了话,即使刺伤了他也是能得到谅解的。尤其她已经表示后悔了,爸爸的心自然会软下来,因为他是爸爸。

"爸爸！……"

陈政委不理。

"爸爸！……"小炮走近爸爸,使出了自从母亲去世以后几乎从未用过的撒娇一手。

而陈政委还是不吭声,情绪的转变需要时间哪!

"爸爸!"小炮装作怪可怜的样子胆怯怯地问道:"彭伯伯到底怎么样了?"

"他……"爸爸已经冷静下来。

"他怎么?"

"他……跳了……玉带河。"

"死了?"陈小炮猛一吃惊,眼圈立刻红了。

"没有,被人救起来了,摔断了一条腿,现在还在医院。"

"唉!……"陈小炮稍微松了松气,一声重叹后面,激荡着无穷的愤怨。

"是一个工人救了他。"陈政委继续缓缓地说,"那个老头很本分,也不怕受牵连,天天到医院去看他,跟照顾亲人一样。"

"你看人家工人多好!唉!……"她又感动得使眼圈继续发红。

陈镜泉见女儿对是非善恶的态度这样鲜明,感情那么真挚,不禁想起了自己的妻子——孩子的妈妈。她也是这一种性格,她的优点全部遗传给这个孩子了。但是,这优点也正是致命的缺点呀!孩子的妈妈不正是死于这个缺点吗?现在,这个未曾踏入社会的孩子,又要步她妈妈的后尘,真叫人担心哪!

"他为什么要跳河呢?这么傻呀!"陈小炮跺着脚说。

"还不知是怎么回事呢。他自己说是喝了酒滑掉下去的,还没有查清。"

"肯定,肯定不是跳河!"

"唉!……"

"您见到了林副主席,为什么不说句公道话呢?"

"我……本来是想反映反映,可惜只说了一句,唉!……"

"为什么嘛?为什么嘛?"

"你不懂,这太复杂,你不懂!"陈政委痛苦地捂住前额,又叹了一声,"在那种情况下,是讲不得的呀!"

"您……嘻!"陈小炮气得提起脚使劲一跺,"这么好的机会您不说清楚,真是……唉!您真是没有办法,永远是个糯米团长。您怕什么嘛!会拿您怎么样嘛?要这个窝囊得要命的官衔做什么!有什么用!连一个工人都不如,爸爸,您不如一个普通工人啊!我知道,您胆小、怕死、自私,只为了自己,就是自己,自己!像个吝啬鬼一样,一毛不拔,就怕自己吃了亏。人家死也好,活也好,你只要保住自己不丢官。要是我妈妈还在,她不骂你才怪呢!你怎么连我妈妈都不如嘛!爸爸!我真为您着急,您这么窝囊地当这个官儿有啥意思!连我都为您害臊,脸红,我在你这儿呆不下去啦!爸爸!您让我走吧!哪怕去拉板车,掏大粪,也比这窝囊的日子好过得多。我不要您给我吃好的,住好的,我不要当您这窝囊的干部子弟,太窝囊啦!您知道人家许妈妈,彭湘湘,这半年的日子是怎么过的?您不敢去看看人家,您只要自己过得好就行。上一趟北京,光知道抱回来这么个铜像。爸爸!你只配当和尚,您会活到一百二十岁的。爸爸!……"

陈政委猛然抬起头来,瞪着铜铃似的眼睛,委屈、痛苦、惭愧、愤怒地望着自己的女儿,嘴角的肌肉在痉挛、跳动,呼吸短促,像拉风箱似的,脸色也变了,变得青一块紫一块,越来越无人色。

陈小炮见爸爸这样,有些害怕了,不由得倒退了一步,傻愣愣地盯着他,颤颤抖抖叫了一声:"爸……爸!……"

陈政委浑身战栗着,慢慢往后仰,就要接触到沙发靠背了,仍在竭力坚持着。

"爸爸！您……您怎么？……"陈小炮糊涂地呆立着。

陈政委终于坚持不住,瘫软地靠在沙发靠背上了。到这时,小炮才好像忽然醒悟过来,一下子扑到爸爸的腿上,放声恸哭起来:

"爸爸！我骂您了,我狠心啊！我不该呀！我不该呀！……"

第三十二章　新官

空军新编第四兵团新任政治部主任江醉章今天视察政治部机关。

这一座 H 形的三层大楼，江醉章并不陌生，从大楼启用的那天开始，他就是这里的主人之一了。首先是占据着一间副部长办公室，后来搬进部长办公室。今天，政治部秘书处、宣传部和机关公务班一齐忙碌起来，又要给他搬家了，从一楼搬上三楼，从部长办公室搬进主任办公室。

江醉章迟迟从高干招待所出来，为了表示他不重视地位的变化，没有叫车来接，仍像过去一样，步行走到机关去。他今天情绪很好，一路上不断打哈哈，随便遇上什么人都要停下来说几句话。

"江主任！"腼腆的年轻干事向他行礼。

"哦！小伙子你是？……"

"我是保卫部的。"

"你姓？……"

"我姓韦。"

"哦！广西人，对吧？"

"对！"

"你们广西姓韦的很多。壮族？汉族？"

"壮族。"

"唔，好哇，壮族好哇。我们是要多培养一些少数民族干部啊，小伙子好好干，噢！"

"是！"

一个骑自行车的战士跳下车来向他行礼。

"江主任！"

"唔。你干什么去啊？"

"买菜去。"战士指了指车后的筐子。

"哦！你是上士。"

"对！"

"哪个食堂的？"

"政治部干部食堂。"

"对对对，我看见过你。小伙子，把伙食办好一点嘛！想想办法，噢！多买些又便宜又好吃的菜，多喂几头猪，还可以开荒嘛！"

"是！我回去向管理员转达主任的指示。"

"不是什么指示，随便讲讲，你去吧！"

司令部一个科长迎面走来。

"江主任，您还是老传统，走路去啊？"

"哈哈哈！你讲得对，这是八路传统，真要打起仗来还是走路靠得住哩！要占领山头，车子上不去呀！"

"那是。"

江主任就这么一路与人打着招呼，说着闲话，拖拖沓沓走近了政治部大楼。他抬头将大楼扫视一眼，感到它在一夜之间变小了。往常，只需要大楼的九分之一就可以容下他江醉章了，那时他感到这是一座真正的房子；今天，大楼缩小到如同一把藤椅，似乎找不到一张门可以钻进去，必须从屋顶上坐下来才是相宜的。其他人可以进去，因为对其他人来说，这仍是一座房子；只有他江主任不行，他是这里的主人，他主宰着大楼里一切事物的演变，一切都由他来摆布，由他使用，由他褒贬，由他收藏。他只有一屁股从上面坐下来才能体现责任感。

当然,实际上他还是从门里钻进去的。

他估计办公室还在搬家和打扫,这时没有必要去吃灰,便开始视察各部,以便尽快地掌握情况,部署新的施政计划。要让人感到,新主任一来,连气候都变了。对于政治部各部的情况,江醉章并非全无了解,但现在地位变了,看问题的角度也变了,必须重新了解才行。

他首先来到干部部,他认为这个部的重要性远在其他各部之上。新主任必须有新班子,而新班子的建立,是要靠干部部去做工作的。

干部部的部长请江主任坐在自己的藤椅上。

"你们对于新干部的提拔、培养、使用有什么想法?"江主任开门见山地问。

"这个……我们想听听江主任的指示。"

"原来没有一点想法?"

"原来的计划可能不行,我们听说有新主任到任,工作已经停下来了。"

"唔,对,这是谨慎的。"江主任点头赞许,并指示说,"干部工作上,一定要贯彻执行毛主席的接班人五条和林副主席的三条。三条是把五条具体化了,并且是将五条的精髓抽出来归纳成三条的,这一点要明确。所以干部工作只要切实按三条做了,就是最好地贯彻了五条,知道吗?"

"是。"干部部长连忙拿出保密记录本来把新主任的指示记上。

江主任继续说:

"三条里面要突出前两条,前两条里面又要突出第一条,就是对毛主席和毛泽东思想的态度这一条。但是第二条也非常重要,在路线斗争中站在哪一边这个问题,是检验一个人拥护毛主席和毛泽东思想是真是假的最具体的标准。你是真拥护,那么在路线斗争中就一定会坚决站在正确的一边；你是假拥护，就会在路线斗争中表现得态度暧昧，犹犹豫豫，顾虑多端。所以，要看一个干部第一条是不是过硬的，就要通过第二条来具体检验。这前两条的关系就是这样。比如在我们兵团，就是要具体地看他在斗彭问题上态度如何。这样子，就把理论变成实际了，你们掌握起来就方便了。你听懂了吗？"

"懂了。不过，我们还要组织全体干部深入讨论一下，才能消化好。"

"对，要讨论，要深刻认识三条跟五条的关系，要解决好理论联系实际的问题。"

"是。"

"我打个比喻：门诊部有两个人，一个是方鲁，当主任的；一个是刘絮云，普通护士。方鲁这个人身为门诊部主任，不但自己不学习毛泽东思想，对积极学习毛泽东思想的群众他还要刁难、打击，这就不符合第一条标准了。在路线问题上，他跟彭其勾结在一起，立场很清楚，第二条也过不得关。另外小刘呢，学习毛泽东思想很积极，听说已经写了二十来万字的心得笔记，还能活学活用。活学活用主要表现在她的路线觉悟高，比一般人更早看出彭其的问题，斗争也很坚决，立了新功。这样的人就是属于前两条都能过硬的人。从这两个例子还可以看出一个问题，凡是第一条过硬的人，第二条也必定过硬；第二条能够过硬的人，第一条就肯定是好的，不要问了。反过来也是一样，第一条不行的第二条也一定不行。你看是这样吗？"

"对。"

"至于第三条革命干劲的问题，如果能坚决斗彭，干劲就不成问题了嘛！如果在斗彭问题上不起劲，那还算什么有革命干劲呢？"

"是的。"

江主任拿出烟来,递给他下级一支,自己也点一支,继续指示说:

"要坚决贯彻林副主席关于选拔优秀的人才放到关键性的领导岗位上去的指示。不要总是怕破格提拔,我们现在就是要破格提拔,要从保证江山永不变色的意义上来认识这个问题。你比如刘絮云那样的年轻同志,我看当一个副部长没有问题嘛!"

"小刘我也认识,"干部部长说,"她还没有入党呢!"

"哦!没有入党?那只是个手续问题。思想已经入党了,组织手续办一办就是了。"

干部部长稍稍有点惊讶,但没有明显地表露出来。

"胡连生这个人你们准备怎么办?"江主任停一停以后又问。

"他这一级干部,管辖权不在我们这里。"

"哦!是的,是的。他的任免问题可以在将来报告上面再说。现在我们可以安排他带职下放嘛!管理处不是有一个农场吗?叫他下放农场,还可以抓抓那里的工作。他有病,劳动劳动有好处。"

"这个,我们也决定不了。"

"不要你们决定。"

江主任说完站起来,将眼镜扶正,弹了弹烟灰,便很有分量地移动着步子,再去视察组织部。

组织部的科长干事们见新主任首次莅临,有点精神紧张。好在江主任和蔼亲切,他笑着向大家频频招手:"你们忙你们的,我随便看看。"这样才使大家轻松了一点。

组织部的部长年龄比江主任大,资格也比江主任老。在江主任看来,大凡这种年龄大资格老而职位又不高的人,都是庸庸碌碌的人。所以提不上去,是因为他们头脑迟钝,理解上级意图的能力很差,对新鲜事物缺乏敏感。因此,对这样的人必须把话说得清清楚楚,不能隐晦曲折。他在见到组织部长以前已打好了训词的腹稿。

果然不出他所料,这里的部长还跟过去一样把江醉章当做同级看待,称他为"老江",态度马马虎虎,并不十分恭敬。江主任勉强压住心中的怒火,没有直接就他的态度问题发表批评,而是找了另一个题目施出下马威来。当一个年轻干事给他端来一杯开水的时候,他对他说:

"你们部长的办公室脏得不像样子,怎么也不给他打扫一下?"

那干事四周看看,似乎没有看出究竟是哪里太脏。

"烟灰往地下弹,玻璃窗也没有擦干净。"江主任具体指出说,"擦玻璃要用干布嘛!这一点常识都不懂?烟灰缸不够,多买几个嘛!搞得地板上尽是灰,还像个军事机关吗?卫生面貌反映一个人的精神面貌,生活上不检点的人工作上一定是拖拖拉拉,没有朝气。"

那个年轻干事不知此话究竟是批评他还是批评部长,权且应一声"是",胆怯地退了出去。

江主任这才与组织部长谈起了正事。

"在文化大革命期间,你们对党团组织的发展工作有什么考虑?"他问。

"部队不搞'四大',组织发展从来没有停顿过,还跟过去一样。"部长说。

"还跟过去一样?这不行。要看到文化大革命的深刻变化,组织发展工作也要体现出这种变化。比如入党条件,难道就一点变化也没有?"

"党章还没有修改,也没有宣布作废,等党章修改以后再变吧!"固执的老部长回答道。

"不行,老兄,你这个思想可不行啊!现在是革命的非常时期,一切都要适应这场革命,组织发展工作当然也是一样。党章虽然还没有修改,但你要看到,肯定是会修改的,要使我们的工作比较主动,就要及早跟上形势。现在,既然考察干部的标准是毛主席的五条和林副主席的三条,难道入党就能用另外的标准吗?我看要给部队发一个文件,强调指出入党条件就是五条跟三条,不要搞得太复杂了。马上起草,明天发下去。"

组织部长没有做声,大概还在考虑发文的问题是否合适。

"组织工作要特别注意路线问题。"江主任接着说,"文化大革命已经搞了两三年,应该认识到组织工作在路线斗争中的作用了,有什么样的组织路线就会产生同样的政治路线;确定了正确的政治路线也一定要有相应的组织路线来起保障作用。这两者的关系一定要非常明确,不能够有一点含糊。斗争的经验说明,凡是搞错误路线或者是站在错误路线那一边的人,往往在历史上就有问题。你看刘少奇司令部那些人,叛徒、特务、老机、老右,什么人都有。这是一个经验,这对我们的组织工作来说,也是一个很好的启发。你们组织部要把那些跟彭其关系密切的人普遍查一查,很可能有不少人在历史上是有问题的。比如那个门诊部主任方鲁,我看他就不是一个真正的共产党员,很可能是假党员。你们要马上着手清查他的历史,看看他的入党手续是不是完备。"

"普遍审干的时候都是审查过的。"

"那不行,以前的审干,路线不明确,那样马马虎虎审查一下,不可能为路线斗争服务。你不要忘了,是为路线斗争服务。"他加重语气再三强调,"为路线斗争服务,为路线斗争服务。"

组织部长又是木然,好像全未听懂。

"对于优秀分子的入党问题,今后组织部可以管得具体一点,要对基层组织起督促作用。就如方鲁把持的那个门诊部,组织发展工作一直是一条错误路线。有个护士叫刘絮云,由于站在正确路线上坚持与方鲁做斗争,就一直被排斥在党外。这个同志样样都好,尤其是活学活用毛泽东思想和积极参加跟错误路线做斗争表现很突出。基层组织应该主动去关心人家嘛!组织部应该督促他们解决刘絮云的入党问题。你把名字记一记吧!"

组织部长这才拿出记录本来。

"刘,就是刘备、张飞那个刘,絮是棉絮的絮,如字底下一个绞丝,云就是云彩的云。没有记错吧?给我看看。"

组织部长将记录本倒过来递给他看。

"唔,对,是这几个字。你们去给门诊部支部讲一声,尽快解决她的组织问题。一个月行不行?"

"这种做法……"组织部长犹豫着说,"过去从来没有搞过。"

"过去没有搞过的事多哩!文化大革命过去搞过了?思想太保守,对新生事物要有点敏感性嘛!"

到此,江主任已经不耐烦了,站起来就走。边走边在心里念道:"这个人不行,只能淘汰,要赶紧换掉他。"

跟组织部相邻的是宣传部。这是江主任的老家,也是他赖以发迹的地方。这里的干部有许多是他从部队物色来的,这里的工作计划是在他主持下制定的,这里的一切他都了如指掌,本来可以不需要来这么一次视察,而他还是来了。就如一个在外面当了大官的人,衣锦还乡,修坟祭祖时的心情一样,来这里视察具有一种特殊意义。

科长干事们与他说些表示亲热的打趣的话。

"江主任,还记得老家呀?"

"哎!'家鸡打得团团转,野鸡一赶满山飞'嘛!我是这个窝里出来的鸡,怎么能忘记旧巢呢!"

"江主任真风趣,把自己比作鸡了。"

"哈哈哈!……一个人总是要挨骂的,让别人骂还不如自己来骂。"

"江主任,以后有什么好事儿不会忘了我们宣传部吧?"

"忘不了,忘不了!万一忘了,你们把我拉下马就是嘛!"

"那我们可拉不动啊!"

"哈哈哈哈!"

他一路大笑,从这间办公室串到那间办公室,与每个人都点了头,好像他已经很久不曾到这里来过。其实,昨天他还在这里上班,他留在烟缸里的烟头刚刚才倒掉,他坐过的椅子可能还留着热气,他呼出来的二氧化碳还夹杂在部长办公室的空气中。

"要保持光荣传统,同志们,我们宣传部在文化大革命中是立了功的。不要居功自傲,固步自封。"江主任在新闻科对那里的科长和干事说,"新闻工作潜力还很大,只要思想上明确为路线斗争服务,就可以做出更大的成绩。大家都要学会动脑筋,加强政治敏感性,在我们这里会出人才的。"

科长和干事们纷纷点头称是,表示决心很大,信心十足,这使江主任十分满意,哈哈一笑又走到别的科去了。

最后他向那位曾在文工团领导过整风的副部长交代了一项任务。

"……要把宣传部办成捍卫毛主席革命路线的坚强堡垒。"他说,"我考虑要建立一个写作组,编制放在你们这里,行政上由你们来管,思想和业务我要亲自抓。这是一支战斗队,要在路线斗争中冲锋在前。人员你可以物色一下,要精挑细选,到全兵团各个部队去选。首先是要能写,人要聪明能干,越年轻越好,年轻人思想单纯,受旧的影响少,等于一张白纸,给他涂什么颜色就是什么颜色。你最近一段时间要全力以赴来做这项工作,物色一个,报告一个,我要亲自审查,还要见面。物色好以后,把人调来,先给他一些考验机会,考验合格了,才算写作组的正式成员。人不要多,有五个够了,只要能一个顶一个就行。"

离开宣传部以后,江部长想起,最重要的还有一个保卫部,这个机构相当于地方的公安局,专门与敌特和各种罪犯打交道。文化大革命中,地方的公安局、检察院、法院问题不少,江青曾有指示,要"砸烂公检法"。江醉章主任从中得到启发,也特别重视这个部门,因为他们掌握着各种侦察手段,拥有许多专门人才。他认为,砸烂倒是不必,只要能有效地掌握在自己手里就行了。关键在领导,如果这个部门的领导是路线觉悟很高的就好办,如果是个糊涂虫或根本就是走资派的爪牙,那就要立刻撤换。且看看保卫部的部长对新上任的主任态度如何吧!

江主任刚刚走进保卫部长的办公室,那位部长就立刻叫副部长通知全体干部在会议室集合。

"集合做什么?"江主任问。

"大家早就听到江部长要当主任的消息了,都很高兴,这几天各个办公室都在议论,说江主任水平高,有魄力,一定能大大改变部队的政治工作面貌,机关作风也会焕然一新,很希望尽早听到江主任的指示。我还准备下午向主任汇报一下情况,同时反映大家的心情,想请主任来跟部里的干部讲讲话哩。哪知我动作太慢了,主任自己深入下来了。"

"哈哈哈!……什么主任啊!我昨天还不是跟你一样,也是一个部长?"江主任潇洒自如地笑着说。

"那就大不相同啦!虽然昨天都是部长,部长跟部长能力相差很远,贡献更不能相比,尤其是路线觉悟,我们怎么能跟江主任相提并论呢!我早就想,我们这个政治部非要像你这样的干部来抓一下不可,否则,只能是死气沉沉。当然,我也不是说老主任不行啰!"

"你们会失望的呀!"江主任谦逊地说。

"在看人的眼力方面,我还能相信自己。"

" 嗷嗷!"江主任抿嘴微笑了一下,不知是什么意思。

"主任,"保卫部长主动请示道,"你看我们的保卫工作……应该……这个……工作的重点?……"

"保卫工作要为路线斗争服务。"江主任一针见血地说,"不要把保卫部单纯看做是捉特务、抓坏人,文革以前地方上的保卫工作就走上邪路去了。你听说过吗?还有人在毛主席身边安窃听器呢!那是保卫谁?对付谁?简直成了敌人的保卫机关。这个教训是很严重的呀!我们部队的保卫工作要特别注意。不光是不能干那些坏事,还要自觉地干好事才对。"

"对!我懂。"

"所以要提出为路线斗争服务的任务。"江醉章中断说话,思考了一下,"这个……工作要主动,主动地……在路线斗争中立功。你比如,彭其在空四兵团盘踞多年,阴谋诡计一定不少,你们保卫部知道一点情况吗?"

"这方面……看来过去在那条总的错误路线指导下,我们的方向也成问题,对于反党集团的事我们没有过问。路线啊!路线管住一切,叫你没有办法。今后就好啦!政治部在正确路线指导下,我们的工作就好做了。"

"要主动。"江主任强调说,"不要事事都等我来安排,你们自己要主动地为路线斗争服务。"

说到这里,副部长进来了。保卫部全体干部已在会议室集合好,等着江主任做指示。

"主任,请去跟大家讲讲吧!"部长说。

"讲什么呢?哎……"江主任稍微想了想,"好吧!讲几句吧!"

在保卫部长带头鼓掌的一片热烈的哗哗声中,江主任坐到长条会议桌的主席位置上,先哈哈笑了一阵,又扶了扶眼镜,便轻松随便地开始讲话了。

"哈哈！又不是初次见面的,搞这么隆重干什么！……嗬哟！人还不少呢！比我们宣传部人多啊！哈哈！人多是个好事,要是能一个顶一个,没有南郭先生那就更好了。有没有南郭先生？"

"有！哈哈！……"一片笑声。

"言归正传。同志们,大家恐怕没有一个不认识我江醉章的,平常都是见面点头,这一下我成了主任,就要做什么指示。什么指示啊？我这个人主张什么反对什么大家还不了解？恐怕人人都知道,我就是重视路线斗争。这几年在路线斗争中学了一些经验,也练了一下笔杆子,我劝同志们也来研究一下路线斗争的问题,好不好？呃……要把保卫工作纳入路线斗争的轨道。你们不是搞保卫的吗？保卫什么呢？当然要保卫我们的军队不受敌人破坏,但是,更重要的是要保卫以毛主席为代表的无产阶级革命路线、无产阶级司令部。怎样才能保卫好呢？不能单纯搞消极防御,还要主动向资产阶级司令部进攻。要主动,这一点很重要。具体的我就不谈了,总而言之是要发挥大家的主观能动性,争取人人都成为三忠于的保卫干部。就随便讲这么两句吧！我还要到其他几个部去看看。"

又是一阵掌声。接着,保卫部长还代表大家表示要好好消化江主任的指示,深刻领会精神实质,切实遵照执行。并宣布当天下午停下一切工作,以科为单位认真开展讨论。

从保卫部会议室出来,江主任感到皮鞋增加了弹性,磨砖铺成的走廊也像沙发一般柔软。大楼里的空气似乎换成新鲜的了,深深吸一口,全身都舒服。他心里在想:"有希望,很有希望,这个保卫部长是一粒良种谷,要让他繁殖、传播,使政治部的干部都变成他这个样子。变不过来的就调走、复员、转业。持顽固态度的就是彭其的死党,帽子有的是,办法多的是。组织部长就是一个,什么时候开刀呢？马上？过一段？好办，好办，随时都可以……"

由于想事去了，还有两个部门忘了去视察，信步跋上三楼，撞到自己的新办公室门口了。门紧关着，推不开，看样子已经整理好了。有个秘书见新主任到任，连忙拿钥匙来开门。江主任走进去一看，可以，比起原来的部长办公室来要阔气一些。外间是会客室，沙发、茶几、暖瓶、烟缸、茶叶筒，应有尽有。窗台上还有一盆仙人掌，起着适当的美化作用。里间才是办公的地方，办公桌、藤椅、保险柜、地图、书架、电话机，也是应有尽有。无论外间或里间，都挂着墨绿色的平绒窗帘，室内的照明设备也相当完善，吊灯、台灯、壁灯，样样齐全。江主任不由得想起了高干招待所那套二〇九号房间，有了这么好的办公室，还要那套房间吗？不，不能放弃，这里有这里的用处，那里有那里的用处。

新官上任，总是要体现一个新字就好，这个新字选择在哪个方面亮出来呢？江主任环顾了一下会客室，很快择定了。趁给他开门的秘书还在身边，便立即发布了第一道命令：

"这墙上的壁灯是谁搞的？办公的地方要壁灯做什么？又不是跳舞厅。赶快给我拆掉，谁装的谁来拆，明天上班如果还看见这个东西，我要把它砸了。"

秘书吓得战战兢兢，连说："一定拆掉，一定拆掉，我马上叫电工来。"

江主任没有在办公桌前坐定，他信步走出来，串进了旁边一张门，见里面无人，又串一张门，在那里遇上了秘书处一个忙碌的秘书正在分戏票。文化大革命开始以来，整个南隅见不到一个剧团上演新剧目，据说一些剧场大都变成了仓库或者街办工厂的车间，还有的被某某造反司令部占据着。最近有一个友好邻国的军队歌舞团来南隅访问，给空军和海军各演一场。久不看戏了，戏票当然是紧俏得很哪！所以分票权直接掌握在政治部秘书处长的手里。

处长叫这位秘书具体办理,最后向他报告一下便可以分发下去了。目前,秘书正在将戏票分装进若干信封里去。

"你在做什么?"江主任问他。

"分戏票。"秘书起立回答。

"你分吧!你分吧!我没有事。"

江主任说着,随便拿起那一沓子已经装好戏票的信封信手翻阅。其中有政委的,有参谋长的,也有他江主任的。翻着翻着,在一个信封上看见了许淑宜的名字,江主任脸色突变。

"这是干什么?"他将那个信封扔到秘书面前。

"这……"秘书已知道大事不好,结结巴巴地不敢说清楚,"这……彭不在家,他的家属……过去……反正……"

"乱弹琴!"江主任发火了,"把你们处长叫来!"

那秘书已不能解释了,只得战战兢兢地离开找处长去。江主任气咻咻地坐在椅子上,准备兴师问罪。

书生样子的秘书处长来了。江主任把写着许淑宜名字的信封往他手里一递,说:

"你看看,这是搞什么鬼?"

处长看了信封上的名字,又抽出装在里面的两张戏票来看了看,原以为是戏票的座位太好,见是十一排的,并不算好票,便知道江醉章的意思了。

"是我没有交代清楚,疏忽大意。"秘书处长承担责任说。

"你看这件小事反映了什么问题?"

"说明我们路线觉悟太低。"

"岂止是太低!简直是……"江主任见分票的秘书在场,命令他说,"你先出去!"待那个秘书走了以后,他接着与处长说,"简直是彭其的狗腿子!怎么那样有感情嘛?真是阴魂不散哪!正式宣布撤职了,还有人在巴结他的家属。是为自己留后路吧?希望彭其卷土重来吧？想复辟，盼复辟，准备复辟！"

"平常教育不够。"秘书处长低着头一个劲地把责任往自己身上揽。

"你看怎么办？"

"由我写一个检讨。"

"你？你代表他？你跟他是一样的吗？"

"我应该负责任，我是他的领导。"

"乱弹琴！"

"主任您看……要他？……"

"立刻调走。"江主任斩钉截铁地说，"顶多到士兵灶当个管理员，有了复员的机会就马上处理复员。政治部秘书处不能要这样的人，一个也不能要，混进了一粒沙子也要清干净。你三天之内把所有秘书、科长的现实表现查清，告诉我。如果你包庇坏人，你自己负责。"

江主任说完，甩手离开了这间办公室，只剩秘书处长还呆呆地站在原地。

主任回到自己的办公桌前坐下，余气未消。戏票的小事在他心里敲响了警钟，恨不得立刻将所有不中意的人全部撤换。但这是做不到的，一则需要有手续过程，二则他手边可以信赖的人太少，暂时顶不上去。当然可以破格提拔，而破格提拔也要有值得一提的人哪！他想了半天，觉得迫在眉睫的是要尽快在陈镜泉身边安一个钉子。那个党委办公室比自己的秘书处更加重要得多，把党委办公室抓到手了，就等于将陈镜泉控制起来了。决心一定，马上打开抽屉，拿出纸张来给北京写信。他很清楚，这封私人信件将比兵团党委的一个正式报告顶用得多。

他唰唰地在信纸上写着："……所以，由邬中同志担任党委办公室主任是最理想的……"

第三十三章 热情奏鸣曲

一部解放牌卡车载着行李家具从司令部围墙外开来,拐一个弯,驶上了大路。驾驶室里除了年轻的汽车兵掌握着方向盘以外,还坐着毫无表情的许淑宜和忧郁得发痴的彭湘湘。车斗里面也有一些人,有的站着,有的坐着,和行李家具混装在一起。我们认识的只有三个人,陈小炮和她的哥哥陈小盔以及不爱说话的李小芽。另有几个学生模样的男女青年不知是谁,只见陈小炮与他们在热烈地议论着什么,看样子,那都是小炮的同学。

汽车在大路上跑了不远,便拐弯沿着山脚驶去。这是一条坑坑坎坎的临时公路,是前年修建地下工事时运土石用过的,此后几乎没有汽车来过。地下工事早已竣工,洞口已经堵死了,并重新用泥土和石块掩埋好,种上了快速生长的树,叫人看不出有什么异常。惟有临时公路还保留着,路上已长满了草,也几乎看不出路面了。原来遗留在路上的大小石块躲在草丛底下,司机无法看清楚,车轮不断被拱起来,抛下去,产生很大的颠簸。为了安全起见,汽车像乌龟一样缓慢地爬行。

车轮每抛起来一次,车斗里就传出嗡嗡的响声,这是钢琴受了震动,在警告它的主人:再这么颠簸下去,还要不要你的钢琴?可是坐在车头的琴主人一点反应也没有。她变得痴呆麻木,没有感情,不知疼惜自己的东西,也不曾记得美好的旋律,甚至几乎连耳朵也聋了,钢琴的警告她好像压根儿没有听见。

好在有热心的陈小炮关心着钢琴的命运,她及时组织了救护,只听见她的声音在车斗里叽叽呱呱不停:"快来!抢救钢琴,这是个娇贵宝贝儿,会震坏的。来呀!先把这一头抬起,塞一个包袱到底下去。……别管啦!钢琴比包袱重要。快点!用劲儿!预备——起!好了好了!塞!快塞!……对了,对了,放下!还有那头。……快!又抛了。预备——起!好!塞进去!塞进去!……不要紧的,这钢琴不能坏了,湘湘可以借着它放一放闷气,总比白白地唉声叹气要强,声音大多了。要是我有钢琴,不高兴的时候我就弹琴,连指头儿都不要,用拳头,擂下去,砸下去,轰轰地响,痛快!"

汽车停在一块菠萝地头。前面不远处有一座小平房,从门窗的数量可以看出,仅仅有四间小屋。靠外面这头是有人住的,门开着,有一个近五十岁的妇女在台阶上洗衣服,见有汽车开来,不胜惊奇,站起来,甩着手上的肥皂水,准备迎接客人。

"先去看看房子吧!"司机扭头对许淑宜说。

彭湘湘搀着妈妈下车,早有陈小炮已经跳下车斗站在车门外等着了。许淑宜在两个女孩子的搀扶下,蹒跚走近平房。她抬头望了望,见房子的外表并不算破旧,红砖黑瓦,颜色分明,台阶上的石头砌得很扎实,没有明显的损伤。窗玻璃完好无缺,只是灰尘太厚,不怎么透明。这头两间的主人显然是那个洗衣服的妇女,另外两间该是许淑宜的新居之所了。她们径直朝那一头走去。

洗衣的妇女见来人衣着讲究,肤色白净,知道不是一般的人。却又为什么到这里来看房子呢?她疑惑、紧张,想找客人说话,又有点不敢冒昧,终于没有开口,只是垂手站着,肥皂水没有甩净,顺指头落下地来。

"大娘,您住这里?"陈小炮跟她打了招呼。

"是啊。"她显然是本地人,普通话说得很别扭,头一个字就没有咬准确。

她们上了台阶,来到一个门口,见门上并无暗锁,只有一个铁环链搭在铁璩子上,用一根小棍子插上当锁。湘湘扯掉小棍子将门推开,里面四壁空空。墙上的石灰有些地方已经剥落,露出颜色模糊的砖块来。没有剥落的部分也已经不是白色了,黑一块,黄一块,花斑点点。天花板上是蜘蛛的打猎场,丝网东牵西挂,使蚊子和苍蝇插翅难逃。地上潮湿是这间房的最大特点,灰尘在水泥地上结成了块,还在继续冒出水来。后面的窗框上钉着铁条,透过玻璃可隐约见到窗外长满了茅草和藤蔓。

邻居大娘好奇地走过来,站在离她们十步远的地方望着许淑宜一眼不眨。

"大娘,您家几口人?"陈小炮与她攀谈起来。

"四个人。"她伸出四个指头,"老头子,还有一个女,一个崽。"

"大伯在哪儿工作?"

"在军人服务社。"

"做什么的?"

"补鞋。"

"哦!就是那位修鞋的朱师傅?"

"是呀!是呀!"

朱大娘连忙进屋搬出几条矮木凳来,热情地招呼客人们说:

"同志,坐吧!"

"不坐,大娘,我们有事呢!"还是小炮说。

"哦!"朱大娘不善于多话。

"大娘,"小炮又问,"这两间房原来住人了吗?"

"没有住人的,"大娘摇头说,"只装了一些锄头、铁铲,昨天才搬走的。"

"这不像是宿舍啊,连厨房都没有。"

"没有厨房的,在台阶上搭个棚煮饭吃,你看我们,就是这样子的。"

陈小炮向那头望去,见台阶上用零碎木片和油毛毡搭了一个挡雨的半边洞窟似的棚,里面放着烧煤的炉子,堆着引火柴、煤球和其他杂七杂八的东西。

"这个很好,天热时煮饭凉快。"朱大娘热情介绍她的经验。

"你们在这儿住了多久啦?"小炮又问。

"去年搬来的,一年了。"

"你们搬来以前这个房子是做什么用的?"

"听说是修工事的时候放哨的住在这里,后来不住人了,旁边的生产队借了这个地方装肥料,放工具。我们搬来才把肥料搞走的。"

当陈小炮与朱大娘攀谈的时候,许淑宜母女一句话也没有说,但对话内容她们都听清楚了。看完了这一间,再看另一间,两间房的基本情况一样,只是靠头上的那一间更加潮湿罢了。望着眼前的情景,听着耳边的对话,感慨万千。一夜之间,人的景况发生了多大的变化!当老头子是司令员的时候,就有那样多的方便摆在他身前身后,家属子女也都沾光。需要什么东西可不能轻易开口,随便说一声,就不知会忙坏多少人。许淑宜深深地记得一个教训:有一年夏天,一家人在院子里乘凉,后勤部有位副部长也在。在闲谈中,许淑宜说到,她很喜欢一种叫做雪杉的树,把那种树着实赞美了一番。说话的无意,听话的有心,几天以后,整整一个连的部队,整整一个汽车班,为了把望海公园的雪杉,挖出四棵来移栽到司令员的院子里,停止了紧张的军训,忙碌了两三天。司令员从部队回来,知道了这件事,在许淑宜面前大发了一通脾气。怒冲冲地训斥道:"祸根就是你!多嘴多舌,搞得影响不好,老百姓知道了会怎么说呀!你给我拔出来,背回去!"从此,许淑宜才知道,说话可得小心了。现在,老头子把官职一丢,他几十年对革命的贡献就变得一钱不值了。就连他的妻子,一个没有犯任何错误的老干部,也跟着把历史功绩赔进去了!潮湿、肮脏而空荡荡的房间里,好像在四面墙上,写满了这样一个奇怪的公式:

贡献——一文不值

官衔——价值的标准

"难怪都怕丢官啊!"许淑宜不由得想到房间以外去了。这时,她感觉到屋里有一股湿气夺门而出,钻透她身上的衣服,渗进皮肤,侵入骨髓里去了,那害了大骨节病和严重的风湿性关节炎的膝关节,猛然间一酸,失去控制,几乎跌倒。她使劲抓住门框,颤颤巍巍地坚持着,脸上和身上冒出毛毛虚汗来。

"妈妈!"湘湘早已忍不住了,一见妈妈如此,眼泪哗哗地流下来,赶紧将妈妈搀住。

"快不要哭!"妈妈小声叮嘱她说,"人家看了会笑话我们。"

"你的腿会在这里瘫痪了呀!"

"也不一定,孩子,环境差了,本身的抵抗力可能会增强。"

"那是你自己安慰自己。"

正在跟朱大娘说话的陈小炮,回头看见了这里的情况,也赶过来搀扶许妈妈。朱大娘见了,赶紧进自己屋里去,搬出一张帆布躺椅来,招呼许淑宜躺下。

"你们要搬到这里来住啊?"朱大娘关心地问。

"是的。"

"这个地方好潮湿的,地下出水呀!"

"朱大娘,您洗衣服去吧!别耽误您的事了。"陈小炮有话不便当众说,因此把热心的邻居支走。

"唉!"朱大娘认真望一眼脸色苍白的许淑宜,怀着同情心,又无法相助,叹一声回她"厨房"那边洗衣服去了。

陈小炮目送她走后,回过头来,一手叉腰,一手撑在躺椅扶手上，按她自己愿意的方式，叫了许淑宜一声，说开话了。

"妈妈！怎么办？情况就是这样，他们做绝了，都是那个戴眼镜的鳄鱼干的。我可不是为我爸爸辩护，我爸爸进医院以前明明跟他说了，要考虑到您有风湿病，别的条件可以将就，就是不能潮湿。江醉章当面答应得好好儿的，偏要故意这么做，多狠毒啊！怎么办？卸不卸车呢？已经到这儿来了，那个地方也回不去了，总不能住在车上吧！人家交代了，汽车只能用一上午，怎么办？"

"我们不卸车他会来扔？"湘湘擦一把眼泪说。

"你以为江醉章做不出。"

"还有你爸爸呢？"

"我爸爸是糯米团长，你不知道吗？再说他也不在家，从北京一回来，病就发了，硬挺了两天，不行，只得住医院，还不知哪天回呢！"

"不卸车！就不卸车！看他把我们怎么的。"湘湘赌气说。

"我说湘湘，"陈小炮站直了，将两只手都叉在腰上，"你不要拨错了算盘子儿，这不是以前了，你爸爸不是当官儿的了，跟修鞋的朱师傅一样。能看成一样就够照顾的啦！你还没有转过弯儿来？"

"孩子，"许淑宜使劲拉着扶手将上身抬起来坐直，"搬！"

"妈妈！"湘湘又涌出两行眼泪，"搬下来怎么办呢？"

"怎么办？朱师傅一家能住，我们也能住嘛，住下来再想办法改造环境嘛！"

"对！"陈小炮高兴地把腿一拍说，"改造环境，就这么办，来，湘湘，别哭了，我们去调查研究一下。"

她们推开后面的窗户，见高坡陡立，杂草丛生，墙后的水沟被堵塞了。

"你到李小芽家里去过吗？"小炮问。

"怎么没有去过呢？"

"他们的房子后面也有一个陡坡,可人家为啥不潮湿呢?我去看了,后面有一条很深的沟。咱们可不可以也在这里开条沟呢?"

湘湘为难地皱起眉头。

"你不会?"小炮问,"别怕,跟着我干吧!"

"你会呀?"

"不干就不会,干起来就会了。"

陈小炮回到台阶上来,对许妈妈郑重宣布了她的宏伟计划:

"妈妈,您放心!只要委屈短短的几天就行了。今天先把东西搬进来,只架一张床睡觉,其他都随便放着。明天我们把墙壁粉刷一下。石灰我去搞,管理处的仓库里有的是,我找胡处长,他还没有撤职,我把这里的情况告诉他,他一定会气得跳起来骂娘,说不定他自己还要来帮帮忙呢!粉好墙壁,我们接着就开沟,开一条很深的沟,把这座房子三面围住。我们用砖把它砌起来,免得叫泥沙堵塞。工具和砖都找胡处长借;劳动力包在我身上了。我的保皇派同学多得很,我去动员动员,都会来的。要是胡处长没有权,弄不到砖了,我们就偷,要不,公开地去抢也行。我的同学有会开车的,有会打架的,反正大家都是抢,我们也去抢,怕什么!又不是抢来装进自己兜里。"

许淑宜听了小炮一席话,一面觉得这孩子很有办法,有能力,有气魄;一面又担心着,她太大胆了,难免捅娄子。细想一下她所提出的刷墙开沟的主张是很有道理的,也许这里的环境能得到彻底改变。当然,这还是计划,未成为现实,而仅仅是计划就足以使人宽心的啦!她苦笑了一下,对陈小炮说:

"孩子,你想得天花乱坠,能够做到吗?"

"妈妈,您要不相信,您就睡上几天大觉别醒来吧!到时候睁眼一看,一切都变了。现在我什么也不说了,等着瞧吧!"她把袖子一卷,"湘湘,你找朱大娘借扫把去。"说完奔向汽车,边跑边喊,

"喂!战友们,下车!"

汽车后面的挡板哐的一响,青年们跳下车来,抬着、扛着、抱着、提着,各式各样的行李、物品、家具、被褥,叽叽喳喳的说话声、喊叫声,使这个安静的地方一下子变成了闹市,蚁群搬家似的从汽车到房子跟前拉成了稀散的一线。

高个子的陈小盔和尚未长高的李小芽合伙抬着一口大木箱。陈小盔除了抬木箱以外,背上还背着画夹子。开头是李小芽在前面退着走,陈小盔在后面往前推,走了几步,由于陈小盔看不到路面,踢上了一块石头。他提出要调过头来走,李小芽服从了,两人对换了位置。哪知这样也不行,陈小盔看不到前进的方向,退着退着,退进菠萝地里去了。

"放下!"陈小盔喊道。

大木箱放在菠萝地里,至少在底下压着四蔸菠萝苗。陈小盔搔着头皮开始研究抬箱子的最好办法。这时候,其他人和其他家具物品都在目的地集中了。

"怎么抬才好呢?"陈小盔自语道,"往前走不行,往后走也不行,真麻烦!"他只得问李小芽,"你见过别人抬箱子的没有?"

"好像见过。"李小芽把握不足地说。

"怎么抬的?"

"好像也是这样抬的。"

"不对,肯定不对,这样怎么能抬!"

"那……那怎么办呢?"

"得借一部板车来推。"

"还得借板车去呀?"

"不借怎么办?总不能老放在菠萝地里呀!"

李小芽开始怀疑他的主意了,便说:"叫小炮姐姐来吧,她一定有办法的。"

"别叫!让人看笑话,说我们连一口箱子都捣弄不了。这样,你赶快去借板车,我坐在箱盖上画画儿,等着你来,去吧!快去!"

"你们在干啥呀?"陈小炮站在台阶上,老远对着这边喊。

"快去!快去!让她看见了。"陈小盔一面支使李小芽去借板车,一面紧张地将画夹子取下来准备画画。

李小芽扭怩着,迟迟不走。陈小炮见状奇怪,一个箭步跑了过来。

"怎么到菠萝地里去了?"她问。

"我们不会抬。"李小芽坦白地说。

"谁说的!"陈小盔不承认,"主要是她,她没有劲儿。"一边说话,一边又想出新的办法来了,吩咐小炮说,"你来给我扶一下,"他蹲下去做着举重的动作,"扶上来,我用头来顶,像朝鲜人那样。"

非但陈小炮笑了,连李小芽也笑得直弯腰。笑够了以后,陈小炮说:

"小芽,别理他,他只会画画儿,劳动知识,生活常识,一点儿也不懂。咱们来抬。"

李小芽模仿着陈小炮的动作,将箱子抬起来了,抬法还跟原来一样。

"走,横着走。"小炮吩咐说。

"哦!"陈小盔恍然大悟,"我怎么就没有想到横着走呢?"

"你画画儿去吧!"小炮讥笑他说,"不过,你那画儿也危险,要是叫你画个抬箱子的,你怎么画呀?"

陈小盔重新背上画夹子,随意摆动着松软的两臂,塑料凉鞋拖得地上的小草沙沙地响,自我解嘲地笑着,跟在箱子后面走去。

屋里,人们正在热火朝天地打扫卫生。扫把满屋子横飞竖舞。抹布扔上扔下。有的用铁锹撮灰,刮得水泥地嗤嗤地叫。有的检查电路碰得电火闪闪地跳。还有的跑到屋后去了,扯起大把大把的野草,一群群蚊子从草丛里飞出来。汽车司机是个年轻战士,也满头大汗地跟大家一起干得正忙。

"司机同志,你来一下。"陈小炮在房后的草堆里找到了他。

"做什么?"司机拍着手走出来问。

"我想请你帮个忙。"

"唔,说吧!"

"这位许妈妈有严重的风湿病,"陈小炮简练地说,"潮湿的地方一天也呆不了。我们准备在房后开沟,但一下子来不及。你看屋里多潮湿,她怎么办呢?我想在屋里放些石灰,把湿气扯一扯,暂时对付几天。我看你的车斗里沾满了白粉,是不是运过石灰?"

"是的,我昨天还运石灰来着,生石灰,还没有散。"

"放在哪儿?"

"放在木工房旁边那个敞棚里。"

"你能不能去弄点儿来?"

"这……"司机犹豫了一下,"好吧!"他点头了。

陈小炮高兴地来到许淑宜面前,大声说道:

"妈妈,放心吧!形势大好,越来越好,我们的朋友遍天下。您甭担心,一切都会非常满意的,您等着瞧吧!"她发现彭湘湘爬到窗台上去了,忙喊道,"小心点儿!湘湘,你的皮鞋会滑的。"转头又向许妈妈说,"她怎么又穿上皮鞋了?"

"布鞋洗啦!没穿上两天就要洗,爱干净。"

"唉!那么干净干啥呀?"

"孩子,"许妈妈很有感慨地说,"要是我们湘湘也像你这么能干就好了!"

"会变得能干的,您看,她不是上窗台了吗?"

有人把灰屑倒在不合适的地方,陈小炮一眼瞅见,连忙拖了一把铁锹走过去。

从车上卸下来的行李物品,暂时全部堆在台阶上下。邻居朱大娘站在她自己的门口望着那些东西,努力猜测新邻居的身份。她想肯定不是一般的干部,难道是大干部吗?大干部又怎么会住到这样的地方来呢?而且又怎么会只有被褥箱子而没有桌凳?后来她猜到了一种可能性,大概那位女邻居的丈夫原来是大干部,最近死了,她们只得搬家。不过他们那个单位的领导也太不近情理,死了一个大干部就要把家具收回去,把他的家属赶出来?将来你自己死了,你的家属怎么办呢?朱大娘暗自在心里念道:"老头子死不得呀!我家的老朱不要早死就好啊!他死了,我一家子人还不知住哪里去呢!"善良的朱大娘产生了同情心,她可怜这个不幸的家庭不幸的人。于是,她产生了一个见义勇为的念头,很想向新邻居提出来试试,可又担心着人家会不会领情。她们是大干部的家属,能接受你的好意吗?需要你提供帮助吗?去不去跟她们讲呢?去不去呢?不去?……去?……不去?……

正在这时,许淑宜扶着墙壁微笑着,困难地向她走过来。

"老嫂子,你还不做饭啊?时间不早啦!"

朱大娘见这位新邻居亲热地称她"老嫂子",又感动,又惊慌,不知怎样回答,连忙又搬条凳子出来。

许淑宜没有坐,继续跟她说话。

"老嫂子,朱师傅回来吃午饭吗?"

"回,下班就回。"

"儿子女儿呢?"

"儿子在工厂,不回,女儿在学校造反,有时回,有时不回。"

"哦!……以后咱们就是邻居啦!"

"是呀!我一个人守庙,好孤单哟!"

"以后就不孤单了,我女儿会弹琴,可热闹着哩!"

"是呀!是呀!"朱大娘总是摆不脱拘谨,很难找出更多的话来说。

许淑宜攀着门框扭头朝朱大娘屋里看了一眼,见里面的家具式样和成色都很旧,布置也很简陋,床上的蚊帐颜色不太明亮。她试图走进里面去坐坐,刚刚提脚,被朱大娘拦住了。

"我屋里好脏的,对不起呀!"

"老嫂子,这有什么关系呢!"

许淑宜拨开她的手,移步进去,坐在一张木框镶竹片的凉床上了。

这个举动使朱大娘很受感动,一下子鼓足了勇气,把她原先不敢讲的想法讲出来了。

"同志,"她确认对许淑宜以同志称呼为最好,"你看我这个房间还好吗?"

许淑宜没有听懂她问话的意思。

"我是讲,"朱大娘进一步说明确,"比你们那两间干燥些吧?"

"是干燥些,好多了!"

"你看,床脚都没有沤坏的。"朱大娘指着床说。

"是啊,这两间屋靠外面一些,离山边远一些。"

"这样,我们跟你们换一换好不好?"

"什么?"许淑宜吃惊,"你要把好房子让给我,你住潮湿的?"

"对呀,好不好?"

"老嫂子,那怎么行呢!"

"不要紧的,"朱大娘尽可能模仿普通话,想把道理讲清楚,以说服对方,"我们不要紧的,一个个都没有病,湿一点不怕。你腿痛,我知道,扯不得湿气的。跟我们换一下吧!老朱回来我就跟他讲。不怕,不要不好意思,我们老朱会同意的。"

这一席纯朴感人的话,使许淑宜受到一种刺激,她好像回忆起什么来了。是什么呢?是过去见过的人还是曾经遇过的事?不知道,反正有一种旧情、旧景,值得缅怀的经历在活跃起来。也许是抗日时期的事吧?可又不像;也许是大军南下途中?……也不是。这位朱大娘是从未见过面的,她那别扭的语言是不常听到的,可她有一种力量能像无线电波一样传给许淑宜,使她产生感应,激动起来,振奋起来。她一把拉住朱大娘粗糙的手,嘴唇先翕动了几下才说出话来:

"老嫂子,你真是个好人哪!"她失去控制地说了一些不该说的话,"我很长时间没有见过你这么好的人,你是从哪里冒出来的?老嫂子,现在这个时候还有你这么好的人,真没有想到,真没有想到……"

"不要紧的,同志,不要紧的,互相帮助啊!"

"不!"许淑宜语气坚定地说,"老嫂子,不能这样做。你不要看错了,我们并不比你们高一等,我也是什么苦处都尝过的。我们的钢琴不能受潮,你们的竹片床也不能受潮。你放心,老嫂子,我们自己会解决的,现在潮湿,过几天就不潮湿了。"

"还是换一下吧!"

"不,不,不换,不能换。"

当她们在说话的时候,那边房里发生了很大的变化。玻璃窗擦得干干净净了,窗框洗刷得现出油漆的本色来了,水泥地不但扫刮一净,而且被散石灰铺成洁白的了。一部分没有散团的石灰块堆在墙角,正在迅速吸收屋里的湿气,空气开始变得干燥了。司机战士不知是什么时候来的,又是什么时候走的,其余的人们正嗨哟哎哟把钢琴抬进屋去。

"战友们,大家辛苦了!"陈小炮像文化大革命初期在街头参加大辩论的勇士一样,站在矮凳子上发表演说,"今天的活儿干得很好!很漂亮!棒极了!我们战胜了困难,我们胜利了!"又突然改变腔调,"不过别骄傲,战斗还没有结束,大家不能松劲儿。我们还要把墙壁粉刷一遍,屋后要开一条沟,还够咱们干几天的。可是现在不能干了,肚子在闹饥荒,没劲儿了。大家很清楚,这个地方是没有饭吃的,各人回自己家去吧!义务劳动就是这样儿的,不管饭。喂!下午休息,明天来,不来的开除!"

大家笑了。有人提出:

"下午为什么不来?"

"下午要做准备。"小炮说,"刷墙要不要技术的?还得拜师傅。开沟要不要工具?还得去借。砌沟要不要砖的?还得去偷。这些事儿我来办,需要有人帮忙的时候我会来叫的。走吧!别啰唆了!"

像学校放午学一样,那些"战友们"一哄而散,蜂拥出门,各自回家去了。

陈小炮往躺椅上一倒,跷着腿,嚷嚷起来:"湘湘,过来过来!"

彭湘湘正在细心地洗手,不知有什么急事,来不及揩干便甩着水走过来。

"干什么?"

"现在该你伺候我们了!"

"要我怎么伺候?"

"你看,这里还有几个人没有走的,我、我哥哥、李小芽、妈妈,还有你自己,一共是五个人,得要吃饭。"

"哪儿有饭吃啊?"

"我不管,你去想办法,不给饭吃,咱就罢工。"

许妈妈从朱大娘家里出来,回到自己的房门口,见陈小炮叫叫喊喊,快活得要命,深受她的情绪感染,陪着孩子们笑起来。她提醒女儿说:"你不会到街上去买点包子来?"

"哦!对了。"

湘湘这才明白,赶忙擦干了手,找了一个塑料薄膜袋,对陈小炮说了一句玩笑话:"请首长等着,就来了。"便提步小跑买包子去了。

画家陈小盔见眼下无事可做,又想起了他的业务,连忙打开画夹子,拿出铅笔来削。

"你要画什么?"小炮问。

"画速写。"

"什么叫速写呀?"

"速写就是……"陈小盔忙于做画前准备,已经无心说话了,"你不懂就别问。"

李小芽对画夹子产生了好奇心,躬身站在陈小盔背后,仔细看他拿出每一样东西。

陈小炮想到了一个主意:

"喂!哥哥,你会画人儿吗?"

"刚刚开始练人物速写。"

"画个美人儿好吗?"

"什么美人儿?"

"瞧!你背后有个美人儿,把她画下来。"

李小芽听说,马上害羞了,捧着脸跑到许妈妈身边去,把头埋在许妈妈怀里。

"画就画,"陈小盔摆好绘画纸说,"可她不让啊!"

"不让?看我的。"陈小炮以迅雷不及掩耳的动作,将李小芽拖到自己怀里,抱住,"画吧!她愿意做怪样子你就给她画一个怪样子。"

"别动!别动!"画家喊着,就要动手了。

李小芽拼命地挣扎,但挣不脱陈小炮铁钳一般的双臂。

"这样的话,我只能画漫画了。"画家宣布一声,迅速抓特点,勾线条,行动很快。

大约不过两分钟,一幅漫画已经完成了。画家喊了声"好啦!"扔掉画夹子站起来,将他的杰作高高举过头顶,立刻引起了一阵大笑。画面上的美人儿仍是美人儿,不过进行了很大的夸张。睫毛相当于本来长度的五倍;眉毛像弯月儿,跟鬓角连到一起了;鼻尖本是稍有一点翘的,现在翘得又反常又极端可爱;因为正在生气,小嘴也翘起来,快要跟鼻尖相撞了。李小芽表示强烈抗议,企图把漫画抢过来,可她无论使多大的劲跳起来,也够不上陈小盔举着手的高度。

　　越是抢得认真便越是笑得厉害,连许妈妈都喘不过气来了。

　　笑够了以后,许妈妈把李小芽拉到自己跟前问:

　　"孩子,你在这里玩得高兴,可你爸爸……"

　　"我爸爸的心情比以前好多了。"

　　"是吗?"

　　"真的。他现在有时还小声唱歌,唱抗战时候的歌。也不见他写什么东西了,好像是人家不叫他写了。很久没有对我讲过以前那些伤心话,也不提叛徒的事,只是要我多到外面去跑,多认识一些人,要我学会自己洗衣,自己做饭,还要参加劳动。今天我来这里搬家,我爸爸很高兴,催我快点走,还嫌我动作太慢。"

　　许淑宜在深深思考。陈小炮在躺椅上打瞌睡。画家陈小盔则正在抓紧时机将妹妹的瞌睡姿势移到速写本上去。

　　彭湘湘提了一袋子吃的回来,是八分钱一个的叉烧包。

　　开饭了。想问题的断了思路,画画的扔掉本子,打瞌睡的早就醒了,饿坏了的人们争先恐后拿包子。

　　陈小炮又出了一个鬼点子。

　　"不行!"她夺掉湘湘手上的包子说,"你还得伺候伺候。"

　　"要我干什么?"

　　"给我们弹琴。我们一边吃包子,一边听音乐,好好儿享受享受。"

"没有曲子可弹。"

"怎么没有呢？琴谱那么多。"

"都是资产阶级的，不能弹，能弹的只有一个钢琴伴唱《红灯记》。"

"不要不要不要，听腻了。"

"孩子，"许淑宜插话，"要弹就弹《红灯记》，要不就不弹，免得惹麻烦。"

"妈妈，"陈小炮站起来说，"您已经麻烦到这个地步了，再来点麻烦又怎么样呢？还叫您搬家？不怕！湘湘，弹洋玩意儿。"

"只有练习曲。"

"练习曲也行。"

彭湘湘迟疑着开了锁，掀开琴盖，把琴谱搬过来挑选，忽然发现其中一本薄琴谱，高兴起来。

"有了！"她说，"这儿有贝多芬的《热情奏鸣曲》。列宁在世的时候，有段时间每天早晨必须听一次。虽然也是资产阶级音乐家的作品，但列宁喜欢的我们就有理由，谁反对，可以跟他辩论。"

"好！好！最好了！"陈小炮说，"你变聪明了。咱们就弹这个，弹响一点，看他们怎么的。"

湘湘把琴谱搁上，揉着手指说："过去练过，很久没有弹了，有点啃不下来呀！"

"不要紧。"陈小炮给她打气，"弹错了没有关系，只要情绪好，快一些，对付不了的地方就混过去。"

《热情奏鸣曲》的旋律恰同苏东坡的散文，不择地而出，滔滔汩汩，如万斛泉流涌来，随心适意，奔放无羁。音珠儿成串地四散飞溅，像畅雨浇身。房子太小，装不下，破窗而出，夺门而出，声浪闪着光芒，撼醒了荒僻的山脚，冲破周围的沉闷低空。旋律在唱：

我们心地光明，我们是强者，我们热爱生活，像破土而出的野艾蒿蓬。

风来吧！雨来吧！阳光曝晒吧！我们生根于沃土，不是飘飘无着的风筝。

我们曾经是有翅的种子，随风顺水，流离无定，终于随尘埃融进了泥层。

与众草为伍，与土地相亲，不分类别地攀根连结，草莽的信心要战胜恶云的险心。

无论哪种肃杀之气，总不能将大地一夜剃光；绿色是地球的永恒本色，有地球就有我们的子孙。

风来吧！雨来吧！阳光曝晒吧！越经磨洗，越是茂盛葱茏……

第三十四章 密　探

刘絮云像放好了排钓的渔夫,在等待收获之前有一段清闲的时间。她心知十拿九稳,不需要呆呆地守着,何不串串门儿,聊聊天儿,随便在哪里寻点儿开心呢！她走路更快了,腰身扭得更轻松了,从后面看去,会觉得她是一只逮不住的画眉鸟儿。由于她的故意冷淡,老远与她打招呼的人比过去少多了,但只要迎面碰上,仍免不了要与她亲热几句。她原先对男人们的态度一般是娇中带媚的,现在她成了男人们的丈夫。因为她已经预感到,这些人可能都是她的部下,其中年轻有为的某个小伙子也许会成为她的秘书。她想:为时不远啦！要从各个方面做好准备啦！她心中很不平静,血流过速,需要不住地动弹。可又非常矛盾,太轻飘,有失身份;太严肃又寂寞难忍。她曾经埋怨江主任说:"干吗不要我当护士？担些个责任在身上,别别扭扭的。"江主任当然是了解她的真意的,万事都能迁就,惟这一条不能由她。

现在是晚餐后的空闲时间,日子正长,太阳迟迟不落,营区道路上行人不多。文化大革命的热闹高潮早已过去了,树上墙上再没有新贴的标语,大路小路都是畅通无阻的。树影贴在地上,长长地伸向东边,要避开阳光必须在路基下面走,好在下面是操场,正好散步。到哪里去呢？出门时目的不明确,出门后才想起来根本没有目的。到军人服务社喝杯冰水去？一摸兜里,没有带钱。到江主任那里去聊聊？也许他正在家里,家里人多,老婆孩子一大堆,讨厌！邬中是个缺乏情趣的人,要么就关起门长篇大论,要么就一句话也没有,不懂得陪妻子玩玩,逛逛,拖都拖不动他。即使硬拖出来了,像牧童牵着一条牛,有啥意思?还不如单飞独跑,爱上哪儿上哪儿。俱乐部大概有人下棋,那是没出息的男人们图个消磨时日,你去干啥?空虚无聊的刘絮云忽然产生一种强烈的欲念,恨不能剥掉军装,回到结婚以前去,穿一身能够显露形体美的衣服,到公园里去勾引无所事事又特别多情的男人。向他们投以一笑,向他们伸出纤嫩的手指,与他们约会,各人约在不同的时间,然后故意晚到半个小时,欣赏他们巴巴渴望的苦恼。投下诱饵,立刻又收回,馋得鱼儿们蹦出水面,激起层层波浪,扰乱平静的池塘。多么潇洒!多么自在!多么令人垂涎啊!枯燥的军营太使人窒息了。

这种欲念在她心里是时常闪动着的,但也只是闪一闪而已,从十八岁一直闪到现在,始终被一个更高的追求目标压抑着。她知道,那种浪漫生活是很短暂的,而更高目标是能够永久的。想起更高目标就想起了江醉章,想起江醉章就猛然记起了一项任务。他叫她经常到文工团走走,那是个不能放心的地方。他们掌握了很高的机密,而他们又是一些不可靠的人。江醉章叫刘絮云也装着失宠的可怜相去与他们接近,引起他们发牢骚讲出真心话来。刘絮云做这种工作是再合适不过了,她每过几天就有新的情报送到江醉章手里。

萤火虫飞来飞去,天黑了。她一个人玩得乏味,又想起了她的神圣的路线斗争的职责,决定再到文工团去逛逛。她常去的地方是邹燕的家,不仅因为邹燕容易上当,而且她是范子愚的妻子,多与她接触有特殊的意义,范子愚的心可以从她的口里掏出来。

刘絮云的黑衣身影在昏暗中轻飘飘地移动,看去像是从坟地里钻出一个幽灵来。移近邹燕的门口,见里间亮着,外间没有开灯,里外都安安静静,好像没有人在家。她每次到这里来都是老习惯,不管有人无人,人多人少,总是轻步进去,冷不防站在主人面前。今天也是一样。

她走进外间,听到里面在嗫嗫说话,声调有些反常。这使她吃了一惊,引起了注意,便倚墙站在暗处,屏住呼吸,想听一个清楚。

邹燕的声音:

"你回来这么久了,怎么没听你说过?"

"我害怕呀!"范子愚紧张的语气,"他是红人,在中央都挂了号的,谁敢去碰他?万一那个事儿不准确,冒里冒失讲出去了,现在这年头,动不动就是要命的呀!"

"你告诉过别人没有?"

"没有,任何人也没有说。"

"怎么连我都不告诉?"

"我怕你嘴不稳。"

"你到底是怎么知道的?"

"那天不是在赵大明家里他爸爸叫我下不了台,我后来不好意思到他们家去了吗?到哪儿去呢?只得又去找地方的造反派,在一个学校里呆了两天。呆着没事儿就东走走西看看,看到走廊里贴满了大字报,是提审叛徒的记录。"

"哪里的叛徒?"

"可能是他们学校的一个什么当权派。"

"怎么啦?"

"我反正没事儿,闲得慌,把大字报看了一段,内容挺有意思的,就一直看下去了。看着看着,看到了江醉章的名字。"

躲在暗处的刘絮云倒抽了一口冷气,险些弄出声来。

"是怎么说的?"邹燕追问。

"那个叛徒交代说,他们一共是五个人同时被捕,有三个人交代了自己的身份,写了悔过书,其中就有江醉章一个。另外两个没有写悔过书的后来失踪了。"

"会不会是同名同姓的呢?"

"那也难说,不过很容易查清楚。我已经把那张大字报的一部分内容抄回来了。"

"抄在本子上?"

"没有。怎么能抄在本子上呢!"

"抄在哪里?"

"你不要问了,非常保险的地方。"

刘絮云越听越紧张,全身都颤抖起来,她紧紧握住拳头,用手臂夹紧身子,企图尽量地控制住。

"那你现在怎么办?"

"现在,他又升了主任,他妈的!越来越吃香了。我想,这是一张王牌,留在手上有好处,用得着的时候我就打出来。暂时还不敢搞,危险哪!到了要救命的时候,我就露点风给江醉章听听,他要是聪明的就会帮我解解围,互相包涵包涵,过去算了。等运动一结束,咱们复员,他妈的!在这样的豺狼手下混日子,太危险了!一到了地方,他就管不着了。"

一阵夜风吹进来,把房门吹得吱呀一叫,碰到墙上发出响声。

"怎么没关门?"范子愚紧张地说声:"真粗心!"接着凳子一响,他起身了。

躲在外间的刘絮云全身一麻,在十分之一秒的时间里做出选择。赶快溜走?肯定会被范子愚看见背影;迎面走进去?也难免引起怀疑。不容多想,走进去!再根据情况随机应变。

"嗬!这一家人真有胆哪!灯也不开,门也不关,不怕来贼?"

刘絮云话还没有说完,已同范子愚在通里屋的门边撞上了。

"你们怎么搞的?"刘絮云故意以多说话来掩饰她心里的慌张,"一点儿阶级斗争观念也没有,以为有哨兵在前面站岗就万事大吉吧？哪回我非要把你们的收音机搬走不可。"

范子愚和邹燕都惊恐地望着她,开口不得。

"怎么啦？这是怎么啦？不欢迎我来？"刘絮云也故作吃惊。

"你来多久了？"范子愚问。

"怎么？这话什么意思？我来了还能不进来,躲在外面？真把我当贼了？"

范子愚不答,还在怀疑中。

"哦！我知道了！"刘絮云故意取乐地说,"刚才小两口在说私房话吧？怕我听见了？嗐！我也是结了婚的人,谁还不知道夫妻之间的私房话是些什么内容啊！总离不了那些卿卿我我。你以为我跟邹中就不说私房话？还要来听你们的？哼！别不好意思,让我听见了又怎么样呢？邹燕,脸红什么？快给点凉开水我喝,渴坏了。"说完,她自动找了条凳子,一屁股坐下去。

"你那么忙忙碌碌的,干什么去了？"邹燕已打消了顾虑,一边倒水一边问。

"嗐！江醉章……"她装得怕让别人听见似的小声说,"可真不是个玩意儿。"

"怎么啦？"还是邹燕问。

"用得着咱们的时候就见面三分笑,现在没事儿叫你干了,连死活都不管你。找他人影儿都找不到,害得我跑上跑下,到处碰灰。"

"你找他干什么？"范子愚问。

"干什么？我们这人就是心太软,看着许淑宜住的那个地方太不像样,想去说说公道话,给人家换个地方。"

"你管这些闲事干啥呀？"邹燕说她。

"不是说了吗？心太软！"

"哎,"范子愚显然是想好了一个题目有意试探她,"你何必自己去碰灰呢？叫你们邬秘书去跟他说嘛！"

"他？哼！"刘絮云好像触发了心中的火，"他也是江醉章一样的货色，过河拆桥的家伙，自己一得势，连老婆都不认了。你们什么时候看见我跟他一起走过路？关系正紧张着呢！我知道，他要是升得一个什么官儿，准会跟我离婚。离婚就离婚，咱也不低三下四巴结谁，还怕找不到一个男人？"

"你这是真的吗？"范子愚当面表示怀疑。

"哦！你不信？算了！人家信不过，我坐在这里啥意思？走！"

刘絮云早就想走了，只是找不到合适的借口，听范子愚说出那句话来，正中了她的意，顺势说几句假气话，站起来就走。这场戏演得很成功，仅有一个小小的漏洞，她宣称渴死了，而邹燕给她倒的凉开水她并没有喝。不过没有关系，这点小漏洞是不会引起范子愚夫妇注意的。

"喂！坐会儿吧！别走了！"

邹燕的声音在背后传来，刘絮云只当没有听见。

路灯底下有个孩子在捡龙虱。龙虱这种甲壳昆虫有趋光的习性，夜晚常常碰死在路灯底下。本地人认为龙虱是一种好吃的东西，用水煮熟，用油炸更好，拿来做下酒菜或吃着玩儿都是很美的。刘絮云急步来到路灯底下抬手看了看表，已是八点三十七分，必须马上去找江醉章，否则就要拖到明天去了，这么重要的情报是不能过夜的。

她提步疾走，直奔高干招待所去。自从江醉章晋升主任以后，那套二〇九号房间被他占得更牢了。虽然他的家已从校官宿舍区搬出来，住进了单独的小楼，而江主任的老习惯改不了，他必须另有一窟，以便于开展某些特别工作。刘絮云估计，他也许又在二〇九号房里拟定什么重大计划或起草文章。走去一看，没有估对，扑空了。今天晚上无论如何要把他找到，于是，便决定到主任办公室看看。一路上,她想好了整套计划。要是遇上江主任正在开会怎么办;要是他在跟别人谈话怎么办;要是他下部队去了怎么办。还有,见到他以后怎样巧妙地把情报告诉他,又不要给自己带来危险,以及怎样利用这份情报得来更多的奖赏等等问题都考虑周到了。

政治部机关大楼到处黑着灯,只有各部的值班室例外,这说明今夜没有学习也很可能没有什么会议。刘絮云一口气爬上三楼,见秘书处值班室灯光透亮。她不愿意惊动值班秘书,便踮着脚走到了主任办公室门口。门是紧关着的,上面的小窗洞露出一点微光来。这说明外间的会客室没有人,江主任很可能是单独呆在办公室里,机会正好。

她轻轻在门上敲了三下。只要江主任听见了,就一定知道是刘絮云来找,不用再催,等着就是了。

门开了。迎接她的不是江主任,而是她自己的丈夫邬中。双方都愣了一下,走进门,回手将门带上。邬中想问她到这里来干什么,她也想问问邬中,双方都还没有来得及开口,江主任张口笑着,从里间迎了出来。

"哈哈!来得正好,恭喜恭喜!"

"江主任真逗,又拿我们开什么心啊?"刘絮云大大方方地吱扭吱扭扭进里间去,找了一把椅子坐下了。

"小刘,今天不是逗你,是真的要恭喜你了。"江主任跟在她后面走进去。

"怎么啦?"刘絮云转头用询问的眼光望望邬中。

邬中谦谨地笑笑,没有做声。

"恭喜你成了主任夫人。"江醉章说。

"什么?"刘絮云吃了一惊,因为这"主任夫人"的"主任"之谓有江主任之嫌。

"邬中升主任了！"江醉章点破说。

"他能当什么主任？"

"空四兵团党委办公室主任。"江醉章用拿烟的手高高举过头顶画了一个圈。

"来正式命令了？"刘絮云问。

"来了，还没有正式宣布，我先给他透了消息。"江醉章吮着香烟说。

"还不是江主任一封信起的作用。"邬中适时地说了此话。

"你可不要忘了咱们主任，没有他的关怀，谁知道你姓邬的是老几呀！"刘絮云教育她的丈夫。

江醉章嘬起嘴喷出一条烟龙来，然后并无多少直接原因地哈哈一笑，同时把右腿搭在左腿上摇晃了一阵，全身上下都动了。这样的动作在他视察机关各部时没有出现过。

"小刘你来干什么？"江主任非常随便地问一声。

"我……"刘絮云没有把来意说出口，望了邬中一眼。

邬中表示不明白地看着妻子。此时江主任因昂头望着窗外的夜空，没有发现蹊跷。

"怎么不讲啊？"主任仍未转过头来。

"我……主任，……主任！"刘絮云是要把江醉章叫得摆过头来。

"什么事？"他终于扭头了。

"主任，"刘絮云吞吞吐吐地说，"您……您叫他出去吧！"

"什么重大机密呀？连你丈夫都听不得。"

"是真的，主任，先让他出去一下。"刘絮云表情严肃。

江主任到这时才认真起来，连忙将手上的烟蒂往地下随便一扔（记得他曾经批评过组织部长不该把烟灰弹在地下的），对邬中说："那你就出去一下吧！"

邬中莫名其妙地在迟疑中转身走到门外去,房门被带上了。

"主任,"刘絮云沉下脸来,显得全身都在微微发抖,十分紧张,结结巴巴说了一些反常的话,"我不知道主任到……到底是……怎么看我的。自从受到主任的教育以后,我可是全心全意……我决心全心全意在路线斗争中锻炼自己。我对毛主席司令部的人……感情,这您知道。也经过一些考验了,我反正自己……我的心是红是黑,您也该看得出来了。可我……我不知道主任是怎样看我的。"

"怎么啦?小刘,你怎么啦?"

"我……主任,您相信我吗?"

"我怎么不相信你呢?这么长时间了,你也该知道我的意思嘛!"

"我知道……可是我……哎呀主任,我害怕。"她尽可能装出娇小纯真的样子。

"你害怕什么,讲嘛!"

"我是应该讲,不讲是不对的,可我又……我怕……"

"小刘,"江醉章有点不耐烦了,猛然站起来,在刘絮云面前走来走去,脚步坚实,踏得地板喀达喀达地响,表示他有力量,借以为刘絮云壮胆,以首长的身份,一句是一句地说道,"你怕什么?你怕谁?要是别人想对你怎么样,他也应该考虑考虑,你不是孤单的,你的背后还有我呢!只有连我都要害怕的事,你才值得一怕,那么,你说我怕什么?我怕谁?哼!"他轻蔑地一笑,"对别人,你不值得一怕,这是肯定的结论。是不是怕我呢?如果是这样,那你小刘太多心了,说明你还不了解我。我讲实话给你听,目前我能够完全信任的人很少,可以说是只有你们夫妻两个,而比较起来,又只有你小刘是我最信得过的人,你难道还看不出来吗?还有什么怀疑吗?就我的心愿来讲,你要担任的职务应该比邬中更重要。但是你要知道,你的基础是个普通护士,还要过几天才能正式解决组织问题,一下子提得太高了,舆论难以对付。中国人有重男轻女的老习惯,劣根太深,破格提一个男干部意见少些,女干部特别引人注目。当然,对这种腐朽的旧意识,我们不能迁就,要顶住,要斗争,要冒一点风险。当然,我们一方面要用实际范例来打破几千年来重男轻女的旧传统;另一方面也要讲究策略。策略不是退却,而是为了更好地前进,以求达到最理想的目标。这就是我对你的态度,也是我对你的希望,你还能不相信我吗?还要怕我吗?讲实在的,相反,我倒是有点怕你。不是因为别的,只因为你是女性,是最新崛起的力量,新生力量是不可战胜的。"

听得津津有味的刘絮云,这时也忘了她先前的情绪和预先构想的谈话内容了,情不自禁地热烈赞美起来:

"江主任,您真是出口成章,这要是有人把它一字不漏地记下来,根本不要修改就能拿去登报。怪不得您的文章水平那么高哩!您连随口说话都是这么……这么精彩,写起文章来那还用说?主任,我听了您的谈话,自卑得想哭了。都是一个人,怎么您就有那么高的才华,我们就这样无用呢?唉!……"

"你到底要跟我谈什么?"江主任问。

"哦!"刘絮云措手不及,赶紧把自己的情绪驱回原来的样子去,"我是……"她低下头,"我不怕了,主任,您跟我这么一说,我不怕了。"

"那么是一件什么样的事呢?"

"是这样,您叫我注意文工团的动向,我可是一时一刻也没有忘记,刚才又去了。"

"发现了什么?"

"有人诬蔑您。"她咬牙切齿,做出仇恨和愤怒状,"说您……他妈的!范子愚不是玩意儿。"

"我早就知道,那样的人是靠不住的,只能借用于一时。他怎么啦?"

"他说他看到一个叛徒的交代材料……"

"什么?!"

江醉章全身一颤,出现了一秒钟的极度恐慌,接着便强迫自己平静下来。刘絮云没有抬头看他,她是有意不抬头的,因为如果看见他的脸部表情绝对没有好处。但她注意着他的腿,发现了腿的突然战栗。

"说是跟您一起……"刘絮云尽量保持原来的坐态和声调,"被捕的,又是一起写了……悔过书。"

啪!办公桌一声暴响,桌上的烟缸跳了起来。江醉章把手拍得通红,脸也涨得通红,跳起一尺高,破口大骂:

"混蛋!他妈的混账东西!血口喷人!像疯狗一样乱咬!咬到老子头上来了。哼——!哼——!……"他气得一声声地嚎叫,胸脯扇得如拉开了风箱。

刘絮云吓了一大跳,抬起头来惊恐地望着江醉章,张着口颤抖起来,不知面前发生了什么事。

办公桌的强烈震动影响到窗户,窗外有一只壁虎趴在玻璃上狩猎蚊子,因突然受到惊扰,立即仓皇逃窜,倏而不见影了。

江醉章爆炸性的反应逐渐平静下来,意识到刚才缺乏理智,又见刘絮云惊恐异常,担心后果不好,便赶快收住怒色,一变而为狂笑,接连摇头,重新坐下去,点了一支烟,平静地说:

"简直是黔驴技穷了,来这一手,哼!小刘,你听了这个谣言害怕了吗?"

"谣言有什么可怕的!我是怕……江主任会怪我……"

"怪你干什么?你做得很对,这是你忠于……忠于无产阶级司令部的表现。完全应该嘛!如果听到了不来告诉我,那就成问题了。你讲吧！把全部情况详详细细地讲给我听。"

于是，刘絮云将她怎样机灵地躲在暗处偷听范子愚夫妇的谈话，谈话的全部内容，以及最后怎样应付危险局面的过程一一叙述清楚。完了还补充说：

"我一听他们说到您的名字，就像看见有人当面强奸我的母亲一样，他妈的！我恨不得一下子扑上去咬断范子愚的喉管，我差点儿控制不住啊！可我还是忍住了，我想，只有纯朴的阶级感情没有斗争策略是不行的，我咬紧嘴唇听下去。后来越听越气，越听越来火，全身都发抖了，差点儿弄出声来，可我还是下死决心忍住。主任，我今天受了一次特殊锻炼，总算没有引起他们怀疑。"

"好！小刘，你很有勇气，又很有韬略，了不起！"江主任伸出拇指来发出衷心的赞扬。

"从他们家出来以后，"刘絮云只顾往下说，"我思想斗争很激烈，要不要告诉江主任呢？告诉的话，等于是当面用畜生的言语来攻击自己敬爱的首长，简直是犯罪；可是不报告又不行，尽管他那是凭空造谣，但如果让谣言传出去了，不知真相的人会要受骗哪！当面不对您说，背后嘀嘀咕咕，多讨厌！凭我自己的地位、能力又没法马上制止他，让他们去说？让他们背着江主任搞鬼，一直逍遥法外搞下去？不行！我要告诉江主任，马上采取坚决措施，狠狠打击这种造谣诬蔑的人。我知道，将来范子愚他们一定会怀疑是我告密的。那我不怕，你攻击江主任就是攻击我自己，找我拼命都行，我奉陪到底！"

"对！"江主任深受感动地说，"你想得很对，很对，很对！你放心，小刘，江主任就是你，你就是江主任，我们之间没有什么彼此。"

"刚才我一来，看见邬中在这里，"刘絮云该说的还没有说完，"我犹豫了一下。为什么呢？我想现在谣言还没有传开，只有他们夫妻俩知道，就控制在这个范围为止，没有必要再多传一个人。邬中不知道,就不要让他知道,所以他在的时候我就不讲。"

"唔——!是啊!是啊!你每一步棋都是走得很稳的。小刘,你是一个好助手,好助手啊!"

到这时,刘絮云才把她谈话的计划完成了,从江主任的一再赞扬中,她已知道效果比预料的还好,不用再费神了,等着江主任的下文吧!

江醉章很快地思考了一下,立刻产生了有力的对策,随即命令刘絮云去把邬中找回来。刘絮云应一声去了。

又一支新点上的香烟在江醉章的手上闪闪跳动,抖得白色的烟灰零零碎碎落下地来。在刘絮云出去找人的短促时间里,江醉章在心里念经:"难道我要坏在这个小子的手里?他怎么东钻西钻钻到那里去了?怎么偏偏又叫他看见了那个东西?真糟糕!不迟不早,就在大整叛徒的时候。写交代的人根本不知道我在这里,我写文章是有意用笔名发表的,他们几个毛学生想找到我的下落是大海里捞针,根本办不到。要不是该死的范子愚这个小子,我本来可以高枕无忧的。畜生!在太岁头上动土了,好!等着吧!不过……光堵死这个洞还不行,还要在北京铺好保护网。干脆!来个主动,把这段历史私下里告诉上头,只要那里有底了,翻了天我也不怕,打击我就是打击文化大革命,帽子在我们手里,几个毛学生没有什么用。哦!对对!还可以请上头派人去干预一下,叫那个家伙收回他的交代,办法有的是,对付一个那样的人有什么难处?不怕!我是文化大革命的功臣,我效尽了犬马之劳,我将来的用处比现在还大,一定会保我。"到此,他独自发出了狞笑,"范子愚呀范子愚!你活得腻烦了,好得很!好得很!……"

刘絮云把邬中带进门来了。江醉章叫他们坐下,部署了一场紧急战斗。

"文工团要立即整风。"他恶狠狠地说,"毛主席的战略部署不能贯彻执行,革命大联合始终搞不好,天天打派仗,争吵不休,谁的话也不听,这里边一定有坏人。阶级敌人混进我们革命队伍中来了,新生的反革命分子正在蒙蔽着群众,不把敌人抓出来就不能取得文化大革命的彻底胜利。现在地方上已经抓出黑手来了。有人躲在领导机关内部,幕后操纵那些社会上的牛鬼蛇神,也把黑手伸进我们军队来了,不能麻痹大意,对阶级敌人的兴风作浪要坚决打击!"他一拳砸在桌面上,使语言的力量扩大了十倍,"邬中,你要马上动手做一件事,提供一个整风宣传队的组成名单。人员的要求是这样:到部队找几个年轻干部和战士,要农村出身的,部队驻地又是在高山、海岛那些偏僻地方的。不要什么能力,只要认识几个字就行,要惟命是听,不动脑筋,没有见识的,机关干部一个也不要,懂得吗?另外,还要找几个工人,可以到军械修配厂去找,那个厂设在山里头,与外界接触少,思想不复杂。要找老工人,最好是一字不识的,平时表现要好,叫他批判就批判,叫他加班就加班,告诉他是黑就是黑,告诉他是白就是白,就是要这样的人。由这两种人组成整风宣传队,带队的我准备……叫保卫部长亲自挂帅。你……三天以内能把名单交给我吗?"

"可以。不过……要不要跟陈政委打个招呼?"

"那好办,我是政治部主任,我有权决定,把一切准备工作做好以后,我再给陈镜泉打个电话就行了。他还住在医院,我们的工作不能因为他不在就停顿下来。实际上,不告诉他也没有什么话讲。你就用党委办公室的名义到部队调人。"

"我干点啥呢?"刘絮云主动要求工作。

"你,暂时不要公开出来参加这些工作,还跟过去一样,继续掌握动态。"

"是。"

江醉章布置完任务,心情还没有平静下来,激烈冲撞的余波引

发了他的感慨,他握拳抬起手,沉重地落在桌面上,站起来说:

"同志们,要准备做无情的斗争。阶级斗争是你死我活的事,不能够心慈手软,对敌人讲仁慈,就是对自己残忍。不要抱幻想,不能太天真,只要他们人还活着,他就会要找我们算账的,今天不算明天算,现在不算将来算。你曾经整过他,斗过他,他一得势就会十倍凶狠地回过头来整你,不是你死我活,就是我死你活,和平共处是没有的。彭其也好,文工团的阶级敌人也好,都是一样的,不能对他们来什么温良恭俭让,不能胆小怕事,畏首畏尾,怕听见哭声,怕看见孤儿寡母。任何时代都会有孤儿寡母,任何时代都会同时有人哭、有人笑。你要想笑,你就要叫你的敌人哭,在一片哭声中你的笑声才最美好。懂得吗?有思想准备吗?形势在发展,斗争在深入,地方上早就进入流血阶段了。不流血是阶级斗争,流血的也不过是阶级斗争,都是一回事。要善于说理批判,也要能搞刺刀见红,只有刺刀见红是解决问题的最彻底的办法!"

砰的一拳砸在办公桌上。

同一个时间,有人在急迫地敲击房门,办公室里的三个人面面相觑,一时惊慌无措。江醉章坐下,向邬中努了努嘴,示意他去开门。

房门缓缓拉开,外面站着秘书处的值班秘书,在他的身后是陈镜泉政委。

陈政委诧异地望着邬中,邬中立刻向他行了正规的军礼。他没有回礼,也不说话,慢慢移步走进里间去。

"政委回来了?"江醉章礼节性地站起来。

"政委病好了?"刘絮云毕恭毕敬地行礼说话。

陈政委不吭一声,仔细把刘絮云看了三秒钟,又回头对邬中看了三秒钟,然后把目光转向江醉章去。

"做什么大喊大叫?"他这才开口。

"呃……"江醉章支吾着说,"我在跟他们讲阶级斗争的理论问题。呃……到外面坐吧!政委,到外面坐。"

江醉章亲自把会客间的灯打开,让陈政委坐在沙发上,自己在旁边陪着。邬中和刘絮云趁机溜到门口,没有吱声,悄悄地走了。

陈政委不说话,旁若无人地默想着什么问题。江醉章有点惶惶然,不知他为什么而来,不知应从哪方面准备应付。

静坐了约两分钟以后,陈政委开口说话:

"你把许淑宜安排住在哪里?"

"在……修地下工事的时候住过警卫排的两间平房里。"

"我听说根本不能住人。"

"那不会吧?办事人员告诉我,那个地方不错嘛!"

"彭其犯错误,他的家属没有犯错误,许淑宜还是个老干部。"

"呃……这样好了,"江醉章想赶快结束话题,"我亲自去看看,实在不行,换一换就是。"为了引开陈政委的注意力,他紧接着扯上别的事说,"政委,小盔入伍的事,我跟他本人谈了,他同意。明天就把手续办一办。"

陈政委无言。

那个被吓跑了的壁虎回来了,接着来了两个,三个,四个,五个。不知什么原因发生了厮杀,有一个壁虎被咬伤掉下去了。胜利者们又在自己的同伴中寻找弱者,又开始咬杀,打得昏天黑地,不可开交。

第三十五章　苦相逢

一九六八年的前半年，空四兵团大院里一直是风平浪静的。红海洋虽然还在，却已被南方强烈的阳光晒得褪色了，并且没有再增加新的。大字报和大标语不再充斥军营，只有文工团的大批判专栏上有时还偶然公布一点彭其的罪行材料。今年最热火的事物是毛主席像章。在制作像章的物质条件和技术条件方面，空军是数第一的。空四兵团领导机关年初建立了一个像章厂，投产不到半年，产品已销行全国。像章制造业是一门新兴工业，随文化大革命而兴起，一开始就表现了蓬勃的生气。互相竞争，新陈代谢，演变速度之快，令人眼花缭乱。常常有这样的情况，某人得到一枚最新式的像章，喜滋滋拿回家去，在路上遇到一个朋友，他手上有一枚比你的更新，又遇上一个朋友，他又有一枚前所未见的，相比之下，你手上的新像章只能立刻宣布淘汰了。像章在发展过程中大致经过了三个阶段：第一个阶段是小像章，单纯金色的和加上红色珐琅质的都有；第二个阶段是在形状和图案上下功夫，使得主题不突出，走了一段弯路；第三个阶段一面减少花样突出主题，一面往大的方面发展，最大的有挂钟那么大，需要用绳子吊在脖子上才行。有些地方有瓷像章、竹黄像章和塑料像章，也是在这个阶段发展起来的。由于像章制造业的爆炸性发展，对整个社会生活产生了深刻影响。很多人以收集像章为志趣，革命不再参加；也有人用像章搞投机，趁着革命高潮营利。用像章打通后门，用像章做订婚礼品，用像章打扮姑娘，各种交易，各种用途，也跟像章的式样一般,叫人眼花缭乱。久而久之,像章的本来意义已完全丧失净尽。目前在空四兵团机关大院里,收集和交换像章的热潮正在汹涌澎湃。无论批判会也好,大字报也好,比赛背诵"老三篇"也好,所有那些去年吃香的事如今都不吃香了。干部们愿意用工资的一半去购买像章——如果有可能买到的话。

大营门外面那条洁净的柏油马路上,当前正在进行一场热闹的像章交易,四个年轻的空军干部头碰头围在一起,站在马路中间。

"我用两个跟你换这一个。"

"不行,你那算什么!"

"换给我吧!"

"你拿什么?"

"喏,这个。"

"啊!这个好,这个好。"

"你以为我真跟你换哪?休想!"

"谁稀罕!"

"算了算了!你们的都是老式的。"

"换了吧!"

"喂!走走走,到我家去,你把这个给我,我那里有五百多个,随你挑两个来换。"

"别去!他那五百多个都是没人要的。"

"干什么?干什么?想抢啊?土匪!"

"这帽子你戴不上,我热爱毛主席,怎么的?"

"干脆!看谁抢得过谁。"

"来吧!来吧!你敢!"

"抢啊!"

"抢啊!——"

于是,四个人扭成了一团。

一辆北京牌吉普车从市区开来,老远见前方有人打架,便长鸣喇叭减速驶来。一直来到跟前,打架的还没有散,使吉普车无法通过,只得停下来按喇叭。

"喂!来车了,"其中一个喊道,"到边上抢去,听见没有?"

"他妈的!不像话!"被抢的人正在拼命抵抗,什么也听不见了。

"嘀嘀——!"

"喂!走开!走开!"司机也伸出头来喊了。

这才总算把他们驱散了。被抢的人趁机撒腿就跑,"土匪"们哈哈笑着,闪向马路两旁。

吉普车从他们面前驶过去。

"看见没有?"有人说,"车里坐着彭其。"

"是的,是的,是彭其。"

"他还能活着回来?不简单!"

"可能腿瘸了。"

"走,看看去!"

好奇的人们追赶着车子而去。

坐在车上的彭其见有人拦路挡住车子打架,神经产生了过敏,以为又是一年多以前的绑架案再演了,心中暗念道:"又要拿我怎么搞?这回只怕是要我的命了。"不料打架的被驱散,车子顺利通过了。这反而使他感到奇怪,回头从车篷的后面小窗洞里望着随车追来的人们。

庄严的大营门迎面扑来,哨兵无精打采,软绵绵地勉强站立着,使彭其看了痛心。他要立刻与哨兵说几句话,告诉他们这样不行,哨兵的精神面貌代表着整个部队的精神面貌。他还想问问他们入伍多久了,搞过队列训练没有,会不会打枪,怎么穿上了军装还是农民气质。他要下车,便喊了声:"停车!"司机果真把车停下来了。坐在旁边的保卫干事扭头问彭其:"你要做什么?"彭其这才清醒过来,知道自己已不是司令了,枉操闲心,多此一举。

吉普车通过门卫,彭其望见了那座高高矗立的屏风。他看到《毛主席去安源》的油画褪色了。他因为与世隔绝已整整一年,不知世间发生了一些什么,以为除他以外,其他的事物都是得意的,猛然见到这幅褪了色的油画,又联想到无精打采的哨兵,似乎感到与他同命运的人和事多起来了。哨兵需要振作,油画也需要振作,而他们大概都还没有觉悟到振作的必要性和迫切性。只有彭其是下了决心的人。如此一想,彭其得到了欣慰。

吉普车开进司令部大院,早有数以百计的机关干部在大楼底下的草坪里,停车棚周围,大门两旁,楼梯两侧,企鹅一样地站着、望着,目光随吉普车转动。彭其又产生了另一种高兴心情。多么隆重的仪式!过去任何一次从北京回来或从部队回来都没有这么多人侍立欢迎,每次都是冷冷清清,顶多在走廊里遇上几个人,向你行礼,闪道让你过去。今天的气候大不一样了,他们显然都是放下手头的工作专门出来迎接的。如此看来,当官不如撤职好,在位不如在野好,得势不如倒霉好。

车停了,保卫干事先下来,然后是他,再后面又是保卫干事。彭其站直身子,有意挺起胸膛,抬手把军帽扶了扶。此一举等于是告诉众人:"我还有军籍,怎么样?不错吧?"企鹅们果真产生了反应,不少人在移动步子,想走到能正面看见他的地方去。大概正是对他的军帽抱以关心,上面还有帽徽吗?彭其可能是理解大家的心理,干脆不走,转动身子朝四面望了一圈。他粗略地感觉到,欢迎者虽没有鼓掌,也不呼口号,人多声音小,规模大而气氛冷淡;但是,真正抱着敌意的人极少,大都是好奇,也有不少人公然投过来同情的眼光。保卫干事催他开步,他只得开步。迎面遇上的人没有一个向他行礼,没有人与他打招呼,也没有人微笑。惟一略带笑容的是他自己,他挨个从人们的脸上扫视过去,有熟悉的,有不熟悉的,无论是谁,脸上都有一层表示惊奇的神色。彭其暗自好笑:"想不到吧?并不像受了羞辱的人,不低头走路,不惭愧得脸红,也不害怕得脸白。"

当他登上楼梯以后,外面草坪里才忽然响起"打倒彭其"的口号声,好像那些惊奇的人们到现在才醒悟过来。首先是少数人喊,接着是大家都喊,马后炮轰轰地响。其实,人们也并不是自己醒悟的,因为江主任来了,他看到围观者众,寂静无声,便发了脾气,叫宣传部一个干事带了头。只要有人带头,谁敢不喊呢?马后炮就这样打响了。

彭其提劲将军步,有意多用点劲把楼梯踏得噔噔响。马后炮的炮声轰轰传来,使他非常高兴。原本觉得欢迎仪式听不到礼炮声有些失望,现在变成欢送仪式了,炮声隆隆,不也很好吗?相比之下,欢迎不如欢送好。欢迎是炮声在前,欢送是炮声在后,人走了,威风还在,其中的意义是不寻常的。

人群开始散去。散去时比集会时热闹多了,嚯嚯说话声震得走廊嗡嗡响。

"他不是摔断了腿吗?怎么走路不瘸呢?"

"可能是谣传。"

"不是谣传,是真的。"

"你看他脸色还不错呢!"

"倒比以前显得年轻些了。"

"真是打不死的程咬金。"

"看样子他根本没有好好认罪。"

"你还不知道他的脾气?犟死牛。"

"他还笑呢!"

"你看见他笑了？"

"笑了,好像打了胜仗一样。"

"阿Q精神。"

"会不会开个斗争大会？"

"谁知道！"

"回来怎么办呢？"

"可能是养起来算了。"

"没那么便宜。"

"要是养起来,每月会给他多少钱？"

"总不会比你的工资少。"

"那当然哪！"

"要是我有他那地位,我就自己打倒自己,省得当官儿操心。"

"唉！不在其位,不谋其政,既在其位,哪有愿意自动下台的？"

"唉！看样子,搞来搞去,没啥意思,他搞了四十年,最后还得垮台。唉！……"

"算了！不要再扯了,扯着扯着就没有原则了。"

"喂！注意点儿！扯谈要突出政治啊！"

今年以来,军营里这一类的闲谈是很多的,常常是谈着谈着就脱离了原则,忘记了突出政治,最后经有心人一提醒,大家便哑口无言了。或者扫兴地散开,或者转一个话题,谈大前门香烟的质量怎么降低了,谈火葬场怎样闹鬼的故事等等。

彭其被带到党委会议室旁边的一间小办公室里,也就是一年以前他与陈政委谈话的那间小屋。他清楚地记得,大风怎样使玻璃撞碎,他自己怎样踏着碎玻璃站起来,整个谈话过程中一语未发。

两名保卫干事把他送进屋以后就走了,取代他们来执行保卫任务的是两个警卫连的战士,一人别一支手枪,站在门外两边警戒。

彭其兴致很高,走到曾经摔碎过玻璃的窗前去看,见玻璃已换上了新的。他朝窗下望了一眼,感到院子里的树木长高了,枝叶比去年稠密。他本想还要推开窗户呼吸一口新鲜空气,但为了不引起警卫战士紧张,没有那么做。他离开窗户折转身来,看到办公桌还是原来那一张,桌面上的玻璃板也还在,只是没有什么彩色照片了,端端正正摆着一张红蜡光纸。纸上有金色的双喜字,还有很讲究的图案镶边,中间印了几行金字:

特 大 喜 讯

我们最最敬爱的伟大领袖毛主席的亲密战友林副主席,于一九六八年二月十二日接见了我空军新编第四兵团政治委员陈镜泉同志,除就我兵团各项工作做了亲切指示以外,还将一尊光辉的毛主席铜像送给陈镜泉同志。这是我兵团全体干部、战士的最大光荣和最大幸福。我们要将林副主席的亲切关怀永远铭记在心,更加努力活学活用毛泽东思想,誓死捍卫以毛主席为首林副主席为副的无产阶级司令部,捍卫毛主席的无产阶级革命路线,提高警惕,保卫祖国,将各项工作做得更好。

中共空军新编第四兵团委员会

彭其以飞快的速度将这一张喜报读完了,好像并不感到惊讶,只是几乎听不见地轻蔑地哼了一声。

保卫干事走来通知他说:

"你在这里等一等,陈政委要跟你谈谈,不久就来,希望你端正态度。"

"什么?"彭其的语气跟他当司令的时候一样,"他要跟我谈谈?"

"是的。"

"你去告诉他,不要来,我今天耳朵聋了,听不见。"

"你这是什么态度?"

"你不要管,你去告诉陈镜泉,我是聋子,晓得吗?年三十夜里冻聋的。"

保卫干事只得离开去向陈政委报告情况。

彭其很满意,感到刚才的回答很有力,也很艺术。他为自己的成功高兴,望着呆板无色的墙壁笑了。拿出一支烟来,在手上捻了捻,看见了"大前门"三个字,自言自语道:"一个烧炭的,还吸这么好的烟?"又笑笑,将烟点着。

保卫干事又来了,更改通知说:

"由江主任跟你谈。"

"什么江主任?我没有听说过。"

"就是原来的宣传部长江醉章同志,现在是政治部主任。"

"宣传部长是写文章的吗?"

保卫干事愕然,没有回答,意思是说:"你装什么糊涂呢!"

"写文章的我一个也不认识。"彭其说,"我没有文化,不认识字,从来不看文章。"

"你这样的态度可不好啊!"保卫干事提醒说。

"什么不好?你告诉他,我是一个兵,他是秀才,秀才碰了兵,有理讲不清,不要来了。"

"你可要知道,你的问题还没有最后解决,跳河的事还没有算账,你们那个集团还在继续清查,不要以为保留了党籍军籍你就万事大吉了。"

"这个我晓得,再严重也不过是枪毙嘛!我已经死过一回了,不怕枪毙。"

保卫干事叹了一声,只得又去回话。

彭其坐在一把椅子上,将香烟倒过来拿着,吹去烟头上的白灰,借以消遣。没有人跟他说话他就自言自语:"看样子要戒烟了,坐牢是不许吸烟的。好,戒掉也好,烧炭的,哪有钱买烟?"

保卫干事第三次出现。

"陈政委问你,要不要同家属见见面?"

彭其蓦地站起来,将烟头往烟缸里一戳,说了一个字:

"要。"

"那你跟我来吧!"

彭其大步走出门。保卫干事对两名警卫战士招了一下手,让他们跟在彭其身后走去。他们一行四人在保卫干事带领下,从大楼的这头走到那头,推开了一间办公室的门。

默默无声坐了很长时间的许淑宜和彭湘湘忽见门开了,一齐站了起来,期待地望着门外。

彭其在门外出现。里外三双眼睛对望着,半天没有做声。湘湘控制不住了,声音失常地叫了一声:"爸爸!"哇地哭出声来,要朝门外扑去。许淑宜及时拉住了她的手,对彭其说:"进来吧!"

彭其这才移动脚步,像瞎子过桥一样,颤颤抖抖、伸伸探探地走进来。

外面的保卫干事吩咐警卫战士一个留在门外,一个跟进里面去。于是,有一个战士进来了,把门关上。

一家人走到一起了,湘湘再也不能控制,挣脱妈妈的手,扑到爸爸怀里。

哭声,满屋子的哭声。湘湘在放声嚎哭,只听见一声声叫爸爸,没有喊出一句别的来。许淑宜掩着鼻子抽泣,泣不成声。惟彭其没有声音,他只有眼泪,扑籁扑籁地落下来,落在女儿的头发上。

他们这个家庭自从组成以来,还没有出现过这样的情景。夫妻之间,父女之间,历来都是比较平淡的。主要原因在彭其身上,他很忙,从来没有清闲过一天。早些年忙于打仗,近二十年来又忙于部队的建设、训练、战备,他脑子里只能装进去那么多,天伦之乐很难找到空隙往里挤。今天是一个意外的机会,使彭其突然发现了爱情,原来自己身上也有同别人一样的感情!丈夫的感情,父亲的感情,他一样也不缺,甚至以为比任何人都要深沉、强烈。他产生了一种错觉,好像这不是在今天,而是回到一九五〇年去了。那回他过完了自己最后一次指挥陆地战的生活,部队在广东某地驻扎下来,他的纵队司令部设在一个专署所在地的城市。有天从外面回来走进自己的临时卧室,发现有一个女同志抱着一个孩子坐在里面。女同志听见脚步声扭过头来,原来是她!许淑宜也带着一个南下工作队到这里来了,怀里的孩子就是湘湘。那一回本来是可以好好儿地体会一下天伦之乐的,可是不行,彭其马上要开会,许淑宜也立刻要走,当时她的地方工作比彭其的部队工作更忙,更复杂。今天这个意外机会弥补了那一次的不足。那次是在全家欢笑中度过了一个小时,今天是在悲哭中相见,这样,悲欢离合都有了,算是一个完全的家庭了。他抚摩着湘湘的头发,好像这孩子依然只有两岁。他眨巴眼睛望着许淑宜,好像她仍旧是那么年轻。

湘湘重新回到妈妈的身边,手忙脚乱地掏出手绢来擦眼泪,以便把爸爸看得更清楚一些。许淑宜咬住嘴唇,强迫自己不再抽泣,争取能多跟丈夫说两句话,因为不知道会见的时间有多久。彭其则早已像铁汉一样挺立着了,想把力量和信心传导给女儿和妻子。

哭声停止了,一家人都平静下来了,可是,房间里仍有一种控制得很微弱的抽泣声。爸爸以为是妈妈,妈妈以为是女儿,互相一看,谁也没有抽泣。是谁呢?难道出鬼了?彭湘湘首先发现门背后站着一个战士,爸爸和妈妈都转头去看,只见那战士面对墙角低着头在擦眼睛。原来是他!当他进门的时候,这一家三口正在互相望着发痴,谁也没有注意到有他跟着进来了。

"你们还好吗?"彭其首先开口。

许淑宜点了头,憋住气,然后才沉重地说出话来:

"还……好。你呢?"

"我,你看,不是劲板板的吗?我身体很好,吃得,睡得。"

"怎么不写封回信呢?"

"不准写信,不准打电话,不准会客,三不准。"

"爸爸您住在哪里?"湘湘问。

"住在一个招待所,还不错,天天有人陪。今年换了地方,在医院住了几个月。"

"孩子,"许淑宜对湘湘说,"你搬条凳子给爸爸坐呀!"

湘湘这才想起来,感到愧疚,忙去抽了一条靠背椅,轻轻放在爸爸的身后,小心翼翼移到不前不后正好合适的地方,颤颤地说:"爸爸,您坐着吧!"

彭其坐下了。

"摔了哪条腿?"许淑宜问。

"这一条。"彭其抚摩着左腿膝盖说。

"好了吗?"

"好了,完全好了。"

"卷起裤腿给我看看。"

彭其顺从着妻子,将裤腿提上来,卷到膝盖以上。

"你坐过来一点。"许淑宜提出。

彭其又将自己的椅子挪了挪。

许淑宜颤颤抖抖地抚摩着丈夫的膝盖,好像那是一件娇嫩的无价之宝,稍一粗心就会碰坏似的。如果这个膝盖是长在自己的身上,决不会这么爱惜。它是长在丈夫的身上,它曾经支撑着他走遍中国大陆,支撑着他从一个南方的山区辗转飘泊,最后飘到延安与许淑宜相遇,在那里建立了感情。要不是这个膝盖,他和她也许还在天南地北,互不相识,她的孩子也不姓彭,不叫湘湘这个名字了。人人腿上都有两个膝盖,都是平平常常不足一谈的,惟彭其这个受了伤的膝盖对许淑宜有特殊重大的意义。她心疼得如割如绞地抚摩着,又流出泪来。

母亲的眼泪是一眼泉水,泉流直通女儿的心。湘湘把椅子搬到爸爸侧面去,也和妈妈一起捧着那个膝盖,泪花闪闪。爸爸和妈妈是孩子的前身,爸爸和妈妈赖以连结的感情构成孩子的心灵。此刻,一家三口的热血都通过那个受伤的膝盖互相流通了。

彭其感到这样不好。要给她们一些慰藉,要使她们宽心,要让她们和自己一样,产生力量,树立信心,由悲痛转为欢乐。他推开妻子和女儿的手,站立起来,提起那条腿用力甩了几下说:"你看,完全复原了,比以前还有劲。医生很负责任,治得过细,护理也好。我根本没有什么痛苦。"他说了一句假话,"不信我走给你们看看。"

地板噔噔地响起来,每一声响都显示着力量,很坚实,很干脆,毫不含糊。他做了各种转动的动作,蹲下,站起,抬起来搁到凳子上,还压了几下。

妈妈和女儿仔细地看着他表演,眼泪逐渐干了,脸上出现了微笑。

"够了!"许淑宜闪着泪花笑着说,"还压腿呢!又不要你考文工团。"

妈妈提起文工团,湘湘脸上有一朵浮云匆匆掠过。

爸爸在说:"这都是我在医院锻炼身体的一些动作,考文工团倒是不想了。"

浮云又掠过湘湘的脸。

"你坐下来吧!安静点儿说说话呀!"许淑宜微嗔着丈夫说。

彭其服从了妻子的命令,坐得端端正正,拿出烟来。

"吸的什么烟?"许淑宜接过那支烟来看了看牌子,还给丈夫说,"降格了。"

"爸爸,我给您带烟来了。"湘湘有些慌乱地从旁边拾起一个人造革提包,扯开拉链,从里面掏出三条烟来,"还是您过去吸的那种,中华牌。"

"可不容易呢!"许淑宜插话说,"你出事了,这烟,人家不卖给我们。还是小炮那孩子给我们买来的。"

"小炮?"彭其有点诧异。

"是啊,陈小炮。"湘湘补充说,"这一段时间,我们家里多亏了她。"

彭其沉默,在努力寻思:小炮……她的爸爸……她冤死的妈妈……他们父女之间……陈镜泉授意他的孩子?……不是,不是,那孩子独立性很强,她是不受约束的,她很有主见,她的爸爸管不了她,管不了她……

"你到底是怎么摔下去的呢?"

许淑宜打断了彭其的思绪。

"倒霉呀!"彭其长叹一声,要说下文,却想起了门背后站着一个战士,回头望一眼。

许淑宜和湘湘都望着那个战士,又互相交换了一下眼色,谁也不说话了,静得只听见呼吸声,一秒一秒地安静下去,半分钟过去了,一分钟过去了……

那个腰上别短枪的战士一直背对他们站着,把头埋在墙角里,刚才他曾经在轻轻抽泣,现在像是羞于见人,又像是在思虑着什么,也许都不是,而是在洗耳监听着他们的对话?忽然,那战士车转身来,仍旧低着头,轻轻叫了一声:"司令员!"

彭其很诧异,扭过头去仔细望着那个战士,但看不清他的脸。

"司令员,"战士抬起头来,眼里噙着泪花,"你不认识我了?"

"哦!"彭其猛然回忆起来,"认识,我打过你一巴掌。"

"不!"战士说,"你保护了我,叫我没有吃眼前亏,你亲自送面条给我吃,你不要我写检查,要我好好睡觉。"

"你的名字?……记不起来了。"

"我叫杨春喜。"

"对对对!"彭其敲着头说,"你是浏阳人,我的同乡,我记起来了,记起来了,杨春喜,对,是这个名字。"

"司令员,"杨春喜惭愧地说,"我……组织上要我执行看守你的任务,是江主任亲自跟我们谈的,我不能不来。我……"

"这我晓得,"彭其说,"你是战士,叫你来你不能不来,我不会怪你的。"

"还要我们监视你,"杨春喜走过来小声地说,"听见什么看见什么都要汇报的。"

"好,我晓得了。"彭其话中有话地转向许淑宜说,"我们没有话讲了,在一起安安静静坐一坐吧!"

"不,"杨春喜又说,"你们只管讲,要讲什么讲什么,我这只贴在你背后的耳朵是聋的。司令员,真正是聋的,什么也听不见。你老人家相信我吗?我不想提干,不打算在部队久留,服役期一满我就要回家去。你们只管讲,我是聋子,眼睛也看不见,是瞎子,就当这屋里没有我这个人。但我不能够出去,我要站在这里,像庙里的判官小鬼一样。"

"小杨!……"彭其感激地伸出手来,要与这纯朴的战士握手。

"不,"战士摆手说,"司令员,我们不能够握手,你们讲吧!快讲吧!时间不多啊!"说完,他重新站成原来的姿势,果真像泥塑木雕的菩萨,纹丝不动。

他的举动使彭其一家人哑然,互相望着,半晌无言,心中的感慨不知从何谈起。许久,彭其才打破沉默,问起了家庭生活小事。

"是不是从那个地方搬出来了?"

"搬出来了。"许淑宜回答。

"搬到哪里?"

"修地下工事住过警卫排的房子里。"

"还好吗?"

"好什么呀!"湘湘气愤地抢着说。

"不,"许淑宜扯一扯女儿的衣服给了暗示说,"当然不能跟原来相比,但也还可以,不比别人差。"

"旁边有邻居吗?"

"有,是个好人,我们出来,有人给我们看家。"

"唔。"彭其深深点一点头,"要跟邻居搞好关系,不要摆架子,我们没有什么架子摆。湘湘,你尤其要注意,泼辣一些,要跟邻居的孩子打成一片。邻居是什么人?"

"军人服务社修鞋的朱师傅。"湘湘说,"朱大娘是没有工作的,天天呆在家里,对我们挺不错。"

"是啊!这些人对我们都不错啊!是啊!是啊!"彭其深有感慨地说,"我在北京也碰到一个好人,是个修机器的工人。你们想不到他是谁吧?"

母女对望一眼,意思是说,这怎么能猜得到呢?

"就是经常到我们家来的那个小赵的父亲。"

"是他?!"

妈妈说:"我们倒是听小炮说了,是一个工人救了你,可没有想到是他。"

"我也没有想到那样凑巧,"彭其说,"真是无巧不成书啊!看起来,我们这两家人注定要成为亲戚。那一家子人真不错啊!赵开发老头,是个好人哪!不管时世怎么复杂,好人总归是好人。小赵也去看我了,当着我的面哭了!那个孩子,实在,有感情,跟他父亲一样,不错啊!都不错啊!湘湘你要原谅爸爸,那时候,我当着那个司令员,心难顾家,身不由己,做了一些刺伤你们的事,爸爸知道是对不起你。"

湘湘忍不住又失声痛哭起来。

"孩子,不要哭,我们大家都冷静一点,想想过去的事,很值得一想啊!"彭其叫女儿不要哭,他自己也忍不住眼泪汪汪,"一个人,身上担子重,手上权力大,很容易忽略体贴人哪!弹指一挥,信口一句话,说不定就要造成多少悲欢离合呢!我自己当了这个囚徒,晓得要爱惜人了!当官的时候,身边的人总难如意;倒了霉,身边的人都可爱呀!我现在变成一个糍粑心了。孩子,爸爸不反对你们好,你们就好下去吧!钢琴再不要锁起来了,想弹就弹弹,想唱就唱唱。爸爸愿你们幸福。"

湘湘哭得更厉害了。爸爸哪里知道这一对青年人之间的伤心事!半年多以来,湘湘恨着他呀!下决心再也不见他了,永远永远不见他了!但她每天都要想起他,偷偷地躲在自己房里寻找最刻毒的词句,写信去骂他。她至少写了三十封信,全都烧了!她担心会让人看出写信人的笔迹,给他带来政治上的不幸。又恨他,又怕他倒霉,这是一种什么心情啊?今天,爸爸又提起他,夸奖他,爸爸是多么了解又多么不了解女儿的心啊!她想倾诉,想告诉父母,可又怎么能说得清楚哟!谁知那颠簸的小船,是顺风,是倾覆,还是永远漂流在无边无际的海上?

外面在敲门,杨春喜将门打开。保卫干事伸进头来说:

"要吃饭了,还有什么谈的快抓紧时间。"

他把头退缩回去,杨春喜重新关上了门。

"你们没有别的事吧?"彭其问妻子和女儿。

那母女俩好像面临生离死别一般,拉着他无言地抽泣。

"不要这样,不要这样。"彭其站立起来,比他没有倒台时更显得威严稳重,"要把这看成好事,我们有多年不跟普通老百姓接触了,有了官气、骄气,还有那个娇嫩的娇气,不光是我,也有你们。我现在体会到文化大革命的好处了,要不是这个革命,我不会认识赵开发,你们也不会跟朱师傅成邻舍。他们身上有值得学的,跟他们在一起会改变我们自己的喜怒哀乐。我们想不通的,他们觉得好笑;我们讲不清的道理,他们随便讲一句老实话,你就明白了。从现在起,你们不要把我当成一个官,我是烧炭出身的,现在九九还原了。你们也要跟着我变,你是炭黑子的老婆,你是炭黑子的女儿,我们从头来过,再从第一步走起。烧炭的要经常碰到困难,有时要饿肚子,有时要碰上老虎,有时大风大雨会把你的炭棚子掀掉。没有见过一个炭黑子被这些困难吓得不想活,一个个都养成了一副有劲的瘦骨头。你们放心,我不会死的,我是烧炭的,不会为这些事去寻死。留得青山在,不怕没柴烧,我是一座青山,还不到六十岁,头发虽然掉光了,汗毛还在,汗毛要比头发多。只要不怕冷,少穿点衣服,汗毛还会越长越粗的……"

"爸爸!……"湘湘想说话。

"孩子,"父亲抢了先,"你的钢琴弹得怎么样了?还要练,练好一些,那也是一门本事,跟烧炭一样。我过完这一段,要回来听你弹琴的,你弹一首有劲的给我听。哐!哐!叮叮叮叮哐!"他模仿着弹琴的动作,突然收住,"你们回去吧!"

第三十六章 翻云覆雨

赵大明早就料到有翻云覆雨的一天到来,这一天果然来到了。

这一天晚上,文工团来了一些陌生人,深入到集体宿舍找大家聊天。有工人,有战士,也有年轻的基层干部,还有保卫部的部长。只有这位部长是大家熟悉的。这些人大都说不好普通话,言语不利索,带着各种各样的乡音。有些人显然是头一回见世面,发现文工团员都那么能说会道,吓得不敢吭声了,问一句,答一句,问到不能回答的时候就闭口不答。但他们都练好了一套台词,诸如"兵团党委对文工团的运动很关心"哪,"要我们来和大家互相学习,共同战斗"哪,"要紧跟毛主席的伟大战略部署"哪,这些话都说得很生硬。本质的问题,内在的联系,那就说不清了。也有个别人是自认为很清楚的,他声称自己是"大老粗",口口声声"知识分子就是不直性",一进门就表现出他是来领导你们的,他虽然没有文化,却可靠地掌握着真理,他"没有你们那样复杂",他也"不会风吹两边倒",一眼就能看出阶级敌人。说来说去,在他的眼里知识分子就是阶级敌人,你是接受改造的,他是来改造你的,你是贱民,他是贵族。这样的人不多,典型的只有一个,是个排长。此外还有半个。文工团的知识分子也确实臭得可以了,偏偏对这个最革命的"大老粗"排长不感兴趣,说着说着,人都走光了。

在另外一些无人访问的宿舍里,惊慌失措的造反者们三人一堆,五人一伙,窃窃议论不止。有的说这些人主要是来促进大联合,有的说是来帮助搞斗、批、改,有的猜想肯定要抓坏人,有的什么话也不说,光听别人议论。正在精神紧张的时候,有人传出消息说,楼下走廊里出了一个通知。于是,楼梯上,走廊里,脚步声劈劈啪啪地响,有的跑去看通知,有的看完通知回来,肩碰肩,臂撞臂,到处骚动起来。围看通知的人也有念出声来的,他念道:"为了促进革命大联合,帮助文工团搞好斗、批、改,落实毛主席的伟大战略部署,将无产阶级文化大革命进行到底,兵团党委决定组成工人、战士联合宣传队进驻文工团。现定于明天上午七时半在小礼堂召开全团大会,请同志们按时参加。"

第二天早上,还不到七点半钟就全团集合齐了,大多数人怀着惴惴不安的心情,想尽早了解宣传队的真实来意,看看与自己有无关系。也有少数人是预先交过底的,他们都表现得很平静。

七点三十分,保卫部长领着江主任来了。江主任动作潇洒,笑容可掬,他不让喊"起立"的口令,也谢绝给他泡茶,讲台后面有藤椅他也不坐,在台前走来走去,边走边讲。

"同志们,"他正一正眼镜说,"兵团党委的决定大家已经知道了。党委下了决心,要把文工团的问题解决好,我相信绝大多数同志是拥护的。文化大革命已经搞了两年多,就全国范围来说,已经取得了决定性的胜利,我们文工团的运动在某些方面也取得了不小的成绩。兵团党委决定派联合宣传队到文工团来,是为了帮助大家总结经验,找出问题,促进革命大联合,进一步发展大好形势。我向大家介绍一下,这是我们政治部的保卫部张部长,大家认识吗?好,他就是联合宣传队的负责人,是兵团党委直接委派的,他代表党委来和同志们一起工作。具体做法,请张部长跟大家谈,我还要赶去参加一个会议,不多讲了。好吧!再见!"

江主任匆匆来到,匆匆演讲,匆匆离开。那么轻松,那么友好,那么随随便便。这使得原来有些精神紧张的人松了一口气,会场气氛趋向正常了。接着是张部长讲话,有些人根本没有认真听,以为反正是老一套的道理,谁都能说得出来。不料张部长说着说着,口气强硬起来,嗓门大起来,所说的内容也越来越耸人听闻了,全场屏住了呼吸。

"……我是保卫部长。"他瞪起眼睛说,"党委为什么叫我来,你们知道吗？保卫部就是对敌斗争部,没有敌情是不会叫我来的……"

赵大明在想:"早就知道来者不善,果然是这样。那么敌情在哪里呢？会不会轮到我的头上？要仔细从他的话里听出话来。"

"部队不是生活在真空中,部队的'四大'单位阶级斗争很激烈。"张部长腔调越来越高,"谁敢保证我们这里没有特务？谁敢说我们文工团没有新生的反革命分子？不能麻痹大意,高枕无忧,敌人很可能就睡在你身边,你还在称他做同志。"

"显然,"赵大明想,"这回挨整的既不是走资派,也不是叛徒,而是'同志',要在同志当中找出人来整,要当心点儿。"

"……你们还记得冲击政治部大院的事吗？地方上那些人是怎么来的？那里面有些什么人？我们保卫部不是吃闲饭的。"

赵大明暗自庆幸:"还好,我一直是反对地方来支援的,这件事轮不到我的头上。"不过,他担心着范子愚,调头望了一眼,见范子愚脸色像猪肝。

"……把彭其抢到一个知识分子成堆的地方单位去。你们知道吗？那个单位净是牛鬼蛇神,已经把我们军内斗争的情况送到台湾去了。难道我们这里没有内线吗？为什么偏要把彭其关到那里去？这是偶然的巧合吗？"

赵大明吃了一惊,心想:怎么把这个问题也提出来呢？那次绑架事件不是江醉章直接指使的吗？邬中是主要策划人之一,他要不要受到审查呢？可他们都是最新提拔的领导干部,一个是政治部主任,一个是党委办公室主任,谁也惹不了他们。是不是斗争形势发生了变化？陈政委因为受到林彪的接见而产生了勇气，要把江醉章、邬中这些人整一整？不大可能，陈政委没有这样的胆量，他明知江醉章背景很深，是惹不得的。看起来，还是要整文工团。江醉章虽然暗中指使了绑架事件，但他并没有说要把人关到植物研究所去。与研究所的造反派发生联系的人是范子愚，又是范子愚！

"……有人背着领导，瞒着群众，私自跑到北京去，在那里搞了什么鬼，你们知道吗？口里说的是革命，实际干的是反革命，与反革命勾勾搭搭。"

赵大明感到全身一麻，想道："来了，轮到我头上了。在北京与反革命勾勾搭搭的是谁？这可不是范子愚了。是我，我跟彭其勾搭，我父亲与他勾搭。糟糕！糟糕！大难临头了。"他转念一想，又觉得奇怪，自从范子愚劫持彭其没有成功，连夜从赵家出走以后，再也没有见过他，后来的事他全都不知道了，而且也没有任何一个旁人知道，怎么会暴露赵大明与彭其勾勾搭搭的内幕呢？难道自己的父亲告密了？绝无可能。至于父亲反对范子愚把彭其劫走，及时将他送进医院治疗，这对江醉章他们并没有坏处。相反，如果让彭其又落到文工团造反派之手，江醉章是不会放心的，他早就对范子愚怀有戒心，这是事实。到底怎么回事呢？是一个谜。

"……敌人用两面派的手法把自己伪装起来，"保卫部长继续在说，"骗取群众的信任，混进群众组织担任重要角色。"

"这又是说我。"赵大明想道。他偷偷往左右溜了一眼，发现有一些人在注意他的表情，怀疑的眼光从各个角落向他投过来。这时赵大明已很难控制，身体在微微发抖，思维已经混乱起来。再也无心注意范子愚了，准备全力对付即将临到自己头上的灾难。要是保卫部长突然点你的名怎么办？要是他当众问你一个问题怎么办？要是群众中间有人站起来揭发你怎么办？要是又来一个立即逮捕怎么办？许多的怎么办绞在一起，使他一筹莫展，感到很可能只有坐以待毙了。

正当赵大明紧张、恐惧达到极点的时候，感到有人在他肩上拍了一下。这一拍非同小可，他立刻以为是拿手铐的来了，心想："完了！"回头一看，见是那位自称大老粗的排长。

"干什么？"他问。

"你出来一下。"排长说。

赵大明跟随那个排长出了会场来到走廊上。排长神秘地对他说：

"江主任要你去一下。"

赵大明愣了，木头一样站着，没有反应。

"快去呀！"排长催他，"当兵的嘛！动作那么慢！"

"到哪儿？"

"当然是首长办公室嘛！这还要问？"

赵大明无心计较这个自以为是的排长怎么怎么，他被这突如其来的召见弄糊涂了。又是什么意思呢？是好事还是坏事呢？他开头急走了一段，后来放慢脚步寻思起来，估计江醉章会问一些什么问题？会交代什么任务？要有准备才好，否则突然问来无以对答就会引起他怀疑。江醉章是个疑心很重的人，这在过去的接触中颇有了解了。只要他开始怀疑你了，你就接近完蛋了，跟这样的人打交道要特别小心。

他来到主任办公室，见江醉章正在看文件，便小心地喊了声报告，行了礼，立正站稳，等着。

"哦，你来了，"江主任抬起眼皮望一眼，仍看他的文件，随便说声，"到外间坐。"

赵大明退到外间会客室来，坐在沙发上，仍旧心神不安，连坐的姿势都显得很拘谨。

不久,江主任看完文件出来了,坐在赵大明的对面,未说话前先点了一支烟,态度淡然,叫人捉摸不住他的动机。

"你知道我要跟你谈什么吗?"江醉章吹一口烟望着窗户外面说。

"不知道。"赵大明声音略微发抖。

江醉章忽然扭过头来注目盯着他,半分钟没有说话。赵大明心想:"坏了!多半是由于声音发抖引起了他的怀疑,要沉着,拿出上舞台独唱的经验来,台下尽管有一千人,一万人,只当目中无人。"

"你告诉我,"江醉章注视着赵大明的眼睛说,"在整个造反过程中,你有没有干过什么坏事?"

"我?"赵大明强令自己冷静下来,装着不明白的样子说,"我干什么坏事呢?"

"你讲嘛!做了什么不应该做的事就讲给我听。"

赵大明认真寻思了一阵,最后断然摇头说:

"没有。"

"不该讲的话讲过没有?"

"这……"他想了想,"这就难说了,在什么地方说错一两句话是有可能的,可是……那怎么记得起来呢!"

"我是讲,"江主任进一步说明,"该保守机密的,你泄露了没有?不该传播的谣言你传播了没有?"

"没有。"赵大明肯定地回答,"主任您知道,我跟他们比较起来还算是稳重的,嘴也比较严,做事是知道考虑后果的。"

"唔。"江主任点头,"那么,与地方群众组织的联系当中……?"

"我从造反以来没有跟任何地方群众组织发生过联系。一般与地方联系的事,都是范子愚亲自管的。"

"文工团要整风了,抓阶级斗争,你害怕吗?"

赵大明笑了笑。

"笑什么?"

"为人不做亏心事,半夜敲门心不惊。"他泰然答道。

江醉章不再板着脸死盯住赵大明的眼睛了,将身子往沙发靠背上一倒,提起左腿交叉搁在右腿上摇晃起来,脸部表情也恢复到平常那种得意和自负的状态,吸口烟,张开大嘴,让烟雾从嘴里慢慢飘出来,贴着鼻子、脸颊和太阳穴徐徐上升,在头顶扩散、消失。

"我今天找你来是要给你一项重要任务。"江主任说,"所以,你如果做过什么错事的话,要坦白告诉我。你们文工团在搞运动,要发动群众检举坏人坏事,你是头头之一,是大家注意的目标,有什么错误先对我讲清楚,我这里心中有数了就好办,懂得吗?明白我的意思吗?"

赵大明紧张了半天,到这时才松了一口气,原来这位江主任是为了用你才这样问你。而且看来,就是有点什么错误也不要紧,江主任会保护你的。

"主任,"赵大明用亲切的口吻说,"我知道您是爱护我,如果真做了什么错事,我当然会毫无顾虑地向主任汇报。不过,我想来想去,的确是一贯比较谨慎的,没有做什么坏事。至于文工团发动群众以后,会不会有人贴两张大字报对我提出点怀疑呢?那是可能的,因为我当了头头。"

"这不要紧,只要你的实际行动是真正忠于毛主席革命路线的,有没有人贴你的大字报你就不要管了。"

"我感谢首长和组织的关怀。"

"不,这是毛主席革命路线对你的关怀,是无产阶级司令部在爱护你,你要知道这中间的关系,要识轻重啊!"

"我知道。"

"上次在整理斗彭材料的工作中你立了功,无产阶级司令部已经把你的贡献记在账上了。对革命有贡献的人,革命不会把他忘记。"

赵大明心里在想:"难道彭司令员对革命没有贡献吗?不仅把他忘了,而且还要把他整死。"但他口里说的是另一种话。

"我相信无产阶级司令部。"他说。

"不过,"江主任接着说,"你还年轻,在革命的道路上还刚刚走了第一步,以后能不能走到底,还要看意志坚定不坚定,遇上风浪动摇不动摇,考验来了经不经得起。"他滔滔说下去,"我初步感觉到,你还是有点才能的,能够动动脑筋,头脑比较敏感,接受新事物快,还有点写作基础。从你写的几个材料看得出,条理清楚,能抓住重点,文字比较简练,这是学习写作的基本条件。我有个想法可以向你透点风,我想在我们兵团建立一个写作班子,放在宣传部,由我亲自来抓。通过文化大革命,我总结了一点经验,舆论工作非常重要。掌握了舆论就掌握了群众,懂得吗?群众是跟舆论跑的。普通群众本来不懂得什么,我们用革命舆论向他一灌输,他就产生了革命的思想;有了革命的思想,就会有革命的行动。所以,舆论的延长线就是群众的革命行动。这是我研究出来的定义。我要建立一个写作班子,这个班子不光要能写文章,还要……怎么讲呢?可以这样来看吧,这个班子就是一个参谋部,政治参谋部。不光是我江主任的参谋部,还应该是无产阶级司令部下面的一个参谋分部。意义很大呀!任务也很光荣啊!这个参谋部跟我的关系是这样,我是组长,大家都是组员。从职务来看,我跟写作组的人相差很远,但在工作上,我们只是组长跟组员的关系。可以坐在一起研究问题,可以当面否定我的想法,提出更好的办法来。由于这个写作组的作用特殊,工作性质不同于一般的参谋干事,甚至不同于普通的科长、部长,所以,人员的选定需要慎重,每个人都要经过实际斗争的考验。我本想要你到这个写作组来,但是……讲实话给你听,考验还不够啊!你看怎么办呢?"

赵大明暗自骂道:"这个狡猾的狐狸,又是唬,又是诈,又是引诱,绕了半天的弯子还没有把底交出来,跟这个家伙打交道要特别小心。"眼前怎样回答他呢?考验不够,意思就是还要你接受更大的考验,你接不接受?谁知他叫你干什么!连整理伪造录音材料的考验都还不够,要干什么才够?在他的肚子里究竟还有多少卑鄙伎俩?你盲目答应了,要是根本做不到怎么办?可是,看来不答应是不行的。这个人心肠歹毒,无情无义,翻手为云,覆手为雨,范子愚的遭遇就是活生生的例证。他既然看上你了,想拿你当马骑,你不让他骑他就会把你宰了。因为你是一匹马,总是可以驮人的,不驮他就可能去驮别人,甚至驮他的敌人,与其把你留给敌人,还不如把你宰掉。他会这样做的,他是完全可以做得到的,而且马上就能实现,只要在范子愚的名字下面再添上一个赵大明就行了。要想既不为他所用,又不为他所恨,就只有根本不在他面前表现任何能力,一开始就不露头角,混在芸芸众生的行列中,不声不响装糊涂。可是现在已经迟了,江醉章知道你有用,就看你听不听他调遣,事情就是这么明摆着。赵大明决定,先让他把那个考验说出来,再根据情况随机应变。目前只有这个办法最好了。

"主任,"他假装受宠若惊的样子,"我原来是一个普通唱歌的,无产阶级文化大革命把我推上了路线斗争的前线,凭着对毛主席的一颗忠心,不太自觉地做了一点工作。要不是有江主任的亲自关怀,连这点小小的工作可能还没有做。我当然知道自己很幼稚,觉悟还是不高的,无产阶级司令部要继续考验我,我怎么能说不接受考验呢?谁还不想把自己锻炼成坚强的无产阶级战士?这个心情,主任一定能理解。"

"讲得很对。"江醉章颇为高兴,"呃……这么看来……你是决心接受更严格的考验啰?"

赵大明笑一笑,以表示回答。

"唔,好。呃……彭其回来了,你知道吗?"

"听说了。"

"他回来以后的情况你知道吗?"

"不知道。"

"他的问题远没有结束,态度非常不好,决心顽抗到底。自杀未遂,还硬说不是自杀,至今仍不醒悟。我和陈政委要跟他谈话,他连面都不见。他对无产阶级司令部怀着刻骨仇恨,这已经很清楚了。一旦有机会让他重新得势,他会要疯狂报复的,比他垮台以前要凶残十倍,比我们对待他的态度要厉害得多。他的复辟就是我们的人头落地,也包括你。这个问题要心中有数,不能太天真,阶级斗争的历史从来就是这样。所以,彭其活着就是我们的隐患,他活下去,我就睡不下去,你赵大明也不要以为可以睡大觉。当然,毛主席的政策是一个也不杀,我们不能拿枪把他杀死。政策和策略是党的生命,一个也不杀的政策我们要深刻领会;同时又要懂得运用各种对我们有利的策略。你懂得我的意思吗?"

赵大明竭力思考,表示尚未全懂地说:

"请江主任再说下去,我慢慢儿理解。"

"唔,"江主任评价说,"你这个态度也是对的,没有完全理解的时候就不要匆匆忙忙说已经理解。实际上,一些自认为很快就能理解某种复杂事物的人,他往往是根本没有理解。"

赵大明点头。

"现在,彭其要继续隔离监护反省。"江主任回到正题,"为了让他不受外界干扰,集中思想考虑他的问题,必须把他转移到郊外去,找一个安静的地方给他住。现在地方已经找好了,问题是要派专人去负责监护工作。这个人必须是忠于无产阶级司令部的好干部,必须积极参加过对彭其的斗争,表现坚定,有过突出的贡献。

你看这个人谁合适?"

赵大明很清楚,这个人正是自己。但是,怎能毛遂自荐去认领这样的差事呢?他装着不便怎样说的样子,忸怩了一阵,吞吞吐吐说了些含糊的话:

"要从积极参加斗彭……还有突出贡献来看,邬主任最合适。不过……他的工作……要不,刘絮云同志也很好,只是……女同志不太方便……我们文工团……"说到这里他不说了,连摇了几下头。

"邬中是肯定要管这个事的,他是党委办主任。地方的选择,监护工作的各种安排、部署都是他的分内工作,但他自己不能去。刘絮云是个女同志,你想得对,女同志不大合适。我想……你有没有考虑到你自己呢?"

赵大明不好意思地笑笑,推托说:

"我不够条件,各方面都不够,连党员都不是。"

"那不要紧,就在实际斗争中接受组织的考验嘛!文化大革命还有一条经验,过去入党的一些党员,大多数路线觉悟不高,在运动中成为保守派。冲锋在前的多半是一些党外青年。根据形势的发展,党的组织必然要进行大整顿,你不要担心这些问题。"

赵大明无话可答。

"怎么样?"江主任追问。

"我……"赵大明知道已不能推托了,"如果主任有这个意思考验我,我怎么能说不干呢!"

"对,接受任务要爽快。就这样定了,你去。给你一个班的战士,拨一部吉普车给你,伙食你们自己开。地方离这里有二十多公里,具体工作安排邬中会向你做详细交代。要准备坚守较长的时间,文工团的事你不要管,全心全意完成好你的任务。有什么困难吗?"

赵大明摇了摇头。

"要记住我跟你讲的政策和策略问题。到那里看到情况以后，你要每事联系政策和策略问题想想。你是聪明人，应该能够领会。记住！这一点一定要记住！"

"我记住了。"

"明天邬主任会带你去熟悉环境，过几天把准备工作做好了，你就带着人先搬去住上，以后自然会有人把彭其送来的。还有什么不明白的吗？"

还能有什么不明白呢？一切都明白得很，这是一个最要命的考验。也许江醉章至今还记得赵大明曾经跟彭其的女儿关系比较好，虽然早已断绝联系，惟恐在内心还有藕断丝连的感情，特意给他安排了这项特殊任务，看他怎么样表演。"真毒辣呀！"赵大明暗想，"看来他是真正要用我了，想把我变成他的工具，又怕我怀有二心，所以要出这个难题。怎么办呢？"他内心的焦急不安已达到顶点，而表面上只能演戏，让自己沉着，不慌不忙，不暴露真情。他努力寻思着，好像是在争取把问题考虑得更周到一些。不料最后他谈出了一个使江醉章吃惊的问题。

"主任，"他稳重地说，"无产阶级司令部对我这样信任，我很感动。我想，我自己只有绝对忠诚老实才能对得起毛主席。有一件事情我要向主任汇报一下。"

"什么事情？"

"关于我父亲的问题。"

"你父亲有政治问题吗？"

"不，他是一个老工人，地地道道的工人，政治历史都没有问题，只是觉悟不高。这次彭其跳玉带河，被一个老工人救起来，那个工人就是我的父亲。"

"是这样？！"

"您没有听说过吗？"

"没有。"

"当时我和范子愚正在北京，这您是知道的。范子愚的目的是想把彭其抢到手，争取继续立功，他硬把我拉着同去，住在我们家里。年三十晚上，我父亲把彭其背回家来，范子愚马上就要动手，想把彭其劫到桂林去。我父亲为了表示反对范子愚的做法，把火发在我身上，扎扎实实打了我一耳光，然后他就把彭其送进医院去了。送医院我认为是应该的，但是我父亲太人情味儿了，完全不管彭其是不是走资派，没有阶级观念，太没有路线觉悟。我告诉他，这是反党集团的骨干分子，他跟我吵起来，我一气之下，马上跑去买了张火车票，年初一晚上就坐车回南隅来了。我刚才在想，既然主任要把这个任务交给我，我必须把在北京发生的事向主任讲清楚，我父亲的觉悟情况也要使主任知道。"

江醉章很重视这个问题，伸出一个指头在空中画了半天的直线、曲线和圆圈，这表明他正在进行深入的思索。想了一阵以后，他问：

"情况就是这样吗？"

"就是这样。"

"唔，这不要紧，关键在你自己。你自己通过下一段的工作画出你的面孔来。"

谈话结束了，赵大明走下政治部大楼，一路跟跄回文工团去。刚刚被一场勾心斗角的谈话憋得喘不过气来，又要走到那正在发生不响枪的杀人悲剧的地方去，二十四岁的赵大明好像觉得自己已经早衰了，并且害上了陈镜泉政委那样的心脏病。手和脚都是麻木的、冰冷的，心悸，出虚汗，呼吸短促。这时候要是能找到一个与世隔绝的地方，有一张床可以躺下去永远不起来，那就好了。不能起来，再不要见人了，没有意思，没有脸面。江醉章虽然丑恶，你赵大明就不丑恶吗？你暗里是人，明里是鬼，人的那一面看不见，鬼的那一面丢人现眼，人鬼混合构成这架躯体。你想摆脱这种命运吗？不行，命运找你来了，像癞痢一样生在你头上了，你怕丑？那你就怕丑吧！他不知道明天会要发生什么，也不知道跨进文工团大门会见到什么。他什么也不知道，该想的没有想，该见的看不见，好像有人用黑纱蒙住他的眼睛，用烈酒麻痹他的神经，在莫名其妙之中把他送回文工团来了。刚刚踏上走廊的地面，耳边一声大吼，把他惊醒了。

"打倒反革命分子范子愚！"

吼声一浪一浪响过去，只见范子愚被几个反戈一击的造反勇士以架飞机的传统方式推出会场，迎着赵大明走来，又从他身边经过，送进了一间原不是住人的小黑屋。

赵大明发抖了，又像头一次看见范子愚他们斗陈政委时一样。他身体失重，大楼旋转起来，楼梯、墙壁、天花板、人群、翻着跟斗的疯狂的人群……

第三十七章　别墅

有一条公路从南隅背着海岸往大陆深处延伸,行至二十三公里处遇见了岔道,将汽车拐上岔道的简易公路,前方是一片山区。在这些长着茅草和小树的山地里左行右绕,再拐上一条更小的岔道,便来到一个隐蔽的山谷里,再没有路可走了。这里曾经是一个空军弹药库,后来作废了,现在变成了彭其的"别墅"。

这个别墅不以风景优美见长,而以荒凉孤静为特色。房子建在陡峭的石山坡底下,周围长满了一人深的野蒿和芒草。每天上午要到九点半钟才能见到一点阳光,而下午四点不到,山谷又变成阴暗的了。山沟里没有溪流,却到处是湿漉漉的,地底下日夜不断地在冒出水来。水出得很慢,见不到流动的闪光,因而也没有形成水潭,只有一个人工开凿的水井可以提供饮用。

这里有一座平房,规模跟许淑宜迁居后的那座房子差不多。房子很有特色,完全是用石头砌成的。窗台以下,墙的厚度约有八十公分,上面稍薄一些。据说是为了防止核爆炸的冲击才有意把房子修得这么坚固的。弹药库作废以前,这里住着守护部队的战士,废弃以后,本来可以将房子拆除,但拆下来又有多大的意义呢?所以至今留着,平时常有放牛的小孩在里面避雨和打盹。门窗早就不见影了,是最近重新启用时装上去的。

第一间住着战士,第二间也是战士,第三间、第四间都是战士的宿舍,再过去便是伙房,然后就没有房间了。那么彭其住在哪里呢?

在房子对面的石陡坡上,顺山沟往上走一百多公尺处有一个山洞口,没有门,洞口敞开着,里面漆黑,不知深浅。这原是一个天然溶洞,里边十分宽敞,过去是土匪出没的地方,听说最初来探洞时,还在洞底发现两副完整的尸骨。利用天然山洞做弹药仓库本来是经济、安全、十分理想的,后来因经过一次地震,洞底忽然冒出水来,只得将弹药抢运转移,仓库作废了。彭其并没有住在这个洞里。

山洞口外有一个土地庙似的小石屋,原来是警卫洞口的岗亭。一面靠着石壁,三面用石头砌成,屋底的面积约有四平方米,高度刚好够一个人在里面站直,要蹦跳是不行的。小石屋共有两个窗洞一张门。窗洞的形式和大小跟碉堡的枪洞差不多。门是对着天然洞口的,用铁条做成门框和栅栏,上面挂着大铁锁。彭其的住处就在这里。

里面陈设简单,只有一块硬床板和一个痰盂,没有桌子,没有椅子,床上也没有蚊帐,墙壁上更没有字画或地图。躺在床上看见屋顶的石块,坐在床上看见脚头的石块,从床上下来就会把前额撞在石块上。经常给彭其做伴的只有哨兵跟蚊子,此外没有别的。不,有时还有癞蛤蟆因追捕蚊子从铁栅栏底下钻进去,不久就出来。

这就是彭其的别墅!

这就是彭其的别墅!

自从这个地方成为彭其的别墅以来,放牛的不许走近,割草的不许走近,就连飞鸟——要是能挡得住的话——也不许走近。

这里虽然偏僻,却有很好的照明设备。不知是江主任还是邬主任,决定专门给警卫班拨来一台柴油机,每天晚上发电,除了供普通照明以外,还要点燃一盏两千瓦的聚光灯。那聚光灯安放在小石屋的对面,强光从铁栅栏射进去,照得屋里通明。

赵大明来这里上任时，邬主任向他交代了几条铁的规定：一，关于伙食，彭其每天的粮食定量为七两米，分两餐吃，第一餐上午十点，吃二两米饭，第二餐晚上九点，半斤米饭。菜不准见荤，分量严格限制，特备了一个酱油碟为他盛菜用。第二，关于饮水，规定不许随要随给，一天只给一次，时间在早晨七点，只给生水，严禁开水和茶。水的分量也有限制，特备一个儿童漱口杯，每天只许给一杯。第三，夜晚的照明问题，自天黑起，柴油机开始发电，到晚上十点停机熄灯。然后每过半小时发电一次，每次持续时间十五分钟，其他灯一律关掉，只亮聚光灯，要直射到彭其床上。第四，彭其的起居生活用品除现有的以外，不许增加任何一样东西。邬中将以上各项规定向全体监护人员宣布，要求每人都背下来，不许写成条文贴在墙上。此外还有一条，监护人员不管干部战士都要互相监督，发现有违犯规定或同情彭其者，应立即回兵团机关直接向他邬中报告。凡是回去检举揭发的，任何人不得以任何借口阻挠，吉普车应马上给揭发人使用。最后，邬中将监禁彭其的两把大铁锁钥匙全部带走，如有特殊情况需要开锁时，必须回机关去取。

彭其住进他的别墅了，邬中交代完一切要走了，临走前他对赵大明说："这些规定是铁的规定，但又是灵活的，你有权掌握一定的灵活性。比如开饭的时间，有时可以根据情况变动一下，菜的质量除了不许见荤以外，你还可以灵活掌握，放不放油盐，是新鲜还是陈腐，是冷是热，你都有权决定。其他也是，只要对斗争有利，你去做就是了。"

赵大明留下来了，跟他的一个班的战士隐居在山谷里了。当天晚上，他决定把宿舍调整一下，腾出一间专房来由他自己单独使用，理由是，需要有个办公室。他把自己的床铺在办公室里，将窗玻璃用纸褙上，使外面看不见里面。

天黑了，柴油机在山洞口扎扎扎地响，山谷震动起来。电灯亮了,聚光灯亮了,废弃已久的弹药库忽然恢复了生机,荒僻的山谷像正在进行一项秘密的地下建设。夜行通过山间公路的人们隐约听见柴油机马达的响声,又望见异乎寻常的光亮,只在心里猜测,不敢走过来看一看。原来栖息在山洞附近的小鸟遗弃了它们的旧巢,迁居到较安静的地方去。聚光灯强大的光源被各种小飞虫当成了太阳,很快从四面八方聚集到凸镜前面来,飞翔,旋转,相撞,不断葬身于灯箱底下。站在小石屋旁边负责警戒的哨兵紧闭着嘴,以防小飞蛾被吸进嘴里去。他不断摇头,不断跺脚,不断地在身上脸上拍得叭叭地响,每一秒钟都在忙于驱赶蚊子。

马达扎扎地响。赵大明将门关上,扣紧,独自躲在办公室,一会儿站起,一会儿坐下,一会走走停停,焦虑不安地团团转。一会儿抬起手臂看看表,一会儿扣住胸口探探心脏的跳动频率,一会儿又拿起毛巾在脸上臂上反反复复地擦汗。天气闷热得很,他却不愿意开门,既不组织战士们学习一下,也不召集他们开会,任他们睡觉也好,下象棋也好,爱干什么干什么去。他在江醉章和邬中面前只能唯唯诺诺,表示特别的忠诚老实;他在战士面前也不能讲一句真话,暴露丝毫内心的痛苦,便只好关起门来,一个人呆着,放一放心中的闷气,想一想问题和办法。他所以要设立一个办公室,目的正在这里。怎么办呢?江醉章所说"运用各种对我们有利的策略",其意图已经很清楚了。"不能拿枪把他杀死",而要用"策略"把他慢慢地折磨死,所有这些安排和规定都是属于"策略",而且还交代可以"灵活掌握",但要"对我们有利"。多么残忍!多么卑鄙!是空前的,很可能也是绝后的,只有江醉章他们能做得出。他们要考验你,就把这样的题目交给你来做,真要经得起他们的考验,这个人也的确是非凡人物了。怎么办呢?坚决执行他们的各项规定?亲手将这个老头子杀死?不是人,是禽兽,是魔鬼,才能做得到。那么怎么办呢?逃跑?跑到哪里去?只要不出中国,江醉章就会把你抓回来。自杀？自杀成功了又有什么用？你成了可耻的叛徒，却改变不了彭其的处境，你不来干，他们自会再找别人来干。自杀只能图到一点好处，眼不见为净，解除自己的精神痛苦。这是自私的动机，于江醉章无害，于彭其无利。那么，到底怎么办才好呢？

赵大明想不出任何办法来，一直磨到深夜两点，还根本没有洗澡，更不用提睡觉了。十点钟就已熄灯，战士们睡得呼呼地叫，哨兵已换了两次岗，柴油机在熄火以后又重新发动了八次。扎扎扎的响声就像坦克开过来开过去，在赵大明心上压碾，他猛地拉开房门走到野外去。门口有一个哨兵，是负责警卫宿舍的，山洞口还有一个哨兵，那是看守彭其的。赵大明是这里的领导，他应该起来查哨，不会引起哨兵的怀疑。

他没有理睬门口的哨兵，下了台阶往山洞方向走。一出门就能看见雪亮的聚光灯光束投射在小石屋的栅栏门上，石屋里面的情景从这个角度看不见，但已可想而知。这么大的响声，这么强烈的光线，彭其要在里面睡觉，除非他已经死了，否则是不能闭眼的。白天，赵大明不敢去看他，他害怕，他惭愧，他尴尬，因此避免与他正面相见。只有这时可以看看他去，他在强光中，你在黑处，你能看见他，他却不能看见你。但要小心，轻轻地走路，要避免与哨兵说话。哨兵不知站在哪里，强光中看不到他的影子。赵大明蹑手蹑脚向小石屋靠近，没有弄出任何一点响声。哨兵出现了，是从山洞口出来的，快步走到强光中，挡在铁栅栏门口，扭头看了看左右，将一只手伸进栅栏门里面去。"是在干什么？"赵大明略微吃惊，悄悄摸到小石屋墙外，从小窗洞里偷偷往里看。

彭其根本没有睡，坐在硬板床边上，不停地挥手驱赶着蚊子和小飞虫。

"司令员，接住！"哨兵伸进铁栅栏的手拿着一支点着了的香烟。

"不要,你快走开!"彭其摆了摆手,情绪紧张地说。

"我向柴油机手要来的,快接住!"

"不要,不要。"

"你是吸烟的,一下子没有烟吸了怎么受得住啊!"

"这算什么!要是连这一点也受不住,我怎么活得成?哼哼!"他轻蔑地笑了一声,"真狠毒!想把我活活折磨死。我不会死的,你放心!要是我还是司令员,那就会死;我现在不是了,回过头去成了烧炭的了,炭黑子,骨头贱,死不了的。我要活下去,不把这出戏看完我不死。你快走开,快走开!烟我不要。"

"我给你挡挡光吧!"战士缩回手,颤颤抖抖地说。

"不,这很危险,让别人看见了你不得了的。"

"我站远一点挡着,你睡吧!"

那战士退到聚光灯前面,用自己的背挡去一多半光线,彭其的小石屋里黑了。战士为了驱赶小飞虫,身子不断动弹,露出一线线光亮在小石屋里晃来晃去,当光线晃到彭其脸上时,能看出他泪眼晶莹。

赵大明悄悄地贴墙壁溜走,轻轻快走几步,将身影隐蔽到蒿草后面去,再躬身走向营房。他一路在想:这个战士怎么那么大的胆量呢?他不怕别人看见了揭发他?他怎么那样同情这个被打倒了的司令员?他知道这场斗争的内幕吗?他也是高干子弟,自己的父母有过同样的遭遇吗?奇怪!同时他还想起,战士的烟是向柴油机手要来的,难道他已经跟柴油机手串通好了?奇怪!……

查哨的发现使赵大明受到了鼓舞,他心中激荡。原来还有这样的战士!他的胆量比你赵大明大,他的见义勇为是你所不能及的,你应该向他学习。

从此,他每天晚上都要多次起床查哨,接连不断发现了一些问题。仍旧是那个送烟的战士,每次站岗都背着水壶去,一见旁边无人,就悄悄把水壶递进小石屋。有回还发现他溜进伙房摸了几个馒头带去站岗。他经常争着给彭其送饭,趁人不防,将好菜压在饭底下。对于他的举动,别人似乎都没有发现,也许是发现了而不愿意检举。赵大明非常感激这位战士,本该他做的事被这战士代替了。他不记得战士的名字,一打听,才知道他叫杨春喜。

赵大明由一筹莫展变得有了希望,便决定干脆顺势装糊涂,每天故意睡到很晏才起床,吃了饭就跟战士混在一起,嘻嘻哈哈,打打闹闹。聊天聊得太晚了就挤在战士的床上边聊边睡。战士下棋,他在旁边观战,刺激他们一定要决个雌雄方肯罢休。战士捉蛇,他就赌他们吃蛇胆、喝蛇血。每天晚上照例像念经一样将邬中的各项规定念一遍,但从来不督促检查,随便战士们爱怎么办就怎么办。战士们当中有心的也看出了赵大明的意思,只是不说,大家都装糊涂。

有一天,杨春喜下岗回来,把赵大明拖进办公室,郑重地说:

"赵干事,我有个事要请示一下。"

"什么事?"

"老头子说他写检查,要求给他几张纸,一支笔,这行吗?"

赵大明想了想说:"邬主任的规定是说生活用品不许增加任何东西,纸和笔不是生活用品,他要写检查,这应该可以吧?"

"那我就拿给他去?"杨春喜说着要走。

"不,在我这里拿。"

赵大明使了一点小小的计谋,他明知要纸笔不是写检查,而是另有目的,为了证实,他点数扯了二十二张材料纸交给杨春喜说:"没有用完的拿回来。"

第二天下午,杨春喜把彭其的检查材料和剩余的纸张送回来了。赵大明首先看了看检查材料,是属于表态性质的,没有什么新内容,一共只用了四张纸。再一数剩余的材料纸,仅剩十一张,还有七张不知干什么用了。

就在这天晚上,杨春喜宣布身体不舒服,请假没有放哨。次日早晨,他饭也没有吃,要求请假回去看病。赵大明用手探了探他的前额,并不发烧,但同意了他请假的要求。

"要吉普车送你一下吗?"赵大明问。

"不,不要。"杨春喜有点神色紧张,"我坐班车去,很方便。"

赵大明也并不坚持要用车送他,随他自己去了。杨春喜走后,他暗想:"一定有要事。"

有一天晚上,赵大明给战士们讲故事,讲个没完没了,一直拖到零点才睡,睡得特别香甜。忽然,只听见哨兵在紧急捶门,赵大明从梦中惊醒,拉开门急问:

"什么事?"

"邬主任突然来了。"

"在哪里?"

"到小石屋那里去了。"

赵大明赶紧穿衣,手忙脚乱,怎么样也穿不好那条裤子,原来是一只裤腿翻过去了。他刚刚把裤子穿好,准备出门,邬中迎面走进来,电筒光直照在赵大明脸上。邬中找到拉线开关一扯,灯亮了。赵大明惊慌地站在床前,一句话也说不出来。

"你神色不对呀!"邬中注视了半天,阴险地说。

"我……我不知道邬主任会深夜到这里来。"

"哼!要是你预先知道,就不会是这样了。"

赵大明不吭声。

"我问你,"邬中咄咄逼人地说,"那些规定都严格执行了吗?"

"执行了。"

"柴油机发动几次?"

"每半小时发动一次,每次持续十五分钟。"赵大明熟练地背道。

"为什么一个多小时没有听见柴油机响了?"

"那不会的。"

"住嘴!"邬中拍着桌子说,"以为我不知道吗?我在山口上,从你们熄灯以后就等起,等了这么久,柴油机不响,刚才见我去了才响的。"

"我睡着了。"赵大明低头说。

"我再问你,为什么在小石屋外面煨一堆熏蚊子的烟火?"

"这是因为……"赵大明理直气壮地说,"战士们提意见,晚上站岗蚊子太多,咬得受不了,要求煨一堆烟火,我同意了。"

"为什么这里的岗哨又不要烟火?"

"这里……这里蚊子没有那里多。"

"哼!都有理由,不错,你的任务完成得不错嘛!"

"我失职……"

"去把你的兵叫醒来,紧急集合。"

赵大明吹了紧急集合的哨子,在台阶底下站好了队,进来报告说:

"报告邬主任,集合好了。"

"把人带进来。"

睡眼惺忪的战士挤在办公室这间小屋里排队站着,惶恐不安地望着板起面孔的邬主任,连呼吸都不敢大声。

"你说,"邬中突然指着排头的班长问道,"有关的规定都执行了吗?"

"执……执……执行了。"

"为什么吞吞吐吐?"

"我……我不知道出了什么事,有点害怕。"班长说。

"你说。"邬中又指着第二个。

"执行了。"第二个答得干脆。

"你说。"问第三个。

"执行了。"这是杨春喜,语气更肯定。

邬中一个个挨着问下去,每人都回答执行了,只是有的答得肯定,有的答得含糊一些。问完,他又突然提出一个问题:

"是谁要求在小石屋门口煨烟火的?"

没有人回答。

"是谁?"

仍没有人回答。

"你们谁也没有提出过吗?"

"我提了,"杨春喜说,"那个地方蚊子太多,晚上站岗咬死人。"

"就你一个人提了吗?"

"我也提了。"另一个战士说。

"我提了。"

"我也跟赵干事说过的。"

接连有好几个战士证明是他们要求煨烟火的,邬中一看这样,没有话说了。他最后命令班长把柴油机手叫来。

不久,惊魂未定的柴油机手走进屋来,立正站在门口,准备挨批。

邬中劈头就问:

"为什么那么长时间不开机?"

"机器出了故障,"柴油机手回答,"我一直用手电筒照着在修,您来时刚刚修好。"

"谁能证明?"

"我是上一班的哨兵,"杨春喜说,"我看着他在修机器。"

邬中对所有这一切都非常怀疑,冷笑了一声,宣布将柴油机手带走,再不说话了,钻进吉普车,摇摇摆摆地爬出了山口。

战士们目送吉普车走了以后,默默无声地重新睡觉去,不敢对刚才发生的事议论半句。

赵大明关上门,坐在床沿上发呆,连蚊子叮在脚背上都没有感觉。邬中的突然袭击,表明江醉章对赵大明不放心,而且又正好被抓住了把柄。虽然已经勉强对付过去,但这是没有用的,如果邬中是相信这些解释的话,他不会将柴油机手带走。柴油机手将遇上怎样的事情呢?肯定要逼问他,这是无疑的,他如果抗不住逼问,一切都会暴露。危险!赵大明急出一身汗来了,无法再上床睡觉,一直呆到天明。

这一天天气非常闷热,水泥地和墙上的石块到处是水珠。赵大明用冷水冲了一次凉,借口晚上没有睡好觉不去吃早餐,独自坐在一块石头上,考虑对付江醉章和邬中的办法。如果不采取可靠的措施,下一步将是极端危险的,文工团正在搞运动,只要授意贴你几张大字报,就可以立刻把你搞回去,然后,欲加之罪,何患无辞?要保护自己,又要保护彭其,惟一有点希望的是去找陈政委。可是陈政委自文化大革命开始以来,屡次吃文工团的亏,他对你们早有戒心,能够信你的话吗?他要不乐意接见你,你连门都进不了,还谈什么问题呢?而且事情关系到彭其,陈政委目前对彭其是什么态度,谁也不知底细,只知道他受到了林彪的接见,也许正是因为他立场站得很稳才能得到这种荣誉的。由于情势急迫,赵大明只好决定冒一次风险了,他想起湘湘跟陈政委的女儿要好,打算写封信寄给湘湘,通过湘湘转到陈政委女儿手上,再交给陈政委。这样,至少不会把信件落到别人手里去,成与不成是没有把握的。如果失败,前途是死路一条,死路就死路吧!总比永远不明不白,窝囊地活着要强。

主意拿定了,他走回办公室去写信,刚跨进门,听见一声枪响,便赶紧走出来问哨兵。哨兵说,响枪的地方离这里较远,也许是民兵打靶。

赵大明关上门埋头写信。他不准备在信上请湘湘原谅了,写也是写不清楚的,干脆只谈大事。要简单明了把一切写清楚是很困难的,他反复写了两次都不满意,越急越没有条理。耳边听到一阵摩托车的响声,他也没有出门看看,直到后来听见哨兵和什么人发生了争吵,才引起了注意,匆忙把纸笔收起来,开门走出去看。

哨兵见赵大明出来,老远就喊:

"赵干事,请你来一下。"

赵大明抬眼望去,见有一个穿便衣的人将一部摩托车停在哨位上,背上背着一支双管猎枪,手上提着一只有血的野兔,正在与哨兵纠缠。

"这个老同志要喝茶,"哨兵不等赵大明走近就说,"我说请他在这里等着,我叫人给他送茶来,他不干,一定要进里面去。"

赵大明已经看出猎人就是胡连生了,没有回答哨兵,直接向胡连生走去。

"胡处长!"他来到面前行了一个礼。

胡连生既没有穿军衣,便不能回礼,连答都没有答应一声,只端详着赵大明的面孔,想了半天才说:

"哦!你是文工团的。"

"您怎么?……"赵大明见他那一身装扮觉得奇怪。

"这个小同志,少见多怪,"胡连生埋怨哨兵说,"把我当特务,怕我进去搞破坏。"一边说着,一边就往里面走。

赵大明把他请进办公室,连忙泡了一杯茶,问道:

"处长,您怎么有空出来打猎呀?"

"我?"他放下猎枪说,"又被阴谋诡计害了!这么大年纪,要我到干校去种田,娘卖×的!我不是不爱劳动,你搞阴谋诡计害我去,我就不干,买了支猎枪,打兔子,娘卖×的!改善生活。"

"您的枪法挺好啊!"赵大明提起死兔子看了看枪伤。

"枪法不是吹牛皮,我骑在马上还能把子弹打进碉堡孔里去。"他呼的一声从背后抽出一支左轮手枪来,"你看,这就是我过去立功得的纪念品。"

"怎么还没有交上去集中保管?"

"交上去?交给谁?谁敢来收我这支枪?"

"那当然,谁也不敢。"赵大明随便附和着说。

"娘卖×的!阴谋诡计!"胡处长端起热茶吹了几口说,"你们躲进这山沟里,又搞什么阴谋诡计?"

"我们……有任务。"

"屁的什么正经任务!"他喝一口茶,"你以为我不晓得?这个弹药库已经作废了,不要你们来守。只怕又是什么见不得人的阴谋诡计。"

赵大明想起,这个胡处长不是同司令员和政委都是老战友吗?可不可以借他去给陈政委递信呢?但这是不可靠的,他骑着摩托车到处跑,万一把信弄丢了可不是好玩的。

"你在想什么?"胡处长喝着茶问。

"我?我……"赵大明已经想出了一个主意,"我在想,要是我们也有猎枪,每天都有野味吃。"

"你看见什么东西了?"

"野兔、野鸡,几乎每天都碰到。"

"那样多啊?"

"多!多得很,特别是这个山沟上面,还有人看见兔子打洞呢!"

"在哪里?"

"就从火药库那里上去。"

"看看去!"

胡处长把茶杯一放,提起猎枪就走,赵大明一声不吭,随便他去。

猎人踩着软绵绵的野草路,一摇一摆地往上走,很快接近了监禁彭其的小石屋。哨兵从隐蔽处站出来,喝令他停止前进,他望了哨兵一眼,理都不理。哨兵是个新兵,不知胡连生的身份,见他如此大摇大摆地走来,反而没有主张了,只知道连连说道:"你干什么?你干什么?"边说边往后退。

胡连生走到小石屋门口,一眼瞥见了铁栅栏门,看到门上有锁,觉得奇怪,扭头望去,惊愕了。

彭其穿着肮脏的汗衫和卷起裤腿的长裤,跪在床板上,两手撑着石壁,伸出舌头来在石块上舔,舔一舔,缩回去,咂咂嘴,又舔。因为昨晚邬中的突然袭击使战士们害怕了,今天暂时无人偷偷给他送水。天气异常闷热,彭其大量出汗,口渴得十分难耐,见石块上沾满了水珠,恨不能将所有水珠都收集到嘴里去。他贪婪地只顾舔石头,哨兵的喊声未能引起他注意,还以为是战士们互相开玩笑的。他舔到墙角,伸出舌头来够不着,把整个的脸埋进石块中间去了。

"彭其!"

胡连生浑身痉挛,跺着脚嘶哑地喊叫了一声。

彭其吓了一跳,扭过脸来惊疑地望着穿便衣背猎枪的胡连生,语滞,说不出话来。

胡连生扑向铁栅栏门,抓住铁条拼力摇撼,喊道:

"你怎么在这里呀?你呀!你呀!你……呀!……"

彭其倒很平静,从床板上下来,伸手穿过铁栅栏,握住胡连生的手腕说:"你不要这样,不要这样,会气疯的!"

胡连生颤抖着,与彭其手拉手紧攥在一起,将前额顶在铁条上,泪雨哗哗落下来,落在他们的手上。

许久,他抬起头来,左顾右盼地寻找什么,一眼看见哨兵痴呆地站在旁边,便吼道:

"赶快给我开锁!"

"我……我没有钥匙,"战士颤颤抖抖地说,"钥匙,钥匙,钥匙被邬主任带走了。"

"你开不开?"

胡连生掏出了左轮手枪。

"胡连生!"彭其镇住他说,"不要怪战士,战士讲的是真话。"

"好!……好!……好!……"

胡连生抛开哨兵,一手提猎枪,一手握手枪,两臂齐举,将枪口指着天上,抖了几下,一齐抠响,砰砰!枪声未落,他对彭其说:

"你等着,你在这里等着,我把陈镜泉拖来,要死,我们三个人死在一起。娘卖×的!就死在一起,你等着,你等着……"

胡连生跌跌撞撞地边走边说,走下山沟。

不久,摩托车在公路上向南隅飞驰而去。

第三十八章 行路难

"你怎么总是要催我去住疗养院呢?"

陈政委扭过头来,以警觉的眼光望着他邻座的江醉章,似乎要穿透他的皮肉,看清骨头,看清骨头里面的骨髓。

"难道这……政委,"江醉章亮出表示纯真的笑容,把手一摊说,"我是考虑,新的司令还没有任命,你一个人又是爷又是娘,身兼两职,担子重啊!身体又不好,劳累一点,受点刺激,你就挺不住了,这样子拖下去很危险。每回去住医院都是头痛医头脚痛医脚,住不几天就回来,回来不久又要住进去,既不能好好治病,又不能好好工作,而且我真担心出危险。现在这时候工作平常,既不是年头,又不是年尾,部队的轮战反正已经习以为常,四好连队运动有我在管。今年天气特别热,目前又正是秋老虎的日子,何不住到山上去集中时间把身体养好一点呢?到接近年底了你再回来嘛!那个时候工作比现在忙,你回来掌舵嘛!不要老是丢不开一些婆婆妈妈的事,具体事务交给我们来做嘛!我们加强汇报就是啰!你住进疗养院,我们还可以定期汇报嘛!我的意思就是这样,你不要多心。年纪大了的人容易多心,这也是规律,唉!……"

"我的年纪有好大?"

"这……过两年就六十啦!"

"六十还不到就成了老朽?"

"我也没有讲你是老朽,我是讲……一种规律。"

"那你说我住哪个疗养院好呢?"

"住远一点好,省得牵牵挂挂。"

陈政委将身子仰倒在沙发里,每一个部位都贴紧沙发,这是下意识的动作。忽然,他想起江醉章正在奚落他年老体衰,想把他关进疗养院去,便振作精神坐起来,将上身挺得笔直。

"要是我去住疗养院了,家里这一摊你们准备怎么办?"他问。

"作战跟训练有司令部管,政治工作有我们政治部。"江醉章胸有成竹地说。

"党委工作呢?"

"还有几个常委在家,大家分管一点嘛!比如我,原来就是管运动的……"

"有些人的问题要等着做结论,你怎么办哪?"

"谁呀?"

"比如门诊部的方鲁。"

"可以暂时搁起来嘛!现在不是要搞'五·七'干校吗?那样的人都可以先放到干校去,我已经跟干部部讲了。"

"李康呢?"

"他的问题反正是等中央统筹处理。"

"彭其呢?"

"彭其……"

"你们到底把他关在哪里?"

"我没有具体管,不过,听邬中同志讲,不是在废军火库那里吗?那个地方我倒是去过,有一栋房子修得不错,是防原子的,很凉快,热天住到那个地方,跟避暑一样。"

"我还是要去看看。"政委说。

外面传来一阵摩托车的响声,使谈话停顿了一下,接着又开始。

"你不能去。"江醉章说,"邬中不也问过彭其几回了吗?他几次三番坚决拒绝同你见面,一提起你,他就破口大骂,这个人哪!我想,你还是不能去,去了也没有什么愉快的结果。要是当着战士的面指着你鼻子破口大骂,多难堪哪!战士不了解情况,他那里骂起来什么话都有,风言风语传到部队去……要让他情绪转了弯以后再讲,我想他总会转弯的吧?你现在去,说不定又会把心脏病惹发。反正现在又不急于要他交代什么,地方好,住得也舒服,管他呢!时间一久了,他总会想清楚的。我倒是想跟邬中讲一讲,在生活上不要虐待他……"

哐啷一声,门开了,胡连生站在门口。

他仍穿着便衣,两手空空站着,猎枪和手枪都没有了(要是有,岗哨会不让他进来)。他眼睛发红,脸上的肌肉在不停地抽搐,衬衣透湿,贴紧在身上,看得出肩头和臂部的肌肉是攒着劲的。他站在那里数秒钟不动,恶狠狠地死盯住陈镜泉。

"你做什么?"陈镜泉吃惊地站起来。

江醉章也战战兢兢地站起来。

胡连生忽然把衬衣扯开,从腰间拔出一只有柄的手榴弹。

"你疯了!放下!"陈镜泉呵斥道。

江醉章连连倒退,往保险柜那里退去。

胡连生不做声,提起发抖的脚,一步一步向陈镜泉走过来。

"你要做什么?"陈镜泉大声地喊。

"我……我要你……跟我出去一下。走!"他停住脚,用力招了一下手。

"到哪里去?"

"到彭其那里去。"

已经退到保险柜一角的江醉章倒吸了一口冷气,想道:"他怎么知道彭其的地方?"

"去做什么?"陈镜泉问。

"去……去……去彻底解决问题。四十七个,这一回搞干净算了,不要一个一个地搞。就在今天,我们抱在一起,死在一堆。你不是跟他死结同心的吗?我也参加一个。走,就走,你不走不行;不走,我们两个就在这里结果了。"

"你讲清楚嘛!彭其怎么样?"

"怎么样,你还不清楚?去,看看去,看看你的成绩。"

徐凯正在楼下翻阅部队干部和战士寄给陈政委的信,准备逐一处理,忽听陈政委在楼上高声大喊,情况异常,便扔下手里的工作,跑上楼来看。刚到楼上走廊,见胡连生拿着手榴弹向陈政委逼近,大吃一惊。他知道现在叫人来是没有用的,只得自己上去,趁胡连生专心专意盯着陈政委说话时,他悄悄从背后上来,冷不防将手榴弹夺下来。

"做什么?给我!"胡连生转身愤怒地喊。

"胡处长,"徐秘书退离老远说,"有话好好说,怎么拿这个东西呢?"

"我们之间的事,你不要管!拿来!"

"老胡!"陈镜泉喊道,"你把话讲清楚嘛!彭其到底怎么样?"

"装聋作哑,你不晓得?"说完逼向徐凯,"把手榴弹给我!"

"胡处长,"徐凯边退边说,"你不要误会了,先把情况调查清楚吧!"

"没有时间了,彭其等在那里。"

"您听我说呀!"徐凯焦急得跺脚,"自从彭回来以后,他不愿意跟陈政委见面,现在他到底在什么地方,陈政委完全不知道啊!政委多次想去看看他,他每次带口信来不许他去,所以一直没有去成,至今不知道他情况怎么样。您要把这些情况搞清楚了,再发脾气不迟嘛!"

胡连生听徐凯一说,倒也愣了,但他仍是将信将疑。

陈政委趁机走过去,紧紧抓住胡连生的手摇晃着说:

"老胡,我正在打听他的情况打听不到呢!你看见他了吗?"

"看见了!"胡连生扭过头来,眼里仍喷着怒火。

"讲给我听,快讲给我听。"

"你真的不晓得?"

"是真的呀!"

"那你去看吧!他正在石头上舔水吃。"

"什么?!"

陈政委像遭到一锤猛击,全身强烈地震动了一下,他回头寻找江醉章,要向他问个清楚。可是江醉章早就不见影了,不知在什么时候溜走的。

"娘卖×的!"胡连生大喘粗气骂道,"把人当人看哪!他犯了什么罪?把他投进九层地狱,娘卖×的!"

"走!你带我去。"陈政委拉着胡连生往外走。

"等一下!"胡连生挣脱陈镜泉的手,伸手对徐凯说,"把手榴弹拿来!"

"胡处长!⋯⋯"

"拿来!"

"胡处长!"徐凯劝说道,"陈政委对彭的情况一直不了解,老早就想跑去看一看,今天正好,您领路,咱们去嘛!政委还是政委,他总还有点权力嘛!看到了情况,该怎么解决就怎么解决,情绪冷静了才好解决问题呀!您干吗要拿这个手榴弹呢?"

"解决得了就好,解决不了就在那里炸。你拿来给我!"

"这样好吗?"徐秘书提出妥协方案,"我也去,我们一起去,手榴弹放在我身上,到时候实在要用,我也跟您一起。走吧!"

胡连生没有再坚持,三个人急匆匆地走下楼,叫来了轿车,高速向弹药库方向驰去。

一路上谁也不说一句话,大家都板着面孔,像是奔丧去的。徐凯不断地催司机快开,司机已提出抗议了。闷热的天气现在更加闷热,天上的白云在迅速集聚拢来,变成灰色,再变成乌黑一团。公路上车来人往都是急匆匆的,陈政委的轿车不断超越障碍,喇叭声嘀嘀叫个不停。

来到山地边沿了,车子减速,准备拐弯。正在这时,从岔路旁边站起来一个军人,伸开两臂挡在车子前面。

"干什么?"司机急刹车,伸出头来喝问。

"是陈政委吗?"挡路人问。

"不是。"司机说完,又要开车。

"等一等!"徐凯将手按在方向盘上,跳下车。

挡车人是赵大明,见徐秘书下车,迎面跑上来。

"徐秘书,政委在车上吗?"他问。

"你要干什么?"徐秘书反问。

"我有重要事情向政委报告。"

徐秘书正要问他是什么事,政委自己走下车来了,见赵大明情绪不正常,引起了注意。

"政委,"赵大明连忙走过来行了礼说,"我平常没有机会见到您,今天在这路上请您一定……"

"你是哪个单位的?"政委不等他说完便插问。

"他是文工团的。"徐秘书从旁介绍。

"文工团的?"陈政委一听是文工团的人便产生了厌烦和警惕,"你们文工团正在整风,你一个人跑到这里来做什么?"

"他就是看守彭其的,这个小子。"胡处长也下了车,指着赵大明告诉陈政委说。

"你们搞的名堂还少了?"陈政委冒火训斥说,"到这个时候了,还要来插手。军队的运动在党委领导下进行,你晓得吗?一开始就不听招呼,左搞右搞,就是不搞本单位的斗批改。地方上都成立革委会了,你们到现在还联合不成,还要来管闲事。"

"政委!……"赵大明急得想哭,想把一切都解释清楚,一时又从哪里说起呢?

"不要理他,"胡处长对陈政委说,"上车,彭其还在舔石头呢!"

"政委!……"赵大明跺着脚喊了一声,眼泪一涌而出。

徐秘书见状,忙向政委介绍说:

"他就是赵大明,过去跟湘湘要好,这回在北京救彭的是他的父亲。"

"哦!"陈政委这才开始转变态度,回头重新问赵大明,"你到底在这里做什么?"

"我……"赵大明擦着眼睛说,"我在这里做什么,您一点儿也不知道吗?"

"政委不知道。"徐秘书说。

"他们是怎样布置害彭的您也不知道吗?"

政委和秘书都没有回答,互相望了一眼。

"政委,我可以把全部底细告诉您,不过您先得……"赵大明慌忙从衣兜里掏出一张纸来。

"不要在这里啰唆了,"胡处长催促着,"彭其在舔石头!上车,走吧!"

"胡处长,"赵大明央求说,"您走以后,我们送水给他喝了。先不要急着去吧,我的话只能在这路上说,到那里没法子说了。"

"你那是什么?"政委指着他手上的纸问。

"这是我要求复员的报告,请您作特殊情况批准我立即复员,您还有这个权吗?"

"你这话说得奇怪,"徐秘书说,"政委连批准一个干部复员的权力都没有了?"

"我不该说……"赵大明表示后悔。

"你为什么一定要复员?"政委问。

"不批准我复员,我不敢说真话。"

"为什么?"

赵大明看看在场的人,把目光停在司机的身上,迟疑着。

"这里的人都是可靠的。"徐秘书看出了他的顾虑,暗示他说,"什么话都可以说,就说吧!"

"我……因为管着文工团员死活的是江主任。"

"你这话是什么意思?"政委问。

"我要汇报的情况都与江主任直接相关,他现在正在考验我,下一步还要拿我派大用,如果他发现我把他的底细全部抖搂出来了,我还能有活命吗?文工团正在搞运动,抓坏人,随便给我扣一顶什么帽子我都跑不了。这个人非常歹毒,什么事都做得出来,我怕他,我的头上像戴了一个紧箍咒一样,只要我还穿着这身军衣,就逃不脱紧箍咒的惩罚。请政委一定体谅我的情况,您要保护我安全复员我才能说真话。"

"一定要复员做什么?"政委说,"我晓得情况就行了嘛!他能把你怎么样?"

"不行,政委,不行。我虽然是普通文工团员,也看出来了,江主任手里有护身符,他不怕您。尽管您受到了林副主席接见,他还是不怕,要是他怕,就不会这样做了,就不能把这些事都瞒着您了。"

"你不要管这些。"陈政委无可奈何地说,"实在要复员,我同意,跟干部部讲一声,你马上可以走。"

"那么,请您……"赵大明畏畏缩缩地将复员报告递上来,"请您把批示写上吧!"

"给我。"徐秘书伸手接住,"我给你办,有些什么情况,快向政委汇报吧！坐车上去说。"

"领复员费是在管理处，你来找我。"胡处长上车时拍了一下赵大明的肩头。

政委、秘书、胡处长和赵大明都上车了。司机知道暂时不开车，要在车上谈机要问题，便自动回避，下车去呆着。

于是，赵大明毫无顾虑地将江醉章怎样向他布置任务，怎样暗示他要用"策略"把彭其活活折磨死；邬中怎样宣布各项铁的规定，又暗示他还可以"灵活"地掌握规定，使彭其死得更快些；战士们怎样于心不忍，互相包庇着破坏那些规定；昨晚邬中的突然袭击和把柴油机手带走的情况，所有这些都一滴不漏地告诉了陈政委。只有一个细节他没有讲，就是杨春喜送纸笔给彭其以及他第二天请假进城看病的事。这一点，赵大明认为没有必要告诉陈政委，因为目前还不知道那到底是一件什么事，也许仅仅是自己的猜疑。

"这些事你都不晓得吗？"听赵大明说完以后，胡连生问陈政委。

陈政委气得大喘粗气，无话可答。

"你是摆样子的吗？"胡处长捶着自己的胸脯，"嗐！四十四个都死了，偏偏还留着你，偏偏还要你来当政委。你怎么不早点同他们一起去嘛！怎么不同你的老婆一起去嘛！你还占着这个茅坑做什么？赶快让给江醉章嘛！你写不出他那样的文章，你做不出他那样的事，你没有什么能讨人喜欢的，你就算了嘛！娘卖×的！老子不该活到今天，早死了几痛快！如今还要受这样的折磨。看见彭其把人气死！看见你把人急死！嗐！"他双脚一蹬，弹跳起来，头碰在车顶上，"你讲，你还有点办法没有？你能不能去告他一状？你讲！"

"到哪里告？"陈政委也气得嗓门粗了。

"林彪不是接见过你吗？你去找林彪嘛！"

"你晓得什么屁!"陈政委扪住自己的胸口说,"人家是文化大革命的功臣,没有他们就没有文化大革命,你想拿他们怎么样?你有几个脑壳?你到林那里去告发他们,你告得进?那是到老虎窝里去捉崽子,你晓得吗?我跟他们还隔一层,自己要清醒一点,赏你一点面子,你不要不自爱!"

"那好了,我们还活着做什么?都是快上六十的人,够了!走吧!找彭其一起去,娘卖×的!手榴弹也准备好了。开车吧!"

司机听叫开车,马上从十步外的地方跑回来。徐秘书向他摆手,示意胡处长的话听不得。

陈政委苦想了半天,最后下决心说:"欺人太甚了!把我当成稻草人。我问心无愧,我没有什么辫子给他们抓,林也接见我了,他们也要考虑考虑。彭其住的地方一定要换,马上就换,谁来恐吓也不行。上头也没有讲要把他这样害死,毛主席也没有讲过对待犯错误的人要这样残酷。我有道理,我光明正大,不怕他们怎么样。小赵,你要帮助我把彭其的地方转移了,我找到可靠的人来顶了你的工作以后你再走,再不能叫他们派人。"

"那时候我还能走得了吗?"赵大明担心着。

"你还要相信政委嘛!"徐秘书从旁插话。

"你看,你看,"胡处长说,"干部战士都不敢相信你了,都晓得你是软骨头,屁用也没有,以后你怎么领导部队呀?你!"

"你不要以为你有本事。"陈政委被刺激得发火了,"你是硬骨头吧?你有什么用?彭其骨头硬吧?他又怎么样?架飞机,挨武斗,上电疗,关进铁笼子,下放种田,你们硬骨头搞赢了吗?一张嘴呱呱呱,开口骂娘,骂出一个真理来了?你还要小心点,莫以为下放种田就到底了。"

胡处长被陈政委这么一说,忽然变成哑巴了,是啊!硬骨头有什么用呢?屠刀拿在别人手上,不怕你骨头有多硬。这倒是从来没有听说过的,也没有想过的,这个问题把人击晕了。

"你放心!"陈政委转对赵大明说,"如果他们害到了你头上,我来陪你。"

司机向后面的来路上看了一阵,急忙走过来拉开车门说:"政委,来了一部吉普车,是我们汽车连的,不知是谁来了。"

徐秘书推开车门往后看,见吉普车减慢了速度,司机将方向盘往左打,显然也是要在这里转弯。这时,坐在车里的人向司机讲了一句话,方向盘重新改回去,猛然增速,从陈政委的轿车旁边擦过去,一直朝前飞奔。

"里面坐着邬中。"徐秘书告诉陈政委。

"他肯定是到弹药库去,见政委的车停在这里,赶快溜了。"赵大明说。

"我要问他一下,"陈政委咬紧牙说,"开车!追!"

赵大明为了避免与邬中碰面,从车上跳下来,跑回弹药库去。

轿车开动了,司机眼都不眨,紧紧盯住前面的吉普车和路上的来往车辆行人,灵活地从空隙间穿插过去。成行的苦楝树从旁边刷刷地向后飞倒,高压电线迎面飞射过来,车轮已经离地了,几乎没有什么响声。车上的人都用手抓住面前的拉手,一齐注目前方,谁也不说话。吉普车怎能赛过轿车呢?看着看着,两部车已经接近了。司机一面长鸣喇叭,一面把车子摆在超车线上。前面的吉普车只当没有听见喇叭声,仍以全速在公路中线上行驶。有时遇上前面来车了,卧车只好让道。政委的司机骂娘了,胡连生也气得骂个不停,而陈政委,则把火气紧紧憋在肚子里形成了高压。前方又有来车,司机趁着机会迅速转上刚腾出来的空线上,冲上去,与吉普车并行。

徐秘书从车窗里露出头来,对吉普车上的司机喊道:"陈政委命令,停车!"

吉普车不得不停，卧车也绕到前面停住了。

陈政委下了车，怒冲冲地向吉普车走去。车上的邬中已不能再躲了，只好硬着头皮钻出车门。他还没有站稳，陈政委已经来到他面前。

"邬中！你干什么？"政委以从未有过的音量呵斥道。

"我？"邬中坦然自在地回答，"我有事去。"

"你……你有鬼！"

"我有什么鬼？政委，您怎么发这么大的脾气呀？"

"你为什么不停车？"

"我可不知道是您的车子跟在后面追呀！还以为是敌人的特务在跟踪我呢！要是身上有枪，我早就对后面开枪了。"

"你敢！"

"这有什么敢不敢的！自卫。"

"好！……好！"陈政委气得肩膀一耸一耸的，空袖筒抖得摇摆不定，全部威力都已用光了，无可奈何地说，"你油头滑脑，你……你……"

"我根本不知道您为什么生气。"邬中若无其事地把手一摊。

站在后面看得忍无可忍的胡连生，摇摆着身子几步跨上来，指着邬中的鼻子喝道：

"邬中，你这个小子，你娘卖×的目中无人，他是你的政委！"

"胡处长，我知道您跟陈政委是老战友。"邬中斜瞟着一只眼，话里带刺地说。

"老战友怎么的？娘卖×的不该吗？不该讲句公道话吗？老战友，老战友，没有我们这些老战友，有你今天的神气？你小子不要忘本！"

"我不忘党和毛主席。"邬中自以为得计地说。

"好！"胡连生抓住他的空子，"党叫他当政委，代理书记，你尊不尊重?"

"我并没说不尊重陈政委呀!这才奇怪哩!"邬中耍无赖。

陈政委早已精疲力竭了,扪着胸口喘息了半天,恢复到往常的平静状态,再问邬中:

"你是到……弹药库去吗?"

"弹药库不是早过了吗?"

"哼!你以为我没有眼睛?车子就要拐弯了,看见我在那里,你就跑。"

"我躲着您干啥呀?"

"是啊,你为什么要躲着我呢?"

"我实在没有必要。"

"好,"陈政委又喘息了一阵,"我问你,你到底把彭其关在哪里?"

"不是跟您汇报了,在弹药库吗?"

"弹药库哪间房子里?"

"普通的房子。"

"你一天给他吃几两米?"

"我们吃多少他就吃多少。"

"让他喝几次水?"

"他只能喝那么多。"

"你……还有些什么规定?"

"当然会要有些规定的,他又不是住疗养院,他是反党分子加叛徒。"

"你带我到他那里去。"

"您自己去就是了,胡处长不是知道地方吗?他带您去嘛!"

"我要你带我去。"陈政委坚持说。

"我……我……"邬中支吾着。

"你怎么？你不敢吗？"

"我有什么不敢的！不过，我劝您最好还是不去，看了那些事情没有什么好处，只能给您增加烦恼，说不定又要惹发心脏病。"

"你不要管我，带我去，当着战士的面把你的规定重新宣布一次。然后，你就不要再管彭其的事了，我亲自来管。"

"那可好了，政委您亲自管，我就省事了。本来，我是党委办公室主任，这个事是该我管的，既然您对我不放心，那您就自己管吧！"

"上车，带我去。"

陈政委说完转身走回自己的轿车，邬中也拉开了吉普车的车门，正要抬脚上车，忽而转身追上陈政委说："政委，我还是想劝劝您，对彭其这样的人不要太仁慈过度了，对我们也不要苛求过火了，这里面有一个感情问题，立场问题，您是政委，您不会不懂。要是让毛主席和林副主席知道您这种感情倾向……"

陈政委突然停步，好像再也无力迈出去一寸了。

路边有一棵不幸的苦楝树，未长成时被人削顶了，只得将旁边的枝丫代替主干委曲求生。不料又影响了路上的车辆，于是又削一次，再委屈改一个方向往上长。谁知顶上有高压电线，还得遭一次斩削。"可怜的苦楝树，你大胆长上去吧！高压线是抗不住你的生长力量的。"苦楝树要是有灵，它只能苦笑一声回答："刀斧操在他人之手，不怕你树干再硬。"

第三十九章　杀呀！杀呀……

一年一度秋风萧瑟,此时在中原,当是万物凋零,寒霜早降了。而南隅这块地方,依旧维持着表面的繁茂,这里没有肃杀吗？不是,这里的肃杀不现形。你去问清道工,他一天要扫多少残叶？他的工作量不比北方的清道工轻。不要看树上还有绿叶,只不过今年该落的可以留到明年落就是了。

南方和北方的秋风,颜色不同,声音是一样,都是那么杀呀！杀呀！杀呀地响。风声夹带着江醉章尚未发表的一篇文章里的话:"路线斗争就是表现在党内的阶级斗争。混进党里的资产阶级代表人物和社会上的牛鬼蛇神勾结在一起,里应外合对无产阶级文化大革命发动一次再次的反扑。他们为了壮大自己的力量,不断在培养和扶植新生的反革命分子,打进群众组织内部,冒称革命,大搞反革命。……这场斗争是你死我活的斗争,敌人睡在我们身边,我们不能高枕无忧。……动员起来！向阶级敌人发动更加猛烈的进攻！……"这些话是从文工团楼顶上那个高音喇叭里传出来的,乘风碰到对面宿舍的墙上,反弹回来又碰到旁边一座仓库的墙上,再反射出去,不断地碰回,不断地反射:杀呀！杀呀！……

机关干部们低着头从楼前加快步子匆匆走过。杀呀杀呀的声音在他们头顶飞过来飞过去,人人把帽檐扯得低低的,深怕被忽然削走了。他们都知道这里正在发生着什么,他们目睹了整个冗长的戏剧。一会儿是喜剧,一会儿是闹剧,一会儿是恶作剧,当前又在演悲剧。在头几幕里扮演英雄的人现在变成囚徒了,监禁他的囚房就在楼下，窗口正对着来往的行人。头几天有人扭头看看，现在不看了，他并不是讨人喜爱的人，很难得到别人同情。因为他过去的壮举在人们心里留下了难忘的印象，全是一些不可一世的派头，蛮不讲理的态度，武断冲撞的语言，头上长角的形象，见人就顶的脾气，造孽多端的历史……不少人觉得这样也好，军营里可以恢复平静；而同时又不停地听到"杀呀！进攻！杀呀！进攻！"不知会不会有一天轮到自己。所以最好是低头走路，把帽子戴稳一点，多注意自己的安全。

新近衰败的革命家范子愚一脸颓丧默默无声地坐在写字台前，透过纱窗望着外面来来往往的行人，走过去一个，又走过去一个，又走过去一个……他感到所有这些人都是行尸，全无情性和感觉。但他羡慕他们还能自由地行走，比较起来，自己连行尸都不如，是一具坐尸。他忌恨自由来往的人们，眼睛翻白地盯着他们，一分钟，两分钟，五分钟，十分钟，人们在他视线圈里模模糊糊地晃过去。后来他疲倦了，躺到床上去，十指交叉将两只手压在后脑勺下面，闭了一会儿眼睛，然后睁开，望着天花板。这座大楼年岁已久了，天花板变了颜色；又不是均匀变过来的，有些地方变了，有些地方不变，于是成了一片花斑。他从花斑点点的天花板上发现了艺术，是最奇妙的印象派画家的作品，形象不准确，具有可变性，还有许多不易理解的线条、斑点和色块。这艺术启发了人们丰富的想象力。范子愚偶然从一个角上发现了类似斗争大会的场面；接着，整块天花板便成了斗争大会集锦，到处是拳头，高挽着袖子的手臂。到处是挨斗的对象，弓着身子，挂着黑牌，架飞机，打翻在地，再踏上一只脚，有的踏上好几只脚。他从这些艺术品中看见了自己，原来是挥舞着拳头，后来是被别人用脚踩住。自从联合宣传队进驻文工团以来，他已多次经历山崩地裂的斗争会了，每次都是架着飞机去，架着飞机送回来。这时候肩关节还在痛，头皮也好像脱离头盖骨了——是被揪的。他体会到架飞机的滋味很不好受,非但肉体要承受痛苦,而且人格遭受了极大的侮辱。任何一个仪表堂堂的人,被这么一架一揪,就会立刻变得十分狼狈、丑陋、面无人色。每次被架上斗争台时,在恐惧、痛苦、委屈、悲哀的复杂心情的间隙里,还隐约夹带着一种这样的奇怪心理:"邹燕在不在会场上?她看到我这个丑样子会不会与我离婚?幸好结婚了,有孩子了,要不然,再也别想找到女朋友。"以其人之道还治其人之身是最好的教育其人之法。范子愚受了这一段教育,心地变得非常善良了,他由自己联想到别人,将心比心才知道别人的痛苦。于是,在怜悯自己之余,也怜悯着被他斗过的那些人,包括彭其、胡连生、陈政委乃至最可痛恨的保皇狗。他们那些人当时是怎样活过来的呢?他们被斗时想了些什么?也想到了老婆离婚的问题吗?他们有没有使肩关节不痛的诀窍?他们所受的痛苦更沉重啊!因为那时正是武斗吃香的时候,现在已经收敛多了。每一个乐极生悲的人都要后悔,新近衰败的革命家范子愚也后悔了。最先后悔的就是关于武斗,架飞机,踏上一只脚。其实这些斗争形式并不是他首创的,但他同样受到一种创造了罪孽的良心责备的痛苦,后悔着不该搬起石头最后砸在自己脚上。

他住进这间囚房已有一个多月了,刚进来时并不以为然。反复回忆自己造反以来的全部经历,想来想去以今天的标准是功大于过,功过抵消还有结余,应该得到某种酬谢。却为什么只记过不记功呢?他不相信毛主席会同意这样做,凭着运动初期的经验,料想这又是资产阶级反动路线,毛主席会要搭救革命功臣的。因而他并不怎么怕,甚至预见了保卫部长和联合宣传队的人明天将要倒霉。要他写检查材料他不写,问他为什么不写,他说:"没有什么可写。"于是,又架了一次飞机,接着架了好几次飞机。架飞机是不好受的,他决定采取战略退却,以保存有生力量,伺机反攻。他开始写了,而且写得很多,把所有经历过的事都写上去。不加分析,不戴帽子,像写造反日记一样客观地将事实记录下来。这当然是不符合要求的,为了这,又架了两次飞机。他的态度再次硬起来,因为飞机架惯了,肩关节也锻炼得可以了,搞来搞去,不过如此而已,可怕的变得不可怕了。

与此同时,联合宣传队组织了少数积极分子对范子愚家里进行了一次突然袭击。就像以前查抄方鲁的家一样,不过要比那次查抄仔细一百倍。铺盖卷起来了,被子都拆开看了,小孩用过的尿片撕开了,衣柜的木板缝里用竹签通遍了。至于书籍、废纸和笔记本,不管是范子愚的还是邹燕的,所能见到者全部收集起来,用木箱装上,贴好封条,送到保卫部待查。其实负责翻查那些东西的人也并不是保卫部的人,而是刘絮云。为了那些东西,刘絮云关在一间不许外人进去的临时保密室里整整工作了半个月,但她要查的那个叛徒交代材料并未能找到。

想找的没有找到,意外地发现了一样有用的东西。在一块写着电话号码的小纸片的反面有几个这样的字:上面横摆着"打倒"二字,下面竖写着"文化大革命的旗手"。"打倒"的"倒"字右侧还有一个"彭"字的左半边,刘絮云认为这个半边"彭"字是多余的,便把它裁去了,剩下的字正好勉强拼成了一条反动标语。所以说是勉强,是因为上面二字横排着,下面的字竖排着。横竖是不要紧的,只要那些字拼凑起来能得出需要的意义就行了。于是,拍成照片,放成原样大小,复制好几张,拿一块小黑板将照片钉上,把发现过程写上。

又要架飞机了。这一回来势特别凶猛,有点类似在植物研究所斗彭其的情况。与会的群众是真正的愤怒了,因为他们看见了照片,感觉范子愚欺骗了他们,就由于他,使所有造反群众戴上了受蒙蔽的帽子。范子愚被架到会场时,"坚决镇压现行反革命分子"的口号声如雷劈顶。人们跳起来了,冲上来了,小礼堂的屋顶几乎被声浪掀开了。

"范子愚,这是你写的字吗?"有人把小黑板摆在范子愚面前。

"这……"范子愚一看,哑了。

"说!"

"我……我……"

"说!"

"字……字……是我写的。"

"好啦!铁证如山,供认不讳。把现行反革命分子范子愚押下去!"

"不!不!不……"范子愚说不清话了,只好大哭起来。

"坚决镇压反革命!"

口号声严严地压住了哭声,谁也听不清他在哭。

这次斗争会时间最短,前后加起来不过十分钟,就像在梦中踢着一块石头,短促地惊醒了一下。十分钟的斗争会对范子愚来说应该是不值一提的了,但正是这十分钟的斗争会改变了他全部思维活动和整个精神状态,在大声嚎哭中几乎撞到墙上把头碰碎了,幸而有人拖住。谁知道那几个字是在什么时候、什么条件下写的呢?闲着没事就喜欢拿支笔这里画画,那里画画,鬼知道画了些什么!心里可从来没有想过要写条这样的反动标语,为了什么?达到什么目的呢?实在是没有道理,是魔鬼缠身,是天要降灾于你。阶级斗争是冷酷无情的,想解释,想求饶,都是没有用的。联合宣传队已命令他把书写反动标语的动机、思想活动和阶级根源写出来。这回可不敢再硬了,再硬就要戴手铐了,只能来一个认罪态度较好,争取宽大处理了。

自从反动标语被揭发以后,联合宣传队再一次发动群众检举反革命分子范子愚平常的反动言行,又出现了一个大字报和小字报的高潮。凡是可以公开张贴的就写成大字报,内容特别反动或牵涉旁人的就写成小字报。邹燕没有办法,只好又把文化大革命初期揭发过的关于范子愚说"政治政治,不正也不直"的话重新抄成大字报,贴出来搪塞。经过将近两年的造反,在"现在这年头,谁也管不了谁"的条件下,范子愚的反动言论还能少得了?一个晚上就贴满了小礼堂。其实,最要命的内容还不在大字报上,而在不予公开的小字报上。如有一张小字报揭发范子愚"恶毒诬蔑江青同志……原夫……电影……某某某……怎么怎么……"这一条可要了范子愚的命,跟原来已经查出来的反动标语联系在一起,他的反革命罪行已不是孤立的,而是有内在思想联系的了。

罪该万死的范子愚真正害怕了,开始认真考虑老婆将跟谁去,孩子的出身成分填什么的问题了。这不仅是个人的生死关头,而且将决定子孙后代的命运,他不敢再抱侥幸心理,决心想一切办法来解除危难。他日不食,夜不眠,面容憔悴,身体瘦得不成样了。

有一天,他提出要回家刮刮胡子,经两个看守人开恩,陪同他回到家里。他一进门就寻找自己的孩子。孩子在幼儿园,他要邹燕马上去抱回来。他颤颤抖抖打开一个抽屉,发现东西都不在原来的地方,知道是抄家了。找了半天才把刮胡刀找到,在脸上横一下,竖一下,没有条理地胡乱刮了老半天才把胡子刮净。

邹燕把四岁的孩子抱回来了,范子愚扔掉手里的东西,扑向门口,接过孩子来紧紧地搂在怀里,一边亲,一边把眼泪揩在孩子的脸蛋上。孩子不知发生了什么事,害怕起来,哭着要妈妈抱,妈妈也在流泪,并已泣不成声。两个看守人心肠软下来,没有硬催范子愚快走。范子愚打开柜子这里寻那里找,找出了小半瓶橘子汁。他让孩子坐在自己腿上,用小汤匙一勺一勺喂给他吃。一边喂,一边掉泪,拿汤匙的手激烈抖动着,不能控制。由于手在抖,橘子汁滴了一些在孩子的身上,他又用湿毛巾仔仔细细擦干净。小半瓶橘子汁全部喂完了,放下瓶子又亲孩子的脸,还叫孩子不停地叫爸爸,叫了几十声还要叫。孩子的衣服有一粒纽扣开了,他给他扣好;孩子的小腿被蚊子咬了一个小疙瘩,他用手指蘸着自己的口水给他擦了又擦,摸了又摸……

怎么办呢?总不能让你就偎着妻儿不走了,你还得到你的囚房去。看守人在催了,不能再磨时间了,他又把孩子亲了一轮,紧紧搂着,抱去送给邹燕。邹燕接过孩子,望着丈夫,丈夫也望着妻子,泪如雨下,心如刀绞,谁也没有做声。望着望着,互相都望不见了,只剩一个泪影,转脸离开。出门时,范子愚回头喊了一声:"再见了!"

当晚,邹燕写了一张醒目的大字报贴在礼堂大门正中处。标题是:"警惕反革命分子范子愚玩弄自杀阴谋"。下面的内容便是他回家刮胡子的一系列反常表现。那位以"大老粗"为荣的最革命的排长最先看到这张大字报,不屑地用鼻子哼了一下说:"自杀?知识分子就爱犯这些毛病。自杀了活该,自绝于人民。"

过了几天,自杀事件并没有发生,人们也就不特别注意了。就在这时,范子愚采取了行动。上次回家刮胡子的时候,他趁人不防将一块刀片装进衣兜里了,拿回囚房以后,又转移藏到《毛主席语录》的塑料封面夹层里。这天天将亮的时候,他趁两个看守人坐在走廊上聊天,门又正好关着的好时机,偷偷从床上爬起来,将被子伪装成仍像有人睡着的样子;拿出刀片来,将纱窗一格的左、下、右三方划开,从窗格里钻了出去。

他决定,是死是活就在此一举了。首先去找江醉章,想用叛徒一案威胁讨好双管齐下,看能不能有点效果,使他出面周旋,将大事化小,小事化了。如若不成便再不回来了,投河、卧轨、悬梁,自杀的方法有的是。连绝命书都已写好装在身上准备着。

他跑到高干招待所,正好有人开门,因不认识范子愚,只听他说有急事要找江主任,便放他进去了。

江主任听见有人这么早来敲他的门,满不高兴,磨了半天才穿好衣服,趿拉趿拉走出来。把门一拉,他大吃一惊,心里咒骂道:"这具死尸怎么跑来了?"

范子愚还像过去一样,行了礼,不等允许便挤进门来坐在沙发上。

"你怎么到这里来了?"江主任脸色不悦地问。

"我要找主任谈谈。"

"你们文工团不是正在搞运动吗?擅自偷跑出来,这不对呀!"

"没有办法,我多次提出要见江主任,他们都不肯,只好这样做了。"

"他们知道你到这里来了吗?"

"当然不知道。"

"要告诉他们一下,免得人家着急呀!"江醉章说着,顺手拿起了电话。

范子愚机敏地走过去按住电话机说:

"主任,等一下,我要说的话不长,但不能有外人干扰,您听我说完了再打电话吧!"

江醉章只得将电话放下。

"你要说什么?"他问。

"汇报一件小事。"

"什么事?"

"我在北京遇见一件怪事。"

江醉章暗暗吃惊,知道他要讲叛徒的事了,全力以赴做好应付的准备。

"我在北京一所大学里住了两天,"范子愚密切注视着江醉章的表情说,"看到一个叛徒的交代材料,里面提到您的名字。"

"讲什么？"

"说同他一起写悔过书的一共是三个人，其中一个就叫江醉章。"

"胡说！"江醉章暴跳起来，"我根本不认识什么北京哪个大学里的人，我历史上从来没有被捕过。"

"那上面说，被捕的地方是在上海，当时是为了搞学生运动。本来抓了五个人，只有三个人写了悔过书，这三个人目前都活着。"范子愚不慌不忙地说。

"同名同姓的多得很，谁知那个江醉章是谁。"尽管他气壮如牛，而语气总是硬不起来，"你可不要乱讲，扰乱了阵线你要负责的，这关系到严肃的阶级斗争和路线斗争。"

"就是啊！"范子愚转变口气说，"我当时就想，这个叛徒江醉章肯定不是我们的江主任。但是，为了把这个情况告诉您，免得将来一旦误会到您头上来了，您一点思想准备也没有，我所以把有关的部分抄了回来。"

"拿给我看看。"

"您听我说呀，"范子愚胸有成竹地接连说下去，"我从北京回来以后，非常谨慎，守口如瓶，对任何人都不露一字。早就想把那个东西交给您看看，但没有机会单独见您的面。有时在路上遇见了，我那个东西又不在身上；而且，路上也不便谈这些事。跟您约过两回，您总说工作很忙，没有时间，所以一直搁下了。前一段，我预感到文工团要整风了，我是头头，有可能挨整，并且可能要抄家。为了不让那个东西落到别人手里去，引来不必要的麻烦，我偷偷把它背下来记在心里，抄来的材料一把火烧了。"

"是烧了吗？"

"烧了。"

"那就算了，不要再提起它，完全是同名同姓的误会。"

"我知道,决不会胡说八道的。"

"你要跟我讲的就这个事吗?"江醉章看看表。

"还有。"

"快讲吧!他们会到处找你的。"

"我说。"范子愚稍微思考了一下,"主任,现在他们给我加的罪名您知道吗?"

"我不了解,他们没有向我汇报。"

"简单地说是这样:一条是所谓书写反动标语,那是牵强附会扯到一起的;另一条是有一个人揭发我,说我议论过江青同志的私生活。这一条完全是假的,我根本不知道江青同志的个人历史,连半个字都没有听说过。那个揭发的同志肯定是记错了人。主任,我现在背着冤枉,有话不许我说,我是不甘心的呀!我想请主任跟联合宣传队说说,让他们实事求是一点,您看行吗?"

"这……"江醉章紧急思谋着对策,"这个联合宣传队不是我们政治部派的,运动直接由兵团党委领导,我虽然是一个常委,只怕人家还是要听陈政委的呀!"

"主任,"范子愚好像并不着急的样子,从从容容地说,"身上背着冤枉的人,晚上连睡觉都睡不好,净做噩梦,都是奇奇怪怪的。你看怪不怪,昨天晚上我做了一个这样的梦:梦见我跟一个好朋友同路走,走着走着来到一条河边上。河里水流很急,往下一看,眼都花了。河上面只有一根独木桥,我那个朋友说不要两个人一起走,他先过去,我后过去。他因为怕不小心掉下河去把命送了,就把命交给我给他拿着。后来他过去了,一过去就回头把独木桥拆了,还要我把命扔给他。我正准备扔,旁边不知怎么突然跑来一个老头子,张着大嘴像要吃人的样子,对着我大喊:'蠢猪!他过河拆桥,你抓着他的命还要扔给他。快给我吧!扔到我嘴里来,我一口就把他结果了。'我当然不愿意背叛朋友,就跟那老头子打起来,打着打着就打醒了。一醒,我就到您这儿来了。您看怪不怪,简直跟神话一样。"

"怪,怪,真怪。"江醉章很不自然地随口应付着。

"主任,"范子愚再一次提出,"既然是宣传队听陈政委的,那您就把真实情况向陈政委反映反映吧!别让我冤枉到死啊!"

"呃……这样,"江醉章态度和蔼地说,"你这个情况……当然……要实事求是。这样好吗?我把邬中同志找来,你当着我和他的面把真实情况详细讲清楚,让邬中同志记一记,他是党委办主任,上传下达的工作是该由他做。到时候我跟他两个先后去找陈政委谈,两个人谈的情况一样,作用要大一些。你看这样好不好?"

范子愚想了一下,看不出这里面有什么阴谋,便同意了。

江醉章拿起电话拨了一个号码说:"是邬中同志吗?……哦!我是江醉章,我想请你到我这里来一下。……范子愚天不亮就一个人跑到我这里来了,谈起他背了冤枉,我认为他那些情况值得重视。他们文工团连门都不让他出,还要偷跑出来才能见到我,你看这像话吗?所以请来一下,越快越好,行吗?……哦,哦,好,我等着,在二〇九号。"他放下电话,对范子愚说,"他就来了,你等一等。"说完便走进盥洗室去洗脸。

范子愚没有任何表情地呆坐着,好像江醉章的命果真操在他手上,正在静等他付出代价将命索回去。

江醉章洗漱完毕,穿上皮鞋,问范子愚说:

"你是没有吃早餐的吧?"

"没有。"

"我去跟服务台讲一声,让他们多送一份早餐来。哦,不,还有邬中,他肯定也没有吃饭。"江醉章说着,懒洋洋地走了出去,并将房门带上。

范子愚仍旧坐着静等,等着等着,心情不安了:"为什么邬中还不来呢？从他家里到这个地方并不很远,就算他需要洗漱也用不了这么长时间哪！是不是吃饭去了？不会吧？这里有急事,他是军人,不会那样拖拉的;况且江醉章在电话里讲了越快越好,他应该来了。江醉章呢？他只到服务台说一声,怎么去了这么久？有鬼！有鬼！"范子愚一下子变得十分紧张,身上战栗起来。因为他很清楚,如果这一着失败,他立刻就得去死,不能让别人抓回文工团去。"看来没有希望了,上当了！上当了！完了！"他从心里发出了几声绝望的悲呼,僵硬地站起来,脸色惨白,目光无神,突然一转身,扑向房门,准备拉开门向死亡奔去。

正在这时,门响了。

"笃笃！"

范子愚刹住脚步,发愣地听着。

"笃笃笃！"

他战战兢兢地往后退缩。

"笃笃笃笃！"

他往前走了一步,想开门,又迟疑不前。

"笃笃！笃笃笃！笃笃笃！……"

他终于拿定了主意,走去把门闩拧开。

嘭！门被推得撞在墙上,外面站着凶神恶煞似的"大老粗"排长,后面跟上来一大群人,像饿鹰扑鸡,立刻将范子愚打翻在地,用脚踏上,掏出一根绳子,把他当做死刑罪犯五花大绑起来,拼命地用劲,咬牙切齿地扯紧再扯紧。只听见范子愚一声声发出惨叫,同时有拳头和皮鞋踢打的声音。

他被拖回文工团去。小礼堂早就坐满了人,一个个发出狂暴的嘶叫,谁也不敢把嗓子控制一点。接着举行的不是什么斗争会,而是一场踢打会。其中最卖劲的是与他观点不同的人和平时有隙未能弥合的人,还有一种是领受了特别旨意的人。谁也不敢制止,谁也不能抵挡一下。邹燕则根本不在场。

斗争很快就完了,但踢打还没有结束。当把他拖回原来那间囚房以后,两个因失职而挨了恶骂的看守人憋不住火了,也冲上来给了几拳头,然后提起他往床上一扔,像扔下一个大冬瓜,声音不脆,无弹性。

他不动了,早就不曾喊叫了,有人担心他已经死去或快要死去,忙把捆绑他的绳子解开。解了绳子还是不动,有人伸手在他鼻孔外面探了探,摇头证实还没有死。

人们松了一口气,抬起头来,无意中看见墙上有一条过去范子愚亲笔写下的标语:"用生命和鲜血捍卫毛主席!"

第四十章　爱与死

赵大明归心似箭,首班公共汽车刚从停车场开出来他就第一个跳上了车。他已根据陈政委的布置,在后勤部找了一个合适的地方,将彭其转移过去。接替他工作的干部也已经来了,那是一个好人,由徐秘书从他所熟悉的战友当中选调来的。经过几天接触,赵大明与他很快混熟了,便把一些应该告诉他的事告诉了他,一切都交代得清清楚楚。这样,他就可以走了。复员通知书已拿在他手上,只要到管理处结一个账,再到干部部把复员证领来就完了。他想尽快地离开这个是非之地,准备在今天一天里把全部手续办完,因此天不亮就去与彭其告别,简单说了几句含意很深的话,没有惊动其他人,悄悄背着行李离开了后勤部。

他跳下公共汽车,拐上通往营区的道路,心里顿觉清新开阔。头上的紧箍咒已经去掉了,身前身后的鬼影即将远离他而去。两年多来他头一次可以这样轻快地走路,大胆地呼吸,要不是怕难为情,还可以唱歌,今天嗓子正好,很少有这么好的时候。

他远远望着文工团那座丁字大楼,快步向它走近,心里默念道:"丁字楼,再见了!我与你五年相处,收获不小啊!尤其是近两年值得纪念,我由纯真变得复杂了,由无知变得有所知了。要感谢你呀!你是我学习政治的课堂,是我看戏的舞台,是我观测风云的瞭望塔。五年的时间,不短啦!已占去我现有生命的五分之一了。但这五年对我是不可缺少的,非此不能长成人。再见了!丁字楼,也许哪天我们又能相遇,风雨无常,天象多变,谁能预测明天呢?"

启明星已最后隐去,这才真正天亮了。朝霞从海底喷射出来,铺得满天火红斑斓。好像今天是一个什么胜利的日子或大喜的日子,一眼望去,金碧辉煌,朱梁画栋,张灯结彩,只待点燃礼炮了。是一场革命的胜利?是江主任的胜利?还是人民群众的胜利?为什么这样铺张隆重呢?

丁字楼顶上平台匆匆跑动着一个人,在灿烂的云霞衬托下,衣襟飘拂,身影悠悠。他跨过栏杆,站立在大门正顶上,将两手交叉平放在胸前,仰头向大海望去。

"楼顶上是谁?要干什么?来人哪——!"赵大明拼尽全力呼喊,声音震撼得晨空摇荡起来。

大楼里立刻发生爆炸性的骚动,钢筋水泥的房架猛然抖动起来。

楼顶上的人以战栗的声音对着长空呼喊:

"我不是反革命,我是一个屈死鬼!活着的人睁开眼睛看世界吧!邹燕!我亲爱的妻!你们醒来了没有?孩子呀孩子!现在这年头谁也顾不了谁啦!再——见——了——!"

……砰!

邹燕一声尖叫,身着内衣披头散发地冲出门来。可是迟了,枯树倒地般的响声已经过去。

大楼轰隆轰隆地响,人们从楼口跑出来,从窗口伸出头来,一片惊叫,一片叹息,一片强加抑制的抽泣声……

邹燕被人们挡住、拖住、抱住,成群的人像蚂蚁抬螳螂似的把她抬进屋去。她由尖叫转变成放声狂笑,笑声里夹杂着她四岁的孩子的哭声。

电话忙乱起来,不少人在奔跑。门诊部的医生来了,护士来了,汽车来了……

人已来得很多了,叽叽喳喳,手忙脚乱,慌成一团。有些插不上手的就围成一个个圈子在旁边议论,有的跑到这里那里到处出主意。

曾在北京参加救彭其和在南隅亲自守地狱的赵大明似乎比其他人都要冷静,他知道这类事情是不可避免的,是按照发展规律产生的,是一场大戏当中的局部性小高潮,用不着过分慌乱和紧张。有人由于自己的利益可能受到侵犯,而对他的怀疑对象采取了先发制人的行动,动刀动斧,难免有误伤,该死的和不该死的都可能死去,有什么奇怪的呢?死人是自然的现象。英雄人物的胸怀是伟大的,只有凡夫俗子才有普通的恻隐之心。在英雄的眼里,一个人躺倒在地上就如一只工蚁丧失了做工的能力,而同时有大量的工蚁正从窝巢里诞生,用得着哀叹惋惜吗?赵大明当然不是那种英雄,但他已是能够认识英雄的人了。戏剧开始时,他是个积极的跑龙套,无情的现实教育了他,他才逐渐领会了英雄人物的诀窍,因而不再认真了,懂得挑选安全的角色来做戏。对于身边有人倒下去,是早在意料之中的,所以他并不惊慌。别人都在彷徨无主的时候,他想到了要去看看范子愚的遗物。

因房里一切如旧,连被子都叠得好好儿的,按照文工团统一规定的叠法,将枕头夹在中间。被子上有一个纸条,写着:"交给邹燕。"桌上没有什么东西,桌子底下有一堆纸灰。赵大明拨开纸灰看了看,烧得很彻底,没有遗下一个字。他为什么在"交给邹燕"的纸条上面连一个"再见"都没有呢?既然动手写字留条,便决不会节省那两个字。赵大明对此产生了怀疑。他小心地打开被子,在每一个角上摸了摸,又把藏在被子里面的一本《毛主席语录》里里外外翻遍了,没有发现什么。最后,他解开了枕头套,伸手探去,里面有几张叠好了的纸。拿出来一看,正是给邹燕的遗书,上面写着:

燕子:

人家不让我活了,我只得忍痛与你永别。再过一天就是我们结婚五周年的纪念日,但我不能等了。你对我的全部友谊和爱情,我已永记在心;由政治原因所产生的嫌隙,我把它们都一概抛弃。希望你记住我欢笑时的面容,要把挨斗时和被打时的惨景忘记。孩子是我留给你的珍贵纪念,你要多多爱护他,把他抚养长大,教他永远不要受骗造反。宰我的屠夫现在正走红运,遗书附件暂时不能抛出来。你要观星象,识风雨,在他落井时投下这块石头。永别了!最后一次亲吻你和孩子。

你永久记忆中的丈夫

遗书附件是什么?赵大明知道有蹊跷,连忙把房门关上,再展开下面的两张纸来看。刚看了一行,他就差点惊叫出声来,江醉章原来是叛徒!下面的内容说明,他不是组织上授意履行手续出狱的,而是自己怕死,这才是真正的变节行为呀!"怎么办?"赵大明紧急思谋了一下,将遗书和附件装进兜里。他从窗口向邹燕的房门望去,听到那里正在一声接一声地狂笑。"完了!"他想,"邹燕疯了,遗书不能给她,附件更要小心,不能落入旁人手里。谁拿着这个东西谁就要倒霉,要赶快设法处理。"想到此,他干脆把被子上那个小纸条也拿掉了。

外面传来刘絮云的说话声,赵大明立刻警惕起来,赶紧将房门拉开,又迅速回到床前去,远远地站着,装出十分谨慎、不敢靠前的样子。果然不出所料,刘絮云进来了,一见赵大明单独站在里面,便犯了猜疑。

"都在外面忙,你怎么一个人在这里?"刘絮云盯住他的眼睛问。

"我想看看有没有留下什么遗书之类的东西。"赵大明态度自然地说。

"有吗?"

"没有看见。"

刘絮云不管一切,马上去翻被子。

"喂喂!"赵大明拖住她的手说,"别动!保卫部很快就会来人,别把现场破坏了。"

"什么呀!又不是死在这里。"刘絮云甩开赵大明的手,继续慌手慌脚地乱翻起来。

赵大明为了掩饰得更成功,忙去叫了两个联合宣传队的人来,并且在他们面前告了刘絮云一状。往后便是宣传队员和刘絮云之间的争执了,赵大明则趁机溜了出去。

他在走廊里提上自己的行李,上楼进了自己的卧室,关上门细细筹划了一番。他决定今天一定要把复员手续办好,晚上清行李,明天上车。临走前要把遗书附件交给陈政委,同时要誊一份留在自己手上。还要去与湘湘告别,将千言万语缩短成几句讲完。

他忘了自己没有吃早餐,将必带的物件带在身上,急急忙忙从慌乱的人群中穿过,低头快走,进了司令部大门,又从后门出去。这才想起,湘湘肯定搬家了,住在哪里呢?又不好随便找人打听,一般人也不一定知道。范子愚的呼喊、邹燕的尖叫和狂笑,孩子的哭声,嘈杂的惊呼、叹息声,所有这些一直纠缠着他的听觉,使人更加焦急不安。他踟蹰在小竹林附近,东张西望。一到这个地方,他就回到了那五味俱全的过去。多少次在这里徘徊等待,多少次把她送到这里分手。竹丛下的茅草长深了!好像自从一年前他跟湘湘在这里分手以后,连小竹林也一同愁煞,心灰意懒,不修边幅了。他盼望一切都恢复原来的面貌,如痴如呆地站在那里,幻想着发生奇迹……

"歌唱家,想起什么伤心事来了?"一个清脆的女声。

赵大明回头一看,见是陈小炮。她穿着一件已不适时的短袖衬衫,高卷着裤管,小腿是阳光久晒的棕红色,脸上也差不多。她匆匆走来,带动一股风,吹得发丝儿飘飘摆摆。

"歌唱家,我要跟你再见了!"

"你上哪儿去?"

"下乡当农民去。"

"没那事儿!"

"你不信?最近有一个新精神,城里学生成灾,没有学校考,没有工作干,通通下乡去,知道吗?"

"你也去?"

"当然。"

"到哪儿?"

"到我爸爸的老家,湖南浏阳县,不错吧?秋收起义的老地方。"

"怎么到那儿去了?"

"我爸爸还没有倒,借他的牌子给家乡写了一封信,这牌子可有用了。"

"你一个人去?"

"有伴儿。"

陈小炮嘴里说话,脚下不停,一闪就从赵大明身边过去了。

"哎!小炮!"赵大明猛然想起,追上去问,"你知道许妈妈搬到哪儿去了吗?"

陈小炮停步转过身来,沉下脸指着赵大明说:"你这个没心没肝的,还记得她们?"

赵大明几乎忍不住要哭,惭愧地低下头来。

"你问她们地方干什么?"

"我……去向许妈妈告别。"

"许妈妈不在家,别去了!"

"不!……湘湘在吗?"

"哼!"陈小炮叉着腰说,"你还有脸去见湘湘?"

赵大明把眼睛一闭,差点昏了过去。他知道,湘湘是很难谅解他的,很难很难。也许这一趟完全是白走了,用什么样的语言也消除不了一年多以来所有怪现象造成的误会。他伤心地扭过头去,以免让陈小炮看见他脸上的泪珠。其实,陈小炮早就看出来了,一下子又同情起这个不幸的失恋者来,于是便说:"好吧,去看看湘湘能不能原谅你,跟我走吧!"

赵大明跟随陈小炮走了一段。小炮要进城到学校去,他们在岔路上分手。赵大明依照小炮指引的路线匆匆来到这个从未到过的荒僻地方,老远望见屋前有一个苗条的姑娘在忙碌着什么,一看便知道正是湘湘。此时赵大明恨不能飞了过去,无意中发现自己已在跑了。快要接近目的地时,遇上穿着军装的陈小盔正坐在路边画画。赵大明没有见过陈小盔,不知他是政委的儿子,顿时生起疑虑,猜想是不是江醉章派的暗哨呢?而陈小盔根本没有感觉到背后来人,涂一笔颜料便把画板伸得远远的,眯细眼透过镜片细细地玩味,嘴里还自言自语:"不行,太跳。"一看就知道,这是一个地道的画家,不是政治家。赵大明大胆地走了过去。

彭湘湘正在水龙头底下洗蚊帐,已是最后一道工序了。她卷起裤腿,赤露着脚,站在盆子里,踩得哗哗地响。水龙头正在放水,冲洗着雪白的蚊帐和雪白的脚。由于聚精会神地工作,竟未发现已经站在她面前的赵大明。

"湘湘!"赵大明含泪叫了一声。

彭湘湘猛然抬起头来,眼花了,身上也麻木了,脸色是淡漠无情的。她没有答应,也不说话,连呼吸都暂时停止了。水龙头在照常放水,冲到她裤腿上,湿了一片,她却没有感觉出来,让它在那里冲,哗啦哗啦地冲……

赵大明首先发现湿了裤腿的事,走拢来想把湘湘拉出盆子。

湘湘这才清醒了,把手一甩,侧过脸去,重新低下头,双脚几乎要跳起来把蚊帐踩烂。水花溅到赵大明身上,泪花又掉进水花里。

赵大明不是木偶,也有他发自天性的当然反应。他迎着水花上前来,提起裤腿,甩掉鞋子,一脚踏进盆子里去。不需要说话,不需要硬把她推开,湘湘自然而然地让开了,扭身走进屋去。从水龙头到房门口,留下一线湿漉漉的瘦长的脚印……

蚊帐洗干净了,赵大明发挥他男性的优势,大动作,大力气,几下就拧干了,放进桶里,提进屋来。

彭湘湘侧身躺在床上,面对墙里,赤脚伸在床沿外,还在滴下水来,像悄悄下泪一般。

"湘湘!"赵大明来到她身后,委婉哀求地叫了一声。

湘湘还是不理,也不动,像睡着了的人。

"湘湘!"他又叫了一声。

湘湘将头扭动了一下,正面埋在枕头上。

"湘湘!"赵大明柔情中带着焦急地说开了,"湘湘,我知道你的心情,你所有这一切我都能理解,但是你不理解我啊!我要是把全部苦情告诉你,写出来是一本书!可是今天没有时间,情况很紧迫,你跟我说几句话吧!湘湘,抓紧时间说几句话吧!"

可能是"情况紧迫"引起了湘湘的注意,她扭动头在枕巾上蹭着,像是就要抬头了。

"湘湘!"赵大明亲切地反复呼唤着她的名字,"你不可能知道我现在的心情,我是从五味缸里爬出来的呀!酸、甜、苦、辣、涩,把一身浸麻了,不知从何说起。我现在站在你的床前,可耳朵、眼睛还留在一路上,就在刚才,还亲眼看见了一起自杀惨案。你想想……"

"什么?"湘湘一骨碌坐起来,眼窝红遍了,一听自杀惨案便自然想起了自己的父亲。

"有人跳楼自杀,惨得很!"赵大明说明。

"谁呀?"

"范子愚。"

"他呀!活该!"

"不!"赵大明沉重地说,"这个人虽然不好,但也不是惨死活该。你不知道啊!很复杂,很复杂!湘湘,不能那么简单来看。唉!"他全身无力地就近坐在一把藤椅上。

彭湘湘注视着赵大明,一年多没有见过啦!他还是原来的样子吗?不,不是了,变了,不再是挺起胸膛扶着钢琴盖唱歌的赵大明了!在过去的记忆中,每当他冲上闪光的高音区时,总要把一只脚跟稍微提起来一点,身子向前约略倾斜,他的力量和帅气就全部表现出来了。即使在平常的一举一动中,也都到处闪现着那种力量和帅气的影子。现在可不同了,身材横壮了一些,眉宇缩拢了一些,力量不再从举止中表现,而深藏在胸腹中了。他虽然正在叹气,但没有佝偻萎缩,气是喷出来的,不是泄出来的。他变了!而这变化究竟给湘湘带来了什么呢?是缩短了距离,还是生疏了,不能相认了?不管怎么样,她不能谅解宣传栏里的事,再使人伤心的也不过如此了。一想起那件事来她就恨他,不愿意看见他。

"你走吧!"她气愤地说,"别叫我把你腐蚀了。"

"你这是什么话!"

"什么话,你自己的话。"

"湘湘!"他大叫了一声,好像要把她从睡梦中叫醒,"湘湘,你上当了,那是江醉章设的圈套,使我变成他的工具,使你不再理我。他包办了一切,根本不跟我说一声,我当时看了,也气得恨不能把他吃了呀!"

"你为什么不写个声明贴出来?"

"在现在的中国,不可能发生那样的事。"

"毁坏别人的名誉与你无关,你只怕自己得不到赏识。"

"我想得到赏识吗?我想当官?你全都不了解呀!湘湘,我现在要当老百姓去了!"他看看湘湘的反应,见她似乎有所震惊,便接下去说,"假如我当时硬顶,吃亏的不仅是我自己,你爸爸还不知道要多吃多少苦头呢!"停一停,又说,"当然,我也可怜我自己,像可怜所有受欺凌、受蒙蔽、受损害、受戏弄的人们一样,可怜我自己。"

湘湘见他说得这样深沉、恳切,又想起爸爸曾经夸奖他是一个"好孩子",心也就软下来,不再刺激他了。

"湘湘,你有点可惜呀!"赵大明感慨地说道,"这样大一场运动你没有参加,可惜呀!深刻的革命,不假,这个说法是很有道理的,不参加进去就不能体会。触及灵魂也不假,我就是属于触及了灵魂的人。湘湘,以后要有时间,我们在一块儿,你听我讲吧!我能讲几天几夜。今天不行,连说个开头都很困难。"他看了看表。

"你还要干什么去?"

"我……就是今天一天要做的事都很难说清楚。"

"你吃了饭吗?"

"哦!没有,四点钟起床,一直折腾到现在,饭也忘了吃。"

湘湘没有说什么,起身走到隔壁那间房里去,拿来几个馒头,一碟什锦酱菜。

赵大明望着那些食物,没有立刻动手,好像又想起了什么。

"吃啊!"湘湘拿了一个馒头,不冷不热地递到他手上。

赵大明抬眼望着她,深沉地吸了一口气,接过馒头问道:

"是你自己做的吗?"

"嗯。"她点了一下头。

赵大明咬了一大口,无味地咀嚼着。

"你会做馒头了?"他问。

"不做怎么办呢?谁给你来做呀?"

"好！好！这才好啊！"

"你没见我自己洗蚊帐？被子、衣服、鞋,哪一样不是自己洗？衣服破了还得补呢！虽然家里钱还是有的,但这不可靠啊！我自己总有一天要去独立生活,谁给我那么高的工资？我真佩服陈小炮,她老早就想到这些了,真不简单！"

赵大明深深点头,但没有就此发表议论,问起了别的。

"你们的厨房在哪里？"

"你没见台阶上那个油毛毡的半边破棚子,就是我们的厨房。"

赵大明拿着馒头起身走到外面去看,见了那寒碜景象,不禁慨然:

"还不如我们家呢！"

"你们家是正规的工人,我们是啥呀？反革命家属。"

赵大明摆头叹息,无言。

"进来吧！"湘湘回到屋里说,"别站到那门口,让人看见你同反革命家属打得火热,回文工团怎么交代呀？"

"我不回文工团啦！"赵大明抬脚进门说。

"怎么啦？升官儿了？"

"升了,升去带过一个班的兵,看守……"他本来要说"看守地狱",话将出口又咽住了,决心不让湘湘知道那些惨况,遂改口说,"看守你爸爸。"

"你？"

"是我,幸好是我,要不然……"

"我爸爸关在哪里？"

"在后勤部院里,陈政委会派人来带你们去看他的。"

湘湘低下了头,陷入了忧愁的深海。

"不要伤心,湘湘,要坚强一点,要像你决心自己做馒头、洗蚊帐一样,拿出那种强悍的、不可摧毁的意志来。如果我是一个脆弱的人,今天可能很难与你见面了。湘湘,我不仅锻炼了刚强,也锻炼了柔韧,我希望你也勇敢地接受锻炼。不要因伤心而挫伤了意志,挺起腰杆来,冷眼看世界,戏没有演完。我从自己认识上的变化看得出人家的变化来。人都在变化中,变化了的人心会产生出变化环境的力量。我们还年轻,来日方长,看得到的。"

湘湘逐渐抬起头来,一字不漏地听着赵大明的话,她着实吃了一惊,心想:"变化真大呀!体态举止的变化原来是微不足道的!思想的变化才真是了不得!一年多以前,啊!……不,简直不是他,那时是一个比较聪明的男孩子,现在才是赵大明。他多大岁数了?二十四了?二十五了?……"

"你到底经历了一些什么?"她很难理解地问。

"我经历的事现在讲不完,将来慢慢跟你讲吧!我们会有机会的。不过,我可以将我的变化大致描画出一个框框来。文化大革命刚开始的几个月里,我感到很新奇,亘古未见的事在我们的国家发生了,中国的青年、少年真幸福;至于所有的批判斗争因为不涉及我,也就不知道痛苦的滋味,我尝到的只是满足好奇心的甜蜜。当时我惟一不习惯的是没有书看了,没有歌唱了,电影院关门了,像《阿诗玛》那样的电影我很喜欢看而不能看了。但我也不着急,因为深信着'先破后立'的真理,更繁荣的文化建设高潮会在明年或后年到来,我的歌喉有用处,准备在新的时代大显身手。开始造反时,情况突变,我好像从水里跳进火里,每一根神经都紧张起来。但是不很明白,不知道起因是什么,过程是什么,结局又将是什么。大家都在火丛中手舞足蹈,我也必须跟着手舞足蹈,想不动弹就要立刻被烫伤。厌烦的感觉忘了,懒散消极不行了,唱歌的事根本记不起来了。休息中,工作中,睡梦中,每时每刻都在手舞足蹈,没有一点闲暇来思考明天和后天的问题。舞蹈正跳得起劲的时候,忽然有根棒子横扫过来,这就是'二月逆流',我被关起来了,关起来不能继续手舞足蹈了,才得到空闲看看前后,想想问题。可惜那关的时间太短,还没有来得及想清楚就解放了。有些人一旦获得自由,觉得前一段的舞蹈还没有尽兴,踏着原来的节奏在火圈里跳得更猛了,果然博得了喝彩,并有妖艳的美女抬着花篮在火圈一侧等着。而这时,已有很多人精疲力竭;部分未深入者趁机跳出火圈;部分人边跳边看边想,创造了自己的独特风格。在这段时间里,发生了最残酷的虐杀,最卑鄙的阴谋,最无耻的勾结。我身临其境,亲见其人,惊骇得张口结舌,这才扫除了幻想,一下子结束了天真烂漫的儿童时代。但我还不能算是清醒的,经验还太少,眼光还太窄,在嘈杂的舞乐声中,心慌意乱,欲罢不能。不过随时留着点神就是了,一边顺着大流往前移,一边回头看着后退的路,独特风格的舞蹈就是这样跳出来的。火舞英雄们把全部技能用光了,兴头也达到顶峰了,花篮该谁得呢?妖艳的美女高举着花篮,实在令人垂涎哪!于是发生了拼杀。有的是为了要夺得花篮而残杀旁人,有的虽然愿意放弃争夺,也要为了保卫自己而抵抗。火圈里血水横流,尸臭弥漫,英雄固然有倒下去的,而更多的死难者是芸芸众生。这时候,多数人轻重不同地受伤了,知道危险,不再狂跳,不再进攻,从刀枪棍棒的空隙中夺路逃跑。有的终于找不到逃路,或流血,或不流血,纷纷躺下,再不起来。而我,是谨慎小心,左躲右闪,好不容易从杀场中刚刚逃出来的人。厮杀还在进行,谁知要到什么时候才能了结?我很幸运,跳出了火圈,站到旁边来了,以后就在一旁观看吧!"

"怎么说是跳出了火圈呢?"湘湘不解地问。

"因为我已经批准复员,马上就走。"

"什么?"

"是真的。"他拿出复员通知书来给湘湘看。

湘湘拿着复员通知书,手发抖了,失望地看着赵大明,强忍住没有哭。

"不要急,湘湘,你听我说。"赵大明尽可能委婉地说,"该考虑的事我都考虑了,虽然原则上是哪里来回哪里去,但我想了办法,不回北京。我通过徐秘书帮忙,跟六七六厂挂了钩,人家已经同意,只差去报到了。六七六厂是飞机制造厂,规模很大,增加几个人跟掉进去几粒灰一样。我听说你们大学也在搞毕业分配是吗?"

"是的,不过先得到部队农场锻炼半年才正式分配工作。"

"你将来愿不愿意到六七六厂去?"

"你看呢?"

"我怎么能知道你的想法呢!"

湘湘想了想,巧妙地回答了他:

"要是我也分配到六七六厂来,你会要求从那儿调走吧?"

"这是什么话呀!我还故意躲着你?"

"会的,"湘湘自语说,"已经躲了这么长时间啦!"

"不要说气话了,"赵大明看了看表,"我今天还有很多事要办,只能开门见山。湘湘,我先去,到那儿搞熟以后,想办法把你调去。不过那里是山沟沟啊!"

"你能去的我就能去。"湘湘坚决地表示。

"好,一言为定!"

赵大明双手齐出,抓住湘湘的一只手,笨拙僵硬地揉搓着不愿放开。两对眼睛互相对望着,嘴里没有话了,把余下的话都转移到眼睛里继续交流。过了许久,赵大明才又开始说:

"你今天怎么没有戴眼镜?"

"干体力活儿,把眼镜摘了。"

他掰开她的手,在手掌里摸了摸,又看了看,发现长了茧子。

"影响弹琴吗?"

"有影响又怎么样呢?难道能不干?妈妈是那个样子,还能靠她？"

"哦！真的,妈妈呢？"

"妈妈到北京去了。"

"去干什么？"

"去找爸爸的老战友,有封信要递给周总理去。"

"是吗？"

"你可不要对外人讲啊！这是大事。"

"我知道了！"赵大明眼望着旁边说。

"你知道什么？"

"信是你爸爸亲笔写的,一个战士给你们送来的,那个战士叫杨春喜。"

"对！你都知道？"

"还是用我的钢笔写的。"

"不知有没有用啊！"湘湘担心地说。

"可惜！"赵大明惋惜道,"要是妈妈还没有走,我可以再给她一样东西带去。"

"是什么呢？"

赵大明放开湘湘的手,从衣兜里拿出一叠材料来说："这就是江醉章用阴谋诡计陷害你爸爸的全部情况。湘湘,你把它好好保存起来,一定不要丢失,不要漏嘴,知道吗？将来会有用的。"

湘湘要打开来看,赵大明制止了。他说：

"你待会儿看吧！我要走了,要去办复员手续,还要想办法找到陈政委,不知怎么去找他。急人哪！都要在这一天里办完。"

"你叫陈小炮带你进去嘛！"

"刚才我还碰上了陈小炮,可是心里乱糟糟的,根本没有想到让她帮忙。"

"她下午会到我这儿来。"

"真的?"

"她也要同我告别,下乡去,你知道吗?"

"听她说了。"赵大明又看看表,焦急得皱起眉头,"湘湘,你跟她说说,要她晚上七点钟准时在他们家门口等我。我要走了,买好车票以后还会来的。"

"你……"

湘湘怎能舍得呢?可又不好说什么,只是难过地望着他。

正当赵大明转身要走的时候,远处传来一阵狂笑声,邹燕站在光秃秃的荒岭上,对天长吁:"哈哈哈哈!……他造反有功,升官儿啦!哈哈哈哈!……我们范子愚是英雄!英雄!英——雄!——他不要我啦!哈哈哈……!我解放啦!——喂!——喂!——……"有几个文工团员从后面追来,把她拖住了。

"看见了吗?"赵大明愤愤不平地说,"范子愚虽然不好,死了活该,那么邹燕呢?她也是疯了活该?湘湘,晚上睡觉要找一个伴儿。我走了,一分钟也不能留了。"

彭湘湘赤着脚,站在台阶上,痴呆地远远望着……

第四十一章　四面哀歌

夜已漆黑,路灯不安地闪跳着。

一男一女、一高一矮的两个身影走进陈政委的小院子。

从楼上陈小盔的窗洞里飞出来一团白色的东西,落地发出破裂的响声,碎片飞到两个人影的跟前。

男的是赵大明,女的是陈小炮。

赵大明弯腰拾起白色的碎片,是一个石膏鼻子的鼻尖和鼻孔。

"哥哥你发疯了!"陈小炮对着楼上喊了一声。

他们不顾摔碎的石膏鼻子,急匆匆地上了楼梯。

"小炮,我先在你房里呆着,把你爸爸请到这儿来,我要单独跟他说,不能有任何旁人。"赵大明小声地、急促地告诉陈小炮。

小炮打开门,把赵大明让进里面去。

她的房里是一片搬家前的景象,桌子上、柜子上、地板上,到处摆着塞得满满的旅行包,捆得紧紧的被包,拴了绳子的皮箱,装着各种鞋子、盒子、铁罐子的大网袋……

陈小炮从哥哥门口走过,门敞开着,里面的陈小盔正在将油画布撕得刺啦啦地响。

"你干什么!哥哥?"

"不搞了!不搞了!他妈的!去你的蛋!"

又撕破一块。

"你发什么疯啊?"

"挨批判了!"

"谁叫你搞这些鬼？才知道要挨批判？人家老早就批油啦！你还才知道，以为是好玩儿的。算了吧！跟我下乡去。"

"你走，你走！你知道屁！"

哐的一声，门被关上了。

陈小炮走进爸爸的办公室，立刻退了出来，因有人在与爸爸谈话，气氛正紧张着哩！

"我跟那里说了一声，自己跑回来的。"方鲁涨红着脸，言语节奏很快。

"你怎么这样做呢？"陈政委也没有好气。

"那是个劳改农场，都是犯人，只有少数几个军人混在里面，这叫什么干校！老百姓一看就议论纷纷，说这些人都是犯了法的，有的说是犯了错误的，有的问我们为什么还穿着军衣，有的小孩子还往我们身上扔石头，高喊'打死坏家伙！'政委，我是什么坏家伙？"

"群众不了解情况，你们向他们解释嘛！"

"人家信你的？那么多军人都不来，就你们几个人来了。"

"'五·七'干校是按毛主席的指示办的，刚开始，不完善，慢慢走上正轨嘛！"

"政委，我根本就不想当干部，还进什么干校呢？请你批准我复员吧！我马上就走。"

"你的事还没有了结。"

"我有什么事？说我是反党集团的，拿出证据来嘛！"

"你不要在我这里吵，我没有管你们的事。"

"你为什么不管呢？"

"我工作很多，管不来！"陈政委烦躁得大声喊叫，呼地站了起来。

"政委，"方鲁毫不畏惧，"你不要发火，我过去常给你看病，总还有点不同一般的关系吧？当然，你能够同意我进来，这就是看得起我了。但是我进来干什么呢？我隔离反省那么长时间，连递一封信给你都递不到，今天有机会见到你了，我是要说一说的，说完了就把这一段历史忘记。你知道吗？现在我们这个大院里想走的人很多，有的愿意到地方上去支左，有的想调动工作，有的想复员，产生了一种很大的离心力，你感觉到了没有？大家都觉得我们现在是'党不党，军不军，干不干，兵不兵，非组织活动最时兴。'"

"你不要编些个顺口溜，又要犯错误的！"

"这不是我编的，我没有这个才能。我们大院里谁都知道，就你不知道。还有呢！'司令垮台，政委无能，奸臣当道，好人挨坑，快走快走！雷厉风行。'政委，我是要走了，才把这些话告诉你。"

"谁批准你走了？"

"我不管怎么样，干校是坚决不去了，这个地方也坚决不呆了。我是医生，搞业务的，在部队，在地方，到处都是看病。"

"还要有点组织观念！"

"现在没有组织观念的人多得很，你只敢对我们提出要求，敢去要求那些人吗？那些人可以在你的办公室拉屎，你不敢吭一声。这样也不行啊！政委，人心会跑光去的，你会成为他们手上的一个工具！"

"你知道什么！问题不是那样简单，要有耐性！"

"你的耐性太好啦！"

"你出去！"

"就是对我们这些人没有耐性。"

政委气得猛一转身，空袖筒飘起来转了个半弧圈，噔噔往外走去。

走廊里哐的一声，又有一只石膏手臂摔成了三截。

"你在发什么疯？"陈政委满脸怒气站在儿子的门口。

陈小盔举起一只石膏脚正要扔出去，见爸爸挡在门口，便收回来掼在床上。

"看你搞得这屋里成什么样子了。"

"爸爸！我不当这个兵了！"陈小盔一屁股坐在板凳上，将一个油画颜料盒子坐扁了。

"又出了什么鬼？"

"挨批判了！"

"为什么挨批判？"

"为了画画儿。"

"你方向不对嘛！"

"什么不对？"陈小盔拿起上午画的那张写生画，亮在爸爸面前，"就是这个，写生的，回来碰上了江主任，他要我给他看，我就给他看了，他问我是画的什么地方，我说是彭湘湘他们住的房子。江主任一听就恼火了，当着我们部长的面发了一通脾气，说我感情不健康，说我专门对社会主义的阴暗面感兴趣，说我不该画油毛毡棚子，也不该画洗衣裳的女人。还说什么思想倾向非常危险，要他们跟我作坚决斗争。下午美术组开会，专门批判我。我受不了！我有什么错？我不在这儿干了！"

"你本来就不对嘛！"

"我不对在哪里？"

"你看人家那个《毛主席去安源》，你怎么不画那样的呢？"

"我就不爱学那个！"

"胡说八道！"政委大吼了一声，"你这个糊涂虫啊！你会完蛋！只晓得画，画，画，一点也不问政治，狂妄自大，批评教育不接受，你总有一天会成反革命的。"

方鲁匆匆从办公室里出来，擦过政委身边时行了一个礼说："政委，我走了，再不会来给你看病了。我的复员报告放在你办公桌上。"说完就走，很快地下楼。

陈政委望着他背影离开,脸色很难看,想说点什么又来不及,最后只表示极端不满地瞪了一眼,仍扭过头来教训儿子。

"大家对你的批评帮助是对的,你不要以为自己了不起。你要是成了反革命,不管你是谁……"

"我不在这里干不行吗?"

"又不是旅馆,想来就来,想去就去!"

"我要读书,学校要上课了。"

"屁也不懂,你真是屁也不懂,你这个小子啊!不得了!以为地方上好些,你画这些鬼家伙,一样受批判。这山望那山高,还没有穿几天军装就胡闹!你呀!你呀!……"

陈小炮走来拽住爸爸的手说:"爸爸,赵大明在我那儿等了很久了,他有重要大事向您报告,您来吧!"

"你这个小子啊!"陈政委一面被女儿拖着走,一面扭头还在骂,"你给我下连当兵去,当他一年两年再回来,不改造一下你还得了啊!"

还没有走进陈小炮的房间,正遇上徐秘书急匆匆从楼下跑上来。

"怎么样?"政委问。

"死了。"

"唉!"气得不行的陈政委又挨了一击,"情况了解了吗?"

"了解了一些。"

"去给我讲讲。"

他没有进小炮的房间,转身领着徐秘书走回办公室去了。

徐秘书倒了一杯冷开水,几口喝完,抹抹嘴说:

"腿断了,肋骨断了三根,有一根扎进肺里去了,大量内出血,想尽一切办法抢救,连地方医院的权威外科医生都请来了,没有办法。"

"临死前讲什么话没有?"

"只在刚进医院的时候张了几下口,没有说出声来。这是门诊部的医生说的。"

"有什么遗书吗?"

"没有,一个字都没有留。"

"你讲吧!还有些什么情况?"陈政委坐下来,准备细听。

"我找了一些人像闲扯似的粗粗了解了一下。看起来文工团气氛很紧张,一般人都不敢随便说话,问起来也是吞吞吐吐,含含糊糊。对于范子愚的死,没有一个人直接讲一句同情话,而实际上,从他们的话里听得出来,同情的不少。有的人过去是与范子愚不和的,人一死,也能够反映情况了。联合宣传队里头有的工人和战士似乎有话不敢说,都是统一的口径,不过,从说话的语气、态度这些方面也看得出一些问题来。"

"你没有当着他们谈你自己的看法吧?"

"我当然没有。"

"好,讲吧!"

"我从了解中发现有几个问题值得注意。第一,宣传队一去,开了一个大会,会上张部长做了个报告,耸人听闻,好像保卫部掌握了很多现成材料似的,当场就把范子愚抓起来,但是抓进去一个多月,范子愚的罪行全部是由他自己交代,保卫部唱的是空城计。第二,范子愚的罪行,查来查去,主要的是一条反动标语和诬蔑江青同志的言论。那条反动标语,我看了照片,是勉强扯上去的;诬蔑江青同志的言论也只有一个人揭发,找不到旁证人。这样的罪名显然是不可靠的,但联合宣传队完全把范子愚当现行反革命看待。第三,前两天范子愚曾经从监护他的房子里逃出来,跑到江主任那里,后来是邬中打电话通知张部长,要他们去抓人,这有点奇怪;而且,抓回去以后,给了一顿毒打,据说有些人是受了暗示的,专打致命的地方,很奇怪。我了解到的就是这么多。"

"你对于这些奇怪的情况有什么看法没有。"

"我……"徐秘书摇头,"不敢瞎分析。"

"不要紧嘛!在这里讲怕什么呢!"

"好像……"徐凯努力寻找最合适的说法,"这个范子愚是非死不可的。"

"意思就是,有罪无罪都要叫他死,对吗?"

"我不知道对不对。"

"他们做得出的。连假录音都做得出,还有什么做不出?"陈政委咬紧牙说,"江、醉、章!厉害呀!"他做了一个很少见的表示下决心的手部动作,"不能让他为所欲为,这个宣传队立刻撤掉!叫保卫部长到我这里来汇报。重新组织一个党委联络组,由组织部长负责。"

"政委,"徐秘书提醒说,"要不要先跟江主任打个招呼?"

"不理他,他要有意见,让他自己找我来谈。"

"您真的打算这样做吗?"

"还有假的?"陈政委变得强硬起来,"刚才方鲁有些话还是有道理的,越怕他,他越欺你,不光会把领导机关搞得人心涣散,连部队都会要搞垮。他实在要在上头告黑状就让他告去,反正这样子是混不下去的。我现在为了迁就他们也搞得众叛亲离了,什么人都跑来骂你一顿,胡连生骂,方鲁也来骂,家里还有个小祖宗,天天骂我是糯米团长。再不能这样混下去了。你看吧!我要拿点厉害给他们看。"

哐的一声,又有一个石膏模型扔在走廊里摔碎了。陈政委闻声站起来,怒目瞪着那个地方,像要开口镇一句,却又忍住了,重新坐下。

"政委,"徐秘书问道,"范子愚的问题做个什么结论呢?后事如何处理呢?"

"不是反革命。他还有孩子吧?"

"有,才四岁。"

"要为他的孩子着想,父亲的政治结论要影响孩子的一生。"

"那叫个什么好呢?"

"就叫……非正常死亡,意思是……误会死的。"

"这个误会可不小啊!把命误会掉了。这样的误会……唉!"徐秘书意味深长地叹了一声。

"现在只有这样办。怎么办呢?还能去追究责任?到底谁来负这个责任?如果害死他的是敌人,那他可以叫烈士,现在呢?一本糊涂账。这样的糊涂账不光我们这里有,哪个地方没有?地方上搞武斗死了那么多人,怎么算呢?"

"他的孩子怎么办?"秘书提出。

"孩子……有什么政策规定吗?"

"如果是因公死亡,未成年的子女应该由国家负责抚养到十八岁。"

"那就抚养到十八岁嘛!"

"这是因公吗?"

"讲了是一本糊涂账,算不清的,稀里糊涂过去算了!实在有人要问是根据哪一条,就说是特殊情况,特殊处理,是我决定的。"

"唉!"徐秘书感慨万千,"您真是个好心肠的人哪!可惜您不能管到全中国,要不,文化大革命造成的孤儿寡母都会喊您万岁。"

"还有心讲风凉话,快通知保卫部长到我这里来。"

"爸爸!"陈小炮伸进头来,"您还有完没有?人家今晚上还要去买车票,明天就要走的。"

陈政委起身。

正在这时,司令部后门口方向传来一阵嘈杂的人声,还有汽车按喇叭的声音。邹燕的尖叫和狂笑声在夜晚传得很远,送进了陈政委的窗口:"喂! ——哈哈哈哈! ……英雄! 我的英雄! 升官儿啦! 哈哈哈哈! ……范子愚万岁! 喂! ——他不要我了! 哈哈哈! ……"声音已经嘶哑,喊叫的内容若明若暗,随着汽车喇叭的鸣叫而移动地方,像飘离无定的鬼魂趁夜在寻找仇人,喊叫仇人的名字,向他索命。

"这是做什么?"陈政委问。

"是范子愚的爱人,疯了,大概是送医院去。"

"她以后还能演话剧吗?"陈小炮在窗前自语。

"话剧?"徐秘书感叹说,"她自己生活中的这出戏就不知怎么演完,还话剧呢! 唉!"

"唉!"陈小炮也在叹气,"该死的家伙,自己死了,还要害到老婆、孩子。早知这样,造什么反呢?"

"算了算了! 人都死了,还有什么好埋怨的!"

陈政委由于不忍听下去,早已转身准备去接见赵大明。在走廊里踩上一块石膏碎片,十分恼火地提起脚来用力一踢,石膏片飞了起来,先碰到墙上,再弹到楼梯那里,咕噜咕噜一直滚下楼去。

赵大明等得焦急不安,见政委进来,立刻迎了上去。

"政委,我明天就走了。"

"那么着急?"

"不敢久留,范子愚已经整死了,下一个不知道整谁。"

"放心! 我把联合宣传队撤了。"

"撤了我也马上走,您听到邹燕的叫声吗? 胆小的女同志会连觉都不敢睡的。"

"你那里交接好了吗?"

"一切搞好了,临走前只剩一件事要向您汇报。"

"什么事?"

"很大的事,大得叫我害怕,还不知道……能不能……"

"不要吞吞吐吐,有什么事不能跟我讲呢?"

"是江主任的事啊!"

陈政委一惊,异常注意着,等待赵大明的下文。

赵大明从身上拿出那份范子愚的遗书附件来,交给陈政委说:"您看吧!"

陈政委接过那两张材料纸,打开来一看,脸色突然变化,很快看完了,又从头细看了一遍。

"你从哪里搞来的?"

"范子愚留下来的。"

"他什么时候给你的?"

"不,他没有打算给我,是准备留给邹燕藏起来的。我多长了一个心眼儿,在他跳楼以后马上跑去翻他的东西,从枕头套里找到的。"

"你不要对人讲,什么人都不能讲。首先要调查落实,如果这个情况是真的,他的问题比李康严重得多,这才是货真价实。关系很重大,一定要小心。"

"我知道。"

陈政委又将那份材料细看了一遍,望着一侧思索起来。外面传来一阵哭声,由远而近,十分悲凄,是女孩子的声音。楼梯劈里啪啦响了一阵,陈小炮跑下楼去了。

"今天夜里尽是鬼,又是什么人在哭呢?"陈政委心烦意乱地说。

"正是时候啊!已经是运动后期啦!"赵大明感叹地说。

"把窗子关上。"陈政委命令。

赵大明在关窗户时探头向外面望了一眼,只见陈小炮迎着哭声跑去,不见来人是谁。

走廊里又在"哐！哗啦！"响,不知陈小盔又把一个什么东西扔出来了。

陈政委烦躁得突然一转身,想发一顿脾气,见门是关着的,没有去拉开,因为还有事要问赵大明。

"这个事,你原来晓得一点风声吗?"他问。

"不知道,没有听范子愚露过半个字的意思。"赵大明说。

"他会不会让江醉章晓得了呢?"

"这是一个谜。"

陈政委将材料纸叠好装进衣兜里,独手背在身后,在房里走走停停,自言自语道:"……政治谋杀案……可能……"他想起了刚才徐秘书了解到的关于范子愚问题的一些疑点,"……可能……什么都做得出来……卑鄙!"

"政委您说什么?"

"没有什么,没有什么。"政委抬手向后面摆了两下。

哭声进了院子,并顺着楼梯上来了,走廊里发出了共鸣,房子嗡嗡地响起来。赵大明走去想开门,陈政委制止说:"又是小炮的什么同学,鬼打架！不要去管。"

陈小炮用劲擂着房门,还带着哭声喊叫:"爸爸！爸爸！……"

陈政委这才示意叫赵大明开门。

门一开,两个泪人儿,两个女孩子,小炮搀着李小芽扑了进来。陈政委大吃一惊,连忙上去。

"什么事?"他惊问。

小炮把小芽放开,小芽扑通一声跪在地上,抱住陈政委的腿,哇哇大哭,说不出话来。

"出了什么事？你讲啊！"

"哇！……"

"讲啊！讲啊！"又问小炮,"到底是什么事?"

"她爸爸！……"小炮也说不出声来了。

"她爸爸怎么啦？"赵大明也插进来吃惊地问。

"哇！……陈伯伯啊！……"李小芽断断续续边哭边说，"怎么办哪！陈伯伯啊！……我的爸爸！……我的爸爸！……"

这里还没有说清楚，办公室跑出来大惊失色的徐秘书，边跑边喊道：

"政委，李副司令员自杀了！"

"又是自杀！"陈政委全身战栗起来，"怎么搞的！怎么搞的！为什么没有看住？"

"他们麻痹大意了。"徐秘书哆嗦着说，"监护人员在电话里报告：由于最近一段时间他的情绪一直很好，有说有笑，还下象棋，有时还哼歌，大家都以为他不会出事。刚才，邬主任派人去清理他的保险柜，柜里本来藏着他的自卫手枪，人家不知道，没有防备，他突然伸手把手枪摸过来，指着太阳穴一抠……"

陈政委眼睛湿润了，抖颤得难以控制，抬起惟一的手臂，摇摇晃晃指着办公室那头说："快！快！赶快叫保卫部……和党委办……去人，我，马……马上就来。"

徐秘书领命打电话去了。

"陈伯伯啊！陈伯伯啊！您救救我爸爸呀！救救我爸爸呀！陈伯伯啊！……"李小芽抱着陈政委的腿一个劲地摇晃着。

"孩子！孩子！"陈政委弯下腰抚摩着小芽的头，垂泪劝慰道，"孩子！你起来！你起来！已经派人去了，陈伯伯给你做主，起来！孩子，起来！小炮，你拉她一把。"

陈小炮泣不成声来扶李小芽。

赵大明将头扭到一侧去，用手绢按住眼睛。

正在大发脾气摔东西的陈小盔来到门口，瞪圆眼睛张大口，傻了。

"陈伯伯啊！陈伯伯啊！"李小芽被陈小炮抱着往床边拖去,她哆嗦着从兜里掏出一封信来举着,"陈伯伯啊！陈伯伯啊！我爸爸……!我爸爸……"

"这是什么?"陈政委接过信来。

"我爸爸……我爸爸……要我给您送信来,我刚走,……就响枪啦！我的爸爸呀！……"

陈政委一看信封,果然是李康的笔迹,上面写着:"陈镜泉同志亲览"。知道必有重要内容,便吩咐小炮说:"你们照护她。"说完忙往办公室走去。

一个贝多芬的石膏雕像摔得残破不全躺在陈小盔门口,陈政委颤抖的脚从旁边绕过去。

陈小盔走进门来,站在李小芽面前,两手握拳伸向两侧,笔直地挺着,激烈地发抖,大吼起来:

"你……不要哭……嘛！……"

他自己也泪流满面,肌肉痉挛。

赵大明帮不上什么忙,恍恍惚惚呆站了一阵,只得对陈小炮说:

"小炮,你照顾着她,我要去买车票。"

"你明天不走不行吗?"小炮说。

"不行,要走,再呆下去会疯的。"

"可我……"小炮焦急地说,"我也是明天走的,票都买好了,这可怎么办呢?"

"你把她带到湘湘那里去吧！"赵大明献策说,"她一个人也怪孤单的,你们到一起去商量商量怎么办,多一个人,多点主意呀！你可以跟你爸爸说一声,叫车子送一下。"

陈小炮默领了他的办法。

临走前,赵大明拽住李小芽的手说:"小芽！学坚强一点,向小炮姐姐学习,像一棵小树一样,顶着风雪站起来!你自己的生活还没有开始呢!不要过分伤心,与湘湘、小炮好好商量一下,在大家帮助下,选准自己的道路。谁的父母都是要死的,这是规律,不要怕!等我到工厂安排好了以后,欢迎你跟着湘湘姐姐到我们厂里去玩。小芽,再见!"他用劲抓住李小芽冰凉的手,放肆抖了两下,松开,一转身,噔噔噔下楼去了。

陈小炮接着赵大明的话说:"小芽,他说得对,爸爸妈妈总有一天要离开我们的。只有我们还在往上长,越长越高,越长越壮实,将来的世界是我们的,一切都要由我们说了算,我们当家的日子还没有来,别把自己搞垮了。小芽,别哭!老头子老太婆开始死了,我们显身手的时候就快要到了!做好准备,别到时候没有用。听见吗?我们到湘湘那儿去,好好儿商量商量,我们自己做主,自己决定,自己走出自己的路来。抬起头!看前面!别老往后面看,以为没有父母就活不成,没那事儿!我们偏要活得好好儿的。"

陈政委走回办公室拆信,信封口封得紧紧的,他向正在忙着打电话的徐秘书要了一把小刀子,将信封衔在嘴里,用小刀子去挑。这是一封死者的信哪!是最后的纪念品啊!他的手颤抖得厉害,费了好一阵工夫才把信封裁开。

信纸只有一张,上面端端正正地写道:

陈镜泉同志:

　　我为了党的事业去学飞行,为了忠于党而坐牢,又遵照党的指示,我从监狱出来了,一直到文化大革命以前,我全部精力都用在党的航空事业上。现在,又为了打倒刘少奇的需要,我领会到必须贡献生命了。我一生无憾,只可惜没有死在天上。

　　请向党转达我的临别忠言。

　　　　　　李康　一九六八年建军节

落款的日期离现在已有三个多月了,原来他是早就决心自杀,只等机会到来。

陈政委垂下拿信的手,昂头望着窗外夜空,心中掀起狂涛激浪。原来如此啊!"为了打倒刘少奇的需要,我领会到必须贡献生命了"!同样是蹲过敌人的监牢,叛变了的可以飞黄腾达,没有叛变的倒要逼死为止!是非的客观标准是什么呢?是党章吗?是党的纪律吗?是马克思主义的基本原理吗?我们党的生活正在发生着什么?谁能理解?谁能直言?

"江醉章到哪里去了?他到哪里去了?一天死了两个人,他连影子都不见,你给我把他喊来!"陈政委怒吼着。

"江主任带着刘絮云到滨海温泉去了。"徐秘书平静地回答。

"什么?"

"到滨海温泉去了。"

"胡作非为!无法无天!你赶快叫邬中到温泉去,要江醉章马上滚回来!"

徐秘书正要打电话,电话铃先响了,他拿起话筒一问,肃然立正,报告陈政委说:

"周总理要跟您直接通话。"

房里房外立刻安静下来,柔和的海风拂动窗帘轻轻飘摆……

第四十二章　温泉夜

一部灰蓝色式样过时的华沙牌轿车在公路上奔跑,从南隅开往滨海温泉。轿车的车灯照得树影歪歪倒倒,在海滩上和田野里横扫过去。公路上车辆稀少,行人绝迹,时间已是午夜,海水安详地躺在远离海堤的地方。

车上坐着无精打采的邬中,将头歪在右肩上,随车子的颠簸而晃动。同车的只有司机,无人与他说话,他自己也根本没有话兴,眼皮耷拉着,脸上的肌肉松弛地往下垂着,像打了败仗的样子。

他刚从李康家里出来,那躺在血泊里的尸体始终在眼前晃来晃去,他心中发生着一些莫名其妙的联想:死,一个恐怖的字眼,一种幸福的人间事物,死是解除痛苦的最好办法。自我枪杀在肉体上是没有痛苦的,神经直接遭到破坏,一切感觉都没有了。……青蛙砍掉头部,剥了皮,掏尽内脏还可以跳,是因为脊椎神经在起指挥作用,用一根小签子往脊椎孔里一捅就再也不跳了。人的头部穿过一粒子弹跟青蛙的脊椎孔捅进去一根签子大致是一样的。死,只能恫吓别人,对死者本人没有什么意义。最可怕的是血,蚂蚁死了没有血,所以人看了不怕;一部机器坏了没有血,所以人看了不怕。最可怕的是同类的死,人死了人怕,而人死了猫不怕,猫死了人也不怕。要想不怕同类的尸体,必须把他看成异类,比如是猪,比如是狗,又比如是一只蚂蚁。小的动物死了,大的动物不怕,如一场霜冻要冻死多少昆虫?而人却既没有看到,也没有想到,根本不会产生怜悯之心。要想不怕看见和听见死人的悲剧,必须把自己看成伟大的人，其他人不过是昆虫而已。邬中颇有这种伟大气概，他惟一不高兴的只是因为血腥气味干扰了他的正常嗅觉。

陈政委一定要他连夜去把江醉章叫回来，他不大乐意，埋怨那老头子多事。埋怨他无能，长了一副凡夫俗子的骨头，一见死人就不得了，像死的是他自己，真是平庸的蠢人。刘絮云跟江醉章去了，去了就去了，有什么值得大惊小怪的呢？她是一个女人，她有非凡的魅力，对某些男人有特殊作用，那就让她发挥作用嘛！当然顶好是不知道她究竟做了什么。无论她怎么做，她不会因此变丑了，也不会带回来什么异样的气味，更不会从此变得不是女人了。她喜欢打扮得妖气十足，那也好嘛！别人能欣赏，丈夫也能欣赏，丈夫欣赏是不要投本钱的，别人有时为了这种欣赏要付出很大的代价。陈镜泉是个迂腐不堪的老头子，非要这么郑重其事不可，使邬中为难，使大家都要为难。

既然要去那就去，不去有不去的好，去也有去的好。去了就不要白去，见机行事，事在人为。一切都很平常，一切都很淡漠，一切都是形状不同的物体以及物体跟物体的组合，精神是空虚的，没有价值的。比如这车子——一个铁壳的物体，加上司机——肉皮包着的物体，二者组合起来就能很快地跑路。他把司机看成某种物体，所以不跟他讲话；他把不久将要在温泉遇上的人想象成物体，所以不需要有精神上的反应。

他耷拉着眼皮，什么也没有看见，只觉得自己这个物体被铁壳物体装着，颠簸摇晃是没有关系的，即使摔碎了也还是物体，因为物质不灭是普遍真理。

车子跑得很快，树影歪歪倒倒地横扫过去。

滨海温泉。

晦暗的灯光从东零西落的窗洞里射出来，一眼望去，只见黑暗的几何块上乱缀着一些橙红色和淡绿色的方块,一会儿消失一块,一会儿消失一块。

有一个方块在发出狂笑的声音:

"哈哈哈哈!来来来!刘副处长,我也敬你一杯。"

江醉章举起一只高脚玻璃杯,凌空越过堆满菜盘的小圆桌,送到刘絮云嘴边。刘絮云媚笑了一下,抬手挡着,将脸摆到一边去,细嗓儿说道:

"江主任呢!您真逗,什么刘副处长!还不是以前那个小刘!"

"不!不不不,"江醉章将杯子暂时收回来说,"谁敢还叫你小刘?谁敢!秘书处副处长,有几个人能够对你指手画脚?啊?还叫小刘?"他模仿着《沙家浜》里道白说,"'人也多了,枪也多了,今非昔比,鸟枪换炮啦!'哈哈哈哈!鸟枪换炮啦!……不过,我,我江主任,我还是要叫你小刘,小刘小刘,这样亲切些,是吗?啊?你看是吗?嗯?……"他站起身,从桌面上伸过头来,狎亵的丑态不堪描述。

"江主任!"刘絮云故作正经地挺一挺脖子说,"您酒气熏天的!"

"哦!对不起,对不起,"江醉章坐回原来姿势说,"你们女同志呢,烟味也怕,酒味也怕,最好去跟和尚结婚,哎呀呀呀!……"

"那么不正经!"刘絮云斜瞟了一眼。

"对于这种现象,"江醉章用一个指头指天,画着圆圈说,"我……能够理解。为什么会怕烟味呢?就因为你自己不吸烟;为什么会嫌人家吃了大蒜口臭呢?就因为你自己没有吃蒜;为什么会怕酒气熏人呢?也就因为你自己没有喝酒。小刘,你暴露了一个秘密,刚才陪我喝了这半天的酒,样子做得很像,原来你是一滴也没有进口。这怎么行!这怎么行!在江主任面前不忠诚老实,我白提拔你了,看错人了!嗐!你看怎么办?你想想吧!欺骗了江主任,怎么办?"

"主任,"刘絮云求情道,"您可要原谅我,我是真不能喝酒的,沾酒就醉,过去又不是没有在一起吃过饭的,您还不知道吗?在大问题上,小刘不敢欺骗您,这一点儿小事骗一骗又有什么关系呢?哪个喝酒的朋友不是又骗又吹的?我还没有学会呢!"

"对!酒朋友都是又骗又吹的。但是,当被骗的人一发现自己受骗了,也是不会饶过对手的。来来来!"他又举起那只高脚酒杯,起身绕过小圆桌,重新送到刘絮云嘴边说,"小刘,这一回逃不脱,你不要再玩花招了,我站在旁边看着你,要一滴不漏。"

"江主任!"刘絮云妩媚地哀求。

"叫得再好听也不行,今天是专门为你,你忘了吗?你又入党,又晋升,双喜临门。喝一杯还不够,要连喝两杯。连这点本事都没有,怎么能当副处长?喝!快喝!"

"主任,我会醉的!"

"有点醉更好,脸一红,像搽了胭脂一样,多引人喜爱呀!"

"会醉倒的!"

"倒了有我在,江主任来扶你。"

"会要呕吐的!"

"呕吐?那也不怕,我有办法叫你醒酒。"

"您有什么办法?"

"等你醉了以后我再告诉你。"

"要我一口喝下去?"

"一口。"

"那简直跟吞刀子一样,主任,您也可怜可怜我吧!"

"你看怎么办呢?"

"我分几回喝好吗?"

"好,原谅你,那就先喝第一口吧!"

刘絮云端起杯子，做出十分为难的表情，又望望江醉章，笑了笑，最后将眼睛一闭，杯子空了三分之一。

"好！哈哈哈！……痛快！刘副处长，痛快！哎……好！"江醉章高兴得发疯了，给自己倒了一满杯，一饮而尽，"小刘，酒逢知己千杯少，话不投机半句多，今天我们是酒也知己，话也投机呀！"他哼哼呀呀地连吃几口菜，又喝了一杯，"呃！……舒服呀……舒服！……"打了一个嗝，把这句话变成样板戏来唱，"好哇！呃！……哈哈哈！你喝！你快喝！光我一个人高兴，不行！……哎，对对对！喝得痛快！絮云哪，你要是我的妻子多好啊！他妈的！邬中那小子，怎么那么好的福气呀！真走运，他妈的！……"

刘絮云见江醉章如此，暗暗高兴。自从他们之间在政治上紧密联结以来，一切都是如意的，只有一点她始终不很放心。江醉章是有背景的人物，这一点很清楚，但他的背景到底是什么，谁也不能确切知道。刘絮云过去曾多次试探，江醉章不愿明说，总是含含糊糊搪塞过去，越是这样，越显得他背景很深。如今，她靠着与江醉章的关系，一下子从普通护士变成了政治部秘书处副处长，两人瓜葛之深是显而易见的。好处已经得到，但是能不能持久，能不能继续一帆风顺呢？关键在江醉章身上，他的靠山要是可靠的，便可以高枕无忧，他要是偶然碰着好运，那就要考虑自己应该怎么办了。所以，十分必要把江醉章的背景摸清。眼前机会正好，他醉了，他心里产生了邪念的苗子，正可以火上加油，顺势诱导，引他说出真话来。她为了把真实企图隐藏起来，故意从很远的地方引起。

"主任，"她态度自然地说，"家里死人了，我们躲在这儿吃喝玩乐，要是陈政委知道了……"

"知道了怎么样？不要管他！那个老头子算什么，他目前只是对我们有用于一时。空四兵团的干部多数是彭、陈二人的部下，彭倒了，陈暂时不能倒，如果让他们一齐倒掉，就会树倒猢狲散，所以要把陈镜泉稳住,稳住了陈镜泉就稳住了全兵团的部队,这对争取文化大革命的彻底胜利是非常需要的,决不可少的,你懂得吗?但是要知道,他只是有用于一时而已,他在这里的作用就是神龛上的菩萨,不要真怕他,不要因迁就他而放弃我们该做的工作。这你一定要心中有数,不要太天真了!絮云啊!你还年轻,政治上难免幼稚,有很多复杂事物你还不清楚呢!像他这样的神龛上的菩萨何止一个!比他更大的还有的是呢!"

"可是林副主席还接见了他,还送了他一个铜像呢!"

"欸!这个……嗜!"江醉章将手一摆,"你不懂,你不懂啊!"他夹了一点菜送进嘴里,"他刚把那个铜像抱回来的时候,我也紧张了一阵子,但是只有几天,后来我就不紧张了!"

"为什么呢?"

"为什么?哼!"他不愿意说,喝酒去了,抿完一口酒,又哼起了一种样板戏的腔调,"为什么呀为什么,谁来告诉我?哈哈哈哈!絮云,快喝酒啊!对酒当歌!朗格里格朗格里格朗……"

刘絮云很着急,心里在骂:"这个狡猾的狐狸,一问到关键的地方他就不说了。"但她不甘心,仍要引发他说。

"主任,"她忧心忡忡的样子,"范子愚虽然死了,我不知怎么,总是有点儿不放心。"

"有什么不放心的?"

"他要是把那个叛徒的交代材料偷偷转到陈政委手里去了……"

"我都不怕,你怕什么!"

"倒不是怕别的,就怕万一有什么人把那个事儿一公布,尽管是同名同姓的误会,可群众不知道啊!一下子总要造成一些麻烦哪!"

"谁敢?谁有狗胆他就试试看吧!范子愚的下场就是他的榜

样。要是真有人不接受教训的话,只要他一露头,就立刻镇压。犯罪性质就是:制造政治谣言,混淆视听,攻击无产阶级司令部的革命领导干部,扰乱阶级阵线,浑水摸鱼,是反革命小爬虫,先抓起来再说。"

"要是有人不贴大字报,写信寄到中央去呢?"

"那就更不怕了,直接把阴谋信号报到中央去,更能引起重视,小爬虫、大爬虫通通跑不了。"

"这我不懂。"

"不懂?不懂就算了,暂时不要问。"

"为什么不能问呢?"

"哈哈哈哈!小刘啊小刘,你怎么像个小孩子一样?啊?不该问的就不要问。我也是,讲不清的就不能讲。"

"您不相信我。"刘絮云把屁股一扭,侧身对着墙壁,噘起嘴生气了。

"真是小孩子,你看,又生气了。"江醉章连忙站起来,连哄带骗地说,"好了好了,等到时机成熟,江主任会告诉你的。来来来,絮云,我们不要把正经事忘了,今天是向你祝贺,江主任特备酒菜与你同喜同乐,你的两杯酒还只喝了一杯呢!"他提起酒瓶颤颤抖抖地给刘絮云倒酒,倒得溢出来从桌面上流下去,把刘絮云的料子裤泼湿了一大块。

"哎呀!"刘絮云尖叫着跳了起来。

"哈哈哈!……这有什么关系!裤子反正是要洗的,用酒洗一洗,去臭气。"

"您真是,也不看着点儿!"

"看着了,看着了,看着你跳起来,姿势真好看。"

刘絮云仍噘着嘴,提起裤子抖了几下,又用手绢去擦。

"不要擦了!"江醉章猥亵地捏着刘絮云的手臂说,"来来来,把这杯酒喝掉,身上一发热,裤子自然会烤干的。"他哆哆嗦嗦又要去端杯子。

"我自己来。"刘絮云甩脱江醉章的手说,"不过江主任您也要陪着我喝,快坐回位子上去,别摔倒了。"

"好好好,陪你喝,陪你喝。"江醉章连忙走回去坐下,又给自己倒了一满杯,高高举起来说,"为了你的喜事,为了我们的同喜同乐,预备——喝!"说完一仰头,全部下肚了。

刘絮云装着样子喝酒,实际上抿住酒杯在想如何继续追问江醉章。不料江醉章突然袭击,从对面伸过手来,托住杯子一倒,全部倒光,一部分灌进肚里去了,一部分呛进气管,另一部分从嘴边流出来泼在她身上。刘絮云呛得接连咳嗽,江醉章大笑起来。

一阵剧烈的咳嗽过去,刘絮云又是憋的又是醉的,脸上从眼窝红到了耳根。

"哈哈哈哈!"江醉章快活得手舞足蹈,"好!好!你脸红了!好看好看!嚄哟!啧啧!真漂亮啊!絮云哪!小刘啊!"他头重脚轻地连续向左右歪倒,站稳,又歪倒,又站稳……

刘絮云因酒顺着下颏、脖子一直流过胸前,将内衣浸湿,贴在身上很不舒服,便提起肉色闪光丝汗衫的领口,忙不迭地抖动起来。嘴里埋怨道:"江主任真是害人!"江醉章见她如此,连忙走过来动手动脚地说:"快把衣服脱了,我给你帮忙。"

"江主任!"刘絮云退避到墙边,大叫了一声说,"这样不合适吧?"

"什么不合适?唉?你是讲什么不合适呢?是我给你脱不合适,是吗?那你自己脱嘛!哈哈哈!这有什么!这有什么!"

"主任,"刘絮云用异常的眼神望着江醉章通红的酒脸,闭嘴咬牙看了半天,慢慢启齿说,"您平常是怎样教育部队的?"

"我?我教育部队?"江醉章歪歪倒倒地站在房中间说,"哦!

你是讲,我规定战士不许与驻地周围的姑娘谈恋爱,我规定飞行员的对象由组织上统一给他找,我教育干部们生活作风要严肃,我指示联合宣传队在文工团除了抓政治问题也要清查男女作风问题,是吗?是的,我是这样规定,这样教育,这样指示的,不错,不错,确有其事。但是那些事情与今天晚上有什么关系呢?那都是教育别人的,不是对我自己。当然也是教育你的,而我现在宣布,你,刘副处长,从此不需要那些教育,不受那些规定的限制,你跟我一样了!"他高举两臂,伸开十指,然后软绵绵地落了下来,躬着背,勉强坚持站着,眼睛像鹰一样盯住刘絮云。

"光对别人不对自己,今后您还有威信吗?"

"威信?威信是什么意思?威信就是一威二信。在实际上,信是没有用的,只要有威就行,有威就是信,有威,谁敢不信?哈哈哈!絮云哪,你这个小丫头,太幼稚了!我告诉你一个秘密好吗?你记住:光对别人,不对自己,这是伟大人物的胸怀。"他突然收住,丧失控制地移动脚步,向刘絮云靠近。

"你来干什么?"刘絮云俨然不可侵犯。

"帮你脱衣服呢!"江醉章从嗓子缝里挤出来几个字。

"站住!"刘絮云将身子一扭,故意挑逗地瞪着江醉章说,"不要你帮忙,我自己来。"

江醉章停住,惊讶地望着她。

刘絮云背转身去,几下就将扣子解了,十分利索地脱去外衣往床上一扔,那贴身的闪光丝肉色汗衫在昏淡的灯光下闪闪跳跳。她忽然扭转身来,正对江醉章,淫笑着说:"来看看,湿得不多吧?"江醉章立刻扑了过去。哪知刘絮云抽身一闪,跳到屋中间去了,江醉章扑了一空,撞在墙上,滚倒在床头。

"嘻嘻嘻!老江,上当了吧!"刘絮云戏弄地笑着,泼妇般地把手一指,"爬起来!坐在床边,老老实实地坐着。"

"是！当然哪！"江醉章慌里慌张地爬起来坐着,一时不知怎么好。

"我问你,老江,还要我做什么?"

"还要……你,你,你……不是汗衫湿了吗?脱掉吧!脱掉晾起来。"

"还有裤子也叫你泼湿啦!"

"也脱掉,晾一阵就会干的。"

"不过……老江,"刘絮云扮出厉害的样子说,"连衣服都不穿了,太不成体统了吧?"

"衣服?"江醉章精神恢复了原状,"你知道衣服的作用是什么?"

"是为了遮丑,人总得要挂一点儿丝,遮一遮丑啊!"

"对!遮丑,不错,穿衣服的目的就是为了遮丑,这遮丑的衣服是给别人看的。别人,不是自己人。"他强调,"对自己人不需要穿衣服,越是赤裸裸的越能知心,懂得吗?"

"懂得。"

"那你就脱吧!"

"这么说来,咱们俩是自己人了?"

"当然是自己人!"

"那你为什么还在我面前把衣服罩得严严的呢?"

"你是要我也脱掉是吗?"

"不是。"刘絮云把江醉章原来坐的那条凳子一拖,自己坐下,跷起腿来,将两手交叉抱在胸前,压在乳部的下面,"老江,对你不起呀!我把称呼都改啦!"

"改得好!改得好!"

"可是这一改,你要知道,也应该真正把我当自己人看待了。我的一切都跟你连在一起了,我把自己的命运交给你啦!你呢?

你怎么样？还要瞒着我,老江,想得点儿好处没有那么便宜呀!"

"什么东西瞒着你?"

"你背后的大树到底是谁?"

"哈哈哈哈!"江醉章仰头大笑,"绕来绕去还是这个问题呀!你呀!你呀!絮云,到底是女人,多心,太多心!瞒你干什么?我可以告诉你嘛!"

"那就说吧!抓紧时间哪!"刘絮云尽量施展出她的勾引手段来。

"关于这个问题,其实根本不要问,是明摆着的,谁都能想得到。"江醉章说。

"可我,"摇头,"想不出。"

"你想不出?好吧!我启发启发你,你马上就能很确实地知道。"江醉章画着直线、弧线和圆圈,"要问我的背景是什么,你首先要从时代特征来分析。现在的时代特征是什么?是笔杆子时代;什么样的笔杆子呢?只有一种,彻底无产阶级化的革命新生力量。邓拓、吴晗、廖沫沙不也是笔杆子吗?那一种不但不吃香,还要坚决打倒。我当然是属于新生力量。但是新生力量也不见得每一支笔都不倒,戚本禹不是新生力量吗?他就倒了,我当然又不是他们那一类的。你放心,只要这个伟大的时代不结束,我就绝对不会倒。"

"那为什么呢?"

"问得好,就是这个为什么重要,问清这个为什么,就找到我背后的大树。我再启发你问问自己,现在到底能做到绝对不倒的是什么人呢?不管他有多大的历史问题和现实问题,不管他怎样轻浮,随心所欲,不负责任,他都不需要顾忌,绝对倒不了。这样的人是谁呢?"

"这样的人不止一个。"

"对,又讲得对,这样的人的确不止一个。文化大革命开始以来,在上层舞台上有多少显赫一时的人物晃上来又晃下去了?你记得吗?数得清吗?除了那些人物以外,还有一些是一直不下台的,数起来也不少。但这些人物也是各有各的情况,各有各的背景,有些人暂时没有退场,不见得永远不退场。你把整个剧情分析一下,按照逻辑,下一步情节会往哪个方面发展,哪些人物会在什么时候下去,哪些人物会一直演到最后。我就是属于一直演到最后的那一群人物当中的,或者换一句话说,我背后的大树就在那一群里面。清楚了吗?"

"不清楚。"

"还不清楚?"

"我很蠢,分析能力很差。"

"分析能力差,那就趁这个机会锻炼锻炼嘛!"

"我要你直截了当说出名字来。"

"那个,只能意会,不能言传,你意会了就行了。"

"我一点儿也意会不到。"

"不要偷懒!"江醉章从床沿上站起来,"要搞政治就要学会动脑筋,要当我的副处长,就要知道我的一切秘密,不是靠问出来,而是靠看出来。絮云,你以后看吧!越往后越看得清楚。我喜欢你,我要培养你,所以故意不把名字告诉你。"

江醉章开始移步,跟跟跄跄移向写字台去。刘絮云不知他要干什么,密切注意着他,身子随着他去的方向转动。江醉章不可理解地打开了台灯,顺手从旁边拾起一张报纸盖在灯罩上,又走到拉线开关那里将吊灯关了,房子里立刻变得只能看出人影来。

"絮云,你害人不浅,提些怪问题要我来讲,哎哟!为了回答你的问题我攒劲坚持,头都晕了。你看,你看,不得了!"他摇摇晃晃,好像立刻就要倒下去,"快来扶我一下,扶我……一下!……"

从南隅到滨海温泉有六十四公里。神经麻木的邬中在车上渐渐地清醒过来。越是接近目的地就越是心慌,想象力发挥到顶点,好像已亲眼看见了刘絮云在江醉章玩弄下的全部丑态。嫉妒是动物的本性,也是人的本性。他虽然不是普通的人,比普通人多一些控制和攫取的能力;并且自以为是一个超脱的人,视妻子为衣裳,可以转让,可以送给、借给或献给别人。但他毕竟逃不脱动物本性的控制,像有一只无形的手,不断在掐他、拧他,使他从自我麻醉的迷网中露出赤裸裸的躯壳和灵魂来。他恨着自己,诅咒着自己:为了什么要忍受这样的耻辱呀?狗一般讨取别人的赐予!他可怜自己,佝偻着背,偎缩在沙发坐垫的一角,听任司机把他送到羞辱的地方去。

忽然间,他的理智的神经重新活跃起来,恢复了健全。狗一般讨取别人的赐予?是的,为了将来也能欣赏别人像狗一般讨取自己的赐予,暂时忍受这点羞辱,不是值得的吗?只要那表示最高利益的权利是靠个人赐予,就将永远存在着狗一样摇尾谄媚的人。要想获得赐予别人的权利,先得接受别人的赐予;要想得到别人的奉献,先得委屈着奉献别人。这就是赐予制的天理——万世不变。

到了。邬中跳下车,恍恍惚惚走进值班室,在那里查了住宿登记簿,江醉章和刘絮云是分住两个单间的。

他首先来到刘絮云的房门口,敲了几下,停下来细听,里面没有任何声响。连续敲了好几次,一次比一次重,还是没有反应,心中便已明白了,又去敲江醉章的门。

他敲得很轻,节奏也很慢,又轻又慢间断无常的敲门声包含着警告的意思。里面照样没有反应,邬中照样不断地敲下去,一分钟,两分钟,三分钟,总共过了五分钟。

房门无声地拉开了一条缝,刘絮云的眼睛躲在门缝后面。邬中用膝盖一顶,门开大了,他迅速挤了进去,紧紧逼住刘絮云往里走。刘絮云惊骇得身上哆嗦,步步倒退,偷眼望了一下床上。

"你到这儿来干什么?"她企图以攻为守,说话的口气很硬。

"我来找你。"邬中凶恶的眼睛在半黑暗中闪着冷光。

"你……你……"刘絮云究竟心虚而害怕了。

邬中逼到写字台跟前,抬手揭掉灯罩上的报纸说:

"为什么把光线罩得这么暗?"

"江主任睡着了,怕影响他。"刘絮云往床上指了一下。

"江主任睡着了,你在这里干什么?"

"他……他……他喝醉了,我怕他出毛病,坐在这儿守……守着他。"

此时房里的三个人都很紧张,各人想着各人的主意。邬中明知江醉章并没有睡着,也根本没有打算找他的麻烦,但既然发生了这样的好事,就应该让他知道,瞒是瞒不住的,撒谎是没有用的,使江醉章心中有数,这就是目的;刘絮云当然亏理,不到不得已的时候,她不能放弃撒谎,而同时也做好了思想准备,邬中要实在不知趣,她也并不怕他;江醉章不管怎么样,精神是紧张的,他密切注意着事态的发展,希望刘絮云的撒谎成功,万一不成功,他就自己出面,料他邬中也不敢怎么样。

邬中继续凶恶地逼住刘絮云,冷不防问道:

"为什么头发蓬松?"

"我……"刘絮云答不出来。

"说!"

"是……"

"是什么?"

床上动了一下,江醉章咂咂嘴,假装半醒地问道:"谁在这里吵啊?"

"主任,"刘絮云得救了,"邬中来了。"

"这么晚了,来做什么?"江醉章仍旧躺着。

"主任,请您起来。"邬中说。

江醉章坐起来,伸了一个懒腰,故意问刘絮云说:

"小刘,我睡了多长时间?"

"两个小时了。"

"你一直在这里守着吗?"

"是啊,我怕主任……"

"辛苦你了。"他转脸对邬中说,"你不要多心,我今天喝多了,还在厕所吐了一场,小刘怕我出事……"

"我知道!"邬中言外有音地打断江醉章的话。

"你来有什么事?"江醉章不高兴地问。

"陈政委要我来请你马上回去。"

"做什么?"

"家里又死人了。"

"谁?"

"李康,用手枪自杀的。"

"这个人哪!"江醉章冷淡地说,"这一搞不就成了双料叛徒?"叛徒二字说得不硬。

"还有,"邬中说,"周总理亲自打来电话,叫彭其到北京去。"

"谁打来电话?"江醉章吃惊。

"周总理。"

刘絮云慌了,江醉章哑了,邬中垂手无力地靠写字台站着。半天过去,才听江醉章含含糊糊地咬牙自语了一句:"隐患不除,休想睡觉!"

第四十三章 工蜂

一场大雨洗净空气里的灰尘,初冬时节的阳光柔和地抚照着海洋和大陆。海城南隅在晨光下色泽鲜明,安详宁谧,节奏均匀的呼吸声与海涛共振,哗啦!哗啦!……

城市刚从噩梦中惊醒,全身酥软麻木,懒洋洋的,每一个细胞都有共同的感觉。大字报褪色了,久经日晒雨淋、风吹浪打,早已凋落残败,颓废不堪;高音喇叭的吼叫声只剩奄奄一息;每个家庭的书架上都堆满了红色塑料封面的语录本、选读本、老三篇、老五篇、文件汇编、诗词解释等等,都被灰尘覆盖着,一睡不醒;早请示、晚汇报已很少有人再搞,谁也没有明令取消,都是自动荒废的;收集像章的热潮已接近尾声,批斗游街的积极性已消沉下去。只有新学的业余木工们劲头十足,大有掀起更大热潮的趋势。家具的式样在不断翻新,新陈代谢之速,可与文化大革命中风云人物的上台与下台相比。

在一个极不显要的角落里,充满了一种与外界、与本身都不协调的朝气。昨晚,三个将军的女儿睡在一床,她们是陈小炮、彭湘湘和李小芽。开头是劝慰声和哭泣声夹在一起,后来是挽袖子,挥拳头,兴奋地长谈,再后来又出现了意外的欢喜,因为湘湘的爸爸回来了。

爸爸回来了!他带来振奋人心的消息,带来富有感染力的乐观的言笑,带来与困难做斗争的鼓舞力量。他和孩子们在一起促膝长谈,隔壁朱大娘的公鸡叫过两遍了,才催促着女孩子们上床睡觉。而他自己,还在两间房里左看看,右看看,到处摸摸,继续磨了一段时间。

后来,他把那张躺椅搬出门,放在台阶上,静静地躺在那里抽烟。朱大娘家里的鸡不断地在笼子里骚动,水田里的青蛙咕哇咕哇地叫个不停。这情景不由得又使他想起了参加红军以前,在乡下,在山村里,在那达官贵人的轿子从来不去的地方……那时候的彭其能有这么好的房子住么?能叼着纸烟躺在睡椅上么?够啦!能在台阶上搭一个棚子煮饭就不错啦!不是经常教育战士们忆苦思甜吗?当将军的也应该忆忆苦,思思甜啊!独院小楼,前呼后拥,似乎是一种幸福!可那幸福也太容易丧失了!讲了几句不该讲的话就一落九千丈,难怪一般人都是很谨慎的。还有人为了获得独院小楼,不惜把灵魂卖了。那种人颇为想得通,因为他知道,灵魂是痛苦的根源,肉体可以体会到人的和畜生的种种快活。他想着想着,不觉天已亮了,直到这时,他还一点睡意也没有。

早晨,以湘湘为主,以小炮为副,做了一顿不错的早餐。葱卷饼、稀饭、凉菜,后来又补煎了八个溏心鸡蛋,算是湘湘为爸爸和小炮饯行,对小芽表示慰问。"吃!还能吃一顿好的,明天就在乡下了。"陈小炮是不讲客气的,湘湘把自己的一份鸡蛋也让给她吃了。

早餐过后,那辆为大家所熟悉的黑色轿车从坑坑坎坎的临时公路上爬来,一直开到门前晒坪上停下。仍是原来的司机,走上台阶向彭其行了一个军礼,报告说:"陈政委和江主任在司令部门口等着,同车送您到机场去,专机八点三十分起飞。"

彭其叫司机坐下,他与女孩子们商量道:

"你们看怎么办呢?"

"什么怎么办?"小炮反问。

"车子顶多只能坐五个人,那里还有两个。"

"这时候又亲热起来了。"小炮不平地说,"叫他们坐自己的车去。"

"对!"彭其立表赞成说,"不管他们,我们这里也有几个重要人物。"

"对嘛!"陈小炮说,"谁反对我们去送彭伯伯?重要人物们,上车!"她抬手一挥,帮着彭湘湘将她爸爸的简单行李提上车去。

邻居朱大娘对轿车很有兴趣。她虽然见过不少各式各样的大轿车、中轿车和小轿车在街上跑,却从来没有开到她家门口来过。轿车停在门口,虽然不是来接她的,而她已感到十二分高兴了,那高兴的程度没有人能够确切知道。她发现车身光滑得可以照出人影来,她不知车屁股后面的红玻璃灯是做什么用的,她想象这样的车子可能要十万元才能买到一辆,她怀疑真要比赛时这小车不一定跑得过大卡车——尽管经常看见小车从大车旁边冲过去。她想摸,不敢摸,她想问,不好意思问。

姓彭的老头子领着他戴眼镜的女儿和女儿的朋友上车了,朱大娘笑了笑,以表示她的祝愿,远远退开,用羡慕的眼光望着他们。

彭湘湘推开车门露出头来说:

"朱大娘,您也去吗?"

"我?嘻嘻!我……"

"去吧!"

"去哪里?"

"送我爸爸上飞机去,您也去吧!"

"嘻嘻!嘻嘻!……"

朱大娘真的就坐进了轿车,挤在彭湘湘的身边,尽量把腿夹紧一点,以免占去过多的地方。

轿车开动了,在临时公路上颠簸得厉害。朱大娘被抛得跳了起来,头碰在车顶上,她本来担心可能会碰起一个包来,不料车顶是软的,这一碰,使她想起了大事,家里还没有关门呢!

"快去关门吧！我们等你。"彭其又对司机说，"你停停,她没有坐过小车的,难得有一回机会。"

朱大娘锁了门回来,彭其隔着一个位子找她说话。

"老大嫂啊,我女儿讲,你帮了我们家不少忙呢！要感谢你呀！"

"哪里哪里！你女儿真好啊！有什么好吃的都不忘记我们。"

"我们是邻居呀！当然要互相关心嘛！我女儿要有什么不对的,你就在我面前告她的状好吗?"彭其又说。

"她有什么不好！又勤快,又聪明,对人和和气气,跟她妈妈一样啊！"

"你要多批评,少夸奖哩！"

"嘻嘻！嘻嘻！……"

车到司令部门口停下,早有陈政委、江醉章在那里等着,陈政委领着江醉章走过来,准备与彭其同车,好在车上说说话。

"坐满了,坐满了！"彭其不等他们走近便隔着玻璃摆手,催司机立刻开车。

陈政委和江醉章只得坐上自己的车。

一行三辆小轿车,也算够气派的了,拉成一线,在通往郊外的公路上行驶,直赴机场方向。

"爸爸,"湘湘依依不舍地说,"您还有什么要嘱咐我们的吗?"

爸爸想了想说:"有！"他首先对陈小炮说:

"小炮,你是一个有出息的孩子,我们湘湘比你大几岁,她不如你。这一年多我不在家,回来一看,她有了进步,都是学的你的。你现在自己决定下乡去,不简单哪！本来,我们的社会要让青年人都能升学都有工作做才是对的,现在没有办法,只好下乡去,留在城里要成灾呀！被动地让人家赶下去跟主动地要求去有很大的不同。一个是不得已,一个是有志气。我们这样家庭的孩子到乡下去,了解一点农民的生活,跟农民同桌吃饭,一起出工,经过一段是有好处的。千万不要看不起农民,我跟你的爸爸都是农民出身,这个天下是农民打出来的呀!没有农民就没有红军,没有那么多农民,中国也不会有今天这些事。城里孩子到农村去落户,要把城里的先进影响带去才好啊!小炮,你不简单,你很有点头脑,下乡以后,要当一粒种子,要影响你身边的人。归根结底,是要为尽快改变农民的现状做努力。农民的现状不变,中国还会出皇帝呀!"

"彭伯伯,我保证不会哭着鼻子回来。"小炮表示决心说。

"我相信你能够做到。"

坐在左边第一个座位上的李小芽,虽然现在没有哭,情绪却始终是低沉的,不断在偷偷地叹气。她时刻在想着可怜的爸爸,为自己今后的命运担忧。她也希望彭伯伯能对她说点什么,侧过脸来眼巴巴地望着。

"小芽,你今年十几岁了?"

"十七岁不满。"

"还小啊,还小啊!"彭其长叹一口气说,"你不要过分伤心,少想他一点。家庭出了灾祸,当然不好,但是对你们来讲,也可以变成好事。没有依靠了,自己靠自己,这样的孩子长大以后多半是能力比较强的。我这回出了这个问题,对我们湘湘就有好处嘛!还是小炮讲得有道理,不管什么样的父母都不能当成自己一世的靠山,自己的前途靠自己去争取。你还在读书吧?学校开课了要继续去把书读好,不要看到人家都不重视文化你也学着不重视,文化是有用的。你要尽量跟你的姨搞好关系,主动一点,你姨如果实在不管你的话,你就住到我们家来,跟湘湘姐姐在一起生活,湘湘姐姐要是分配工作了,你就跟着许妈妈,许妈妈很喜欢你,她像你妈妈一样,你不要把自己当外人。"

"彭伯伯啊!我……我……"李小芽扑在彭其的膝头上,又痛哭起来。

"不要哭,孩子,不要哭。现在就要在这哭的问题上开始锻炼自己,将来你会什么也不怕的。"

彭其要小芽不哭,他自己眼睛已经红润了。年轻的司机听了这些谈话,也颇受感动,车子越开越慢。

"还有湘湘,"彭其忍住眼泪说,"你是她们的姐姐,你的情况也有些不同,只有你一个人是算大学毕业了,是好是坏都会给你分配一个工作。你这样的情况最容易变得反而没有用。一切都是现成的嘛!工资不会比别的大学生少。学不学,做不做,你那一份总是少不了的。青年人最好不这样,这样子会把人养出惰性来,我很担心。在分配工作的时候,如果征求个人意见的话,你就要求到工厂去。我这回在北京碰到赵开发老头,受的教育真不小,那老工人本分、实在,不晓得装模作样。我们现在最不得了的是装模作样、口是心非、闭眼讲瞎话的人太多。你呀,到工厂去,多认识几个工人。不要去争取升官,人一产生了升官的野心,他就变得不正派了,这样的教训多得很啊!那个小赵……走了吗?"

"今天下午的火车。"湘湘回答。

"哦!你去送送他。他也准备到工厂去吧?"

"是的,六七六厂。"

"将来你……也可以争取到六七六厂去,那个厂虽然年轻,老工人不少,都是从全国各地调来的,有好几万人,当得一个小城市。我过去到那里去过,我们用的飞机都是他们造出来的。"

车轮轻声地哼着平淡的歌,不注意听,几乎没有声响。喇叭的鸣叫声是非常和谐的,显示出一种文静的性格,又好像有一颗细腻的心。坐在孩子们中间,启发了慈父的爱,将军的心中很不安宁。不到两年时间,这几个女孩子的生活发生了多大的变化呀!她们像是漂在水中的花瓣,卷进了漩涡,又从漩涡里出来。人类在繁衍过程中总是由上一代决定下一代的命运;下一代人被驱使到早已安排好了的命运之中,想改变它,要付出多大的代价呀!历史是一条漫长的道路,道路上跑着一代又一代接力赛跑的人。上一代的不尽职会给下一代留下过重的负担;上一代走错了路,下一代还要绕回来。长辈人的身上担着多么重大的责任呀!再怎么没有心肝的骗子也只能在同辈人中间行骗,难道可以欺骗儿孙辈吗?自己已经上过当的,就不要再叫儿孙们重受上当之苦了!应该告诉他们,留给他们一份真有价值的遗产。这是一段多么重要的经历呀!在儿孙们前进的路上,从此又多了一块赫然醒目的巨碑。它告诉人们,不要再花费精力做不必要的冒险了,祖辈的探索应是有意义的,应把这重大的意义变成财富才对。近两年来,将军总是喜欢这样默默地沉思,千头万绪,没完没了。有时充满了矛盾,有时又豁然开朗。他从沉思中找到了奋斗的意义,发现了被斗争风浪逼迫得潜藏在心底的爱情。

不知不觉,车已开进了机场。

陈小炮忽然想起一个问题。

"彭伯伯,您到北京能见到周总理吗?"

"不晓得,也有可能吧?因为是总理叫我去的。"

"您要是能见到周总理,请您带一句话去好吗?"

"什么话呢?"

"您说我们大家都喜欢他。"

"对!"湘湘赞同。

"我也是。"小芽也投票。

车子停下了。陈政委和江主任的车也相继停下。

彭其下了车,只顾跟孩子们说话,把陈镜泉和江醉章扔到一边不管。陈镜泉也请彭其代他问周总理好,彭其点一点头,表示应承了,再没有多说一句话。

江醉章自动站在老远的地方，既不与人说话，也不看停机坪上飞机的调动，扭头望着机场外那一片幽深莫测的荔枝林，心里痛苦地反复纠缠着两个字："隐患……隐患……隐患……"

　　专机从机窝里出来，缓慢地移向起飞线，地勤人员将梯子推过去，搭在机舱门口，门开了。

　　孩子们和朱大娘拿着彭其的行李送上飞机去，陈镜泉和江醉章走拢来与彭其告别，彭其举手招了一下，转身向飞机走去。他在机舱门口，与孩子们和朱大娘一一握手，情绪激动，忍不住热泪盈眶。

　　浑身抖索的陈镜泉政委，这时候眼睛一花，天旋地转，倒在草坪上……

　　飞机起飞了，陈政委也已送进医院去了，机场安静下来。有一架歼六型战斗机被卡车牵引着，从滑行道上开来。它抖动两翅缓慢地爬行，就像刚钻出蜂巢的一只幼小的工蜂。不要以为它是一个无用的空机壳。它所以暂时需要用卡车牵引，只是为了节省油料。等它来到起飞线上，炽热的火焰和天崩地塌的响声就要从它肚子里喷射出来。也有如工蜂，不要忘了：它的尾部藏着箭。

　　　　　　一九七六年三月四日至六月二十六日冒死写于文家市
　　　　　　　　　　　一九七九年九月改订于北京